ALGUIEN TIENE QUE HACERLO

EVA M. SOLER   IDOIA AMO

INDICE

CAPÍTULO 1

El timbre sonó por enésima vez, su estridente pitido en gran parte mitigado por la música que llenaba el salón y el resto del apartamento. Wanda y April se miraron, pero antes de que la primera pudiera escaquearse, la segunda le dio un sutil empujón con la cadera.

—Te toca a ti —advirtió—. Además, tengo otra misión mucho más importante en este momento: se han acabado los nachos.

—Poner nachos en un bol es mejor que abrir la puerta —refunfuñó Wanda.

April no dio opción a más protestas, le guiñó un ojo y cruzó hasta la cocina haciendo ondear su melena pelirroja.

Wanda trotó hasta la entrada para abrir la puerta. Era normal que sonara el timbre de forma continua. De lo contrario, la fiesta de cumpleaños hubiera sido un auténtico fracaso, y eso que un setenta y cinco por ciento de los asistentes ni siquiera conocían a Dominic, el cumpleañero.

La chica tiró de la manilla y observó al grupo que aguardaba al otro lado. Varias personas, todas ruborizadas y sin apenas aire gracias a la maravillosa cuesta que llevaba hasta su vivienda. Una de las encantadoras peculiaridades de vivir en San Francisco era la posibilidad de quedarte sin aire a cada paso que dieras; te obligaban a mantenerte en forma quisieras o no, y no podías evitarlo como cuando ignorabas el recibo mensual del gimnasio al que ninguno iba.

—Menuda cuesta —jadeó un chico, vestido con traje—. Es aquí, ¿verdad? La fiesta de cumpleaños de Clark.

—Sí, ¿sois de la oficina? —Wanda se hizo a un lado para cederles el paso—. La fiesta es en el salón, nada de entrar en las habitaciones y mucho menos vomitar en el baño.

Observó con disimulo al grupo que entraba en el piso, sin pasar por alto ningún detalle. Unos cinco hombres; todos, sin excepción, del tipo que llevaba corbata, y un par de chicas, entre ellas una sobre la que Dominic hablaba a menudo. Sabía que la había invitado y, por la descripción, parecía ser una de las dos. Bueno, el hecho de que se hubiera molestado en acudir era buena señal, aunque unas lecciones de estilismo no le irían nada mal. Qué ropa tan aburrida.

Regresó a la cocina, donde April había dispuesto un montón de cuencos sobre la encimera. Al verla aparecer, sonrió.

—¿Alguien a tener en cuenta? —quiso saber.

—Gente de su trabajo. Creo que entre ellos la chica que le gusta.

—¿La de recursos humanos? Bien, a ver si consigue entablar conversación con ella. —April abrió el armario y recorrió su contenido con la vista—. ¿Qué opinas? ¿Patatas, nachos y aceitunas? ¿Con eso vale?

—Te ayudo. —Wanda agarró una bolsa y vació su contenido en el bol, pero antes de que pudiera seguir, el timbre sonó de nuevo—. ¡Dios! ¿Es que nadie llega puntual? ¿Piensan seguir viniendo hasta la madrugada?

Arrojó la bolsa a su amiga, que la atrapó al vuelo, y regresó a la entrada. Un nuevo grupo de gente pasó al salón, algunos con regalos entre las manos. Vaya, aquello sí que era una novedad: la gente debía creer que su sola presencia era el mejor detalle que podían ofrecer al cumpleañero.

—Hola, Wanda —saludó un hombre con un carraspeo—. Gracias por invitarme.

—Vaya, no sabía que te habíamos invitado, Tobías —murmuró ella—. Puedes dejar la chaqueta en el ropero.

A April no le haría ninguna gracia verlo allí, pero era demasiado tarde para fingir que no daban una fiesta, de forma que se resignó a su presencia. Su vecino del segundo era un auténtico incordio: pese a estar al final de la veintena, su cabello ya tenía un tono grisáceo que le echaba encima diez años más, y estaba obsesionado en salir con April, por lo cual la pelirroja conocía todos los métodos posibles de escaqueo que existían.

En ese momento vio cómo su amiga salía de la cocina y repartía los cuencos por el salón al mismo tiempo que saludaba a los invitados. Le dio unas palmaditas a Dominic, que estaba en el sofá con una cerveza.

—¿Te diviertes? —preguntó.

—Pero si es mi fiesta y estoy aquí solo —respondió el chico, con una mueca.

—Hey, que yo estoy contigo. —April se dejó caer sobre él, riendo, mientras Dominic trataba de quitársela de encima—. Además, Wanda me ha chivado que acaba de llegar esa chica de la que tanto hablas, la de recursos humanos.

—¿Sonja? —Él recorrió el salón con la mirada—. ¿Ha venido?

—Sí, ha venido, así que cambia esa cara.

—Quita, quita, si te ve así igual se piensa que somos algo más que amigos —protestó Dominic—. ¿Por qué no me traes alguna copa sofisticada? Ya sabes, para impresionarla.

April sacudió la cabeza y se levantó con un suspiro. Justo a tiempo, porque la chica de recursos humanos apareció en la entrada del salón y, al verlos, se encaminó hacia ellos.

—Hola, Dominic —saludó con una sonrisa—. Feliz cumpleaños. ¿Cuántos son, treinta?

Y entonces, él se quedó mudo. April se cruzó de brazos, controlando las ganas de pegarle un pescozón en el cuello. De esa forma poca impresión le iba a causar, o sí, pero de la mala. La tal Sonja era mona, muy del estilo que llamaba la atención de su amigo: rostro dulce, cabello castaño, ojos claros. No era una belleza explosiva, aunque sí lo bastante atractiva como para que Dominic se volviera pequeño, algo que sucedía siempre.

—Yo… bueno, te he traído una tontería. —La chica le alargó un paquete pequeño, sin saber qué más decir al ver que el joven no respondía.

April no quería seguir viendo aquello, así que regresó a la cocina junto a Wanda. Las dos se apoyaron en la entrada.

—Ten cuidado —advirtió Wanda—. El hombre-ceniza acaba de llegar, no me preguntes cómo ni quién lo ha invitado. Será mejor que desaparezcas con elegancia.

—¿Y eso cómo se hace?

—Deslízate de habitación en habitación con gracia, como si fueras una flor delicada, pero sin permanecer demasiado tiempo en ninguna. Y sin llamar la atención.

—Yo no soy una flor delicada.

—Lo sé, por eso te explico lo de deslizarte.

La pelirroja reconsideró la idea de regresar al salón, y tras echar un vistazo comprobó que la situación en el sofá había empeorado. Dominic miraba hacia su lado izquierdo, evitando cualquier contacto visual con la joven de recursos humanos, y ella, claramente incómoda, no sabía dónde meterse. Ambas reconocían su expresión de «¿cómo desaparezco?»

—Es un desastre —comentó Wanda, al seguir su mirada y observar la tragedia que se desarrollaba ante sus ojos—. ¿Cómo puede Dominic ser tan desastre?

—A cada persona se le da bien una cosa, ya sabes.

—Y ya sabemos que a él, lo de ligar, no. No entiendo cómo alguien con sus cartas nunca gana la partida.

—No sabe lo decentes que son sus cartas, lo de siempre. Si no, no tiene sentido que se vista tan mal. —April la miró—. ¿Todavía no ha llegado Jasper?

Al escuchar esa pregunta, Wanda consultó el reloj. En efecto, era raro que Jasper aún no hubiera aparecido, aunque a veces salía tarde de trabajar.

—Imagino que no tardará, puede que aún esté en el trabajo.

April abrió la boca para responder, pero entonces creyó atisbar una mata de cabello gris ceniciento y decidió que era el momento perfecto para «deslizarse» hacia otro lugar, tal y como había recomendado su amiga. Lo de no permanecer mucho tiempo en el mismo sitio parecía funcionar, aunque esa estrategia no le permitía acercarse a ver cómo seguía Dominic. Sonja no tardaría en desaparecer, visto el éxito, y el pobre no tenía la menor idea de cómo mantener una conversación con una chica cuando esta le interesaba. Y no era nada nuevo, ya desde la universidad había destacado por su torpeza en general de cara a las relaciones sociales. April no lo entendía: Dominic tenía unos puntos buenísimos, a ellas dos las hacía reír a carcajadas, sin embargo, no conseguía ser igual de abierto con el resto del universo que no eran sus mejores amigas.

Hizo una parada en su circuito para ver a Wanda en la puerta, dejando pasar a Jasper. Jasper era un chico rubio monísimo, de ojos azules y aspecto de niño bueno, y no podía hacer mejor pareja con su amiga: ambos podrían protagonizar un anuncio de colonia en blanco y negro sin desmerecer. Estaba feliz por Wanda porque, además, era el novio que más tiempo le había durado, puesto que llevaban un año juntos. Suspiró, pensando en el tiempo que hacía que ella no salía con ningún chico, ¡tendría que ponerle remedio!

Hizo un saludo disimulado hacia Jasper antes de desaparecer y este le devolvió el gesto.

—Perdón por el retraso —comentó el joven, en cuanto la puerta se cerró tras él—. Vaya, veo que está animado. ¿Dominic cómo lo lleva?

—La chica de recursos humanos ha venido, pero está cortado y no sabe qué decirle. Calculo que en dos minutos ella desaparecerá al estilo Thanos —sonrió Wanda.

—Voy a felicitarlo y vuelvo, ¿vale? Tengo una cosa que comentarte —dijo Jasper, y desapareció en dirección al salón después de besarla en la mejilla.

Wanda se cruzó de brazos, sin comprender a qué se refería. Todavía no se podía creer la suerte que había tenido al conocer a Jasper, un cúmulo de casualidades que comenzaron cuando su padre había entrado en Versace donde trabajaba como asesora personal de imagen. El señor Hicks era un asiduo de la firma y uno de sus mejores clientes, y aunque por norma general aparecía solo, un día había llevado a su hijo para buscarle un traje de cara a una reunión importante. Wanda cayó al momento bajo el influjo de aquella sonrisa que derretía a las piedras y de una madurez impropia de un hombre de treinta años, y el resto había surgido solo. Jasper era arquitecto y trabajaba jornadas interminables, pero sabía aprovechar a la perfección el tiempo que pasaban juntos. Para alguien como Wanda, que poseía una mala suerte innata con el género masculino, una relación de un año y tan bien avenida era casi un milagro.

Así que, eso de «tengo algo que comentarte», que se parecía sospechosamente al temido «tenemos que hablar», le producía cierta inquietud.

Sacudió la cabeza para eliminar los malos pensamientos. No, Jasper la quería, se lo había demostrado incontables veces, y no era el tipo de hombre que dosificaba las muestras de amor con cuentagotas. Tenía que ser otra cosa, seguro. Se lo repitió varias veces, pero una vez instalada la idea en su cabeza no logró relajarse, así que agarró una botella de tequila y le dio un trago hasta que Jasper regresó a su lado.

—Tenías razón, la chica esa de recursos humanos se ha marchado —comentó Jasper—. Dominic parece un poco deprimido, ¿no?

—Sí, los treinta no le han sentado demasiado bien.

—Tenemos que hablar. ¿Podemos ir a algún sitio donde estar solos?

Wanda se echó a temblar. Ahí estaba, el «tenemos que hablar». Giró la cabeza en dirección al baño y Jasper la cogió por la muñeca para encaminarse allí. Una vez dentro, la chica echó el pestillo y observó al rubio, que estaba sentado en el borde de la bañera.

—Anda, siéntate —pidió.

—¿Qué pasa? —Ella se aproximó, dejando la botella de tequila sobre el lavabo.

Jasper aguardó a que Wanda estuviera sentada antes de carraspear. Parecía que le costara pronunciar las palabras, lo que no hizo sino avivar la sensación de angustia en la chica. Él le cogió la mano y entrelazó los dedos con los suyos.

—No sé cómo decir esto, la verdad —comentó—. Vale, escucha… me han propuesto un proyecto en el trabajo. Es muy importante, significaría un salto enorme en mi carrera.

Wanda notó que parte de su inquietud desaparecía. Aquello no era una mala noticia en absoluto, así que sonrió.

—Pero eso es genial, ¿no? ¿Puedes hablar sobre ello?

—Poca cosa… así resumido, me han puesto al frente de un proyecto para construir islas artificiales en Dubái —explicó Jasper, estudiando su rostro con atención—. Yo controlaría todo, sería el jefe. Es un paso enorme, Wanda.

La joven perdió la sonrisa al momento. Jefe, islas artificiales, Dubái. Traducido significaba que iba a desaparecer durante mucho, mucho tiempo.

Lo primero que estuvo a punto de decir fue: «¿Y has aceptado?», pero tuvo el buen tino de no hacerlo, porque incluso en su cabeza sonaba mezquino. Era una oportunidad increíble para él y era consciente de ello: si ese proyecto salía bien su carrera sería imparable. Y en Dubái nada menos, eso también garantizaba unas ganancias millonarias. Veía con total claridad la oportunidad de oro que su novio tenía delante.

Durante unos segundos ninguno habló. Jasper aguardaba su reacción y Wanda no tenía la menor idea de qué decir; no deseaba frenar su carrera, pero tampoco quería decirle adiós.

—¿Qué opinas? —preguntó él al final, al ver que seguía muda.

—Es que estoy en *shock*.

—Sí, ya lo imagino, y yo lleno de dudas, la verdad. —Jasper se pasó la mano por el pelo—. He tenido una suerte increíble de que me lo hayan ofrecido y es algo que llevo esperando tiempo. Si me lo hubieran propuesto hace un año, ahora mismo ya estaría sentado en el avión.

Pese a que sus palabras encerraban un mensaje maravilloso, Wanda se sintió peor al oírlas. No quería ser la chica que impedía a Jasper progresar.

—¿Cuánto tiempo? —murmuró.

—Mínimo dos años, pero ya sabes cómo son estas cosas, puede alargarse si los astros deciden no alinearse… ¿Qué hago, Wanda?

¿Eh? ¿Pretendía que ella decidiera en su lugar? ¿Estaba loco? ¿Cómo se le ocurría lanzarle la responsabilidad de semejante tema?

—Es algo que debes decidir tú —respondió.

—Esperaba que me ayudaras a elegir lo correcto. Dos años es mucho tiempo y no voy a poder estar viajando cada dos por tres, sería muy complicado llevar una relación de este modo.

Madre mía, ¡iban a romper! Wanda sintió que el suelo se tambaleaba bajo sus pies. Jasper, el chico al que imaginaba como su futuro marido, iba a romper con ella. ¿Cómo podían haberse torcido tanto las cosas?

—A mí me parece que ya lo tienes decidido —comentó.

Un breve gesto de culpabilidad cruzó el rostro de Jasper durante unos segundos.

—¿Lo comprendes? —preguntó.

—Supongo que no tengo otro remedio. —La chica se encogió de hombros.

El rubio volvió a apretar su mano. Se miraron unos segundos, él incómodo y ella dolida. Al final, Jasper se incorporó, como si de pronto tuviera prisa por marcharse.

—Creo que será mejor que me vaya —comentó.

Wanda afirmó, aún asimilando lo que acababa de ocurrir y cómo en cinco minutos había pasado de tenerlo todo a perder una buena parte de lo que la hacía feliz.

—Buena suerte en el proyecto —se vio capaz de decir, antes de que él saliera del baño.

—Gracias. Y lo siento mucho, de verdad. Esto me duele a mí más que a ti.

No era la primera vez que Wanda oía esas palabras: su dentista las pronunciaba a menudo. Así que no las creía del todo, pero aun así movió la cabeza como un autómata para asentir y que Jasper se fuera con la conciencia tranquila. No tenía sentido montarle una escenita, ¿para qué? Había que elegir y lo había hecho, ya estaba.

Se deslizó desde el borde de la bañera hasta el interior, con la botella de tequila en su regazo como si fuera un bebé. Después de tres tragos seguidos, se echó a llorar.

Dominic se incorporó del sofá con un suspiro de fastidio. Si sus cálculos no fallaban, April y Wanda no tardarían en aparecer con la tarta, escenita que detestaba pero que ellas se empeñaban en recrear año tras año, al igual que las dichosas fiestas de cumpleaños.

Para alguien tímido, suponían una pesadilla. Pero ambas decían que un poco de vida social no iba a matarlo y de algún modo sabía que estaban en lo cierto, así que año tras año hacía el esfuerzo. Aunque ese era distinto: ya notaba que los treinta no le hacían la menor gracia. Le parecía una edad respetable en la que echar la vista atrás y pensar si había logrado todas las cosas que se suponía debía conseguir. Y no se acercaba ni de lejos.

Por ejemplo, lo de tener una pareja. No entraba ni en que fuera estable, que eso casi era ciencia ficción, pero al menos salir con gente. No pedía continuidad, no hacía falta que fuera la misma chica, solo alguien de cuando en cuando.

Claro que era difícil si era tan inútil, por descontado. Por ejemplo, Sonja, que contra todo pronóstico había acudido a su fiesta de cumpleaños, y con un regalo. Desde el primer día había llamado su atención, pero sin atreverse jamás a pedirle una cita o lanzarle alguna indirecta, cosas que en otras ocasiones no habían salido bien. Podía decirse que acudir a su celebración de forma voluntaria era esperanzador. Entonces, ¿por qué no había sido capaz de tener una conversación con ella? Siendo, además, una chica agradable y simpática, que Dominic tenía la certeza de que no se burlaría de su persona nunca, incluso aunque no quisiera salir con él.

Nada, era imbécil, era la única explicación. Un torpe, un inútil, un soso y cualquier otro sinónimo de gilipollas que existiera.

April se le acercó.

—Hola —susurró, sin dejar de mirar a su alrededor—. ¿Cómo vas? ¿Has invitado a salir a la chica de recursos humanos?

—¿Tú qué crees? —refunfuñó Dominic.

—¡Pero si lo tenías muy fácil! Y parecía simpática.

—¿Se puede saber por qué no dejas de mirar hacia todas partes?

—El hombre-ceniza se ha colado en la fiesta y no me apetece hablar con él. Voy a «deslizarme» hacia la cocina, si ves a Wanda dile que en unos veinte minutos sacamos la tarta.

—Hace rato que no la veo.

—Ah, se ha metido en el baño con Jasper y seguro que están haciendo lo que no deben. ¿Y si vas a buscarla?

La pelirroja desapareció sin darle tiempo a responder, así que Dominic se encaminó hasta el baño. La idea de interrumpir una posible escena romántica no le hacía ninguna gracia, aunque Wanda no era la típica chica que se liaba con un tío en público y eso le daba cierta tranquilidad. Una cosa era interrumpir unos besos y otra, cortar un polvo.

La puerta no estaba cerrada con pestillo, así que Dominic pegó un par de golpes y luego la empujó para entrar al ver que no le respondían.

Encontró a su amiga dentro de la bañera, con una botella de tequila casi vacía en el regazo y el gorro plateado de la fiesta aún en la cabeza. Estaba claro que había llorado por los estragos del rímel en su rostro, así que se aproximó a toda prisa, preocupado.

—¿Qué pasa? —preguntó, arrodillándose para quedar a su altura.

—Todo es una mierda —farfulló ella, con una voz ronca que dejaba claro que una buena medida de esa botella estaba en su interior.

—Dame eso, anda. —Dominic estiró la mano para agarrar la botella, y la joven se resistió con uñas y dientes, tirando hacia su persona—. Wanda, creo que ya has bebido suficiente... ¿No quieres decirme qué ha pasado? ¿Es por Jasper?

La joven afirmó despacio.

—¿Te ha hecho algo ese...?

Estuvo a punto de decir «capullo», pero se detuvo. Porque Jasper no era ningún capullo, la verdad, y no se le ocurría qué le podía haber hecho a su amiga.

—Anda, hazme sitio —pidió.

Wanda recogió las piernas hasta quedar sentada y Dominic se colocó a su lado dentro de la bañera. No sin dificultad, logró rodearle los hombros con el brazo hasta que la chica pareció relajarse.

—Te escucho.

—Jasper me ha dejado.

Wanda destapó la botella con intención de beber, pero Dominic fue más rápido y logró quitársela. A él tampoco le iría mal un sorbo, ya puestos, así que bebió mientras asimilaba las palabras de la chica. ¿Que había roto con ella? ¡Si eran la pareja perfecta! Los dos tan guapos, con buenos trabajos, parecían felices juntos...

—¿Qué ha pasado, una discusión? —preguntó.

—Le han ofrecido un proyecto de esos imposibles de rechazar, en Dubái.

—Oh. Joder, lo siento, tía.

—Tengo la negra, Dominic. En serio, sabía que no duraría... demasiado bonito para ser cierto, ya sabes lo mal que elijo a los hombres.

Dominic no podía quitarle la razón. Se conocían desde la universidad y todos sus novios habían sido un desastre, desde el típico tipo duro que le ponía los cuernos hasta el engreído gilipollas que pretendía que ella le planchara la ropa: el radar de la chica parecía estar estropeado. Jasper había sido la excepción a la regla y ya no estaba. Eso dejaba a Wanda otra vez en la casilla de salida, desmotivada y con el corazón hecho papilla.

—Vamos a ver —dijo él, con voz tranquila—. Sabes lo que pienso. Eres una tía genial y no debes derramar lágrimas por ningún chico.

—Y aquí llega la frase de consuelo cliché número uno —farfulló Wanda.

—«Allí estaba ella, metida en una bañera, con un gorro en la cabeza, los ojos cual panda, y aun así era la chica más guapa y genial de toda la fiesta».

—Oh, no, no hagas lo de la voz de tráiler de peli ahora, por favor… —La joven se echó a llorar.

—Aunque use mi voz de tráiler es lo que pienso. No llores, venga, si es casi hora de sacar la tarta. Tienes que estar.

—No soportas la parte de la tarta —protestó Wanda, no exenta de razón.

—Ya, pero se ha convertido en un clásico en esta casa y no puede faltar.

—No puedo. No puedo moverme de aquí. No me hagas salir, por favor.

Dominic suspiró. No, imposible obligarla, no en aquel estado. Tampoco le apetecía a él, aún menos al saber lo mal que estaba su amiga. Tendría que ser muy rápido y después echar a los invitados lo antes posible, debía hablar con April sobre eso.

Tampoco podía dejar a Wanda de esa manera, no soportaba verla llorar. Ya la había visto hacerlo demasiadas veces y se le rompía el corazón a él también, porque no existía en ella maldad alguna y le recordaba lo injustas que eran las cosas a veces.

—Tranquila.

La apretó contra él, sin dejar de susurrar frases tranquilizadoras, igual que si tratara de calmar a un bebé. Aquel método siempre había funcionado con Wanda, a pesar de que hubiera pasado tiempo desde la última vez que lo usara.

April se apartó de la puerta y se apoyó contra la pared. Sabía que estaba mal escuchar las conversaciones ajenas, que lo más lógico hubiera sido unirse a la charla, pero le parecía mal interrumpir un momento entre sus amigos que había comenzado sin ella.

Además, a Dominic se le daba de maravilla consolar a Wanda, desde siempre. Su amiga era una inepta a la hora de elegir novios y April tenía una intuición fabulosa para detectar cuál sería un capullo, pero como Wanda rara vez seguía sus consejos, se sentía menos comprensiva a la hora de ofrecerle consuelo. April se preguntaba dónde encontraba su amiga a tantos capullos, porque ella jamás había necesitado los arrumacos de Dominic. Y dudaba de que le dedicara tanta atención si tuviera un disgusto a la altura de los de Wanda.

Los tres se habían conocido en la universidad, con los dieciocho recién cumplidos. El primer año, April vivía en una residencia universitaria. Durante esa época, antes de darse de bruces con la triste realidad, barajó la posibilidad de formar parte de alguna hermandad femenina y acudió a unas cuantas fiestas organizadas por las más populares. No tardó en comprender que esos grupos existían para dejar a las chicas como ella fuera: April no encajaba de ninguna manera entre ellas. Era una chica guapa, pero sin el menor glamur: su cabello pelirrojo y rizado siempre estaba alborotado y fuera de lugar, sus estilismos consistían en combinar los vaqueros con todo y cada vez que intentaba usar el *eye liner* terminaba con el lápiz dentro de sus ojos azules. No servía para ejemplificar la sofisticación ni le interesaba hacerlo, y si alguna cosa buena sacó de aquel breve periodo de fiestas llenas de gente insustancial fue conocer a Wanda.

Al contrario que ella, Wanda era el tipo de chica que todas las hermandades deseaba tener entre sus miembros. Tenía una belleza clásica que rozaba la perfección, un combo ganador en el que sobresalían unos ojos atípicos de color miel claro con melena de igual tono, y que se completaba con un cuerpo armonioso. Más allá del físico, Wanda poseía ese tipo de elegancia innata que la gente asociaba al dinero: hasta una bata de casa la hacía parecer una chica de revista.

Naturalmente, la suma de todo causaba tanta admiración como rechazo, algo que April no tardó en comprobar. Incluso las mismas chicas de las hermandades que deseaban tenerla allí la ponían verde a la menor oportunidad.

A Wanda no parecía importarle nada de todo aquello. Se limitaba a pasar por las fiestas sin comprometerse con ninguna, sin parecer intimar con nadie hasta que apareció April y las dos se encontraron en la mesa de las bebidas.

Solo dos frases («¿te diviertes?» y «Es una mierda») habían sido suficientes para que intercambiaran una mirada de regocijada complicidad. Después de eso, April recordaba un montón de chupitos de gelatina compartidos en los escalones delanteros de la hermandad de turno y la sensación de haber congeniado con alguien antes de dormirse esa noche.

Al cruzarse al día siguiente por el campus, se habían detenido para intercambiar un par de comentarios referentes a la fiesta. Más tarde, hubo algunos cafés al acabar las clases, y esa misma semana, un par de películas en la sesión doble del fin de semana.

No hizo falta más y, poco tiempo después, las dos chicas eran inseparables.

Un mes más tarde, mientras entraban a la carrera en la biblioteca, habían arrollado a un chico hasta dejarlo tirado en el suelo con un montón de libros alrededor: Dominic.

—«Y ahí estaba él, tirado en el suelo con cara de idiota, rezando para que no decidieran grabarlo con el móvil y así subirlo a YouTube, donde cientos de personas podrían burlarse del pobre infeliz.»

April había sido la primera en soltar la carcajada, lo que les valió la expulsión del lugar. Lo ayudaron a recoger todos sus libros y después lo invitaron a un café para recompensarle por el golpe. La charla no fue demasiado trascendente, pero empezaron a encontrárselo a menudo, y pronto el café se volvió una costumbre. Para finales del segundo trimestre, Dominic estudiaba con ellas y se reunían en el apartamento de Wanda, que pagaba con ayuda de sus padres, para beber cerveza, comer palomitas y charlar sobre el mundo.

El segundo año, April y Dominic abandonaron sus sendas residencias para mudarse con su amiga, acordando dividir los gastos entre los tres para así liberar a los padres de la chica. Y fue entonces cuando realmente se volvieron una piña, como una familia. También fue la época en que April empezó a fijarse en Dominic.

Porque el caso de Dominic era de lo más extraño. Era un chico delgado, tenía un gusto horrible para la ropa y un peinado terrible, pero era atractivo. Y tenía los ojos más azules y enormes que April había visto en su vida, de esos que resultaba difícil apartar la mirada.

Sin embargo, era como si nadie viera esas cosas buenas de Dominic: las chicas lo ignoraban, los chicos le tomaban el pelo. Cierto era que la carrera elegida, contabilidad, no despertaba pasiones entre la gente joven, pero a pesar de ese detalle, a ambas chicas les parecía que su material de base era decente. Y que no merecía la indiferencia que provocaba.

Fuera como fuera, Dominic no tenía el menor éxito respecto a la vida social, pese a la buena persona que era y lo divertido que resultaba cuando no pasaba por uno de sus baches. Y aunque compartir piso con dos chicas, sobre todo siendo una de ellas Wanda Ashby, lo ayudó a mejorar sensiblemente su reputación, nunca había logrado quitarse de encima el aura de perdedor.

Con semejante perspectiva, April se planteó dar el primer paso. ¿Por qué no? Ella sí apreciaba su atractivo, aunque estuviera oculto. Podía perderse en sus ojos sin el menor problema, se moría de risa cada vez que doblaba los anuncios de la tele con sus ocurrencias, se lo pasaba genial cuando salían de fiesta y en las noches de karaoke, y... no le veía pegas. Lo conocía bien como para saber que Dominic era de los que no se portaban mal con nadie y le gustaba en parte que fuera un cerebrito, lo encontraba sexy.

Pero antes de que llegara a abrir la boca, hubo algo que la hizo retroceder. Poco antes de las vacaciones de Navidad, había estado toda la tarde de compras en busca de tesoros con los que sorprender a sus amigos. April no tenía contacto con su familia, así que Dominic y Wanda eran lo más parecido a una que existía en su vida, y quería dejárselo claro buscando regalos apropiados para cada uno.

Cuando llegó, en el mayor silencio posible para poder ocultar los regalos sin que nadie la viera, se encontró con la televisión sin voz y una tenue luz que salía del cuarto de Wanda. Por puro instinto, apoyó las bolsas en la entrada y se acercó en silencio hasta allí, con cuidado de no alertar de su presencia. Desde donde estaba le llegaban las voces amortiguadas de Dominic y Wanda, de forma que apoyó la espalda junto a la puerta entreabierta y agudizó el oído.

Lo de espiar no era una actividad que hiciera a menudo, pero algo en la oscuridad del apartamento y en la forma que susurraban sus amigos hizo que saltaran sus alarmas.

Miró de reojo entre la rendija y vio con total claridad a Dominic, sentado encima de la cama de Wanda, con esta al lado. La chica estaba recostada sobre su hombro, en un gesto de completa confianza, y él hablaba con suavidad demasiado cerca de su rostro.

April no llegaba a entender qué le decía, pero la escena le pareció demasiado íntima como para ser una simple charla entre amigos. Era más que probable que se hubieran enrollado, aunque Wanda jamás había hecho el menor comentario sobre que le gustara Dominic. Aunque tampoco ella, de forma que todo era posible.

April regresó a la entrada, cogió las bolsas y cerró la puerta con energía para asegurarse de ser escuchada antes de dar las luces. Simuló sorpresa por la televisión que funcionaba sin sonido, corrió hacia su habitación para arrojar los paquetes dentro del armario y regresó a la cocina para abrir una Coca-Cola antes de que Dominic apareciera para saludarla. Wanda hizo acto de presencia poco después con cara de funeral, anunciando que no quería saber nada de hombres durante una larga temporada, y empezaron a preparar la cena como hacían todas las noches.

La pelirroja no preguntó sobre lo que había visto. Además, era lógico que a su amigo le gustara Wanda, ¿a qué chico no iba a gustarle? Si acababan juntos, se alegraría por ambos. Ella podía salir con cualquier otro, que pretendientes no le faltaban pese a ir despeinada casi siempre.

April asumió lo ocurrido con normalidad, con una leve decepción, y sin sentirse mal ni guardar rencor a nadie.

Los años universitarios terminaron y los tres decidieron seguir compartiendo piso mientras trataban de abrirse camino en el mundo. Wanda cosechaba fiasco tras fiasco, Dominic continuaba sin suerte en el terreno amoroso, y la relación que esperaba April entre ellos no llegaba. Mientras, ella también coleccionaba cita tras cita, algunas mejores y más duraderas y otras anecdóticas. Las continuas peleas con su cabello rebelde y el hecho de no encontrar un trabajo acorde a su carrera la llevaron a hacer varios cursos de peluquería. De repente, se encontró trabajando como aprendiza en un salón de la franquicia Love Is In The Hair, famosa en la ciudad. Y descubrió que aquello le encantaba, pese a haberlo comenzado para domar su propio pelo. Sentía fluir su creatividad cuando todas aquellas cabezas desfilaban ante ella, pese a que los primeros meses no le dejaron hacer otra cosa que enjabonarlas. Sus compañeras, tres trillizas cuarentonas bastante amargadas, apenas la dejaban expresarse… pero tenía esperanzas de poder evolucionar y poco a poco fue sacando la cabeza. Tenía ideas y planes que ansiaba llevar a cabo.

Wanda, por su parte, sí había encontrado un trabajo relacionado con sus estudios de diseño en una tienda de ropa de Bloomingdale's en la zona de Union Square. Como todas, comenzó ordenando ropa y perchas en la zona de probadores hasta que su buen hacer la llevó a ser encargada de departamento. Una tarde, una mujer de unos cincuenta años le preguntó por una prenda y quedó enamorada de los consejos de la joven. Wanda se marchó feliz esa noche, y días después recibió una oferta de trabajo de una tienda de lo más prestigiosa: Versace. Al parecer, la señora a la que tan bien había atendido era la mujer del alcalde, quien había hablado sobre su estilo en el círculo apropiado. Wanda tuvo que volver a empezar desde abajo allí, pero un par de años después era asistente personal y atendía a gente de un nivel económico muy potente, lo que le iba de perlas porque trabajaba a comisión. Su jefe la adoraba, la mujer del alcalde seguía siendo una clienta fiel, tenía un descuento importante en la ropa de la firma y no podía estar más feliz. Al menos en el terreno laboral, porque en el sentimental seguía siendo un desastre. Hasta que conoció a Jasper, que aportó algo de estabilidad a su vida.

¿Acababa esa estabilidad de irse a la porra?

April decidió salir de dudas y empujó la puerta para reunirse con sus amigos. Al ver a Wanda llorando a lágrima viva se dio cuenta de que el asunto iba en serio y corrió hasta la bañera. Dominic intercambió una mirada con ella, negando con la cabeza.

—Wanda, ¿por qué lloras? Tienes el maquillaje fatal… —April corrió a buscar el rollo de papel higiénico y se lo tendió.

—Jasper la ha dejado —resumió Dominic.

—¿Qué? ¡Si estaba loco por ti!

—Tema de trabajo —siguió él—. Al parecer se marcha a Dubái para una temporada larga y ha decidido que es mejor dejar la relación.

La pelirroja estaba anonada. ¿Jasper? ¡Si era un chico encantador, el mejor que había tenido Wanda en toda su vida! Pobrecilla, parecía destrozada y no dejaba de llorar.

—Deberíamos terminar la fiesta —propuso Dominic.

—¿Y la tarta? La tengo lista en la cocina…

—No, no, es tu cumpleaños —repuso Wanda—. Id a preparar la tarta y dejad que me recomponga un poco, ¿vale? Os prometo que en unos minutos me reúno con vosotros.

—¿Seguro? —le preguntó Dominic.

Ella afirmó, así que el chico le dio un beso en la frente y salió de la bañera. April metió medio cuerpo en la bañera para abrazar a Wanda, muy apenada por la situación.

—Lo siento mucho, cariño —murmuró—. Me parecía un chico genial.

—Y a mí también. —Wanda se frotó la cara, empeorando del todo su aspecto—. Aún no me puedo creer lo ocurrido. Ahora hay que terminar la fiesta…

—No creo que le quede mucha más cuerda, no te preocupes. Dame esto, anda. —Le quitó la botella de tequila—. Mañana me lo agradecerás.

La besó en la mejilla antes de reunirse con Dominic en la puerta. Salió y los dos se miraron, sin saber bien qué decir.

—Pobrecilla, ¡qué capullo!

—Yo pensaba que iban a terminar casados… En fin, saquemos la tarta para que esto no se alargue mucho —comentó él—. Vuelvo al salón, que hay unos del trabajo con los que no he hablado ni una vez en toda la tarde.

—Enseguida salgo con la tarta —asintió April.

Regresó a la cocina mientras Dominic volvía a su propia fiesta, aunque ahora el humor había cambiado de manera brutal. No podían echar a la gente sin más, debían cumplir con las costumbres y aguantar hasta el final, de modo que sacó la tarta de la nevera y comenzó a clavar velas, pensando si Wanda finalmente haría acto de presencia.

Dominic fue hasta la mesa de las bebidas y cogió una cerveza con un suspiro. Entre que ya de por sí no le gustaba mucho celebrar su cumpleaños, su éxito con Sonja y el disgusto de Wanda, aquella fiesta iba camino de convertirse en la peor de la historia. Malditos treinta… lo de cambiar de número no podía traer nada bueno. En fin, al menos solo quedaba la tarta y podrían echar a todos de allí, así que se dio la vuelta para ir a saludar a los que le faltaban de su empresa. Tampoco era que le cayeran estupendamente, pero ya que se habían molestado, qué menos que ser amable. Y seguro que con el género masculino no se quedaba en blanco como le había pasado con Sonja.

Sacudió la cabeza, molesto consigo mismo por ser tan inútil en lo que al género femenino se trataba, siempre y cuando no fueran sus dos mejores amigas, claro. También ellas eran las dos únicas personas en el mundo que parecían entenderlo, así que… Recorrió el salón con la vista, comprobando que no solo Sonja había desaparecido, sino también Jasper. El chico siempre le había caído bien y lo de aquel día le había hecho bajar muchos puntos de su listón. Más bien todos, porque si se paraba a pensarlo, no solo había dejado a Wanda: había tenido la cara de presentarse en la fiesta y felicitarlo como si nada, cuando a los pocos minutos iba a soltar una bomba a su amiga. Podría haber quedado con ella en otro momento o decírselo en privado, ¿no? No, aquello no se hacía. No era que él fuera un experto en rupturas, para eso primero tenía que salir con alguien, pero estaba seguro de que no eran las mejores formas.

Su mirada se cruzó con la de un par de compañeros, que lo saludaron con la cabeza, así que se obligó a sonreír y se acercó.

—«Y con su querida cerveza como pareja de baile, se dirigió al grupo trajeado a hacer vida social» —murmuró.

—¿Qué tal, cumpleañero? —Uno de los chicos le palmeó un hombro.

—Bien, gracias por venir, Dustin.

—Justin.

—Eso he dicho, Justin, gracias. —Miró al de al lado—. ¿Os lo pasáis bien, Billy?

De ese nombre al menos estaba seguro, que tenían los cubículos uno al lado del otro y cuando Billy había empezado, un par de años atrás, su jefe le había ordenado ponerlo al día y enseñarle cómo funcionaba todo. El chico no le caía mal del todo, era simpático y se llevaba bien con todo el mundo, aunque también era de los que se pasaba demasiado tiempo en la máquina de café socializando. Él también se tomaba pausas, solo que no tantas y menos si había algún jefe rondando, aunque con ellos Billy también se llevaba a las mil maravillas.

Una chica se acercó a ellos y el susodicho le rodeó los hombros con el brazo.

—Mira, os presento —dijo—. Es mi prometida, Sondra.

—Gracias por invitarme —añadió ella, plantándole dos besos a Dominic antes de que él pudiera decir nada.

¿Invitarla? En todo caso, April o Wanda, que eran las encargadas de la fiesta, pero dudaba que la conocieran. Sería la «más acompañante» que solían poner en las invitaciones.

—De nada —contestó. Y entonces cayó en lo que había dicho Billy—. Espera, ¿prometida?

—Sí, nos casaremos este año. Estamos preparando todo, solo me quedaba escoger al padrino y ya que estoy aquí, pues mira, aprovecho.

Dominic parpadeó sorprendido. Vaya, aquello sí que no lo había esperado, pero bueno, parecía que el tiempo que había invertido en enseñarle había servido para algo, por fin alguien le agradecía el esfuerzo. Y él que pensaba que solo era un pelota que…

—Sabía que Justin venía también a tu fiesta, así que acabo de pedírselo —continuó Billy.

… que por supuesto había escogido como padrino al tipo más imbécil de toda la oficina, claro, uno que sabía organizar fiestas de despedida a lo grande y que seguro luciría un traje a medida y quedaría de muerte en las fotos.

—Sí, ¿no es genial? —Justin le dio con el puño en el hombro, sacándole una mueca—. Será una boda increíble.

—Sí, ya, estoy seguro.

—¿Has visto mi anillo?

Sondra le plantó la mano delante de la cara y Dominic se echó para atrás, viendo peligrar la integridad de sus ojos ante el enorme pedrusco que llevaba la chica en el dedo.

—¿Es un diamante o un meteorito? —preguntó.

Ella rio mientras seguía agitando la mano, para que se reflejara la luz y todos pudieran ver lo que brillaba.

—Me ha costado un pastizal, pero bueno, no importa —comentó Billy, con una sonrisa—. Ya sabes, con el ascenso…

Chocó su vaso con el de Justin, mientras Dominic fruncía el ceño. ¿Ascenso? ¿De qué estaba hablando?

—¿Te vas de la empresa? —preguntó.

—No, me refiero al puesto de jefe financiero junior, ¿no te has enterado?

Pues claro que se había enterado. El puesto lo habían anunciado en la intranet de la empresa y Dominic no había perdido un segundo en preparar bien su currículum, enviarlo y pedir una entrevista con recursos humanos. Su perfil se ajustaba a la perfección al puesto, después de tantos años en la empresa se merecía un ascenso y se veía más que capacitado, pero no le habían concertado aún una cita con el encargado del puesto. En aquel momento le quedó claro por qué y, también, que ya no iba a ocurrir. Apretó la mano alrededor de la lata de cerveza, arrugándola un poco sin darse cuenta.

—¿Cuándo han sacado los candidatos? —dijo, con la cara a punto de explotar por mantener la sonrisa en ella.

—No lo han hecho. Subí a hablar con el mandamás, le conté cuatro milongas y ya ves, ¡ahora soy jefe!

Emitió unas risitas acompañado de Justin a las que no se unió Dominic. Esquivó de nuevo el anillo asesino, que la chica seguía agitando y se acercó más a los dos.

—Perdona, pero no entiendo. ¿Y el proceso de selección? ¿Cómo te lo has saltado?

—Con su encanto natural. —Justin se echó a reír—. Deberías practicarlo un poco.

—Pedían más de cinco años de experiencia.

—Bueno, nada que no se pueda solventar hablando. —Billy le dio otra palmadita—. ¿Te pasa algo? Te has puesto muy serio de pronto.

¿Algo? Aquello no había por dónde cogerlo. Vale, Billy no era tonto, eso se lo concedía. Pero no llevaba el tiempo suficiente en la empresa como para merecer un ascenso. Y encima, ¿iba a casarse ya? ¡Si acababa de cumplir los veintisiete! Aquello no podía ser, era como una especie de broma cósmica. Allí estaba él, con su nuevo número, y sin ningún otro cambio en su vida, ni en lo personal ni, ahora lo tenía claro, en lo profesional.

De pronto se apagaron las luces y Dominic se terminó la cerveza de un trago, tanto para no contestar alguna burrada a Billy como para prepararse para soplar las velas. En fin, al menos sabía que la tarta estaría buena. April se había vuelto bastante adicta a las recetas sacadas de videos de internet, y aunque él y Wanda había sufrido unas cuantas veces el resultado de los experimentos, la vena creativa que tenía su amiga también funcionaba en lo que a postres se refería y cada vez le quedaban mejor. Esperaba que al menos el subidón de azúcar lo animara un poco, porque lo que era la fiesta… ya no veía por dónde levantarla.

La puerta de la cocina se abrió y lo primero que vio fue un montón de velas encendidas. Imaginaba que treinta, aunque desde luego no le hubiera importado que April hubiera utilizado dos numeritos como otros años y santas pascuas, que al menos ocupaban menos. La gente comenzó a corear *Cumpleaños feliz* mientras veía aquella multitud de pequeñas llamas acercarse a él.

—«Rodeado por los amenazantes fuegos fatuos, nuestro héroe decidió soplar y acabar con ellas cuanto antes» —murmuró para sí mismo.

La tarta llegó a su altura y su mirada se cruzó con la de April, que sonreía al otro lado mientras canturreaba. Él le devolvió la sonrisa. No podía evitarlo, era algo que le pasaba con ella: siempre le hacía sentirse mejor, aunque todo fuera mal y tuviera un día horrible. Así como él era el apoyo principal de Wanda en aquel triunvirato, April lo era para él. Muchas veces ni siquiera necesitaban tener una larga conversación o darse explicaciones; ella lo miraba con aquellos ojos que parecían atravesarlo y ya sabía lo que le ocurría, o lo que necesitaba, muchas veces incluso antes que él mismo. Como con las fiestas de cumpleaños. No eran su santo de devoción, pese a que todos los años se lo acababa pasando bien, así que no podía quejarse.

Excepto en ese año, claro, que todo iba de mal en peor. Al menos Wanda se encontraba mejor, porque vio que se había acercado con sigilo hasta colocarse junto a su amiga y le sonreía también. Por supuesto, se había arreglado el maquillaje y su preciado pelo, por lo que suponía que, cuando se encendieran las luces, no quedaría rastro del disgusto. Al menos, hasta que todo acabara.

La canción por fin terminó y April le acercó un poco más la tarta llena de velas al rostro.

—Venga, pide un deseo y sopla —le dijo, con un guiño.

Dominic cerró los ojos, consciente de que ningún deseo se materializaba en su mente. ¿El ascenso? Perdido, estaba claro. ¿Novia? ¿Un cambio en su vida, aparte de pasar de década?

—Venga, que se consumen las velas —instó Wanda.

Dominic suspiró y decidió que, para lo que le había servido el año anterior, en esa ocasión no se iba a molestar a realizar nada elaborado. Cogió aire y sopló.

Y no pasó nada.

Se echó hacia atrás, mosqueado. Las treinta velas seguían intactas, todas ellas. ¿La edad había reducido también su capacidad pulmonar? ¡Aquello era el colmo!

Volvió a aspirar, esta vez con más fuerza, y sopló hasta que se quedó sin respiración y notó que se empezaba a ahogar. Las pequeñas llamas se movieron por la acción del aire, alguna incluso pareció que se apagaba, pero en un segundo estaban todas de nuevo encendidas como si no hubiera pasado nada.

April y Wanda intercambiaron una mirada, sonrientes. La primera abrió la boca para decir algo, y antes de poder hacerlo, Dominic dio un manotazo a las velas, por lo que tuvo que sujetar la tarta y mantener el equilibro para evitar que cayera al suelo. Las velas, aún encendidas, estaban por todas partes, y pronto fueron apagándose de una en una, según el chico las iba pisando con determinación.

Cuando la última estuvo apagada, alguien encendió la luz y Dominic sonrió, triunfante. Al levantar la vista se dio cuenta de que todos lo estaban mirando.

—¿Qué? —preguntó.

—No, nada, nada —dijo April, dejando la tarta con cuidado sobre la mesa—. Más que apagarlas, las has asesinado…

—Si es que no se apagaban.

—Ya, bueno, es que eran de broma. —Wanda le dio unas palmaditas en el brazo—. De esas que no se apagan con soplar, ¿sabes? Pero vemos que no te ha hecho mucha gracia.

—Si no han sido las velas, es que… —Se calló, al ver que los invitados seguían callados, mirándolo—. Hale, ya está, venga, todos para vuestra casa. La fiesta se ha acabado, no hay tarta para todos. —Se acercó a Billy y le quitó el vaso—. Mejor os vais antes de pillar caravana, ¿eh? Ha sido un placer, Sandra.

—Sondra —corrigió ella, aturdida al ver que le arrebataba su copa.

—Pero si… —empezó April.

—Déjale —susurró Wanda—. Creo que no soy la única que tiene mal día.

—No, si ya —le contestó con el mismo tono—. Se ve que los treinta le han sentado peor de lo que esperábamos.

Al ver que su amigo continuaba quitando vasos y copas a la gente, se unieron a él y en unos pocos minutos, habían conseguido hacerse con toda la cristalería repartida entre los invitados. Al mismo tiempo, los iban encaminando hacia la puerta y entregando los abrigos.

—Esta no es mi chaqueta… —protestó una chica, a la que April no conocía.

—Tranquila, seguro que alguna otra tendrá la tuya, tú sal a la acera y pregunta.

Y así consiguió librarse de los últimos invitados. Cerró la puerta y echó un vistazo por la mirilla, por si acaso alguno volvía. Varios se habían quedado a los pies de las escaleras, con los abrigos y chaquetas en las manos y haciendo intercambios.

—Despejado —informó.

Se encaminó al salón y se detuvo frente a sus amigos, con los brazos en jarras.

—Bien, esto no se ha acabado —dijo—. Dominic, sirve esa botella de vino, no vamos a echarla a perder. Wanda, lleva la tarta a la mesa del sofá, el azúcar nos vendrá bien. Voy a por tres tenedores.

Fue a la cocina a por ellos y cuando regresó, había tres copas de vino sobre la mesa, junto a la tarta. Wanda se había sentado en un extremo y Dominic en el medio, así que ella ocupó el otro lado.

—Siento lo de las velas —se disculpó—. Pensamos que te haría gracia.

—No ha sido por las velas. —Cogió un buen trozo de tarta y se lo metió en la boca—. Egto egtá de muete.

—Ay, Dios, cada bocado son como mil calorías, ¿no? —añadió Wanda, suspirando al probarla—Solo un trozo pequeñito, que luego cuesta media vida perder kilos.

—Bueno, cinco segundos en la boca y seis meses en el culo, pero… —April cogió un trozo con el tenedor—. Qué más da.

Durante un par de minutos se dedicaron a regodearse en el azúcar, la nata y el chocolate, bajándolo todo con un par de copas de vino y sin decir nada. Al servirse la tercera copa y con una cantidad más que respetable de bizcocho en el estómago, Dominic se reclinó en el sofá.

—Mi vida es un asco —refunfuñó.

—Venga, no digas eso. —April le frotó un hombro con cariño—. Los treinta no son tan malos.

—Eso lo dices porque no los has cumplido, Makovsky.

—Bueno, a ti no acaba de dejarte tu novia —replicó Wanda, con un mohín.

—Claro, porque no tengo.

—¿Es por eso? —preguntó April, pensando en todos los frentes abiertos que tenía. Por un lado, Wanda y su inesperada ruptura, que iba a necesitar todo su apoyo, pero Dominic…—. ¿O hay algo más?

—Siempre hay algo más, ¿no?

—¿El ascenso? Pensaba que aún no habías tenido la entrevista.

—Ni la tendré. Se la han dado a ese capullo, Billy.

Ellas se miraron, ambas sorprendidas.

—No lo entiendo —dijo Wanda—. Si el proceso se acaba de iniciar, ¿no?

—Pues le ha comido la cabeza al imbécil que lo decide y se lo dan a él. Ah, y además se casa, claro. Y no me extrañaría que se hubiera comprado un coche nuevo, un descapotable, ya puestos. Y una casita con valla blanca, un perro y…

—Para, para. —April le quitó la copa antes de que continuara bebiendo—. ¿Cómo lo sabes?

—Me lo ha dicho él. ¿Y sabéis quién va a ser su padrino? No la persona que lo ayudó cuando empezó, el que pasó horas enseñándole ni el que le ha cambiado vacaciones cuando le ha hecho falta, no. —Las miró, primero a una y luego a la otra—. Ese soy yo, por si no ha quedado claro.

—Lo sabemos, cariño —le dijo Wanda, con media sonrisa.

—Pues al imbécil de Dustin.

—Pensaba que se llamaba Justin —dijo April—. Vaya, le envié mal la invitación.

—¡Es que se llama Justin! Pero es que es imbécil hasta con su nombre. ¿Por qué no tiene uno normal? Como yo: Dominic. ¿Se puede confundir con algo? No. Pues eso. Qué ganas de marear a la gente.

—Bueno, eso no es culpa de él, que se lo pusieron sus padres… —Dominic se metió otro trozo de tarta y masticó con fuerza—. Pero sí, es un imbécil. Lo siento mucho, tú te merecías ese puesto, no Billy.

—Pues lo que me gustaría saber es por qué no me lo han dado.

—Dices que habló directamente con el que lo lleva, ¿no? —comentó Wanda, a lo que él afirmó—. Pues a lo mejor es que lo vio más… bueno, más…

—¿Qué? ¿Alto? ¿Guapo?

—Más lanzado, más…

—Proactivo —terminó April—. Quizá si hubieras cogido un traje y…

—Demasiado tarde.

—Y no sé de todas formas si con alguno de tus trajes… —empezó Wanda, a lo que April la fulminó con la mirada—. ¿Qué? No es que sean lo más llamativo del mundo. O sí, llamativos sí, aunque no en el sentido que queremos.

—Si me quieres animar, hablando de mis trajes no vas a lograrlo.

—Lo sé, tienes razón. —Le devolvió la copa que April le había quitado, llena de nuevo—. Eso lo dejamos para otro momento, ahora mejor bebemos, ¿no?

—Siento que la fiesta haya salido mal —musitó él, tras dar un trago—. Sé que os habéis esforzado mucho.

—Pero lo importante es que tú estés bien —dijo April—. La fiesta da igual. Y mira, al final nos ha tocado más tarta que otros años, que el pasado casi no la probé.

—¿Tú estás mejor? —Miró a Wanda.

—Todavía no lo sé. —Se encogió de hombros—. Tengo que digerirlo, ha sido todo tan… —Movió la cabeza—. Prefiero no pensarlo. Te estamos consolando a ti, a mí ya me tocará mañana.

«Y pasado, y al otro», pensó. Porque notaba que la angustia volvía, aquella que la había dejado hecha polvo en la bañera. Pero era el día de Dominic y su amigo la necesitaba, así que se desahogaría más tarde, ya llegaría su turno. Primero tenía que terminar de asimilar que su relación, su perfecta relación, se había terminado.

—¿Cuánto helado hay en la nevera? —preguntó April.

—Un litro de chocolate, medio de vainilla y casi uno de tarta de queso —enumeró Dominic—. No sé si será suficiente.

—Yo paso —murmuró Wanda—. Con esto tengo calorías para todo el mes. Que después tengo que ponerme la ropa de la firma para la que trabajo, os recuerdo.

—Sugiere una línea para chicas que aman la tarta —sonrió April—. Voy a por cucharas.

Le dio un beso en la mejilla, otro a Wanda y fue a por las cucharas y las tarrinas de helado. Y si Dominic y ella se las acababan, bueno, para eso existía internet y las entregas inmediatas. Porque nunca se sabía cuánto helado hacía falta hasta que había una verdadera emergencia.

CAPITULO 2

Wanda salió del trabajo agotada. Apenas se sentía con fuerzas para conducir, pero no le quedaba otro remedio si pretendía volver a casa. Debía llegar allí fuera como fuera: necesitaba cerrar las persianas, arrastrarse hasta la cama y hacerse un ovillo hasta el día siguiente, mínimo.

¿Cómo había conseguido levantarse y acudir hasta la tienda? Ni idea, no recordaba haberse puesto la ropa, ni sacar su estuche de maquillaje… aunque algo había hecho, porque de repente se encontraba en el enorme vestidor donde recibía a sus clientes a diario. Lo intentó con todas sus fuerzas, pero resultaba imposible concentrarse en combinar prendas con el recuerdo de Jasper martilleando a cada maldito segundo, a partes iguales con el malestar de la resaca provocada por el vino consumido la noche anterior. La fiesta había sido un fracaso, de acuerdo, pese a que ellos tres se habían quedado hasta las tantas comiendo tarta, bebiendo y lamentándose. Ahora tocaba pagar las consecuencias.

Al final, apareció su jefe. Cerró la cortina y le tendió un botellín de agua, para acto seguido pedirle que se marchara a descansar y que regresara al día siguiente, preferiblemente sin lágrimas.

Solo entonces Wanda fue consciente de que lloraba de manera intermitente y se odió por estar así y no ser capaz de controlarlo. Algunas chicas se convertían en un bloque de hielo para camuflar sus sentimientos; sin embargo, ella era justo lo contrario: se sentía fatal y no deseaba esconderlo, quería dejar salir todo hacia fuera. No valía para fingir, y llevaba una semana así, aunque le parecían meses.

Con la botella de agua en una mano y el bolso en la otra, entró en su coche y se puso el cinturón antes de arrancar, dejando que saltara la radio. Imaginaba lo que tocaba ahora, seguro que cada canción le traería un recuerdo diferente, pero el silencio que lo llenaba todo era incluso peor, así que la dejó encendida.

Consultó el móvil: aún mediodía, y a esas horas ya solía tener algún mensaje de Jasper. Esa vez, excepto los ánimos de April y Dominic, no encontró nada más.

Arrancó, repasando la conversación mantenida la noche de la fiesta. ¿Por qué lo había dejado marchar tan fácil, sin apenas luchar? No había tratado de convencerlo de que se quedara, hasta podía haberle propuesto acompañarlo en su viaje, ¡cualquier cosa! No quedarse sentada como una boba en la bañera mientras le deseaba suerte en su vida.

Siguió llorando y conduciendo, conduciendo y llorando hasta que escuchó una sirena. Echó un vistazo al espejo retrovisor, que le devolvió la imagen borrosa de un coche de policía, así que Wanda desvió el vehículo hasta el arcén.

Una vez allí, detuvo el motor y aguardó, sin moverse del sitio. Una nueva mirada le bastó para comprobar cómo el coche patrulla se detenía a unos metros de donde había parado ella.

Estupendo, genial, maravilloso.

Había dos agentes de policía dentro, aunque solo bajó del vehículo el que iba al volante. Caminó con tranquilidad hasta llegar a su altura, y entonces tocó en la ventanilla con los nudillos.

Wanda pulsó el botón para bajarla con desgana. No existía manera de disimular su cara, que estaba hecha un desastre por ir todo el camino llorando a lágrima viva. El maldito rímel *waterproof* no era tan *waterproof*. Y si en algún momento sentía que se calmaba, solo tenía que mirar la foto de Jasper para volver a empezar. Era como si estuviera atrapada en un bucle infernal, uno donde él la abandonaba una y otra vez, y ella no tenía horas suficientes en el día para derramar lágrimas.

—Señorita —dijo el policía, tras unos segundos.

La joven fue consciente de que aguardaba a que le prestara atención, algo que no había hecho, así que se frotó los ojos y se giró en su dirección, en un modesto intento de frenar el llanto que no tuvo mucho éxito.

—Hola, agente. Perdón por lo que sea que haya hecho.

—¿Se encuentra bien? —quiso saber él, al ver que aquellos sollozos eran incontrolables—. ¿Está herida?

—Un poco.

El policía pareció alarmado y la examinó, buscando alguna posible lesión.

—¿Qué le duele? —preguntó, ya con la radio en la mano.

—El corazón.

—¿Un infarto? —El hombre frunció el ceño—. ¿No es un poco joven para eso?

Además, si estuviera sufriendo un infarto, habría un montón de señales que allí no detectaba. La chica se encogió de hombros mientras el agente valoraba la posibilidad de que estuviera borracha, drogada o, simplemente, loca. Tenía el pelo revuelto, el maquillaje hecho un desastre y parecía vestida por su peor enemigo, o sea que tan raro no sería.

Wanda decidió no hablar más. Que la detuviera si quería, total, qué importaba. Si iba a la cárcel no tendría que preocuparse nunca más por los hombres y sus penes, de hecho, no pensaba volver a tocar otro nunca más. Iría a la cárcel, eso es, allí se dejaría el pelo a lo salvaje, engordaría diez kilos gracias a la comida de mierda que servían en esos lugares, y se echaría una novia lesbiana llamada Martha que la protegería del resto de reclusas.

Ya estaba, asunto arreglado. En cuanto llegara a casa se pondría a ver *Orange is the new black* para tener claro cómo funcionaban las cosas en prisión. Aunque si la detenía en ese mismo momento, ¿cómo se las arreglaría para…?

—¿Puede enseñarme el permiso de conducir, por favor?

Wanda agarró el bolso y lo volcó sobre el asiento del copiloto, dejando a la vista su cartera, tres paquetes de pañuelos de papel, un colirio para los ojos, un fular, un bote verde que el policía no atinó a identificar y varios botellines de alcohol comprados en la última gasolinera en la que había repostado.

—¿Ha bebido? —preguntó él, al ver aquello.

—No. Aunque tengo muchas ganas de hacerlo, en cuanto llegue a casa pienso coger una buena borrachera, agente… —Forzó la mirada, pero debido a las lágrimas y el rímel que no estaba en su sitio, veía borroso—. Ardey.

—Harvey —corrigió él, estupefacto.

—Vale, lo que sea. Aquí tiene el permiso.

Wanda le alargó el documento, que llevaba un pañuelo de papel enganchado en la esquina. El agente lo sacudió hasta que se desprendió y lo examinó para corroborar que todo estaba en orden mientras, en el interior del vehículo, la muchacha reanudaba los sollozos sin importarle su presencia.

—Verá, es que iba demasiado lenta, señorita Ashby… está entorpeciendo el tráfico y eso es un peligro.

—Vaya, otra cosa que no hago bien. —Ella aumentó la intensidad del llanto—. ¡Lo siento tanto, agente! No quería ir despacio, se lo prometo.

El policía se alarmó al oírla y alzó las manos para ver si así se calmaba.

—Tranquila, no pretendía… quiero decir, ¿puede…? ¿Sería posible que dejara de llorar unos segundos?

—¿Qué se cree, que me gusta estar llorando cada jodido minuto del día? —protestó Wanda, sin parar—. ¡Pues no, resulta muy molesto! Mire mi maquillaje, mi pelo, ¡qué desastre!

—De acuerdo, de acuerdo. ¿Está o no herida? Porque si no lo está, me temo que tendré que ponerle una multa por circular a una velocidad inferior a la mínima.

—¡Lo que me faltaba! Una multa por ir a velocidad caracol. Esto es genial, realmente genial. Gracias, agente Ardey, ha terminado de estropearme el día.

La chica apoyó la cabeza en el volante y sollozó aún más fuerte. Fuera, Garrett Harvey no tenía la menor idea de cómo reaccionar: era la primera vez que le pasaba algo parecido. Echó un ojo al coche policial, donde su compañero Ben trataba de contener las carcajadas.

—Señorita —insistió, metiendo el brazo por la ventanilla para darle un golpecito en el hombro y de ese modo atraer su atención—. Deje de llorar, por favor. ¿Necesita una ambulancia o hay algo que pueda hacer por usted?

Wanda ladeó la cabeza mientras él sacaba el bloc de multas con calma.

—Mi novio me ha dejado —murmuró ella, entre hipos, y lo miró con los ojos brillantes—. Después de un año juntos. Es guapo, interesante y divertido, y al parecer listo, porque le han ofrecido un trabajo estupendo fuera de aquí. Lo ha aceptado y cree que es mejor que dejemos la relación. —Meneó la cabeza—. Lo siento, sé que esto no le interesa en absoluto, pero desde que me lo ha dicho no puedo dejar de llorar, ¡es horrible esta sensación!

—Ah, vale… entiendo.

—Mis dos mejores amigos no pueden comprenderlo. Hacen todas las cosas que deben hacer los buenos amigos, como comprar helado, darme abrazos cuando toca y decirme las palabras de consuelo típicas, solo quieren que pase lo antes posible. Si intento desahogarme me vienen con eso de que el tiempo lo cura todo.

—Sí, esa es la frase de consuelo típica número uno —comentó Garrett, un poco apenado al ver su expresión.

—No vaya a pensar que no lo agradezco, no es eso, solo siento que necesito desahogarme. Contárselo a alguien una vez, dos, seis, las que sean. Aunque se repita la historia, no sé otra forma de sacar la angustia.

Garrett la estudió unos segundos. Volvió a echar otro vistazo al coche, donde Ben parecía de lo más entretenido hablando por teléfono, así que se encogió de hombros.

—Escriba una carta.

—Lo primero, tratarme de usted no ayuda a mejorar mi humor. Y lo segundo, ¿cómo dice?

Él sacudió la cabeza.

—Que le escribas una carta. Ahí podrás expresar la frustración sin que tus compañeros de piso se aburran de oír tantos lamentos. También se la puedes enviar, aunque personalmente yo solo lo usaría como método de desahogo.

—Una carta —repitió Wanda, pensando en ello.

—Sí, eso es: una carta. —Garrett pareció un poco exasperado—. Bueno, a veces la gente se expresa mejor cuando sabe que nadie la va a escuchar. Es una forma de sacarlo todo fuera sin que el resto más próximo sufra a tu mismo nivel.

A Wanda ya se le había ido la cabeza a la cantidad de párrafos que iba a escribir reprochando a Jasper su decisión, ¡y tanto que iba a escribir! Y, sin duda, le pondría un sello. Era la mejor idea del mundo, sí, porque de paso se quedaría con la última palabra: si Jasper no respondía era porque no sabía qué decir; si lo hacía, quemaría el sobre antes de abrirlo. O quizá lo guardara para leerla veinte años después, cuando su recuerdo fuera anecdótico.

Garrett carraspeó y ella alzó la mirada, confusa.

—Ah. Ah, sí, la multa… vale. —Wanda estiró el brazo y alargó la mano, tratando de no poner una mueca de consternación infantil.

El maldito Jasper. No era suficiente con haberle roto el corazón, que también le ponían multas por su culpa. Adiós a las diez tabletas de chocolate que pensaba comprarse en el supermercado que había antes de llegar al apartamento.

Garrett estudió su rostro y con un suspiró se guardó el bloc de multas.

—Bueno, olvidemos la multa —comentó.

—¿De verdad?

—Sí, ha sido un mal día. No pasa nada, conduce con cuidado, pero sin dormirte —recomendó, dando un golpecito a la puerta—. Y no te preocupes, aunque sea la frase de consuelo típica número dos, si ha sido capaz de irse sin mirar atrás estarás mejor sin él.

Le hizo un saludo con la cabeza antes de regresar al vehículo policial y Wanda permaneció unos segundos anonada por el comentario.

Claro, el policía tenía razón, ¡Jasper era un capullo! Sí, había puesto cara de angustia mientras le apretaba la mano, pero ni una sola lágrima lo había visto derramar. ¿Acaso llevaba un año engañándose a sí misma y él solo la veía como «alguien con quien salir»?

Un momento, ¿la frase de consuelo típica número dos? ¿Y por qué no le sonaba? Conocía las habituales: «el tiempo lo cura todo, no te merece, antes de lo que crees lo habrás olvidado, es un capullo de mierda…» pero la que había nombrado ese policía era la primera vez que la escuchaba.

A lo mejor tenía más frases nuevas y buenos consejos. Wanda consideró salir del coche para ir a buscarlo y preguntarle el nombre completo o el teléfono, solo que justo en aquel momento vio cómo le daba las luces para que se pusiera en marcha y entendió que había reaccionado tarde.

¿Y cómo se llamaba? Hizo el esfuerzo de recordar la placa y su conversación… Ardey, eso era, agente Ardey. Lo mismo podía localizarlo en Google, Facebook o algo así. Porque ese hombre parecía muy sensato y paciente, amén de que no estaba harto como sus dos amigos. Que no era que no quisieran consolarla, solo que llevaba tantos años llevándose disgustos que para ellos solo era uno más, no comprendían la enorme diferencia que existía entre los casos anteriores y el presente.

Arrancó el coche y enfiló hacia la carretera, pensando en el tema. Bueno, gracias a aquella especie de policía-psicólogo iba a poder comprarse sus diez tabletas de chocolate, de forma que se detuvo en el primer supermercado que encontró.

Recorrió los pasillos repletos de bollería industrial, acariciando cada uno de aquellos tentadores envoltorios mientras decidía qué se llevaba a casa. Después de mucho mirar, se detuvo junto al chocolate con un suspiro. ¿A quién pretendía engañar? No iba a darse ningún atracón de dulce. Hacía años que controlaba su alimentación porque su trabajo la requería en forma. Siempre había sido una chica esbelta, pero cuando recordaba la época antes de trabajar, la historia estaba salpicada de momentos donde la comida estaba presente de manera natural. Comía verduras y fruta, claro, y también *pizza* y helados. Aunque eso cambió al entrar en Versace, y Jasper no hacía sino animar esa tendencia.

Dejó el chocolate en su sitio y, en su lugar, agarró un paquete de tortitas de arroz, de esas cuya textura recordaba al corcho. Regresó al coche con paso apesadumbrado, decepcionada por no poder pasar la depresión postruptura con un buen bote de helado, y consciente al mismo tiempo de que sería comida emocional y no arreglaría sus problemas.

Cuando llegó a casa, escuchó música proveniente de la cocina. April trabajaba en horario partido, así que no era extraño que se encontrara allí a la hora de comer. En cambio, ver a Dominic tumbado en el sofá con el mando de la televisión sobre su pecho sí resultaba una novedad.

—Hola —saludó, dejando el bolso sobre el sofá.

El joven alzó la mirada de la televisión.

—Tienes un aspecto horrible —murmuró—. ¿Ya son las seis?

—No, me han enviado a casa —contestó la joven—. Mi jefe cree que llorar mientras atiendes a un cliente no es recomendable. Como si yo no supiera hacer mi trabajo.

—Un cliente que entra en Versace lo hace para ser feliz gastando dinero en ropa, no para agriarse porque su asistente personal parece un payaso con el maquillaje derretido. «Ella no se había mirado en el espejo, porque de haberlo hecho echaría a correr en dirección contraria ante su aspecto de chalada salida de un manicomio.»

Wanda hizo una mueca.

—¿Y tú cómo es que estás en casa tan temprano?

—He llamado para decir que no me encontraba bien. Una vez al año no hace daño… total, es como si fuera invisible.

La joven se dio cuenta de que Dominic seguía abatido por lo ocurrido en su fiesta de cumpleaños. Tenía aquella expresión tristona que afectaba tanto a las chicas, y sus ojos, aunque fijos en la pantalla del televisor, parecían lejanos.

—Voy a ver a April —comentó.

—Dile a Makovsky que baje un poco la música, anda. Así es imposible escuchar la televisión.

Wanda asintió y abandonó el salón para entrar en la cocina, donde su amiga permanecía de brazos cruzados delante de los fogones. A April le gustaba la repostería, la cocina habitual no tanto. Como Wanda y Dominic no solían comer en casa debido a sus horarios, a menudo April recurría a un *catering* cercano que la conocía y por extensión mejoraba sus precios, aunque cuando se acercaba el fin de mes y las cuentas no le salían, la pelirroja abría los armarios y comenzaba la lucha.

La pelirroja era la que menos cobraba de los tres. Wanda había estado a su altura al comenzar a doblar prendas. Después, supo ascender a una velocidad respetable y, como era buena, las comisiones le permitían llevarse un sueldo muy decente. Por su parte, el trabajo de Dominic era aburrido, aunque con una nómina respetable.

En cambio, April seguía siendo ayudante de peluquería. Y que pasara horas dibujando planos de cómo sería su peluquería ideal y calculando cuánto podría costar no le reportaba ningún dinero al mes. Quería más, necesitaba avanzar, y por eso dedicaba tanto tiempo al proyecto. Soñaba con el momento en que el señor Mathews, dueño de la franquicia, entrara en la peluquería para poder entablar conversación con él y enseñarle sus ideas. Todos, absolutamente todos los días, llevaba la carpeta del proyecto en su bolsa para estar preparada. Sabía que Mathews pasaba por sus locales una vez al mes, más o menos, para charlar con las encargadas, ver cómo iban las cosas y comentar posibles mejoras.

April sentía que debía hacer algo, porque llevaba mucho tiempo siendo la última de la carrera, y notaba que estaba llegando al punto donde entre eso y quedarse quieta apenas había diferencia.

Empezaba el mes animada, luego ese entusiasmo bajaba a medida que tenía que hacer y rehacer cuentas para ver si podía comprarse una falda en las rebajas, y terminaba por suspirar al darse cuenta de que llegaba al día treinta con veinte dólares en el banco. No tenía ningún ahorro: si le ocurría cualquier percance estaba sola, porque con su familia no podía contar.

Desde que se negara a estudiar la carrera que deseaban para ella, Derecho, las cosas habían ido de mal en peor hasta el punto de preferir independizarse de mala manera antes que seguir con sus padres. Su padre, muy orgulloso él, le había pedido que no los llamara para nada si tan independiente se sentía, y ella, tan o más orgullosa que él, había cumplido al pie de la letra.

Así que llevaba años sin saber de ninguno. No los echaba de menos, eran ese tipo de padres que pretendían reflejar sus sueños y anhelos en los hijos para dirigir su vida en todos los aspectos, pero sí le hubiera gustado poder tener contacto de vez en cuando. Quizá en Navidades, acontecimientos familiares y cosas así... un poco como Wanda, que tenía la familia perfecta en su opinión: unos padres que estaban cuando los necesitabas, y que no te agobiaban con consejos u órdenes.

Bueno, eso ya no tenía remedio. Ahora tocaba concentrarse en ver si salía algo comestible con las cuatro cosas que quedaban en el armario, ya que Dominic había decidido no ir a trabajar y, por la puerta que acababa de escuchar, Wanda también estaba de regreso antes de lo habitual.

—Dominic está susceptible y pregunta a ver si puedes bajar la música —dijo su amiga, nada más entrar en la cocina y acercarse a ella—. ¿Ya es final de mes?

April pareció culpable.

—Solo mitad, pero enero es duro, ya sabes. Las Navidades me han dejado tiesa.

Wanda recorrió la encimera con la mirada; no parecía que hubiera nada demasiado comestible allí encima. Un paquete de arroz, una cebolla reseca, un bote de maíz que a buen seguro estaba caducado y poco más. Y sus corcho-tortitas no parecía que fueran a mejorar la situación, no. Negó con la cabeza con un suspiro y cogió a April del brazo.

—No hay mucho que sacar de aquí, April. ¿Y si salimos a comprar algo? Yo pago. —Al ver que torcía el gesto, se apresuró a añadir—: Mira, mañana si quieres vamos al supermercado y llenamos la nevera… es que con eso dudo que puedas hacer algo comestible.

April revisó los pocos ingredientes que tenía y no le quedó más remedio que darle la razón. Se encogió de hombros y cogió su cazadora: una fantasía de flecos y brillos conseguida en una maravillosa tienda de segunda mano por treinta dólares.

Avisaron a Dominic de que salían en busca de comida y él solo movió la cabeza para dejar constancia de que las había oído. Ambas se abrocharon las chaquetas y comenzaron el descenso de la temible cuesta.

—Espera. —April sacó un pañuelo de papel de su bolso y se lo pasó por la cara a la morena hasta dejarla presentable—. No tengo cepillo, lo siento.

—Tranquila.

—¿Por qué has vuelto a casa tan pronto?

—El señor Donovan me ha pedido que me fuera. Ha dicho que no estaba en condiciones y no sé qué sobre llorar delante de los clientes.

April le frotó el brazo de forma comprensiva.

—Lo superarás, Wanda. Como siempre.

—Y al volver me ha parado la policía —murmuró la joven.

—¿Por qué?

—Por ir despacio. Estaba entorpeciendo la circulación —explicó Wanda—. Sí que iba lenta, pero no era consciente. Por la radio habían puesto *Just me and you*, así que...

La pelirroja asintió, comprensiva. Wanda tenía facilidad para asociar canciones a momentos clave de su vida, de tal forma que cualquier *clip* en una cafetería podía sacarle una sonrisa, o bien aguarle la tarde. Así era ella: algo inconsciente y espontánea.

—¿Te ha puesto una multa?

—No.

April no se sorprendió. No era la primera vez que un policía paraba a su amiga y decidía dejarla marchar sin la receta de turno. Ser guapa y agradable tenía ese efecto, aunque ahora que la miraba... alejada de su aspecto habitual, siempre tan pulcro, no comprendía cómo no la habían arrestado.

—¿Qué ha pasado? —preguntó.

—¡Vaya mal rato, April! Quería estarme callada, y de pronto me he puesto a contarle mi vida, que si mi novio me había plantado, que si al llegar a casa me iba a emborrachar, y un montón de gilipolleces por el estilo. Y no me ha reñido.

Su amiga entornó la mirada, y al momento recuperó la concentración para no despeñarse cuesta abajo. No era la primera vez que le pasaba, así que había aprendido que los tacones solo se usaban si había un taxi en la ecuación.

—Bueno, me ha reñido un poco, pero en buen plan, ya sabes. Me escuchó y me recomendó escribir una carta para sacar la rabia y de paso no dar la lata a mis amigos.

—Oh, Wanda, sabes que puedes darnos la lata todo lo que necesites.

—Es que no quiero hacerlo. Vosotros tenéis vuestros propios problemas y yo soy adulta.

—La necesidad de desahogarse no tiene nada que ver con la edad —respondió April—. Los amigos están para todo, ya lo sabes. Somos una familia.

—¿Qué te parece lo de la carta?

—Es buena idea. A veces, cuando estamos rabiosos, las ideas bullen en nuestra cabeza y se quedan ahí, no veo nada malo en darles salida. Todo queda por escrito y no haces daño a nadie, a menos que la envíes, claro.

Wanda se encogió de hombros.

—A mí también me pareció buena idea.

—¿Un policía te estuvo dando consejos para superar una ruptura? —April cayó en la cuenta en aquel momento de lo surrealista de la situación—. Si llego a ser yo, fijo que me pone la multa y me manda a peinarme.

Lo había dicho para sacar una sonrisa a su amiga, pero ella se limitó a encogerse de hombros.

—Solo me dijo eso, supongo que para que me callara y dejara de llorar. Parecía un tío sensato que sabía de lo que hablaba, debería haberle preguntado su teléfono.

—Creo que acosar a un policía es un delito.

—No pretendo acosar a nadie. —Wanda le pegó en el hombro—. Es que, tal y como lo dijo, parecía que tuviera mucha información sobre cómo superar estos momentos. Me vendría bien.

—Deja al policía tranquilo —repuso April, conocedora de la tenacidad de Wanda.

Llegaron al final de la cuesta y tomaron la calle de la derecha hasta llegar a la tienda de comida preparada. April sabía que en la dirección contraria había pizzerías y hamburgueserías, muy apropiadas para pasar malos tragos, pero también que Wanda trataba de no consumir esa comida, así que decidió tirar hacia lo más saludable.

Hicieron el pedido mientras la mujer les daba charla superficial. Wanda pagó y reanudaron el camino de regreso al apartamento.

—No sé si podría conseguir su número —comentó Wanda, más para sí misma que otra cosa.

—Wanda, no. Creerá que eres una acosadora.

—¿Yo, una acosadora?

Claro, qué tonta, pensó April. ¿Quién creería que Wanda necesitaba acosar a alguien? No tenía el menor sentido. Lo más probable sería que el elegido en cuestión creyera que era su día de suerte.

—¿No trató de ligar contigo?

—No, nada. Muy profesional.

—Bueno, eso hoy en día es digno de admirar, la verdad.

Se detuvo ante la cuesta y las dos se miraron. No tuvieron que decir nada, ambas sabían que mientras subieran no les quedaría aire para charlar, así que la conversación quedaba en suspenso hasta llegar a la puerta y los diez minutos que tardaran en volver a tener los pulmones en su sitio.

Empezaron el ascenso, controlando la respiración como habían aprendido a base de práctica. A veces, si algún amigo subía con ellas, las dos disfrutaban en secreto al ver cómo perdía el fuelle a los pocos minutos. No era para menos, esa cuesta era un trabajo profesional.

—He estado pensando en Dominic —dijo April, tras unos segundos de silencio.

Wanda se detuvo, contrariada porque se hubiera roto la norma de silencio.

—April, ya sabes cómo funciona esto. Subir y hablar a la vez no puede ser.

—Tienes razón, perdona. Es que no sé si en casa podremos hablar de esto, con él delante.

La morena asintió, de modo que se quedaron paradas en mitad de la cuesta.

—¿A qué te refieres?

—Parece muy deprimido y no me gusta verlo así.

—Está claro que ayer no fue el mejor día de ninguno.

—Lo tuyo está justificado y no tiene arreglo, sin embargo, a lo mejor podríamos hacer algo por él —explicó April—. Me refiero a que… bueno, en el problema de la timidez no sé si realmente podríamos servir de ayuda, pero en otros niveles creo que no sería tan difícil.

Wanda asimiló sus palabras y se mantuvo pensativa unos segundos. Sí, Dominic nunca había sido muy lanzado con el sexo opuesto, y nunca había pensado en ello como un problema. En el pasado salían mucho de juerga, y casi todas esas salidas estaban más pendientes de pasárselo bien que de ligar, así que no recordaba si de verdad Dominic tenía poca suerte o era que no se había puesto a ello en serio.

—Hace mucho que no vamos de juerga —comentó.

—No estoy hablando de sacarlo por ahí, o al menos no solo de eso. Me refiero a hacer algo más por él, ayudarle a dar un cambio. Ha cumplido treinta y cree que es un fracasado, Wanda, necesita un chispazo que le haga abrir los ojos.

—No es un fracasado, solo… tiene mala suerte.

—Pero eso puede cambiar, a veces la actitud lo es todo. No soporto verlo tirado en el sofá compadeciéndose de sí mismo, joder.

Wanda asintió, en eso estaba de acuerdo. Además, Dominic siempre había estado para ella, si ahora era al revés no dudaría en poner su granito de arena en lo que necesitara.

—¿Y cuál es tu idea? —quiso saber.

—Mira, tú eres estilista y yo peluquera, así que podríamos empezar por lo evidente —propuso April, animada—. Hay que quemar su armario.

—¿Y tenemos que ser nosotras?

—A ver, Wanda, ¡alguien tiene que hacerlo! ¿No somos una familia? ¿Para qué están las familias, si no es para sacudirte cuando lo necesitas?

Wanda pensó que una cosa era sacudirte y otra quemarte el guardarropa, y la verdad era que no sentiría la menor lástima si se deshacían de los trapos que Dominic denominaba «sus prendas de vestir». Aunque se dedicara a ello, Wanda no solía dar consejos a nadie que no se lo pidiera. La gente siempre pensaba que su estilo al vestir era magnífico y no solían tomárselo bien si los sacabas del error, así que había aprendido a sonreír en silencio para no ofender a nadie.

En el caso de sus amigos, April tenía un estilo muy personal, y Dominic ninguno. La mayor parte de las veces parecía que hubiera alzado los brazos y la ropa le hubiera caído encima sin ton ni son. Además, sus combinaciones respecto a colores eran espantosas, algo de lo que él no parecía percatarse.

Su cabeza comenzó a trabajar, buscando las prendas que mejor pudieran definir su esencia y resaltar los puntos fuertes. Y entonces meneó la cabeza y miró a April.

—No se va a dejar.

—Yo creo que sí. Si lo pillamos ahora que está débil no podrá negarse. Además, se dará cuenta de que es por ayudarlo, ¿cómo va a decir que no?

—Recuerda esa vez en la universidad que quisimos cambiarle el pelo y se negó en redondo.

—Han pasado años de eso. Mira, Dominic piensa que todo lo que le sale mal es debido a su poca gracia y a un físico mediocre, pero tú y yo sabemos que tiene potencial.

—¿Y qué hacemos con su forma de ser?

—Le enseñaremos.

—¿Enseñarle a qué? —preguntó Wanda, asombrada.

—A todo, Wanda. A cómo conseguir una cita, cómo hablar con las chicas sin parecer idiota, qué cosas no debe decir nunca, la forma de acertar en los detalles, dónde tiene que llevarlas... todas esas cosas que sabemos porque somos chicas y le pueden servir de guía.

Su amiga consideró la idea, valorando la viabilidad. Estaba claro que Dominic necesitaría mucha ayuda para convertirse en alguien social, pero si ellas estaban a su lado jugaba con algo de ventaja, claro. Incluso podían buscar a alguna amiga para que fuera una primera cita y que así el chico ganara algo de seguridad en sí mismo. Tenía una compañera de trabajo llamada Greta que estaba soltera y era mona, tal vez...

Fue consciente de que aquella idea iba a requerir que salieran otra vez, volver al ritmo anterior que el último año habían abandonado en aras de una vida más hogareña. Por un lado, le daba pereza regresar a eso, le hacía recordar que otra vez estaba soltera, pero por otro… bailar y los karaokes siempre había sido un buen plan. Tenían unos cuantos premios obtenidos por cantar en grupo tiempo atrás.

No, todavía no podía pensar en eso. Quedaban días de lágrimas, se conocía bien. Hasta que no lograra controlar la pena no podía plantearse volver a la vida nocturna de nuevo.

April la observaba, aguardando una respuesta.

—Bueno, si Dominic está conforme —aceptó Wanda—. Pero es pronto para salir de ligue, al menos para mí.

—Tranquila, primero nos centraremos en él. Hay muchas cosas que averiguar antes de empezar, primero debemos estar seguras de qué quiere. Empezaremos por hablar con él, luego podemos mirar su cambio de estilo y después ya se verá.

—Os ayudaré encantada, en la medida de mis posibilidades emocionales —respondió Wanda.

—Vamos a superar esto, te lo prometo. —April la abrazó.

Wanda respondió a su abrazo, conmovida por el gesto. April no solía consolarla demasiado a menudo, más bien reaccionaba con un «te lo dije» cuando uno de sus novios le salía rana, pero la entendía. Su amiga tenía buen ojo para calar a la gente y ella, en lugar de hacer caso de su intuición cuando la advertía, caía de lleno en relaciones que no iban a ninguna parte. Y cuando las cosas salían mal, April resoplaba y Dominic la consolaba, así eran las cosas. La pelirroja era práctica y él comprensivo, de modo que su gesto de cariño valía mucho.

Cuando se separaron, Wanda observó a su amiga. April era la más fuerte de los tres, tanto que a veces olvidaban que también tenía sus propios problemas. En muchas ocasiones había querido decirle que podía contar con ella para cualquier cosa, e inmediatamente después se sentía absurda porque la chica nunca parecía necesitar nada, a excepción de dinero.

Menos mal que la tenían a su lado, si no todo sería el doble de complicado.

—Bueno, ¿subimos? —preguntó April, señalando la cuesta con la cabeza—. Esta es la buena.

—Vale, pero recuerda las reglas: hablar y respirar a la vez no es posible.

April afirmó y ambas chicas reanudaron el ascenso, de nuevo centradas en inhalar y exhalar en los momentos adecuados para no llegar arriba como si un terremoto las hubiera arrollado.

CAPITULO 3

April entró en la peluquería y encendió las luces con un bostezo. Siempre llegaba la primera, lo cual le había parecido extraño en un principio, ya que ella era de las que pensaban que cuanto más poder tenías en un negocio, más debías implicarte.

Sin embargo, pronto aprendió que cualquier interés por el negocio no se aplicaba a las trillizas: se regían por unas normas tan anticuadas como ellas. Diana era la encargada, Paula la primera oficiala y Sofía, la segunda.

Las tres tenían cerca de cuarenta y tres años y una exuberancia latina bien conservada, pero aparte de eso, ninguna era buena. Compartían un apartamento pequeño, todas estaban divorciadas y no tenían grandes aspiraciones, excepto soñar con la posibilidad de conocer a un hombre rico que las apartara de una vida laboral llena de insatisfacción.

April, con su carpeta llena de ideas, era el ejemplo de todo lo que odiaban. Y se ocupaban muy bien de dejarlo claro.

Para empezar, Diana era reacia a sacarla del lava-cabezas, por lo que April se las veía y deseaba para practicar en algo que no fuera una bola de plástico con una horrible peluca sintética. Se las apañaba para telefonear cuando la joven se encontraba a medio camino de su casa a la hora de la comida, por lo que muchas veces April debía retroceder para cualquier bobada y después su rato libre se quedaba corto. También tenían bien aprendida la maniobra del escaqueo, que empezaba con una Sofía desperezándose a las cinco mientras simulaba ir a comprar un café y continuaba con Paula fingiendo sacar la basura para no volver más. La representación finalizaba con Diana, quien fingía tener una llamada importante que atender «fuera». Para cuando April se daba cuenta, las llaves de la peluquería estaban sobre el mostrador y el local por limpiar y recoger se quedaba para ella.

Al principio le molestaba, pero en cuanto hubo asimilado que así eran las cosas, pronto aprendió a utilizar ese tiempo para recorrer el lugar con los ojos e imaginar cómo sería si fuera su negocio. La imaginación dio paso a unos apresurados bocetos que después se convirtieron en una carpeta llena de ideas, y semanas después, tenía un estupendo y pulcro dosier.

Las trillizas amargadas solo podían hacerle daño si ella lo permitía, y April no estaba dispuesta a eso. Cuando le hablaban como si fuera un insecto, imaginaba que era un mero aprendizaje y que durante su vida se toparía con muchos clientes maleducados a los que debía sonreír, aunque deseara matarlos.

Y cuanto más sonreía April, peor reaccionaban las trillizas. Se molestaban si llegaba antes que ellas y la llamaban trepa por tenerlo todo listo para la hora de abrir; si llegaba después, le reprochaban que no estuviera allí para preparar el local antes de la apertura.

Por no hablar de las sugerencias, algo que la pelirroja pronto aprendió a guardarse para sí misma. Aquellas mujeres no querían evolucionar, o al menos no allí.

A veces, April se desesperaba pensando si se pasaría toda la vida con ellas, aunque era una joven positiva por naturaleza y no permitía que el desánimo se instalara a su lado.

Abrió las cortinas y pegó un repaso al suelo, pese a que lo había barrido el día anterior antes de cerrar. Detrás de los lavabos donde reposaban las cabezas de la clientela había una cortina, tras la cual se encontraba un aseo y un cuarto habilitado con mesa, sillas y un par de aparadores sobre los que tenían cosas tan vitales como la cafetera y el microondas. La nevera no era muy grande, pero cumplía su cometido a la perfección.

Puso la cafetera en marcha y observó con un suspiro las tres sillas: hasta en eso quedaba claro que no la querían allí, ni siquiera tenía un lugar donde sentarse. Los días que había mucha gente o por el motivo que fuera no podía irse hasta el piso a comer, no tenía otro remedio que salir a buscar un sitio donde pasar ese rato. Era frustrante.

Dejó la cafetera enchufada y regresó al local, donde se aseguró de que los lavabos estuvieran limpios, las toallas plegadas y en cantidad suficiente, la caja registradora lista, los secadores en su sitio y las estanterías donde reposaban mil productos para el cabello, sin polvo.

Encendió el hilo musical, buscando con cuidado una cadena agradable que no molestara, y fue a tomarse una taza de café. Al comenzar llevaba su propia leche, pero las trillizas se la birlaban sin compasión, de modo que había terminado por acostumbrarse a tomarlo solo con un poco de azúcar.

Escuchó la puerta abrirse, así que se apresuró a enjuagar la taza para dejarla en su sitio y regresar fuera. Diana acababa de entrar y tenía la chaqueta en la mano.

—¡Este maldito barrio, no había manera de aparcar! —refunfuñó, para acto seguido examinar el local como si fuera un halcón en busca de su presa—. ¿Has preparado el café?

—Sí, está listo.

—¿Qué pasa, no tenías nada mejor que hacer?

Pasó junto a ella para dejar sus cosas dentro sin hacer más comentarios. Paula apareció cinco minutos después, con la misma cara de mal humor.

—¡He tenido que dejar el coche lejísimos! No te quedes ahí como un pasmarote, haz algo.

Pasó al interior sin esperar respuesta y April se apoyó en el mostrador de recepción, en espera de la tercera hermana. Aún intentaba comprender sin éxito por qué no utilizaban un solo coche para desplazarse, dado que vivían y trabajaban juntas. Era complicado aparcar por aquella zona, cierto, y a pesar de eso, ellas se empeñaban en llevar cada una su vehículo. En fin, hacía tiempo que no trataba de comprenderlas: era absurdo.

—Tres manzanas para encontrar un sitio —espetó Sofía, haciendo sonar la campanilla con fuerza—. ¡Dos más y puedo venir andando! ¿Tienes todo listo para la señora Moriarty?

—Sí, está preparado.

—Muy bien. Atiéndela tú, que yo estoy harta de sus monólogos sobre los gnomos del jardín.

La pobre señora Moriarty vivía sola y para ella los ratos en la peluquería eran la excusa perfecta para charlar un rato de sus banalidades con alguien. A April le enternecía la señora y no le costaba darle conversación el tiempo que estaba en sus manos, pero las trillizas no tenían paciencia. Se creían muy importantes para hacer según qué cosas; sin embargo, a la pelirroja tampoco le parecían tan buenas peluqueras. Por ejemplo, Diana acercaba tanto el secador a las clientas que estas a menudo se quejaban del calor, mientras que Sofía llevaba mal lo de cortar el pelo, siempre excediéndose más de lo que le pedían. Y ninguna se reciclaba: jamás iban a cursos para aprender nuevas técnicas o coloración, ni siquiera hojeaban los catálogos. Una vez, April sorprendió a Paula con uno en la mano y se llevó la sorpresa de su vida, aunque al final resultó que esta lo había cogido por error creyendo que era una revista del corazón.

Las trillizas divorciadas, gruñonas y a la caza del millonario eran un cliché tan evidente que a veces April hasta sentía lástima por ellas. Luego le hacían cualquier putada y se le pasaba ese sentimiento, claro.

La señora Moriarty llegó puntual y April la atendió con amabilidad, como siempre. Imaginaba que era su abuela y seguía su charla, sin preocuparse de la obsesión de la señora por el jardín y los elementos decorativos que lo llenaban. Le lavaba la cabeza y pensaba en un local de su exclusiva propiedad. Hacía sus masajes imaginando el color que usaría en las paredes, la decoración, la iluminación.

Extendió la mascarilla por el cabello cano de la mujer y la dejó allí para que hiciera efecto. Estaba pensando si ofrecerle un café y comprobando sus mensajes cuando la puerta tintineó por segunda vez y dio paso a un hombre trajeado. April reconoció al señor Mathews por las otras veces que lo había visto, casi siempre rodeado por las trillizas en modo peloteo. Ellas estaban dentro, tomando café y chismorreando como si no se hubieran visto en semanas, lo cual le daba la oportunidad que estaba buscando. Emocionada, envió rápidamente un mensaje al grupo que tenía con Dominic y Wanda: «¡Mi jefe está aquí!». Guardó el móvil mientras el señor Mathews se aproximaba hasta el mostrador e hizo lo mismo.

—Hola —saludó él—. ¿Nos conocemos?

—Oh, no, no personalmente, pero he oído hablar mucho de usted, señor Mathews —murmuró de forma atropellada—. Soy April. Es… es un placer.

—Lo mismo digo. —Él le estrechó la mano con gesto amable—. Y dime, ¿estás sola? ¿No están por aquí las señoritas Morán?

—Las avisaré ahora mismo —repuso April.

Y entonces, mientras observaba la expresión tranquila y accesible de aquel hombre, decidió que no perdía nada por intentar hablar con él sobre sus ideas.

—La verdad es que estaba deseando conocerlo —empezó.

—Ah, ¿sí? No soy tan interesante, de verdad —bromeó el hombre.

—Bueno, es que hay una cosa que quería enseñarle. —La pelirroja se apresuró a meterse tras el mostrador, palpando para encontrar el dosier—. He estado estudiando este local y bueno… creo que tiene muchas posibilidades si…

—¡Señor Mathews!

La voz aguda de Diana le taladró la cabeza a April, que se echó hacia atrás como si la hubieran pillado haciendo algo malo. La encargada se aproximó hasta el hombre con una sonrisa y le agarró del brazo con familiaridad, como si fueran viejos amigos en lugar de jefazo y empleada.

—No te esperábamos tan temprano, Dios, ¡has madrugado! Seguro que Liza te riñe por irte demasiado pronto de casa.

—No creas, dice que le incordio si estoy mucho rato por allí.

—Ven, acabamos de hacer café y una taza te sentará bien. —Diana lanzó una mirada a April—. April, ¿no crees que deberías volver con la señora Moriarty? Va a pensar que te has olvidado de ella, lleva ahí una eternidad.

Tiró del brazo del señor Mathews, que se dejó llevar sin oponer resistencia ni volver a prestar atención a la chica. Ella soltó el dosier y observó cómo desaparecían tras la cortina, consciente de que su oportunidad acababa de esfumarse. ¡Maldita Diana! ¡Malditas trillizas! Siempre se las apañaban para estropear sus intentos. Y encima la había hecho quedar mal, como si abandonara a sus clientas cuando la realidad era que la señora Moriarty solo llevaba cinco minutos, poco para que la mascarilla resultara efectiva.

Regresó al lava-cabezas y abrió el grifo, con los labios apretados por la decepción.

—Esa mujer es muy desagradable —murmuró la señora Moriarty, en voz baja.

—Ya lo creo, señora Moriarty. Ya lo creo.

—Tú vales lo que las tres juntas, querida.

—Es usted muy amable —suspiró la pelirroja—. Le aclararé la mascarilla en un momento.

Abrió el grifo con cara fúnebre, mientras calculaba lo que tardaría el señor Mathews en regresar y si en esa ocasión sería capaz de poder hablar con él.

Nada más despertar, Wanda había sentido la necesidad de quedarse tumbada entre las sábanas; solo pensar en el hecho de peinarse, maquillarse y ponerse algo encima que no fuera un pijama le hacía sentir mareos.

Durante unos interminables diez minutos se dedicó a mirar el techo y pensar en todas las cosas que se habían ido junto a Jasper: las comidas de los martes, el cine de los jueves, las copas de los viernes, las compras de los sábados, los fines de semana de *relax*…

Estiró el brazo, abrió el cajón de la mesilla y sacó dos folios donde estaba el boceto de la carta. La noche anterior, en lugar de dormirse, había sacrificado una hora de sueño garabateando un montón de frases inconexas dirigidas a su ex. Cuando las escribía parecían tener sentido, aunque ahora que observaba los borrones tenía claro que debía practicar más. Ordenar sus ideas.

La carta terminaba de golpe porque las lágrimas habían regresado con fuerza. Y Wanda se recordaba que debía duplicar sus esfuerzos para que fuera al revés: bienvenida su fuerza y adiós al llanto.

Salió de la cama y fue directa a la ducha. April salía antes que ella y Dominic parecía continuar en su cuarto, así que tenía el baño libre. Entró con mucho ánimo, pero para cuando salió, envuelta en la toalla, estaba agotada por el esfuerzo de aparentar normalidad.

El espejo le devolvió la imagen de una chica cansada, con ojeras, piel opaca y cabello despeinado. ¡Dios mío! No podía presentarse de ese modo en Versace, aunque tampoco podía faltar. Le había costado años ganarse el puesto y la reputación, y era tan fácil perderlo… detrás de ella siempre existían miles de chicas deseando ocupar su lugar.

Con gran esfuerzo, aplicó un poco de corrector de ojeras. No se vio con fuerzas de hacer más respecto a su rostro, así que tendría que bastar. Unas pocas pasadas del cepillo dejaron su pelo presentable: con eso era suficiente para no asustar a los clientes.

La ropa le costó: parecía que su sentido de la moda y lo que disfrutaba con ella también se habían marchado a Dubái para acompañar a Jasper. Eso sí le preocupaba, porque era su trabajo y no podía permitirse perderlo. Una de las cosas que más gustaban a Jasper de ella era precisamente eso, su elegancia innata y el estilo del que hacía gala. Wanda sabía lo raro que era encontrar chicos que apreciaran algo así y se había sentido afortunada… ahora no lo tenía tan claro.

Era muy temprano para sentirse mal, de forma que decidió utilizar una fórmula básica que siempre daba resultado: traje de chaqueta negro y blusa blanca. Clásico y efectivo; no era nada arriesgado ni original, pero iba a juego con su cerebro en ese momento.

Al coger su bolso de la cama, volvió a ver las dos páginas tiradas sobre la colcha. Tenía que terminarla, solo cuando fuera capaz de expresar sus sentimientos con sentido podría tratar de avanzar hacia la siguiente fase. ¿No?

Una vez en la entrada, cogió la bolsa donde llevaba sus zapatos de tacón y terminó de abrocharse las deportivas, necesarias para bajar la cuesta hasta donde estaba su coche. Al alquilar el piso, ninguno había dado importancia a la cuesta ni a las escaleras, daban por hecho que terminarían por acostumbrarse, pero uno nunca llegaba a habituarse a semejante paliza.

Por estúpido que fuera, ambas habían tenido citas que tras la primera noche nunca habían vuelto a acompañarlas hasta la puerta. No se podía subestimar semejante esfuerzo, cuando un hombre subía aquella cuesta infernal dos veces sin dejarse los pulmones por el camino, merecía un premio.

Dominic seguía encerrado en su cuarto, así que Wanda colgó un pósit en la puerta deseándole un buen día y se marchó a buscar su coche.

Estuvo pendiente de no circular ni muy rápida ni muy lenta, y volvió a devanarse los sesos tratando de recordar el nombre del policía.

No, April tenía razón: no podía importunar a un agente de la ley, ¿verdad? Lo mismo la detenía y la mandaba de cabeza al calabozo.

Se repitió que solo pretendía darle las gracias por su amabilidad y que eso no tenía nada de malo, sus padres la habían educado bien. Lo de buscar otros consejos para solucionar su corazón roto era algo totalmente secundario, por supuesto.

Entró en Versace, saludando al personal al pasar, hasta que llegó a su mesa. Versace poseía cuatro estilistas y todas tenían espacio propio: un cubículo individual con una mesa, una silla y un ordenador desde el cual controlaban su agenda de citas del día. Si por algún motivo estaban libres, algo poco habitual, salían a la tienda para echar una mano donde fuera necesario.

Wanda encendió el ordenador para comprobar la agenda del día. El señor Donovan, su jefe, apareció minutos después.

—Buenos días —dijo—. ¿Te encuentras mejor, Wanda?

—Hola, señor Donovan. Sí, por supuesto.

La primera frase del día resultaba ser una mentira, vaya por Dios. El hombre examinó su aspecto con gesto crítico, pero se ahorró los comentarios, algo que ella agradeció. Steven Donovan no era mal jefe y siempre la había tratado muy bien, aunque también sabía ser firme y no deseaba ponerlo a prueba.

—Verás cómo pronto pasa todo —comentó él, frotándole el brazo.

Una frase que Wanda había oído un millón de veces, sabía que solo intentaba ser amable y comprensivo, así que asintió. Él siguió frotando su hombro durante un tiempo que se le hizo interminable hasta que al fin se apartó.

—No dudes en decírmelo si necesitas algo.

—Claro. Gracias, señor Donovan.

—Y llámame Steven, por Dios. Me haces sentir como un señor mayor.

Lo era, aunque no vio necesidad de reafirmarlo. Steven Donovan no se conservaba mal, pero estaba más próximo a los sesenta que a los cincuenta, por lo que sí, era un señor.

—Por cierto, hay un cambio en tu agenda. Tenías a Marsha Preston, pero Louella Farrell ha telefoneado a primera hora para una visita urgente.

—Ah, vale, perfecto.

—Estará a punto de llegar.

—Bien, voy a asegurarme de tener todo preparado.

El señor Donovan asintió y Wanda abandonó la zona de trabajo para regresar a la tienda. El local era enorme y con una buena iluminación. Cada semana, equipos profesionales se dedicaban a cambiar escaparates y maniquís, disposición de ropa y decoración, siempre a la última moda.

Louella Farrell era la esposa del alcalde, una prioridad en su lista. La trataba desde hacía dos años, cuando la había atendido en Bloomingdale's sin conocer su identidad. Sabía de sobra que si en ese momento trabajaba en Versace era gracias a esa mujer, de forma que cuando tenía una emergencia, Wanda dejaba lo que estuviera haciendo y se ponía a su disposición.

Se aseguró de que la cafetera tuviera cápsulas y leche, que los espejos estuvieran impolutos y la estancia ordenada y con olor a hierba recién cortada, el favorito de la mujer. Esta no tardó en aparecer con una sonrisa amplia, comportamiento no muy frecuente en la gente adinerada.

Por norma general, los clientes que atendía tenían muchas ínfulas y poca simpatía, pero Louella no era como ellos.

—¡Hola, cariño! —saludó.

Siempre la llamaba de ese modo y Wanda ya se había acostumbrado. La mujer había cumplido cincuenta y dos, era rubia, alta, de complexión fuerte y con una energía impresionante.

—Louella, te veo acelerada —respondió, con una sonrisa leve.

—Ufff, no te lo vas a creer, pero esta mañana Mark me ha dicho que teníamos un cóctel de cortesía por la noche. En mi agenda no estaba, así que casi me da un infarto. Por favor, dime que tienes algo para mí que me pueda poner.

—Seguro. Dame detalles y veo qué tenemos por ahí.

Mientras Louella parloteaba con alegría sobre el resto de asistencia, el grado de lujo de la cena y detalles por el estilo, Wanda echó un vistazo al armario propio que tenía dentro. Le gustaba tener una selección de prendas dependiendo del cliente que atendiera. Cuando llevaba tiempo con ellos terminaba por conocer sus gustos y se hacía una idea de qué prendas eran una apuesta segura.

—No es al aire libre, ¿verdad?

—No, en absoluto. De hecho, me han dicho que dentro suelen tener la calefacción fuerte.

—Vale, a ver qué te parece.

Wanda apartó tres perchas y las sacó para que Louella echara un vistazo. Los vestidos negros eran una apuesta segura, el rojo era atrevido y arriesgado, y también el que mejor le sentaría por su complexión. A Louella no le gustaba parecer demasiado grande ni exuberante y Wanda buscaba modelos que suavizaran sus hombros y no resultaran ajustados en exceso, tarea no siempre fácil por los patrones de la firma.

—Vamos a probar —comentó Louella, dando a entender que habían pasado la primera criba. Se deshizo de la ropa, echándole un vistazo—. Oh, cariño, sin nada de maquillaje apenas pareces mayor de edad. ¿Tan mal lo llevas?

La morena se encogió de hombros. No le apetecía mucho seguir con el tema, pero claro, tampoco podía soltar eso. ¿Cómo se había enterado tan deprisa Louella de su ruptura?

—Ese muchacho es idiota.

—Vamos allá. —Wanda la ayudó a ponerse el primer vestido, uno de los negros—. Me ha pillado un poco por sorpresa, la verdad. Ha sido muy rápido.

—Bueno, hacía tiempo que le habían hecho la oferta. El señor Hicks pertenece al círculo de amistades de un conocido de mi marido.

¿Jasper lo sabía desde hacía tiempo y se lo soltaba a última hora? Pues sí, era idiota. Y ella también, por pasarlo tan mal por alguien así.

—La verdad era que hacíais una pareja muy bonita. Jasper siempre andaba presumiendo de ti.

¿Tal vez como accesorio? Wanda empezaba a sentirse irritada. Claro que no podía quejarse, no era procedente. Subió la cremallera y se hizo a un lado para que Louella se observara en el espejo.

—Es muy bonito. —La mujer giró ante su reflejo—. Clásico, elegante. Veamos el otro.

Se quitó la prenda para pasar al siguiente.

—No debes preocuparte, cariño. Seguro que te llama en un par de semanas, desesperado porque te echa de menos. Lo arreglaréis.

«Ojalá», pensó ella. Eso sería justicia poética. Quizá lo hiciera sufrir unos días, pero sabía que regresaría con él con los ojos cerrados. Necesitaba volver a estabilizar su vida.

Cerró otra cremallera y observó cómo Louella entrecerraba los ojos para mirarse, con gesto no muy convencido.

—Tengo que dejar los bombones —suspiró—. Pero es que me mandan a todas horas. Es desesperante, y muy difícil resistirse.

April hubiera tenido mucho que decir ante tremendo sufrimiento, Wanda estaba segura. Recogió el desafortunado segundo vestido y le tendió el rojo, convencida de que sería el ganador.

—Y si no vuelve, no pasa nada. Tú eres una chica muy guapa, cariño, seguro que ya tienes una cola de pretendientes en espera. — La miró con una sonrisa—. Sí, sé que ahora mismo no tienes humor para planteártelo, pero el tiempo lo cura todo.

«No me digas», pensó Wanda.

No necesitaba esas frases tan trilladas y poco originales. Lo que necesitaba… era al policía, cuya idea de la carta sí parecía ser un reto útil. Miró a Louella pensativa. Era la mujer del alcalde, con acceso a datos imposibles para la gente normal.

—Estaba pensando… ¿podrías hacerme un favor?

—Claro, cariño, tú dirás.

Louella se metió el vestido para subirlo despacio y volvió a cambiar una mirada con ella desde el espejo.

—Verás, el otro día me paró la policía.

—¿Te han puesto una multa? ¿Necesitas que haga algo al respecto?

—No, no es eso, todo lo contrario. El policía se portó bastante bien dadas las circunstancias y quería darle las gracias, pero no me acuerdo de su nombre, solo del apellido.

—¿Dónde te paró? ¿En el camino de vuelta a casa? —Ella asintió—. Entonces pertenecerá al distrito siete. Mira, el número de la suerte.

Wanda arqueó una ceja, pero lo dejó correr. La ayudó a encajar el vestido en sus curvas, calculando si haría falta algún arreglo de última hora.

—Bueno, puedo averiguar su nombre. No debería hacerlo, pero soy incapaz de negarle nada a mi estilista, sobre todo cuando me encuentra joyas como esta.

Se observó en el espejo, satisfecha y radiante. El vestido realzaba cada una de sus formas sin sacar a relucir los defectos, y el color le daba luz al rostro e iba de maravilla con el tono de su cabello. Era un acierto total, algo que Wanda sabía de antemano.

—Ardey. Creo que ese era el apellido.

—Debió de ser muy amable.

—Sí, bueno. Fue un día muy difícil.

—Tranquila, cariño, no tienes que darme explicaciones. Te conseguiré el nombre y hasta su horario si lo necesitas. Eso sí, no se lo cuentes a nadie, no quiero que me acusen de abuso de poder. —Le dio una palmadita cariñosa.

Wanda se relajó un poco al oírla.

—Te lo agradezco, Louella. ¿Entonces el rojo es el ganador?

—Como si no supieras que lo iba a escoger… —La rubia le guiñó un ojo.

Estupendo. Acababa de venderle un modelo que costaba un buen pico, la mujer se iba feliz y ella conseguía la identidad del policía. Cómo abordarlo ya no lo tenía tan claro, porque en eso April llevaba razón, pero sabía que si la dejaba explicarse le quedaría claro que era inofensiva. Que, por raro que pareciera, su comentario era el único que le había servido de consuelo, el único que no le había sonado a tópico dicho por decir. Y necesitaba el resto de su sabiduría, si acaso la tenía, y no le importaba quedar como una loca si con eso la conseguía.

Las horas de trabajo se sucedieron una tras otra hasta el final del día, y cuando llegó la hora de marchar, Wanda tenía la impresión de que llevaba media vida fuera de casa. Estaba tan cansada que decidió irse a dormir nada más llegar. ¡Al menos ya era viernes!

Al entrar en el piso, tuvo una sensación de *déjà vu*: Dominic estaba tumbado en el sofá, prácticamente en la misma postura del día anterior y quizá, incluso, la misma ropa. Aunque con lo poco variado que era el armario del chico, eso no podía asegurarlo.

—¿Has salido pronto hoy? —preguntó, por si acaso.

—¿Ya son las seis?

—Hoy sí. ¿Estamos en *Matrix*?

—¿Qué? —La miró.

—Pues que esta situación es exacta a la misma de ayer, Dominic. ¿No has ido hoy a trabajar?

—No, total, es viernes y un día más o menos daba igual. Además, Billy me envió un mensaje para que me recuperara pronto, que hoy iba a llevar pasteles para celebrar su ascenso y quería saber si contaba conmigo o no. Le he dicho que sí, para que se gaste la pasta y se tenga que comer mi parte, a ver si se le va el azúcar a alguno de sus abdominales.

—No puedes seguir así…

—Bah, ya iré el lunes. ¿Tú qué tal hoy?

—Mejor, no me han mandado para casa así que algo he avanzado.

Claro que también se había tomado más pausas de lo habitual cuando había notado que le llegaba el bajón, pero al menos no había montado ningún espectáculo y el nivel de lágrimas había descendido de Niágara a Danubio… o cualquier otro río más pequeño, lo suyo no era la geografía precisamente.

—¿Ha llegado April?

A ver si al menos ella estaba más animada. Según su mensaje, su jefe se había pasado por la peluquería, así que esperaba que por fin hubiera podido presentarle sus ideas.

—Sí. Está en su habitación.

Aquello no era buena señal. Si April hubiera tenido buenas noticias, se lo habría dicho a Dominic y este le habría comentado algo a ella, así que tenía pinta de que aquel era otro día malo para los tres. Menudo comienzo de año…

Dejó su bolso y su chaqueta, se quitó los zapatos y se dirigió a la habitación de April para llamar con los nudillos.

—Soy yo, ¿puedo pasar? —preguntó.

Escuchó ruido en el interior y, unos segundos después, April abrió un poco la puerta y asomó la cabeza.

—¿Estás sola? —susurró.

—¿Con quién quieres que esté?

—Dominic.

—Está vegetando en el sofá, creo que hasta le están saliendo raíces.

April le cogió una mano, tiró de ella para meterla en la habitación y cerró la puerta. Wanda vio que tenía varios folios encima de la cama, rodeados de rotuladores de colores esparcidos sobre la colcha.

—¿Estás preparando tu presentación? —preguntó—. ¿Tu jefe se ha ido rápido?

—No. —Hizo una mueca—. No ha salido como yo esperaba. En realidad, ha sido un desastre, la trilliza número uno se ha metido por medio y no he podido enseñarle nada. Más bien al contrario, me han hecho quedar mal, como si tuviera abandonada a una clienta.

—¡Qué cabronas! —Le frotó un brazo—. Lo siento mucho.

—No pasa nada, ya habrá otra visita y lo conseguiré. Mientras tanto, he pensado que lo mejor es ponernos con lo que hablamos.

—¿No quieres que charlemos sobre ello, April? Te vendrá bien desahogarte.

—Ahora mismo creo que lo mejor es distraerme. Y tú también, ¿no? Además, quedamos en que Dominic necesita ayuda y después de verle hoy… En fin, creo que es urgente.

Wanda estaba de acuerdo en eso, pero no entendía entonces a qué venían aquel montón de hojas en los que su amiga parecía haber estado trabajando. Si eran notas, debían ser para alguien miope, porque la letra era extremadamente grande.

—¿Y qué es todo eso? —preguntó.

—Carteles para la presentación.

—¿No estábamos hablando ahora de Dominic?

—Ay, Wanda, que no te concentras. No es la presentación para mi jefe, esa la tengo en un dosier y en un *pendrive*.

Ella parpadeó, preguntándose quién de las dos era la que estaba más despistada. Entonces, April levantó una de las hojas y la puso hacia ella. En mayúsculas, ocupando todo el espacio posible y escrito con rotulador rojo, pudo leer:

«INTERVENCIÓN».

—He hecho un montón, con todos los puntos del plan.

Empezó a enseñarle hojas. La verdad era que tenía mérito: April había desgranado lo que habían hablado convirtiéndolo en un plan de varios puntos, cada uno con su descripción y acciones a seguir. A la quinta hoja, Wanda se acercó para sentarse junto a ella. Le cogió los papeles y los dejó a un lado. Vaya, el tema de la peluquería sí que debía ir mal para que April dedicara tanto esfuerzo a eso.

—Creo que con hablar con él es suficiente —dijo—. Está bien todo el esfuerzo que has hecho, pero a lo mejor él lo ve muy… agresivo.

April la miró y luego a sus hojas, con cara de pena. Después del fracaso del día, le había puesto mucho empeño a eso. Se había quedado con las ganas de soltar un buen discurso y pensaba que aquella era una buena oportunidad.

—Siempre he querido hacer una intervención —dijo, suspirando—. Ya sabes, como hacen las familias normales en las películas. No como la mía, que ni para intervenciones nos hablamos, ya sabes.

—Lo entiendo, cariño. Te puedo asegurar que en mi familia, que de normal es hasta aburrida, nunca hemos hecho ninguna. ¿Por qué no hablamos con Dominic en plan sutil, sin ser tan directas? Tampoco queremos que se deprima más, ¿no?

April miró de nuevo las hojas con gesto triste. Tanto trabajo para nada… aunque la había ayudado a no pensar en la peluquería, por lo menos un rato. Afirmó con la cabeza mientras las amontonaba a un lado.

—Vale, vamos a ir en plan suave a ver qué tal.

Salieron juntas de la habitación y fueron al salón, donde Dominic seguía en la misma posición. Las miró de reojo, con el mando de la televisión en la mano, bien agarrado por si osaban acercarse a cambiar el canal. Había descubierto los programas de subastas el día anterior y aquello enganchaba más que un culebrón turco, algo que jamás admitiría haber visto.

—¿Cenamos? —preguntó.

—Estábamos pensando una cosa —dijo Wanda, acercándose y haciéndole gestos para que se moviera—. ¿Me haces sitio?

Él la miró con desconfianza. Sin soltar el mando, se incorporó para sentarse, lo cual aprovechó April para acercarse también y ocupar un lado, a la vez que Wanda se sentaba en el otro. Dominic miró a ambas chicas.

—«La pobre gacela observó cómo le rodeaban las dos leonas, amedrentada por su superioridad numérica» —comentó.

April le dio un golpe cariñoso en el hombro mientras Wanda movía la cabeza.

—Si venimos para algo bueno… —le dijo.

—Me estoy perdiendo *Empeños a lo bestia*, así que más vale que sea bueno.

—¿«A lo bestia»? —repitió April—. ¿Qué hacen, van con una apisonadora?

—No, es en Detroit y hay seguridad, porque va gente muy violenta, y…

—Deja la tele, anda. —Wanda le quitó el mando y la apagó, mientras April carraspeaba.

—Sí, no nos disperses —dijo ella.

—¿Qué tal si salimos este fin de semana? —propuso Wanda.

Dominic la miró, estudiando su rostro y el tono de su voz. La veía mejor que el día anterior, aunque las ojeras eran aún visibles. Se sintió culpable por no haberle prestado más atención. Él estaba deprimido, su cumpleaños había sido el peor de su vida, pero a ella la había dejado su novio, obviamente no se le iba a pasar el disgusto en dos días. Ahora que lo pensaba, recordaba que April había enviado un mensaje sobre su jefe, y tampoco había preguntado qué tal le había ido. Vaya, lo de cambiar de número también debía haber afectado a su egoísmo, porque no recordaba haber dejado su amistad tan de lado nunca.

—¿Eso te animará? —preguntó, y miró a April—. ¿Y tú? ¿Qué tal con tu jefe?

—No estamos hablando de nosotras ahora —contestó ella, dándole unas palmaditas en la mano—. Es sobre ti.

—¿Yo?

—Sí, para que tú te animes —continuó la pelirroja—. Podemos ir a tomar algo, y antes pasar por alguna tienda. Ir de compras siempre anima.

—¿Ir de compras? —Negó con la cabeza—. Tengo ropa de sobra, acabo de ir a las rebajas hace un par de semanas.

—Bueno, o pasamos por algún centro de esos en plan *spa* craneal, que te hacen algún masajito —propuso April—. Y de paso te tratan el pelo que es una maravilla y nos cortamos las puntas.

—No creo que mi pelo necesite un masaje con aceites esenciales, gracias. ¿Por qué no nos quedamos en casa y vemos alguna película? O un maratón de series, tenemos un montón pendientes.

—Pero así no conoceremos gente nueva —dijo Wanda.

Dominic le cogió una mano, mirándola con comprensión.

—Sé lo que estás pensando, Wanda.

—¿Lo sabes? —Intercambió una mirada con April, ambas satisfechas de que hubiera entendido lo que pretendían—. Genial.

—Sí, crees que un clavo saca a otro clavo, solo que no hace ni dos días que Jasper te ha dejado y creo que necesitas un tiempo de readaptación, ¿sabes?

Las dos suspiraron, fastidiadas. Estaba claro que las indirectas y la sutileza no iban por buen camino, porque el chico se lo estaba tomando todo como si no fuera con él. Wanda se preguntó cómo de mal la vería para pensar que aquello tenía que ver con ella, pero decidió dejar aquel análisis para más adelante. Si no, acabaría convencida de quedarse en casa con él quemando la tristeza con helado y programas absurdos. No, helados no, corcho-tortitas mejor.

—Esto no funciona —comentó April.

A su pesar, Wanda no pudo sino estar de acuerdo con ella. Y aunque el método le seguía pareciendo un poco brusco, quizá era eso lo que su amigo necesitaba: una confrontación directa y sin cortapisas.

—¿Plan A? —preguntó April.

—¿No sería B?

—No, A, de April —aclaró ella, que ya se estaba levantando.

Si antes estaba despistado, Dominic se vio perdido del todo al escuchar aquel intercambio. ¿Un plan? ¿De qué estaban hablando? Y entonces, April regresó con los carteles que había preparado y se plantó delante de él. Wanda se levantó para colocarse junto a ella, mientras la pelirroja se armaba con un palillo pequeño que había en la mesa de la comida del día para señalar.

—«Y él que nunca pensaba que tendría un momento *Love actually* en su vida» —murmuró Dominic.

April giró la primera hoja, y el chico abrió la boca, aunque sin emitir sonido alguno.

—Esto es una intervención —explicó la chica—. Queremos que tengas claro que te queremos y que todo esto es por tu bien, así que escucha hasta el final antes de protestar.

—O sea, que no me va a gustar.

—Mente abierta —insistió ella.

Wanda tiró la hoja al suelo y mostró la segunda, que April pasó a señalar mientras la leía.

—Un plan de tres puntos: aspecto externo, relaciones sociales y trabajo.

—Pero, ¿qué…? —Dominic no daba crédito.

—Chist —ordenó Wanda, cambiando de hoja.

Él cerró la boca, alucinado por lo que estaba viviendo. ¿Y si era una alucinación? Tanto tiempo tumbado, la sangre tenía que haberle subido solo a un lado del cerebro, eso debía afectar a las neuronas fijo.

—Aspecto externo: cambio de *look* personalizado. Yo me encargo del pelo —otra hoja—, Wanda de la ropa.

Él se tocó instintivamente su coleta, que llevaba sin cortarse años. Como mucho, se hacía algún apaño con las tijeras si le molestaba y además lo llevaba recogido la mayor parte del tiempo, así que, ¿qué más daba si estaba desigual? ¿Y su ropa? ¡Si acababa de decir que tenía un montón nueva! Vale, un montón para él eran dos pantalones y tres camisetas, pero con eso y un jersey, tenía para todo el año.

La hoja cayó al suelo, sustituida por la denominada «relaciones sociales».

—Te buscaremos citas y te enseñaremos a comportarte —continuó April—. Somos chicas, ya es hora de que te aproveches del conocimiento interno que podemos darte. —Wanda cambió de hoja—. Y, por último, el trabajo. Esto hay que pensarlo un poco más, porque tienes que buscar algo que te haga más feliz que los números, así que puede llevar cierto tiempo. Bueno, ya captas la idea.

—¿Cuánto tiempo habéis estado preparando esto? —consiguió decir, tras unos segundos de estupor.

—Oh, nada, yo he preparado las hojas hace un rato —dijo April—. Habíamos hablado un poco así que Wanda ya conocía el tema. Los treinta no te han sentado nada bien, aunque estamos a tiempo de mejorar todo para cuando llegues a los treinta y uno, ¿no crees?

Él seguía inmóvil, mirando a una chica y a otra, después al montón de hojas en el suelo y de nuevo a sus amigas. Ambas aguardaban expectantes, y también percibió en las dos una mirada de determinación que le dejó claro que no pensaban dejar pasar aquel tema así como así. ¿Qué podía hacer? Enfadarse no, porque desde luego sabía que todo lo hacían con la mejor intención y porque lo querían. Si se negaba sabía que no se mosquearían, pero sí que le buscarían la vuelta, sobre todo si seguía pegado a ese sofá y con aquella cara mustia que debía tener. Tampoco se veía capaz de fingir estar feliz de la vida en unos días, así que... ¿qué le quedaba? ¿Seguirles la corriente? Si lo pensaba, ¿qué podía perder, aparte de unos centímetros de pelo?

—No quiero un cambio radical, Makovsky —murmuró, dándose cuenta al momento de cómo ellas se alegraban porque acababa de aceptar de forma tácita—. Nada de corte al uno o algo así.

—No, no, tú tienes un pelo demasiado bonito para hacer algo como eso —le aseguró April—. Confía en mí.

Él suspiró y se levantó para acercarse a las chicas.

—¿Las citas a ciegas o podré saber con quién? —preguntó.

—Eso ya lo iremos viendo —contestó Wanda, sin comprometerse.

Dominic dudó un par de segundos más, aunque sabía que el tema estaba claro y se había metido de lleno en su plan de tres puntos. De cualquier forma, confiaba en ellas, así que las abrazó. Por encima de sus hombros, las dos se miraron y levantaron sus pulgares: plan A en marcha.

CAPÍTULO 4

Dominic atravesó el pasillo de sus oficinas hasta su pequeño despacho sin ventanas de forma rápida y silenciosa, evitando cruzar la mirada con nadie. Puso especial cuidado al pasar al lado de la sala de descanso, desde donde salían varias risas y pudo reconocer la de Sonja, entre otras. Se las había apañado para esquivarla desde su estupendo encuentro en su fiesta de cumpleaños, y pensaba continuar así.

Cerró la puerta y se dejó caer en su silla, mirando el montón de papeles que tenía en la bandeja de entrada.

Qué típico: faltaba dos días y nadie hacía nada de su trabajo, ya se podía acabar el mundo que el montón de la bandeja seguiría aumentando sin control. Lo cual le hizo preguntarse también si su trabajo serviría para algo, visto que daba igual que fuera o no durante unos días.

—¡Buenos días!

Billy entró como una tromba sin ni siquiera llamar, haciéndole pegar un bote en el asiento.

—Joder, qué susto —le dijo, frunciendo el ceño.

—Chico, qué sensible. ¿Estás mejor?

—Sí, gracias por preguntar, sería un virus de…

—Genial. Pues ya puedes ponerte con lo que tienes pendiente, hay una reunión a las doce y necesito que esté preparado el último trimestre. Tienes ahí unas cuantas variaciones de pedidos que estaban mal metidos, para que actualices.

—¿Mal metidos?

—Sí. —Agitó sus dedos, con un guiño—. Ya sabes, tengo manos de trapo. Ah, y después te enseño mi nuevo despacho, tengo unas vistas de alucinar.

Y tal cual, se marchó silbando. Dominic apretó las manos para no tirarle el portátil, pulsando en su lugar el botón de encendido. Joder, encima tenía que corregir sus meteduras de pata, y como ahora era jefe, no podía decirle que no. Pues ya tenía su respuesta: no, no daba igual que faltara, Billy necesitaba un imbécil para sus errores. Estuvo tentado de no hacer nada, pero sabía que, si no lo entregaba, al final la culpa recaería sobre él y sería peor, así que se puso a ello refunfuñando para sí y le envió la información correcta a tiempo. Pensaba que se libraría de él por el resto del día, mas no fue así: cuando fue a sacarse un triste sándwich de la máquina como comida, allí se lo encontró tomando un café con Dustin. O Justin, que para el caso le daba igual.

—Qué bien, precisamente estábamos hablando de ti —dijo Billy, al verlo entrar.

—«Y así nuestro héroe descubrió la causa del pitido en sus oídos» —murmuró, mientras metía monedas en la máquina.

—¿Qué?

—Nada, cosas mías. —Cogió el sándwich—. Tengo mucho que hacer, así que…

—Luego vamos a ir a tomar algo, ¿te apuntas? Justin tiene que organizar mi despedida, así que seguro que puedes ayudarlo con eso.

—Oh, no, qué pena, estoy ocupado esta tarde.

—¿Con qué?

—Maratón de películas.

—¿Y no puede esperar? —preguntó Justin—. Esto es importante para Billy.

—No, es que ya me he comprometido con mis compañeras de piso. Vamos a ver *Un día de furia, Cómo acabar con tu jefe, El diablo viste de…* —Miró a Billy— alguna marca que no conozco.

—*Prada.*

Dominic se giró hacia la voz, para encontrarse con Sonja, que lo miraba con media sonrisa. Vaya, ¿habría escuchado todo?

—Películas, genial tras un día de trabajo —comentó ella.

Vaya, pues lo había escuchado y le había hecho gracia. Qué cosas, al menos no había metido la pata… hasta que se dio cuenta de que no salía nada más de su boca y se había quedado bloqueado, sin tener ni idea de cómo continuar aquella conversación.

—Pues vaya aburrimiento de plan —dijo Billy.

Dominic se encogió de hombros y salió de allí, maldiciéndose por quedarse en blanco. A lo mejor tenía que hablar de espaldas a las chicas para que le salieran las palabras… Al menos tenía por delante el plan de tres puntos de sus amigas, y aunque al ver aquellos carteles se había visto abrumado y nada convencido, tras el fin de semana lo veía de otra forma. Wanda le había dado unas cuantas revistas de moda para hojear, aunque a él le daba lo mismo un pantalón que otro: todos los veía iguales. Y April le había entregado revistas con cortes de pelo masculinos, en las cuales no había encontrado ninguno que le convenciera. De todas formas, sabía que al final se dejaría hacer lo que ellas quisieran, para algo confiaba en su experiencia. Solo esperaba que el punto sobre cómo hablar y comportarse no fuera demasiado complicado.

Wanda no recordaba haber estado nunca en una comisaría de policía. Esperaba bullicio y agentes corriendo de un lado para otro, pero en ese momento parecía bastante tranquila. Había una mujer en el mostrador de la entrada que la miró con curiosidad al verla aproximarse.

—¿Puedo ayudarte en algo? —preguntó.

—Sí, estoy buscando a un policía.

—Muy bien, estás en el lugar adecuado. ¿Quieres poner una denuncia?

—No, no, me refiero a que busco a un policía concreto, el agente… Harvey.

Y otra vez había estado a punto de decir «Ardey», madre mía… Antes de que la mujer pudiera decir nada, un hombre rubio uniformado salió del interior de la comisaria. Iba cargado con un montón de carpetas que depositó junto a ella sobre el mostrador.

—Todo esto es para archivar, Stacy.

—Oye, Ben, esta chica pregunta por Garrett. ¿Por qué no le avisas?

—¿De qué me suena tu cara? —repuso el rubio—. ¡Ah, sí, ya me acuerdo! ¿No te paramos hace unos días por circular muy despacio?

Wanda le dedicó una mirada enfurruñada, no le resultaba divertido que se comentaran sus asuntos en público así como así. Vale, solo estaban ellos dos y la tal Stacy, que ahora parecía alarmada como si se hubiera presentado allí dispuesta a abrir fuego contra la comisaría.

—Si pretende quejarse por la multa… —empezó la recepcionista.

—No, al contrario, he venido a darle las gracias por su comportamiento. He traído esto. —Y dejó sobre el mostrador la caja llena de donuts y *muffins* que había comprado de camino.

Ben y Stacy pasearon sus ojos de la joven a la caja de dulces, tal vez con la idea de estar siendo observados por una cámara oculta. Aquello resultaba poco probable en una comisaría, así que los dos sonrieron al mismo tiempo: lo habitual eran escenas desagradables o reclamaciones de ciudadanos furiosos, lo de alguien siendo agradecido y más con un detalle calórico entraba en el plano de la ciencia ficción.

—¡Eh, Garrett! —exclamó Ben, alzando la voz—. Tienes una visita.

—Así que una ciudadana agradecida —comentó Stacy, mientras empujaba la caja en dirección al interior del mostrador—. No es habitual que vengan a traernos dulces por poner multas.

—No, no hubo multa —corrigió Ben, como si Wanda no estuviera presente.

—Ah —comento ella, intercambiando una mirada cómplice con el hombre.

Wanda examinó a ambos, ligeramente irritada. ¿Qué pretendían insinuar? Hasta lo de «ciudadana agradecida» parecía haber sido pronunciado con acritud, como si aquella señora tan mal peinada creyera que estaba mintiendo. Y esa miradita…

Abrió la boca, decidida a sacarles del error, fuera cual fuera, pero entonces «su» policía hizo acto de presencia. Se aproximó hasta el mostrador con expresión desconcertada: era obvio que no tenía la menor idea de quién era ella.

Qué demonios, ¡claro que no la reconocía! Si aquel día había tenido aspecto de llevar cuarenta y ocho horas seguidas de fiesta y disfrazada de espantapájaros. Por no hablar de la cantidad de gente que debían multar a diario, ¿quién se creía que era, alguien especial?

Además, ella tampoco tenía muy claro que ese fuera «su» agente Harvey. No, su cabeza tenía el recuerdo de alguien más mayor, mientras que el hombre que tenía delante debía rondar los treinta y pocos. Y era alto, ¿seguro que no se había equivocado de comisaría? ¿O quizá su memoria no funcionaba?

La verdad, no recordaba ese rostro, ni esos ojos azules, ni esas mandíbulas, ni nada.

—No, este no es el policía que me paró —dijo.

—¿No? —preguntó Stacy, quien estaba a un paso de empezar a comer *muffins* como si se encontrara en el salón de su casa con una película.

—No, creo que no…

—¿Y tú la conoces, Garrett? —insistió la mujer, intrigada.

—Ni idea —contestó él.

—Que sí, hombre —intervino Ben, palmeándole el hombro—. La chica que iba despacio. La que estaba hecha un desastre y lloraba sin parar.

Wanda lo fulminó con la mirada, ¡qué vergüenza referirse a ella de ese modo! Vale, era cierto, y comprendía que se lo hubiera explicado a su compañero, pero no era necesario que Stacy conociera ese tipo de detalles.

Garrett la miró de nuevo, tratando de reconocerla bajo la exacta descripción de su compañero. Sí que recordaba su aspecto de lunática, aunque después de escuchar el motivo de su llanto lo había achacado a eso sin darle más importancia. Ya no parecía una lunática, estaba claro, de hecho… le recordaba al tipo de chica que trabajaba en las tiendas de ropa cara. Bien vestida y guapa a rabiar, no era frecuente que pasaran por comisaria chicas así.

Esperaba que no hubiera ido para quejarse de él, que a veces uno actuaba de buena fe y después le estallaba en plena cara.

—Yo soy Garrett, sí —corroboró, a pesar de la expresión incrédula de la chica.

—Perdón —se excusó ella, ruborizada—. Es que… recordaba a alguien mayor.

—Vaya, gracias.

—Te ha traído esto. —Stacy intervino de nuevo, señalando los donuts—. ¿No es un detalle?

—Ya lo creo —apoyó Ben, metiendo la mano para coger uno.

Wanda decidió que debía arreglar aquella apoteósica entrada. Iba allí para darle las gracias y charlar con él, y lo primero que hacía era llamarlo viejo.

—No es nada —comentó, respecto a la caja de dulces—. Me preguntaba si querrías tomar un café.

Gracias a la información proporcionada por Louella, que amablemente la había sacado del error respecto al apellido, conocía los horarios de trabajo de Garrett con todo detalle. Sabía sus turnos del resto del mes, y que cuando trabajaba por las mañanas salía a tomar café a las once en punto. Por suerte, la comisaría no estaba muy lejos de su trabajo, así que había hecho coincidir su tiempo de descanso con el del policía.

Stacy y Ben observaban la conversación con total atención, tanto que Wanda empezó a sentirse incómoda. ¿Acaso se aburrían? Dios, parecían espectadores ante el culebrón de las tres.

—¿Un café? —repitió Garrett, como si estuviera ante la situación más surrealista del mundo.

—Eso es. Es lo menos que puedo hacer, invitarte a un café, y comentarte una cosa.

Garrett no parecía muy convencido. La miraba, valorando si estaba ante una chiflada y sin tener la menor idea de qué podía querer comentarle aquella desconocida.

—Bueno, es que no es muy habitual que un policía… —empezó.

—Tranquilo, vete. —Ben lo empujó—. Total, siempre sales a esta hora. No te vas a morir por ir acompañado un día, y sería de mala educación dejar plantada a esta chica tan amable que nos ha traído *muffins*.

—Sí, Garrett, vete. —Stacy le guiñó un ojo con toda intención—. Hoy está muy tranquilo, no tengas prisa.

Wanda disimuló una sonrisa. Podía reconocer a los casamenteros a kilómetros de distancia. No había ido con semejante intención, y Garrett tampoco estaba muy por la labor, se lo veía incómodo, pero al final se encogió de hombros, consciente de que su compañero estaba dispuesto a sacarlo del cuello si era necesario.

—Un momento —dijo, y desapareció dentro de la oficina.

Ella se apoyó en el mostrador bajo la atenta mirada de sus dos nuevos fans, que no perdían detalle de la situación.

—Garrett es muy majo —informó Stacy, solícita—. Y en este momento está soltero.

—Vale, gracias por la información.

Wanda no sabía ni dónde mirar, por lo que se distrajo examinando la comisaría para así huir del escrutinio, y suspiró aliviada cuando Garrett regresó con una cazadora negra encima.

Seguía llevando el uniforme bajo ella, pero esa prenda rompía la seriedad del mismo. Wanda la examinó con ojo crítico, una pequeña manía adquirida a raíz de su trabajo. Muchas veces, la ropa era significativa respecto al carácter de la persona que la portaba. No siempre te podías hacer una idea fiel, pero las prendas decían mucho sobre sus dueños, más de lo que la gente imaginaba.

La prenda no era de ninguna firma reconocible, pero tenía un diseño bonito a pesar de ser informal. ¿Era un reflejo del dueño?

—Tengo veinte minutos —comentó Garrett, sacándola de golpe de sus pensamientos.

—No hay prisa —añadió Stacy, sin quitar aquella sonrisita irritante de su cara.

Garrett le lanzó una mirada poco amable y siguió a Wanda a la calle.

—Perdona a mis compañeros —se excusó—. El Estado paga por tenerlos, ya sabes.

—No te preocupes, parece que se preocupan por ti y tu vida sentimental —respondió ella, con una sonrisa divertida.

—¿Stacy te ha comentado lo simpático que soy y que estoy soltero? No te preocupes, es casi como el saludo habitual en la comisaría.

De forma inconsciente, Wanda caminaba directa a la cafetería donde en teoría iba él a diario. Lo miró por si sospechaba, aunque Garrett no pareció percatarse.

Había una camarera en la barra con aspecto aburrido que revivió cuando vio entrar al policía. Le dedicó una sonrisa brillante, sonrisa que disminuyó de forma sutil cuando se dio cuenta de que estaba acompañado.

—Hola, Garrett —saludó la chica.

Por la voz, lo mismo podía haberle pedido que le quitara la ropa interior, con ese tono de cordero degollado. Garrett no pareció darse cuenta, le dedicó una sonrisa neutral y le señaló a Wanda una mesa.

—Hola, Maddy —respondió a la camarera, antes de girarse hacia Wanda—. ¿Qué quieres?

—Oh, no, invito yo. Repito, es lo menos que puedo hacer.

Fue hasta la barra sin darle tiempo a contestar, y la camarera la examinó con expresión molesta. No hizo comentarios, solo se dedicó a preparar el café que seguramente tomaba el policía a diario y el agua con lima que pidió ella, todo eso sin dejar de lanzarle miradas a la menor oportunidad.

Regresó junto a Garrett y se sentó enfrente. No dijo nada hasta que tuvieron las bebidas delante, no sin un pequeño ruidito escéptico de la tal Maddy al que ninguno prestó atención.

—Bueno —comentó él, para ver si se animaba a hablar.

—Perdona si te he molestado.

—Hombre, es un poco raro…

—Tranquilo, no soy una acosadora ni nada por el estilo —se apresuró a explicar ella—. El otro día fue el peor día de mi vida, normalmente no soy así. Quería darte las gracias porque fuiste muy amable conmigo.

Garrett parecía incómodo de nuevo.

—No tienes por qué, solo hacía mi trabajo.

—Qué va, tu trabajo era ponerme la multa, no perdonármela y de paso aconsejarme sobre mis problemas —comentó Wanda.

Él le dio un sorbo al café y se encogió de hombros.

—No pasa nada. Me pareció que, en efecto, habías tenido un día horrible.

Wanda dejó el vaso de agua con lima sobre la mesa.

—Oye, desde que Jasper me dejó eres la única persona que me ha aconsejado algo con sentido.

—¿Hablas de la carta?

—Sí. Y todavía estoy en ello, no creas, me parece un buen ejercicio. Como que te hace ser objetiva y tratar de comprender por qué…

Wanda dejó de hablar al notar el ramalazo de tristeza regresar. ¿Qué demonios hacía allí, contándole su vida a un desconocido otra vez? El pobre hombre debía pensar que era una psicópata y no era para menos. ¿Acaso no podía deprimirse como el resto del mundo, metida en la cama y espiando las redes sociales de su ex? ¿Qué era lo que quería oír exactamente y por qué pensaba que aquel hombre tenía la llave de la verdad en sus manos?

—En fin —carraspeó—. Fue un detalle que no me multaras, pero en realidad, lo que más te agradezco es todo lo que me dijiste después. Aunque no te lo creas, estoy tan harta de oír las mismas frases hechas… no tienen sentido para mí.

Garrett guardó silencio, sin quitarle la mirada de encima.

—Por favor, no pienses que soy una loca que te persigue. No sé, me ayudaste esa noche cuando lo necesitaba, por eso he venido.

—¿Y cómo me has encontrado?

—La mujer del alcalde es mi clienta. Ella me ha ayudado.

Wanda ni se planteó la posibilidad de mentirle. Era policía, no estaba bien. Y seguro que la pillaba, que tenían un radar para detectar a los farsantes.

—¿La mujer del alcalde es tu clienta? —repitió, estupefacto.

—Trabajo en Versace como estilista.

—¿Le dices a la gente lo que se tiene que poner? —Garrett se dio cuenta de que había estado acertado en su suposición.

Wanda asintió.

—¿Y preguntaste por mí a la mujer del alcalde? —La vio asentir por segunda vez, asombrado porque la charla empezaba a adquirir tintes de fantasía—. Joder.

Pues sí que se había tomado molestias por encontrarle aquella chica que parecía sacada del catálogo de una revista de moda. Al principio, el asunto lo había inquietado un poco, pero después de oírla tenía claro que no era peligrosa. Más bien, parecía alguien que necesitaba hablar, o desahogarse con quien pudiera comprenderla… otro tema era que él fuera esa persona, porque no se veía haciendo de psicólogo con una desconocida.

—Cuando alguien se porta bien contigo, lo correcto es ser agradecido.

—Bueno, estoy seguro de que mis compañeros están encantados por esa caja de donuts. Estará vacía cuando vuelva, fijo.

—Sí, ya he visto que le han hecho el recibimiento del siglo. Y yo que pensaba que todas las comisarias estaban llenas de donuts…

—Eso es en la televisión. ¿Y cómo lo llevas?

La joven se cruzó de brazos con un suspiro.

—Es difícil —murmuró—. Pero nunca se me ha dado bien elegir novios, la verdad. No debería sorprenderme.

—No puedes enfocarlo así…

Notó al instante cómo la chica alzaba la vista e inclinaba el cuerpo hacia él, atenta a lo que decía. Estaba dispuesta a absorber sus palabras como si de un experto se tratara, ¡si él no tenía la menor idea de lo que hablaba! Si supiera algo de relaciones tendría la suya propia, ¿no?

—Tengo que volver al trabajo —dijo, consciente de su cara de decepción al oírle.

—Sí, claro.

—Gracias por acercarte y traer la caja de donuts.

Wanda asintió, con una mueca. Bueno, no podía obligarlo a ser su amigo, así que no tenía otro remedio que batallar sola con sus problemas. El tío parecía majo, pero su relación no iba a ir más lejos, le quedaba claro. Y era normal, no la conocía de nada.

Revolvió el agua con la pajita hasta que escuchó un ruido junto a ella, y descubrió a la camarera con la cuenta en la mano, además de una expresión de satisfacción en el rostro.

Dejó un par de billetes y se incorporó, justo para ver cómo la puerta tintineaba de nuevo. Garrett se acercó hasta ella y le tendió un papel.

—Toma, mi número —dijo—. Por si alguna vez necesitas hablar, o lo que sea.

Wanda estiró la mano y cogió el papel con cuidado, como si fuera un tesoro. ¡Tenía su teléfono! O sea, que podía llamarlo… «si necesitaba hablar, o lo que fuera». Ese «lo que fuera» era música celestial para sus oídos, porque englobaba tantas posibilidades…

—Gracias —dijo, con una sonrisa—. ¿Seguro?

—Sí, pero no me uses para quitarte multas ni cosas por el estilo, ¿vale?

Ella negó a toda prisa, y entonces se dio cuenta de que Garrett sonreía, por lo que dedujo que lo había dicho en broma.

El chico le hizo un gesto con la cabeza a modo de despedida, y Wanda cogió su bolso con una sonrisa. Bueno, había dado el primer paso, la segunda vez estaba convencida de que todo fluiría con más naturalidad. Se veía que Garrett era buena persona, y tampoco tenía intención de resultar una lata para él, tendría que aportar algo si finalmente se atrevía a contactar. El qué podía aportar aún no lo sabía, pero eso era lo de menos, lo importante era que al fin tenía el número. Línea directa con la voz de la sensatez y el pozo de los buenos consejos, ¡mejor imposible!

Dejó de sonreír al ver cómo la camarera la asesinaba con la mirada y se apresuró a recoger el bolso y la chaqueta para regresar al trabajo.

Sin meter ni un minuto extra en su jornada laboral, Dominic salió de su agujero para irse a su casa, pensando en si ponerse a ver alguna de las películas que había nombrado para coger ideas. Entre los correos que había recibido, tenía dos de Recursos Humanos: uno agradeciendo el envío de su currículum con la gran frase «se le tendrá en consideración en el futuro» y otro con el nuevo organigrama, felicitando a Billy por su nuevo puesto. Un gran lunes, en resumen.

Entró en el apartamento sin aliento, como siempre, pensando que quizá debería plantearse también ir a un gimnasio, aunque en aquel momento estaba demasiado cansado como para ponerse a buscar uno.

—Vaya, qué pronto estás en casa —saludó April, asomándose desde su habitación al escucharlo entrar.

—Sí, he decidido no meter ni un minuto más en esa empresa ingrata.

—Mejor, así podemos ponernos con lo tuyo.

—¿Con qué?

—Tu pelo. No me has dicho qué corte te gustaba más, así que he decidido por ti.

—¿Me dejas al menos recuperar el aliento?

—Ponte cómodo y ven al baño, ¿vale?

Dominic no iba de traje precisamente, pero sí que llevaba unos pantalones de pinzas que era lo más de oficina que tenía en su armario, así que fue a cambiarse para ponerse una camiseta y un chándal. Entró en el baño, donde April había dispuesto unos cuantos productos sobre el lavabo y tenía preparadas un par de toallas.

—Quítate la camiseta —le indicó.

—Así, ¿sin más? ¿No me invitas antes a una copa?

April le dio un golpecito en un hombro.

—Qué tonto eres.

—De todas formas, es una vieja, no pasa nada si se moja o lo que sea —comentó, esperando librarse así de quitársela.

Ella movió la cabeza.

—Cómo te cuesta desnudarte, ¡así tampoco vas a ligar! Venga, acércate, anda.

Sin embargo, sonreía mientras lo decía, porque ya le conocía y le habría incluso extrañado que obedeciera: en todos los años que se conocían, apenas si le había visto sin camiseta una o dos veces que habían ido a la playa.

Dominic le devolvió la sonrisa y obedeció, maravillándose como siempre por la forma en que ella conseguía animarlo, aunque fuera solo con su presencia. Las tijeras en la mano le quitaron parte de aquel buen ánimo, aunque se tranquilizó al ver que las dejaba a un lado.

—Primero te voy a dar un tratamiento especial —informó ella—. Creo que tu pelo no ha visto una mascarilla en su vida, y ya va siendo hora de que la conozca. Siéntate aquí.

Colocó un taburete junto el borde de la bañera. Dominic se sentó, preguntándose cuántas cosas pensaba hacerle. Y él que pensaba que para un corte con coger las tijeras valía… Conociendo a April, debería haberse imaginado que aquello involucraría más pasos.

La chica le colocó una toalla sobre los hombros y le quitó la coleta, cogiendo la goma para tirarla sin miramientos a una papelera que había en un lado del lavabo.

—¿Qué haces tirando…? —Entonces Dominic miró lo que había dentro—. Pero… pero…

—Sí, he tirado todas tus gomas, coleteros y todo lo que he encontrado. De verdad, Dominic, no sabía que tenías tanto acumulado, ¿en serio necesitabas diez coleteros de tantos colores diferentes?

—Es que…

—Ni es que ni es ca. Ya no te van a hacer falta.

El chico miró con nostalgia y cierta pena el montón de artículos que su amiga había tirado. Quizá más tarde podría recuperar alguno, cuando estuviera desprevenida, aunque al recordar las tijeras mucho se temía que ya no los iba a necesitar. No protestó más, porque entonces April empezó a cepillarle el pelo, de forma suave y continua, y se dio cuenta de lo relajante que era aquello.

—Vaya, qué agradable —murmuró.

—Relájate y disfruta.

Terminó de desenredar la melena y le indicó que se inclinara un poco hacia atrás. Si ya el cepillado le había gustado, el momento en que April le mojó el pelo y comenzó a aplicarle lo que fuera aquel gel con un masaje, le hizo replantearse su negativa a acudir a una peluquería.

—No me imaginaba que un lavado de cabeza pudiera ser tan agradable —comentó.

—Además de eso, revitaliza las raíces y da fuerza al pelo. Estimular el cuero cabelludo es muy bueno, Dominic. Es la parte más importante.

—Ya veo, ya. ¿Haces esto a todas tus clientas?

—Claro. Aunque las trillizas no lo aprecian, por supuesto, dicen que son tonterías. —Movió los dedos con más fuerza—. Para ellas lavar el pelo es echar jabón y ya, como mucho usan el acondicionador. —Echó más producto y le frotó—. No puedo con ellas, cualquier día te juro que… —Dominic levantó la mano—. ¿Qué?

—No, que el masaje estaba muy bien, pero creo que ahora mis raíces sienten que quieres asesinarlas, no sé yo si el estrés será bueno para ellas.

—Huy, perdón. —Relajó la presión de los dedos—. Es que hablo de ellas y me pierdo, ya lo sabes. ¿Qué tal tú hoy en la oficina?

—Prefiero no hablar del tema.

—¿Billy?

—Sí.

—Ya llegará el karma, seguro.

—Lo mismo te digo.

Dominic cerró los ojos, mientras April se concentraba en el masaje y conseguía, poco a poco, relajarlo de verdad. A ella le gustaba ver cómo sus clientas disfrutaban de aquel momento y le ocurrió lo mismo con él: hacía tiempo además que no lo veía con aquella expresión tranquila en el rostro. Le dejó la mascarilla puesta, indicándole que no se moviera para que hiciera efecto. Mientras reordenaba los champús y suavizantes, se descubrió echándole alguna que otra mirada y no precisamente para calcular por dónde cortar. Estaba delgado, sí, pero la forma en que estaba recostado, con aquella camiseta suelta y… atraía su vista de una manera que le hizo sacudir la cabeza, reprendiéndose a sí misma. Ni que fuera la primera vez que estaban los dos solos así, ¿en qué estaba pensando?

Volvió a la bañera para aclarar la mascarilla y terminar con el lavado. Mejor se concentraba en el corte, no fuera a liarla.

Cogió una toalla para quitar parte de la humedad del pelo y le dio un par de pasadas con el peine, mirando las puntas y las longitudes.

—Esto parece una escalera mal hecha —le dijo, cogiendo las tijeras—. No hay ni dos centímetros de igual longitud.

—¿Y lo bien que te lo vas a pasar arreglándolo?

—Eso seguro. —Se colocó frente a él y le colocó las manos en los hombros, mirándolo a los ojos—. ¿Confías en mí?

Él le sostuvo la mirada unos segundos y le cogió las manos.

—Por supuesto.

April volvió a su espalda, mientras por la mente de Dominic pasaba un pensamiento rápido y difuso sobre aquella mirada, pensamiento que se perdió cuando escuchó los primeros tijeretazos. Con cada uno, cerraba los ojos como si sintiera dolor físico, aunque estaba todo en su imaginación. Ver caer mechón tras mechón no ayudaba, y se obligó a no hacer ningún comentario al respecto, por muy largos que viera algunos de ellos: había prometido confiar en ella, eso haría.

El rato que estuvo April cortando se le hizo eterno: la chica se movía detrás de él, iba a un lado, al otro, después se colocaba delante y cogía su pelo haciendo a saber qué a los lados de su cara. Dominic sentía un cosquilleo cada vez que la tenía frente a él y le rozaba por accidente un brazo, las piernas o la cara, pero lo atribuyó al nerviosismo del momento.

Tras una media hora que le parecieron dos, escuchó que dejaba las tijeras y cogía el secador. Con la ayuda un cepillo, April fue secándole el pelo y acomodándolo a su nuevo corte, que Dominic se moría por ver. Su mirada iba del suelo, lleno de mechones, a la papelera, donde descansaban sus coleteros y gomas por siempre jamás.

Por fin, April dejó sus instrumentos de trabajo y se colocó frente a él, examinándolo de forma crítica. Le tocó el pelo un par de veces más y entonces cogió una toalla para empaparla en agua caliente.

—¿Qué vas a hacer ahora? —preguntó Dominic, deseando verse ya en el espejo.

—Arreglarte un poco la barba. Tranquilo —añadió, al ver su cara de pánico—, no voy a afeitarte, solo darle un poco de forma.

Cogió un tipo diferente de tijeras, colocó otra toalla delante bajo su barbilla y le aplicó un producto sobre la cara y la barba, que le recortó para igualarla y darle un toque cuidado y moderno. Durante el proceso, Dominic estuvo más tenso incluso que con el corte de pelo, pero lo atribuyó al temor de verse imberbe más que al hecho de tenerla más cerca aún.

Tras unos minutos en los que solo se escuchó el ruido de las tijeras, April por fin se echó hacia atrás y dejó sus instrumentos. Le tocó las mejillas para mirar bien ambos lados y, por fin, le quitó las toallas, sacudiéndolas. Después, le pasó un cepillo de cerdas suaves por los hombros para quitar los restos de pelo.

—Ya puedes mirarte —ordenó.

«Por fin», pensó él, que con tantos pasos había perdido toda esperanza de verse aquel día.

Se levantó y, tras coger aire, se miró en el espejo. Sus ojos, ya de por sí grandes, se abrieron aún más. April le había dejado media melena, no muy corta pero lo suficiente como para que no tuviera la tentación de hacerse una coleta: no llegaría para ello. Su pelo brillaba de una forma que no recordaba haber visto nunca, al tacto incluso estaba suave y agradable. Inclinó la cabeza un lado, al otro, se pasó la mano por el rostro varias veces, se miró de perfil… todo ello sin decir nada, hasta que April le dio un manotazo en el hombro que lo sacó de su estupor.

—¿Quieres decir algo? —espetó ella, muerta de nervios.

Ella lo veía bien. Más que bien, genial, pero claro, no era objetiva, y se moría de ganas de escuchar su opinión. Si no le gustaba… Se mordió el labio, no quería ni pensarlo.

—Me encanta —dijo él.

—¿Qué?

—Que me encanta. —La miró—. Eres una artista, Makovsky.

La abrazó elevándola en el aire con una sonrisa y ella se agarró a su cuello, riendo. Entonces sus ojos volvieron a encontrarse, pero lo que fuera aquel momento pasó cuando escucharon un carraspeo y ambos se giraron para ver a Wanda en el quicio de la puerta del baño.

—¿Es Dominic o nos lo han cambiado en la oficina? —bromeó.

—¿Te gusta? —preguntó April, apartándose del chico con algo de confusión en su rostro.

—Estás genial —respondió ella, acercándose para darle un abrazo—. Dominic, el siguiente paso será tu vestuario. Ese corte de pelo y esa barba no pueden ir con tu ropa normal, se merecen una vestimenta acorde.

Él suspiró, mirándose de nuevo en el espejo. Le daba mucha, muchísima pereza probarse ropa, pero tampoco se hubiera imaginado nunca un corte de pelo así, por lo que, para su sorpresa, se dio cuenta de que hasta estaba impaciente por ver qué habían pensado Wanda para él.

CAPITULO 5

Según terminó de desayunar, Dominic se fue al cuarto de baño a lavarse los dientes y, por costumbre, abrió su cajón para sacar una goma del pelo. Lo cerró al recordar que April se había encargado de deshacerse de todas ellas y suspiró, temiendo levantar la vista. Porque el corte le había encantado, claro que, recién hecho, todo quedaba bien y ahora temía cómo habría afectado la noche a su pelo. Para su sorpresa, no parecía recién salido del manicomio como todas las mañanas: el pelo seguía brillante, sedoso al tacto y sin mucho alboroto, así que lo que fuera que había utilizado su amiga para tratarlo, funcionaba. Se pasó el cepillo para terminar de acomodarlo y esperó un par de segundos, por si acaso, hasta comprobar que todo se mantenía en su sitio.

Al salir al pasillo se encontró con April, que estaba a punto de marcharse a trabajar. Pero al verlo, retrocedió y le tocó un poco la melena.

—Perfecto —dijo, satisfecha.

Le guiñó un ojo y se marchó. Dominic se volvió a mirar en el espejo, sin ver ninguna diferencia entre lo que había hecho él y lo que April había retocado, aunque por si acaso no lo tocó más. Se puso la primera chaqueta que encontró y se marchó a trabajar.

La suerte sí que parecía estar de su parte aquel día, porque Billy no se presentó en su despacho y no se lo encontró en toda la mañana, ni siquiera a la hora del café ni de la comida. Ya pensaba que el nuevo corte le había traído también algún repelente para idiotas, cuando al ir a sacar su café se lo encontró en la máquina, hablando, cómo no, con Sonja. Eso le pasaba por confiado, si no quería encontrase con nadie, pues venga, los dos a la vez. Y lo peor: ambos se quedaron callados al verlo, lo cual hizo que su ánimo decayera al darse cuenta de que no le quitaban ojo.

—«Demasiado tarde, nuestro héroe se encontró sin escapatoria posible y se vio obligado a meterse en la madriguera del lobo para conseguir su alimento» —murmuró entre dientes.

—¿Qué te ha pasado en la cabeza? —preguntó Billy, mientras Dominic metía unas monedas en la máquina.

—Me he cortado el pelo —contestó, como si no fuera obvio.

—¿Y la coleta? —siguió él.

—Ya no hay.

—¿Y no te molesta? Tiene que ser incómodo estar apartándose el pelo de la cara todo el día. No sé, no lo veo.

—Pues yo creo que te queda muy bien —dijo Sonja, a lo que Dominic se giró hacia ella como un resorte—. ¿Dónde te lo has hecho?

—Ah… en casa…

—¿Tú solo? ¡Qué hábil!

—No, no, April. La que vive conmigo. Mi amiga. Es peluquera.

—¿La pelirroja de la fiesta? —preguntó Billy.

—¿Dónde trabaja? —preguntó Sonja, interrumpiéndolo—. Me gustaría ir a probar qué me haría a mí.

—Love is in the hair.

—Genial, gracias. Dile que me pasaré. ¿Te ha arreglado también la barba?

Dominic movió la cabeza para afirmar, aunque poco, temiendo despeinarse justo entonces y arruinar el efecto del pelo. En fin, sus frases no habían sido muy largas y la mitad no habían incluido ningún verbo, pero al menos había mantenido una conversación más o menos normal con Sonja, lo cual era un gran avance. Se sentía como Sansón, solo que al revés.

La chica se despidió con una sonrisa y Dominic metió monedas en la máquina, marcando de nuevo el café que quería. Entonces cayó el vaso… justo sobre el que ya estaba listo, y tuvo que dar un salto hacia atrás para que el café caliente no lo salpicara. La mala (o buena) suerte hizo que al retroceder golpeara a Billy con un codo y este se tirara todo el contenido de su taza sobre su impecable camisa blanca.

—¡Joder, Dominic! —exclamó—. ¿Se te han ido las neuronas con el pelo? ¡Mira cómo me has puesto!

—Perdón, perdón.

Cogió un montón de papel del rollo que había y le entregó la mitad; el resto lo utilizó para encargarse del lío que había montado con el café y vasos en la máquina. Otro día se habría cabreado consigo mismo, en aquel momento estaba demasiado contento por su avance como para que aquello le afectara.

—Ahora voy a tener que irme a casa —refunfuñó Billy, aunque Dominic estaba seguro de que en realidad la excusa le venía bien para escaquearse—. Te paso un correo con lo que hay pendiente.

Salió llevándose más papel consigo y Dominic, tras sacar un tercer café, regresó a su despacho. Efectivamente, Billy no tardó ni cinco minutos en enviarle unas cuantas tareas pendientes. El efecto Sansón seguía ahí, por lo visto, porque en lugar de ponerse a ello como habría hecho en otras ocasiones, los leyó por encima y solo hizo caso a uno que era urgente.

El nuevo Dominic comenzaba a emerger y no pensaba hundirlo de nuevo.

El fin de semana llegó y la confianza que había ganado Dominic se vio un poco mermada cuando April y Wanda lo sentaron en el sofá del salón, dispuestas a hacerse cargo de su armario. El tema del pelo había salido mucho mejor de lo esperado, incluso cuando se lo había lavado solo (con un champú y un acondicionador especial cedido por April) había conseguido que tuviera el aspecto conseguido por su amiga, así que su confianza en ellas era muy alta. Aunque una cosa era eso y otra enfrentarse de nuevo a lo desconocido.

—¿Otra intervención? —preguntó, al verlas de pie frente a él.

Ellas se miraron, y April se encogió de hombros.

—Puedes llamarlo así si quieres, aunque no hay cartelitos esta vez.

—Vamos a revisar tu ropa —informó Wanda.

—Yo pensaba que íbamos a ir de compras.

—Primero hay que deshacerse de lo viejo para hacer sitio a lo nuevo.

—¿Me vais a hacer un Marie Kondo? Porque si pretendéis que vaya cogiendo la ropa y dándole un abrazo a ver si me da felicidad…

—No, no, nada de eso —dijo April, mirando a Wanda por si acaso, pero ella negó con la cabeza—. Tú quédate aquí sentado.

Y así lo hizo, intrigado, hasta que las vio desfilar hacia su habitación y volver con un montón de ropa cada una, una vez, dos, tres… ¡ni siquiera sabía que tenía tantas cosas! Las chicas la iban dejando en el otro sofá, formando poco a poco una montaña que amenazaba con hacer desaparecer de un momento a otro la pieza de mobiliario. Cuando ya pensaba que llegaría al techo, terminaron con eso y trajeron todos sus zapatos y zapatillas, que alinearon en el suelo.

—Bien, ¿qué ves aquí? —preguntó April.

—Eh… ¿mi ropa?

—¿Y ves alguna coherencia en ella?

—Ahora mismo, solo veo una montaña.

—Vamos a poner un ejemplo —intervino Wanda, cogiendo una camiseta al azar—. Rayas rojas y negras horizontales. ¿A qué te recuerda esto?

—Es que...

—A Wally, Dominic, a Wally —contestó April por él. Sacó un pantalón verde pistacho—. Y te he visto ponértela con esto. ¿Dónde ves tú que pegue?

—Bueno, es que no veo...

—No vale como excusa, que llevas las gafas —lo interrumpió Wanda.

April cogió un rollo de bolsas de basura que había sobre la mesa y que, hasta entonces, había pasado desapercibido para Dominic. Arrancó una, la abrió y, sin más, Wanda metió las dos prendas dentro. Él se quedó con la boca abierta, pero estaba claro que aquello no había terminado, puesto que las chicas volvieron a coger una camiseta cada una.

—Amarillo flúor —dijo Wanda—. ¿Qué estamos, en los noventa?

—Y esta tiene tantos colores que no sé ni cómo no me mareo al mirarla. —April tenía una llena de rayas que parecía un cuadro abstracto—. Fuera.

De nuevo, todo a la bolsa. Siguieron con unos cuantos jerséis, pantalones, ¡hasta calcetines! Dominic veía cómo poco a poco la montaña iba descendiendo para acabar en aquellas bolsas, sin que nada se salvara de la inquisición.

April cogió unas zapatillas amarillas y verdes y las agitó delante de él.

—Vamos a ver, estas te las he visto puestas un montón de veces y nunca combinaban con nada. Vale que son colores complicados, pero chico, no sé, con todas las cosas de colores que tienes, no entiendo cómo nunca vas al menos con cosas que peguen entre sí.

—No pasa nada —dijo Wanda, antes de que él contestara. Lo veía algo abrumado, y no quería agobiarlo—. Mira, vamos a hacer una prueba. Imagínate que te quieres poner esas zapatillas hoy, ¿qué pantalones y camiseta escogerías?

Dominic suspiró y se levantó para acercarse a las pocas prendas que quedaban en el sofá. Sacó un par de camisetas, las miró y apartó una. Hizo lo mismo con un pantalón y en cuanto se giró hacia ambas, dedujo por su cara de horror que no había acertado.

—¿Cuál es el problema? —preguntó.

—¿En qué universo crees que el azul celeste y el rosa fucsia combinan? Y ya puestos, ¿cuándo te has puesto esa camiseta fucsia?

—Últimamente no, debía estar al fondo del armario.

—Y bien que estaba allí —comentó April—. En fin, a ver si conseguimos avanzar. ¿Qué te gusta de esa camiseta? Porque discreta desde luego no es.

—Es cómoda.

Ellas se miraron.

—Vale, pero hay ropa cómoda menos... llamativa —observó Wanda.

—Bueno, es que yo la veo toda igual.

—Dominic, no estamos hablando de que combines azul marino con negro —dijo April, metiendo las prendas en una bolsa junto con las zapatillas—. O el rosa con el rojo, que ya de por sí es bastante malo... Es que esto no hay por dónde cogerlo.

—¿Tanta diferencia hay entre los colores?

—No te preocupes, te enseñaremos a combinar —lo tranquilizó Wanda.

—No me entiendes, es una pregunta en serio. —Cogió otras dos camisetas y las miró—. ¿Qué diferencia hay entre estas dos? ¿Cuál sería válida?

—Esta es demasiado verde —contestó Wanda—. Se te ve a lo lejos, y la otra es gris oscuro. Obviamente, es más fácil de combinar y poner.

—Yo solo veo una un poco más oscura que la otra, nada más.

April movió la cabeza, sonriendo.

—Mira que eres bromista... —le dijo, cogiendo la verde para meterla en la bolsa.

—Que no, es lo que tiene ser daltónico, ya sabéis.

Y entonces las dos se quedaron mudas, mirándolo. ¿Era una broma? No, él estaba serio y no había nada en su expresión que indicara que les estaba tomando el pelo. Pero, ¿daltónico?

Al ver que se quedaban calladas, Dominic dejó el pantalón que tenía entre las manos y las miró, moviendo una mano delante de sus ojos.

—¿Qué os pasa?

—¿Cómo, daltónico? —dijo April, casi tartamudeando.

—Pues eso, daltónico. No sé a qué vienen esas caras.

—¡No lo sabíamos! —exclamó Wanda, estupefacta.

—¿Cómo que no? ¡Si llevamos años viviendo juntos!

—¿Y en algún momento ha salido esta conversación? —Él se quedó pensativo unos segundos—. No, ¿verdad?

Dominic negó despacio con la cabeza, dándole vueltas al tema. No recordaba haberlo mencionado nunca y tampoco era algo que uno dijera sin más. «Hola, soy Dominic y soy daltónico». No, esa no era su carta de presentación.

—Ay, Dios mío, ahora me explico todo esto —murmuró Wanda—. Menos mal, yo que pensaba que tenías un gusto horrendo… Al menos ahora sabemos que no es culpa tuya.

—Joder… —April no daba crédito aún a lo que acababa de escuchar—. ¿No ves los colores?

—No, ni el rojo ni el verde. Entonces todo es del mismo tono, marrones y tal.

—Entonces… ni siquiera sabes cómo son tus ojos, con lo bonitos que son. —Él negó con la cabeza—. Ni que yo soy pelirroja…

—Bueno, lo sé porque me lo has dicho, pero sí, tu pelo y el de Wanda son muy parecidos para mí.

April lo miraba sin poder creer que, después de todos esos años, después de todo lo que habían hablado y vivido juntos, algo como aquello no hubiera salido a la luz ni lo hubieran sospechado Wanda y ella. Explicaba todas sus elecciones de ropa, claro, y ahora entendía algún que otro equívoco cuando habían visto alguna señal nueva por la calle. Se sentía fatal porque algo tan personal y, a la vez, tan básico, fuera algo desconocido entre ellos. ¡Y se suponía que eran sus mejores amigas!

—Lo siento mucho —musitó.

—¿El qué? No es culpa tuya que sea daltónico.

—No, pero deberíamos haberlo sabido.

—Bueno, pues ya lo sabéis, ahora me ayudáis con la ropa y ya está.

April seguía molesta consigo misma. Sacó su móvil del bolsillo y empezó a teclear, mientras Wanda se acercaba.

—¿Qué haces? —le preguntó.

—Un segundo.

Encontró un par de imágenes con ejemplos de cómo veían los daltónicos en comparación a una persona normal y se las enseñó.

—Anda, ves como en una foto antigua —dijo Wanda, sorprendida.

No sabía qué esperar al haber escuchado lo del marrón, ahora lo veía más claro. Vaya, normal que no escogiera la ropa ni supiera combinar, ¡así era imposible! Se acercó a él y le frotó un brazo.

—No pasa nada, ahora lo sabemos y le vamos a poner solución. Te compraremos nosotras toda la ropa y punto.

April guardó el móvil y lo abrazó.

—Todo este tiempo sin saberlo… —repitió.

Él le devolvió el abrazo, sorprendido.

—En serio, no pasa nada —dijo—. Son solo colores, no estoy enfermo.

—Ya, ya. —Lo estrujó un poco antes de separarse—. No tendrás más secretos como este, ¿verdad? ¿Confundir lo salado con lo dulce?

—Huy, eso sí que sería horrible.

Le sacó la lengua y ella volvió al montón de ropa con Wanda.

—Bien, pues como te da igual el por qué la apartamos, iremos directas al grano —dijo la estilista—. Te dejaremos solo lo imprescindible hasta que vayamos de compras.

—Vale.

A los pocos minutos, se dio cuenta de que quizá había aceptado demasiado rápido, puesto que el montón se redujo drásticamente y se encontró con que apenas si le dejaron un par de trajes, alguna camiseta y pantalón para diario y solo un par de zapatillas y zapatos. Tendría que apañarse, aunque eso sí, al menos no tendría que preocuparse de ir llamando la atención por la calle. Algo a lo que nunca había dado importancia, y en vista de lo sucedido, ya entendía los comentarios en la oficina o las miradas que había recibido más de una vez.

Tras llenar las bolsas y dejarse los riñones y los pulmones en llevarlas a unos contenedores de donación un par de calles más abajo, las chicas volvieron a llevarlo al salón. No lo dejaron sentarse, sino que ocuparon ellas uno de los sofás y le indicaron que se quedara de pie.

—Ahora vamos a ensayar —indicó Wanda.

—¿Y no podemos hacerlo sentados?

—No, porque lo que queremos es ver cómo actúas —le explicó April—. Bien. Sal de aquí y entra como haces cada mañana en la oficina, imagínate que Sonja está donde la televisión.

—Que sepáis que ese tema va viento en popa —contestó él.

—Ah, ¿sí? —Wanda se inclinó hacia delante, como si así lo fuera a oír mejor—. ¿Y eso?

—El martes me dijo que le gustaba mi corte de pelo y hemos hablado todos los días en el café.

—Define hablar.

—Pues eso, no sé, comentar el tiempo, lo malo que está el café de la máquina… Lo típico. —Miró a April, que estaba con el ceño fruncido—. Ah, y le di el nombre de la peluquería, que me preguntó quién me había cortado el pelo.

—Pues como vaya las trillizas seguro que le hacen algún escarnio —refunfuñó ella.

Wanda le dio unas palmaditas en la pierna, preguntándose por qué parecía molesta.

—Quédate con lo bueno —le dijo—. De no decir ni mu a hablar del tiempo va un abismo. Es un gran avance.

—Gracias, eso pienso yo —corroboró Dominic.

Omitió que las frases seguían sin contener verbos la mayoría de las veces y su accidente cafetero del martes, tampoco era cuestión de sacar los fallos.

—Venga, pues vamos a ensayar. April, ponte de pie y haz como que eres Sonja.

—¿No iba a serlo la televisión?

—Ahora que sabemos que hay interacción, lo podemos hacer más realista. La pantalla será la máquina de café.

April suspiró y se colocó junto a la televisión, mientras Dominic salía del salón. Fuera, se concentró en pensar que estaba en la oficina, y así, al volver, su forma de caminar había cambiado y las dos se dieron cuenta de que incluso iba con la cabeza algo agachada.

—No, así no —dijo Wanda—. Sal, levanta la cabeza y camina con fuerza.

—¿Cómo que levante la cabeza? ¿Cuánto?

—Imagina que estás mirando a alguien un poco más alto que tú. No mucho, que si no va a parecer que tienes dolor de cuello.

—Vale.

De nuevo fuera, Dominic probó a mover el cuello arriba y abajo hasta colocarlo a la altura que le pareció adecuada. Entró pisando fuerte y, de nuevo, Wanda lo interrumpió.

—Tampoco tiene que parecer que llega un bisonte, hijo. Algo intermedio.

Él suspiró, retrocedió un par de pasos y rehízo el camino. Debía haber mejorado, porque Wanda no dijo nada hasta que llegó junto a April.

—Eh… hola —saludó Dominic.

—Hola.

Ambas chicas esperaron, pero Dominic no dijo nada más.

—¿Qué sueles hacer entonces? —preguntó Wanda.

—Sacar café, ¿qué voy a hacer? Para eso he venido a la máquina, obviamente.

Wanda miró al techo, suspirando. Por su parte, April sacó su cartera del bolsillo. Muy despacio, abrió la cremallera y extrajo una moneda. El chico seguía parado a su lado, sin decir nada ni moverse un centímetro.

—¿Eso es todo? —le preguntó.

—¿Buenos días? —probó Dominic.

—Chico, ¿no pillas la indirecta? —resopló Wanda, señalando a April.

Dominic la miró. Ella levantó la mano con la moneda, acercándola a la televisión, y suspiró impaciente.

—Dominic, deberías pararme —le sugirió.

—¿Por qué? Ella se saca un café con leche todas las mañanas.

—¿Y nunca se te ha ocurrido invitarla a uno?

Él abrió mucho los ojos, dándose cuenta de que jamás se le había pasado por la cabeza hacerlo. Le dieron ganas de golpearse, por tonto. ¡Algo tan sencillo como eso!

—La invitas al café y así tienes excusa para quedar en la máquina —explicó April—. Ella te dirá que vale, que te debe uno, y que el siguiente es cosa suya. Y ya está: cogéis rutina y os podéis ver todos los días a la misma hora para el café.

—¿Y pago yo siempre?

—No, hombre, no, ¡igualdad! —explicó Wanda—. Una vez cada uno, pero tú inicias la cadena, tomas la iniciativa.

—¿Y si no deja que la invite?

—¿Por qué iba a decir que no? Si quisiera esquivarte, ni del tiempo hablaría contigo.

—Vale, supongo que tenéis razón. Lo intentaré esta semana.

Si no se quedaba en blanco, metía la moneda con un café ya dentro o se le olvidaba hasta su nombre, que todo era posible.

—Bien. Tema oficina de momento lo dejamos ahí —dijo Wanda—. No vayas a hacerte un lío. Ahora vamos a imaginar que estamos en un bar y te acercas a una chica.

—No quiero que piense que la acoso.

—Hablar con una chica en un bar no es acoso —explicó April.

—A no ser que le toques el culo —añadió Wanda.

—¿Y por qué iba a tocarle nada a nadie? —replicó la pelirroja.

—Sin querer, imagínate que se arrima demasiado. Las distancias personales son importantes. Ya sabes, como en *Dirty Dancing*.

—Ahora sí que no entiendo nada —dijo Dominic, que desde luego no tenía intención de tocar el culo de ninguna desconocida.

April le cogió los brazos y se los abrió. Extendió la mano y marcó la zona que había delante suyo.

—Este es tu espacio —indicó, para después señalar cerca de ella—. Y este es mi espacio. Tú no entras en el mío ni yo en el tuyo, es sencillo.

—Nunca hubiera imaginado que esa película fuera una fuente de sabiduría.

—Más de lo que te imaginas. Venga, a lo que estamos.

Se apoyó en la pared, cogiendo un vaso vacío del mueble, y Dominic sopesó la situación unos segundos. Carraspeó y se acercó.

—¡HOLA, SOY DOMINIC! —gritó.

Ella se apartó al instante, frotándose un oído.

—Hey, ¿por qué chillas?

—Yo qué sé, imagino que hay música.

—Bueno, pues imagínatela por dentro, pedazo de cenutrio.

—Vale, menos realismo, entendido.

Volvió a carraspear y se acercó, extendiendo la mano.

—Soy Dominic —dijo.

—Hola, soy Tricia. —Movió el vaso, y él continuaba callado, mirándola fijamente—. No me mires así, aunque tus ojos son preciosos, si no pestañeas acojonas.

—Ah, perdón. —Parpadeó un par de veces—. ¿Así mejor?

—Mira, muévelos un poco y baja las pestañas. —Le hizo un par de ejemplos, que él intentó imitar—. Menos forzado, parece que se te ha metido algo en los ojos. Tienes que mirar sin asustar, y además tampoco demasiado tiempo, que no parezca que la estás imaginando desnuda, ¿vale?

—Joder, qué complicado. Y yo pensando que mirar era abrir los ojos y ya.

—Eso es «ver» —dijo Wanda.

—Exacto, no es lo mismo mirar que ver, ni oír que escuchar, ¿entendido? —Él afirmó con la cabeza, aunque no sabía si abrir o cerrar los ojos, parpadear mucho o poco o dónde mirar exactamente—. Bien, pues venga, dime alguna cosa.

—Eh… ¿Quieres tomar algo?

—Primero tendrías que preguntar si está sola, con amigas, esperando a alguien… —intervino Wanda—. No queremos que aparezca un novio mazas y te dé una paliza, ¿verdad? Tienes que asegurarte de que tienes el camino libre.

—Y prohibidas las siguientes frases —dijo April—: «¿Vienes mucho por aquí?» o «¿Estudias o trabajas?»

—¿Ni siquiera para romper el hielo?

—Aparte de que son las frases más trilladas del mundo, si estudia, es demasiado joven para ti —dijo Wanda.

—Qué bien, recordarme mi cambio de número me ayuda un montón. «Y la juventud iba quedando atrás como hojas perdidas en el viento, como la voz de su conciencia en forma de supuesta amiga le recordaba sin piedad.»

—Menos sarcasmo y más actuar.

Claro, con tantas normas y restricciones eran tan fácil…

—Venga, dime algo —lo animó April.

—Vale… ¿qué tal, esperas a alguien?

—Estoy con una amiga.

—Ah, bien. ¿Amiga o amiga-amiga?

—¿A qué te refieres?

—Bueno, puede ser novia en lugar de novio, ¿no? —Dominic pasó la mirada de una a otra—. Mejor asegurarme.

Wanda se llevó la mano a la frente mientras April ponía los ojos en blanco.

—Si fuera lesbiana te lo diría directamente —replicó la primera.

—¿Podemos hacer otra cosa? —pidió Dominic, cansado de estar de pie—. Ensayamos otro día, total, no vamos a salir hoy mismo, ¿no?

—No, no, primero hay que conseguirte ropa nueva, ya vamos la semana que viene de compras —dijo Wanda.

Dominic se dejó caer en el sofá y April guardó el vaso de nuevo en el armario.

—Si quieres podemos mirar el otro punto —comentó—. Ya sabes, el del trabajo.

El chico pareció hundirse aún más entre los cojines. Aquel sí que le parecía un tema mucho más complicado que todos los demás. Su daltonismo no tenía remedio, pero ellas lo ayudarían con la ropa, así que de eso podía dejar de preocuparse. Con sus bloqueos o problemas al hablar con las chicas, aunque le iba a costar, ya había visto algún avance tras el corte de pelo así que también esperaba mejorar con sus consejos y el cambio de imagen.

Y el trabajo… Había hecho la carrera de contabilidad y siempre había trabajado de eso, no sabía hacer nada más.

—En eso no veo mucha solución —musitó.

—Bueno, ya sabemos que tu empresa es una mierda y que Billy es un cochino traidor —dijo April, sentándose a su lado y dándole unas palmaditas en la rodilla—. Podrías cambiar de empresa, ¿no?

—El trabajo sería el mismo: aburrido y monótono —contestó él.

—¿Y otra profesión? —sugirió Wanda.

—¿Como qué?

—Hiciste un año de publicidad antes de meterte en contabilidad —le recordó—. Eso te gustaba.

—Sí, solo que no le veía futuro. Y además con lo de los colores… se complicaba el tema en algunas cosas, por no decir en todas. No puedo tratar una imagen como haría otro, ni hacer un anuncio que destaque por sus colores, por ejemplo.

—Eres muy bueno haciendo eslóganes —dijo April—. Mira cuando hablas contigo mismo, o cuando terminas los anuncios con alguna frase graciosa.

—No sé si eso es suficiente para una carrera.

—¿Y un curso? —propuso Wanda—. En lugar de meterte en la universidad otra vez, podrías buscar un curso de unos meses y ver qué tal.

Él ladeó la cabeza, sopesando aquello. La contabilidad y el puesto en su empresa le daban estabilidad, tenía claro que era un trabajo fijo, de por vida, que nunca tendría problemas económicos si seguía allí. Quizá más adelante pudiera incluso subir, aunque después de lo de Billy, no lo tenía tan claro. Aquella estabilidad que siempre le había parecido algo bueno ya no le convencía. No quería seguir con esa monotonía, igual que quería cambiar por fuera, quería cambiar por dentro.

—¡Tengo una idea! —exclamó Wanda, sobresaltando a ambos—. Revistas.

—¿De cursos?

—No, no, espera un poco.

Salió corriendo ante la mirada sorprendida de April y Dominic, que no sabían a qué se refería ni a dónde iba. Unos minutos después, la chica apareció cargada con un montón de revistas y las dejó sobre la mesa frente a ellos, resoplando.

—Ya sabía yo que guardar todas estas revistas tenía que servir para algo —dijo, cogiendo la primera.

—¿*Vanity Fair*? —Dominic miró la portada con una modelo impresionante sin entender nada—. No creo que yo sea su público objetivo.

—Claro que sí, mira. —Señaló una parte de la portada—. Un test de personalidad.

—«Descubre si tu personalidad coincide con tu horóscopo». En serio, Wanda, no sé yo si esto es…

—Que sí. —Le entregó otra—. Hay de todo. Te dirán qué te gusta, qué personalidad tienes, cómo actúas en determinadas circunstancias… Vienen un montón de consejos, Dominic.

El chico miró a April en busca de ayuda, y se encontró con que ella estaba con otra revista entre las manos buscando la página con el cuestionario correspondiente.

—Esto es genial —comentaba—. Qué gran idea, Wanda. Creo que voy a hacer yo también alguno de estos.

Cogió un par de bolígrafos, unas hojas y se las entregó a Dominic, para que apuntara allí las respuestas y de ese modo, poder hacer los test sin marcar en las revistas.

Wanda volvió a su habitación a buscar más revistas y las añadió al montón que había en el salón. Cuando le pareció considerable, se sentó con ellos para buscar los que podían ayudar más al chico. Ya puestos, encontró algunos referentes a relaciones y rupturas, que apartó de forma disimulada para realizar ella en algún momento. Si podían ayudar a Dominic, a ella también, ¿no?

La imagen de Garrett apareció en su mente y miró un segundo su móvil, pero no llegó a tocarlo y cogió otra revista. El policía estaba para emergencias, quizá otro día le llevara algún donut, ya que había tenido tanto éxito la primera vez, nada más porque no quería agobiarlo. Ni tampoco quería pensar en lo bien que se había sentido tomando aquel café con él, ni que era mucho más joven y guapo de lo que había recordado el día maldito de la no-multa.

No, no, los test eran una opción mucho más segura que un policía atractivo. Además, no quería desviarse del tema, que de lo que se trataba era de ayudar a Dominic, no a ella.

Como si de una trampa se tratara, apareció un test sobre qué hacer cuando una se encontraba en situaciones fuera de lo normal y aparecían bomberos o policías sexys… ¿Quién demonios hacía esas revistas? Por si acaso, la añadió a las que había apartado para ella y puso dos más al montón que había junto al chico, que la miró con cara de pena.

—Verás cómo nos lo agradecerás.

Le guiñó un ojo mientras él suspiraba y comenzaba a hacer uno de aquellos cuestionarios. ¡Él, siguiendo los consejos del *Vogue*! Eso sí que nunca lo hubiera esperado.

CAPITULO 6

El coche frenó con un chirrido que sacó a Dominic de su silencio autoimpuesto y enfurruñado. Llevaba malhumorado desde que se había levantado esa mañana para descubrir que le esperaba un día de lo más completo: compras, la parte que más odiaba, y noche de juerga.

Tan solo hacía unos meses, esas salidas de los sábados por la noche le encantaban: siempre se habían divertido muchísimo los tres porque no salían a ligar, ni a buscar nada. Solo se achispaban, bailaban y terminaban cerrando locales o cantando en cualquier karaoke mientras un grupo de gente tan achispada como ellos coreaban la música a voz en grito.

Era perfecto… y espontáneo. Las salidas con una misión lo ponían nervioso, porque flotaban por el aire ciertas expectativas, y Dominic no tenía buena suerte con las expectativas. O jamás se cumplían, para ser más exactos, y una buena muestra era el anhelado ascenso que no había conseguido. Por no hablar de Sonja, claro.

Tenía mil ejemplos como ese en toda su vida, momentos en que su torpeza había dinamitado oportunidades en varios aspectos. Si ellas hubieran hablado de salir sin más lo habría tomado de otra manera, pero las chicas no se habían molestado en ocultar el motivo principal: comenzar a practicar parte de lo aprendido.

Con ese día de pesadilla en mente, el viaje en la parte de atrás había transcurrido con un rictus en su cara y los brazos bien cruzados sobre el regazo, dejando claro que no le apetecía nada. April y Wanda lo ignoraron casi todo el trayecto, hasta que al fin llegaron y Dominic decidió que ya era hora de mover un poco el cuerpo.

—El centro comercial —suspiró.

—Exacto —corroboró Wanda.

—¿Por qué no me llevas a tu tienda?

—Porque es demasiado cara y necesitas muchas cosas. Puedo conseguirte un par de prendas a buen precio, no todo el fondo de armario.

Dominic agradeció mentalmente que su amiga pensara en ese tipo de detalles. Cambiar su guardarropa entero en Versace podía dejarlo en números rojos hasta un año que no se atrevía a calcular.

—¿Era necesario tirar toda mi ropa? —protestó—. Solo me habéis dejado los trajes del trabajo y ahora parezco idiota con esto puesto en el centro comercial.

—Mira, Dominic, no había nada que valiera la pena —dictaminó April—. Y te recuerdo que estuviste de acuerdo en todo.

—Sí, pero pensaba que miraríamos algún catálogo, que sería rápido y que no coincidiría encima con una salida.

—No exageres, anda, si te lo vas a pasar bien.

—Encima no sabíamos lo de tu daltonismo —añadió Wanda—. Antes creía que tenías un gusto peculiar que rondaba el límite, ahora… necesitas ayuda.

—He probado varios estilos durante años y nunca he encontrado el mío propio.

—Espero que hoy tengamos suerte.

Wanda lo empujó hacia la entrada sin más miramientos. Por propia experiencia sabía que los temas de ropa aburrían a los hombres en general, así que no quería que aquello se alargara de manera innecesaria. Qué diferencia de Jasper, al que le encantaba probarse ropa y admirarse en los espejos…

—¿A dónde? —April le dio en el brazo.

—Vamos a GAP —decidió Wanda, agradeciendo la interrupción de la pelirroja.

Entraron en la tienda, seguidas de un inseguro Dominic. Este echó un vistazo alrededor, calculando cuánto le costaría la broma: parecía caro, todo estaba ordenado y pulcro, y era el típico sitio al que jamás hubiera entrado solo. Demasiado moderno.

—«Y fue entonces cuando él entendió lo que quería significaba encontrarse más perdido que un pulpo en un garaje». —April le dio un empujoncito y él suspiró—. No creo que aquí vayamos a encontrar mi estilo —comentó.

—Por supuesto que no. Solo una parte —replicó Wanda—. ¿Por qué no vais a los probadores y me esperáis allí mientras hago una selección?

Dominic abrió la boca para protestar, creía tener derecho a valorar cualquier cosa que escogiera Wanda ya que iría sobre su cuerpo, sin embargo April tiró de su brazo y antes de darse cuenta estaban entrando en uno de los probadores.

—Ve quitándote el traje —ordenó April desde fuera.

—Últimamente pronuncias esa frase muy a menudo, Makovsky. Voy a empezar a creer que te gustaría verme sin ropa.

Ella lanzó una mirada enojada hacia la cortina.

—Te recuerdo que no puedo verte, así que…

Se cruzó de brazos, incómoda. Desde el corte de pelo tenía la sensación de que volvía a mirar a Dominic como si fuera algo más que un amigo, del mismo modo en que lo había hecho aquella temporada en la universidad antes de renunciar al tema.

Y no le apetecía sentirse así, para nada. Menos cuando él estaba tan interesado en su compañera de trabajo o en otras mujeres en general. Porque sí, protestaba por los cambios de imagen y ropa, pero a lo de conocer chicas no ponía pegas. De forma que, si tenía mentalidad de ligar, era que no se le pasaba por la cabeza algo serio.

April sacudió la cabeza, como si así pudiera apartar los pensamientos molestos que rondaban por ella, y se cruzó de brazos, aliviada cuando vio a Wanda aproximarse con un montón de perchas que abultaban el doble que ella.

—Pareces un montón de ropa que anda solo —comentó—. Da un poco de miedo.

—Estoy debajo —la voz de la joven surgió de un punto sin identificar.

April empezó a coger perchas hasta que vio aparecer la cara de Wanda. Esta localizó el mostrador de la entrada, donde se depositaban las prendas que los clientes desechaban, y a toda prisa colocó prendas aquí y allá hasta tener tres conjuntos.

—Vale, pruébate este —dijo, introduciendo las perchas por entre las cortinas—. Avisa cuando estés para que te veamos.

—¿Una americana? —protestó Dominic, desde las profundidades del probador—. ¡Parecerá que voy al trabajo!

—Póntelo y calla —ordenó Wanda sin dudar.

Se sentó junto a April en uno de los incómodos *puffs* que la tienda habilitaba para los acompañantes. La pelirroja la observó unos instantes antes de carraspear.

—Bueno, ¿cómo lo llevas? Ya sabes, Jasper.

—Estar ocupada siempre me ha funcionado, aunque no te voy a mentir, tengo momentos malos. Es que es… muy reciente, April.

—Claro que lo es, solo han pasado unas semanas. Estas cosas llevan tiempo.

—Vaya, esa frase no la había oído nunca. —Wanda sonrió sin ganas.

—Perdona, no sé qué más puedo decirte. Sé que es una frase cliché, pero también es cierta.

—Lo sé.

—Yo solo quiero que vuelvas a estar feliz como antes.

—Yo también. —Wanda se encogió de hombros—. Poco a poco, no me queda otra.

Dominic abrió las cortinas de golpe y las miró.

—¿Estáis cotilleando sin mí? Os oigo susurrar.

—No era nada importante.

Wanda se levantó al momento para echarle un vistazo y recolocar la ropa a su gusto. Luego retrocedió hasta la altura de su amiga y lo examinó de forma crítica: los pantalones negros rectos le iban bien con el jersey de color crudo y la americana, también negra. Le daba un aire formal y elegante, quizás algo serio, pero desde luego interesante.

—Nunca imaginé que podría tener este aspecto —comentó él—. Quiero decir… no sé, parezco alguien con pasta. ¿Qué decís?

—Te queda bien, pero no sé si eres tú —comentó Wanda.

En opinión de April, Dominic estaba perfecto vestido de aquella manera. Parecía una especie de ejecutivo, pero no de esos aburridos con los que una se cruzaba en el centro financiero, sino uno mucho más…

No encontraba la palabra, pero sí la sensación: como ese tipo de chicos que conducían deportivos y te llevaban a los clubs de moda donde no necesitaban hacer cola porque conocían a todos los porteros a base de talonario.

—Vamos a probar otro estilo —decidió Wanda, cerrando la cortina de golpe.

Fue a buscar otro de los conjuntos escogidos y de nuevo lo pasó a través de las cortinas, como si de un alijo de drogas se tratara.

—¿Daremos con su estilo? —murmuró April.

—Puede tener más de uno. Al fin y al cabo, hay diferentes momentos para ser una persona u otra… no puedes ir siempre de la misma forma.

—Yo siempre voy de la misma forma.

—Un error en mi opinión, como jamás me escuchas en asuntos de moda…

—Tú tampoco me escuchas a mí en asuntos de chicos.

—Tal vez deberías dejar que te vistiera, y yo a ti que me eligieras los novios. —Las dos se echaron a reír al mismo tiempo—. En serio,

April… ¿no has pensado que quizá si tuvieras una imagen para cada ocasión te tendrían en cuenta en la peluquería?

April la miró de reojo, un poco molesta. No veía qué tenía que ver una cosa con la otra, la verdad, la ropa era solo eso: ropa. No decidía la valía de una persona para desempeñar sus funciones, no hablaba sobre la creatividad.

Bueno, quizá un poco, pero no de manera determinante, ¿verdad?

—En tu pelo, por ejemplo.

—¿Qué le pasa a mi pelo?

—Que llevas alisándolo desde que tenías… no sé, ¿nueve meses?

—A ver, toda la vida he escuchado que los rizos no son nada elegantes y que siempre parecen despeinados, aunque te tires horas arreglándolos. Y tardas ese tiempo, te lo aseguro.

Wanda hizo una mueca.

—Alguna vez podrías cambiar. Si cada vez que viene tu jefe ve que nunca sales de ese peinado, creerá que no estás como para aconsejar a nadie. Por Dios, trabajas en una peluquería.

La primera impresión de April fue sentirse atacada, pero casi al momento fue consciente de que su amiga no pretendía molestar. Y vale, no le faltaba algo de razón, es que tenía una relación de amor-odio con su pelo complicada de explicar.

—Puede que tengas razón —aceptó, desganada.

La cortina chirrió por segunda vez y apareció Dominic, vestido de un modo que jamás habrían podido imaginar en él. Muy hípster, con una camiseta de tirantes azul, una camisa por fuera y un pantalón tostado que sugería playa y vacaciones. Y las gafas completaban el resultado, aparte de que el corte de pelo parecía hecho exprofeso para aquel conjunto.

—Qué bien te queda eso —dijo April, con una sonrisa—. Estás muy interesante, no sé. Te faltan unos auriculares para estar perfecto.

—Sí, me gusta —dijo él.

La verdad era que le costaba reconocerse en el espejo. No podía creer que con solo tres prendas de ropa su aspecto cambiara por completo… la magia del estilismo, suponía. Wanda sabía buscar lo que combinaba con su aspecto y constitución, hasta con el estilo.

Nunca había sido robusto, todo lo contrario, y hasta ese momento lo había considerado un defecto, no una virtud.

—Uno más —dijo Wanda—. Todo lo que te has probado te queda muy bien y debería estar en tu armario, pero necesitamos algo que te refleje realmente. Que seas tú.

—Vale —aceptó él, ya olvidadas las protestas.

Esa vez, cuando Wanda le pasó la ropa, no prestó atención a los cuchicheos de sus amigas. Sus ojos recorrieron la cazadora negra de piel y se preguntó por qué no tenía una similar. El resto de la ropa era sencilla, unos vaqueros y una camiseta blanca, pero cuando se puso la cazadora por encima y se miró al espejo, estuvo a punto de gritar de júbilo.

La gente que decía que la ropa no importaba estaba confundida, eso seguro.

El ruido de la cortina lo sacó de sus pensamientos, y al darse la vuelta se encontró con la mirada de las dos chicas.

—¿Te has dormido o qué?

—Estaba viendo cómo me quedaba. ¿Qué tal?

—Vaya, pues… —empezó April, anonadada.

Murmuró tres o cuatro sílabas inconexas mientras su cerebro le ordenaba apartar la mirada antes de quedar como una idiota. A April nunca se le había dado muy allá hacer caso a la lógica cerebral, y no iba a empezar en ese momento, apenas podía hacer otra cosa que admirar al chico que tenía delante. Y que parecía haber nacido para llevar aquella pinta de revoltoso, sin duda.

Wanda la miró de reojo, extrañada por su reacción, así que la joven se obligó a salir del coma antes de que el tema se saldara con un babeo incómodo por su parte.

—Ahora sí, es tu estilo —afirmó Wanda—. ¿Qué opinas, April?

—Desde luego, sí. Sí, sí, estás… muy genial.

—¿Muy genial? —repitió él, confuso.

—Muy bien. O genial. Genial, muy bien, eso, todo —farfulló ella—. Voy a mirar una cosa que he visto al entrar, ¿vale? Os veo enseguida.

Y salió de la zona de probadores antes de que su boca siguiera soltando estupideces. Se parapetó detrás de un perchero lleno de abrigos donde poder calmar sus nervios antes de regresar, porque lo de tartamudear frases sin sentido solo le ocurría cuando estaba incómoda y alterada. Tras eso solían llegar las mejillas ruborizadas, y eran demasiadas señales que dejaban claro el tema.

No, gracias, no podía ser tan obvia, y menos cuando estaban planeando buscarle una o varias novias a Dominic. Y con ese aspecto que le habían conseguido… no tardaría en conseguir su meta, no lo dudaba.

Así que mejor dejarse las tonterías de chiquilla, que se sentía como si la espina clavada en la universidad pinchara más que nunca.

—¿Qué haces?

La voz de Wanda tras ella hizo que pegara un salto.

—¡Joder! —exclamó—. ¡Casi me matas de un infarto!

—Perdona, es que parecías escondida y yo qué sé…

—Estaba mirando estas chaquetas. —April se apresuró a acariciar las prendas del perchero—. ¿Qué te parecen, crees que me quedarían bien?

—Son de tío.

—Ah.

—Venga, Dominic ya está en la caja para pagar, vamos. Aún hay que comprarle cosas para el fondo de armario, zapatos, complementos…

Si Wanda sospechaba algo por su extraño comportamiento, no hizo comentarios al respecto, algo que April agradeció. Aunque seguro que pensaba que solo estaba siendo excéntrica, lo que era aún mejor. Las ventajas de ser excéntrica eran que te podías permitir pequeñas licencias y después atribuirlas a tu errática actitud sin que nadie pensara más allá de eso.

Y no era que April fuera muy excéntrica, pero de los tres se llevaba el premio, sobre todo gracias a los estilismos ochenteros y su alocado positivismo en una época donde se llevaba estar deprimido de forma habitual.

Pasó el resto de la mañana distraída y obsequiando con monosílabos a las preguntas que le hacían sus amigos. Solo salió de su mundo a la hora de comer, ya que su estómago empezó a propinarle puñetazos internos para recordarle que llevaba horas sin alimentarlo.

—Necesito carbohidratos —suspiró—. Llevamos toda la mañana sin parar, ¡comida! ¡Hambre!

—Sí, estoy de acuerdo —apoyó Dominic—. Mi tarjeta de crédito arde, deberíamos comer e ir a casa a descansar un poco antes de salir.

—Voto por eso —sonrió April, agradecida.

Dominic le devolvió la sonrisa cómplice con un guiño.

Regresaron al piso después de comer, algo especialmente duro al tener que subir la cuesta a media digestión. Dominic se metió en su habitación para colocar la ropa nueva en los armarios, quitar etiquetas y ordenar zapatos. No pensaba admitirlo ante las chicas, pero estaba encantado con el botín y la imagen que le había devuelto el espejo: era como un chute de autoestima.

Las lecciones impartidas por las chicas no las veía tan absurdas, quizá hasta dieran resultado… y sí, ya no le daba tanta pereza salir. De repente, las expectativas se habían vuelto excitantes e interesantes, todo ese mundo fuera por explorar, ¿cómo había dejado pasar tanto tiempo vegetando en el sofá sin hacer nada?

Era cierto que las salidas se habían reducido al tiempo que la relación de Wanda se hacía sólida, pero eso no era excusa para volverse un ermitaño. ¡Joder, que tenía treinta años! Aún le quedaba mucho camino por recorrer.

Sintió unas cosquillas en el estómago, algo que no notaba desde sus tiempos de universitario, cuando la idea de una fiesta le hacía burbujear las tripas. Se concentró en aquella sensación olvidada mientras terminaba de arreglar sus cosas.

A media tarde, April anunció que iba a utilizar el baño durante un tiempo indefinido. Dominic continuaba en su cuarto y no dio señales de vida, y Wanda decidió ir a echar un vistazo a su armario para pensar qué ponerse.

Llevaba tanto tiempo sin salir de marcha como soltera que casi había olvidado el *modus operandi*. Años atrás le gustaba sentarse en su tocador, uno amplio lleno de lucecitas, y maquillarse con esmero disfrutando del proceso. La siguiente parte era sencilla, solo debía pasar la mano por entre los mil modelitos que descansaban en su armario hasta encontrar uno que hiciera juego con el maquillaje. Con su descuento en Versace poseía mucha ropa de buena calidad y un montón de vestidos preciosos e insinuantes que ya no se ponía.

Observó su preciada colección, pero se sentía triste y estaba muy lejos de querer aplicarse para estar atractiva. Ojalá pudiera salir en pijama, fiel reflejo de su estado de ánimo.

En fin, la salida era para Dominic, de modo que no veía necesario arreglarse en exceso. Buscó unos vaqueros y una camiseta, los dejó sobre la cama y después se sentó en el tocador. Arrastró el neceser hasta tenerlo a mano, pero fue incapaz de abrirlo.

Con un suspiro, lo apartó de sí. Desde lo ocurrido con Jasper, solo se veía capaz de usar el corrector de ojeras. ¿En algún momento tendría ganas de ponerse rímel y brillo de labios? Porque la paciencia de su jefe tenía un límite, seguro, y no quería llegar un día y encontrarse con que la despedía por un motivo tan banal.

En fin, por el momento ese no era el día, así que usó el corrector para las ojeras y se cepilló el pelo. Después se vistió y barajó la posibilidad de dejar el móvil en casa, aunque al final decidió meterlo en el bolso.

Salió de su cuarto y se acomodó en el sofá. La mayor parte de las veces era la última en salir y ahora batía un récord… gracias, depresión postruptura, muchas gracias.

April fue la siguiente, y ella sí se había esmerado. Llevaba una minifalda negra, una camiseta con un escote respetable y unos buenos tacones, al parecer olvidando la cuesta y la gravedad. Era raro verla tan arreglada, y Wanda imaginó que querría animarse por su mala racha en la peluquería, algo que le parecía perfecto. A veces, desfogarse en la pista de baile resultaba tan efectivo como una buena terapia.

—Oye, estás genial —comentó Wanda.

—¡Gracias! Tú no.

—Muy amable.

—Ya me entiendes… —April se sentó a su lado—. Conoces nuestras normas para la juerga, Wanda, nos dejamos lo malo en casa durante la noche. Hay que bailar, beber y divertirse.

—No es una salida oficial, es parte del plan para Dominic. Además, todavía no me apetece ponerme mona, lo siento. Necesito tiempo.

—Hay que mejorar esa actitud.

—Y lo hará, solo que no esta noche. Anda, avisa a Dominic, es hora de irnos.

La pelirroja asintió y fue a tocar en la puerta del susodicho, que parecía estar esperando, porque abrió al momento. Salió hasta el salón con una sonrisa, una que hacía tiempo que no veían, y lo cierto era que estaba genial con su nuevo estilo. Hasta parecía más joven.

—¿Y las gafas? —preguntó April.

—Lentillas, Makovsky, lentillas. Hay que modernizarse —explicó—. ¿Voy bien así?

—Muy bien —asintió Wanda—. Vamos, he llamado un taxi y nos espera abajo.

Dominic y April estaban de buen humor y se pasaron el trayecto haciendo bromas entre ellos y con el taxista, así que Wanda se obligó a participar en la conversación.

Una vez en la zona de fiesta, eligieron un local con buena música y servicios limpios, dos cosas básicas para las chicas. Era sábado y había muy buen ambiente, además de estar lleno, así que fueron directos a la barra a conseguir unas copas, lo que era trabajo de Wanda. A ella no solían hacerla esperar nunca, y ese día comprobaron que la cosa continuaba igual, incluso sin maquillaje. April también tenía su público, pero Wanda abarcaba un espectro más amplio.

—¿Brindamos por tu nueva vida? —propuso April.

Wanda se había tragado su copa y la miró con expresión culpable.

—Lo siento, se me había olvidado el brindis de inicio —murmuró—. Pediré otra y lo hacemos.

—No te preocupes —sonrió April, y chocó su vaso con el de Dominic—. Estamos desentrenados, así que no cuenta. Por tu nueva vida, Dominic.

—Gracias, Makovsky. —Él dio un trago y después las miró, expectante—. ¿Y ahora qué?

—A ver. —Wanda se volvió hacia April—. ¿Por qué no vais un rato a bailar para que se le vaya viendo? Yo iré al lavabo, a ver si me hago amiga de alguna chica mona que poder presentarle.

—¿Al lavabo? —preguntó Dominic sin entender—. ¿Y por qué no aquí, que hay muchas chicas?

—Porque aquí no hay tiempo para charlar con ellas, cosa que en la cola del baño sí. Hace falta una criba mínima, que no esté borracha y cosas por el estilo.

El chico fue a decir algo, después decidió que no controlaba aquel tema y que mejor lo dejaba en sus manos.

—«Nuestro cazador se encontraba perdido en la fauna nocturna, pero sus acólitas tenían vista de nictálope y no le quedó otra que fiarse de ellas».

—Tu sonríe, eso gusta a las chicas —recomendó Wanda, ignorando su comentario.

—Y baila —siguió April.

—¡Exacto! Normalmente los tíos no bailan, a menos que sea para impresionar a alguien, así que cuando ves a uno que lo hace por diversión es como un imán.

—Sonreír y bailar, bien —repitió él—. No es tan difícil.

Se dio la vuelta para ir a la pista, y entonces se detuvo en seco para regresar sobre sus pasos.

—¿Y si me hablan? ¿Qué pasa si me quedo bloqueado, como siempre, y no sé qué decir?

—Échate el pelo hacia atrás —dijo April.

—¿Qué?

—Ya sabes, como en las películas —asintió Wanda—. Cuando el chico mira a la chica, se pasa la mano por el pelo y lo echa hacia atrás. Siempre funciona, ¿no?

Dominic se encogió de hombros.

—«El movimiento de pelo, ese gran desconocido» —comentó—. ¿Cómo voy a saberlo? Para eso me estáis dando clases, digo yo.

April soltó una risita y lo cogió del brazo para llevarlo a la pista. Wanda aguardó a que estuvieran lejos antes de hacer un gesto al camarero para pedirle otro Manhattan. Le dio dos sorbos seguidos y después observó a sus amigos, cómo bailaban con total naturalidad mientras se reían. Hacían buena pareja, la verdad, siempre había pensado que tenían una relación muy estrecha y que pegaban bastante. Incluso durante una temporada había apostado a que terminarían liados, aunque al final no había ocurrido. Y no entendía el motivo: se divertían, encajaban, tenían un sentido del humor parecido…

Quizá toda esa camaradería solo era amistosa y el resto eran imaginaciones suyas, a saber. Por de pronto tenía trabajo, así que se terminó la copa sin hacer caso de los continuos guiños de ojo del camarero y se encaminó al lavabo. Este se situaba en la planta superior, donde había otra pista de baile, y estaba decorado con tanta sofisticación que casi tenía más éxito que las barras de cócteles.

Y siempre había montones de chicas: revoloteando ante los espejos, entrando y saliendo de los baños, arreglándose el pelo, la ropa, el maquillaje, cualquier cosa.

Pese a que era temprano para que empezaran las exaltaciones de amistad surgidas de la ingesta masiva de alcohol, Wanda recorrió a las presentes con la mirada.

Minutos después, descendía las escaleras de regreso a la primera planta acompañada de una chica morena y menuda, que llevaba un vestido blanco que le hacía una cintura diminuta y unos tacones tan altos que parecían andamios en lugar de zapatos. La muchacha parloteaba sin cesar, algo que iría bien a Dominic para contrarrestar sus silencios.

—¿Y quién es tu amigo? —preguntó la joven.

—Aquel. —Señaló a Dominic, que continuaba bailando con April.

—Ya está con una chica…

—No, somos compañeros de piso y amigos. Hemos venido juntos, es como si fuera nuestro hermano. Tú habla con él, verás lo majo que es.

—Menos mal que no soy tímida. Allá voy.

Wanda se sentó en un taburete y apoyó los codos en la barra, sin perder detalle. La muchacha, de la que por cierto no recordaba el nombre, se aproximó hasta sus dos amigos, vacilante. Era obvio que trataba de buscar la forma de saludar a Dominic, algo imposible si April continuaba monopolizándolo de aquella manera y sin dar oportunidad a que nadie más se acercara. Wanda aguardó hasta que la pelirroja giró en su dirección, y entonces hizo un gesto para que parara.

April se detuvo de golpe y la miró, confusa. Wanda negó con la cabeza, señaló a la morena, y después a Dominic, pero April no parecía comprender lo que intentaba decirle.

Wanda se pasó un dedo por el cuello, imitando a un cuchillo. Entonces April cayó en la cuenta del mensaje y se ruborizó. Le dijo algo a Dominic y desapareció camino a la barra, momento que aprovechó la reclutada para hacer acto de aparición.

—¡April! ¿Qué haces? —le dijo Wanda, cuando llegó a su altura.

—¿A qué te refieres? Bailaba con él, como hemos hecho siempre.

—Ya, le he encontrado una chica estupenda y si no te despegas de su lado lo tendrá muy difícil.

—¿Con «chica estupenda» te refieres a esa tía bajita que va con el vestido blanco tan apretado que parece que va a explotar de un momento a otro? —April puso cara de desagrado al referirse a ella.

—¡Oye! ¿Qué pega le ves? He hablado un rato con ella y me ha parecido maja. Vive cerca, estudia veterinaria en la universidad y le gusta…

—¿No habíamos quedado que una universitaria sería demasiado joven?

—Un comienzo es un comienzo.

—¿Cómo se llama?

—Y yo qué sé.

April soltó una carcajada y aprovechó que la canción había terminado para conseguir otra bebida. Bailar le encantaba, pero siempre lo había hecho con ellos dos, y ahora Dominic estaba ocupado ligando y Wanda no parecía tener la menor intención de salir a la pista.

Se sentó junto a su amiga, jugueteando con el vaso mientras las dos observaban a Dominic. Al parar la música, de pronto se veía confuso y sin saber qué decir, y la chica de los andamios comenzó a mirar alrededor en una maniobra similar a la protagonizada por Sonja durante la fiesta de cumpleaños.

Dominic se giró en su dirección hasta localizarlas en la barra y se encogió de hombros, sin saber qué hacer. April le señaló el pelo.

—Seguro que si se aparta el pelo y la taladra con esos ojos funciona —murmuró a Wanda, pero sin apartar la mirada de la pareja.

Wanda la observó de reojo, de nuevo extrañada por el comentario. Algo no encajaba allí, pero antes de que pudiera pensarlo se fijó en que Dominic estaba a punto de poner en práctica el consejo del cabello. Aturdida, vio cómo agachaba un poco la cabeza hacia delante, y…

—¿Qué hace…?

El joven levantó la cabeza con tanto ímpetu que golpeó a la morena en la frente. La chica se tambaleó desde su falsa altura, trastabillando hacia atrás mientras intentaba no caer.

—Dios mío —musitó April.

Dominic se apresuró a atrapar a la muchacha antes de que terminara sentada en el suelo. Ella se frotó la frente con un gesto de dolor y el ceño fruncido.

—Acaba de noquear a esa chica —repuso Wanda, moviendo la cabeza de un lado a otro, y entonces se fijó en que April se sacudía con los labios apretados—. ¡Te estás riendo! ¡Mira que eres cabrona, podía haberle roto la nariz!

—Lo siento, lo siento. Iré a ver cómo están, ¿esperas aquí?

Saltó del taburete sin esperar respuesta y Wanda soltó un resoplido. ¿Quién iba a imaginar que Dominic era tan torpe que no sabía ni mover el pelo? Al darle las clases había pensado que con algo sencillo sería suficiente, ahora era consciente de que había que matizar bien. Por ejemplo, ser capaz de mover el pelo sin mover toda la cabeza en el proceso.

Todo aquel rollo de ligar y tener que impresionar a alguien… le daban escalofríos solo de pensar que en algún momento tendría que regresar al juego.

¿Por qué Jasper la había puesto en esa situación? ¿Por qué, si todo iba bien?

Sacó el móvil y buscó su número en la lista de contactos. Desde la ruptura había tenido que hacer un ejercicio de contención potente para no llamarlo, pero entre el alcohol y su fuerza de voluntad, empezaba a deshacerse.

Quería hablar con él, y se odiaba por tener ese sentimiento. Sabía que debía trabajar en la parte de pasar del tema, y por supuesto, era más fácil decirlo que hacerlo.

Abrió la lista de contactos y pulsó encima. El timbre sonó tres veces antes de que alguien descolgara al otro lado.

—¿Sí?

—Quiero llamarlo.

—¿Qué?

—Quiero llamarlo —repitió Wanda.

—¿Quién eres?

—Wanda. Ya sabes, Wanda. La chica que llora.

—Ah, eres tú.

—Perdona que te llame a estas horas, ¿no estarás de guardia o algo así?

La chica miró el reloj, algo que podía haber hecho antes y no en ese momento, pero qué le iba a hacer, hacía unos minutos que no pensaba con claridad.

Eran más de las doce. Dios mío, Garrett la odiaría de por vida. Después de dos días repitiéndose a sí misma que solo usaría su teléfono en caso de emergencia, lo estropeaba todo un sábado a las doce y con unas copas encima.

—Es una emergencia —dijo.

—¿Qué?

—Me prometí a mí misma que solo te llamaría en caso de emergencia.

—¿Y lo es?

—Creo que sí. Me han sacado de fiesta, aunque en realidad no quiero estar aquí, sino en pijama en mi casa comiendo corcho-tortitas —explicó ella—. Mis amigos se lo pasan bien, pero yo estoy en la barra bebiendo sin parar, tengo ganas de llorar, ¡y ni siquiera he sido capaz de ponerme brillo de labios! No hago más que mirar el número de Jasper y quiero llamar.

Hubo un silencio al otro lado de la línea, uno que a Wanda se le hizo eterno. Bueno, era obvio que con las cosas que hacía Garrett nunca pensaría que estaba cuerda, pero no lo podía evitar: no sabía el motivo, solo que con él hablaba sin filtro.

—¿Qué demonios son corcho-tortitas? —terminó por preguntar él.

—Esas cosas que parecen comida para pájaros y saben igual, pero a precio de oro. Están en la parte de salud del súper.

Oyó un suspiro al otro lado y se sintió fatal.

—¿Te ha escrito? —Lo oyó preguntar.

—No.

—¿Cuánto hace que se ha marchado?

—Tres semanas.

—¿Y en tres semanas no te ha llamado ni te ha escrito?

No la había llamado, ni una sola vez. Nada de un «Hola, he llegado bien», o un simple «¿Cómo estás?» que le demostrara que aún le importaba. Nada. Y era muy doloroso tener que verbalizarlo.

—No —susurró.

—Borra su número —le ordenó Garrett.

—¿Qué?

—Ahora, mientras tienes el teléfono en la mano. Bórralo.

—Pero...

—No está pensando en la estupenda chica que dejó atrás, eso te lo aseguro. No se duerme con remordimientos por haber perdido una relación, y tampoco siente la necesidad de saber cómo te va, a pesar de la manera en que se marchó.

—Lo sé, aunque…

—Sé que quieres hablar con él, pero no va a servir de nada. A ese tío no le importas, y no creo que tengas que ponerte en ridículo delante de alguien a quien no le importas. Tienes que pasar el momento como sea.

Ella se mordió el labio ante la crudeza de sus palabras. Además, no estaba muy convencida de que eliminar a Jasper de su lista de contactos fuera una buena idea, era demasiado radical. Por otro lado, el comentario sobre «hacer el ridículo» no le gustaba en absoluto. Ella nunca hacía el ridículo, jamás perdía los papeles delante de nadie.

Excepto de ese pobre policía que permanecía al otro lado del teléfono, claro.

—¿Entonces, lo borro?

—Hazlo. Si lo llamas acabarás suplicándole que vuelva contigo o algo parecido, el alcohol tiende a soltarnos la lengua. Si lo borras no habrá esa posibilidad. Puede que te haya dejado, pero debes llevarlo con dignidad.

Sí, eso de la dignidad ya le gustaba más.

—Vale. Espera, voy a borrarlo.

Trasteó en el móvil hasta encontrar el contacto y vaciló unos segundos, preguntándose si aquello no sería un error. Bueno, hasta el momento, Garrett había demostrado tener todo el sentido común que a ella le faltaba, así que pulsó eliminar y observó cómo el nombre de Jasper desaparecía de su vista.

La sensación fue extraña, una mezcla de angustia y alivio al mismo tiempo. Ya estaba, no podría contactar más con él, ni viceversa.

Bueno, aún podía espiarlo a través de las redes sociales, pero no era exactamente igual.

—Ya está —informó.

—Ahora elimínalo de Facebook.

—¿En serio?

—Por supuesto. No creo que ver fotos de lo bien que va su nueva vida te ayude en nada. Además, algún día saltará una publicación donde aparezca otra chica y eso puede provocarte un bajón. Fuera Facebook.

—Vaya, eres muy duro… —se quejó Wanda.

Oyó un ruidito escéptico al otro lado y comprendió que Garrett no iba a ceder, de modo que abrió el Facebook sin colgar. Buscó el perfil de Jasper y lo quitó de su lista de amigos… porque Garrett tenía razón. Si alguno de los días anteriores hubiera visto a Jasper acompañado de otra mujer, aunque fuera su prima, le habría dado un ataque.

—Listo.

—Twitter, Instagram… todo.

—Vale. Fuera, fuera y fuera. He borrado también su correo electrónico.

—Y el teléfono de la casa de sus padres.

Wanda eliminó el último medio de comunicación que le quedaba con Jasper. Siempre podía llamar a alguna operadora, o a la empresa de su padre, incluso a la madre, pero ninguna de esas opciones era aceptable.

—Mi móvil está vacío de Jasper.

—¿Cómo te sientes? —preguntó Garrett.

—No sé. Es una sensación rara, como dar carpetazo a algo, y no sé si estaba preparada.

—Eso da igual, él ya había dado el carpetazo por ambos. Si esto te entristece, solo tienes que pensar en cómo se sentirá cuando algún día le dé por fisgonear y descubra que lo has metido en la papelera de reciclaje.

Aquel comentario hizo sonreír a Wanda, aunque solo fuera un segundo. Sí que le gustaría ver la cara de Jasper, sí. Sería un buen golpe a su ego, acostumbrado como estaba a que todo el mundo besara el suelo que pisaba.

—Gracias por la ayuda. Curiosa, e… instructiva.

—De nada. Y cuidado con esas copas, beber con una ruptura tan cercana no te va a ayudar, a menos que revolcarte en la desgracia te parezca satisfactorio.

Garrett colgó el teléfono, dejándola anonada. ¿Revolcarse en la desgracia? ¿Y qué pretendía, que diera saltos de alegría?

A veces los tíos eran de un insensible…

CAPITULO 7

Wanda había pasado una mañana regular en el trabajo, coronada con una visita corta del señor Hicks, padre de Jasper, quien al parecer necesitaba una corbata nueva de manera urgente. El breve tiempo que había tardado en encontrar una a su gusto resultó muy incómodo para los dos, y a ella no le pasó desapercibido el escrutinio al que fue sometida por el que en algún momento había formado parte de su vida.

Podía imaginar las preguntas de Flora, la madre.

«¿Está demacrada? ¿Delgada? ¿Pálida? ¿Triste?»

Por suerte, el hombre no tuvo ánimos para hacer realidad esas preguntas, limitándose a desearle un buen día. Wanda controló estoicamente las ganas de agarrarlo por las solapas de su carísima chaqueta negra y coserlo a preguntas sobre su hijo.

No podía hacerlo, no iba a juego con la dignidad y, además, si Garrett se enteraba la reprendería por ello. Y por mucho que tratara de ocultárselo, sabía que de algún modo se lo acabaría diciendo, para eso era policía. Algo debía influir, porque cuando estaba con él era como si estuviera enchufada en el polígrafo y delante de un juez: decía la verdad, toda la verdad y nada más que la verdad.

Le quedaban quince minutos para ir a comer, así que buscó su tarjeta de fichar sin encontrarla por ninguna parte. ¡Qué desastre! Todos los días igual, seguro que la había colgado en la entrada de la tienda. Después de hacerlo durante un par de años, no acostumbraba a llevársela consigo.

Abandonó su vestidor para salir hasta el mostrador, donde una mujer de unos cincuenta años bien conservada mantenía la mirada fija en su ordenador, indiferente a todo lo que la rodeaba. Wanda sabía que no estaba haciendo nada importante, como la mayoría del personal de la parte externa de la tienda, pero todas eran magníficas simulando que trabajaban. Era como si les dieran una clase especial cuando las formaban, eso y tratar al cliente con la debida superioridad.

—Hola, Carol —saludó—. ¿Me he dejado la tarjeta por aquí?

—Como siempre. Algún día la perderás y tendremos drama, ya verás. —La mujer deslizó la tarjeta sobre el mostrador sin mirarla—. Hay uno por ahí que ha preguntado por ti.

—¿Por mí?

—Sí, por ti.

—¿Y quién es?

—No lo sé, no es uno de tus habituales. —La mujer señaló hacia el primer montón de ropa que se le ocurrió, donde por supuesto no había nadie—. Anda suelto por la tienda.

—¿Y por qué no me has avisado?

—Para qué, si tenías que venir a por tu tarjeta.

—Gracias, Carol.

—A tu disposición.

Wanda se alejó del mostrador sin que Carol hubiera alzado la vista en ningún momento. ¿Sería Dominic? Le extrañaba mucho que su amigo apareciera allí por voluntad propia, pero nunca se sabía. Recorrió la parte más visible sin ver a nadie que pudiera conocer hasta que llegó a la zona de la típica ropa destinada a mujeres de más de cincuenta que aún no estaban listas para asumir esa edad. Allí vio a Garrett, y tuvo que parpadear varias veces hasta convencerse de que era real.

Desde su última conversación telefónica, donde él se había cargado todas sus opciones de espionaje, no habían vuelto a contactar. Wanda quería llamar para algo más que no fuera contarle sus crisis y problemas, aunque tampoco sabía bien de qué podían hablar.

Además, le daba la sensación de que a Garrett no le había sentado demasiado bien esa última llamada, sobre todo por la frase de despedida a la que aún daba vueltas.

Dios, ¿tal vez le había telefoneado de nuevo y no lo recordaba?

Eso no era bueno, nada bueno, pero no tuvo tiempo de pensar en su cabeza desmemoriada porque entonces Garrett se percató de su presencia y se acercó hasta su altura.

—¿Te he llamado? —preguntó la chica, inquieta.

Garrett negó con la cabeza, sin añadir nada más. Parecía que le divertía mucho verla confundida o nerviosa, porque además Wanda era de esas personas que se veían obligadas a rellenar los silencios, fueran o no incómodos.

—Tengo que disculparme por lo de la última vez —se apresuró a decir ella.

Algo que tenía claro era que pedir perdón siempre funcionaba, aunque no fuera necesario.

—La verdad, no esperaba que me llamaras —confesó él—. Sé que te di mi teléfono, pero fue un poco por la situación. Y como había pasado algo de tiempo…

Qué bien. Las palabras que cualquiera deseaba oír, sí.

—Sí, qué tonta por usarlo —murmuró Wanda, y de pronto decidió que era necesario aclarar ciertos puntos y equilibrar aquella relación donde él parecía tener todo el poder y ella no hacía sino enrojecer y musitar disculpas atropelladas—. Oye, mira, no quiero que pienses que soy una chalada. Al menos debes conocerme primero para saberlo, normalmente no doy esta primera impresión.

—¿Cuál de las dos?

—¿Dos?

—¿Te refieres a la primera impresión en el coche con lágrimas incluidas, o a la segunda, el momento acoso con caja de donuts?

Wanda se quedó bloqueada. Vale, nunca iba a ganar un duelo dialéctico con Garrett, era del todo imposible. Le venía muy grande en ese sentido, pero dejando el tema de lado, el asunto era como para enrojecer, desde luego. Joder, menudo historial. Dudaba que fuera capaz de cambiar esa primera impresión, y la segunda… y la tercera.

—Yo…

—Es una broma —aclaró el policía con una sonrisa, y aquello aligeró el ambiente—. Si pensara que eres peligrosa no estaría aquí.

—Ah. Eres de esos que bromean serios, vale.

—Verás, vamos tres a cero, así que creo que ha llegado el momento de equilibrar el marcador.

Ella entrecerró los ojos, consciente de que su cara no debía reflejar inteligencia en ese instante, pero sin entender.

—¿Tres a cero?

—Tres ocasiones en las que te he echado una mano.

—Y eso significa…

—Que ahora necesito que me ayudes tú a mí —acabó Garrett.

La joven permaneció perpleja unos segundos. Jamás hubiera pensado que alguien como él, aparentemente tan seguro y confiado, pudiera requerir de algún tipo de ayuda. De la clase que fuera. Además, no parecía necesitar ningún curso de estilismo, ahora que se fijaba.

No llevaba el uniforme, por lo que no estaba de servicio, y su aspecto era bueno. Al igual que la cazadora que había estudiado el día que estuvo en la comisaria, parecía tener su propio estilo al vestir y se veía a todas luces que su ropa era de buena calidad. A lo mejor resultaba que ahora los policías ganaban un dineral y ella no lo sabía.

Y si quería su ayuda… la idea de llevarlo a su vestidor y quitarle ropa la hizo sentir incómoda de repente. Pero al mismo tiempo, eso tenía algo de … no sabía.

—Estaba a punto de salir a comer —murmuró, sintiéndose rara—. ¿Quieres venir conmigo y después te ayudo en lo que necesites?

—En realidad no… —empezó Garrett, y entonces pareció pensarlo mejor y se encogió de hombros—. Esperaré fuera.

Pasó por su lado en dirección a la salida, y Wanda lo observó, aún aturdida. Le resultaba extraño que estuviera en su lugar de trabajo y, sobre todo, el cambio de rol. Regresó a la zona de vestidores privados, donde su jefe, el señor Donovan, se encontraba charlando con dos de sus compañeras, Greta y Portia.

—¿Sales a comer, Wanda? —preguntó él—. ¿No quieres venir con nosotros? Vamos a The old stuff, tienen unos Apple Martini estupendos.

Guiñó el ojo a las chicas, que soltaron sendas risitas cada una.

—No, gracias, ya he quedado con alguien.

—¿Chico nuevo? —preguntó Greta, con voz risueña.

No era tanto el «chico nuevo» como la idea de salir a beber con el jefe, algo que no convencía en absoluto a Wanda, mucho menos a la hora de la comida y cuando había que regresar a trabajar después. Respecto a ese tema, además, era una chica chapada a la antigua: el jefe debía mantener las distancias y ser correcto, aunque últimamente se hubiera puesto de moda salir a emborracharse con ellos o a jugar partidas de *paintball*.

—¿Ese que acaba de salir? —añadió Portia—. ¡Qué guapo! Uno de mis trajes le quedaría de maravilla, si no te sale bien puedes mandármelo.

—Ni lo sueñes. —Wanda le dedicó una mueca—. Ya tienes demasiados novios.

—Por eso, qué importa uno más…

—Tú te lo pierdes —interrumpió el señor Donovan—. ¿Nos vamos, chicas?

Ellas volvieron a reírse, y los tres salieron al mismo tiempo, Steven rodeando sus hombros con el brazo.

Wanda los miró con desaprobación, y decidió no pensar más en el tema. Fue al espejo para comprobar si estaba presentable. No lo estaba para nada, pero la verdad era que el incidente del coche había sentado un precedente tan bajo respecto a su aspecto que resultaba difícil superarlo. Y sí, cierto que esa mañana su intento de hacerse la raya del ojo no había salido bien y por eso solo llevaba la mitad pintada, eran gajes del oficio. Llegaría el día en que lograría hacerla entera, seguro. A lo mejor para entonces Garrett había salido huyendo, mas no podía hacer otra cosa.

Fichó su salida y cogió la chaqueta para reunirse con el policía fuera.

—Vámonos —dijo—. ¿Cómo te llevas con la comida sana? Suelo ir a un sitio que hay cerca, pero no hay muchas opciones fuera de las ensaladas y el *sushi* vegetariano.

—Sin problema, me viene bien para estar en forma.

Ya podían aprender April y Dominic, a los que tenía que andar arrancándoles la *pizza* de la boca antes de que la grasa se pegara a sus arterias para siempre. Por más que lo intentaba, sus corcho-tortitas no convencían a ninguno de sus amigos.

A Wanda la conocían de sobra en el local, así que en cuestión de minutos estaban sentados en una de las mejores mesas y con el pedido listo para procesar en la cocina.

—Tengo que decirte una cosa —comentó Garrett, una vez la camarera se hubo alejado—. El favor no es buscarme ropa a mí.

La sensación rara que había sentido Wanda al pensar en tenerlo en su vestidor se evaporó, siendo sustituida por una de alivio. O de decepción. En ese momento no distinguía una de otra, pero asintió para que él no creyera que estaba molesta.

—Bien, ¿para quién es?

—Mi madre.

—¿He oído bien? ¿Le vas a comprar ropa a tu madre?

—Es que mi madre es una esnob, y he pensado que tú serías perfecta para elegirle algo.

Al ver la expresión de la chica, Garrett se dio cuenta de cómo había sonado aquello.

—No pretendía decir que… —empezó—. Me refiero a que el lugar donde trabajas está a su altura, y como tú estás acostumbraba a atender a gente así, pues…

Por suerte, apareció la camarera para depositar ante ellos una ensalada. Eso le dio tiempo a Wanda a asimilar su explicación, porque el anterior comentario la había dejado de piedra.

—¿Es un regalo de cortesía o pretendes que sea algo especial?

—Cortesía. Bueno, va a ser su cumpleaños y tengo que mandarle alguna cosa, aunque la verdad es que no tengo ni el tiempo ni el humor de buscarle un regalo.

—Vale… ya veo que no te llevas muy allá con ella.

—¿Acaso tus padres son normales? —Garrett alzó una ceja.

—No sé si catalogarlos como tal, pero no me quejo. No me dan la tabarra con tonterías, me llaman una vez cada cuatro días para ver si sigo respirando y se comportan en las celebraciones navideñas y familiares.

—Pues tienes suerte, eso ya es más de lo que puedo decir de los míos.

Wanda pensó que se había abierto un camino de comunicación con Garrett que dejaba a un lado el tema de Jasper, solo que no tenía claro que seguir por ahí fuera sensato. A lo mejor la mandaba a la porra por entrometerse en su vida personal.

Pero si no preguntaba, ¿creería él que no tenía el menor interés en sus cosas? Joder, qué complicado, no sabía cómo acertar. Por suerte, el camarero se acercó en aquel momento con el resto de la comida, lo que le dio algo de tiempo a pensar qué acción tomar. Garrett no puso ninguna pega a los platos, y de nuevo ganó puntos ante sus ojos.

—¿Y tienes algo pensado? —inquirió—. ¿Cuánto quieres gastar? Me refiero a… ¿algo como un abrigo o más bien un pañuelo?

—¿No es ese tu trabajo?

—Sí, pero las prendas y accesorios lanzan diferentes mensajes. Un abrigo de la última colección dice «te quiero mucho a pesar de todo», y un pañuelo de saldo dice «Te compré lo que quedaba al fondo de la tienda». Ya sabes.

Garrett se quedó mirándola unos segundos, como si pensara que le tomaba el pelo.

—Vale, ¿existe algo que diga «Me toca regalarte algo porque es tu cumpleaños, pero, por favor, no me llames para darme las gracias»? —comentó.

Wanda levantó una ceja.

—No sé si tendré algo tan específico. ¿Tan mal os lleváis?

—Es que mis padres son unos maestros de la humillación, sobre todo en celebraciones y ocasiones especiales donde se reúne la familia.

—¿En serio? ¿Por qué? ¿No se sienten orgullosos de ti?

—¿Orgullosos? No, en absoluto. Para ellos yo era el hermano mayor que debía dar ejemplo y, en fin, ser policía no es lo que esperaban de mí.

—¿Y qué esperaban?

—Un médico, un abogado o un arquitecto. Por ese orden.

—Unas expectativas muy normales, sí —dijo Wanda, sin poder ocultar una sonrisa.

—Tengo un hermano pequeño, Jerry, que sí estudió medicina, y además está casado con una mujer repelente y tiene dos niños tan repelentes como ella, así que ahora sirve como baremo-barra-ejemplo para todo. ¿Que no puedo ir a cualquier celebración? «Tu hermano Jerry hace montones de guardias y saca tiempo para venir». ¿Que aparezco con una tía? «A ver cuándo sientas la cabeza como tu hermano y te casas». Pero si aparezco sin ella me dicen lo mismo. Es imposible tenerlos contentos.

—Ya veo.

—Con los regalos es parecido. «¿Para qué gastas tanto dinero?» o «Vaya, eso te habrá salido muy barato». Tampoco es que me afecte demasiado, solo que si envío un buen regalo podré saltarme la comida de cumpleaños sin sentirme culpable.

—Pero al día siguiente tu madre llamará para decirte: «Ojalá hubieras sacado un rato para venir, porque Jerry pudo hacerlo entre la traqueotomía de las dos y la punción lumbar de las seis».

Garrett la miró unos segundos antes de echarse a reír, lo que relajó a la chica. Que pudiera recordar, era la primera vez que se reía con un comentario suyo. Además, el hecho de no estar hablando de Jasper era sorprendentemente agradable. Quizás en un futuro próximo podría desprenderse de la odiosa coletilla que iba junto a su nombre, «la chica que llora».

—Exacto, eso hará. Y encima Jerry es un cabroncete.

—Ah, ¿sí?

—El primer año de universidad se arruinó por completo y tuve que sacarlo del atolladero. Mis padres creen en la autogestión, así que para sus dos primeros años le dieron una buena suma para que se apañara por su cuenta, y el muy imbécil se lo fundió todo durante el primer mes de fiesta en fiesta.

—Tenías que haberle dejado espabilar solo.

—¿Y cómo iba a hacer eso? Es mi hermano. Gilipollas, pero mi hermano.

—Eres demasiado bueno.

—Dímelo a mí, que lo tuve meses comiendo en mi casa, además de pagar la matrícula, la residencia y todo lo demás… y eso que yo llevaba poco tiempo trabajando y casi me deja seco, pero bueno, no podía dejarlo en la estacada. —Garrett se encogió de hombros—. Él nunca se lo contó a nadie y yo hice lo mismo. A lo mejor debería haberlo cascado, porque después a él se le subieron mucho los humos, ya casi está al nivel de mis padres.

Wanda tenía claro que Garrett provenía de una muy buena familia, no hacía falta ser muy inteligente para saberlo. Sin embargo, tampoco parecía interactuar con ellos en exceso, ni tenía ese aire de superioridad que solía acompañar a la gente adinerada. En cualquier caso, después de escucharlo no le apetecía conocerlos, no.

—Por eso evito momentos familiares. Son largos, incómodos, llenos de reproches y de la voz aguda de su mujer, que hace juego con la de mi madre. Solo voy a Acción de Gracias o al Cuatro de Julio, porque no me queda otro remedio que cumplir con al menos una fiesta anual.

—Peor para ellos.

Que era lo mismo que le decía a April. Era una pena que su propia familia no supiera apreciarla, pero no importaba: ya estaban ella y Dominic para suplirlos.

—Sí, aunque si supieran que soy tan bueno dando consejos, quién sabe, quizá me contrataran como asesor personal.

El tono de broma hizo a Wanda sonreír. Al menos se lo tomaba con filosofía y, además, le estaba lanzando una de sus pullas de buen rollo, así que no se lo tomó a mal. En el momento de pagar se preguntó si debía invitarlo, ya que había sido tan amable con ella, pero Garrett sacó la cartera antes de que dijera nada y dejó exactamente la mitad del total. Bueno, aquello podía dar lugar a muchas interpretaciones, según recordaba de uno de los test que había hecho aquellos días. Que no lo consideraba una cita (lo cual, por otra parte, era cierto), que creía en la igualdad y por eso no seguía los roles establecidos en los que el hombre pagaba siempre, que…

—¿Estás bien? —preguntó él, interrumpiendo sus pensamientos.

—Sí, sí, estaba pensando… —Sacó su cartera—. Nada, cosas mías. Es que he tenido un día muy raro —improvisó, mientras dejaba el dinero junto al suyo.

—¿Aparte de por mi visita inesperada?

—Sí, el padre de Jasper ha venido a comprar una corbata.

—¿En serio? —Garrett levantó una ceja—. ¿Acaso no hay más tiendas en todo San Francisco?

—Es uno de mis clientes.

—Me imagino, pero también podría ir a otro sitio o cambiar de asesora, ¿no? ¿O ha venido en plan investigación a ver cómo estás y contarte cosas de Jasper?

—Nada de eso. —Sacudió la cabeza—. Ni un comentario, ni una pregunta, nada, cero. —Lo miró, pensando que quizá con eso se sumaba un favor más a la lista, pero no podía resistirse a preguntar su opinión—. ¿Te parece normal?

—No, para nada. No eres una desconocida, qué menos que preguntar qué tal estás. Aunque bueno, es un hombre y en general somos simples: quizá solo necesitaba una corbata y no venía con segundas intenciones.

—No, seguro que su madre sí me hubiera dicho algo. Bueno, yo tampoco he preguntado nada. Eso es un avance, ¿no?

Garret suspiró. Y dale con aquellas miradas esperanzadas, como si fuera a darle alguna respuesta mágica. Pobrecilla, mes y medio después aún le costaba desprenderse del todo de la idea romántica que tenía de ese capullo.

—Sí, es buena señal —contestó.

Ella pareció satisfecha con la contestación y consigo misma, porque sonrió y se levantó cogiendo su bolso.

—Vamos, tenemos un regalo que buscar —dijo.

Regresaron a la tienda y al entrar, Garrett vio que el hombre acompañado de dos chicas que había visto al salir estaban de regreso. Había supuesto que eran clientes, pero al verlos otra vez allí saludando a Wanda dedujo que eran parte del personal.

—¿Trabajan aquí? —le preguntó en voz baja, para que no los oyeran.

—Sí, es mi jefe —contestó ella, en el mismo tono—. Y mis compañeras.

—Pues qué bien se llevan, ¿no?

Ella se encogió de hombros. A Garrett, aquella imagen del hombre rodeando los hombros de las dos chicas mientras salían de la tienda no le cuadraba con el entorno profesional en el que se encontraban. Una cosa era llevarse bien con sus compañeros, tener cierta camaradería, pero tanto contacto no le parecía normal. Él se llevaba a las mil maravillas con Stacy, y sin embargo nunca la había agarrado así, como mucho para felicitarle el cumpleaños le daba un abrazo cariñoso y ya. Aunque quizá en el mundo de la moda era diferente, quién sabía. Y Stacy más bien se portaba como las madres normales.

—Bien, ¿qué talla tiene tu madre? —preguntó Wanda.

Y por primera vez desde que lo conociera, Garrett se quedó sin saber qué decir.

—Pues… normal, supongo. No sé.

Aunque no debería alegrarse de verlo tan descolocado, en su interior Wanda estaba dando saltitos. ¡Al fin algo en lo que él estaba perdido! Con las pocas pistas que le había dado aún no tenía claro qué podría conseguir, pero eso no importaba: se había enfrentado a clientes difíciles antes.

Lo llevó hasta su vestidor particular, que Garrett examinó de forma crítica, y le mostró varios maniquíes sin ropa. Cada uno pertenecía a una de sus clientas especiales, estaban hechos a medida para así poder hacer los arreglos necesarios sin que la persona tuviera que acudir continuamente.

—¿Cuál crees que se parece más a ella?

Garrett los examinó, imaginándose a su madre al lado de ellos, y al final señaló uno.

—Perfecto, tu madre tiene el mismo tipo que la mujer del alcalde.

—Tu topo particular.

—¿Mi qué? —Enrojeció ligeramente—. Sí, ejem, aquello fue un caso excepcional, no suelo ir pidiéndole favores… Era una emergencia. En fin, a lo que vamos. Necesito color de pelo y de ojos.

—Como yo. Se parece a mí, pero más aristocrática.

—¿Algún evento próximo para el que necesite algo específico o buscas algo más de diario?

—Aparte de sus reuniones del club de lectura y de jardinería, no. A no ser que el premio anual del mejor jardín de la zona cuente para algo.

—Claro, eso puede valer, porque aquí ropa para cortar flores no tengo. ¿Cuándo es?

—La fecha exacta ni idea, pero sé que suele ser después de su cumpleaños porque lo ha comentado alguna vez. Y lo de cortar flores olvídalo, perdona si te he transmitido una imagen de una mujer agradable agachada sobre su jardín… ella es la que está en una esquina, cruzada de brazos y dando órdenes a un ejército de jardineros.

Wanda se contuvo para no soltar una risita.

—Volviendo al tema del premio, si es de jardinería tiene sentido que se haga en primavera. ¿Y lo gana ella?

—Por supuesto. Sus petunias azules y blancas son míticas. O eso dice siempre, si te soy sincero no sé cómo es una petunia ni sabría encontrarla en su jardín. También lo organiza, por si te sirve de ayuda.

—Claro, todo cuenta.

—Es omnipresente, como Dios. Está metida en todos lados.

A Wanda no le extrañaba nada de lo que le estaba contando. En las familias como la que describía Garrett, lo normal era que la madre de familia estuviera metida en todos aquellos saraos. Ponía la mano en el fuego, y estaba segura de no quemarse, de que durante el período escolar de sus hijos había estado en la asociación de padres organizando las actividades. Y que si no seguía haciéndolo era porque esos hijos no se lo permitían, o al menos, uno de los dos.

Tenía dos percheros móviles con ropa de Louella y buscó un par de vestidos en tonos azules para enseñárselos.

—¿Cuál se parece más al tono de las petunias? —preguntó.

Temiendo escoger el más caro y dejarse el sueldo del mes, Garrett señaló uno.

—Bien, espera aquí que vuelvo enseguida. Este está reservado para una gala y obviamente, es exclusivo, pero hay de la colección primavera-verano de la línea básica alguno que se parece y que es más asequible.

Desapareció entre las baldas y perchas que había por la tienda. Garrett esperó a perderla de vista para mirar la etiqueta de algunas de las prendas que había por allí colgadas, y, de haber estado bebiendo algo, se hubiera atragantado. Quizá debería haber puesto un tope de dinero, porque ahora que lo pensaba, no había especificado nada.

Wanda no tardó en regresar con un vestido y lo colocó hábilmente en el maniquí. Garrett lo observó unos segundos, dándose cuenta de que podía imaginarse a su madre fácilmente con eso puesto.

—Vaya, es perfecto —dijo.

—Y asequible. —Le mostró el precio—. Con esto le dices que no te has gastado demasiado, y que tienes en cuenta sus gustos, por lo del color de las petunias. Quedarás bien sí o sí.

—Qué bien se te da esto.

Wanda lo miró de reojo. Tampoco hacía falta que pareciera tan sorprendido, ni que se dedicara a llorar de manera profesional…

—Gracias. Lo voy a envolver, ¿quieres que se lo enviemos a su casa directamente? Si me dices la fecha exacta de su cumpleaños, el mensajero se lo entregará ese día.

—Lo tenéis todo pensado.

—El cliente es lo primero, ya sabes.

Cogió unas tijeras para cortar la etiqueta con el precio, que dejó a un lado. Dentro de uno de sus armarios tenía cajas de diferentes tamaños con el logo de Versace y buscó entre ellas hasta sacar una del adecuado. Mientras la preparaba, su móvil vibró y lo sacó para ver quién le estaba escribiendo. Dominic había enviado unas cuantas fotos al grupo que tenían los tres, y sonrió haciendo un gesto de alegría.

—¿Buenas noticias? —preguntó él.

Wanda le enseñó la pantalla, a lo cual el policía se quedó sin saber qué decir. Era la foto de un chico con pinta hípster, algo desenfocada, en lo que parecía un comedor de oficina. Sobre la mesa había dos táperes con comida, y él señalaba uno con el gesto de victoria en los dedos.

—¿Tu hermano? —aventuró.

—No, mi compañero de piso, Dominic.

—¿Y es su primer día de trabajo?

—No, no. Es una historia un poco larga. —Le enseñó otra foto—. ¿Ves a la chica del fondo?

—Vagamente.

—Es su compañera de oficina. Hasta hace poco ni siquiera era capaz de hablar con ella y, gracias a nuestros consejos, ahora suelen tomar café. Y hoy se ha sentado con él en el comedor, ¡eso es un avance bestial! —Frunció el ceño ligeramente—. Espero que no se haya dado cuenta de que estaba sacando fotos, no sea que se mosquee.

Por si acaso, le envió un mensaje de felicitación y también, que tuviera cuidado con los selfis. Él le contestó con unos cuantos pulgares hacia arriba y, a la vez, apareció un mensaje de April diciendo que era un avance pero que tampoco se emocionara demasiado, no fuera a liarla por ansioso. Qué mujer, a ver si le iba a cortar el rollo y el pobre volvía a las andadas. Ya hablaría con ella en casa.

—Así que no soy el único que da consejos —bromeó Garrett—. Parece que soy una buena influencia, entonces.

—No es lo mismo, tú eres como Yoda, solo que hablas del derecho. A Dominic le hacía falta un cambio de actitud y de imagen, y para eso estamos April y yo.

—¿April?

—Mi mejor amiga y también compañera de piso. —Buscó una foto de los tres juntos y se la enseñó—. ¿Sabes eso que se dice de que los amigos son la familia que se escoge? Pues ese es nuestro caso. — Guardó el teléfono y metió papel de seda en la caja para envolver la ropa—. Nos apoyamos mucho, aunque en el caso de Jasper, bueno, tú me estás ayudando más.

—Ahora sí que no lo entiendo.

—No es porque no hable con ellos, que sí que lo hago, pero contigo… es diferente. No sé cómo explicarlo.

Lo cual era verdad, no terminaba de explicarse aquella confianza empírica que tenía en él, como si emitiera feromonas de sabiduría o algo así. Quizás tuviera algo que ver con el hecho de que Garrett hubiera estado presente durante su estallido emocional, la había visto expuesta a corazón abierto y, aun así, encontrado las palabras justas para hacerle sentir mejor. No era solo su ayuda o consejos, era la confianza que le transmitía, el apoyo. Y eso a pesar de sus caras de sobresalto, que tampoco podía ignorarlas, aunque le daban igual.

Para no seguir hablando del tema, se concentró en el paquete. Terminó de colocar todo dentro, metió unas flores secas que desprendían un aroma agradable y cerró la caja, asegurándola con una cinta dorada con el nombre de la marca impreso en letras grandes. Además de dar el toque elegante, impediría que se abriera. Ya la cinta en sí tenía un valor que esperaba la mujer apreciara, Wanda incluso había visto alguna que otra reutilizarla como cinturón, así que...

Satisfecha con el resultado, la metió en una bolsa y cogió la etiqueta que había cortado.

—Vamos, en la caja te cobrarán y te cogerán los datos para enviarla. Puedes usar mi descuento.

Garrett la acompañó hasta una de las cajas, donde no le pasó desapercibida la forma en que su compañera lo miraba, como si le extrañara sobremanera verlo ahí. La gente como él raramente disponía de una asesora personal, estaba claro, mas no hizo ningún comentario. Seguro que después sería la comidilla de la tienda.

Después de pagar, Wanda lo acompañó a la puerta.

—Ya me dirás qué le parece —le dijo.

—Sí, te aviso cuando me llame y te cuento. En fin, te dejo trabajar. Muchas gracias por todo.

—A ti.

Garrett le hizo un gesto con la mano para despedirse y se dio la vuelta, alejándose calle abajo, mientras Wanda no le quitaba ojo. ¿La llamaría para informarle? Esperaba que sí, de esa forma no sería ella la que siempre llamaba y que así su imagen de «da loca que llora» se fuera diluyendo poco a poco.

¿Sería aquello el principio de una gran amistad, como en *Casablanca*? Claro que... ella no miraba a Dominic de la misma forma que, se daba cuenta, estaba mirando alejarse a Garrett. De hecho, no recordaba haber mirado el culo de su amigo nunca, a no ser que fuera para ver cómo le quedaban unos pantalones y dar su opinión.

Al darse cuenta de lo que estaba haciendo, se apresuró a meterse dentro de la tienda y cerrar la puerta tras ella, como si estuviera protegiéndose de alguna invasión como las que tenían en rebajas, que parecían ataques de hordas zombis.

Confundida, regresó a su zona para revisar las visitas que tenía pendientes. No podía distraerse, se suponía que Garrett le daba consejos y estaban empezando a tener confianza. ¿En qué momento su mente se había distraído con su culo? No, no, ya tenía bastante con Jasper… lo que le hizo dejar de pensar en el policía de inmediato, recordando la visita del padre y que ni siquiera le había dado recuerdos.

Joder, ¿en eso había quedado su relación de un año? ¿En absolutamente nada? A ese paso, si se lo encontraba en la calle, ¿qué haría él? ¿Cruzar?

Sacudió la cabeza. No tenía sentido pensar eso, estaba al otro lado del océano y eso no iba a pasar, al menos de momento.

Esperó un segundo, pero las lágrimas que solían aparecer acompañadas del pensamiento de Jasper, no lo hicieron. En cambio, notó que estaba mosqueada y mucho.

Vaya, ¿se estaba enfadando? ¡Eso sí que era nuevo! No sabía si era mejor o peor, pero sí que, al menos, el cabreo no estropeaba el maquillaje.

Por lo tanto, decidió que sí, era un avance.

CAPITULO 8

Dominic estaba contento. Dos semanas después de su gran cambio, las cosas en la oficina no podían ir mejor: coincidía con Sonja en el café y en alguna que otra comida y conseguía introducir verbos en las frases con ella. Billy estaba muy ocupado con su boda, por lo que apenas lo veía. Cierto era que le pasaba trabajo como siempre, pero ya no se lo tomaba todo como si se fuera a acabar el mundo y seguía con su intención de no dedicar ni un minuto más a la empresa. Además, en un par de test le había salido que necesitaba rebajar su nivel de estrés y, ¿quién era él para llevarle la contraria al *Woman*? Obviando las preguntas sobre sus niveles hormonales, los resultados eran bastante acertados así que…

También había ido realizando los que trataban sobre personalidad, carreras profesionales, «cómo te ves en diez años» y decenas de ejemplos más. Estaba alucinado de todo lo que llegaban a preguntar, pero no había protestado y según iba obteniendo resultados, iba apartando las revistas para su posterior análisis con Wanda y April.

Por todo ello, su fracaso en la primera salida con su nuevo pelo había quedado atrás. Incluso había estado ensayando delante del espejo para evitar futuros encontronazos y, cuando sus amigas lo avisaron de que aquel sábado saldrían, no puso pegas. Escogió uno de los nuevos conjuntos, dedicó algo más de tiempo a su pelo que durante la semana y, cuando salió, se encontró con que ambas estaban esperándolo en el salón.

—¿Paso la inspección? —preguntó.

April le recolocó un par de mechones como siempre, sin que notara ninguna diferencia, mientras que Wanda le ajustó la chaqueta también de una forma imperceptible para él.

—Vas genial —le dijo.

—También he estado ensayando el movimiento del pelo —explicó él—. Hoy seguro que no golpeo a nadie.

Hizo un gesto de la cabeza como demostración, a lo que ambas se apartaron a la velocidad del rayo por si acaso. Algo había mejorado, eso era innegable, aunque también era cierto que en espacios cerrados con mucha gente no daba ninguna seguridad.

—Mejor guardamos ese as en la manga —dijo April, cogiéndole del brazo para llevarlo hasta el sofá.

Algo decepcionado por la respuesta, puesto que había dedicado mucho tiempo a aquello, Dominic se dejó llevar sin decir nada. Wanda los siguió y las dos se quedaron de pie, algo que tampoco le extrañó. A Dominic ya hasta le parecía normal encontrarse sentado en el sofá con ellas dos delante. Incluso esperaba que le sacaran cartelitos con frases para decir o gestos que hacer, pero no, aquella vez no parecían tener nada oculto.

—Hemos pensado una nueva estrategia para esta noche —empezó Wanda.

—Vamos a hacerte un Bergerac —añadió April.

Dominic se quedó mirándolas, estrujándose el cerebro mientras intentaba recordar algún artículo en que apareciera aquel término. No le vino nada a la mente, así que se encogió de hombros.

—¿Las chicas tenéis algún lenguaje secreto del que todavía no me he enterado? —preguntó.

—No, hijo, un Bergerac —repitió ella—. Ya sabes, Cyrano de Bergerac.

—Como es complicado poder ir dándote consejos según hables con una chica sin que se entere de que estamos ahí —siguió Wanda—, vamos a hacerlo con pinganillo.

—Mira.

April cogió una bolsa que había dejado en la mesa y en la que Dominic no se había fijado hasta entonces. Sacó tres pequeños auriculares para el oído y tres pulseras.

—Con esto en el oído nos puedes escuchar, y la pulsera es para hablar. Parece una de esas que monitorizan los pasos y esas chorradas, así que nadie sospechará.

—El rango es bastante amplio y podremos oír todo lo que hables con quien sea —añadió Wanda—. Y si quieres que te escuchemos solo a ti, te la acercas disimuladamente a la boca. Aunque tú en realidad no tienes que hablarnos mucho, sino escuchar lo que te vayamos indicando.

—¿Dónde habéis encontrado todo esto?

—Oh, eso es fácil —contestó April—. Hay muchas tiendas y sitios donde comprar cosas para espiar a la gente.

—Qué profesionales. Si no fuerais mis amigas, creo que me daríais miedo.

—Qué exagerado eres.

April se acercó a él para apartar el pelo y colocarle con cuidado el aparato en el oído. Después Wanda y ella se pusieron los suyos, encendieron las pulseras y se sincronizaron los tres en un canal. Para probarlas, cada uno se fue a una habitación de la casa y estuvieron hablando y probando hasta asegurarse de que los tres controlaban el tema.

—Me siento como 007 —comentó Dominic, cuando salían del apartamento.

—Pues ahora a ligar como él —sonrió Wanda.

Le cogió de un brazo, April la imitó con el otro y así llegaron a la calle, donde les esperaba el Uber para llevarlos a la zona de fiesta. Por si acaso se encontraban con la chica de la vez anterior, evitaron aquel local y escogieron otro de similares características.

—Hoy vamos a probar otra estrategia distinta, a ver qué tal te desenvuelves solo —comentó Wanda, al bajar del coche.

—¿Cómo, solo? ¿No vais a entrar conmigo?

—Sí, sí, una se quedará en la barra para tener visión general y otra estará cerca, tranquilo. Para eso tenemos los pinganillos, para ir hablándote.

—Pensaba que lo de ir de amigas mías funcionaba…

—Sí, vamos a probar con el clásico «estoy esperando a un amigo y me ha dejado plantado» —dijo April—. Así das pena.

—¿Y eso es bueno?

Aquello le sonaba más al típico pringado que a algo atractivo, pero ambas estaban afirmando con la cabeza, de modo que se resignó a usar ese recurso.

—Que sí, ya verás. Entra tú primero y ahora vamos nosotras.

Por si acaso, le dio un ligero empujón hacia la puerta.

—«Abandonado a su suerte sin ninguna piedad por sus supuestas amigas, nuestra pobre víctima se internó en la cueva rumbo a lo desconocido» —murmuró él, cogiendo aire.

—Dominic, te estamos oyendo —la voz de April le llegó directa al cerebro, así que miró la pulsera para bajar el volumen.

—Joder, pues sí que es sensible esto —susurró—. «Aconsejado por las mejores amigas que se podían tener, nuestro héroe se armó de valor dispuesto a seguir sus consejos»

—Mucho mejor —dijo Wanda, con una risita—. Ve a la barra y quédate en un extremo, cuando nos veas entrar no te acerques.

El local estaba bastante lleno, pero al menos no había que abrirse paso a codazos, así que Dominic buscó un hueco en la barra y lo ocupó, sin estar muy seguro de si debía mirar a las camareras o a la pista.

—Pide una cerveza —le ordenó Wanda—. Así no hay peligro de que te emborraches.

—¿Eso no es un poco cutre? —respondió él.

—Pide una de importación, hombre.

La camarera se acercó y le sonrió mientras pasaba un trapo por la superficie de la barra. Dominic se quedó parado unos segundos; aunque sabía que era una sonrisa profesional y que miraría así a todos los que se acercaran a pedir, la chica era tan guapa que quitaba el aliento y daba la sensación de que le estaba dedicando toda su atención.

—Me encanta tu chaqueta —le dijo.

—¿Qué?

Ella se inclinó para que la escuchara mejor.

—Digo que me encanta tu chaqueta.

—Ah.

Parpadeó, sorprendido por aquel piropo. Aquello sí que no se lo había esperado. Si era justo, el mérito era de Wanda, que era quien se la había aconsejado, pero al final quien la llevaba era él, así que como percha al menos valía.

—¿Qué te pongo? —le preguntó la camarera.

—Una cerveza. De importación.

—¿Alguna preferencia?

—Te dejo elegir.

—Muy bien, muy bien —comentó April—. Buen comienzo, las camareras valen para ensayar. Sería extraño que no tuviera novio y además tienen horarios muy chungos, así que no la tomamos en cuenta.

—Pues es bien mona la chica —intervino Wanda.

—No digo que no, aunque mejor buscar alguna entre la gente como habíamos dicho.

—Lo que sea, eso sí, no habléis a la vez que esto va a ser una locura si no —pidió el chico.

Con el ruido de la gente y la música, las voces de las chicas le llegaban algo más amortiguadas y tenía que concentrarse en escucharlas. La camarera le llevó un botellín y Dominic sacó la cartera.

—¡Propina, acuérdate! —le advirtió Wanda—. Que ha sido muy maja, no la descartemos por si acaso.

—Siempre dejo propina, tampoco hace falta que me recordéis todo.

Se había acercado la pulsera a la cara para hablar y la chica se acercó con gesto extrañado, inclinándose de nuevo por encima de la barra.

—¿Me decías algo?

—No, no, nada. Muchas gracias, estás muy buena.

—¿Qué?

—Está, está. —Levantó el botellín—. La cerveza.

Le dio un trago para corroborar su comentario, y se giró con rapidez para mirar hacia la pista, maldiciéndose. Con lo bien que había empezado… bueno, no pasaba nada, la noche acababa de comenzar y tenía un pinganillo con dos Pepitos Grillo dentro. ¿Qué podía salir mal?

—…jate la cremallera —escuchó.

—¿Qué?

—Voy a la pista y al baño—dijo April—. A ver qué veo por ahí.

—«El baño, el lugar mágico donde se encuentran las mejores piezas».

—Déjate de metáforas de cacerías, al final va a acabar sonando fatal —le advirtió Wanda—. Que no somos trofeos.

—Ya, ya, perdón.

Le hizo un gesto con el botellín a través de la barra como disculpa, al cual ella correspondió.

—¿… sujetador?

—Mejor si lleva, sí —susurró.

—¿Si lleva qué? —preguntó Wanda.

—Sujetador.

—¿Quién? —preguntó April.

—La chica.

—¿Qué chica?

—La que sea. Sin sujetador es… no sé, lo veo como muy agresivo.

—Chico, qué peticiones más raras haces —resopló April, que estaba abriéndose paso entre la gente para ir al medio de la pista.

—¡Si ha sido una de vosotras la que ha preguntado!

Sonrió al ver que una pareja pasaba a su lado y lo miraban de forma extraña. Por su parte, April se movía de un grupo de chicas a otro, arrimándose para ver si conseguía escuchar alguna conversación o si veía alguna chica que le llamara la atención.

—April, ¿cómo te va? —preguntó Wanda—. Veo un grupo a la derecha, junto a la columna dorada.

—¿Las de la despedida?

—No, esas no, que estarán a lo suyo y…

—Vale, voy.

—Que esas no. ¿April?

La pelirroja ya se estaba acercando a ellas. Había estado un par de minutos al lado de un grupo que parecían estar de quedada de una oficina, después otro de universitarias y había visto a las que Wanda decía. Estaban todas pasándoselo en grande, con bandas rosas por encima del vestido menos una, que se la había puesto como si fuera un top. Una rebelde… perfecto, podía valer para Dominic.

Desde la distancia, Wanda observaba atónita cómo April descartaba dos grupos de chicas entre las que ella habría escogido al menos un par que podían valer para su amigo y se dirigía hacia la que más aspecto de loca tenía. ¿Sería para ponerle a prueba? Intentó hablar con ella de nuevo, pero no sabía si no la oía por la música o si la estaba ignorando deliberadamente.

Tras intercambiar unas cuantas frases que ni ella ni Dominic consiguieron escuchar con claridad, April dejó al grupo y se acercó a la barra. Se colocó cerca de él, aunque no a su lado, para que no pareciera que estaban juntos. Pidió una bebida y comenzó a hablar sin levantar la mirada de la misma.

—La de la banda sobre las tetas —dijo.

—Qué gráfica —contestó Wanda.

—Está soltera, me ha dicho que están de despedida…

—¡No!

—La que se casa es su prima segunda o algo así y se está aburriendo, así que te puedes acercar, Dominic.

—¿Todo eso te ha contado?

—Un choque inocente y ya somos mejores amigas, qué quieres que te diga.

—¿Entonces voy ya?

—… en un sitio a solas los dos.

—Pero si aquí hay mucha gente.

—Pues abres camino, hijo, que no es tan difícil.

—No sé cómo hacer para quedarnos a solas.

—¿A solas con toda esta gente? —repitió Wanda—. Dale algo de conversación y la llevas a la barra a tomar algo, no esperes una conversación profunda tan rápido.

Dominic suspiró, dio un trago a la cerveza y se metió entre la gente. A ver si se ponían de acuerdo, porque con aquellas órdenes contradictorias, a ese paso diría algo inadecuado. Según se iba acercando al grupo, empezó a disminuir la velocidad. Una chica como la de la semana anterior o como Sonja le parecía más apropiada, aquella que daba saltos y justo agitaba en aquel momento la banda en el aire, no lo tenía tan claro. Parecía demasiado extrovertida para él, o quizá solo estaba así por el momento. Qué complicado era todo, no recordaba haber dado tantas vueltas a cómo conseguir una cita antes de su cumpleaños.

Malditos treinta. ¿Afectaban también a la capacidad de ligue?

—Hola —saludó.

—¿Eres el *stripper*? —preguntó la chica, alargando la mano para coger su cazadora.

—Quita, Marion. —Otra chica le apartó la mano—. Ya te hemos dicho mil veces que no hemos contratado un *stripper*.

—Sois unas sosas.

—Discúlpate por interrumpir —dijo April.

—Perdón por acercarme así —repitió Dominic.

—Con esos ojos puedes acercarte lo que quieras —coqueteó la tal Marion.

—Vaya, qué directa —murmuró April.

—¿Y qué quieres? —preguntó otra—. Estamos en una despedida, por si no te has dado cuenta.

—… en el cuello y te meto la mano por…

—Dile que te aburres solo —sugirió Wanda.

—No sé yo si esa Marion será demasiado impulsiva para ti —carraspeó April a la vez.

Dominic intentaba sacar algo en claro de las tres frases que había escuchado prácticamente a la vez, pero el grupo de amigas lo estaba mirando y se dio cuenta de que debía parecer idiota, ahí callado con la cerveza en la mano.

—Estoy solo —comentó, recordando la excusa que le había dicho April—. Había quedado con un amigo y me ha dejado plantado.

—Ay, pobre —dijo Marion, acercándose y dándole unas palmaditas en el brazo—. Soy Marion, ¿y tú?

—Dominic.

—Qué nombre tan chulo.

Otra de las chicas, que llevaba además una tiara rosa, se acercó y la cogió del brazo para apartarla un poco, aunque Dominic pudo escuchar lo que le decía.

—Oye, que es mi despedida. No deberías ponerte a ligar con extraños.

—Si no es un extraño, se llama Dominic.

—Si molesto me voy… —empezó él.

—Bien dicho, ya buscamos a otra —corroboró April.

—… sí, me he bajado el pantalón…

—¿Eso era un tío? —Dominic miró a su alrededor, confuso.

Le había parecido que le hablaba al oído, sin embargo, no tenía a ningún chico cerca: solo al grupo de la despedida. De pronto, notó que lo cogían del brazo y se encontró con Marion allí enganchada.

—No me vais a echar de menos —dijo, tirándoles su banda sin miramientos—. Seguro que con Dominic me lo paso mejor.

—Dominic, tiene pinta de chalada —insistió April—. Aborta misión, repito, aborta misión.

—… me estoy tocando el muslo y acerco la mano a…

—Que no, aprovecha —insistió Wanda—. Por lo menos una copa, lo mismo es maja.

—¿Qué muslo?

—¿Me invitas a una copa? —preguntó Marion.

Dominic estaba tan perdido que solo pudo afirmar con la cabeza. Mirando a todos lados tanto para buscar a sus amigas como para ver si localizaba aquella voz masculina extraña. A ver si en lugar de una admiradora acababa con un admirador, que como logro no estaba mal, solo que no era lo suyo.

Llegaron a la barra y la misma camarera se acercó a servirles. Al verlo, le guiñó un ojo de forma simpática y Dominic sonrió. Antes de que hablara, Marion ya estaba pidiendo dos combinados, sin preguntar si le gustaban o cómo los quería, y de paso le indicó a la chica que los cargara bien.

Dominic comprobó que Wanda seguía en un extremo de la barra y vio que April se acercaba, dejando de nuevo un espacio a su lado.

—Quiero que te toques en… despacio y que te quites la camiseta…

Dominic movió la cabeza hacia April, sorprendido, pero ella estaba bebiendo con una pajita. ¿Era Wanda? ¿Quién le estaba hablando? ¿Y por qué quería que se quitara la camiseta? Miró a Marion, aunque le había parecido que la voz venía del otro lado.

Ella tenía las dos copas y le entregó una.

—Venga, un brindis.

Confuso, chocó su copa sin decir nada. ¿Qué estaba pasando allí?

A pocos metros, April notó de pronto un chasquido seguido de un pitido en su oído. Miró la pulsera y le dio un par de golpecitos, cambiando el canal, y aun así perdió la conexión con sus amigos. Joder, ¿se acoplarían por estar demasiado cerca de Dominic? Se movió unos pasos más para alejarse, buscando de nuevo el canal.

En su extremo de la barra, Wanda no perdía de vista a Dominic y Marion, escuchando a duras penas lo que decían. La música, la gente de alrededor y lo que parecían otras voces dentro de la señal, comenzaban a dificultar aquello. Quizá debieran de cambiar de canal, pero claro, no podía sugerirlo sin saber a cuál ir en el que no hubiera problemas y sin que Dominic levantara sospechas al manipular la pulsera.

Joder, con lo bien que iba el plan…

Notó cómo su móvil vibraba en el bolso. Vio que April estaba con la cabeza agachada enredando en algo, así que supuso que sería ella, para hablar sin problemas. Seguro que se había dado cuenta también de las interferencias y quería buscar una solución.

Cuando sacó el móvil y vio la pantalla, se quedó petrificada en el sitio.

En lugar del nombre de su amiga, se encontró con que la pantalla mostraba «Policía majo, Garrett».

¿Garrett la llamaba? Ay, Dios, a ver si había marcado sin querer y le estaba devolviendo la llamada, que su móvil hacía a veces cosas muy raras. Claro que, si había sido así, estaba segura de que el susodicho no la creería. Tampoco podía ignorar la llamada ni colgar sin más, ¿verdad? Él siempre le había cogido, así que… se apartó de la barra y se fue con rapidez a la entrada, para colocarse en una esquina junto a la puerta donde no había ruido.

—¿Sí? —contestó.

—¿Wanda?

—Sí, soy yo.

—Pensaba que me había equivocado, como tardabas tanto en coger…

—Hemos salido de copas. Estoy en un sitio llamado La vieja escuela, hay un follón terrible.

—¿Qué le digo? —interrumpió Dominic.

—Mándame una foto así, sin nada.

¿Y esa voz? Por un momento, apartó el teléfono de su oreja, pero no era Garrett, de eso estaba segura: ya conocía más que de sobra su voz por teléfono, aparte de que jamás le diría algo así, menos sin venir a cuento.

—Hay un cruce de líneas —aportó April al lío de conversaciones, por si no lo tenía claro.

Joder, y no podía apagar la pulsera porque para eso tenía que soltar el móvil. Bueno, quizá no la escucharan si alejaba la mano…

La echó hacia atrás, golpeando algo blando, y al levantar la vista se encontró con la mirada del tipo de seguridad de la puerta.

—Las manos quietas, guapa —gruñó.

—Sí, perdón —dijo, alejándose un poco más.

—¿Perdón por qué? —le dijeron tres voces a la vez: Garrett por el teléfono, Dominic y April por el pinganillo.

—Joder, qué locura… no oigo nada —protestó ella.

La estática hizo que el pinganillo vibrara y se frotó la oreja, molesta. Cuando recuperó el teléfono, se dio cuenta de que Garrett había cortado la llamada.

Estupendo. Para una vez que telefoneaba y no conseguía hablar con él, ¡qué desastre! Debía de pensar que era una insustancial, o una cabeza hueca que no demostraba el menor interés en sus cosas. Claro que tampoco sabía el motivo de la llamada, pero imaginaba que tenía que ver con algún tema suyo.

La cosa era que había esperado que se pusiera en contacto, y cuando lo hacía, ella lo estropeaba.

—¿Con quién hablabas, Wanda? —interrogó April—. He escuchado con claridad una voz de tío, ¿era tu móvil? ¡No jodas! ¿Es Jasper?

—¿Jasper está aquí? —quiso saber Dominic.

—¿Quién es Jasper? —preguntó Marion, siguiendo la dirección de su mirada.

—Ah, nadie, no, nada, perdona. —Sacudió la cabeza—. No sé ni lo que me digo.

Tantas voces le estaban volviendo loco, empezaba a sentirse como la niña de *El Exorcista*, que escuchaba voces.

—Dime cómo lo estás haciendo, ¿dónde tienes los dedos?

De un manotazo lo más disimulado que pudo, Dominic apagó la pulsera. Que pasara lo que Dios quisiera, estaba seguro de que le iría mejor sin escuchar nada. Fuera lo que fuera aquello, no quería averiguarlo.

April escuchó un chasquido y miró su pulsera, que indicaba que solo había dos personas conectadas. Manipuló los botones sin éxito, pero no conseguía escuchar a Dominic. ¿Se habría quedado sin batería?

Se asomó desde donde estaba a ver si conseguía que la mirara y, tras varios aspavientos, él le hizo un gesto levantando un pulgar, así que supuso que le iba bien con la tal Marion.

Y por si tenía alguna duda al respecto, un par de segundos después los vio dirigirse a la pista para bailar. O a saltar como locos, porque no veía ninguna coordinación.

Pues qué éxito… frunció el ceño. A eso habían ido, ¿no? Entonces, ¿por qué estaba mosqueada?

Cogió su bebida refunfuñando para sí, mientras intentaba escuchar a Wanda por el pinganillo y, desde la distancia, comprobó que su amiga se estaba deshaciendo de él, aún con el móvil en la mano. Por su expresión, no tenía todas consigo de que no fuera Jasper quien acababa de llamar, algo que no le hacía ninguna gracia. Wanda parecía encontrarse mejor después de cierto tiempo, no necesitaba que aquel tío que se había largado sin el menor remordimiento volviera a asomar la patita para desestabilizarla.

Se reuniría con ella en la barra para discutir por qué la noche había terminado saliendo fatal, obviamente los pinganillos no funcionaban de forma correcta.

Wanda seguía con el móvil entre las manos, dudando entre si llamar u olvidar el tema. Seguro que Garrett estaba enfadado y no volvería a telefonear nunca más, ¿cómo se apañaría entonces sin sus feromonas de sabiduría? Verdad era que estaba algo mejor, ¡pero aún podía necesitarlo! De hecho, los últimos días había barajado la idea de quedar con él y preguntar si los ataques de furia que sentía eran normales o un indicio de que perdía la cabeza por completo. Y acababa de fastidiarla…

De pronto, el grupo que se encontraba a su lado en la barra, casi tumbados sobre ella, se desintegró a una velocidad de vértigo. Confusa, Wanda miró alrededor para ver si se había desatado un incendio o algo parecido, y entonces Garrett apareció a su lado.

Se quedó muda al darse cuenta de que iba vestido de policía, y entonces comprendió por qué todo el mundo había puesto pies en polvorosa. Desde la distancia lo observaban con recelo, como si esperaran que sacara su placa y les ordenara vaciar los bolsillos, lo que no extrañaba a Wanda. Casi le daban ganas de hacerlo a ella también, tenía en la cabeza un montón de recuerdos de su adolescencia donde si te pillaban con marihuana te ganabas una multa estratosférica y la consabida bronca monumental por parte de tus padres.

—Hola, agente. —Una voz se interpuso antes de que ninguno pudiera hablar y ambos miraron en dirección a la barra, donde la camarera trataba de poner expresión cándida—. ¿Ocurre algo malo, es una inspección?

—¿Qué? No, no, claro que no —aclaró él.

—Ah, bien. —La mujer pareció aliviada—. ¿Le sirvo algo?

—No, gracias.

Le lanzó una mirada que ella captó al momento, porque desapareció en menos de dos segundos.

—Perdona que haya colgado —explicó él—. No oía más que ruido, y como estaba justo al lado he decidido que era mejor entrar.

—Ah. —Wanda suspiró aliviada—. Claro, claro. Aquí hay mucho follón. ¿Estás trabajando?

—He terminado, iba a dejar el coche. Aunque no es esto lo que quería decirte.

Wanda aguardó, intrigada, mientras el policía se palpaba los bolsillos superiores del uniforme. Vestido así y en aquel sitio, casi estaría mejor entre las chicas de la despedida...

Al final, él sacó un sobre y se lo tendió a la joven.

—¿Qué es?

—Tú lee.

La chica abrió el sobre y extrajo una nota en la que solo había una palabra: «Gracias». Le dio la vuelta a la hoja buscando algo más, pero eso era todo. Alzó la vista hacia Garrett.

—«Gracias» —comentó.

—Eso es. —Él parecía feliz.

—Vale, si esto es una especia de acertijo...

—Esta nota me la ha enviado mi madre hoy, después de recibir el regalo.

—¿Hoy era su cumpleaños? —preguntó Wanda, y él afirmó, así que Wanda releyó la escueta nota por si acaso se había perdido algo—. «Gracias». Vaya, no es muy expresiva, ¿no?

Garrett negó, con una sonrisa.

—No, tú no lo entiendes. Esta nota es la mejor que he recibido en los últimos... treinta y dos años. Por lo general, nunca acierto con su regalo, así que las notas que me envía suelen estar a la altura de las circunstancias... «Vaya un regalo horrible», «Seguro que podías haber encontrado algo peor», «Demasiado grande», «Demasiado pequeño», «Nunca voy a utilizar un juego de té» y cosas por el estilo.

Wanda se quedó pensativa.

—¿Cuándo pensaste que regalar un juego de té era una buena idea?

—Oye, que mi madre es de esas que queda para tomar el té con sus amigas —protestó Garrett al ver cómo la chica soltaba una risita—. Bueno, lo que quiero decir es que nunca me había enviado una tarjeta que solo dijera «gracias».

—No me lo puedo creer.

—Pues créelo. No es la tarjeta en sí, es lo que significa por parte de ella un simple «gracias». Quiere decir que el regalo era perfecto en todos los sentidos, que le ha gustado y que, como no tiene pegas que sacar, con ese «gracias» lo reconoce.

—Cuánto da de sí una palabra tan corta —observó Wanda, aún confusa por aquel análisis.

No añadió que la madre le parecía una retorcida por si acaso Garrett lo tomaba a mal, aunque le había oído decir cosas peores sobre la familia.

—Muchas gracias por la ayuda, nunca se me había ocurrido recurrir a una experta. Siempre creí que los regalos eran una obligación propia, pero acabo de descubrir lo útil que es que alguien haga ese trabajo por ti.

—Fue divertido.

—Oye, ¿y estás aquí sola? —preguntó Garrett, por primera vez consciente de que la chica no estaba acompañada.

—No, April anda por ahí. Y Dominic está en la pista. —Lo señaló.

Dominic y la chica rubia seguían su estrambótico baile, él bastante más coordinado que ella, y parecían divertirse. Wanda barrió el local con la mirada hasta que encontró a April que, oculta tras una columna, los observaba sin perder detalle. Mierda, ahora tendría que darle explicaciones de por qué estaba con Garrett y cómo había llegado a esa situación, y le daba la impresión de que no le iba a hacer mucha gracia. Aún recordaba sus palabras sobre lo de acosar a un policía.

Pero Garrett no parecía incómodo ni acosado, las cosas como eran. Estaba mucho más tranquilo que las primeras veces que se habían visto, Wanda suponía que según el nombre de Jasper iba desapareciendo del tema de conversación.

Pese a reducir el tema de Jasper, seguía necesitando las feromonas de sabiduría. Necesitaba ayuda para batallar con el remolino de ira que sentía últimamente.

—Vaya, veo que ha tenido suerte —comentó Garrett, refiriéndose a Dominic.

—Ha sido una noche un poco extraña, pero eso parece, sí. ¿Seguro que no quieres tomar algo?

—No, no, gracias. Tengo que ir a devolver el coche ya, solo he entrado un momento para darte las gracias por tu ayuda.

—Hoy por ti, mañana por mí. O, mejor dicho, al revés —sonrió.

Se daba cuenta de que Garrett se iba a marchar en cuestión de segundos y no sabía cómo sacar el tema de la ira… y tampoco quería estropear el ambiente, él estaba contento porque la madre no había dedicado sus esfuerzos a poner defectos al regalo y sacar otra vez un tema relacionado con ella misma le parecía egoísta.

Diablos, las conversaciones con Garrett eran un campo de minas: nunca sabía cuál era la frase apropiada.

Wanda se bebió la copa de un trago y depositó el vaso vacío en la barra.

—¿Quieres tomar un café la semana que viene? —preguntó, sin andarse por las ramas.

Eso pondría unos días de por medio para que el tema de la madre quedara en el olvido y pudieran volver al camino correcto, al motivo real de que se vieran: Jasper y cómo lidiar con la ruptura.

Eso, eso era lo que debía hacer, sí. Estar en terreno seguro.

—Sí, claro, ya hablamos para quedar —dijo él, como si nada.

Se despidió con una palmadita en el brazo y Wanda se concentró en no darse la vuelta para que no pasara lo mismo que la última vez: no podía distraerse de esa manera. Había avanzado un poquito, así que debían trabajar para continuar así, y si por el camino podía hacer algo más para equilibrar la balanza, lo haría sin mirarle el culo. Además, ella no era ese tipo de chica, siempre se comportaba con corrección.

Pasados unos minutos, levantó la vista y buscó a April entre el gentío. Esta le hizo un gesto para que se pusiera de nuevo el pinganillo, así que obedeció.

—¿Me oyes? —preguntó la pelirroja.

Wanda lo pensó, ¿quería oírla? ¿Estaba preparada para dar explicaciones?

«Feromonas de sabiduría, feromonas de sabiduría», debía escudarse en aquello si de verdad llegaba el momento en que tenía que hablar sobre el tema. Algo de lo que no estaba convencida, ya que le hubiera gustado ocultar a Garrett por un tiempo. Sabía que, si empezaba a formar parte de su vida, fuera como amigo, consejero o cualquier otra cosa, April querría conocerlo. Lo invitaría a cualquier fiesta, comida, café o reunión para introducirlo en las vidas de los tres y así poder advertirle sobre él. Era un método de trabajo muy perfeccionado por parte de la pelirroja, y pese a que Wanda sabía que lo hacía con buena intención, no estaba segura de sí estaba preparada para pasar por el proceso. Además, Garrett podía pensar que estaban los tres locos y desaparecer de su vida, tampoco quería eso.

Le preocupaba que su amiga, con su habitual ojo crítico para los hombres, decidiera que Garrett era otra equivocación más. No quería dejar de verlo, no con todo lo que la había ayudado, pero cuando un tío no pasaba el filtro de April, la situación se volvía molesta. Su amiga nunca volvía a ser amable con el tipo en cuestión y los comentarios desagradables sobre esa elección estaban presentes a menudo.

—Te oigo regular. Estoy un poco borracha —murmuró.

—¿Nos vamos a casa? Yo también estoy cansada, y Dominic parece que se las está arreglando muy bien solo.

Wanda miró a April al notar un tono extraño en su voz. La chica no parecía muy contenta, pero no sabría aventurar el motivo. ¿Sería por el fracaso de la operación Bergerac, por el cruce de líneas y la intromisión de una pareja en plena charla erótica, o de nuevo por el tema del trabajo?

Fuera como fuera, al mirarse sintió como si hubieran hecho un pacto de silencio. Al menos, durante esa noche, porque Wanda sabía que al día siguiente tocaría hablar.

—Está bien —aceptó.

—¿Pido un Uber y tu avisas a Dominic?

Lo lógico hubiera sido haberlo hecho al revés, dado que April estaba más cerca de la pista que ella, pero Wanda no disintió. Total, el orden de los factores no alteraba el producto, ¿no?

Se bajó de la silla, dejó el dinero de la consumición y fue directa a la pista. Dominic continuaba bailando con Marion, esta vez con menos ejercicios gimnásticos y más roce acaramelado.

Se aproximó a Dominic, que al verla lanzó una exclamación de alegría. Tenía el pelo revuelto, los ojos brillantes y una expresión de felicidad que hacía tiempo que Wanda no veía, y solo por eso supo que la noche había merecido la pena.

—¡Hola! ¿Quieres conocer a Marion? —Agarró a la chica de la muñeca para acercarla—. Marion, esta es Wanda, una de mis mejores amigas.

—¡Hola, Wanda! —saludó la rubia—. ¿Habéis venido juntos?

—No, qué va —se apresuró a decir ella—. Le he visto de casualidad y he venido a saludar.

—¿Quieres quedarte un rato con nosotros? —ofreció la chica.

—No, creo que me marcho —carraspeó, mirando a Dominic—. Ya sabes, la música, las parejas… me recuerda a Jasper.

—Ah —dijo Dominic, sin terminar de comprender qué sucedía.

Claro, al quitarse el pinganillo había quedado fuera de cobertura, así que no tenía la menor idea de por qué sus amigas se marchaban. Puede que se aburrieran, lo cual tenía sentido, además de que la meta de aquella noche estaba conseguida. Marion estaba un poco loca, cierto, también divertida, lanzada, sexy a rabiar y parecía interesada en él. Muy interesada en vista de cómo se acercaba, no podía dejar pasar semejante oportunidad.

—¿Quieres que te acompañe? —ofreció.

Sabía que Wanda diría que no porque ya estaba April, y eso le haría quedar genial a ojos de Marion, y si podía anotarse un tanto no iba a desaprovecharlo.

—Oh, eres un encanto —sonrió Marion, frotando la barbilla contra su hombro.

Wanda intercambió una mirada con su amigo.

—Sí, lo es —dijo—. Bueno, diviértete. Nos vemos en casa.

Hizo un gesto con la cabeza para despedirse. Dominic la vio reunirse en la entrada con April y notó una punzada por el hecho de que se marcharan sin él, algo que no sucedía nunca. Bueno, la situación no era la habitual, ¿no? Esa salida no era una noche de juerga entre amigos como otras veces, sino una misión, la misión Bergerac. Había funcionado, así que esa punzada no procedía. No podía pensar en sus amigas las veinticuatro horas del día, también debía ocuparse de sí mismo y de su vida sentimental, para eso necesitaba separarse un poco de ellas. No veía sino la manera de hacerlo… cuando uno tenía pareja, eso exigía cierto sacrificio, y aunque de ninguna manera quería perderlas, si debía recortar el tiempo que pasaba a su lado, lo haría.

Marion se arrimó con una sonrisa, haciendo que el malestar desapareciera. Dominic aún no se podía creer que una chica así estuviera con él, y estaba dispuesto a disfrutarlo sin que ningún otro pensamiento interfiriera en su gran noche.

Porque sí, había sido una gran noche. La mejor que recordaba en mucho, mucho tiempo. Y estaba deseando comentar la jugada con las chicas al día siguiente: tirados en los sofás, con mucha *pizza* y donuts, como hacían cuando eran universitarios.

Así aprovecharía para darles las gracias a ambas por sacarlo del pozo de victimismo en el que había estado a punto de caer. Y de paso, quería preguntar cómo podía actuar para poder tener otra cita con Marion y que el tema no quedara solo en una noche de juerga. Seguro que podían aconsejarle cómo portarse para acabar saliendo con la rubia; al fin y al cabo, ellas eran las expertas.

CAPITULO 9

Tras dar mil vueltas en la cama, April acabó levantándose más pronto de lo que hubiera esperado, mucho menos después de salir la noche anterior. En general, a los tres les gustaba remolonear en la cama y pasar después la mañana tranquilamente en casa con un chocolate o café a raudales, sobre todo en días lluviosos y fríos como se presentaba aquel. Se asomó a la ventana pensando que el aspecto oscuro del cielo estaba acorde con su humor de aquella mañana, algo que no era habitual en ella y que no le apetecía analizar. Se asomó con cuidado a las habitaciones de sus amigos: Wanda dormía profundamente, bien envuelta en sus mantas y con el pelo esparcido por la almohada. No como le ocurría a ella, que parecía que se levantaba igual que si hubiera pasado por una centrifugadora: no, su amiga estaba guapa hasta despeinada, parecía que tenía un ángel de la guarda que le colocaba cada mechón de cabello en el sitio correcto.

La dejó dormir y pasó a la habitación de Dominic, al que había oído llegar horas después de que ellas se acostaran. Más que dormir, parecía que hubiera caído del techo cuan largo era sobre la cama, según apreciaba en la penumbra; ni siquiera se había quitado la ropa del todo, solo los zapatos y la camiseta, así que dedujo que había llegado con una buena borrachera encima. Echó un pie hacia delante para ir a taparlo, pero al momento lo quitó y se alejó de allí. Algo en el ambiente, en la oscuridad y en el hecho de que a él le faltaran prendas, le impidió entrar. Era como si de pronto la habitación se hubiera hecho más pequeña e íntima y no quería enfatizar aquella sensación con un gesto tan cercano como cubrirlo con una manta.

Así que lo dejó tal cual estaba y regresó a su habitación. La lluvia caía con menos fuerza y sentía la necesidad de respirar el aire fresco del exterior, por lo que se puso ropa cómoda, cogió un paraguas y salió a la calle. Al momento se arrepintió: el agua hacía la acera resbaladiza y caía por la cuesta abajo como si fuera un río.

«Solo me faltaba partirme la crisma», pensó.

En fin, ya que estaba fuera, decidió seguir adelante y bajar con extremo cuidado hasta el WaFFle CoFFee que había justo al final de la calle (o el principio, según lo mirara). Por suerte, abrían pronto y ya había algún madrugador por allí: un par de flipados con ropa de correr, algo que ella nunca entendía que la gente tuviera ganas de hacer, y menos con aquel tiempo, y otro par que tenían pinta de ir de empalmada. Sacudió el paraguas antes de dejarlo en un paragüero junto a la entrada y se puso a la cola.

Cuando llegó su turno, se quedó mirando el expositor de tartas y dulces varios, pensando qué coger. No solían ir allí a menudo por dos motivos: las calorías vacías y el precio, pero su ánimo le pedía un exceso así que…

—¿Qué te pongo? —preguntó la dependienta, con una sonrisa amable.

—Pues ese *muffin* de chocolate.

—¿El de triple chocolate, con pepitas?

—Sí, exacto.

De perdidos al río, total.

—¿Algo más?

—Sí, una galleta gigante de avena con frutos rojos.

Que era lo más parecido a algo insano que Wanda comería, y sabía que a su amiga le gustaría. Echó un vistazo más, pero al final no cogió nada para Dominic. Si tenía la resaca que suponía, no le apetecería nada y tendría que acabar comiéndoselo ella. Lo cual tampoco le importaría, aunque mejor controlarse o el *muffin* se multiplicaría por tres por arte de magia y el tamaño de sus caderas igual, que aunque la cuesta de vuelta era dura, aun así no quemaba todas las calorías de aquella bomba que la chica estaba metiendo en una bolsa de papel.

Ya con su botín asegurado, recuperó el paraguas y salió tapándose con él. Miró la cuesta, cogió aire y emprendió el regreso dando gracias a la suela antideslizante de sus zapatillas.

Una vez en el apartamento, preparó una cafetera y sacó unas naranjas para hacer zumo. El aroma a café recién hecho debió llegar hasta las habitaciones, porque unos segundos después de que la cafetera comenzara a gotear, una somnolienta Wanda se asomó a la cocina.

—¿Estás haciendo el desayuno? —preguntó.

—Sí. —Le señaló un plato, donde acababa de dejar la parte dulce—. Te he traído una galleta del WaFFle CoFFee.

Wanda parpadeó sorprendida, despertándose un poco más al escuchar aquello, y miró el reloj de la pared por si era casi mediodía y no se había enterado. Pero no: el aparato aún no marcaba ni las diez de la mañana.

—¿A qué hora te has levantado, criatura?

—Pronto, no sé, no tenía sueño. Me iba a preparar un zumo para mí, ¿te hago otro?

—Claro. —Miró hacia el pasillo—. ¿Despertamos al bello durmiente?

—No creo que puedas, ni aunque lo intentes.

Partió una naranja y apretó una mitad contra el exprimidor, causando un ruido que hacía la conversación imposible. Wanda se dirigió a la habitación de Dominic, bostezando por el camino. Se asomó y, al verlo tirado sobre la cama roncando y sin inmutarse con el escándalo del exprimidor, decidió que no merecía la pena molestarlo. Cerró la puerta con cuidado y fue al baño para refrescarse un poco la cara para despejarse del todo. Pasó por su habitación para ponerse su ropa de domingo, que consistía en una camiseta un par de tallas más grande de lo que le correspondía con unos pantalones de yoga a juego, y regresó a la cocina.

April estaba sirviendo los zumos en unos vasos, así que cogió tazas para el café y juntas lo colocaron todo en la mesa junto a la ventana.

—¿No le has comprado nada a Dominic? —preguntó Wanda, al fijarse en lo que contenía el plato.

—No, he pensado que estaría con resaca y no tendría muchas ganas. Y ya ves, sigue durmiendo como un tronco.

—Ya… —Cogió su galleta y le dio un mordisquito—. Oye, ¿te pasa algo con Dominic? ¿Estás enfadada con él por algo?

—¿Qué? —La miró, sorprendida, y negó de forma enérgica con la cabeza—. Qué dices, ¿por qué iba a estar enfadada? Si va todo estupendamente, ¿no? Sigue nuestros consejos, se dejó cortar el pelo y la barba, el plan funciona…

—Bueno, si tú lo dices…

Volvió a su galleta, mientras April entrecerraba los ojos de forma suspicaz. No le apetecía entrar en el tema de Dominic, sobre todo porque había cosas de la noche anterior que no le habían quedado nada claras. Al salir de la discoteca, habían cogido el Uber para volver a casa y no habían hablado ni comentado nada aparte del frío que hacía. La especie de pacto silencioso al que habían llegado le había venido bien en aquel momento, pero ya habían pasado unas horas y hacía demasiado tiempo que no tenían una conversación a solas. Con tanta preocupación por la vida de su amigo, empezaba a pensar que estaban dejando de lado las suyas propias.

—Bueno, ¿qué? ¿Me lo cuentas o estás esperando a que te pregunte? —soltó, directa.

Wanda casi se atragantó con la galleta. Cogió la taza de café para dar un sorbo y tragar así mejor el trozo que se le había atascado.

—Chica, qué poco te gusta andar con rodeos —contestó.

—El policía de ayer no estaba haciendo una redada, que es lo que pensé al principio. Entró y fue directamente a hablar contigo, y tú lo conocías, porque no le pusiste cara rara ni nada.

—¿Cara rara? ¿Cuándo pongo yo cara rara?

—Así. —April arrugó la nariz—. Haces eso cuando se te acerca un desconocido o no te gusta lo que te dicen. Y ayer tenías cara de todo menos esa.

—Ya… —Tendría que ir al espejo a ver cómo ponía esa expresión, porque era algo inconsciente y ni se había dado cuenta de que lo hacía—. Bueno, tampoco es nada para volverse loca, fue una casualidad. Garrett estaba cerca y…

—Perdona, ¿Garrett?

—Sí, ya sabes, el agente Harvey.

—Me repito. ¿Perdona? ¿Desde cuándo el agente Harvey es Garrett, como si fuera alguien conocido? Y además, por mucha casualidad que fuera, ¿cómo que estaba cerca? ¿Cómo sabía dónde estabas tú? Espera, espera, ¿era él quien te llamaba al móvil? ¡Y yo pensando que era Jasper! Espera, espera, un segundo. ¿Por qué tiene tu móvil? ¿Se lo has dado tú? ¿Cuándo?

—Chica, menuda especialista en interrogatorios se ha perdido el FBI, ¡no dejas ni contestar!

—Muy bien. —Se acomodó en la silla y cogió su *muffin*—. Adelante, te escucho.

—Solo me llamaba para darme las gracias porque lo ayudé a buscar un regalo para su madre. —Vio la mirada interrogativa de April—. Es que vino a la tienda.

—De casualidad, también.

—No hace falta que seas sarcástica.

Wanda suspiró y decidió que lo mejor sería comenzar por el principio, o más bien, cuando decidió ignorar su consejo de no acosar el pobre policía y llevara los donuts a la comisaría. April estaba muy interesada en lo que iba diciendo, porque se dedicó a comer su *muffin* de chocolate sin hacer ningún comentario, solo cambiaba su mirada de vez en cuando y con eso ya dejaba claro lo que quería decirle. La tregua del *muffin* duró lo mismo que el dulce, porque cuando se lo terminó, Wanda había llegado a la parte de la discoteca y April estaba dispuesta a lanzarse de nuevo al ataque.

—¿Y en ningún momento se te ocurrió contarme nada de todo esto? —preguntó.

—No te parecía buena idea acosar a un policía, así que… —Se encogió de hombros y cogió la taza de café para ocultar su rostro en ella mientras bebía—. Tampoco tiene mucha importancia, ya sabes, un favor por otro y tal.

—Ya. Un favor por otro. Y yo pensando que el agente de marras era un señor mayor, un policía de esos que casi no caben en la camisa de los donuts que se zampan.

—Bueno, yo no dije eso.

—No, ni de nada, ya puestos. Entonces, solo sois amigos.

—Pues claro.

—No hay nada más.

—April, en serio, ¿qué va a haber? ¡Si todavía tengo a Jasper aquí metido! —Se tocó la frente—. Lo que pasa es que Garrett tiene feromonas de sabiduría.

—¿Que tiene qué?

—Feromonas de sabiduría.

—¿Eso es algo científico?

—No lo sé, pero ya te digo yo que las tiene. Da muy buenos consejos, me está ayudando un montón. Fíjate, ya no lloro ni nada.

—¿Y eso es por lo que sea que él te haya dicho? ¿Por lo de escribir una carta?

—Sí, porque eso me ayudó mucho a sacar toda la tristeza que tenía en ese momento. Además, si ya no puedo espiar a Jasper en Facebook o enviarle un mensaje de audio borracha también es gracias a él, que me obligó a eliminarlo de mi vida por completo.

—Sí, eso me parece un acierto.

—Y más cosas, supongo que visto desde fuera es extraño y difícil de entender.

—Pues sí, para qué te voy a mentir. —Cogió su café y bebió un poco, pensativa—. ¿Y él piensa igual?

—¿Sobre qué?

—Sobre ser amigos.

—Bueno, ahora sabe que no soy una acosadora chiflada y, además, lo ayudé con su madre, así que hemos alcanzado cierto nivel de confianza.

—Me refiero a si no te ha tirado los tejos.

—¿Garrett? ¡Qué va! Más bien al contrario.

Aquello extrañó a April, pero Wanda parecía hablar totalmente en serio y nunca le había mentido en esos temas, así que, aunque era improbable, la creyó. También era posible que su amiga no se hubiera dado cuenta. Por extraño que pareciera, Wanda había recibido tanta atención por parte del género masculino que había aprendido a pasarlo por alto, a veces con tanto ímpetu que no veía ni las señales con luces de neón.

—Pues no creas, me da un poco de pena —comentó.

—¿Él?

—O la situación, más bien. Porque chica, es muy mono. ¿No te has fijado en el culo que tiene? Se lo vi de lejos cuando salía y estaba más que bien.

Wanda agitó la cabeza y no pudo evitar enrojecer un poco, detalle que April aprovechó para señalarla rauda con el dedo.

—Aja, ¡sí lo has hecho!

—No fue a propósito, él salía de la tienda y yo tengo ojos, pero no pretendía… Joder, April, estaba de espaldas, y cuando una persona está así, ¿qué se le ve? Pues el culo, ¡no me iba a arrancar los ojos!

—Ya, pero no le miraste y punto, te quedaste ahí disfrutando.

—Tampoco exageres, serían… dos o tres segundos.

—Ya, vale. Acepto pulpo. —Wanda le dio una palmadita en el brazo—. Huy, amenazas físicas, ¿eso es que cambiemos de tema?

—Es que tampoco hay mucho más que sacar de esto. El tío es majo, da buenos consejos y ya está.

—Y le has comprado ropa a su madre, que eso une mucho. —Wanda le sacó la lengua—. ¿Cómo habéis quedado?

—Ah, pues en nada, en tomar un café un día de estos, nada concreto. —Carraspeó—. En serio, que no te pongas a montarte historias donde no hay.

April presentía que allí había más de lo que Wanda expresaba, y también que tenía todavía el tema de Jasper pendiente, así que no sabía muy bien cómo interpretar todo aquello. Quizá el policía fuera un gurú de la sabiduría y de verdad solo eran conocidos que se hacían amigos, con las cosas raras que les pasaban últimamente ya no ponía la mano en el fuego por nada. Aunque pensando en todo lo que su amiga había dicho, la verdad era que no la veía tan baja de moral como antes.

—Bueno, al menos parece que sí que te ayuda —concedió.

Wanda pareció aliviada al ver que le daba la razón. Sirvió más café para ambas, sonriendo a medias.

—Pues sí. Un día de estos creo que podré hacerme la raya del ojo entera —contestó—. ¿Sabes lo que creo que tengo ahora?

—¿Más hambre? —Miró intencionadamente las migas que quedaban en el plato—. A lo mejor tenía que haberte traído dos...

—No, creo que estoy enfadada con Jasper.

April se dio unos golecitos en el labio, mirándola pensativa.

—¿Serán las fases esas?

—¿Cuáles?

—Las del duelo.

—Jasper no está muerto.

—La relación sí. No me acuerdo cuáles son, pero creo que la tristeza y el enfado son alguna etapa, fijo. —Cogió su móvil y buscó—. Mira: negación, ira, negociación, depresión y aceptación.

—No he seguido ese orden.

—El orden de los factores no altera el producto.

—Y eso de negociación, vamos, no sé qué hay que negociar.

—¿Devolver los regalos?

—Eso sería lo que me faltaba. Deja ya la tontería, que no es eso. —Le quitó el móvil y lo dejó sobre la mesa—. No creo que tenga mucho que ver. Esto es diferente, me he enfadado porque a ver, ¿te parece normal que después de haber estado un año juntos no me haya enviado ni un mensaje? ¿O que su padre venga a comprar una corbata y me hable como si fuera una desconocida?

—No, eso me cabrearía a mí también.

—Pues ya está.

—Chica, qué susceptible. ¿Garrett y sus feromonas te dicen cosas más bonitas?

—Ja, ja, ja. Pues no, resulta que es bastante sincero. —Sacudió la cabeza—. No sé cómo explicarlo si no es por las feromonas...

—... de sabiduría, vale, me ha quedado claro. —Levantó el pulgar—. A lo mejor me vendría bien a mí tener alguna conversación con él.

—No, no, que no es una revista con consejos que nos podamos pasar.

—¿No quieres que lo conozca?

—Sí, más adelante. Tampoco hay prisa, ¿no?

—¿Acaso tienes miedo de que me dé consejos a mí y se le acaben? —bromeó.

Se echó a reír y Wanda sonrió, aunque prefería guardarse a Garrett por el momento para ella sola. Si seguían quedando, pues ya harían algo todos juntos para que Dominic y ella lo conocieran, pero tendría que surgir solo y de forma natural, no con April queriendo acelerarlo para poder emitir un veredicto sobre él.

—¿Nos trasladamos al sofá? —sugirió la pelirroja.

Ya se habían terminado el desayuno, así que Wanda afirmó. Recogieron entre las dos y se fueron al salón a tumbarse juntas en un sofá, cada una en un extremo y tapadas con la misma manta.

Wanda comenzó a cambiar de canal, dejando al final uno de casas de ensueño que, estaban seguras, jamás tendrían ninguna de la dos.

No fue hasta la hora de comer que Dominic asomó la cabeza. Habían metido un par de *pizzas* congeladas en el horno, y el chico apareció cuando las estaban sacando.

—Vaya, el hambre despierta a los muertos —comentó Wanda.

—¿*Pizza* para desayunar? —dijo él.

—¿Tú no has visto qué hora es? —April señaló el reloj de pared—. Casi te conviertes en marmota, chico.

Él se frotó los ojos, sin poder creer lo que veía. Hacía años que no se levantaba tan tarde. Además, tenía la boca pastosa, le dolía la cabeza y, aunque tenía hambre, su estómago estaba algo revuelto.

—Tengo resaca, Makovsky. Sé amable —anunció, con cierto asombro en la voz—. «La cabeza le retumbaba como…». Vaya, no me sale, nada. «¿Un martillo? Sus neuronas estaban atrofiadas por la falta de sueño y…» —Movió la cabeza, suspirando—. Nada, estoy poco inspirado hoy.

—Es lo que tiene beber —le dijo April, apartando una silla para que se sentara—. A saber cómo acabarías anoche, porque bien tarde llegaste.

—Gracias, mamá, ¿me estabas esperando levantada?

—Mira tú qué graciosillo. —Le dio una colleja y se sentó a su lado—. Bueno, ¿qué tal con la Marion esa? ¿Estuviste todo el rato con ella?

—Sí, la verdad es que ni yo me lo creo—. Cogió un trozo de *pizza* y sopló—. Es divertida, nos echamos unas risas. Y tengo agujetas de bailar, os juro que me duele todo el cuerpo.

Se frotó una pierna como para enfatizar sus palabras.

—Será la edad —murmuró April, a lo que Wanda le dio un codazo para que se callara.

—La falta de costumbre —intervino la morena, con rapidez, porque el tema de la edad todavía no creía que su amigo lo hubiera superado—. Me alegro de que te lo pasaras bien. A pesar de las interferencias, fíjate lo genial que salió. La próxima vez no hará falta pinganillo.

—Ah, bueno, sobre eso... ya veremos, quizá no haga falta ir pronto otra vez de fiesta.

Las dos lo miraron, preguntándose qué quería decir. ¿Se estaría echando atrás con el plan? ¡Si iba la mar de bien!

—Me dio su teléfono —aclaró él, al ver la expresión de ambas.

—¡Qué bien! ¿Y vas a llamarla?

—Tampoco hace falta que te quedes con la primera que te hace caso —murmuró April.

—De momento esperaré a que se me pase el dolor de cabeza. Aunque... —Miró a las dos—. ¿Sería pronto si la llamo hoy? ¿Es mejor esperar un par de días?

—Mejor mañana —contestó Wanda—. Si llamas hoy puede pensar que estás... no sé, desesperado. Mañana es buen margen, más tiempo puede parecer que no tienes interés. ¿Qué opinas, April?

—Sí, eso, lo que ella dice.

Se llenó la boca de *pizza* para no comentar más. Dominic meditó las palabras de Wanda y afirmó con la cabeza.

—Sí, creo que tienes razón, eso haré. ¿Qué os apetece hacer hoy?

—Nada —contestó April.

—¿Tarde de palomitas y peli? —sugirió Wanda.

—Perfecto, el tiempo tampoco es que acompañe a salir —dijo Dominic, señalando la ventana con la cabeza.

Seguía lloviendo con ganas, así que el plan era perfecto: sofá, manta y película. Terminaron de comer y, tras preparar un enorme bol de palomitas, volvieron al salón para acomodarse. Les costó un buen rato ponerse de acuerdo en qué película ver, y, cuando por fin comenzó la escogida por todos, escucharon un móvil.

—Es el tuyo, Dominic —dijo April, alargando el pie para darle en un brazo con él.

—Será mi madre, ya la llamo luego.

—Mejor le coges ahora, no vaya a estar llamando toda la tarde y no podamos ver la película en paz —sonrió Wanda.

—Vale, vale, voy.

Se levantó del sofá y salió arrastrando los pies, aunque llegó a su habitación cuando el móvil todavía sonaba. Al cogerlo, le dio a contestar sin mirar.

—Hola, ¿Dominic? —escuchó una voz femenina.

El chico se quedó en blanco. Apartó el móvil y miró la pantalla, comprobando entonces que, efectivamente, aquella no era su madre, sino Marion, cuyo teléfono había guardado con dedos temblorosos la noche anterior.

—Un segundo —contestó.

Lo puso en silencio y corrió hacia el salón, donde entró como una exhalación.

—¿Hay un incendio? —preguntó April.

—No, no, es ella —dijo Dominic.

—Pues salúdala de nuestra parte —comentó Wanda.

—No, que no es mi madre. Es ella. Marion.

Las chicas se miraron. Wanda se dio cuenta de que ella parecía más emocionada que April, que hizo un gesto extraño al escuchar el nombre.

—Venga, ¿qué hago? —Dominic seguía sujetando el móvil, temiendo decir algo y meter la pata—. Ha llamado ella, ¿eso es que está desesperada?

—No, no, eso es que le interesas —afirmó Wanda—. Habla tranquilo con ella, dile que te lo pasaste bien y cosas así.

—Pero tampoco demasiado —dijo April—. Si no, va a pensar que te has colado por ella.

—Algo intermedio. —Levantó un pulgar—. Vale, entendido.

Cogió aire y pulsó el botón que quitaba el silenciador del móvil.

—Hola, Marion, ¿qué tal?

—Ah, genial, sabes quién soy. Qué susto, pensaba que me habías dado un número falso o algo.

—No, no, claro que no. Nunca haría eso.

Sobre todo, porque había pensado que quizá ella no le hubiera dado el verdadero, pero sorpresas de la vida, ahí estaba: hablando con su ligue de la noche anterior. O lo que fuera la chica, el término no lo tenía claro, porque solo habían bailado y bebido hasta agotarse.

—¿Estás haciendo algo importante? —preguntó Marion.

—No, qué va.

—Es que estoy aburrida en casa. Con este tiempo no apetece salir, así que me he acordado de ti y me preguntaba si querrías charlar un rato.

—¡Claro! —Se dio cuenta de que había sonado demasiado entusiasmado, y carraspeó—. Sí, sí, claro, no tengo nada que hacer.

Se había acercado al sofá para sentarse, pero en lugar de eso, lo esquivó y señaló el móvil, apartándolo un poco para que Marion no le oyera.

—Me voy a mi cuarto —susurró.

—¿No quieres ver la película? —preguntó April.

—No, no, vedla sin mí. Luego os cuento.

Ambas lo miraron asombradas mientras él salía del salón y las dejaba solas, algo que no recordaban que hubiera hecho nunca.

—Vaya… qué extraño —dijo Wanda.

—Ni que fueran a quedarse hablando toda la tarde.

—Pues tiene pinta.

—Acaban de conocerse… ¿De qué van a hablar?

—De todo y de nada, ya sabes, tonterías.

—¿En plan regresión a la adolescencia?

—Tiene pinta. —Se rio—. Me siento como mi madre cuando yo me iba a mi cuarto a hablar con algún chaval del instituto.

—Argh, calla. No me hagas sentir vieja, que seguro que se le pasa rápido. —Miró hacia la puerta, desde donde les llegaba la voz de Dominic, acompañada por alguna que otra risita—. Mira, te juro que como empiecen con lo de «cuelga tú» voy y cuelgo yo, ¿eh?

Wanda se echó a reír, aunque temía que aquello fuera a ocurrir al final de la conversación. No le había pasado desapercibido el brillo en los ojos de Dominic, ni el tono que había utilizado con Marion. Además, lo que escuchaban, aunque no distinguían las palabras, parecía la típica conversación de adolescente ilusionado. Cogió el mando de la televisión y puso la película de nuevo, moviendo la cabeza con una sonrisa divertida.

—Nuestro niño se hace mayor —dijo Wanda—. El plan funciona.

April no contestó, limitándose a coger el bol de palomitas para llevarse unas cuantas a la boca. No estaba todo lo contenta que había esperado y notaba una punzada extraña en el pecho, igual que la noche anterior. Si todo iba bien, su amigo acabaría con pareja. Su amistad siempre estaría ahí, eso no lo dudaba, era lo mismo que cuando Wanda salía con Jasper: la veía menos. Algo lógico y normal, no por ello menos triste.

—¿Te imaginas que se ponen a salir juntos? Me refiero a ir en serio —comentó Wanda, como leyendo su pensamiento.

—¿Con la chalada de la banda en las tetas? —April movió la cabeza suspirando, como si de ese modo pudiera convencerse a sí misma—. ¡Si no pegan en absoluto! Solo será un rollo.

—Bueno, mucha gente no pega y acaban juntos, eso no es un razonamiento válido. También están los que pegan y no duran.

April imaginó que lo decía por experiencia propia y no hizo comentarios al respecto, aparte de que tenía razón. Hasta ella admitía que los polos opuestos se atraían, incluso en su caso siempre se interesaba por chicos que no se parecieran a su forma de ser alocada.

Así que no, no servía para descartar a Marion, a la que se arrepentía de haber puesto en bandeja para su amigo.

—Quizá deberíamos tener alguna cita nosotras también, ¿no crees? —murmuró.

Wanda detuvo la película en el acto y alzó una ceja.

—¿Y eso a qué viene?

—Pues que no solo podemos ir de juerga por ahí cuando lo necesita Dominic. Si sale con Marion, tendremos que empezar a hacerlo solas, o con alguna otra amiga de esas a las que apenas llamamos.

—No vamos a perder a Dominic porque tenga novia, April.

—No sabemos cómo va a reaccionar, nunca ha tenido novia. O yo no recuerdo ninguna, excepto aquellos flirteos en la universidad que no llegaban a ninguna parte.

—Por eso mismo, si ahora puede conseguirlo tenemos que apoyarlo.

Wanda lo soltó con tanta firmeza que April ocultó la cara tras el bol de palomitas para que no viera su expresión enfurruñada. Si seguía así, su amiga no tardaría en descubrir que el tema no le hacía la menor gracia. De hecho, de no estar en su mundo la mayor parte del tiempo, ya lo habría hecho porque la conocía demasiado bien.

Ni siquiera sabía por qué se portaba de ese modo, ¡la idea era suya! Se había preocupado de pensarla, escribirla, dibujarla y decorarla con flechitas. Hasta preparó la presentación, por Dios, ¿a qué venía ahora tomárselo así? Dominic buscaba su propia felicidad y ellas lo ayudaban en esa dirección, no tenía que poner pegas o malas caras, solo… hacer lo mismo.

En ese momento sonó el timbre y ambas resoplaron al mismo tiempo.

—¡Oh, no! —Wanda se cubrió con la manta hasta la barbilla—. Ve tú.

—No, ve tú… —April encogió las piernas y se hizo una bola.

—Cuelga tú —bromeó Wanda, abandonando el sofá.

—Ja, ja, ja, muy graciosa.

Aprovechó para estirar las piernas a su antojo mientras Wanda se encaminaba hacia la puerta. Al abrir, se encontró a Tobías al otro lado, con una fuente entre las manos.

—¡Hola, Wanda! ¿Está April?

—Ah, hola —respondió ella—. Pues está hablando por teléfono con su madre.

April la escuchaba, aún acurrucada en la manta. Aquella era la mayor estupidez que Wanda podía decir, pero siempre colaba. Se medio incorporó, atenta a la conversación.

—Vaya —comentó él—. Bueno, no pasa nada. Le he traído esto.

Le tendió la fuente a la morena, que dudó en cogerla o no. Viniendo del hombre-ceniza podía ser cualquier cosa, no era la primera vez que se presentaba con algún objeto insospechado que creía le podía gustar a April.

—Verás, me he comprado un libro de cocina y llevo un par de semanas practicando. Dile a April que, si ella quiere, un día le preparo una cena digna del mejor restaurante.

—Ah… vaya, eres muy amable.

April salió de debajo de la manta y se puso las zapatillas. Qué demonios, si tenía que empezar a buscar su propia felicidad, ¿por qué no probar con el hombre-ceniza? Solo le llevaba un par de años a pesar de la ausencia de color en el pelo, y al menos demostraba interés por ella.

No sabía si le apetecía realmente salir con él o solo estaba molesta porque Dominic ya tuviera una persona con la cual tontear por teléfono, pero no le costaba nada ser amable.

Atravesó el pasillo y se acercó hasta la puerta, donde Wanda le lanzó una mirada sorprendida. Claro, la tenía adoctrinada para que se deshiciera de él, así que aquello debía descuadrarle mucho.

—Hola —saludó, una vez estuvo a su altura—. Perdona, estaba al teléfono.

Se fijó en que Tobías también parecía anonadado de verla allí. Por lo visto, estaba acostumbrado a darle todos los recados a Wanda sin resultado, así que el hecho de que apareciera ante sus ojos a charlar con él era una sorpresa inesperada.

—Hola, April —se apresuró a decir, tras recuperarse de la impresión—. Me alegro de verte. Mira, le estaba diciendo a Wanda que me compré un libro de cocina y llevo dos semanas probando. Esta mañana decidí hacer lasaña, y ahora me sobra una.

—Vaya, qué bien. —April la cogió con una sonrisa y se giró hacia Wanda, que los observaba como si estuviera en un partido de tenis—. Tranquila, vuelve al sofá.

—¿Qué?

—Sí, no te preocupes.

—¿De verdad…? Es decir, claro, claro. Ha venido a verte a ti, cierto.

—Ahora mismo voy.

Wanda desapareció sin añadir ni una palabra más, aunque por su cara April no dudaba que la interrogaría después. En fin, qué importaba.

—Muchas gracias —dijo, señalando la fuente—. No teníamos nada preparado para la cena, así que has aparecido en el momento oportuno.

—De nada, espero que te guste.

—Ya te la devuelvo mañana, ¿vale?

—Sí, no hay prisa. —Tobías aún parecía descuadrado—. Y bueno, eso, que si te gusta pues… si quieres cenar algún día conmigo, puedo cocinar. O salir, lo que prefieras.

April no asintió, aunque tampoco negó. Se limitó a sonreír en un gesto que lo mismo podía ser un agradecimiento   que un «tal vez». No iba a cerrarse puertas; además, en aquellos momentos no tenía ningún otro pretendiente, así que tener uno que le subiera un poco el ánimo no estaba tan mal.

—Ya vamos hablando —aseguró.

—Perfecto. Pues que aproveche.

La pelirroja cerró la puerta y trotó hasta la cocina para dejar la fuente de cristal sobre la encimera. Luego regresó al salón, donde Wanda se había sentado con las piernas cruzadas y la misma cara de pasmo de minutos antes.

—Genial, ya tenemos cena —dijo April, dejándose caer a su lado.

—¿Qué acaba de pasar?

—¿Qué quieres decir?

—Quiero decir que llevo dos años dando largas al hombre-ceniza y nunca, jamás, has querido acercarte a la puerta ni a decirle que se llevara su culo de aquí.

—Bueno, las cosas cambian.

—¿Que las cosas cambian? —replicó Wanda—. Eso no tiene ni pies ni cabeza.

—Eso es una triple negación enfática —sonrió April, y al ver su gesto se apresuró a añadir—: Mira, ya sé, pero he pensado que no pasaba nada por ser amable, dado que nos ha traído comida.

Wanda la taladró con la mirada.

—Eres amable y, de paso, alimentas sus esperanzas.

—Tampoco hay que cerrarse todas las puertas. —La pelirroja se encogió de hombros y recuperó las palomitas en un fingido gesto de despreocupación.

—Por el amor de Dios, si quieres tener citas seguro que hay mil tíos mejores que Tobías.

—Yo no los veo llamando a mi puerta, ¿verdad?

—¡Pero es Tobías!

—Ya sé que es Tobías. Sé que he dicho muchas veces que odio esos mechones de pelo blanco, esa complacencia, y que es demasiado bajito para mi gusto, pero…

—¿Pero?

—No sé, a lo mejor antes de decidir que no me gusta quizás debería salir una vez con él. O sea, no puedo estar segura de que no es mi tipo de tío si no le he dado ninguna oportunidad, ¿no?

Wanda no tenía dudas sobre que el hombre-ceniza no era el tipo de April para nada, pero acababa de darse cuenta de que su amiga estaba en una especie de misión o algo similar, seguramente provocada por el hecho de que parecía obvio que Dominic estaba a punto de tener novia.

Se preguntó el motivo de que April batallara contra esa idea decidiendo darle una cita a un hombre que jamás le había gustado, sin embargo decidió mantenerse callada. La pelirroja se veía a la defensiva y no pretendía que se sintiera obligada a justificarse, si quería tener una cita con Tobías era muy libre de hacerlo. Y no sería ella quien le dijera que cometía un error, no, a veces, una tenía que dejar que sus amigos cometieran sus propios errores.

Era el fondo de toda aquella situación la que la inquietaba.

CAPITULO 10

Aquel era uno de los raros días en los que la peluquería estaba cerrada y April podía permitirse el lujo de dormir hasta tarde. Teniendo en cuenta que el motivo era haberse quedado hasta las tantas haciendo inventario, no compensaba mucho, pero al menos se libraba de ver a las trillizas por un día. Ellas, por supuesto, se habían marchado mucho antes con una u otra excusa. La normativa interna indicaba que cada tres meses, tras la jornada laboral, se hacía inventario y al día siguiente no se abría para compensar esas horas, algo que ellas se tomaban al pie de la letra. Para otras cosas las normas no les gustaban tanto, como en lo referente a que todas debían realizar cursos de reciclaje, aunque las que les convenían… en fin, esas no se las saltaban, no.

Tras un rato remoloneando, decidió que podía seguir vegetando un rato en el sofá y salió de la habitación para ir a por algo de desayunar a la cocina. Una vez en el pasillo, escuchó sonidos en el salón y cambió de dirección, pensando que Dominic o Wanda se habrían dejado la televisión encendida.

Para su sorpresa, lo que se encontró fue a su amigo acomodado en el sofá, con una taza de café en una mano y el mando en la otra.

—¿Qué haces tú aquí? —preguntaron, los dos a la vez.

Se echaron a reír, y April fue la primera en contestar:

—Anoche tuve inventario.

—Hoy es el cincuenta aniversario de la compañía, así que nos han dado el día libre. —Dio unas palmaditas en el sofá, justo a su lado—. ¿Te apetece no hacer nada juntos?

April se sentó a su lado y le quitó la taza de las manos. Le gustaba el café exactamente igual que a él, así que dio un sorbo. Mientras lo hacía, se dio cuenta de que el gesto le había salido de forma espontánea. Casi había esperado que Dominic se apartara; aunque sentarse juntos, compartir café o calentarse bajo la misma manta era algo normal, desde el día del club le parecía que había una distancia entre ellos. Aunque quizá la sensación era solo suya, visto que él se estaba comportando como siempre. Dio un sorbo mientras pensaba en si preguntarle por Marion; sabía que habían estado hablando por teléfono y enviándose mensajes, pero no si habían vuelto a quedar. Que estuviera en casa y no con ella ya era algo, aunque se dio cuenta de que prefería no preguntar. No quería saber nada de aquella chica, la verdad.

—¿Qué tal vas con los cuestionarios de las revistas? —preguntó, en cambio.

—He terminado todos ya. Estoy sorprendido, porque en el tema profesional… Algunos han acertado bastante.

—¿En serio?

—Sí, estaba esperando a verte a ti o a Wanda o a las dos a la vez para hablar del tema. Últimamente casi no coincidimos.

—Bueno, pues aquí me tienes. ¿Qué tal si en lugar de no hacer nada, miramos los resultados y te enseño unos folletos que tengo?

—¿Folletos?

—Sí, he estado recopilando información en varias academias sobre el tema de publicidad. Voy a por ellos.

—Y yo a por las revistas.

April dejó la taza de café y cada uno fue a recoger su botín. Volvieron a juntarse en el salón, donde colocaron todo sobre la mesa.

—Creo que estas son las más interesantes —dijo Dominic, señalándole varios números.

April las cogió para hojearlas. Las páginas donde estaban los test estaban marcadas, así que April pudo comprobar con rapidez los resultados. No había ninguna sorpresa: le detectaban estrés o que necesitaba cambiar de trabajo, algo que todos tenían claro. En los que trataban sobre vocaciones o gustos, los resultados tendían hacia algo creativo, aunque en uno de ellos le salía ser pintor.

—Aquí faltaría una pregunta sobre daltonismo —dijo April, apartándola—. ¿Cómo vas a ser pintor? Quedaría todo muy… bueno, abstracto, ¿no?

—Lo mismo me hago famoso y me exponen en el Moma. «Pintor novel sorprende por su especial elección de colores, ¡pasen y vean!».

April movió la cabeza, mirándole con cierta culpabilidad.

—Todavía no me puedo creer que no nos diéramos cuenta.

—Ya ves que ni siquiera es algo que se planteen en preguntas de este tipo. —Le frotó un brazo con cariño—. No pasa nada, Makovsky.

Cogió los folletos y abrió el primero, de una academia situada a pocas calles del apartamento.

—Esta la conozco, he pasado un montón de veces por delante.

—Tiene horarios compatibles con el trabajo, pero si ves que es mucho agobio, también tienen intensivos.

—Ya veo, ya.

—Este está cerca de tu oficina. —Le señaló uno—. Tiene horarios a mediodía y a primera hora de la mañana.

—¿Estudiar antes de ir a trabajar? —Movió la cabeza—. Buf, qué pereza.

—Hay algunos que tienen acuerdos con la universidad, así que cualquier título sería oficial.

—En fin, parece que voy a tener que darme unos cuantos paseos. —Estiró el cuello y miró por la ventana. Estaba nublado, pero no llovía—. Oye, ¿y si te vienes conmigo?

Ella lo miró sorprendida.

—¿Ahora?

—Sí, ¿tienes algo mejor que hacer? —April negó con la cabeza—. Algunos de estos cursos empiezan en ese cuatrimestre, así que tendría que apuntarme ya. Podemos coger el tranvía, visitar los sitios a ver cuál me convence y me apunto.

—¿Entonces vas a hacerlo?

No podía creerlo. Al igual que con el cambio de imagen, no las había tenido todas consigo en que Dominic estuviera dispuesto a dar un paso adelante, pero parecía que no iba a cambiar de idea y hasta lo veía emocionado por la idea.

—Estoy convencido, Makovsky. —La miró—. De lo que estoy seguro es de que, si no hago algo, con el tiempo me arrepentiré. Mejor intentarlo y fallar que quedarme con la duda, ¿no?

Ella afirmó con la cabeza, aunque apenas si había escuchado lo que había dicho, hipnotizada por aquellos ojos. ¿Por qué tenían que ser tan grandes, tan azules, tan... dulces? Le daban ganas de tirarse encima y abrazarlo hasta cansarse. Abrazarlo y...

—¿Lo hacemos así, entonces?

April parpadeó y miró los folletos que sostenía el chico en la mano.

—Sí, esto, ¿qué? ¿Hacer qué cómo?

—Aparto los sitios que no tienen ningún curso que me convenza y vamos a tiro fijo.

—Ah, eso. —Se levantó, carraspeando—. Sí, claro, voy a vestirme.

Y salió corriendo de allí como si la persiguiera el diablo, dándose unas cuantas collejas mentales. ¿Desde cuándo se quedaba tonta mirándolo? ¡Ni que fuera la primera vez o acabara de conocerlo! Nada, tenía que salir con alguien, seguro que era eso. Wanda había estado con Jasper, Dominic empezaba a conocer chicas y ella… ella seguía igual que los últimos meses: sola y sin compromiso a la vista, si no contaba con la perspectiva de una cita con el hombre-ceniza. La verdad era que la cena que le había llevado no había estado nada mal e incluso después, había ido de forma voluntaria a devolverle la fuente.

Sacudió la cabeza con un suspiro. Madre mía, plantearse salir con Tobías tenía que ser otro síntoma de que algo estaba fallando… Igual que cambiarse tres veces de ropa para salir con su mejor amigo, que encima era daltónico y ni se daría cuenta de si su camiseta combinaba con sus vaqueros o si el rojo de su cabello brillaba con menor o mayor intensidad. A pesar de eso, se aseguró de darse un par de buenas cepilladas antes de reunirse con él para salir a la calle.

Bajaron andando hasta la academia que había cerca para que Dominic pudiera ver cómo era por dentro e informarse de los cursos. El que más le convencía, un intensivo de Publicidad y *marketing* televisivo, comenzaba en un par de semanas y estaba homologado por la universidad de San Francisco. Además, incluía prácticas, y aunque le daba reparo verse como becario con treinta años… en fin, cosas más raras había hecho en las últimas semanas.

De allí cogieron el tranvía y fueron hasta la que había cerca de su oficina, y aunque el programa le convencía, no tanto el lugar.

—Ya que voy a marcharme, prefiero no ver el edificio mientras estudio —comentó, cuando salían con unas hojas de información.

—Pero no tendrías que dejar el trabajo —dijo April—. En el otro sí.

—Puedo utilizar todas mis vacaciones del año y los días que me quedan del pasado, que encima como soy idiota no las utilicé todas. Así me daría tiempo a ver si me convence el curso sin perder el trabajo.

—Vaya, sí que lo has pensado bien. ¿Crees que te dejarán cogerte tantas semanas seguidas?

—Bueno, nunca lo he hecho… —Se quedó pensativo unos segundos—. Me inventaré un viaje o que necesito descansar ahora, antes de que Billy se case y se vaya de viaje de novios. Seguro que me las dan para que no coincidamos y se quede el curro solo.

—Te estás volviendo maquiavélico y todo. —Le dio un pequeño codazo—. Me gusta cómo piensas.

—Voy aprendiendo, esas revistas son muy instructivas.

—Y si te convence el curso, ¿preaviso y adiós?

—Exacto. Tengo ahorros, así que puedo aguantar unos meses, aunque esté de becario. —La cogió de un brazo para que no pisara un charco, y ya se quedaron así enganchados—. Eso sí, ni una broma.

—¿A qué te refieres?

—«Buenos días, señor Levinsky, ¿qué tal su día? ¿Ha pasado por el despacho oval?».

April se echó a reír, aunque no podía negar que al escuchar la palabra «becario», por supuesto que se le había ocurrido llamarlo así. Aprovechó que se acercaba el tranvía para tirar de Dominic y así evitar contestar. Si no se lo prometía, no incumpliría ninguna promesa, ¿verdad?

Entraron en el tranvía de un salto. Estaba bastante lleno, así que tuvieron que sujetarse los dos a la misma barra.

—Ya que la próxima está cerca del puerto, ¿nos damos un paseo y comemos por allí? —sugirió Dominic.

—Claro, hace siglos que no vamos.

Y menos con la primavera asomando la cabeza con timidez. En cuanto empezaba el buen tiempo, los tres se animaban a ir hasta allí, a perderse entre los cada vez más numerosos turistas, comer una estupenda sopa de pescado y pasear por el malecón. A April se le hacía raro no estar con Wanda, una vocecita interior le decía que aquello era como una cita. Estaban solos, iban a comer… y a ver cursos, se recordó. ¿Qué había de romántico en eso? ¡Nada! Así que otra colleja mental. A ese paso, acabaría con moratones en las neuronas, si es que eso existía.

La verdad, Dominic no estaba ayudando a eliminar aquella fantasía: no paraba de sonreírle, de coger su brazo para que no se cayera, de mirarla con ojos brillantes. Que sí, sería por la felicidad de ver que podía cambiar su vida y dejar su aburrido trabajo, aunque eso a su mente alocada parecía que no le importaba.

Por fin llegaron a la parada y se bajaron para buscar el edificio donde se daban las clases. Dominic salió de allí mucho más convencido que de la anterior: los horarios eran más adecuados y, además, aquella zona le gustaba mucho, así que se llevó la información para contrastarla con la del primer sitio y escoger entre los dos.

Una vez en el malecón, se dirigieron hacia su restaurante favorito: preparaba el mejor *chowder* de la ciudad y el tiempo fresco animaba a tomar la famosa sopa de pescado. La camarera los sentó en una mesa junto a la ventana, con vistas a la bahía y, a lo lejos, Alcatraz, aunque la niebla comenzaba a echarse y pronto la isla quedaría cubierta.

—¿Vais a compartir, pareja? —preguntó la chica.

—Ah, no, no somos pareja —explicó April con rapidez, a lo que la camarera se encogió de hombros. Claro, a ella qué más le daba—. Bueno, amigos, sí, en fin, compartir no.

—Solo los entrantes —explicó Dominic, cogiendo la carta.

—Entonces sí compartís.

—Pero no todo —dijo April—. Es que somos amigos.

—No, si eso ya me ha quedado claro. —Agitó la libreta—. Venga, ¿os tomo nota?

Dominic le pidió un par de entrantes para compartir, después cada uno escogió una de las especialidades de *chowder* y sus bebidas. Mientras esperaban, él sacó los folletos para mirarlos de nuevo.

—Puedes pensarlo con calma en casa —dijo April—. No te agobies ahora.

—No, no me agobio, es que… —La miró. Dejó los papeles a un lado y alargó una mano para coger la suya—. Muchas gracias, April.

Aturdida por el gesto, ella se quedó quieta, sin apartarse.

—Para eso estamos los amigos —consiguió decir.

—Sí… te has molestado mucho. Wanda también, pero recorrerte estos sitios y buscar información para mí… Con que hubieras buscado por internet habría bastado.

—No ha sido nada.

Se encogió de hombros para quitarle importancia, evitando mirarlo directamente a los ojos, que notaba sobre ella como si la taladraran.

De forma inconsciente, Dominic le pasó el pulgar por el dorso de la mano, arriba y abajo, mientras pensaba en lo bien que estaba con ella allí. Con April no necesitaba pensar cómo actuar, ni qué decir, ni tenía miedo de meter la pata o decir algo fuera de lugar. Nunca se sentía incómodo, todo lo contrario. Entonces se dio cuenta de lo que estaba haciendo y miró su propia mano, rodeando la de la joven. ¿Desde cuándo tenía April la piel tan suave? Le daban ganas de seguir subiendo los dedos por la muñeca, el antebrazo, hasta…

—Aquí tenéis —interrumpió la camarera, dejando las bebidas y un plato de ensalada entre los dos, haciendo que se separaran al momento—. Ahora traigo las sopas.

Ambos se echaron hacia atrás, cogiendo las servilletas o cubiertos en un intento de disimular después de aquel extraño momento que, de pronto, se había vuelto más íntimo de lo que parecía.

—La ensalada está muy buena —dijo April, tras un par de minutos en completo silencio.

—Sí, muy buena. —Comió un poco mientras pensaba en qué había pasado y en cómo volver a unos minutos antes, cuando todo era normal entre ambos—. Oye… hace mucho que no te pregunto, ¿qué tal con las trillizas malvadas?

—Igual que siempre —resopló—. No sé cómo voy a avanzar, Dominic. No he conseguido hablar con nuestro jefe a solas todavía, ni enseñarle ninguno de mis planes.

—¿Y si haces nuevos?

—¿Nuevos planes? Esos informes me han costado meses, si él viera lo que podría mejorar su peluquería, estoy segura de que le encantaría.

—Me refiero a que quizá esas ideas no deberías dárselas a nadie, sino quedártelas tú.

—¿Yo?

—Claro. No sé, puedes buscar un local pequeño, ponerlo a tu gusto y hacer tu propia marca.

Ella ladeó la cabeza, sopesando esa idea. Claro que se le había ocurrido alguna vez, pero… Negó con un suspiro.

—No me puedo permitir algo así. Los locales piden mucha pasta, meses de antelación en el alquiler y de depósito, por no hablar del material.

—Bueno, era una idea. Quizá con el tiempo, porque si de algo estoy seguro, querida Makovsky, es de que te lo mereces.

—Gracias, Dominic. —Sonrió, mirándolo—. No sé qué haría sin ti y Wanda.

Él le devolvió la sonrisa y abrió la boca para hablar, pero fuera lo que fuera lo que iba a decir, quedó olvidado cuando llegó la camarera y dejó las sopas especiales a cada uno.

Con la comida caliente delante, empezaron a hablar de las últimas series que estaban viendo, del insoportable Billy y de las horribles trillizas, con lo que el tiempo se pasó volando. Para cuando terminaron el café, ya era media tarde y comenzaba a llover, por lo que decidieron que lo mejor que podían hacer era volver a casa, tumbarse en el sofá y ver alguna película hasta que llegara Wanda. Todavía eran las cinco, así que su amiga tardaría un rato en aparecer.

Llegaron sin aliento y mojados por la lluvia, porque con aquella cuesta, si uno no tenía paraguas, daba igual correr: la pendiente no te dejaba avanzar a la suficiente velocidad y uno llegaba sin pulmones, además de empapado. Así que cuando entraron en la casa, ambos se sacudieron y se apartaron a la vez el uno del otro, riendo.

—Parecemos dos perros de lanas mojados —dijo April. Entró en el baño y cogió dos toallas, pasándole una—. Mejor nos quitamos esta ropa antes de pillar una pulmonía, ¿no te parece?

Él la miró durante un par de segundos que se le hicieron más largos e intensos de lo que deberían, al final de los cuales se llevó la toalla a la cabeza afirmando.

—Venga, a ver quién llega antes al salón —la retó.

Cada uno corrió a su habitación. April se dio toda la prisa que pudo, pero cuando salió cambiada y con el pelo lo más domado que podía dadas las circunstancias, Dominic ya estaba en el sofá.

April le señaló el pelo, mucho más mojado que el suyo.

—No vale —observó—. No te has secado nada.

—Nadie dijo nada de secadores.

April se sentó a su lado y metió sus pies fríos debajo de sus piernas, haciendo que él diera un respingo.

—«El misterio de los pies congelados de April Makovsky: próximamente en sus pantallas, no pueden perdérselo» —dijo.

Ella le sacó la lengua, pero no apartó los pies, sino que los metió un poco más. Cogió una de las mantas y la puso sobre ambos, mientras Dominic se acomodaba y le colocaba un brazo sobre los hombros para tenerla más cerca. Vaya, hacía tiempo que no compartían sofá así, y la verdad era que echaba de menos esos momentos. Si se paraba a pensarlo, no recordaba un día tan perfecto en mucho tiempo. Se lo había pasado genial con ella: lo que podía ser una tarea tan aburrida como la búsqueda del lugar donde estudiar, se había convertido en un paseo más que agradable y una aventura en tranvía. Y estar allí, solos bajo una manta, era la guinda que colmaba el pastel.

—¿Has cambiado de perfume? —preguntó.

—No, ¿por qué?

—No sé, hueles muy bien.

O quizá era que nunca se había parado a analizar lo bien que olía. Sin darse cuenta, estaba apoyando la nariz en su cabello, aspirando su aroma.

Por su parte, April se había quedado inmóvil, no muy segura de lo que estaba pasando. Dominic estaba más cerca de lo habitual, o era su imaginación? Notaba mucho calor, y sabía que no era solo por la manta o porque sus pies estuvieran bajo su amigo, no, era algo más. Hacía un segundo, cuando se había sentado, estaba relajada, pero en aquel momento, notaba cada centímetro de su cuerpo que tocaba a Dominic. Sentía el tacto, era como si su piel estuviera más sensible al roce porque notó que le estaba poniendo la piel de gallina. Insegura, se arriesgó a levantar un poco la cabeza, y entonces sus miradas se encontraron. Su corazón empezó a latir más rápido, y justo en aquel momento se escuchó el sonido de un teléfono.

Ambos tardaron un segundo en reaccionar, pero Dominic fue el primero en romper el contacto.

—Es el mío —dijo.

—Sí, claro, cógelo.

Dominic apartó el brazo para sacarlo de su bolsillo, mientras April recogía los pies y se colocaba en un extremo del sofá, a una distancia que consideró segura.

—¡Es Marion!

La exclamación de felicidad la sacó de aquella especie de ensoñación en la que había entrado y no pudo evitar fruncir el ceño mientras veía cómo su amigo se levantaba y se marchaba del salón para contestar, con una expresión estúpida en la cara. Por si eso fuera poco, levantó el pulgar al salir y ella le devolvió el gesto con una sonrisa fingida. De verdad, ¿tanta emoción por una llamada?

Refunfuñando, April cogió el mando de la televisión y empezó a cambiar de canal apretando los botones con más fuerza de la necesaria. Ni siquiera sabía por qué estaba tan mosqueada, y ponerse a pensarlo parecía ponerla de peor humor, así que siguió cambiando como forma de distracción.

Unos minutos después, escuchó que Dominic se acercaba y cogió aire para quitar la expresión de cabreo que suponía tenía en la cara. Bueno, no pasaba nada, se sentaría con ella otra vez y podían ver alguna película, ¿no? Podía preparar palomitas o chocolate caliente o ambas cosas.

—Me voy, luego te veo —escuchó que decía su amigo.

Extrañada, April se giró de forma brusca y lo miró. Vaya, si hasta se había peinado y cambiado de ropa.

—¿Cómo que te vas? —preguntó.

—Sí, he quedado con Marion. No te importa, ¿verdad? Ya hemos terminado con lo de las academias.

—Sí, claro, vete. —Sonrió tanto que hasta las mejillas le dolieron—. Pásatelo bien.

—Eso espero, hemos quedado en su casa.

Le guiñó un ojo y April apretó el mando con la mano, resistiendo las ganas de tirárselo a la cabeza. En cuanto lo vio irse, la sonrisa desapareció y volvió el ceño fruncido. Joder, ¿una llamada y salía corriendo? Vale, ellos no habían quedado exactamente, pero suponía que el plan de pasar el día juntos y acabar en el sofá, era algo. Ya veía que para él no.

Quizá tendría que hablar con Dominic, no le gustaba nada esa sensación de estar enfadada. ¡Si ella era la alegría de la huerta! En fin, haría eso: en cuanto volviera de estar con la tipa esa, hablaría con él.

Sus buenas intenciones se fueron al cubo de la basura cuando, un rato después, un par de mensajes de Dominic llegaron al grupo que tenían los tres:

«¡Triunfo total!».

«No me esperéis para cenar, que me quedo a dormir en casa de Marion».

Y entonces supo lo que era tener ganas de asesinar a alguien.

Eran poco más de las seis y diez cuando Wanda despidió a una clienta de última hora. En Versace tenían la misma política que en los supermercados: un cliente que entraba (o en su caso, llamaba) antes de la hora de salir era un cliente que había que atender. Y con la sonrisa puesta y la disponibilidad al cien por cien.

Por suerte para ella, la clienta era la directiva de una cadena de televisión que siempre tenía muy claros sus gustos en moda, por lo que terminaron relativamente pronto. Wanda la despidió con una sonrisa y procedió a recoger su vestidor, dejándolo preparado para el día siguiente. Guardó percheros y cerró armarios hasta que oyó unos golpes en la puerta y el señor Donovan asomó la cabeza.

—¿Aún aquí? —preguntó.

—Sí, es que ha venido Patricia Ackerman a última hora y necesitaba algo urgente para una reunión mañana, así que…

—Así me gusta, Wanda. Esa es la actitud que quiero.

—Gracias, señor Donovan. Hago lo que puedo.

—Llámame Steven, por favor, te lo he dicho mil veces —contestó él—. Bueno, ¿te vienes a tomar algo?

Ella se quedó bloqueada unos segundos, pensando si había escuchado mal. ¿La estaba invitando a salir o algo parecido? ¿O se refería a salir en grupo, como la vez anterior cuando lo había visto con sus compañeras? Sin embargo, el silencio que reinaba en el pasillo le dejaba claro que ninguna de las chicas estaba fuera esperando. O sea, que aquello no era la típica copa después del trabajo para charlar y divertirse, sino que era una invitación exclusiva.

—¿Qué pasa? —quiso saber Steven, al ver su expresión.

—Ya, es que… —se palpó los bolsillos, tratando de ganar tiempo—. Mi tarjeta de fichar, no sé dónde está.

Trató de pensar a toda velocidad. ¿Dolor de cabeza? Muy usado. ¿Preparar la cena? No, que no tenía ni idea de cocinar y todos lo sabían. ¿Muy cansada? No, no era ninguna abuelita como para que esa excusa sirviera. ¿Una indigestión? No estaba segura de que colara.

—La tendrá Carol, como siempre, o andará por ahí. Deberías tener más cuidado con ella. —En el tono del jefe se detectaba un leve matiz de impaciencia—. En fin, no te preocupes que ya te lo arreglará Carol a mano. ¿Qué me dices de esa copa, te animas? Hay varios temas de trabajo que quiero tratar contigo.

Wanda, que ya había decidido usar la excusa de la indigestión, retrocedió al oírlo. ¿Trabajo? Bien podía ser una excusa para convencerla de ir, pero ¿y si no lo era? ¿Y por qué tenía la sensación de que no lo era?

Abrió la boca sin tener claro lo que iba a decir, pero entonces su móvil sonó con fuerza, con *Wedding bell blues* de The 5th Dimension sonando a todo pulmón.

—Perdone, señor Donovan —murmuró, cogiéndolo.

Y era Garrett. Sí, sí, sí, gracias.

—Hola —saludó, consciente de que su voz estaba muy cercana al pánico.

Steven se acercó a la puerta con las manos en los bolsillos, simulando darle cierta intimidad.

—Hola —respondió él, al otro lado—. ¿Todo bien? Pareces exaltada.

—Sí. Bueno, no, ya sabes. Ejem. Hola.

—Estoy aquí fuera, ¿quieres tomar ese café que tenemos pendiente?

—Sí, sí, ¡por supuesto! —Miró a su jefe antes de continuar hablando—. Perdona, no me acordaba de que habíamos quedado.

Hubo un breve silencio por parte de Garrett, y después lo escuchó de nuevo.

—¿Habíamos quedado?

—Ahora mismo salgo —dijo ella, sin la menor intención de explicarse delante de Steven. Cortó la llamada antes de que Garrett siguiera alucinando y se encogió de hombros—. Va a tener que perdonarme, señor Donovan, me están esperando.

Steven asintió de forma pausada.

—Sí, tranquila. Otro día —comentó, antes de salir de la habitación.

Wanda suspiró al perderlo de vista. La verdad, no sabía el motivo de su resquemor. Steven nunca le había dado motivos para pensar nada malo, solo que no le apetecía confraternizar con él fuera del trabajo. Cualquier tema laboral veía más lógico que lo hablaran allí, no fuera y tomando copas, aunque para el hombre parecía ser lo habitual. Greta y Portia no tenían queja alguna, así que a lo mejor la rancia era ella… de cualquier modo, se alegraba de haberse librado sin quedar mal.

Se puso el *blazer* y cerró con llave, para después desplazarse hasta el mostrador. Allí, Carol la recibió con un gruñido y la tarjeta de fichar extendida hacia ella, así que Wanda le dio las gracias y salió después de pasarla por la ranura correspondiente.

Encontró a Garrett en la calle, apoyado contra un coche que suponía sería suyo. Se acercó hasta allí, nerviosa por si él volvía a pensar que estaba mal de la cabeza. Que no sería raro, puesto que se comportaba como tal, a pesar de tener sus motivos.

—Hola —repitió por tercera vez.

—Así que habíamos quedado —comentó él.

—No, nada, es que había alguien delante y he dicho lo primero que se me ha ocurrido. —Wanda decidió que mejor se callaba lo del jefe, no fuera que Garrett pensara lo que no era.

—O sea, que soy como la divina providencia. Siempre aparezco en el instante oportuno para sacarte de un momento incómodo.

—Bueno, eso no es decir demasiado… Últimamente tengo tantos momentos incómodos que el hecho de que aparezcas en uno es cuestión de estadística.

Garrett soltó una risita y le indicó con la cabeza una cafetería.

—¿Ahí te parece bien?

—La necesidad de café me nubla el juicio, así que es perfecta. ¿Cómo es que me has llamado?

—Te dije que lo haría —respondió el chico—. Además, desde la noche del club no hemos hablado y quería saber cómo lo llevabas.

Abrió la puerta y Wanda entró detrás, sin saber cómo debía sentirse. El ángel sentado en su hombro derecho le decía que aquello estaba bien porque la relación entre los dos parecía haber dejado de ser loca-psicólogo para ponerse a un nivel más equilibrado. Pero el diablo del hombro izquierdo estaba dando saltos como un loco y no comprendía por qué lo hacía. Vale, era genial que ya no la considerara una chalada llorona, aunque esos saltos resultaban exagerados, ¿no?

Ordenó a ese pequeño demonio rebelde que dejara de botar y siguió al policía hasta la barra, donde tardaron dos segundos en pedir un par de cafés. Mientras esperaban, su móvil vibró indicando la llegada de mensajes y los miró con rapidez, por si eran sus amigos pidiendo que comprara la cena o algo al volver. El mensaje de Dominic era sorprendente, cuando menos. Guardó el móvil con una sonrisa, contenta por él. Ya lo interrogaría al día siguiente.

Una vez sentados, Garrett se tomó unos segundos para observar a la chica. Lo de telefonearla para tomar un café no había sido idea suya, para ser sincero, sino el resultado de una diatriba interminable de Ben y Stacy, empeñados en que se buscara una novia.

Y al parecer, Wanda les había caído en gracia. Todo había comenzado después de que entregara tarde el coche el día que la había visto en aquel club. No le había dado importancia al hecho y, por desgracia, había contestado con sinceridad cuando Stacy indagó en el descuadre en las horas. Y lo que para él había sido una nimiedad, para los demás se había convertido en una especie de bola de nieve. Tanto Stacy como Ben parecían estar de acuerdo en que aquel gesto no había sido inocente y que, en su subconsciente, había acudido al rescate de una dama en apuros, por lo que la chica le importaba más de lo que dejaba entrever. Además, en palabras de Stacy, Wanda era «guapa y con clase», a lo que Ben había añadido un «No se deja escapar a una chica que te trae donuts», para terminar el discurso con el consabido «Hace siglos que no sales con nadie».

Tras escuchar frases de aquel tipo durante varios turnos sin que el tema decayera, Garrett había terminado por decirles que la llamaría y que así lo dejaran en paz. Media hora antes de salir del trabajo aquel día, había olvidado el tema (o eso creía) hasta que Stacy pasó por su lado y le dio unas palmaditas diciéndole «Te pega mucho esa chica tan mona, hazme caso».

Se marchó sin tener claro si llamar o no, pero al final pensó que hacía días que no hablaban y que no tenía nada de malo interesarse por ver cómo seguía. Las últimas veces parecía estar mejor, así que Garrett imaginaba que esa extraña relación entre ambos tenía los días contados. De cualquier manera, era del tipo de persona que se preocupaba por los demás, así que cogió el coche y condujo hasta su trabajo.

—¿Cómo lo llevas? —preguntó, revolviendo el capuchino.

—No pienso tocar otro pene en mi vida.

A esas alturas, Garrett no se sobresaltaba con nada respecto a Wanda. Tras escucharla despotricar una y otra vez sobre Jasper y los hombres estaba preparado para cualquier ocurrencia de la chica que, ya sabía, no era como las demás.

—¿Seguro?

Mucho le extrañaría que así fuera. Hizo memoria para recordar el tiempo transcurrido desde que la había conocido… ¿tres meses, tal vez? Era obvio que el dolor del principio ya no estaba presente, si acaso un breve recuerdo que asomaba la cabeza de cuando en cuando. Wanda parecía encontrarse mucho mejor, hacía tiempo que no lloraba y tampoco mencionaba a Jasper. Era fácil entender que estaba en el camino de la recuperación, si a eso le sumaba su innegable belleza y que aún no tenía ni veintiocho, dudaba mucho que «no volviera a tocar otro pene en su vida».

Cuando decía cosas por el estilo tenía que hacer un esfuerzo inmenso por no soltar la carcajada, y lo mejor era que Wanda no pretendía ser graciosa al hacer ese tipo de comentarios. Lo era sin más: tenía ese humor que salía de manera natural.

De hecho, apenas si podía reconocer a la criatura llorosa de los primeros días, durante el último mes casi había borrado las primeras impresiones recibidas. Incluso a veces pensaba en cómo sería si la hubiera conocido en circunstancias normales y no en plena crisis existencial. Porque la chica estaba para mirarla, la verdad. Ojos color miel enormes, labios gruesos y sensuales, una figura que atraía miradas… No estaba ciego, no. El aire aristocrático la hacía parecer un poco inalcanzable, pero después de charlar con ella sabía que era solo una impresión.

—Que me caiga algo en la cabeza si miento. —La joven miró alrededor, al parecer en espera de que una lámpara aterrizara sobre ella—. ¿Lo ves? Digo la verdad.

—Sabes que en unos meses habrás olvidado por completo a Jasper y esa tontería que acabas de decir no se cumplirá, ¿verdad?

—Que sí.

—¿Que sí lo sabes?

—Que sí se cumplirá.

—O sea, ¿que no volverás a salir con chicos jamás? —Wanda negó—. Entonces, ¿saldrás con chicas?

—¿Y por qué no? Las chicas son divertidas, guapas, tienen inteligencia emocional, son más organizadas y no se les cae el pelo a partir de los treinta.

Garrett asintió. En todas esas cosas tenía razón, pero por mucho que alabara las cualidades de las mujeres, si era heterosexual como argumento no servía.

—Te volverás lesbiana —afirmó.

—No, qué va, solo saldré con ellas, sin sexo. A mí sexualmente me atraen los hombres, ni siquiera en la universidad me animé con chicas —lo dijo como si fuera una asignatura obligatoria acostarse con todo el mundo en la universidad.

—¿Y entonces?

—¿Entonces qué?

—Me estás liando, Wanda. Tú misma acabas de confesar que te atraen los hombres, eso no me cuadra con que solo salgas con chicas.

—Claro que cuadra, he dicho que no pienso volver a tocar un pene en mi vida.

—Vale, ya veo por dónde vas. Sales con chicas, pero no te acuestas con nadie.

—Eso es.

—Es decir, que vas a tener todos los problemas e inconvenientes de una relación sin las partes buenas, ¿no?

Wanda permaneció pensativa mientras procesaba sus palabras. ¡Mierda! Explicado así no tenía el menor sentido, claro. No quería salir con chicos por miedo a que le rompieran el corazón por quincuagésima vez, y si salía con mujeres no volvería a acostarse con nadie jamás. O eso, o se volvía lesbiana de verdad, una idea que no entraba en sus planes.

—Vale, tienes razón. Tengo que cambiar de plan.

—¿Y qué si tal si en vez de no tocar otro pene en toda tu vida te limitas a tocar solo uno, preferiblemente de alguien que no sea un capullo?

—Ah, ¡claro! Claro, buena idea. «Mire la etiqueta que avisa antes de empezar, gracias» —ironizó ella.

—Ya me entiendes.

—¡Ni que lo llevarais en la cara!

Wanda estaba frustrada, Garrett no la entendía. ¡Claro, era hombre! ¿Cómo explicarle que una no adivinaba cuando un novio iba a volverse imbécil?

Porque vale, ella había salido con varios que lo llevaban escrito en la frente, cierto. Y Jasper, aunque en apariencia era el novio perfecto, tenía un montón de detalles que visto en retrospectiva le daban pistas de que no era tan perfecto como pensaba.

Y seguro que había tíos decentes, tenía la prueba sentada delante, pero qué casualidad que esos tíos decentes nunca eran para ella. Para ella estaban los capullos, gilipollas, impresentables y demás lindezas, como decía April. Era un imán para palurdos, si no, ¿cómo se explicaba que Garrett no mostrara el menor interés hacia su persona?

Porque era decente, por eso. Y esos no estaban a su alcance, no cruzaban jamás su perímetro, como si una sirena los avisara. «¡Peligro, tía que solo admite capullos!».

—No sé cómo hacerlo —murmuró.

—¿Qué?

—Eso, que no sé cómo hacerlo. Me da pánico tener que volver al juego —admitió.

—¿Al juego?

—Sí, ya sabes. Todo el mundo te juzga si no sales con nadie. Mis compañeras de trabajo creen que estoy loca porque «han pasado siglos desde lo de Jasper».

—Solo han pasado tres meses, Wanda. Es perfectamente normal que no te sientas preparada.

—¿De verdad?

—Sí. Para las chicas es peor, porque se espera de vosotras cosas que jamás se le dirían a un tío, pero no tienes que demostrar nada a nadie.

Ella asintió, asimilando cada una de sus palabras. No sabía cómo lo hacía, Garrett siempre parecía saber lo que tenía que decir en cada situación.

—Entonces, ¿es normal que esté furiosa con los hombres en general? —Él afirmó—. ¿Y no exagero al decir que no pienso volver a tocar otro pene en mi vida?

—Bueno, eso ya… «en mi vida» lo veo muy largo, ¿qué tal si lo sustituyes por «una temporada»? Una temporada pueden ser semanas, meses, años, depende de tu sentido del tiempo.

—Vale —aceptó Wanda, dando por válido su razonamiento que además tenía todo el sentido del mundo.

—No tengas prisa por volver al juego —dijo Garrett—. No estás preparada, así que lo más seguro es que saliera mal.

—Tienes razón, para variar. —Lo miró—. Dios, debes pensar que estoy loca de remate. Cada vez que nos vemos, la conversación es más y más surrealista.

—Y nunca aburrida —sonrió Garrett.

El diablillo de Wanda paró de botar y empezó a derretirse con lentitud ante aquella sonrisa. La morena sacudió la cabeza, como si de ese modo pudiera expulsarlo del hombro, porque estaba tratando de llevarla por el mal camino, un camino que no podía recorrer.

«Cálmate, recuerda las feromonas de sabiduría», susurró su ángel, con voz relajada, mientras ella inclinaba la cabeza hacia ese lado.

«Feromonas de sabiduría, y de las otras…», apuntó el diablo, con voz de satisfacción, a lo que Wanda movió el cuello como si así le pudiera escuchar mejor.

No, no, mejor escuchar la voz angelical, ¿verdad? Y al girar la cabeza, vio que Garrett la miraba con cara extrañada.

—¿Te pasa algo en el cuello? —preguntó.

—No, no qué va. —Carraspeó—. No es nada.

Chistó a ambas vocecitas mentalmente, a ver si así se callaban, y volvió su atención al policía.

—¿Podemos ser amigos? —preguntó, sin andarse por las ramas.

—¿Qué?

—Lo que he dicho, amigos. Me refiero de verdad, de los que salen al cine o a cenar y charlan de sus cosas en confianza.

—¿Quieres ser mi amiga? —repitió Garrett—. Vale, me había equivocado. Siempre se pueden alcanzar cuotas más altas de surrealismo.

—Mira, podemos probar y si ves que no funciona lo dejamos. Me gustaría que pudiéramos hablar sin esa sensación de ser la paciente en el diván.

Garrett controló las ganas de echarse a reír. No podía evitar creer que estaba un poco loca, porque las cosas que decía no eran para menos, pero tampoco iba a negar que le caía bien. Desde luego, no tenía nada de aburrida.

—¿Amigos en igualdad de condiciones, sin terapia? —preguntó.

—Exacto. Tú dejas de ser mi terapeuta y yo dejo de estar desquiciada —asintió la morena.

—No es necesario dejar la terapia del todo. Al fin y al cabo, los amigos no falsos siempre se ayudan entre sí. Y tú también me has echado una mano a mí cuando lo he necesitado.

Wanda se relajó al notar que aquello era un sí. El diablo volvía a pegar botes en su hombro ante la posibilidad de ver a Garrett sin restricciones, aunque algo raro pasaba, porque no escuchaba al ángel. Ese angelito que debería estar haciendo su trabajo se había quedado mudo por completo.

CAPITULO 11

Wanda se encontraba cambiando la ropa de los maniquís cuando oyó dos golpes en la puerta. Se quedó inmóvil unos segundos, dudando si responder o no. Últimamente veía al señor Donovan más de lo que consideraba necesario, aunque por suerte no habían vuelto a quedarse a solas desde el incidente pasado. Aun así, él no parecía del todo satisfecho con la compañía de otras chicas, siempre se las apañaba para invitarla a copas o a comer. Y a Wanda se le empezaban a terminar las excusas.

—¡Soy Greta!

—Ah, entra —dijo, aliviada.

Greta asomó la cabeza con una sonrisa y dos vasos en la mano. En cuanto llegaba el cambio de estación, la tienda se volvía una locura, y sus espacios privados también. Había que desnudar los maniquís, vaciar los armarios, clasificar las prendas para la zona de rebajas y comenzar a desempaquetar las nuevas colecciones para después pensar en sus clientes.

Como quedaban días contados para entrar en el verano, en Versace ya trabajaban con la colección de otoño. Wanda no conseguía acostumbrarse a aquello de ir por adelantado en lo que a ropa se referían: justo cuando tocaba usar vestidos y tirantes ella debía trabajar con gabardinas y cazadoras. Al menos podía presumir de ver la ropa antes que el resto del mundo, incluso usar su descuento para comprarse cosas que en otoño ya no estarían disponibles.

—Traigo café, ¿mucho lío? —preguntó Greta, cerrando la puerta con la cadera por tener las manos ocupadas.

—Lo de siempre, ya sabes. ¿Tú has terminado?

—Ni de broma, aún tengo a los maniquís con la ropa de primavera. Pero no importa, Steven no me dirá nada si tardo un poco.

—Ya que sacas el tema de Steven… —Wanda se acercó y cogió el café que le tendía la morena—. ¿Estáis saliendo o algo?

—¿Ves algún anillo en mi dedo? —Greta se echó a reír—. Pues eso, hasta que no haya algo ahí, estoy soltera.

—Parece haber tanta confianza entre vosotros...

—También la tendría contigo si alguna vez quisieras venir con nosotros —comentó Greta, moviendo la cabeza—. Vamos, han pasado seis meses desde lo de Jasper. Creo que es hora de que recuperes tu vida social, ¿no?

Greta no andaba del todo equivocada, otra cosa era que Wanda quisiera hacer vida social con su propio jefe. Seguía sin parecerle muy normal, pese a que Greta hablaba de ello como quien salía con sus compañeros de universidad.

—Wanda, casi estamos en verano. Es justo el momento perfecto para divertirse... un verano loco de esos que tener en el recuerdo, como cuando éramos adolescentes. ¿O piensas pasarte todo el tiempo metida en casa?

—No, es que tampoco me apetece mucho buscarme novio.

—¿Quién ha hablado de novios? ¡Qué manía con etiquetarlo todo! Simplemente, sal y diviértete, si eso incluye un polvo con alguien, perfecto. O dos, o tres, los que sean.

—Ya, no sé.

—No queda mucho para tu cumpleaños. ¿Habrá fiesta en tu casa, como siempre?

—Seguro, es una tradición.

—Puedes aprovechar para invitar a muchos chicos, seguro que entre todos ellos hay alguno que te saca del bache. Y una vez das el primer paso, el resto viene solo. Porque ya estás mejor, ¿verdad?

—Pues...

Antes de que pudiera responder, volvieron a llamar a la puerta. Wanda miró a Greta de manera interrogante y esta se encogió de hombros, así que se acercó para abrir.

Se quedó muda al ver al señor Hicks y al lado a su mujer, Flora. No había vuelto a ver a los padres de Jasper desde la corta visita en busca de la corbata, y el hecho de tenerlos allí delante la revolvió de arriba abajo. Al menos podían haberla avisado de la visita para así estar preparada... y ella fantaseando con que aquel hombre pidiera un cambio de estilista, algo que por lo visto no iba a suceder.

—Hola, Wanda —saludó el señor Hicks—. Andábamos por la zona y Flora ha tenido la idea de pasar a ver la nueva colección. Ya sabes que me gusta ponerme los trajes antes de que salgan a la calle.

—Wanda, querida. —Flora entró en el vestidor sin esperar a ser invitada—. Te veo muy bien.

El señor Hicks la imitó y Wanda cerró la puerta tras ellos, mordiéndose la lengua. No era habitual que los clientes se presentaran por sorpresa, pero no podía mandarlos a paseo, de modo que tendría que manejar la situación como pudiera.

Intercambió otra mirada con Greta, que hizo un expresivo gesto como si estuviera a punto de vomitar antes de carraspear.

—En fin, mejor me vuelvo a lo mío —dijo, abriendo la puerta—. ¡Luego nos vemos, Wanda!

La morena la despidió con un gesto de cabeza y regresó con lentitud hasta donde estaban los Hicks, quienes observaban las cajas y maniquís con expresión confusa.

Bueno, al menos eso sí podía disfrutarlo. Que tuvieran que marcharse con las manos vacías, desde luego, por no haber telefoneado primero para preguntar.

—Oh, querida —comentó Flora—. ¿Hemos venido pronto?

—Eso me temo, sí —contestó con voz neutral—. Ya sabes, cambio de temporada. Aún estamos retirando la colección de verano.

—¿Y no podemos ver nada de nada?

Wanda podría haberse molestado, de ser alguien que le importara, mas no era el caso. Aún aguardaba una llamada suya para saber cómo llevaba la ruptura, que de alguna forma se hubiera preocupado por ella después de estar un año junto a su hijo, algo. Así que no, no tenía la menor intención de revolver en todas esas cajas sin abrir para encontrar un modelito en primicia para su marido.

—Lo siento, imposible —se disculpó—. Ni siquiera están cotejadas las facturas y los albaranes, acabamos de recibirlo todo. ¿Por qué no os llamo cuando esté listo?

—De acuerdo —respondió ella con tono resignado, como si aquello fuera un disgusto enorme—. Todd quería estrenar algo nuevo en la cena de la semana que viene para la recaudación de fondos de los Martin, pero supongo que puede ponerse cualquier otro traje.

—Seguro que aún no ha estrenado el azul oscuro con la raya diplomática —comentó Wanda.

Los dos se miraron, pensativos.

—¿Tengo un traje azul de raya diplomática? —El señor Hicks pareció confuso.

—Sí, de la colección de primavera del año pasado. No estaba muy convencido de llevárselo, pero su mujer y yo le dijimos que la raya diplomática estaba de moda otra vez. No me suena que lo haya llevado a ningún evento, a menos que se lo haya puesto los últimos meses.

—Creo que tiene razón —asintió Flora y la miró—. Querida, tienes una memoria estupenda, ninguno se acordaba de ese traje.

Parte del trabajo de Wanda consistía en recordar cosas. En ese caso, al señor Hicks no solo no le convencía la raya diplomática, sino que el traje no lograba disimular los diez kilos que había engordado en el último año. Y, a juzgar por su aspecto actual, la cosa no había mejorado. Estupendo, que se metiera en ese traje y estuviera toda la noche incómodo, ella no iba a sufrir ni un ápice por él.

—Me alegra ser útil —dijo, sin modificar su voz neutral.

—Oh, querida. —Flora se acercó—. Deja que te diga que deberías maquillarte un poco más, se te ve un poco pálida. Eres muy guapa al natural, pero ya sabes…

Wanda había estado a punto de hacerlo por la mañana, pese a que al final decidió utilizar solo el corrector como llevaba haciendo todos esos meses desde la huida de Jasper. Le dio tanta rabia que esa mujer tan superficial se permitiera el lujo de hacer comentarios sobre su aspecto que estuvo tentada de pegarle cuatro gritos, pero cogió aire y lo expulsó con lentitud.

«Trabajo, Wanda. Hay que conservarlo».

—Me quedé dormida y no he tenido tiempo —murmuró.

—Por suerte, enseguida llega el verano y podrá darte un poco el sol. —Flora le dio unas palmaditas—. ¿Te marchas a algún sitio de vacaciones? Nosotros a las Maldivas, para variar, ¡este hombre no quiere descubrir lugares nuevos! ¿No es terrible?

Wanda la miró con el ceño fruncido y unas ganas horribles de tirarle algo a la cabeza.

—Yo me muero de ganas de conocer Bora Bora. —Sacó su móvil y le mostró la pantalla—. Mira qué fotos más bonitas, ¿no sería un sueño ir allí?

La morena no veía grandes diferencias entre un sitio y otro, pero mantuvo la compostura mientras Flora pasaba miles de fotos de playas paradisíacas haciendo comentarios sobre cada una de ellas, hasta que de pronto saltó una de Jasper.

Wanda miró la pantalla con fijeza. Jasper aparecía sentado en la arena, moreno y sonriente, con aspecto feliz y su madre al lado.

—Ah —dijo Flora al ver su cara—, esta la hicimos en la playa Jumeirah cuando fuimos a visitarlo a Dubái en mayo. ¡Qué playas tan bonitas tienen, querida! La mayoría son privadas, pero las hay que no y son maravillosas.

—Sí, ya veo.

—Tienen un nivel de vida espectacular —siguió ella—. A Jasper le van muy bien las cosas, el proyecto le tiene ocupado y le encanta el trabajo. Le han puesto un piso enorme, aunque no pasa mucho tiempo allí, imagínate. El trabajo, los restaurantes de lujo, la vida nocturna… nunca lo había visto tan feliz, la verdad.

El señor Hicks miró a Wanda con una mueca incómoda. Carraspeó para llamar la atención de su mujer, la cual parecía haber olvidado con quién hablaba.

—Mira, aquí nos llevó a comer a un restaurante llamado Pierchic. Un sitio muy exclusivo que está sobre el agua, con un *risotto* de cangrejo exquisito. Es complicado reservar allí, aunque a Jasper lo tienen muy mimado.

—Me alegro mucho —murmuró Wanda, deseando que la mujer cerrara el pico de una vez.

—Deberíamos irnos, Flora —interrumpió entonces el señor Hicks—. Seguro que Wanda tiene mucho que hacer y no queremos entorpecer.

—Desde luego. —Ella guardó el móvil—. Disculpa, querida. A veces olvido que este es tu lugar de trabajo, casi parece que estés de compras y relajada.

Wanda la fulminó con la mirada. Dios, ¿era Flora tan irritante cuando aún salía con su hijo? No era que hubieran pasado mucho tiempo juntas, pero joder… como si alguien quisiera pasarse todo el día encerrada en un vestidor atendiendo a imbéciles como ella.

Que vale, le encantaba la moda y había estudiado para ello, aunque de ahí a soportar impertinencias mediaba un abismo.

—Sí, es casi como estar de vacaciones —ironizó.

El señor Hicks fue consciente de su tono, porque cogió a su esposa del brazo, musitó una despedida y cerró la puerta tras él.

Wanda permaneció unos segundos con los puños apretados, llena de rabia. ¿Para qué se habían pasado, para presumir de lo bien que estaba Jasper? ¿Lo feliz, contento, moreno y rico que era en Dubái? ¡Como si le importara una mierda! No quería ninguna información sobre él; los últimos meses había estado muy bien sin noticias por su parte, a pesar de todo le cabreaba esa mujer y su ausencia de tacto. Ni siquiera había preguntado cómo le iba a ella.

Fue hacia las cajas y empezó a abrirlas con el cúter como si quisiera apuñalarlas, hasta que se dio cuenta de que estaba a un paso de estropear la ropa y lo dejó.

Volvió a escuchar golpes en la puerta, y cuando estaba a punto de lanzar el brazo de un maniquí hacia ella, Greta se asomó otra vez.

—¿Ya se han ido? —quiso saber—. Hey, suelta el arma, Wanda, que no soy el enemigo. ¡Qué par de imbéciles! ¿Acaso no saben que hasta el día uno no sale la colección de manera oficial?

—Claro que lo saben, pero creen que porque tienen dinero pueden hacer lo que les da la gana.

—No entiendo cómo toleras que ese hombre siga siendo tu cliente.

—¿Y qué pretendes que haga, que lo borre de la lista?

—Reitero mi propuesta de antes, vente al salir a tomar un par de copas. Nos divertiremos y no te viene mal cambiar de gente por un rato —ofreció Greta—. Dos copas y a casa, nada más.

—No sé. —Ella seguía enfurruñada.

—¿Has quedado con alguien?

—No. —La miró unos segundos y resopló—. Vale, sí, me apunto. Un par de copas no me van a perjudicar más de lo que ya estoy.

—Estupendo. —La joven le dio unas palmaditas—. Pues nos vemos después, voy a ver si avanzo un poco en mi habitáculo.

Lo dijo en tono de broma y Wanda respondió a su intento con un amago de sonrisa. Una vez Greta se hubo marchado, la joven miró al techo con un suspiro, ¿hacía bien? Seguro que al final el señor Donovan se apuntaba, aunque Greta no lo hubiera mencionado, y en ese caso sabía que se sentiría incómoda, pero… Greta tenía razón, era hora de ampliar horizontes. Estaría con más gente, así que no habría problemas.

Se preguntó qué opinaría Garrett al respecto, de forma que sacó el móvil y decidió llamarlo. Él no contestó al momento, pero le devolvió la llamada minutos después.

—Acabo de ver tu llamada, teníamos un poco de caos aquí. ¿Todo bien?

—Adivina quién ha aparecido hoy en mi trabajo como por arte de magia —gruñó ella.

—Con esa voz malhumorada miedo me da elucubrar…

—El señor y la señora Hicks. Se meten aquí sin apenas llamar y pretenden que los trate como si fueran especiales o algo así.

—La gente rica y sus necesidades básicas —se burló Garrett, como si él no perteneciera a una familia similar.

—Estarías orgulloso de mí, ¿sabes? La madre me ha contado todo tipo de anécdotas con fotos incluidas de la maravillosa vida que tiene Jasper en Dubái y no he parpadeado.

—¿Nada de nada?

—No. Me he mantenido en mi sitio y he sido de lo más correcta a pesar de su poco tacto, que lo más personal que me ha dicho ha sido que me maquille.

—Vaya, veo que es una mujer con una gran inteligencia emocional, sí.

Wanda estaba dispuesta a seguir sus quejas cuando oyó unos pitidos desde el otro lado.

—Oye, Wanda, me está entrando otra llamada, ¿nos vemos a la salida del trabajo?

—Ay, ¿habíamos quedado? No me acordaba… le he dicho a Greta que saldría con ella y los demás a tomar algo, ¿te importa?

Wanda pensó que estaría bien que le importara. No dudaría en cancelar el plan con Greta si él mostrara desagrado ante la idea de que saliera con otra gente.

—No, claro que no. Hablamos más tarde. —Garrett cortó la llamada y pulsó el botón para recibir la pendiente—. ¿Diga?

—Hombre, ya era hora de que cogieras. Soy tu hermano, por si lo has olvidado.

—¿Algo importante que deba saber?

—Chico, cómo eres, directo al grano. Mamá me ha pedido que te llame para ver si piensas venir a la celebración anual del Cuatro de Julio —explicó Jerry—. Lo de siempre, ya sabes, una fiesta en condiciones, fuegos artificiales privados y mejor si vienes con acompañante.

Garrett suspiró, atrayendo la mirada de Stacy, que alzó una ceja.

—Tengo que trabajar ese día.

—Trabajas todas las fiestas, no sé qué clase de horarios te ponen en ese sitio. —La voz de Jerry sonó como si estuviera arrugando la nariz.

—Sí, bueno, es lo que tiene ser policía, que cuando te toca, te toca.

—¿No tienes más compañeros ahí o qué? Mamá no hace otra cosa que quejarse porque apenas pasas por casa.

—Mira, dile que lo siento, que imposible ir el Cuatro de Julio —se disculpó Garrett, ganándose una mirada crítica de Stacy, que estaba cruzada de brazos escuchando la conversación.

El silencio al otro lado del teléfono hizo sentir un poco culpable a Garrett, pero había aprendido a ignorar ese sentimiento. Porque cuando cedía e iba a casa de sus padres, después se arrepentía durante una larga temporada, y eso era lo que debía recordar.

—Está bien, se lo diré a mamá —respondió Jerry—. Espero que en Navidades no volvamos a tener esta conversación porque ya sería pasarse, Garrett. Que trabaje otro para variar.

—Trataré de arreglarlo.

—¿Alguna novedad interesante o sigues como siempre, en el mismo puesto? ¿Es que no tienes intención de ascender nunca o qué?

—Estoy bien donde estoy.

—Con perdón, no creo que tu trabajo sea el trabajo de los sueños de nadie. Además, si no subes, nunca podrás salir de tu apartamento y conseguirte una casa como la mía.

Garrett apoyó el teléfono sobre la mesa y miró a Stacy.

—¿Lo de siempre? —Él asintió—. Bueno, en algo tiene razón, no pasas ninguna fiesta a tu casa.

—Porque no tengo ganas de escuchar lo mismo multiplicado por tres, gracias. —La voz de Jerry continuaba saliendo del aparato, amortiguada por la mesa—. Pueden estar mucho tiempo con lo mismo, te lo aseguro. No veo qué necesidad tengo de pasar por ese rato tan desagradable.

—Es tu familia, Garrett.

—¡Si no les caigo bien!

—Seguro que te quieren a su manera —insistió Stacy.

—¿Garrett? ¿Me oyes? —protestaba Jerry—. ¡Así no te casarás nunca! Un hombre no se siente realizado hasta que no tiene un puesto y una familia de la que sentirse orgulloso, no puedes estar toda la vida viviendo como si tuvieras veintitantos años…

Stacy puso los ojos en blanco al oír aquello.

—Jerry, lo siento, tengo otra llamada —mintió Garrett.

—Seguro que solo lo dices para cortarme, ¿crees que no te conozco? Nunca quieres pasar tiempo con nosotros y es una pena.

—De verdad tengo que contestar.

—¡Vale, vale! Pero recuerda que no te librarás en Navidad. Ya puedes buscar la forma, porque si tengo que traerte del pescuezo lo haré.

No parecía muy probable que eso fuera a ocurrir, pero antes de que pudiera hacer una broma al respecto Jerry había colgado. Hizo lo mismo con cara de funeral, ahora no tendría otro remedio que ir en Navidad.

—Faltan seis meses y ya estoy condenado —protestó.

—No exageres, anda. —Stacy le dio unas palmaditas—. A nadie le gusta ir a casa de la familia en Navidad, es un trago por el que hay que pasar. Por cierto, no trabajas el cuatro de julio.

Él se recostó en su silla.

—Lo sé.

—Eres un mal hijo, Garrett. —Stacy sacudió la cabeza, regresando al mostrador de recepción.

Garrett no contestó a eso, pensativo. Estaba claro que no iba a ganar el premio al hijo del año, aunque nadie de su familia ganaría ninguno, ni sus padres ni mucho menos Jerry: todos eran un maldito desastre.

Cogió el móvil para meterlo en el cajón y entonces recordó la charla con Wanda, abortada de manera abrupta gracias a su hermano. Las llamadas de Jerry siempre lo ponían tenso, nunca eran para nada bueno. ¿Qué le había dicho Wanda? ¿Que se iba de copas después del trabajo?

Frunció el ceño al darse cuenta de que más o menos acababa de dejarlo plantado, y con su consentimiento, además. Por un lado, sabía que era bueno para ella: significaba que ya tenía ganas de divertirse, por otro… pues no le hacía mucha gracia, para qué engañarse. ¿Y estaría el jefe que siempre andaba pululando entre unas y otras? Porque veía con total claridad sus intenciones, y al parecer no le bastaba con acostarse con algunas.

En fin, Wanda era adulta y sabía cuidarse sola, si había tomado la decisión de salir con esa gente debía respetarla y alegrarse por ella.

Se dio cuenta de que no se alegraba en absoluto. Los últimos seis meses habían pasado mucho tiempo juntos y aquel parecía ser el primer paso para que ella se «independizara» emocionalmente de su ayuda. Al fin y al cabo, eso era para Wanda, una especie de salvavidas, un consejero, alguien que la había entendido en un momento oscuro de su vida.

Y que la joven decidiera prescindir de su compañía para salir de copas le hacía darse cuenta de que, a lo mejor, él también la necesitaba un poco. Aunque no se hubiera dado cuenta hasta ese mismo momento.

April se encontraba sentada en un banco cercano a la peluquería, con el táper de ensalada encajado entre las piernas y un refresco a su lado, al que iba dando sorbos mientras observaba el móvil. Hacía quince minutos que le había escrito a Dominic y nada…

Llevaba casi tres meses saliendo con Marion, desde el fatídico día que había pensado que algo iba a suceder entre ellos para que al final el chico terminara saliendo a la carrera hacia el piso de la rubia. Qué tonta había sido por tener esos pensamientos, no se podía quitar de la cabeza ese día y la química que viajaba del uno al otro cada vez que se miraban.

No podía creer que Dominic la hubiera plantado ante la posibilidad de tener sexo con otra, pero así había sido y debía aceptarlo. Esa noche había llorado un poco, y luego se había metido en la ducha hasta la llegada de Wanda, a la que explicó que el agua era la responsable de su irritación ocular.

Cuando Dominic regresó un día después, agotado y feliz, tuvo que soportar el relato con pelos y señales mientras forzaba una sonrisa de alegría y comprensión. Después se enteró de que salían de forma oficial y tuvo que felicitarlo, y escuchar cómo la felicitaban a ella por lo bien que había salido el plan.

Su plan. El que había diseñado durante horas, cómo arreglar el aspecto de Dominic para convertirlo en alguien atractivo y enseñarlo a ligar. Y ahora tenía novia.

Una novia un poco mal de la cabeza, aunque eso no era asunto suyo. A veces, él les contaba cosas sobre Marion, y en esos momentos, April desconectaba de la charla hasta escuchar las voces de sus amigos como si estuvieran en otra habitación.

¿Por qué nunca se fijaba en ella? Podía llegar a comprender lo que había sentido por Wanda años atrás, ¿pero Marion? ¿Una chiflada que salía todas las noches a bailar de discoteca en discoteca y que no era feliz sino regresaba a su casa a cuatro patas cada día?

No le pegaba, no tenían nada en común… o Dominic estaba ciego, o el hecho de acostarse con ella le hacía olvidar todo lo demás.

Cada vez lo veía menos, y encima tampoco respondía a los mensajes. Sabía que estaba haciendo el curso de publicidad, en su empresa habían tardado en coordinar todas sus vacaciones para que pudiera cogerlas, pero a esa hora ya solía estar fuera y de camino a casa.

Se terminó la ensalada sin muchas ganas de volver al trabajo y, cuando acababa de incorporarse, su móvil sonó. Al ver que era Dominic, se apresuró a descolgar.

—¡Ya era hora! —protestó.

—Perdona, el profesor nos ha entretenido hasta ahora y por eso no he podido contestar.

—Bueno, pues ahora tengo que volver al trabajo, así que no tengo tiempo de hablar —espetó ella, sin poder disimular el enfado en su voz.

—No ha sido culpa mía —se excusó Dominic—. ¿Era importante?

—No, era solo para hablar sobre el cumpleaños de Wanda. Tengo unas cuantas ideas y quería ver qué te parecían… si es que vas a venir, claro.

Hubo un momento de silencio al otro lado, hasta que el chico reaccionó.

—¿A qué viene eso? ¿Alguna vez he faltado a algún cumpleaños? ¿Por qué estás enfadada, April, has tenido un mal día en el trabajo?

Ella se mordió el labio.

—No importa, ya lo hablaremos cuando puedas.

—La cosa es que Wanda no nos escuche —dijo Dominic, pasando por alto el cambio de tema.

—Pues hoy va a venir tarde, acaba de decirme que se va con sus compañeras de trabajo a tomar algo.

—Perfecto, ¿qué te parece si hacemos la cena y planeamos la fiesta?

—¿No vas a dormir a casa de Marion?

—Hoy no.

—Está bien. Nos vemos luego, entonces.

La pelirroja cortó la llamada sin entretenerse más. Se ablandaba deprisa y no quería: necesitaba estar molesta con Dominic para no volver a bajar la guardia y llevarse un chasco parecido al último, debía cuidar su salud emocional.

Entró en la peluquería y fue dentro a dejar su bolsa y el suéter. Las trillizas seguían sentadas en la mesa, con los restos de su comida y las tazas de café a medio beber.

—Espabila, hay una clienta en cinco minutos —le dijo Diana.

—Sí, voy.

No se molestó en aclarar que su turno no empezaba hasta dentro de veinte minutos: una vez que entraba por la puerta, le endosaban todo el trabajo posible.

Se apoyó en el mostrador y volvió a sacar su dosier para mirarlo. Estaba orgullosa del trabajo que había hecho y le daba pena que el jefe no terminara de darle la oportunidad de mostrárselo, podían mejorar tantos aspectos de la peluquería…

—¿Otra vez con tu librito? —Sofía se materializó a su lado, mirando por encima de su hombro—. ¿No te cansas de guardarlo? Sé que tienes muchas esperanzas ahí metidas, pero sinceramente…

April alzó la mirada.

—Sinceramente, ¿qué?

—Bueno, pues para empezar, no es un trabajo nada profesional. —Sofía cogió el cuaderno y lo agitó en el aire—. ¿Anillas, como si fuera un cuaderno del colegio?

—Es lo que más resiste, los lomos con pegamento duran menos.

—¿Y estos dibujos?

—Son los planos de…

—¿Tú te crees que una peluquería es una nave espacial? —se burló la mujer, dejando el dosier de nuevo sobre el mostrador entre risas—. Es una pena que pasen los años y no termines de comprender en qué negocio estás, chica, con esto no llegarás nunca a ninguna parte. Es de aficionada.

—Pero yo…

—Anda, ve a ver si tenemos suficientes toallas limpias para pasar la tarde, si no tendrás que ir a la lavandería de urgencia. Bueno, ya iré yo, que el chico que la lleva está muy bien.

Sofía desapareció tras la cortina sin darle oportunidad de responder. April estudió su dosier, pensando si la mujer no tendría algo de razón dado que el proyecto no terminaba de despegar. ¿A lo mejor tenía delirios de grandeza y se pensaba que era creativa, cuando en realidad no tenía la menor idea del negocio?

Tenía claro que allí no iba a ninguna parte, y hasta ese momento había pensado que era por mala suerte o falta de oportunidades, no de talento. Quizá solo sirviera para lavar cabezas y dar masajes con mascarillas hidratantes, no todos podían ser genios. También había camareras, secretarias, cajeras y limpiadoras de hotel, ¿no?

El resto de la tarde se le hizo interminable, y apenas se enteró cuando las trillizas se escabulleron de una en una, fieles a su costumbre. Barrió el suelo con gestos mecánicos y dejó todo recogido antes de apagar las luces y cerrar la persiana.

Cuando se subió al volante del coche, descubrió que no le quedaba demasiada gasolina. Tendría que echar al día siguiente, así que se pasó el viaje haciendo cálculos para ver de dónde podía restar hasta acabar el mes. A ese paso, comenzaría julio vendiendo el vehículo y comprándose una bicicleta, lo veía venir.

La cuesta se le hizo más larga y agotadora que de costumbre, pero al entrar le llegó un maravilloso olor a *pizza*. Reconocía el aroma al kilómetro, era de un sitio de lo más grasiento al que solo llamaban cuando Wanda no estaba en casa.

Dominic apareció en la entrada al escuchar la puerta.

—Hola —saludó—. He llamado a Antonio's aprovechando que Wanda no está y que no podrá hacer el numerito de siempre de poner la *pizza* boca abajo para escurrir el aceite.

Sonrió y April sintió que su resistencia empezaba a quebrarse. No sabía qué demonios tenía Dominic para ablandarla en cuestión de segundos, incluso aunque se hubiera propuesto hacerse la distante, rara vez lo lograba.

—«Su maravilloso amigo había dispuesto todo en el salón, de manera que le pidió que se pusiera cómoda antes de que la *pizza* grasienta se quedara pegada en la caja».

Ella obedeció, molesta y reconfortada al mismo tiempo por su amabilidad. Se quitó la ropa y la dejó encima la cama, como si así pudiera desprenderse del malestar provocado por las palabras de Sofía, y regresó al comedor con el pelo recogido en una coleta y el pijama puesto.

—Pensaba que íbamos a preparar la cena —comentó, sentándose en el sofá.

—Te he notado un poco deprimida y una buena *pizza* suele animarte —explicó Dominic—. Así que come y cuéntame lo que has pensado para el cumpleaños de Wanda.

—Hay varias opciones. —April cogió un trozo de *pizza* y una servilleta—. Una fiesta temática de Madonna, una de disfraces…

—Para, para, ¿has dicho una fiesta temática de Madonna?

—En sus primeros años, sí, ¡sabes que la adora!

—¿Y cómo demonios sería una fiesta temática de Madonna?

—No sé, ¿qué tal *Material girl*, con los chicos de traje negro y las chicas con vestidos de raso color rosa?

Dominic soltó una carcajada y ella lo miró, irritada en un primer momento. Segundos después, se reía con él de su propia ocurrencia.

—¿Qué tal algo menos pijo que le guste igual? —sugirió él.

—¿Como qué?

—Estilo *pin up*. Ya sabes, vestidos de lunares, años cincuenta… siempre habla de lo bien que se vestía la gente entonces.

—Sí, esto estaría bien. Tengo un vestido rojo de lunares blancos que no he estrenado y pegaría.

—Pues ponemos que todo el mundo con este diseño.

—¿Y los chicos?

—Traje normal, no creo que lo de los lunares vaya con nosotros. —Se rio—. Aunque a mí me daría igual, todas las fiestas son bastante monocolor.

Le guiñó un ojo y April emitió una risita. Ya que el tema del daltonismo estaba claro, qué menos que echarle humor, ¿no?

—¿El día de su cumpleaños o cuándo?

—Entre semana a la gente ya sabes que le da pereza. Podríamos hacerla el cuatro de julio —comentó él—. ¿No dijo que este año sus padres estaban de vacaciones y no harían la barbacoa como de costumbre?

La pelirroja afirmó con lentitud. Wanda acudía religiosamente con su familia a todas las celebraciones habidas y por haber, siempre la llevaba a ella para que no estuviera sola, así que ese año ambas se encontraban sin plan.

—¿Y tú? ¿No vas con tus padres?

—Ya sabes que mi familia no da importancia a esas cosas. Además, puedo ir a la barbacoa y escaparme justo al acabar para venir a la fiesta —contestó Dominic.

—A lo mejor prefieres pasarla con Marion.

—La invitamos y listo, no es necesario que estemos a solas.

Se metió medio trozo de *pizza* en la boca y la joven lo observó, con la sensación de que algo pasaba entre ellos. Conocía a su amigo como la palma de la mano y cuando tenía esa expresión desorientada en la cara, existía una razón.

—¿Va todo bien con ella, Dominic? —preguntó.

—Bueno, más o menos —comentó él, de forma bastante ambigua—. No sé, es que a veces… Mira, es muy simpática y divertida, pero…

¿Cómo explicárselo a April? Marion era perfecta para salir de marcha y compartir unas copas sin aburrirse, pero cuando intentaba hablar con ella de algún tema serio, se encontraba con que a la chica le costaba centrar la atención. Hablaba mucho todo el tiempo de cosas intrascendentes, como el color del pelo de su vecina, las flores del puesto de la esquina o esas botas que una chica le había copiado en el trabajo, si trataba de profundizar llegaba a un punto muerto. Marion enseguida se ponía a hablar de una serie, música o cotilleos del corazón, y Dominic permanecía frustrado y sin poder desahogarse.

—¿Pero? —repitió April.

—En fin, no sé si tenemos mucho en común, la verdad.

April notó una mezcla de cabreo y alegría al mismo tiempo. Cabreo porque le resultaba inaudito que se diera cuenta de ese detalle de no tener nada en común después de tres meses saliendo juntos, y alegría porque… quería que la dejara.

Ya estaba, lo había admitido, aunque fuera en su interior. Quería que rompiera con Marion y la mandara a la porra, que volviera a estar soltero. Deseaba recuperar las noches en que veían películas y charlaban, los días en que podían estar juntos y acurrucados en el sofá tan a gusto, que todo volviera a ser como antes del «plan».

Dios, era una persona horrible. Horrible y egoísta.

—Vaya, lo siento —murmuró.

Dominic meneó la cabeza, como restándole importancia, y le rodeó los hombros con el brazo hasta atraerla hacia sí. April noto que se ponía tensa, que su cuerpo reaccionaba a la proximidad del chico, y no hizo el menor gesto para apartarse.

—No te preocupes, Makovsky, no es culpa tuya —comentó Dominic—. Esto es ensayo y error, ¿no? Nadie acierta a la primera.

April no sabía si esa frase iba con segundas, así que decidió no complicarse más la cabeza y disfrutar de aquel momento que tanto había echado de menos los tres últimos meses. Estaban solos, comiendo *pizza*, planeando la fiesta de Wanda y muy cerca el uno del otro, justo lo que necesitaba la chica para mejorar un poco su maltrecho humor.

Ya batallaría con lo que le tocara más adelante, esa noche necesitaba una tregua.

CAPÍTULO 12

El apartamento estaba lleno de imágenes de los años cincuenta. Si April se ponía, lo daba todo, así que había imprimido fotos antiguas y carteles para dar la impresión de que habían viajado en el tiempo.

Cuando a Wanda le habían dicho que su fiesta sería estilo *pin up*, con el código de color rojo y lunares blancos, ella ya se había imaginado algo parecido, pero la verdad era que su amiga siempre la impresionaba por el esfuerzo que ponía en todo. Igual que con el plan de Dominic o su dosier, el cual estaba convencida de que merecía una oportunidad.

Entre sus vestidos había encontrado uno de una colección especial que cumplía con el código impuesto: falda amplia, cintura estrecha, escote en forma de corazón y manga corta, de rojo intenso con grandes lunares blancos. Era más bien estilo Jackie Kennedy, ya que el diseñador había querido hacerle un homenaje, pero cuadraba a la perfección. Y completado con el peinado que le estaba haciendo April, se sentía como sacada de una revista de los cincuenta. El vestido que llevaba su amiga era de corte parecido, solo que atado al cuello, con el escote recto y más corto; también los lunares eran más pequeños y quedaban cortados en las costuras, un detalle que en los de diseño como el suyo no ocurría, solo visible para un ojo experto. April había completado el conjunto con una cinta igual en la cabeza, aunque a ella le estaba haciendo algo más elaborado.

—Me encanta como estás —le dijo Wanda al verla, con toda sinceridad—. Este *look* te pega mucho.

—A lo mejor me lo pongo la próxima vez que venga el jefe, a ver si así me ve. —Le pasó el cepillo por el pelo varias veces y empezó a hacerle un recogido—. Oye, ¿has invitado a Garrett?

Wanda puso los ojos en blanco. Ya se lo había preguntado varias veces, pero parecía que su amiga no terminaba de creerla.

—Que sí, le he invitado y va a venir. No hace falta que me preguntes lo mismo cada cinco minutos.

—Chica, es la emoción, que ya parecía un amigo invisible. Horquilla. —Wanda le pasó una del montón que sujetaba en la mano—. ¿Y en qué plan viene?

—En plan traje, supongo, como todos. Aunque no sé si tiene, ahora que lo pienso.

—No, me refiero a en qué plan contigo. Horquillas.

—Pues qué plan va a ser. —Le pasó otro par—. Amigos, que es lo que somos.

—Así que seguís igual.

—Claro. —Le dio más horquillas y decidió que lo mejor era un cambio de tema—. ¿Y tú qué?

—Yo, ¿qué de qué?

—¿Novedades? Porque he visto unos cuantos táperes del hombre-ceniza estas semanas.

—Sí, creo que se ha tomado en serio lo de que se conquista por el estómago. —Se encogió de hombros—. Qué quieres, no puedo decir que no a una lasaña… pero nada más.

Dio un par de pasos hacia atrás para mirarla desde otra perspectiva, colocó un par más de horquillas y por fin afirmó con la cabeza, satisfecha consigo misma.

—Bien, ya puedes mirarte.

Wanda se levantó y se acercó al espejo, admirando el peinado hecho por su amiga. Cuadraba a la perfección con el vestido, solo le quedaba maquillarse y esperar a los invitados. Estaba deseando que Garrett la viera, si ya había comprobado que no tenía nada que ver con la chica llorosa de la primera vez, con ese vestido… Sacudió la cabeza. Un segundo, ¿qué más le daba lo que pensara Garrett?

—¿No te gusta? —preguntó April, extrañada por el gesto.

—Sí, sí, claro, estaba comprobando si aguantaba. —Movió la cabeza otra vez como demostración—. Perfecto.

—Con las horquillas que te he metido, no se deshace ni con un huracán, eso te lo garantizo. Voy a sacar los vasos mientras terminas de maquillarte.

—Enseguida voy y te ayudo. ¿A qué hora viene Dominic?

—Ni idea. Todavía estaba en la barbacoa con su familia y después iba a buscar a Marion, así que…

A Wanda no le pasó desapercibido el tono con el que April había dicho el nombre de la chica, mas no dijo nada: su amiga ya salía para ir a preparar las cosas y ella todavía tenía que maquillarse, así que se puso a ello. Mientras se daba la base, se dio cuenta del tiempo que hacía que no dedicaba tanto rato a esa tarea. Incluso miró el bote por si había caducado, y no: estaba todavía en plazo. Aquello era otra buena señal, seguro, por fin estaba de nuevo dedicando tiempo a sí misma y le gustaba lo que veía en el espejo. La raya de los ojos estaba perfecta, ligeramente curvada hacia arriba al final, y no le había temblado el pulso lo más mínimo. Animada, sacó del cajón un pintalabios de una colección de edición limitada que apenas usaba por lo que le había costado y que solo utilizaba en ocasiones especiales. Al fin y al cabo, celebraban su cumpleaños, así que decidió que aquel momento era el perfecto para darse el gusto. Cuando terminó, se miró ambos perfiles y sonrió a la imagen que le devolvía el espejo.

—Felices veintinueve —murmuró.

Sin dejar de sonreír, salió y fue a ayudar a April a terminar con los preparativos.

Los primeros invitados no tardaron en llegar: amigos que tenían desde la universidad, gente del barrio…

April estaba repartiendo bebidas y señalando los vasos y platos de cartón a juego con sus vestidos para que la gente se sirviera. Entonces sonó el timbre de nuevo, y Wanda fue a abrir.

Eran Portia, Greta y Carol. Cuando Wanda las había invitado, las dos primeras habían preguntado si estaría también el señor Donovan, a lo que Wanda había negado con rapidez. Ni lo había invitado, ni le apetecía en absoluto verlo por allí, así que había avisado a April por si a alguna de ellas se le ocurría preguntar también para llevarlo. Era la primera vez que invitaba a su apartamento a sus compañeras de trabajo y lo último que quería era ver a su jefe en su zona privada. Por suerte, estaban solas, así que por ese lado estaba tranquila.

—Bienvenidas, chicas —les dijo.

Les dio un par de besos al aire a cada una, no era cuestión de estropear el maquillaje de ninguna. La respuesta fue un poco menos efusiva por parte de ellas, que apenas podían respirar. Y eso que se suponía que al menos Portia y Greta hacían yoga, pilates y no sabía qué cosas de esas más, pero claro, aquella cuesta no estaba hecha para cualquiera y Wanda solo les había dicho que había «un pequeño tramo de subida». Tampoco era cuestión de espantar a la gente.

—Estás… —empezó Portia, cogiendo aire— muy guapa.

—Sí —corroboró Greta, abanicándose con la mano—. Me encanta… el vestido.

—Esa… colección… me gustó… mucho —consiguió decir Carol—. ¿Agua, por caridad?

—Sí, claro, pasad.

Se hizo a un lado y las ayudó a quitarse las rebecas, que dejó en el montón que había sobre su cama. Aunque ya estuvieran en verano, en San Francisco nunca llegaban a tener tanto calor como para abandonar la chaqueta por las noches. Un clima perfecto que gustaba a todos, la verdad: lo de no pegar ojo por culpa de la temperatura no sabían lo que era.

Cuando fue al salón, ya estaban las tres con una copa en la mano, aunque sentadas, eso sí, para recuperarse del esfuerzo, y charlaban con April.

—¿Dónde está Dominic? —preguntó Greta, recorriendo el salón con la mirada—. Pensaba que hoy conoceríamos a vuestro compañero de piso.

A April la conocían todas porque se había pasado por la tienda alguna que otra vez a buscar a Wanda, que no a comprar, ya que ni con el descuento de su amiga ni en rebajas se podía permitir un desembolso así. Las miraba y podía ver lo caros que eran los vestidos que llevaban, pero no tenía envidia, igual que no le ocurría con Wanda: estaba acostumbrada e ir a la moda tampoco era su mayor preocupación. Ella podía combinar bien y sacar partido a lo que podía permitirse, bien sabía que había gente que podía ponerse el vestido o traje más caro y no lucirlo, y no porque fueran daltónicos, que al menos Dominic tenía excusa.

—Sí, es que está con sus padres y luego iba a buscar a su… novia —April casi se atragantó al decir la palabra—. Vendrá en un rato.

—Anda, ¿tiene novia?

—Sí, eso parece.

—Qué bien, ¿no? —comentó Portia, que no quería quedarse fuera de la conversación.

—Genial. —April prácticamente escupió la palabra—. ¿Más vino?

Le llenó el vaso, que la chica aún no había apurado, y también el de Carol, que todavía no era capaz de articular palabra.

—¿Todo bien por aquí? —preguntó Wanda, acercándose.

—Sí, ya nos hemos recuperado de la odisea —contestó Greta—. Hemos venido en taxi, que nos ha dejado abajo.

—Es que arrancar en cuesta es complicado, y si encima llueve…

—Entonces, ¿tendremos que bajar después?

Wanda afirmó, recordando la primera vez que había recibido la visita de sus padres. Aquel día llovía a cántaros y el pobre taxista se había apiadado de ellos, aunque al intentar subir la cuesta desde aquella altura, con el agua que caía y aquella inclinación infernal, el coche se le iba hacia atrás y en lugar de avanzar, retrocedían cada vez más hasta acabar en el cruce con otra calle. Después de aquello, sus padres solo aparecían por allí para su cumpleaños y poco más, cuando iban de visita quedaban en el centro o en la tienda. Y conseguir que un taxi subiera a recoger a alguien era más complicado que escapar de Alcatraz.

El timbre sonó de nuevo y Wanda dejó la copa que había cogido.

—Voy a abrir —dijo.

Fue a la puerta pensando que quizá debieran colocar alguna mesita en la entrada con botellines de agua, como en las maratones, para que la gente pudiera beber nada más llegar y recuperarse pronto. Después del tiempo que llevaban allí, le pareció una gran idea, ¿cómo no se le habría ocurrido antes? Se lo propondría a April y Dominic, a ver qué opinaban.

Abrió la puerta y, al otro lado, se encontró con Garrett. No el Garrett policía de uniforme, ni el informal que había visto alguna vez, no. Porque no recordaba aquellos vaqueros ni aquella camiseta blanca combinada con una cazadora de cuero negra, ni mucho menos que alguna vez hubiera llevado el pelo así, más revuelto de lo habitual, con un aire rebelde y, al mismo tiempo, clásico. Parecía sacado de una película de los años cincuenta. Joder, si hasta iba bien afeitado.

—No tenía traje —dijo él, a modo de saludo—. Pero como me pusiste *pin up*, pues pensé en algo tipo *Grease*. ¿Vale o me prohíbes la entrada?

Wanda reaccionó por fin a su tono de broma, lo cual hizo que, por un lado, dejara de mirarlo como si fuera tonta, y por otro, darse cuenta de un detalle importante. Se asomó y miró a ambos lados de la calle, sin ver nada.

—¿Qué pasa? —preguntó él, confuso.

—¿Has venido en moto o algo?

—No, andando. Bueno, en coche, y desde donde he aparcado hasta aquí andando.

Ella volvió a mirarlo de arriba abajo.

—Es increíble —observó—. Estás respirando bien.

—Sí, es algo que normalmente hago. Inspirar, espirar. Ni siquiera me tuvieron que enseñar de pequeño, lo aprendí solito.

Ella sonrió y se hizo a un lado para que pasara.

—Creo que ya sé a quién enviaré por ahí si necesitamos hielo. Eres el único que no se ha dejado los pulmones por el camino.

Garrett iba a contestar que era una exagerada, hasta que vio que una pareja subía despacio por la cuesta y que ambos estaban rojos por el esfuerzo y sin aliento. En cambio, le alargó una caja envuelta en papel de regalo.

—Toma, felicidades.

Y sin que ella lo esperara, le rozó la mejilla con un beso tan fugaz que Wanda llegó a pensar que se lo había imaginado. Miró el paquete, confusa.

—¿No vas a abrirlo? —preguntó él.

—No, no, luego, luego. —Vaya, ahora parecía un loro de repetición—. Pasa, pasa.

Dios, ¿qué le estaba ocurriendo? ¿Se le había olvidado hablar o qué? Se apartó para que pudiera pasar y dejó abierto para la pareja que estaba por llegar, unos amigos de la universidad que habían parado a mitad de camino para descansar.

—¿Te guardo la cazadora? —ofreció.

—Sí, gracias.

Se la quitó justo cuando April se materializó a su lado, con una sonrisa de oreja a oreja y una mirada apreciativa.

—Vaya, hola —le dijo—. Soy April, estaba deseando conocerte por fin.

—Garrett. —Le estrechó la mano, sonriendo—. Yo también, Wanda me ha hablado mucho de ti y ya empezaba a pensar que eras una amiga invisible.

April soltó una risita al escucharlo y lanzó una mirada a su amiga que venía a decir «Esto pinta bien», lo que alivió a la morena. Era importante que pasara el filtro de April, si no la vida sería un infierno, algo que había experimentado muchas veces en el pasado y que no le apetecía repetir. Aunque si lo pensaba bien… ese filtro era para los novios, y el presente solo era un amigo. ¿Sería April igual de dura existiendo esa vital diferencia?

April seguía examinando a Garrett de arriba abajo sin el menor rubor hasta que él carraspeó, y Wanda le dio un codazo a su amiga para sacarla de aquel momento incómodo.

—Déjale entrar, seguro que tiene sed.

—Sí, como todos los que suben nuestra querida cuesta —se rio April—. Aunque no te veo muy ahogado, la verdad. ¿Y eso? ¿Es por el entrenamiento?

—¿Qué entrenamiento?

—Bueno, eres policía, ¿no? Tendréis que hacer algo para estar en forma, ya sabes, por si os toca correr detrás de un fugitivo o algo así.

Garrett se preguntó qué diría si viera a alguno de sus compañeros. Varios de los que llevaban muchos años no se molestaban en mantener el mínimo nivel de preparación, y él ni siquiera había imaginado que había tallas tan grandes de uniforme hasta que pudo comprobarlo de forma personal. No imaginaba a Ben saliendo detrás de un fugitivo, si lo único que ejercitaba eran las mandíbulas cada vez que salía a por donuts.

—No es obligatorio —contestó—. Pero sí, claro, gimnasio.

—Nosotras también estamos apuntadas al gimnasio.

—Ah, ¿sí? —Garrett miró a Wanda—. Eso no me lo habías contado, ¿en qué momento vas?

Wanda lanzó una mirada irritada a April. Claro que estaban apuntados, sí. Ellas dos y Dominic, con un bono especial familiar. Pero estaba el pequeño detalle de que no lo habían usado. Nunca, ni siquiera conocían al personal de recepción.

—Ya ves, todavía tengo secretos —murmuró—. Vamos dentro, puedes servirte lo que quieras.

Garrett le entregó la chaqueta y April la cogió al ver que su amiga tenía las manos ocupadas con un paquete envuelto en papel de regalo.

—Me encanta tu pelo —comentó, inclinando la cabeza para mirar ambos lados—. ¿Quién te lo ha hecho?

—¿Esto? —Garrett se señaló la cabeza, extrañado, a lo que ella afirmó—. Yo. Solo me lo he revuelto un poco, no sé, para darle ese aire de las pelis.

—Vaya, pues estás genial. —Wanda carraspeó y April retrocedió un paso—. Voy a dejar la cazadora en la habitación —informó.

—Te acompaño —dijo Wanda, siguiéndola.

Ya en la habitación, April le plantó la cazadora debajo de la cara, a lo que Wanda se echó hacia atrás por miedo a que le estropeara el maquillaje.

—¿Qué haces?

—Huélela, ¿qué colonia usa? Porque huele muy bien.

—Y yo qué sé, no me he acercado nunca tanto como para saber eso.

«No será por ganas», susurró el pequeño demonio del hombro, al que pegó un manotazo.

—Una mosca —se excusó, al ver cómo la miraba April.

Su amiga dejó la cazadora sobre el montón y señaló el paquete que sostenía entre las manos.

—¿Y eso qué? —preguntó.

—Me ha traído un regalo.

—Ya lo he supuesto yo solita, me refiero a por qué no lo has abierto.

—¿Abrirlo? ¿Estás loca?

—Sí, claro, qué ideas tan locas tengo. ¡Abrir un regalo! Denúnciame, anda.

—Tú no lo entiendes. El tema de los regalos no es tan sencillo en Garrett, créeme. No sé qué puede significar.

—¿Que es tu cumpleaños y como persona bien educada te ha traído algo?

—No me refiero al hecho en sí, April, sino a lo que habrá dentro. ¿Qué tipo de mensaje tendrá este regalo en cuestión? ¿Será un «Dios, soy tu amigo por obligación, déjame ir» o tal vez un «Gracias por invitarme a tu fiesta llena de gente que no conozco»? ¿O un «No me caes mal pero tampoco eres para tirar cohetes»?

April se quedó pensativa unos segundos, mirando el paquete.

—¿Tanto sentido oculto puede tener un simple regalo? —inquirió, algo confusa.

—¡Ja! Tú no estabas cuando escogimos el de su madre. Te aseguro que estaba calculado y con un mensaje muy concreto. —Lo miró otra vez y decidió dejarlo con sumo cuidado sobre un mueble, para después alejarse hasta una distancia segura, como si dentro pudiera haber alguna bomba de relojería—. Tengo que pensar si quiero abrirlo.

—Podemos intentar adivinar. ¿Lo agito?

Alargó la mano para cogerlo, pero Wanda le dio un manotazo para que no lo hiciera.

—Ni se te ocurra, ¿y si es algo frágil?

—Frágil me parece que están tus neuronas últimamente...

—Oye, sin insultar.

—Y tú sin pegar, no te digo, que vaya leche me has soltado con la tontería. —La empujó para que se apartara y poder acercarse al objeto en cuestión—. Quieta ahí, que no voy a romperlo. —Lo cogió y lo sopesó, moviéndolo con cuidado—. Mmmm…. No pesa mucho y no hace ruido. Puede que sea algo que venga acolchado. La forma tampoco da muchas pistas.

—No, es lo que tienen las cajas, que son todas iguales.

—Las de sombrero son redondas, lista —apuntó April, dándole la vuelta con cuidado.

—Sinceramente, no veo a Garrett comprándome un sombrero.

—Nada, lo que sea que haya dentro no se mueve. ¿Y si lo abro yo? Así puedo opinar y decidir si merece la pena que lo veas o no.

—Sí, claro, y si decides que no, me quedo con la duda. —Lo cogió de nuevo abrió un cajón y lo metió entre la ropa que allí había—. Déjalo, ya pensaré qué hago.

—¿No se te ha ocurrido que el mensaje pueda ser «Hey, feliz cumpleaños, me caes bien»?

Wanda se mordió el labio y metió la mano, pero al tocar el papel, volvió a retirarla y cerró el cajón. Ya lo miraría cuando estuviera sola. O menos paranoica. O no se le ocurrieran significados a lo que pudiera haber dentro. Quizá terminara siendo el regalo de Navidad, pero daba igual. Lo que quería era disfrutar de la fiesta, dado que la última que habían hecho había acabado de aquella manera, al menos que la suya compensara el desastre.

Y por el rumor de voces, la música de fondo y la imagen que encontró al salir de la habitación con la gente hablando y, al parecer, divirtiéndose, le pareció que el objetivo estaba conseguido.

—Dominic todavía no ha llegado —observó April, a su lado.

—Seguro que está por llegar, no se perdería ningún cumpleaños.

April dudaba, vista la hora que era y que ni siquiera había enviado un mensaje. Pues menos mal que le había dicho que tenía dudas con Marion, porque seguro que estaba con ella. Ya lo estaba viendo: habría salido de casa de sus padres y, al pasar a buscarla, claro, mejor entretenerse un rato entre las sábanas, ¿no?

—¡Hombres! —murmuró.

—¿Qué? —preguntó Wanda, que justo estaba mirando a Garrett prepararse un combinado.

—¡Nada!

Se alejó para coger un vaso de vino o lo que pillara primero. Wanda se quedó sorprendida por su reacción, sin tener ni idea de qué le ocurría, pero vio que Greta y Portia estaban lanzando miradas apreciativas hacia Garrett y decidió acercarse para interceptarlas.

Llegó a su lado justo a la vez que ellas dos, que en aquel momento le recordaron a un par de hienas en busca de una presa, ¡si hasta sonreían igual!

—¿Nos presentas a tu amigo? —preguntó Greta.

—Estuviste un día en la tienda, ¿verdad? —añadió Portia, con un guiño—. Nunca olvido una cara.

—Qué buena memoria tienes —se adelantó Wanda, cogiéndole del brazo, a lo que él la miró sorprendido—. Garrett, son mis compañeras, Greta y Portia.

Ellas pillaron al momento la indirecta o más bien, directa, y aunque habían pretendido acercarse más, con Wanda en el medio solo pudieron darle la mano. Ella se quedó pensando qué excusa podía poner para alejarlo de aquel par de buitres cuando vio que Dominic entraba en el salón acompañado de Marion. La chica, enfundada en una larga gabardina que le llegaba hasta los tobillos, iba colgada de su brazo, lo que le recordó que ella aún sujetaba a Garrett y que debería soltarlo. En lugar de eso, tiró de él y agitó la mano hacia Dominic para llamar su atención.

Él sonrió y se acercó con toda la rapidez que pudo, teniendo en cuenta que Marion no se separaba ni un milímetro. Con el brazo libre, Dominic se apañó para darle un abrazo cariñoso.

—Feliz cumpleaños —le dijo—. Estás guapísima. —Miró a su alrededor—. Me encanta lo que habéis hecho en el apartamento.

—Casi todo April, ya sabes.

Viniendo de alguien que debía estar viendo casi todo monocromático, se lo tomó como un halago. Él pareció ligeramente avergonzado al escuchar la última frase.

—Siento no haber podido ayudar —se disculpó.

—No pasa nada. Por cierto, este es Garrett.

—El famoso policía —sonrió Dominic, estrechando su mano.

—Bueno, tanto como famoso… —contestó él—. Más bien al contrario, Wanda no para de hablar de vosotros.

—Yo soy Marion —interrumpió la chica, apoyando la cabeza en el hombro de Dominic—. Su novia.

—Sí, algo he oído —dijo Garrett.

—Bueno, ¿y qué se puede beber por aquí? —preguntó ella, recorriendo el salón con la mirada—. La música está un poco baja, ¿no?

—No queremos que los vecinos se quejen —comentó Wanda, para quien el sonido ya estaba lo suficientemente alto.

Al vivir en el bajo no molestaban tanto como si hubieran vivido entre plantas, aun así, no era plan de molestar a todo el vecindario. Tampoco querían que el hombre-ceniza se presentara de nuevo, pese a que en esa ocasión April no había torcido el morro ante la posibilidad.

—Vaya, por fin habéis llegado —dijo April, acercándose—. Un poco más y os perdéis la fiesta.

—Si ahora empieza lo mejor —contestó Marion, sin dejar que Dominic dijera nada—. Hemos tenido que llegar nosotros para animar el tema.

Y sin más, se quitó la gabardina y se la dio a Dominic, dejando a todos sin habla. En su favor, había respetado el código de color, porque llevaba un top blanco con topos rojos. Aunque parecía la parte de arriba de un bikini más que un top, igual que el pantalón corto que llevaba debajo: tenía algo más de tela porque era de cintura alta, con botones a los lados.

—¿Qué pasa? —preguntó ella, poniéndose las manos en la cintura y doblando una rodilla—. *Pin up*, ¿no?

—Bueno, es un poco… escaso —observó Dominic, tragando saliva.

—Vas a coger una pulmonía —comentó April—. Y nos referíamos al estilo de los vestidos.

—Estoy igualita que las que dibujaban en los aviones. —Dio una palmada—. Venga, vamos a tomar algo.

—Voy a dejar esto con el resto de los abrigos —decidió él.

Marion se fue a la zona de bebidas y el chico a la habitación, mientras Wanda y April intercambiaban una mirada.

—Qué chica tan… efervescente —murmuró Garrett, al verla dar saltitos mientras se servía un chupito de tequila y se lo bebía directamente.

—No me pega con Dominic, ¿y a ti? —preguntó April sin rodeos.

Lo miró fijamente, esperando recibir alguna de aquellas feromonas de sabiduría de las que Wanda hablaba, pero solo recibió una mirada confusa de Garrett, que se preguntaba por qué lo observaba de aquella forma.

—Acabo de conocerlos —respondió—. Y me he dejado la bola de cristal en el coche. Para la próxima, si quieres.

April resopló fastidiada. Pues menudo Yoda estaba hecho, no sabía qué había esperado, algo más certero. Que vale, tenía sentido del humor y era consciente, pero en ese momento lo que necesitaba era que alguien le diera una palmadita y soltara algo como «Es una bruja, no pegan nada, tú le vas mil veces mejor». Con esas mismas palabras, a ser posible.

—¡No hay hielo! —gritó Marion, agitando un vaso en el aire.

Automáticamente, Wanda miró a Garrett.

—¿Te importa ir a la tienda que hay al final de la calle? —le pidió.

—Vaya, así que el comentario iba en serio. —Sonrió—. Claro, no quiero que ningún invitado tuyo se ahogue por el camino. Para eso voy al gimnasio, para momentos como este. No tardo.

Wanda le dejó sus llaves para que no tuviera que llamar al volver y él se marchó.

Dominic justo había llegado al salón cuando Marion agitaba el vaso. Vio cómo se lo bebía sin importarle el tema de los hielos, y se acercó a ella al ver que se estaba sirviendo de nuevo.

—Escucha, ¿no sería mejor que bajaras un poco el ritmo, Marion? —susurró.

—¿Por qué? —Elevó el vaso y el tono—. ¡Estamos en una fiesta!

—Sí, pero tampoco hay que pasarse.

—A veces eres un poco soso, ¿sabes?

Desde el otro lado del salón, April se dio cuenta de que la gente empezaba a mirar a Marion. No quería que la fiesta se estropeara, así que le tocó un brazo a Wanda.

—Escucha, ¿saco la tarta ya?

—Garrett acaba de irse.

—Seguro que no tarda nada, la saco y así distraemos la atención. —Señaló a Marion con la cabeza—. ¿Te parece? Esperamos a Garrett para que soples.

—Vale, sí, buena idea.

April se fue a la cocina. Por su parte, Dominic empezó a agobiarse. Que Marion llamara la atención sobre sí misma era normal, le gustaba e incluso siempre hacía todo lo posible para lograrlo. En las discotecas o cuando salían no le molestaba tanto, sin embargo, esa era la fiesta de cumpleaños de su amiga. Qué menos que comportarse, que daba la sensación de tener los vasos de alcohol adheridos a la mano.

—Marion, no estamos en una discoteca —le dijo.

—No me digas. ¿A qué viene eso?

—Mira, creo que deberíamos hablar.

—Pues habla.

—Me refiero a solas.

Ella frunció el ceño, cruzándose de brazos con un vaso lleno de ron en la mano.

—¿No me puedes decir lo que sea aquí?

—¿Quieres no gritar, por favor? Nos están mirando.

—¿Y qué? ¿No quieres que te oigan? ¿Qué pasa, que vas a cortar conmigo?

Él enrojeció. Llevaba días pensando en hablar con ella, y tampoco era que quisiera hacerlo en aquel preciso momento… por lo visto su subconsciente lo estaba traicionando.

—Yo… —empezó.

Entonces se vio interrumpido por Marion, que le lanzó sin miramientos el ron a la cara. Por si fuera poco, también arrojó el vaso contra su pecho. «Por lo menos era de papel», pensó Dominic, mientras se pasaba las manos por la cara.

—No era eso lo que… —intentó de nuevo.

—¡Mentiroso!

Cogió un plato de nachos con queso y se lo tiró a la cara. Wanda se acercó corriendo para ponerse entre los dos; aunque no sabía qué estaba pasando, ya veía que iba por mal camino.

—Chicos, ¿por qué no salís fuera a hablar? —pidió, sin elevar el tono.

—Claro, y que nadie se entere de lo cabrón que es tu amigo, ¿verdad?

—Escucha….

—¿Te parece normal traerme a una fiesta solo para romper conmigo?

Wanda parpadeó, sorprendida, y miró a Dominic. El chico estaba empapado y lleno de nachos con queso, por lo que no podía estar segura de su expresión, aunque le pareció que estaba avergonzado. También podía ser por el espectáculo que estaba montando Marion, imposible que su amigo fuera capaz de hacer algo así.

—Creo que estás malinterpretando la situación —medió, intentando poner paz.

Marion cogió un bol lleno de ponche y lo lanzó hacia ellos. Wanda apenas consiguió evitar que le cayera el contenido por encima, mientras el envase se le escapaba entre los dedos y acababa hecho añicos en el suelo.

—Estáis todos chalados —dijo Marion—. Que os den.

Estiró el brazo y tiró todo lo que había sobre la mesa. No contenta con eso, cogió un montón de vasos y comenzó a lanzarlos al aire como si arrojara confeti mientras retrocedía hacia la salida. La gente se movía de lado a lado, esquivando los proyectiles o intentando salvarlos del desastre, pero muchos resbalaron en el suelo mojado o se chocaron entre ellos, por lo que poco pudieron hacer y la mayoría acabaron en un montón sobre el suelo, parecido al que formaban sus chaquetas y cazadoras en la cama.

Al pasar por la puerta de la cocina, Marion tropezó con April, que justo sacaba la tarta. La pelirroja consiguió mantener el equilibrio, rezando porque su preciosa tarta roja y blanca sobreviviera, pero Marion la empujó con la mano y el dulce salió volando… para acabar a los pies de Garrett, que acababa de entrar con el hielo.

El chico se quedó quieto, aturdido, mientras la rubia pasaba a su lado como una exhalación, se metía en la habitación para recuperar su gabardina y se iba pegando un portazo que hizo temblar los cristales.

El silencio se hizo en el salón, roto solo por la música. La gente se miraba entre sí y al desastre que había: comida y bebida desperdigada por todas partes, vasos rotos mezclados con varios de cartón…

Wanda fue despacio hasta el equipo de música y lo apagó. Se giró y carraspeó para hablar con toda la dignidad que un maquillaje estropeado y un vestido de Versace arruinado le podían permitir.

—Gracias por venir —dijo—. Creo que podemos dar por finalizada la fiesta.

Poco a poco, la gente fue murmurando despedidas y dejando el apartamento vacío. Todos menos Garrett, que dejó la bolsa de hielos en una mesa tras esquivar la tarta del suelo con cuidado. Se sacudió los vaqueros, salpicados de rojo y blanco.

—Muy americano todo. Dicen que la fiesta es buena cuando hay follón —comentó, observando el desastre.

—Ja, pues deberías haber visto la de Dominic —resopló April—. Al final va a ser una costumbre hacer fiestas desastrosas. ¿Será un don que tenemos?

—¿Qué ha pasado exactamente?

—Un malentendido —aclaró Dominic con rapidez, temiendo que Garrett se pusiera en plan policía.

—Será mejor que limpiemos todo antes de que alguien se corte o algo—murmuró Wanda, señalándole con el dedo—. Pero luego tenemos que hablar tú y yo.

Se acercó a Garrett, que tenía sus llaves en la mano, y se las cogió.

—Muchas gracias por todo —le dijo—. Puedes irte, ya solo faltaba que te pusiéramos a limpiar.

—No me importa quedarme.

—No, de verdad, tranquilo. Ya hablaremos, ¿vale?

No quería ni pensar en que debía tener el maquillaje igual que cuando se habían conocido, así que mejor que se fuera antes de que aquella imagen se le volviera a quedar grabada.

Garrett se despidió mientras se dejaba llevar, pese a que no le importaba quedarse a ayudar si hacía falta. Pero era el cumpleaños de Wanda, ya se lo habían estropeado lo suficiente y no quería causar más molestias. Si ella prefería que se marchara, lo haría.

Una vez los tres solos, se repartieron el material de limpieza y durante un buen rato, se dedicaron a eliminar las huellas de aquel desastre, así como la decoración de la fiesta. No cruzaron palabra hasta que todo estuvo limpio, incluidos ellos mismos tras pasar por la ducha.

Ya con ropa cómoda encima, Dominic y April se dejaron caer en el sofá, esta última agotada, pero sin poder evitar una sensación de triunfo por dentro. Después de aquello, estaba segura de que Marion estaba fuera de la ecuación y no volverían a verla. Al menos algo bueno había salido de todo lo malo… porque miraba la cara cabreada de Wanda y su sonrisa se avergonzaba también de querer salir. No le gustaría estar en su lugar, pobre, menudo fin de fiesta.

—Garrett me ha caído muy bien —explicó, intentando destensar el ambiente—. Tiene sentido del humor con el punto justo de sarcasmo. Y sabe peinarse genial, eso es otro punto a su favor.

Wanda agradecía su intento de minimizar el daño, pero estaba demasiado enfadada para apreciar las valiosas palabras que su amiga acababa de pronunciar. Cruzó los brazos y miró a Dominic, que tenía cara de querer desaparecer bajo el sofá.

—Ha sido… esto ha sido… no tengo palabras —dijo.

—Intenté pararla…

—¿Se te va la olla? ¿Cómo se te ocurre romper con ella en medio de la fiesta?

—No era eso lo que quería. De verdad, no lo tenía planeado, cuando vi que empezaba a llamar la atención solo le dije que teníamos que hablar. Quería alejarla del salón, y ella sacó sus propias conclusiones.

—¿Querías romper con ella o no?

—Sí —musitó.

—¿Y por qué no lo hiciste ayer? ¿O antes de venir aquí? ¡No era una fiesta cualquiera! Joder, Dominic, es lo mismo que me hizo Jasper a mí, ¿no podías haber tenido un poco de tacto? Ya sé que la tipa está para que la encierren, con tanto bailecito casi en bragas, pero joder, romper en una fiesta es lo peor.

—Perdona. —Bajó la cabeza, total y sinceramente avergonzado—. No lo pensé.

April se levantó como impulsada por un resorte y corrió a rodearla con un brazo para consolarla, preocupada, aunque Wanda estaba pensando en sus propias palabras. ¿Cómo se sentía al recordarlo? Dolida, enfadada… nada que ver con el principio. No tenía ganas de llorar, ni de romper nada. De hecho, ahora que se paraba a considerarlo, llevaba tiempo sin que el nombre de Jasper pasara por su mente. Aun así, no le parecía correcto comportarse como lo había hecho Dominic.

—No volveré a hacerlo, os lo juro —prometió este, y ambas lo miraron—. Aunque salga con otra y quiera romper, que ya es difícil, prometo no hacerlo en ninguna fiesta en casa. «El fracaso sentimental acabó en una orgía de nachos y vino que…».

—Sí, vale. Me voy a dormir —repuso la morena, sin dejarse impresionar por su expresión y sin ganas de escuchar ninguna de sus ocurrencias.

Dominic abrió la boca para añadir algo, y April negó con la cabeza. Mejor dejarla tranquila, Wanda no era rencorosa, seguro que al día siguiente habría olvidado el incidente.

—Yo también me voy a acostar —murmuró.

Y la pelirroja se metió en su cuarto. Estaba agotada, y no solo eso, quería poder sonreír a gusto sin las miradas inquisitivas de nadie. No se alegraba por la forma en que había transcurrido el cumpleaños de su amiga, pero al fin Dominic se había desecho de aquella pedorra, y eso sí la alegraba.

Debía ser una persona horrible, pero era lo que sentía.

CAPITULO 13

Una semana después del fatídico cumpleaños, Wanda continuaba malhumorada. El domingo usó la excusa de la comida familiar para escapar del apartamento, y la prolongó tanto que hasta sus padres sospecharon que algo andaba mal. Ella se limitó a decir que eran tonterías entre amigos, pero cuando regresó a casa fue directa a su habitación argumentando que estaba cansada. April y Dominic no la molestaron, la primera ni siquiera hizo la mención de ir a tocar en su puerta por si quería hablar, algo de lo que Wanda se alegró.

Porque no, no tenía ganas de hablar, y cuanto más pensaba en lo ocurrido, más molesta se sentía. Los días fueron pasando, y si ya de normal apenas coincidían en el piso, la morena se esforzó al máximo por esquivar a Dominic. No le costó, ya que él estaba muy liado con el curso de publicidad, además de que sus días de vacaciones se acercaban a su fin. Entre eso y la pérdida reciente de su primer ligue en años, Dominic se veía desinflado.

Estupendo: que se fuera a la porra. En primer lugar, nunca debería haber salido con una persona desequilibrada como Marion. Entendía que en una noche de juerga no podías conocer a nadie en profundidad, pero habían estado juntos tres meses. Tiempo de sobra para notar que era inestable y, de no estar tan preocupado por sí mismo, hubiera encontrado el modo de darle puerta sin arruinar la fiesta tan chula que April había preparado para ella.

Así que no tenía remordimientos por la cara alicaída que mostraba el chico, en absoluto. Además, si tan preocupado estaba, ¿por qué no le mandaba un triste mensaje? No porque fuera a responderlo, pero al menos vería la intención. Pero no, permanecía callado y taciturno, esperando a que pasara el enfado solo, para variar. Ella no era una experta en discutir o pelearse, pero cuando había que afrontar algo no se escondía hasta que pasaba el chaparrón.

Por otro lado, esa semana Garrett trabajaba de noche, con lo cual no había tenido oportunidad de verlo. Según pasaban los días y analizaba la noche de la fiesta y el comportamiento del policía, le surgían un montón de dudas sobre si deberían seguir viéndose.

Repasaba los hechos y llegaba a la conclusión de que Garrett había estado muy aséptico. Correcto, amable sin pasarse. No recordaba ningún cumplido, o una mirada que le dejara ver nada especial hacia ella. Sí, se había ofrecido a ayudar con el desastre, pero eso era simple educación, no porque quisiera pasar un rato a su lado.

Wanda desconocía qué esperaba en realidad de esa noche, solo que no lo había conseguido. Eso le producía frustración, y hería de forma leve su ego, ya que no estaba acostumbrada a producir indiferencia… sin embargo, no lo achacaba a su físico, sino a ella misma.

¿Cómo borrar aquella dichosa primera impresión? No podía negar la manera en que se habían conocido, eso iba a estar ahí presente. Del mismo modo que Marion siempre les había parecido una exaltada y nada de lo que hiciera haría que cambiaran de opinión, lo mismo podía sucederle a Garrett.

La idea no le gustaba, mas no podía ignorarla. Y lo peor de todo era batallar constantemente con la atracción que sentía ella, pese a todos sus intentos por espantarla. Ya había perdido la cuenta de los manotazos propinados al demonio de su hombro, porque el ángel no tenía ni idea de dónde se encontraba: subiendo la cuesta a su piso, quizá.

¿En qué momento había empezado a mirarlo de esa manera? ¿Cuándo había pasado de reírse de sus comentarios entre café y café a pensar en cómo sería un beso de verdad con él?

A desear saber cómo sería un beso de verdad con él, más bien. Porque solo de imaginarlo se revolvía, incómoda y excitada, y eso no era normal con un amigo. Es más, el hecho de que fuera su amigo solo agravaba la situación.

¿Sería por llevar tantos meses sin acostarse con nadie? Pues también podía ser, pero a su alrededor existían mil tíos con los que podía desfogarse, si de verdad era lo que quería, y ni se le pasaba por la imaginación.

Aquello era una mierda: sus sentimientos, que Garrett no emitiera la menor señal, y la forma tonta de portarse de Dominic.

Decidió concentrarse en organizar la ropa, pese a que lo había hecho tres veces esa semana. Prefería estar ocupada, si salía a la tienda Carol terminaría por darle algún trabajo que no entraba en sus competencias y no le apetecía interactuar con los clientes ese día.

Acababa de desvestir a los maniquís para ponerles conjuntos nuevos por el simple hecho de distraerse cuando llamaron a la puerta.

—¡Compañera, no jefe! —exclamó Greta, desde fuera—. ¿Cafeína?

—Por Dios, sí.

Le apetecía la compañía, además del café, así que obsequió a Greta con una de sus sonrisas más brillantes, reservadas para ocasiones especiales.

—¡Hola, chica guapa! —saludó Greta, alargando la mano con el vaso de café—. Hoy es de los buenos, me he ido hasta el WaFFle CoFFee, que sé que te encanta el café que hacen allí. Aviso que tiene nata, sé que no la quieres, aunque con la semana que llevas te hace falta.

Wanda lo cogió sin rechistar. No le iba a discutir ese punto, desde luego.

—¿Aún enfadada? —preguntó la recién llegada, sentándose sobre una de las cajas con ropa sin desembalar.

—¿Por qué lo dices?

—Has cambiado de ropa a esos maniquís tres veces esta semana. Tú solo haces esas cosas cuando estás cabreada —observó Greta, no exenta de cierta lógica.

Wanda meneó la cabeza y miró los maniquís de manera crítica. No solo los vestía y desvestía cuando estaba furiosa, también si no acertaba en el conjunto a la primera.

—Sé que tu fiesta fue un desastre, mujer, pero no es culpa tuya. La gente tiene claro que se coló una tarada y montó el espectáculo.

—Ríete, ya van dos celebraciones que acaban mal. Dicen que no hay dos sin tres, y el siguiente cumpleaños es el de April. Me tocará preparar algo a mí y no veas, con estos precedentes no me apetece mucho.

—Puedes organizar algo tranquilo —sugirió Greta—. En lugar de la típica fiesta con alcohol, comida y tarta, algo más suave, como una fiesta de pijamas.

Wanda valoró la idea unos segundos antes de desecharla.

—No sé si veo a Dominic sentado entre treinta tías. Aunque si va a venir para estropearlo, casi mejor que no lo haga.

—No seas así, Wanda, seguro que el chico no lo hizo a propósito.

—Lo sé…

—Por cierto, ¿has hablado ya con Steven?

—¿Qué?

—Sí, me comentó hace poco que quería tener una reunión contigo, ¿no te ha dicho nada?

Wanda negó con la cabeza, sin comprender a qué se refería. El señor Donovan, al que no pensaba de ninguna manera llamar Steven, apenas si había hablado con ella, excepto para comentarle lo guapa que estaba desde que volvía a utilizar maquillaje. Y lo mucho que se alegraba de verla mejor y recuperada, eso era todo.

—¿Y qué tiene que decirme? —preguntó.

—Bueno, eso no lo sé. Solo me comentó que dentro de poco tendríais una reunión de las serias, ya sabes. —Greta le guiñó un ojo—. De las que importan.

—No entiendo a qué te refieres.

—Supongo que lo sabrás cuando llegue el momento. —Greta se encogió de hombros—. En fin, ¿esta semana no vamos a ver a ese policía tuyo tan sexy?

—Turno de noche. —Wanda no quiso dar más explicaciones.

—Es perfecto —insistió Greta, y Wanda la miró—. Me refiero a entre.

—¿Entre?

—Sí, entre el anterior y el siguiente. —La joven soltó una carcajada al ver su cara—. Digo yo que tu intención es buscar a alguien de otro nivel, ¿no? Como Jasper: bien situado, con una cuenta corriente que te despreocupe de lo demás.

—Bueno, yo…

—Claro, claro, no estás lista para pensar en eso ahora mismo, es normal. Por eso el policía es perfecto. Yo no me lo pensaría, es más… ahora mismo estoy en un momento de mi relación que busco algo parecido.

Wanda desconocía que Greta tuviera una relación, y tampoco estaba segura de si quería saber algo al respecto. No le era ajeno que salía muchas noches con el jefe, pero no sabía si se acostaba con él, y ella jamás lo había corroborado. Así que dudaba de que fuera esa relación a la que hacía alusión.

—¿Que buscas qué? —preguntó, un poco confusa porque no acababa de comprender todo aquel lío que le explicaba Greta.

—Por Dios, Wanda. Un tío para follar sin complicaciones mientras resuelvo mi problema real.

—Ah, vale. Hija, perdona, es que tu vida es muy complicada, y también tus novios…

—¡Y eso que no soy Portia! Deberías ver su agenda, tiene chicos para toda la semana. Y como se entere de que ese policía está libre hará todo lo posible por meterlo en su calendario, te lo aseguro.

—No, si ya…

El timbre del teléfono interrumpió la conversación. Wanda descolgó, sin dejar de observar a su compañera.

—Tienes una visita —informó Carol, desde el otro lado—. Un chico va hacia tu vestidor.

—Gracias, Carol.

La joven colgó, esperando que no fuera Garrett. No sabía qué otro podía visitarla allí si no era él, y solo de imaginar a Portia y Greta insinuándose con su descaro habitual le entraban temblores. Era como ver un bombón en el patio de un colegio; seguro que él no tenía problemas para ligar, pero aquellas dos eran demasiado agresivas. No le sorprendería oír a Greta soltar algo como «¿Quieres ser mi *entre* y sacudirme bien en la cama?».

Por Dios, no.

La puerta se abrió, dando paso a Dominic. Era la última persona que Wanda esperaba ver allí y lo primero que le vino a la cabeza fue que había pasado algo, aunque lo descartó al momento. De ser así la habría telefoneado al móvil y, además, la cara que llevaba era la taciturna de los últimos días, no la angustiada de cuando sucedía algo imprevisto.

—Hola —saludó él—. Perdona, no quería interrumpir, ¿estáis trabajando?

—Para eso venimos, sí —contestó Wanda, cruzando los brazos.

Greta alzó una ceja al escuchar el tono empleado, tan alejado de la corrección de la que siempre hacía gala. Wanda rara vez alzaba la voz, y nunca se ponía borde, o sea que resultaba una novedad verla comportarse con tanta frialdad.

—¿Podemos hablar un momento? —preguntó Dominic.

—Claro. Habla.

—Me refería a tú y yo a solas. —Miró a Greta—. Perdón, no es por nada, solo que...

—Ya, ya. —Greta se levantó—. No hay problema.

—Greta se queda —repuso Wanda, y la chica se detuvo al instante—. No vas a decirme nada que ella no pueda escuchar, ¿no?

Dominic dudó unos segundos, pero finalmente cerró la puerta tras él y fue directo hasta donde su amiga permanecía.

—He venido para invitarte a comer y así poder hablar con tranquilidad de lo del otro día. Sé que me disculpé, y que no me has perdonado...

Greta volvió a sentarse en la caja de cartón, de lo más interesada por la conversación que se desarrollaba ante sus ojos. Echó un vistazo disimulado a Dominic aprovechado que este parecía concentrado en su disculpa.

—Me pediste perdón y te dije que «vale».

—Aun así, no me hablas —insistió él—. Y no quiero que eso siga así, y menos por un estúpido error mío, Wanda. Tienes razón y comprendo tu enfado, solo pensaba en mí. Fue egoísta por mi parte, lo sé, de verdad que no pensé que se liaría la que se lio.

—Parece sincero —apuntó Greta.

—Gracias —replicó él, con una mirada agradecida—. Lo soy. Wanda es como de mi familia, de hecho, la quiero más que a varios miembros de la misma. Me duele que no me hable, y también haber estropeado su día.

—Ohhhh —murmuró Greta, girándose hacia la morena—. Vamos, mujer, no puedes seguir enfadada después de lo que acaba de decir, ¡si salta a la vista que dice la verdad!

Dominic volvió la mirada hacia su amiga, que había relajado un poco la expresión.

—Está bien, está bien, olvidemos ese día y listo.

—¿Un abrazo de reconciliación?

Dominic abrió los brazos y apretó a la morena cuando esta correspondió al gesto. Con toda la semana para dar vueltas al tema, era consciente de que el primer error había sido salir con alguien inestable como Marion, pero eso ya no tenía solución. Solo podía disculparse y tratar de compensar a Wanda.

—Más vale que para el cumpleaños de April compenses todo esto —comentó ella, una vez se separó de él.

—Prometido, no habrá follones y ayudaré en la organización —sonrió él—. ¿Salimos a comer, entonces? Podemos ir a ese sitio repugnante que tanto te gusta donde sirven *sushi* de aguacate y lima. «Dispuesto a todo para compensar su apoteósica metedura de pata, nuestro héroe estaba dispuesto a sacrificar su salud a cambio de una reconciliación.»

—Exagerado, el *sushi* no hace daño a nadie.

—«La lima y el aguacate se compincharon para hacer estremecer al estómago del pobre Dominic, que no entendía a quién se le podía haber ocurrido tal combinación mortal.»

—Pues ahora te pediré ración doble, por listo —avisó ella, y se palpó la camisa—. Mierda, deja que busque la tarjeta de fichar. La he perdido, como siempre.

—Deberías ponerle un cascabel —se burló Greta.

—Ahora mismo vuelvo, voy a ver si la tiene Carol.

Wanda abandonó la habitación. Dominic se quedó en silencio, sin saber bien qué decir, algo que a Greta no parecía suponerle el menor problema. Se levantó para sacudirse el uniforme, como si la caja estuviera llena de polvo, y dio un par de pasos hacia él extendiendo la mano.

—No sé si nos han presentado oficialmente, aunque nos hemos visto por aquí varias veces —explicó—. Soy Greta.

—Dominic. ¿Amiga de Wanda, o solo compañera?

—Un intermedio —aclaró ella, con una sonrisa—. Tomamos café y hablamos de cuando en cuando, aunque no nos prestamos el maquillaje ni nada del estilo... me cae bien, es de lo mejor que hay por aquí. Un poco ingenua a veces, aunque eso es parte de su encanto.

—Sí, es muy auténtica.

—Ella también habla bien de ti. Lamento mucho lo del sábado, ¿qué tal llevas la ruptura con tu chica?

—No era nada serio, así que bien, supongo.

Se escuchó un pitido, y Greta sacó su móvil del bolsillo al darse cuenta de que era el suyo. Echó un vistazo a toda prisa con una sonrisa antes de volver su atención a Dominic.

—Fiesta en el *pub* Chapelier —informó, divertida—. ¡Hay semanas que ni un respiro tengo! Pero si no lo hago ahora, ¿cuándo?

—Eso decía Bon Jovi, que ya dormiremos cuando estemos muertos.

—Me encanta esa filosofía. Total, estamos de paso por la vida, ¿por qué no divertirnos todo lo posible mientras estemos en ella? ¿Quieres venirte esta noche a tomar algo?

Dominic iba asintiendo sin pensar demasiado en lo que decía hasta que escuchó la última frase y se sobresaltó. ¿Acababa de invitarlo a ir de copas con ella, o se lo había imaginado?

Porque no necesitaba conocerla a fondo para saber que Greta no estaba a su altura, en absoluto. Todo, desde el cabello, las uñas, las joyas que portaba y los zapatos ocultos bajo el uniforme, enviaban la señal de que esa chica tenía un poder adquisitivo muy por encima del suyo. O quizás era como April, capaz de sacar partido de donde no había.

Pero no, le daba la impresión de que tenía más en común con Wanda que con April. Aun así, era difícil no sentirse impresionado por Greta, que tenía unos ojos oscuros preciosos que contrastaban con su cabello largo y liso, además de aquellas piernas largas, una cintura estrecha que daban ganas de rodear y...

—Pues...

—Dicen que lo mejor para superar una mala semana es terminarla con un par de copas y una buena compañía —comentó ella, tocándole el brazo—. ¿Qué te parece si te doy mi teléfono y me llamas cuando te apetezca salir o algo?

Dominic no estaba acostumbrado a recibir proposiciones y temió que su imaginación le estuviera jugando una mala pasada. Siendo sincero, las mujeres como Greta no solían reparar en su existencia, a menos que…

A menos que su suerte hubiera cambiado de verdad. No podía negar que desde la transformación física llamaba la atención bastante más que en el pasado, eso era algo obvio. La experiencia con Marion había sido desastrosa a nivel de pareja, aunque muy buena para su ego, y también para recordar que el sexo nunca se le había dado nada mal.

Quizá no estaba a la altura de Greta en cuanto a pasta y nivel de vida, pero sí en ese terreno… y seguro que era lo que ella buscaba. No tenía más que observar cómo lo miraba, sin apenas parpadear y paseando sus ojos de arriba abajo, casi parecía que pudiera desvestirlo con la vista.

—Claro —murmuró, con voz ronca—. Tener tu teléfono sería genial.

La chica sonrió y sacó un papel para escribir una serie de números. Se lo tendió, aprovechando para rozarle el dorso de la mano.

—Piénsate lo de pasarte luego, la noche es joven. Pub Chapelier, sobre las ocho.

—Ahí estaré.

Los dos oyeron el ruido de unos tacones, así que se apartaron ligeramente el uno del otro, ya que de manera inconsciente estaban muy cerca. Casi podía ser una invasión del espacio personal según las normas de *Dirty Dancing*, a pesar de todo Dominic decidió hacer como si nada.

—Listo. —Wanda asomó la cabeza—. ¿Nos vamos? Greta, ¿te apuntas?

—No, mejor que me salte la comida hoy. A la noche hay juerga y quiero llevar un modelito de infarto —explicó ella, guiñándole un ojo a Dominic.

Wanda puso cara de no comprender muy bien el comentario, pero a menudo Greta decía cosas sin sentido, así que terminó por asentir.

—Como quieras. Vamos, Dominic, yo sí tengo hambre y necesito mi ración de *sushi* repugnante cuanto antes.

Dominic se despidió de Greta con una sonrisa y salió tras su amiga, que acababa de ponerse las gafas de sol y resoplaba.

—Qué ganas de que llegue el otoño, ¡este año se me está haciendo eterno!

—Ya no le queda mucho, tranquila. Sabes que el cumpleaños de April es la despedida oficial, y está a la vuelta de la esquina. Por cierto… —Se puso a su altura—. Tu compañera me ha invitado a tomar una copa con ella esta noche.

—¿Greta? —Él asintió—. ¿Y qué vas a hacer?

—No sé, esperaba que tú me dijeras algo sobre ella. ¿Es otra chiflada como Marion?

—Para nada —comentó Wanda—. Greta tiene la cabeza bien amueblada, puede que demasiado. No es mala tía, siempre que entiendas que solo busca diversión.

—¿No le dará por romper vasos de pronto y tirarme comida a la cabeza? —La escuchó reír—. Sí, muy divertido, graciosa.

—Perdona, te recuerdo que a mí me tiró el ponche encima. Me debes un vestido nuevo de Versace, que lo sepas.

—¿Te importa si te lo pago en cómodos plazos? —Dominic la rodeó con el brazo—. Unos cincuenta pavos al mes, solo tardaría unos… ¿diez años?

—¿Y el trauma del rímel cual panda?

—A ti te queda bien hasta eso.

—Zalamero…

—¿No es suficiente ver cómo me como ese *sushi* horrible que no sabe a nada? Es una penitencia razonable. —Dominic usó su expresión favorita para dar pena, que consistía en apretar los labios y agrandar los ojos—. ¿Funciona?

—Funcionará si de verdad pagas.

—Dalo por hecho. —La empujó hacia el interior del local con un golpe de cadera.

A pesar del *sushi*, que Dominic odiaba con todas sus fuerzas, el chico disfrutó de la comida. Wanda estaba animada y le había perdonado su enorme metedura de pata en la fiesta y, además, salía de allí con una invitación a una fiesta, así que lo que había empezado como un día deprimente, tenía pinta de ir a mejor. Su ego, que había quedado un poco tocado después de la experiencia con Marion, no tardó en volver a hincharse según avanzaba el día. Porque no había tenido que decir nada, había sido Greta quien lo había invitado a salir. ¿Sería el pelo, la ropa nueva o que se notaba la confianza que había ganado de forma reciente? Fuera lo que fuera, funcionaba, así que mejor aprovechar la oportunidad, eso lo tenía claro. Por ello, se esmeró en su pelo algo más de lo que normalmente hacía, practicó de nuevo su movimiento de cabeza y escogió uno de los conjuntos que Wanda le había preparado.

Cuando salía por la puerta se encontró con April, que justo llegaba, y que lo miró extrañada al verlo tan preparado.

—¿Vas a salir? —preguntó.

—Sí, he quedado.

—Pero… Pensaba que cenábamos todos juntos. Después del mal rollo que ha habido estos días, como hoy os habéis reconciliado Wanda y tú pues…

Ambos se habían hecho un selfi y se lo habían enviado para que viera que estaban comiendo juntos en armonía, lo cual le había alegrado el día. No le gustaba nada que hubiera tensión entre ellos, así que se había alegrado de pensar que aquella noche cenarían en familia.

—Por eso, no hace falta hablar más —dijo Dominic—. Greta me está esperando, ya hablamos luego.

Y se alejó con rapidez mientras April se quedaba con la boca abierta. ¿Greta? ¿Cómo que Greta? Sacó su móvil y le envió un mensaje a Wanda a ver qué más había pasado en la comida que no le hubieran contado, porque no recordaba ningún comentario de una cita con Greta. Su amiga explicó que la susodicha lo había invitado a una fiesta, y April se metió en el apartamento perdiendo parte de su ánimo.

Pues sí que se había recuperado pronto el chico, que ya se iba con la primera que le ponía ojitos. Bueno, no pasaba nada, vería alguna película con Wanda y así estarían despiertas cuando llegara, a ver qué tal le había ido. Con esa idea en mente, atacó la nevera para preparar la cena a base de sobras y tener todo listo para cuando llegara su amiga.

Y aunque Wanda estuvo conforme con el plan y se pusieron de acuerdo con la película en cuestión, lo que ninguna de las dos esperaba era que Dominic les enviara un mensaje cerca de medianoche avisando de que no iba a dormir. Ni dormir, ni desayunar, ni comer, porque cuando apareció por el apartamento, ya era domingo por la tarde.

—Ya pensábamos que te habías perdido —resopló April, mirándole desde el sofá por encima de una revista de peluquería.

—Parece que te lo has pasado bien con Greta —comentó Wanda, con un guiño.

—Genial, no llegamos hasta las cuatro a su casa y apenas si hemos salido de la cama. No sé cómo no me la has presentado antes, ¡es una tía de puta madre! Y encima coladita por mí.

April elevó una ceja, pero no dijo anda. Con el subidón que parecía que tenía, como para bajarle los humos.

—Quería comentarte una idea que he tenido —dijo Wanda.

—Me ducho y vengo, que llevo esta ropa desde ayer. —Elevó los dos pulgares hacia ellas—. El plan funciona, chicas, ¡caen a mis pies!

April puso los ojos en blanco, mientras Wanda movía la cabeza. Que sí, que Greta lo había invitado y la noche había acabado estupendamente para el chico, pero tampoco era para que se lo tomara como si de pronto se hubiera vuelto un *sex-symbol*.

—Creo que todavía le dura la borrachera —comentó April.

Dominic volvió al cabo de unos minutos y se acomodó en el sofá. Estaba cansado porque apenas había dormido, la fiesta había sido lo más y la continuación en casa de Greta mejor todavía, así que estaba deseando contárselo a sus amigas y ya después se iría a la cama a dormir.

—Escucha, Dominic… —empezó Wanda.

—¿No queréis que os cuente nada de la fiesta y de Greta?

—Ya se ve que estuvo bien, no hacen falta detalles —replicó April.

—Qué sosas estáis hoy —dijo él, con un suspiro. Miró a Wanda—. Vale, cuéntame.

—Os he hablado alguna vez de Patricia Ackerman, ¿no? —preguntó ella.

—Una de tus clientas, ¿verdad? —respondió April, a lo que ella afirmó—. ¿Directiva o algo así?

—Efectivamente, trabaja en publicidad. He pensado que le podría llevar tu currículum, Dominic. No te queda mucho para acabar el curso y seguro que al menos te hace una entrevista. Siempre habla de que están buscando nuevos talentos, y… —Él agitaba una mano—. ¿Qué?

—¿Tienes su tarjeta?

—Claro.

—Pues dámela, la llamaré yo.

Ambas se quedaron mirándolo, pero él estaba impávido, como si hubiera dicho que iba a pedir una *pizza* y no a llamar a alguien importante.

—Creo que es mejor si lo hacemos a través de mí —continuó Wanda—. A mí me conoce, y si yo te recomiendo…

—Creo que subestimas mi capacidad de seducción.

Ahora sí, April dejó caer su revista, creyendo haber escuchado mal.

—¿Tu qué?

—Con este pelo, la ropa nueva y cómo me desenvuelvo, no necesito que nadie me recomiende —siguió él—. Ya habéis visto lo que ha pasado con Greta.

—Eso no indica nada —dijo Wanda—. Y no es lo mismo, no puedes llamarla sin más. Mañana tengo cita con ella, pensaba hablarle sobre ti y ver cómo está de receptiva.

—Eso puedes hacerlo —afirmó Dominic—. Tú dile que la llamaré, que no hace falta que se ponga en contacto su departamento de Recursos Humanos ni ninguno de esos rollos.

—No sé si es buena idea.

—¿Para qué andar con intermediarios? Mejor ir directamente a la fuente.

—Puede que eso sea un poco agresivo, ¿no te parece? —preguntó April.

—La proactividad se premia. De verdad, chicas, parece que no habéis leído ninguna de esas revistas que me habéis metido por los ojos.

Wanda miró a April, que se encogió de hombros. El chico estaba inflado como un pavo, del subidón que tenía. Quizá necesitaba un pequeño golpe de realidad, así que la morena fue a buscar su bolso y sacó la tarjeta de Patricia para entregársela.

—No la llames hasta la tarde, que hablaré con ella por la mañana —le pidió.

Al menos, que la mujer estuviera sobre aviso. Así no ignoraría la llamada si veía un número desconocido.

Dominic cogió la tarjeta y se la guardó en un bolsillo, con una sonrisa de satisfacción.

—Es el destino —dijo.

—¿A qué te refieres? —preguntó Wanda.

—A que esta es la señal definitiva que necesitaba. Me quedan pocos días de vacaciones, tengo que volver a trabajar, y creo que no voy a hacerlo.

—¿Qué? —casi gritaron las dos.

Dominic se palpó el bolsillo, sin borrar aquella expresión convencida de su rostro.

—Esto es mi pasaporte para la libertad.

—Dominic, es solo un contacto —dijo April, que empezaba a sentir pánico por el descontrol que percibía en su amigo—. Pueden pasar mil cosas: que no te coja, que ni siquiera te entrevista ella, que no haya un puesto para ti…

—Qué poca fe, Makovsky.

—No es falta de fe, es realismo.

Dominic sacó su teléfono del bolsillo y les enseñó la pantalla.

—¿Veis esto?

—Pues desde aquí, no —respondió Wanda, con toda sinceridad—. Que tengo buena vista, pero tampoco tanto.

—Da igual. Tengo un montón de mensajes de Greta. No hace ni dos horas que me he ido de su casa, y ya me está escribiendo.

—No veo qué tiene eso que ver con lo otro —gruñó April, cruzándose de brazos.

—Tú lo viste, Wanda. Cómo me miraba y cómo no me hizo falta hacer prácticamente nada.

—Un ligue no es una entrevista de trabajo —replicó Wanda.

—¿Por qué no esperas un poco? —sugirió April—. Puedes pedir días del año que viene, o pedir recuperarlos después como horas extras. O incluso una excedencia de unas semanas.

—No estoy haciendo el curso para volver a lo mismo de siempre. Pensaba que tú, sobre todo, me apoyarías en esto.

—Pues claro que te apoyo, pero todo tiene sus plazos, Dominic.

—«La falta de fe en él fue un duro golpe para nuestro héroe, que veía cómo sus amigas se aliaban en su contra».

April cogió la revista, la enrolló y la estrujó entre sus manos para no tirársela a la cabeza o golpearlo con ella como si fuera un palo. ¿Qué se había tomado la noche anterior? ¿Ego envuelto en estupidez con un buen aliño de tontería supina?

—Esa frase no tiene gracia por ninguna parte —repuso, en tono neutro y seco.

—¿Qué os pasa? —preguntó él, pasando la mirada de una a otra—. ¿Habéis perdido el sentido del humor?

—No queremos que te estrelles, eso es todo —intervino Wanda, viendo cómo April apretaba la revista y temiendo que aquello acabara como su fiesta o peor—. Siempre te hemos dado buenos consejos, ¿no?

—Sí, pero Greta también opina que, si voy a hacer un cambio de vida, debo tomar decisiones, aunque parezcan radicales.

—Vaya por Dios, así que resulta que ahora Greta es una gurú de sabiduría —resopló April—. Pues sí que folla bien, para que en una noche le hagas más caso que a nosotras que te conocemos desde hace años.

—Ha dicho que me apoyará en todo. —Se encogió de hombros—. Ya os lo he dicho, es una tía genial. Y, por cierto, tengo que llamarla, así que… ya hablaremos.

Y sin más, se marchó dejándolas anonadadas.

—No puede ir en serio —dijo Wanda, al cabo de unos segundos.

—Pues tiene toda la pinta.

—Es la euforia del día después, seguro que mañana se lo piensa mejor. Lleva años en la empresa, no va a irse sin tener una opción sólida.

No sabía si lo creía de verdad o si lo decía para convencerse, porque toda aquella conversación le había parecido surrealista, igual que a April. Era como si les hubieran cambiado a su querido Dominic por un clon malvado. O atontado, porque parecía que las neuronas brillaban por su ausencia. Siempre le habían dicho que debía tener más confianza en sí mismo, ser más lanzado, pero se había ido al otro extremo. Esperaba que Wanda tuviera razón y, al día siguiente, lo viera de otra manera. Sería la euforia de la noche de desenfreno y sexo, en la cual no quería ni pensar. Joder, si es que no le había dado tiempo a disfrutar de haberse librado de Marion, ¿por qué había tenido que aparecer Greta en escena? Y encima darle coba, que podía haber sido algo de una noche y ya, no estar dándole consejos ni mandándole mensajitos. A ese paso, se veía preparando cartelitos para una nueva intervención.

Al día siguiente, Wanda llegó a la tienda dispuesta a hablar con Greta a ver qué ideas le había metido a su amigo en la cabeza, pero la chica estaba con un cliente y no quiso interrumpirla: ya la pillaría en alguna pausa o en la comida. Así que se fue a su vestidor a preparar todo para su cita con Patricia Ackerman, dándole vueltas al tema de Dominic, a ver cómo se lo planteaba. Nunca había utilizado a sus clientes para temas personales, exceptuando el tema de Garrett con Louella, así que le resultaba un poco violento sacar el tema. Pero su amigo se merecía al menos intentarlo, por eso se lo había propuesto, así que solo tenía que buscar la forma de ser sutil y no parecer una aprovechada.

Patricia Ackermann llegó hablando por el móvil, algo bastante habitual en ella, que siempre estaba metida en mil reuniones y andaba corriendo a todas partes. Esperó pacientemente a que terminara de hablar y guardara el móvil con un suspiro.

—Perdona, Wanda —se disculpó—. Parece que no pueden vivir sin mí, ya lo sabes.

—No te preocupes, tenemos cogida una hora entera así que no hay prisa.

Aunque Patricia era de ideas claras, tenía muchas cosas que enseñarle de la colección, así que había dejado un espacio de tiempo bastante amplio. Cogió un traje de chaqueta de una de las perchas para acercárselo.

—Ah, por cierto, me ha llamado un amigo tuyo —comentó Patricia, mientras tocaba la tela para comprobar el tejido—. Dominic.

Wanda se había quedado con la sonrisa profesional congelada en el rostro. La madre que lo parió, ¿no habían quedado en que esperaría? A ver si la mujer estaba molesta porque hubiera dado su tarjeta sin preguntar antes…

—Sí, Dominic. —Tragó saliva—. Te iba a comentar ahora, espero que no te moleste. Le pasé tu tarjeta, pero quería hablar contigo antes.

—No te preocupes, ya sabes que siempre ando a la caza de nuevos talentos. Me ha parecido un chico que sabe lo que quiere, directo y, sobre todo, con iniciativa.

—Ah. —¿Seguro que estaba hablando de «su» Dominic?—. Y eso es… ¿bueno?

—Me encanta la gente que actúa con determinación. Le entrevistaré mañana. Por teléfono me ha parecido encantador, no podía decirle que no.

Wanda se quedó mirándola, pensando que ya no podía ir a echarle en cara a Greta nada y que seguro que Dominic estaría todavía más insoportable cuando llegara a casa aquel día. A ver si iba a tener razón al final con lo de su nuevo encanto natural y ellas sin enterarse…

CAPÍTULO 14

No era todavía medianoche cuando Dominic llegó al apartamento. En comparación con sus horarios de los últimos fines de semana (e incluso de alguna que otra noche de diario), era pronto, pero aquel sábado Greta se había marchado en el último vuelo a visitar a su familia, así que después de cenar y acompañarla al aeropuerto, se había ido a casa. Con ella había conocido gente nueva y podría haber quedado con cualquiera para tomar algo. Decidió que no le vendría mal recuperar algo del sueño perdido, así que no llamó a nadie.

Cuando llegó, se esperaba encontrar a las chicas viendo alguna película, en cambio la casa estaba extrañamente silenciosa. Fue a la cocina a buscar algo para comer, y allí se encontró una nota escrita por Wanda y firmada por ambas:

«Te hemos esperado un rato, pero como no aparecías ni contestabas los mensajes, nos hemos ido a la noche de karaoke sin ti.»

«Mierda», pensó.

Al momento notó una pequeña punzada en el pecho que no sentía hacía tiempo, algo que reconoció con rapidez: culpabilidad. Cuando había visto que llegaban los mensajes de sus amigas, los había ignorado porque estaba cenando con Greta, y después no se había acordado de mirar el móvil. No había quedado con ellas ni recordaba en lo más mínimo que esa fuera la noche acordada para el karaoke, aunque al mirar el calendario que colgaba en la pared junto a la nevera, vio que el día estaba rodeado con un círculo y con unas pegatinas de notas musicales.

Estupendo. Miró el móvil y leyó sus mensajes en el grupo, recordándole que aquella era la «karaokenoche». La punzada se retorció y se volvió casi puñalada, que supuso era como se debían sentir ellas por dejarlas tiradas. Recordaba que algo habían comentado unos días atrás, y que no les había hecho mucho caso porque justo estaba marchándose cuando se había cruzado con ellas. Últimamente apenas coincidían y, si era justo, se dio cuenta de que era por su culpa, que apenas paraba en casa. Estaba tan feliz y contento con Greta, que quería pasar todo el tiempo posible con la chica. Seguro que eso lo podían entender, ¿no? Volvió a mirar la nota y los mensajes, preguntándose si se habrían mosqueado, aunque no habían enviado ningún emoticono que lo sugiriera. Podía hablar con ambas cuando volvieran, aunque un bostezo involuntario le hizo desechar la idea de esperarlas despierto. Se preparó un sándwich de jamón y queso y se fue a la cama, pensando que al día siguiente no tenía nada que hacer porque Greta no estaba, así que podía aprovechar para ponerse al día con sus amigas.

Se despertó al escuchar sus voces por algún lugar de la casa. Miró su móvil tras frotarse los ojos y vio que apenas eran las nueve, por lo que su idea de dormir hasta tarde ya no iba a verse realizada. Tenía un mensaje de Greta avisando que había llegado bien, así que antes de salir de su habitación le envió un par con emoticonos de besos varios diciéndole cuánto la echaba de menos. Esperó un poco por si contestaba, pero como tardaba, se fue a la cocina con el móvil en la mano.

Wanda y April estaban sentadas desayunando, y lo miraron sorprendidas.

—Parece que habéis visto un fantasma —dijo él, con media sonrisa.

—Como no apareciste ayer pensábamos que estarías con Greta —contestó Wanda.

—Llegué pronto y no estabais… Perdón por perderme la noche de karaoke.

—Sí, no importa. —April hizo un gesto con la mano, más interesada en el hecho de que hubiera dormido allí que en que las dejara plantadas—. ¿Qué ha pasado? ¿Problemas en el paraíso?

Puso expresión de pena, que a Wanda le pareció forzada, pero no dijo nada. Dominic negó con la cabeza, ocupando el asiento libre de la mesa.

—No, tenía algo familiar y se fue anoche. Vuelve mañana.

—Ah, qué bien.

—Así que podemos pasar el día juntos si queréis.

Ellas dos se miraron, ambas sintiéndose como si fueran el segundo plato. Porque el tono que había utilizado no era de entusiasmo ni estaba haciendo ningún esfuerzo: simplemente, había coincidido así. Además, ni siquiera había preguntado qué iban a hacer ellas, como si asumiera que iban a decir que sí directamente, o no tuvieran vida más allá del karaoke ocasional.

El móvil de Dominic sonó, y él sonrió automáticamente al mirar la pantalla.

—Anda, es ella. —Se incorporó como impulsado por un resorte—. Ahora hablamos.

Y salió corriendo para ir a hablar a su habitación. April se cruzó de brazos, molesta.

—Deberíamos irnos sin él —sentenció.

La noche anterior habían decidido pasar el día en un Six Flags cercano. Llevaban siglos sin ir al parque de atracciones y el tiempo era bueno, así que se habían levantado pronto y pensaban marcharse en cuanto terminaran de desayunar.

—Bueno, hace mucho que no lo vemos… —empezó Wanda.

—Ya, ¿y de quién es la culpa? —Movió la cabeza—. ¿Tenemos que cambiar nuestros planes por él? No lo veo haciendo lo mismo.

Wanda se mordió el labio. Entendía que April estuviera molesta, a ella tampoco le gustaba la actitud que tenía el chico desde que empezara a salir con Greta. Ya no hablaba apenas con ellas y mucho menos escuchaba sus consejos: había dejado el trabajo sin haber hecho siquiera una prueba en la empresa de Patricia Ackerman. El que lo hubiera entrevistado unos días después para admitirlo como becario, aunque fuera con un sueldo mínimo, no había hecho sino aumentar su ya inflado ego. Así que, en aquel momento, Wanda sentía dudas: por un lado, le daban ganas de salir del apartamento con April sin decir nada y marcharse al parque, comer algodón de azúcar (por una vez al año, no iba a pasar nada) y dejarlo solo como él había hecho con ellas. Por otro, le parecía mal no invitarlo siquiera. Y ahí estaban su demonio y su angelito haciéndola dudar. Vaya, con lo calladito que estaba el ángel de las narices cada vez que hablaba con Garrett, bien que estaba ahí, señalando con un dedito desaprobador y diciéndole: «Dominic es tu amigo, no lo dejéis plantado como venganza, eso no se hace».

Estaba a punto de ponerse a dar manotazos a su hombro cuando su móvil sonó. Al ver el nombre de Garrett en la pantalla, se lo mostró a April con una sonrisa.

—¡Ya está! —le dijo, entusiasmada—. Es una señal, le pediremos consejo y asunto arreglado.

Pulsó el botón de contestar y después el de manos libres, para que ambas pudieran escuchar al policía.

—Hola —saludó él.

—Hola, estoy aquí con April —informó ella.

—Ah… Hola, April.

—Necesitamos tus feromonas de sabiduría —dijo April.

—¿Mis qué?

—Nada, tus consejos —replicó Wanda, dándole una patada a su amiga por debajo de la mesa—. Escucha, tenemos una duda.

—¿Otra? ¿No habíamos resuelto todas ya?

—Es fácil. Ya te he contado que Dominic nos tiene un poco abandonadas porque está todo el día con Greta.

—Ajá.

—Bueno, pues hoy está en casa y ha sugerido que pasemos el día juntos.

—Pero luego Greta le ha llamado y se ha ido corriendo a hablar con ella por teléfono —aportó April, para quien aquel detalle era crítico.

—Y nosotras nos íbamos a pasar el día al Six Flags Discovery Kingdom.

—Buen plan. Podéis descargar la frustración en la montaña rusa.

—¿Qué hacemos? —preguntó April, ignorando su comentario burlón—. ¿Lo dejamos tirado para que vea lo que se siente?

—Vaya, veo que no te andas con bobadas y vas directa a la venganza —dijo Garrett—. Yo tengo que controlarme en ese aspecto, así que no recomiendo el ojo por ojo. Tampoco creo que debáis cambiar vuestros planes por él, así que... ¿por qué no le pedís que os acompañe? Puede ser una buena oportunidad para reconectar.

April suspiró. No le apetecía mucho aquella opción porque si decía que no, se enfadaría aún más con él, y si decía que sí, pues... acabaría perdonándole el plantón del día anterior, como siempre, porque era una tonta blandengue.

—Supongo que por preguntar no perdemos nada —murmuró.

—Ya me contarás qué tal, Wanda.

Ella quitó el altavoz, dándose cuenta de que ni siquiera sabía el motivo de su llamada: las dos habían pasado directamente a preguntar sin más.

—Muchas gracias —agradeció la chica—. Te debo otra.

—Voy a acabar poniendo un anuncio, «consejos gratis». En fin, pues os dejo a lo vuestro, espero que salga bien.

—¿Querías algo?

Garrett dudó unos segundos, en los que la morena tuvo la certeza de que sí, la llamaba para algo, y seguramente estaba perdiendo la oportunidad de hacer alguna cosa con él. Una pena, nunca hubiera dejado plantada a April, pero seguro que tiempo para un café habría sacado en algún momento.

—Nada, tranquila, id a lo vuestro. Solo te llamaba para charlar un rato, ya hablamos mañana, que entro ahora a trabajar.

—Vale.

Dejó el teléfono y miró a April, que se encogió de hombros.

—Pues nada, haremos caso al señor sabio —dijo, mirando su reloj—. Aunque espero que no tarde en volver, que si no se nos hará tarde.

Recogieron la cocina mientras esperaban a Dominic, que se hizo de rogar otros quince minutos más. Ninguna se explicaba de qué demonios hablaban tanto tiempo, aunque no sería la primera vez que le oían decir el maldito «no, cuelga tú» unas cuantas veces.

Por fin, el chico apareció en la cocina, aunque eso sí, con el móvil en la mano por si acaso.

—¿Todo bien? —preguntó Wanda.

—Sí, genial. Me encanta Greta.

—Sí, eso ya nos lo has dicho muchísimas veces —resopló April—. Mira, resulta que estamos a punto de marcharnos.

Él se dio cuenta entonces de que las dos estaban vestidas. Con ropa cómoda, pero no como para estar en casa. Ni siquiera se había fijado al levantarse, más preocupado por si Greta llamaba o no, y ahora veía que no tenían el pijama puesto.

—Ah… ¿Dónde vais?

—Pues al Six Flags —contestó Wanda, mirando de reojo a April—. ¿Te apuntas?

—Pensaba en algo más tranquilo para hoy… vale.

No le apetecía mucho ir en coche hasta allí, aunque solo fuera una media hora, y andar entre toda la gente que seguro habría allí. Pero también les había dicho que quería pasar el día con ellas, así que podía hacer el esfuerzo.

—Me visto en cinco minutos.

Que al final fueron otros quince, a pesar de ir corriendo al baño, a su pelo le dedicaba más tiempo que a la ducha en sí.

Aunque seguía mosqueada por el tema Greta, April se relajó un poco cuando lo vio salir con el pelo perfecto y sonriendo; estupendo, tal y como había supuesto, se le estaba pasando el enfado. Además, Dominic rodeó sus hombros y los de Wanda con sus brazos para salir del apartamento los tres juntos, como solían hacer antes. El gesto era tan natural, estaban tan cómodos, que parecían la piña de siempre, era como uno de tantos domingos que habían pasado juntos tiempo atrás, así que April pensó que lo mejor que podía hacer era disfrutarlo. Seguro que él también las echaba de menos.

—«Dos chicas, un chico, una carretera y un parque lleno de niños salvajes» —recitó Dominic, mientras se abrochaba el cinturón—. «¿Qué puede salir mal?».

Wanda le sacó la lengua mientras April arrancaba y ponía rumbo al parque. Encendieron la radio y la pusieron a todo volumen para ir cantando, aunque no les pasó desapercibido el hecho de que él no se uniera en todas las canciones, ya que de vez en cuando sacaba el móvil y se ponía a escribir mensajes.

En poco más de media hora llegaron al parque. Había muchos coches y el sol hacía prever que estaría bastante lleno de familias, pero al menos las colas para comprar las entradas eran cortas y pronto estuvieron dentro.

—Primera parada, el algodón de azúcar —dijo April, señalando el puesto.

—Para mí no, gracias —se negó Dominic, con gesto de rechazo—. Eso es veneno puro, Greta me lo ha dicho muchas veces.

—Pues yo me voy a envenenar a gusto —replicó ella, molesta.

—Uno pequeño para mí, por favor —pidió Wanda.

April cogió uno para Wanda según sus indicaciones, y para ella, pidió a la encargada el más enorme que tuviera. Cuando le entregó un palo con una nube rosa casi más grande que su cabeza estuvo a punto de arrepentirse, pero se lo llevó con una gran sonrisa. Que se jodieran Greta y su veneno, aunque tuviera después un subidón de azúcar de los que hacían historia.

—¿No había más grande? —bromeó Wanda.

Como respuesta, April se metió un buen trozo en la boca.

—¿Dónde vamos primero? —preguntó Dominic, abriendo un mapa que habían cogido al entrar.

—Vamos a alguna montaña rusa, antes de que se llenen —sugirió Wanda.

Miró a April, que afirmó con la cabeza.

—Sí, yo esto me lo como en un minuto.

Wanda no estaba tan segura de que le diera tiempo a terminárselo antes de subir a la atracción, pero April parecía tan convencida que no dijo nada. Ella iba comiendo el suyo a poquitos, para disfrutarlo más, y cuando llegaron a la cola, todavía le quedaba suficiente para no aburrirse mientras esperaban. A su lado, April tenía los carrillos llenos cual hámster para no quedarse atrás ni tener que tirar nada porque llegara su turno.

—Esta montaña rusa es nueva —comentó Wanda—. A ver si te vas a despeinar, Dominic.

Le dio un empujoncito, pero él no le siguió la broma. Había sacado el móvil y apenas si apartó la mirada de la pantalla.

—¿Qué? —dijo, sin levantar la vista—. Sí, sí. Esto… ahora vengo, subid vosotras, que me está llamando Greta.

April casi se atragantó al escucharlo, por mucho que se esforzó no consiguió tragar a tiempo para decirle nada antes de que se saliera de la cola y las dejara solas.

—Será posible… —refunfuñó, metiéndose otro buen puñado de algodón de azúcar en la boca.

—Puede que sea algo urgente —medió Wanda, aunque tampoco lo creía.

—Sí, que se le va a olvidar su voz si no hablan cada media hora, no te digo.

Y ya estaba, mosqueándose de nuevo. Por lo menos con la rabia masticaba más rápido, así que para cuando llegó su turno, ya se había terminado la enorme nube de algodón.

Dominic las estaba esperando en la salida y, por lo menos en ese momento, no tenía el móvil en la mano.

—¿Qué tal ha estado? —preguntó.

—Bastante bien. —April se pasó las manos por el pelo varias veces, sin conseguir domarlo del todo—. ¿Vamos a la caída libre?

—Por mí vale.

—A ver si aquí no te llama nadie.

—No, no, Greta iba a estar ahora un rato desconectada, así que… —Empezaron a andar hacia allí—. Esta semana me ha ayudado a comprar un traje, por cierto.

—¿Y no nos lo has enseñado? —preguntó Wanda, sorprendida.

—No, tiene muy buen criterio. Por cierto, no hace falta que me ayudes más con eso, ya está ella. Me lo pondré mañana para una reunión que tengo en la empresa, es la primera con los directivos, así que… causaré buena impresión.

—¿Sobre qué es? —preguntó April.

—Una presentación de un proyecto. La he ensayado con Greta, no puede salir mal. Ah, ¿os he dicho que me han cambiado de mesa? —Ellas se miraron—. Sí, ahora estoy al lado de una ventana. Tengo unas vistas increíbles.

Y todo el trayecto hasta la atracción, más la cola, estuvo hablando sobre su nuevo sitio, lo estupenda que era la cafetería del trabajo y lo geniales que eran los compañeros con los que se sentaba. Ellas lo escuchaban sin decir nada, porque tampoco daba pie a hacer ningún comentario. Por supuesto, se alegraban por él, pero ambas se dieron cuenta de que más que una conversación, lo que estaba manteniendo era un monólogo.

Cuando llegaron a los turnos para entrar, Dominic miró hacia arriba y movió la cabeza.

—Os espero fuera —dijo—. Le he enviado un mensaje a Greta con una foto de la atracción y me acaba de decir que mejor que no suba, que me irá fatal para el pelo.

—¿Perdona? —April levantó las manos pensando en estrangularle, pero las bajó a tiempo.

—Sí, se me puede enredar.

Salió por un lateral, mientras el encargado de la atracción daba paso a las chicas. April aprovechó la atracción para gritar y dejar salir su frustración. Menudo día juntos, aquello era un puñetero desastre.

Cuando se bajaron, cogió a Wanda del brazo para salir juntas.

—Me siento como el soldado de invierno —le dijo.

—¿Qué?

—Ya sabes, me dices una palabra clave y entro en modo *berseker*. —Wanda se echó a reír—. Te lo juro, como escuche el nombre de Greta una vez más...

Caminaron del brazo buscando a Dominic con la mirada. No las estaba esperando al final, sino que se había alejado y lo vieron junto a un puesto de zumos de frutas, con un vaso en la mano que acababa de pedir, ya que estaba todavía lleno.

—¿Os apetece uno? —preguntó—. Greta dice que un chute de vitaminas en cualquier momento del día es lo mejor para el cuerpo.

—Un chute le daba yo, pero de los físicos y con la mano bien abierta —murmuró April.

—Estamos bien, gracias —contestó Wanda, dando unas palmaditas a su amiga—. ¿Por qué no escoges tú dónde ir, Dominic? Seguro que hay algo en lo que te apetece subirte y podemos montarnos los tres juntos.

—A ver qué puedo encontrar.

Dio un trago al zumo y abrió el mapa, revisando el listado que había en un lateral.

—Tranquilo, solo hay más de cincuenta atracciones —replicó April, al ver que no decía nada—. Alguna te valdrá, fijo.

—No creas, porque mira, las de agua también me pueden estropear el pelo, que tendrá mucho cloro, así que descartadas.

—Esto también te lo habrá dicho Greta, ¿no?

—Claro.

—Porque es una experta capilar.

—¿Por qué no comemos algo y lo pensamos después? —sugirió Wanda, viendo que su amiga comenzaba a ponerse del mismo color que su pelo—. Ya es la una.

—Buena idea, la pena es que no vendan alcohol aquí. —April de buen gusto hubiera pedido un zumo de aquellos para tirárselo a Dominic por el pelo, aunque seguro que le agradecería las vitaminas, si Greta le había dicho algo de que fueran buenas para su cabello—. Vamos, ahí hay un restaurante.

Le quitó el plano a Dominic para que no buscara otras opciones, que seguro que Greta también tenía opinión sobre los menús del parque. El restaurante era tipo *buffet*, así que cogieron unas bandejas, se sirvieron y fueron a sentarse a una mesa a la sombra.

—¿Qué tal si miramos las atracciones infantiles? —sugirió Wanda—. Ahí no se te revolverá mucho el pelo ni te mojarás en exceso, ¿no?

—Buf, no sé qué decirte… —contestó él, examinando el mapa de nuevo—. Porque en las tazas, por ejemplo, me mareo mucho.

—A este paso nos veo en el tiovivo —murmuró April, moviendo la cabeza—. Chico, no te va a cundir la entrada nada.

Él ni siquiera la estaba escuchando: Dominic miraba su móvil y April cogió una patata frita para tirársela a la cara, a ver si así les prestaba atención, cuando, de pronto, el chico se levantó con una exclamación de alegría.

—¡Qué suerte! —exclamó.

—¿Qué pasa, te ha tocado la lotería? —preguntó April, con tono sarcástico y metiéndose la patata frita en la boca con disimulo.

—Casi, Greta está en el aeropuerto. Va a coger un vuelo antes para venir a verme. —Les guiñó un ojo—. Está claro, no puede vivir sin mí.

—Ni siquiera has comido —dijo Wanda.

—Para vosotras. Tranquilas, pido un Uber. Nos vemos en casa, me lo he pasado genial. —Retrocedió un par de pasos y se paró para mirarlas, recapacitando por un segundo—. No os importa, ¿verdad?

—Pues… —empezó April.

—Le daré recuerdos a Greta de vuestra parte.

Levantó los pulgares y se marchó corriendo, ante la mirada estupefacta de ambas.

—Feromonas de sabiduría mis narices —resopló April, fastidiada—. Menudo consejo, le tendríamos que haber dejado en casa, así a lo mejor pillaba la indirecta.

—Garrett no tiene la culpa.

—No, solo digo que sus consejos valen solo para ti, se ve que para los demás no funcionan. O al menos, si yo estoy involucrada.

—Él no podía saber que Dominic se marcharía así. Vamos, ni yo me lo imaginaba, sobre todo porque ya que había venido…

—Y encima nos ha despedido. —Wanda levantó una ceja de forma interrogativa—. Claro, ¿no te has dado cuenta? Ahora tiene a Greta para escogerle la ropa, así que ya no le haces falta.

Wanda había pensado que lo del traje había sido una excepción, y con el comentario de Dominic, April tenía razón: no tenía intención de pedir su opinión más, la de Greta bastaba y sobraba.

—Y recuerda lo que ha dicho del cloro en el agua. Que no digo que no sea cierto, pero por subirse un par de veces, no le iba a pasar nada. Admítelo, Wanda: ya no valemos ni como estilistas ni como peluqueras para él, y a este paso, veo que como amigas, poco.

Wanda no quería estar de acuerdo, mas no podía negar lo obvio: Dominic se había marchado sin el menor rubor y, el tiempo pasado con ellas tampoco podía decir que hubiera estado muy presente. Solo había hablado de él y de Greta, sin demostrar el menor interés por saber qué tal estaban o cómo les iba en el trabajo, algo habitual en el pasado.

—Diría de hacer otra intervención, aunque haría falta su presencia…—resopló April—. Estaríamos solas con los cartelitos.

—Seguro que se le pasa pronto.

—¿Tú crees? Porque con Marion tuvo que haber una hecatombe para que reaccionara.

—No me lo recuerdes.

—Pues sí, porque le has perdonado y mira la que te lio.

—Oye, que tú bien que te rindes enseguida en cuanto te pone ojitos.

April enrojeció un poco y se llenó la boca de patatas fritas para no contestar. No necesitaba que Wanda le recordara lo blanda que era con él, lo sabía, y tampoco quería que su amiga indagara demasiado en el porqué.

—Vino a pedirme perdón —siguió Wanda.

—Y salió con novia y trabajo, qué apañado.

—Mira, está claro que ahora pasa por la fase de ceguera.

—O daltonismo, aunque ese le viene de serie.

—Ja, ja. —Le dio un empujoncito—. En serio. Ahora solo ve lo bueno de Greta, como le pasó con Marion. Solo que multiplicado, porque creo que no he oído mencionar tanto un nombre en mi vida.

—Y encima parece que es una superdotada que sabe de todo.

—Efectivamente. A lo que voy es que pronto pasará, empezará a verle defectos o tendrán algún desencuentro, o lo que sea. El desgaste diario.

—Tú no tenías eso con Jasper, llevabais un año y era todo perfecto.

Wanda tomó un sorbo de su bebida, considerando aquello. ¿Perfecto? Más que eso, quizá era «adecuado» o «rutinario». Algo que en aquel entonces era correcto, no le gustaban las discusiones y con Jasper todo fluía… por eso su abandono resultó tan inesperado y doloroso, porque no había habido señales antes. Nunca habían tenido una discusión de esas en las que volaban cosas o estaban días sin hablarse.

—Quizá demasiado —contestó, encogiéndose de hombros.

—¿Qué quieres decir?

—No lo sé, ahora que ha pasado tiempo y lo miro en retrospectiva…

—¿Le arrancarías los ojos y no la ropa?

Wanda estuvo a punto de atragantarse con su bebida, más que por el comentario, porque la imagen de arrancar la ropa a alguien en su mente no tenía la cara de Jasper, sino de cierto policía al que le sentaba el uniforme más que bien.

—¿Cambiamos de tema? —dijo, en cambio.

—Sí, perdona, no quería que pensaras en Jasper, bastante mal te lo ha hecho pasar.

—Eso es. —Carraspeó—. ¿Y lo tuyo qué?

—Igual que siempre.

—El jueves vi un táper nuevo del hombre-ceniza.

—Sí, ahí sigue, a lo suyo. Aunque ya le he dicho que de momento estoy muy ocupada y no tengo tiempo para salir, para que no se haga ideas.

La morena tamborileó en la mesa con los dedos durante unos segundos, observando a su amiga. Había algo que no le estaba contando, y no terminaba de averiguar qué era. En el trabajo sabía que todo estaba igual, su jefe no había vuelto a ir por la peluquería, ni tenía novedades, y llevaba muchísimo sin salir con nadie. Entendía que Tobías no fuera la mejor elección, pero para airearse y tomar algo, ¿por qué no?

—¿Quieres que pregunte por ahí a ver si hay algún soltero para ti?

Entonces fue el turno de la pelirroja de casi atragantarse con su bebida. Mientras escupía y tosía, miró a Wanda como si le hubiera sugerido beber un cóctel radioactivo.

—¿Qué? —consiguió decir—. ¿Una cita a ciegas? ¿Tan desesperada me ves?

—No sé, hace mucho que no sales con nadie, ¿no?

—Estoy bien sola.

—Podría ser divertido conocer a alguien nuevo. El otro día Portia estuvo hablando de Tinder, se lo ha instalado en el móvil y debe ser la bomba.

—Paso.

—O esos bares de citas de quince minutos. Puedo ir yo a otra mesa, nos ponemos los pinganillos y así…

—Deja, creo que con el tema de los pinganillos ya tuve bastante el día de la discoteca. No me apetece pillar otra conversación erótica.

—Pues en la peluquería no creo que conozcas a nadie, solo van mujeres.

—Más adelante, ¿vale? Estoy en un período de… hombres lejos.

Que duraba demasiado, pero no podía decirle a Wanda que era porque no se quitaba a uno de la cabeza. Si lo pensaba, quizá esa era la solución: salir con otro, o varios, ver que había muchos peces en el mar, como solía decirse. Sobre todo, porque su pez había salido de la pecera y estaba nadando con tiburones y alejándose cada vez más.

—Ya veré después de mi cumpleaños —dijo.

Así ganaba algo de tiempo. Seguro que Dominic iría con Greta, a no ser que ella se negara, porque no había vuelto a aparecer por el apartamento ni siquiera a pasar la noche con él, la cuesta echaba para atrás cualquier intento. Aquel pensamiento la animó un poco: con algo de suerte, no tendría que verla ese día, y esperaba que Dominic se portara como el amigo que era y se preocupara por ella en su día especial.

Wanda se contentó con aquella respuesta: al menos había una fecha límite, entendía que cada persona pasaba por distintas fases, como a ella le había ocurrido, y April estaba más preocupada por su trabajo y el proyecto que había preparado que por una posible relación o conocer gente nueva. Como siempre, estaba allí para apoyar a su amiga, así que le pasó el postre que Dominic había dejado y April sonrió.

—¿Azúcar de consolación? —preguntó.

—Creo que lo necesitas más que yo. Y seguro que Dominic lo había cogido para ti, porque él ya no come de eso, ¿recuerdas?

April agradeció el gesto, aunque el hecho de que la crema fuera de fresa tenía que ser casualidad, era justo la que a ella le gustaba. Por un momento dejó que su imaginación lo creyera, como cuando Dominic salía con ellas o estaba en casa y les buscaba siempre cosas que les gustaban para comer.

Como cuando compartían el café. O metía los pies bajo su cuerpo para calentárselos.

Suspiró mientras hundía la cuchara en la crema, echando de menos aquellos momentos. Vale, aún quedaban días de verano, aunque sus pies siempre estaban fríos, pero… ya solo compartían sofá Wanda y ella, era como si fueran un matrimonio al que su hijo hubiera abandonado para marcharse de casa.

Lo que le faltaba, no había cumplido los años todavía y estaba pensando el síndrome aquel del «nido vacío». Mejor no se lo contaba a Wanda, porque acabaría de tomarla por loca.

—¿Has pensado algo para mi cumpleaños? —preguntó.

—Si así fuera, no te lo voy a decir. —Le guiñó un ojo—. Será una sorpresa, como siempre. Así que no preguntes porque no te diré nada.

—¿Te ayudará Dominic?

—Claro.

Lo había dicho convencida, a pesar de no haber hablado del tema todavía. Más le valía no fallar con aquello, porque sería el colmo.

—Vale, vale, no pregunto.

Hizo el gesto de cerrarse la boca con una cremallera y tirar la llave, sonriendo. Bueno, el día había salido fatal con Dominic, pero seguro que en su cumpleaños se arreglaría todo.

CAPITULO 15

Después de darle vueltas durante días, Wanda decidió que lo mejor sería celebrar el cumpleaños de April en casa. Había muchas opciones divertidas fuera, pero tenía comprobado que a la gente no le gustaba gastar dinero, la misma April no podía permitirse según qué cosas.

Incluso había hablado con Garrett sobre el tema, por si acaso él tenía alguna idea brillante y asequible para que los invitados no pusieran mala cara ante la idea del desembolso.

—¿Paracaidismo? ¿*Paintball*? —sugirió él, después de que lo llamara un domingo a las doce de la noche porque no terminaba de tener una idea reveladora—. A mi mejor amigo le regalaron un paquete de esos para tirarse de un avión y no lo olvidó en unos cuantos años, créeme.

—¿Tu mejor amigo? —preguntó ella, incorporándose en la cama—. ¿Tienes un mejor amigo?

—Por sorprendente que parezca, sí. Tengo amigos, conocidos, ese tipo de cosas.

—Ya, perdona, es que nunca hablas mucho de nadie, así que…

«Porque habláis de ti, idiota», le dijo el demonio del hombro, con voz chillona.

No, eso no era verdad, se defendió Wanda al momento. No solo hablaban de ella, ¿no? También de su familia, del trabajo…

Aunque debía admitir que el setenta y cinco por ciento de su relación se basaba en ella y su lío mental. ¡Aunque cada vez menos!

—¿Por qué no me lo presentas algún día? —sugirió.

—¿A Brian? Sí, claro, si quieres conocerlo no hay problema. Vive en la otra punta y nos vemos cuando coincide, pero está bien.

—Bueno, solo si quieres, claro —contestó Wanda, como siempre preocupada porque Garrett creyera que se estaba volviendo muy exigente.

Qué difícil era sacarse la sensación de ser una amiga de mentira, joder. Esperaba que, de un momento a otro, el policía le dijera algo como: «Ya estás mejor, así que dejemos esta farsa y que cada uno vuelva a lo suyo».

Si a Garrett le había incomodado su comentario, no dio muestras de ello porque volvió a la charla inicial.

—¿Una casa del terror?

—Demasiado caro. Todo lo que he visto no baja de los cien dólares por persona… yo los pagaría, los invitados lo dudo.

—¿Y un viaje en globo?

—Si meto a April en un globo y la lanzo por los aires me mata, seguro.

Oyó su risa al otro lado del teléfono y eso la relajó ligeramente. Cada vez que lo oía reír, la sensación de impostora disminuía. Porque si algo sabía, era que Garrett no disimulaba por nada ni por nadie.

—Vale, te seré sincero… con tantas pegas y las limitaciones de dinero, no veo una opción mejor que hacer una fiesta en vuestro piso.

—Oh, no, no… será un desastre.

—No seas supersticiosa, el hecho de que dos fiestas hayan salido mal no quiere decir que vaya a suceder siempre —explicó Garrett—. Además, puedes pensar algo para que no sea lo mismo de otras veces. Por ejemplo, karaoke.

—Karaoke. —Wanda arqueó la ceja.

—Sí, le dedicas la fiesta a ese tema. ¿No dices que es una especie de tradición entre vosotros?

—Sí —asintió ella, de mala gana.

—Lo decoras a tu gusto, comida, bebida… sin mucho alcohol, ejem, no sea que se repita lo de la última vez, y listo. Dominic te ayudará a prepararlo, y en las invitaciones dejas claro que es noche de karaoke y que todo el que vaya tiene que cantar.

—Ja, cantar en el karaoke no va bien con la escasez de alcohol. ¿Tú estás dispuesto a cantar?

—No. —Garrett se echó a reír—. A mí me tienes que perdonar por darte la idea. No pienso cantar.

—O sea, que vas a venir —comentó ella, por si acaso había entendido mal.

Hubo un breve silencio hasta que lo oyó de nuevo.

—Bueno, si quieres que vaya, claro.

Wanda se recostó de nuevo en la cama, más tranquila.

—Quiero que vengas, sí.

Garrett había contestado que por supuesto, y después de aquello, todo fue rodado. La única parte de la ecuación que fallaba era Dominic. Se suponía que iba a ayudarla a preparar todo, aunque por el momento se había quedado solo en palabras, pues entre el trabajo nuevo y su agitada vida social de la mano de Greta, apenas lo veía el tiempo suficiente para pronunciar la palabra «Hola».

Acordaron un día para pensar en si decoraban y cómo lo hacían, pero él no salió a tiempo del trabajo, o eso explicó. De forma que Wanda decidió encargar unos carteles con diversos concursos de música sin consultarle, porque veía que se quedaba sin tiempo. Lo mismo decidió respecto a las invitaciones, dado que el chico en ningún momento había manifestado interés alguno por participar en aquello.

El día anterior al cumpleaños, Wanda llegó del trabajo a las seis esperando encontrar a Dominic en casa para que ambos fueran a comprar lo necesario, pero al llegar se encontró con que él no estaba, para variar.

Estupendo, tendría que ir sola, porque algo le decía que no leería sus mensajes hasta que fuera tarde, como las otras veces.

Se cambió de ropa y cogió el coche para ir hasta el centro comercial. Allí se apropió de un carro y trató de recordar qué tipo de comida habían servido en su fiesta… recordaba el queso y los nachos encima de Dominic y el ponche en su vestido. No era la mejor idea del mundo repetir, pero tampoco podía prescindir del alcohol y la comida.

Estaba delante de una estantería cuando notó que su móvil vibraba. Lo sacó creyendo que sería Dominic y en su lugar descubrió que era Garrett.

—¿Cómo van los preparativos?

—Ahora mismo estoy en el súper comprando la comida porque nuestro mejor amigo no está aquí. No es que me importe, ya que no ha participado en ningún momento…

—Se está luciendo, sí. Todavía estoy en el trabajo, si no hubiera ido contigo.

—No sé por qué he venido a este sitio, hay demasiados pasillos y no sé qué demonios comprar.

Garrett demostró ser sorprendentemente práctico y funcional:

—Destierra del carro cualquier producto comestible que pueda terminar encima de alguien con consecuencias fatales —comentó—. Compra cosas que se puedan caer al suelo sin armar un estropicio.

—Vale, ¿patatas fritas, por ejemplo?

Wanda comenzó a echar cosas según las sugerencias del chico. No compraba tantos gusanitos, patatas, gominolas, chocolatinas y aceitunas desde que tenía trece años, y después de los últimos acontecimientos tampoco le pareció mal. Nadie acabaría cubierto de queso de la cabeza a los pies, eso seguro, aunque iba a parecer un cumpleaños infantil.

—¿Y el alcohol?

—Simple, cerveza. Le gusta a casi todo el mundo —respondió él—. Para hacer copas hay que preparar una mesa en condiciones, no te compliques. A menos que a la chica del cumpleaños no le guste la cerveza, claro.

—Sí le gusta, sí.

A ella menos, pero le daba lo mismo: no era su celebración. Solo quería que April se divirtiera y cambiara la cara desanimada que llevaba puesta desde hacía meses y que había acentuado desde el fracasado día en el parque.

Pagó mucho menos de lo esperado, y le dio las gracias a Garrett por ayudarla, aunque fuera por teléfono.

—No importa. Llámame si necesitas algo —dijo el policía, antes de colgar.

La joven regresó al piso y guardó toda la comida en uno de los armarios, pensativa. Comprobó su móvil para ver si Dominic se había tomado la molestia de disculparse, al menos, y lo encontró vacío. Ni siquiera había leído el anterior para ver a dónde iban de compras. Apenas reconocía a su amigo en aquella persona que, noche tras noche, entraba de madrugada y se metía en su cuarto sin mediar palabra.

Conocía bien a Greta, que se pasaba la vida de fiesta en fiesta, y cuyo mayor interés residía en su intensa vida social, pero no era justo culparla a ella. Dominic se portaba así porque le daba la gana, ni más ni menos: tener novia no era una excusa para dejar de lado a sus amigos.

Con un suspiro, tecleó otro mensaje para cuando se dignara a mirar el teléfono.

«El cumpleaños de April empieza a las seis. El tema es el karaoke. No sé si le has comprado algo, por si acaso tengo dos regalos, así que haz el favor de ser puntual.»

Dejó el móvil y miró al techo con un suspiro. Menos mal que tenía a Garrett, que se estaba portando muy bien, porque aquello era duro. Después de los dos plantones de esa semana, no le apetecía mucho pasar tiempo con Dominic, la verdad, pero seguía siendo parte de la familia. Y a veces, la familia se ponía tonta y había que darles una colleja… otras veces se separaban porque la vida y las circunstancias se ponían de acuerdo. Nunca creyó que eso podría pasarles a ellos, aunque si lo pensaba con frialdad veía que no era tan raro.

Dominic parecía haber encontrado su camino, uno donde ya no las necesitaba. Quizá era algo que debía suceder tarde o temprano, desde luego dolía.

En fin, April no necesitaba saber que el chico apenas había participado en nada. No pensaba contárselo, y también por ese motivo había comprado dos regalos, para darle uno de parte de Dominic por si acaso a él se le olvidaba. Sería la primera vez, y esperaba que no pasara, así que mejor cubrirse las espaldas.

Nada más despertar el sábado, Wanda comprobó el móvil. Dominic le decía que estuviera tranquila, que llegaría puntual. Tenía una comida con Greta, no obstante iría de forma inmediata hacia allí al acabar para así ayudarla a preparar todo.

Más tranquila, Wanda se levantó y fue hasta el WaFFle CoFFee para comprar un desayuno especial con el que obsequiar a su amiga. Por desgracia, April también trabajaba los sábados, aunque salía cerca de las tres. Wanda lo tenía todo controlado: un vale de regalo para que fuera al centro comercial a darse un masaje relajante, con eso lograría tenerla ocupada un rato más, justo lo que necesitaba para preparar el apartamento.

Felicitó a su amiga, que agradeció el bollo, y mucho más el vale para el masaje.

—Falta me hace —resopló—. ¿Hasta qué hora tengo que entretenerme?

—Tú come y vienes después de darte el masaje, que me da tiempo —sonrió Wanda.

—Hecho. Nos vemos luego —se despidió April, con otra sonrisa.

En cuanto la pelirroja se marchó a trabajar, Wanda se puso manos a la obra. Como buena anfitriona que era, limpió el piso entero para que estuviera impoluto. Después se dio una ducha y pidió comida japonesa para no perder tiempo cocinando, porque no le sobraba. Aún quedaba colocar los carteles, poner el equipo de música y conectar los micrófonos para el karaoke, algo que esperaba hiciera Dominic porque a ella no se le daban bien los cables… preparar la comida y bebida, que gracias a Garrett sería rápido y nada complicado, y después ponerse presentable ella misma.

Una vez terminó de comer, fue directa a colocar los carteles. Así, cuando llegara Dominic, podría ir directo a montar el equipo de karaoke. Los puso con cuidado para no estropear la pintura de las paredes, y una vez estuvo listo retrocedió hasta el rellano para ver el efecto.

Quedaba muy bien, con un punto disco que se veía aumentado con las bolas de discoteca que había comprado. Las sacó de debajo de su cama, donde permanecían escondidas, y las colocó en sitios estratégicos para ambientar el salón por igual. Después apagó las luces para ver qué tal quedaban: impresionante. Aquello parecía una discoteca: solo quedaba inflar los globos y esa parte estaría terminada.

Miró el reloj, impaciente, y se acercó hasta donde estaba la televisión. Agarró todos los cables para examinarlos de uno en uno, y justo entonces sonó el timbre.

—¡Gracias a Dios! —exclamó, aliviada.

¡Al fin Dominic aparecía! Un poco justo… en fin, mejor tarde que nunca. ¿Por qué llamaba a la puerta en lugar de utilizar sus llaves? ¿Las habría perdido entre revolcón y revolcón con Greta?

Abrió la puerta y encontró a Garrett al otro lado.

¿Qué? ¿Cómo se le ocurría presentarse así, sin avisar?

Hizo memoria para recordar qué aspecto tenía exactamente, si estaba presentable o no. Vale, sí, había pasado por la ducha y llevaba vaqueros y camiseta, todo en orden. Sin maquillar, aunque a eso ya estaba acostumbrado él. Casi mejor de ese modo que en plan Panda, como en su propia fiesta de cumpleaños.

—No ha venido, ¿verdad? —preguntó Garrett, al ver su rostro.

Wanda negó con lentitud, y se hizo a un lado para dejarlo entrar. No iba tan arreglado como en la fiesta *pin up*, pero tenía su razón de ser: el karaoke no exigía etiqueta alguna, solo garganta y poco sentido del ridículo.

—Me he imaginado que no lo haría —dijo él.

—Todavía está a tiempo, faltan un par de horas —murmuró la chica, queriendo conceder a su amigo el beneficio de la duda.

—Claro, claro… bueno, te ayudo en el resto mientras le esperamos, ¿te parece bien?

¿Que si le parecía bien? Le daban ganas de abrazarle de lo agradecida que se sentía. Sus ojos se desplazaron hacia la zona caliente de cables y televisión, detalle que Garrett captó al momento.

—Yo me ocupo de eso —decidió, acercándose—. El resto ha quedado muy bien. Lo negaré si se lo cuentas a alguien, pero las bolas de discoteca tienen su encanto.

Wanda murmuró un par de palabras inconexas y salió del salón en dirección a la cocina. ¡Si es que no podía ni hablar! Tenía allí un tío terriblemente atractivo, que se presentaba sin avisar para echarle una mano, con esos vaqueros que merecían una multa y encima le gustaban las bolas de discoteca, que todo el mundo pensaba que eran muy de los ochenta menos ella.

«Y ya van tres veces que sube esta cuesta sin que nadie le haya puesto una pistola, ¡liga con él!», susurró el diablo de su hombro.

—¡Que te calles! —masculló.

—¿Has dicho algo? —Oyó preguntar a Garrett.

—No, nada. Que no sé dónde he dejado las llaves —improvisó.

Agarró los cuencos y parte de las bolsas y regresó al salón, donde Garrett andaba trasteando entre la mesa y la televisión mientras conectaba lo necesario para que funcionaran los micrófonos y altavoces.

—Así que lo del karaoke es importante en vuestra vida —comentó.

—En la universidad íbamos todos los fines de semana a un antro que hacía concursos y siempre ganábamos. Es una horterada, y la mayor parte de las veces estábamos tan borrachos que nos daba igual.

—Y esto no será una especie de maniobra para que Dominic tenga un ataque de nostalgia ácida, ¿verdad?

—En absoluto. Tú no conoces a April, no imaginas lo mucho que le gusta cantar… aunque lo vas a comprobar, lo tenemos muy perfeccionado.

—Estoy impaciente —se burló Garrett, y le dio un golpecito al televisor—. Listo, ¿quieres hacer una prueba de sonido?

—Nanay, que luego te estarías metiendo conmigo semanas…

—Normal, no se deja pasar la oportunidad cuando un amigo hace el ridículo. Es una regla sagrada en el libro de la amistad.

—¿Y dice algo de ayudar a echar comida basura en platos de papel? Porque April no tardará mucho en venir a casa, tiene que ponerse mona y estar lista a las seis. —Wanda miró el reloj a la vez que hablaba—. ¡Son más de las cuatro! Y Dominic sin aparecer.

—A ver, calma. —Garrett se levantó y se aproximó hasta la mesa, decorado con un mantel lleno de notas musicales—. Esta comida para niños se coloca en cinco minutos, así que sobra tiempo. Ya lo hago yo mientras te arreglas.

—¡Es Dominic quien debería estar aquí! —protestó Wanda, notando de pronto lo furiosa que estaba con su amigo.

—Bueno, pero no está, estoy yo. Así que vete y deja de refunfuñar, porque de ese modo la única que va a salir perjudicada es April.

—Sí, vale, vale. Tienes razón, como siempre. —Frunció el ceño—. Cosa que empiezo a odiar, ya que ha salido el tema. No tardo.

Wanda se metió en su habitación y cerró tras ella, dejando a Garrett en el salón. Abrió el armario sin saber qué ponerse, y decidió seguir con su idea inicial: vaqueros y una camiseta mona, al fin y al cabo, era una fiesta informal donde seguramente todos terminarían despeinados y acalorados por berrear bajo las bolas de discoteca.

Mientras, Garrett se dedicó a volcar sin mucho esmero paquetes de patatas y aceitunas en los platos y cuencos hasta dejar la mesa más o menos llena de porquerías. Cambió las gominolas de sitio para alejarlas del chocolate, y después el chocolate junto a las palomitas para separarlo de las aceitunas. Estaba pensando si seguir dando vueltas a los platos cuando al fin Wanda regresó de su cuarto y, como de costumbre, daba igual lo que se pusiera porque todo le quedaba bien. La miró de reojo, pensando si comentarle lo guapa que estaba, pero como nunca había sido el tipo de tío que desvestía a las chicas con la mirada y hacía comentarios al respecto, lo dejó correr. Además, Wanda podía sentirse rara y no quería eso, aunque se dio cuenta de que el silencio entre ellos se había vuelto incómodo. ¿La había mirado demasiado sin ser consciente?

Lo salvó el timbre de la puerta.

—Debe de ser April, llama por si acaso no tiene que entrar todavía. —La morena sacudió la cabeza y consultó el móvil otra vez—. Nada, ni una llamada o mensaje. Ni siquiera ha leído los otros que le he enviado.

Fue a abrir la puerta y Garrett terminó con la composición de la mesa, pensando que tenía toda la pinta de que Dominic iba a llegar muy tarde, eso si finalmente se presentaba. Wanda daba la impresión de estar muy convencida de que iría, él no tanto.

—¡Ya estoy aquí! —exclamó April, entrando—. ¡Ostras!

Recorrió el salón con la mirada entre exclamaciones.

—¡Madre mía, si está precioso! —gritó, con una enorme sonrisa en el rostro mientras se acercaba a saludar al policía—. ¡Hola, policía buenorro! ¿Cómo te va? ¡Qué poco te dejas ver!

—Ya sabes, la casa, los niños… —bromeó él—. Felicidades, por cierto. He dejado un regalo en la entrada, creo.

April le dio unas palmaditas y buscó a Dominic con la mirada.

—No ha llegado aún —explicó Wanda, con tono despreocupado para quitarle importancia al tema.

La pelirroja miró el reloj y otra vez a su amiga.

—Entonces, ¿has preparado todo sola?

—No, sola no. Garrett me ha ayudado.

April recorrió de nuevo el salón con la vista, fijándose en los posters de la pared, las bolas de discoteca, todo el equipo listo para el karaoke, la mesa de comida… y sonrió.

—Y está perfecto. Me encantan las noches de karaoke, no se me ocurre una fiesta mejor.

Abrazó a Wanda y esta puso cara de alivio.

—Anda, ve a prepararte ya, que la quedada oficial es en una hora —urgió.

—Sí, seguro que Dominic llega tarde —resopló April—. ¡Hombres!

Se metió en su cuarto y Wanda se acercó a Garrett.

—Tendré que explicarle que la idea de la fiesta fue cosa tuya.

—A ver, no es para tanto. En realidad, solo es una excusa para ver a un montón de gente haciendo el ridículo.

—Voy a llamar a Dominic para ver qué pasa, ¿vale?

Garrett asintió, así que la morena buscó entre sus contactos y llamó al número de su amigo, esperando que escuchara la llamada al menos.

Dominic consultó el teléfono por enésima vez, desesperado por encontrar aquellas pequeñas rayitas que significaban que tenía cobertura. Estaba en alta mar y se había paseado por todo el yate, moviendo el móvil de un lado a otro con la esperanza de poder utilizarlo.

Cuando Greta le había comentado que estaban invitados a un *brunch* en un yate, la idea no podía haberle parecido más exótica y divertida. Greta conocía a mucha gente con pasta y se pasaba la vida comiendo en restaurantes de lujo e interactuando con todos esos conocidos de la joven.

Lo del yate era original, aunque...

—¿Solo el *brunch*? —preguntó, para asegurarse.

—Es la idea, pero ya sabes cómo son estas cosas, puede que acabemos comiendo ahí. Quedan días de verano y podemos aprovechar el sol.

—Ya, pero solo la comida como mucho, ¿no? Tengo que irme después, esta tarde es el cumpleaños de April.

—¿Dónde es?

—Pues en casa, como siempre.

—Ay, qué mona, celebrando su cumpleaños en casa —dijo Greta, con cierto tono sarcástico—. ¿Con patatas y aceitunas?

Él se encogió de hombros.

—No tengo la menor idea, se suponía que ayer tenía que haber ido a comprar las cosas para la fiesta con Wanda, y te recuerdo que te empeñaste en que fuéramos a esa exposición de cuadros.

—No me empeñé, es que iba gente que necesitaba conocer —aclaró Greta—. Tienes que tener más ambición, Dominic. Además, a ti también te vienen bien los contactos, sobre todo si pretendes abrirte camino en el mundo de la publicidad.

—No me va mal, teniendo en cuenta que hace poco que he empezado.

—Lo sé, y que sepas que esa caída de ojos no te va a servir para toda la vida con Patricia Ackerman, necesitas tener más puertas abiertas para cuando quieras mejorar.

Dominic hizo un gesto para que dejara de hablar.

—Esta charla tiene su sentido, no digo lo contrario, pero nos estamos desviando del tema principal de mi pregunta. ¿Vamos a volver a tiempo?

Greta le dedicó una sonrisa lánguida.

—Haré lo que pueda para que Nick me confirme la hora de vuelta, yo diría que sí. Él mismo tiene otra fiesta más tarde, así que…

Dominic se había relajado tras esa conversación. Embarcaron sobre las once de la mañana y sí, el día era espléndido. El verano daba sus últimos coletazos y el sol todavía brillaba con fuerza, además la brisa constante en alta mar evitaba que pasaran calor.

Durante todo el tiempo, el yate estuvo lleno de gente que bebía, comía y charlaba entre risas. Los camareros, todos vestidos por igual, repartían copas de champán, y Dominic perdió la noción del tiempo mientras Greta le presentaba a un montón de gente de la que no recordaría el nombre minutos después.

Durante un breve respiro, echó un vistazo a su reloj y se alarmó al ver que eran las tres, ¡joder! ¡Y ni siquiera habían comido aún!

Wanda lo iba a matar, seguro. Había pasado de ella en la preparación de la fiesta, el día anterior en ayudarla a comprarlo todo y el mismo día en montarlo, qué desastre. Vale, últimamente su vida era un torbellino de juerga, fiestas y salidas, cada vez tenía menos cosas en común con ellas, pero no se planteaba no presentarse al cumpleaños. Si lo hacía, sería la primera vez desde que se conocieran que uno de los tres fallaba, y no quería ser esa persona. Además, estaba seguro de que April no se lo perdonaría jamás.

Echó la memoria hacia atrás, hasta el pasado enero, en la celebración de la desgracia. Cuando había sufrido el peor bajón que recordaba, y cómo la sonrisa de la pelirroja le había hecho pensar que no todo estaba perdido. Ellas habían sacado la tarta, Wanda incluso después de que su novio hubiera roto con ella en un baño.

No podía no ir, ya bastante tiempo pasaba alejado de ambas para hacer eso. No deseaba una ruptura total con sus amigas, sabía que las necesitaba en su vida, a pesar de que esta estuviera totalmente absorbida por Greta.

Cruzó la cubierta del yate esquivando a mujeres con collares de perlas y copas de vino blanco, buscando a la morena con la mirada hasta que la encontró charlando con tres hombres de traje.

—¡Hola! —exclamó ella, con una sonrisa—. Mira, Dominic, te presento a Robert, David y Arson… este es Dominic, un amigo mío.

—Encantado —dijo él, sin apenas mirarlos. Se giró hacia la chica—. ¿Podemos hablar un segundo?

—Claro. —Se apartó un poco del grupo—. ¿Pasa algo?

—Greta, son más de las tres. ¿No deberíamos estar de regreso?

—Nick acababa de decir que van a servir la comida, así que seguramente regresemos después.

—Ya, es que yo tengo que marcharme ahora o no llegaré.

—Aún quedan tres horas, Dominic…

Teniendo en cuenta que no habían servido la comida y que el trayecto de ida había sido de una hora de duración, él lo veía todo muy justo. Tan, tan justo que no iba a llegar si no se movían en ese mismo momento.

—Le prometí a Wanda que iría después de comer para ayudarla, ya que no he hecho nada más, o sea que ya tendría que estar allí.

—¿Qué quieres que haga yo? No es cosa mía decidir los horarios.

—Me prometiste que llegaría a tiempo, Greta —insistió él con firmeza—. Estamos en medio del mar, no puedo llamar a un taxi si veo que esto se desmadra.

Ella meneó la cabeza, como si terminara de comprender su preocupación.

—¿No puedes llamar y decir que llegarás un poco tarde?

—No hay cobertura, lo he intentado —dijo él, con cara de agobio.

—Vale, iré a preguntarle a Nick a qué hora tienen previsto regresar. Supongo que si ha decidido servir la comida es porque está muy animado, así que no sé si será cuando tú quieres.

—¿Y esto no me lo podías haber avisado antes? No hubiera venido de haberlo sabido.

Greta miró alrededor para asegurarse de que nadie les estaba prestando más atención de la necesaria y luego le dedicó una mirada de frialdad.

—Te avisé que no sabía el horario con exactitud, ¿qué quieres que te diga? A pesar de todo, decidiste venir. Y es lógico, porque aquí estás en una fiesta de verdad, no comiendo palomitas en un apartamento cutre donde malvives como si aún fueras un estudiante. Y al que hay que llegar después de dejarse los pulmones y los tacones a mitad de una cuesta infernal, añado.

Dominic se molestó al instante. Ni que ella fuera una dama de la alta sociedad, vamos, que dedicaba horas a alternar con sus contactos y se lo curraba a base de bien para poder permitirse esa vida. Aunque tuviera un buen sueldo, algo que sabía por la propia Wanda, de no hacer todo lo demás no estaría donde estaba.

—Pues a mí me gusta nuestro apartamento —protestó—. Y no sabías con seguridad el horario, pero me dijiste que como mucho después de comer.

—¿Por qué no dejas de portarte como un niño y te relajas? Repito que no pasa nada si no llegas a tiempo, o incluso si no llegas. Solo es un cumpleaños, hombre, no es un drama.

Greta se dio la vuelta y lo dejó solo. A esas alturas, Dominic dudaba de que fuera a preguntarle nada al anfitrión de la fiesta, y hasta él sabía que aquello se iba a alargar.

Por eso había terminado dando vueltas por el barco con el móvil en alto e intentando captar alguna señal para poder llamar por teléfono y avisar, más no tuvo suerte. Estaba totalmente fuera de cobertura, en mitad del océano y enfadado, muy enfadado.

—«En momentos como aquel, los superpoderes de Aquaman serían bienvenidos, pero el pobre desgraciado no se parecía al atlante ni en el blanco del ojo» —musitó, desesperado.

La fiesta había empezado bien, con una April muy animada recibiendo amigos y regalos a pesar de la ausencia de Dominic. Wanda no se dejaba engañar por su aparente felicidad, aunque no podía hacer demasiado al respecto, ya que el chico seguía sin responder ni a los mensajes ni a las llamadas. Hasta se le pasó por la imaginación que hubiera tenido algún accidente, aunque Garrett enseguida le dijo que no tenía conocimiento de nada o se hubiera enterado por la radio de la policía.

En el salón, April cantaba a grito pelado *Dress you up*. Madonna era el recurso que utilizaba para intentar que ella la acompañara, pero Wanda no estaba de humor. Ya habían cantado a primera hora *Into the groove* para calentar el ambiente; la habían interpretado tantas veces en el pasado que la actuación estaba perfeccionada, sin embargo, esa noche no le apetecía ser el centro de atención. Continuaba pensando en Dominic, dónde estaría y cómo se estaba perdiendo el cumpleaños de April, y eso le impedía disfrutar del todo del ambiente que, dicho sea de paso, era genial. Muchísimo mejor que cuando celebraron su cumpleaños, en parte gracias al ambiente adolescente que provocaban las bolas de discoteca... ponía a los invitados muy sentimentales. O al menos así fue durante las dos primeras horas, porque poco a poco, el humor de April se fue transformando. Escogía canciones más amargas y algunas las cantaba como si quisiera atizar a parte del público. Ni siquiera la tarta en forma de radio encargada en una pastelería estupenda del centro logró animarla.

Wanda, desesperada, no hacía otra cosa que tratar de comunicarse con Dominic sin éxito.

Tras un nuevo intento, regresó al salón y se acercó a Garrett, que estaba sentado en el suelo contra una pared, con la cerveza en la mano y una sonrisa burlona en el rostro. Al final eran demasiados en aquel piso y las sillas habían desaparecido para recrear el escenario de un karaoke, así que, excepto unos pocos afortunados que ocupaban los sofás, el resto estaban desperdigados como si de un festival veraniego se tratara.

Wanda se dejó caer a su lado con un suspiro.

—¿Has conseguido hablar con él? —preguntó Garrett.

—No. Su móvil me sale apagado o fuera de cobertura, ni siquiera ha leído las veinte amenazas que le he escrito —explicó la morena—. ¿Y por aquí?

—La proporción de canciones es una de Taylor Swift por una de otro grupo.

—Oh, mierda.

A ninguna le entusiasmaba demasiado Taylor Swift, ya que asociaban su música a hombres que hacían daño continuamente. Y el hecho de cantarlas en un karaoke con cara de querer estrangular a alguien no ayudaba a mitigar esa sensación.

—¿Y el alcohol?

—Estrena cerveza cada vez que sale a cantar.

—Bueno, al menos es cerveza...

—Creo que también he visto una botella de tequila por ahí, la habrá traído algún invitado.

Wanda miró el reloj y sacudió la cabeza. Eran más de las nueve y podía darse por vencida: Dominic no tenía ninguna intención de aparecer. April también lo sabía, por eso estaba cada vez más borracha.

Los invitados fueron desapareciendo según el grado de estropicio en April aumentaba. Cuando Wanda cerró la puerta tras el último, soltó un suspiro de alivio porque la noche hubiera llegado a su fin. Otro cumpleaños fracasado más, ¡estupendo!

—Tenemos la maldición de los cumpleaños —murmuró, mirando a Garrett—. Recuerda bien esto la próxima vez que te invite a alguna fiesta aquí.

—Bueno, la primera parte no ha estado mal. Si te fijabas en las luces y hacías caso omiso de las voces de algunos, casi parecía que estabas de regreso en el baile del instituto.

—Es genial que te lo tomes con humor —dijo ella con una mueca.

En el escenario, April permanecía sentada contra el mueble del televisor. Sostenía el micrófono entre sus brazos, como si fuera un bebé, y farfullaba partes del estribillo de *Trouble*.

—Y la noche termina con Taylor Swift —comentó Garrett, divertido.

—Taylor Swift, con más del cincuenta por ciento de sus canciones dedicadas a hombres, rupturas y odios varios —resopló Wanda—. Me va a costar lo mío arrancarla de ahí.

—Ya me encargo yo.

Y ante la expresión sorprendida de Wanda, se agachó junto a April para quitarle el micrófono con suavidad. Lo dejó junto al televisor para después levantar a la chica del suelo como si no pesara nada. April no se resistió en ningún momento, limitándose a balbucear cosas ininteligibles mientras se sujetaba a su cuello.

—¿Dónde la llevo?

—Aquí. —Wanda se apresuró a abrir la puerta del cuarto de su amiga.

—Muy bien. —Garrett la dejó encima de la cama—. Listo. ¿Te ayudo con algo más?

Wanda intercambió una mirada con él, pero no abrió la boca. ¿Qué iba a decir? Sí, ayúdame con lo mío, si te parece.

—No —contestó al fin—. La idea de no poner comida complicada ha sido un acierto, no tardaré nada en recoger, y ya me has ayudado suficiente.

—¿Seguro?

Garrett alzó la ceja, preguntándose por qué Wanda siempre se negaba a que le echara una mano, ¿quizá no quería que se quedaran a solas? Aún no se sentía seguro como para demostrarle su interés de manera directa, ¡necesitaba una señal! Si no se la daba, para él Wanda seguía siendo la chica a la que su exnovio había destrozado el corazón. Estaba mejor, era indudable, pero ¿hasta qué punto? Tal vez aún era pronto y ella ni siquiera barajaba esa opción.

—De verdad, recoger es un rollo. Te perdono —bromeó la morena.

—Vale. Ya me contarás la excusa de Dominic.

Wanda lo acompañó hasta la entrada y suspiró una vez cerrada la puerta, pensando si aquel breve y tenso momento entre ellos había sido cosa suya.

Una vez recuperó la compostura, fue al cuarto de April con paso lento. Le quitó las deportivas, la camiseta y los pantalones, y luego le metió el pijama como pudo, ya que ella se movía sin parar y le dificultaba la tarea.

—No ha venido. —La oyó decir, con voz estropajosa.

Wanda la miró unos segundos. Hizo que se tumbara hasta apoyar la cabeza en la almohada, observando que April tenía los ojos semicerrados, pero no estaba tan fuera de juego como podía parecer.

—Duérmete —susurró.

—No ha venido —repitió ella.

—Le habrá pasado algo, seguro. Quizá el móvil se le ha estropeado y donde estaba no tenía cobertura.

—Ya no nos quiere.

—No digas eso, April…

—Es la verdad. —La pelirroja sonó determinante, a pesar del grado de alcohol que tenía en las venas.

La morena se sentó en el borde de la cama, preocupada por sus palabras y el estado de ánimo, tenía la impresión de que su amiga se iba a echar a llorar de un momento a otro.

—A mí nunca me ha querido —volvió a decir la pelirroja.

—¿Qué quieres decir? Claro que te ha querido, tonta. —La arropó, pensando que sus tonterías eran directamente proporcionales al tequila de contrabando—. Es solo una racha, ya lo verás.

—No es una racha. Se ha perdido mi cumpleaños. Y le da igual. Porque ya no nos quiere. Y a mí en concreto menos.

Wanda no entendía nada. Entre que la vocalización no era perfecta y que hablaba sin respetar los espacios, le costaba seguirla.

—A ti te quiere más —insistió April.

—¡No seas imbécil!

—Es la verdad. Sé lo que digo. Os vi aquella vez en tu habitación.

—¿Qué dices? ¿Te has vuelto loca? —se alarmó Wanda, atónita—. ¿Qué vez, qué habitación? No sé de lo que hablas.

—Una vez que te había dejado un tío y estabas fatal, para variar. ¿No te estaba consolando de la manera que ya sabemos?

Wanda se estrujó el cerebro, tratando de recordar. Porque esa situación fue bastante habitual durante la universidad, no recordaba nada en especial, ni, desde luego, ninguna forma de consuelo excepto palmaditas y palabras de ánimo.

—Dominic siempre me consolaba, nunca de manera inapropiada. Y si vuelves a insinuar lo contrario, te tiro una jarra de agua helada encima.

April farfulló un poco y la miró a través de sus ojos entreabiertos.

—¿No estaba colado por ti?

—Ni de coña. Eso son cosas tuyas, solo hay amistad.

—¿Y a mí por qué no me quiere? Le he esperado muchas veces y nunca llega.

—¿Que tú…?

Despacio, Wanda empezó a notar cómo todas las piezas del puzle encajaban con suavidad. Ahora comprendía el comportamiento de la pelirroja, las miradas, gestos, desplantes y sí, también desilusión, toda esa ristra de emociones que a veces le parecía percibir en la chica. ¿Resultaba que estaba enamorada de él? ¿Desde hacía cuánto? ¿Por qué nunca se lo había contado?

Tenía muchas preguntas, pero antes de que pudiera verbalizar siquiera una, April comenzó a hacer ruiditos y a frotarse las mejillas. Al ver que estaba llorando, Wanda olvidó al instante su interrogatorio y se tumbó a su lado, rodeándola con el brazo.

—No ha venido —seguía diciendo April, y cada vez que lo decía, Wanda le siseaba para que se callara y tratara de dormir—. ¿Te quedas a dormir conmigo?

—Sí, si dejas de llorar y cierras los ojos. Mañana estarás mejor.

Finalmente, April cayó rendida ante los efectos del alcohol, el disgusto y las lágrimas. Wanda se levantó para cerrar la puerta de la habitación, se quitó los vaqueros para estar cómoda y se metió dentro de la cama de su amiga, tal y como había prometido.

Unas horas después, despertó al escuchar la puerta de la calle abrirse. Las llaves tintinearon unos segundos antes de caer sobre la repisa de la entrada, y después oyó unas pisadas que cruzaban el salón y se detenían delante de una puerta. Hubo unos golpes discretos, y la voz de Dominic susurrando.

—¿Wanda? ¿Estás despierta?

La joven salió de la cama, asegurándose de que April no despertaba. Se aproximó para abrir un poco y vio a Dominic frente a su puerta. Él se apresuró a ir hacia allí, confuso por encontrarla en otra habitación.

—¿Podemos hablar?

—Son más de las tres —dijo ella.

—Ya, pero…

—Vete a dormir.

—Wanda, si me dejas explicarte…

—Vete a dormir— repitió ella, antes de cerrarle la puerta en la cara.

CAPITULO 16

—Tienes a tu amigo en la puerta —dijo Portia, asomándose al vestidor de Wanda.

Ella puso los ojos en blanco. Vaya, así que Dominic iba a pedir algún favor… pues mal, porque a ella tenía que pedirle perdón, claro, y sobre todo a April, que había sido su cumpleaños el que había estropeado. Y desde luego, no pensaba ayudarle en eso… lo que le recordó también la confesión de su amiga, de la cual aún no habían hablado. Primero había esperado a que se le pasara la resaca, a ver si hacía algún comentario, pero como April no dijera nada, no sabía si sacar el tema o no. Así que ahí lo tenían, pendiente de una conversación profunda y a solas, como debería ser.

Sacudió la cabeza y resopló.

—Dile que Greta se ha cogido el día libre, que la vaya a buscar a ella, para algo es su novia.

—¿Qué? ¿Pero Greta no salía con tu compañero de piso?

Wanda se giró hacia su compañera, frunciendo el ceño.

—Claro, mi amigo Dominic. —Aunque en aquel momento, esa definición le venía grande—. ¿De quién hablas tú? ¿Quién está en la puerta?

—El policía. ¿Eso quiere decir que no es tu amigo, que es algo más?

—¿Qué?

¿Cómo? ¿Qué? ¿Por qué deducía eso?

—Como he dicho «amigo» y no has pensado en él…. Pues será porque es otra cosa, ¿no?

—No, qué va. No pienses cosas raras.

«Ni me las metas a mí en la cabeza, con lo tranquila que estaba yo…» pensó, justo cuando notaba cómo su pequeño demonio asomaba los cuernitos por encima del hombro.

Lo ignoró y salió de su vestidor para dirigirse a la puerta, aunque no le pasó desapercibido que Portia no le quitaba ojo de encima. Vaya, debía estar muy aburrida.

Garrett no estaba en la entrada, sino que se había movido a la sección de ropa masculina y miraba una fila de trajes, aunque sin tocarlos.

—Hola —saludó ella—. ¿Habíamos quedado?

—No, estaba haciendo unos recados y he pensado en pasarme a ver qué tal estabas… desde la fiesta apenas hemos hablado.

—Pues te puedes imaginar… No le dirigimos la palabra a Dominic, así que el ambiente en casa está un poquito tenso, por decirlo suave. No creo que a April se le pase sin más.

—El rencor es el ingrediente perfecto en cualquier relación de amistad, claro que sí.

Ella alzó la ceja. Conocía su humor y aunque no siempre era oportuno, al menos valoraba la intención de quitarle dramatismo al tema.

—Todavía es pronto para mi pausa, pero si quieres que tomemos un café después…

—Sí, claro, perdona. ¿Tienes algún cliente esperando?

—No, tengo la mañana tranquila. ¿Qué pasa, necesitas mis consejos otra vez? —bromeó.

Para su sorpresa, Garrett afirmó con la cabeza en lugar de negar, así que casi pudo sentir cómo su angelito y su demonio se ponían alerta al instante, para salir raudos y veloces en su ayuda.

—Aviso a Carol y me cojo el descanso ahora —dijo.

—No, no, tranquila. No es urgente, además es sobre esto.

Y señaló la fila de ropa. Wanda lo miró sin entender, después a los trajes indicados, y de nuevo a él.

—¿Te han invitado a alguna boda? —preguntó.

—No, es para Nochevieja. Es ineludible, y mi hermano me envía un recordatorio una vez a la semana, no vaya a ser que se me olvide.

—Y quieres ir elegante.

—No demasiado, aunque implica traje, eso sí. Si voy en vaqueros a mi madre le da un ictus… He mirado en alguna tienda, pero no tengo ni idea de qué comprar en cuanto a trajes. —Cogió la manga de uno de los que allí había y frunció el ceño al mirar el precio—. Tampoco quiero gastarme mucho.

—Por eso no te preocupes, podemos usar mi descuento. Mira, te apunto en la agenda del día y así te puedo dedicar mi tiempo como a un cliente normal, ¿te apetece?

—¿Probarme trajes? Casi tanto como que me peguen un tiro, pero he venido voluntario así que no me voy a quejar.

—Yo te puedo ayudar si quieres —dijo Portia, sobresaltando a los dos al asomarse de pronto entre dos trajes.

Ambos pegaron un respingo al verla aparecer por sorpresa.

—No, no, me apaño sola, gracias. —Wanda cerró la ropa con la misma velocidad para hacer desaparecer a su entrometida compañera.

Cogió a Garrett del brazo para llevarlo hasta su vestidor. Lo dejó allí esperando mientras iba a apuntar la cita en la agenda, ante la mirada atenta de Carol.

—Esto está muy tranquilo —dijo ella—. Si necesitas algo, me dices, ya sabes que soy buena tomando medidas.

—Lo tendré en cuenta.

Menos mal que no estaba Greta, porque seguro que también se habría ofrecido o se metería directamente en el vestidor, que ya las conocía. No se ofrecían a ayudar cuando estaba el padre de Jasper o alguno de su quinta, no. De hecho, no había visto a Carol despegar su culo del mostrador desde que trabajaba allí.

Cuando llegó al vestidor, Garrett se había quitado la cazadora y miraba a su alrededor.

—Con tanto espejo me siento un poco observado —comentó—. Dios, espero que en ese armario no haya un látigo de cuero negro.

Wanda lo miró, abochornada al hacer la conexión.

—Era broma —aclaró Garrett, con una sonrisa.

Sí, además una broma que se la habían hecho antes, pero parecía que se quedaba en blanco cuando estaba con él. En lugar de ponerse brillante y divertida, se volvía atolondrada.

Sacudió la cabeza para recuperar parte del aplomo perdido, y contestó:

—Te acostumbrarás enseguida. Voy a preparar unas cuantas opciones para que te pruebes y te traigo. ¿Qué talla usas? Y no me digas una L, que las camisas no funcionan así.

—Pues entonces ni idea. El último traje que tuve lo compré para la boda de mi hermano y me lo hizo a medida el sastre de mi madre, así que no sé.

—Vale, no pasa nada. Te mido y ya está, fácil.

Cogió el metro y sus propias palabras se le atragantaron al acercarse. Fácil. Claro, como si todos los días midiera a tipos con ese aspecto y que encima la revolucionaban de arriba abajo.

Garrett se había dado la vuelta con los brazos extendidos para facilitarle la tarea, pero claro, los ojos de Wanda debían estar guiados por el demonio de su hombro, porque lo primero que habían hecho era bajar hacia los vaqueros. Carraspeó y se acercó intentando no mostrar ninguna expresión con su cara, mientras tomaba las medidas pertinentes. El largo de la pierna por fuera (ejem), el ancho de cadera (requeteejem), la cintura, la circunferencia del pecho (ejemejeme-jem)...

—¿Te duele la garganta? —preguntó Garrett, con cierto tono de burla.

Ella refunfuñó para sí misma. Parecía que a él le hacía gracia verla aturullada, cosa que podía indicar que o bien era un capullo... o bien se estaba dando cuenta de todo y se permitía tomarle el pelo al respecto. Pues menuda gracia.

—No, no, solo la tengo un poco seca.

Ya solo le quedaba medir la parte interior de la pierna, algo que había dejado deliberadamente para el final. Colocó un extremo del metro en su pie y estiró despacio, procurando no tocar ni siquiera la tela del vaquero. No iba a darle más motivos de cachondeo, eso seguro.

—¿Veías *Friends*? —preguntó Garrett, de pronto.

—Sí, ¿por? —Despacio, sin tocar... concentración, Wanda.

—¿Recuerdas el capítulo del sastre de Joey?

Wanda se sobresaltó al comprender lo que estaba insinuando y la libreta salió volando por los aires junto al bolígrafo. Garrett se apartó al momento para esquivarla y le entró la risa al ver cómo se ruborizaba. Prefería utilizar el humor, porque no estaba muy cómodo con ella trasteando por ahí abajo, y si alguien se dedicara a analizar los comentarios que había hecho desde su entrada en el vestidor, sería muy consciente de lo que le pasaba por la cabeza. Dos bromas sexuales tan seguidas... en fin, mejor se callaba.

—Voy a buscar agua y ropa... ¿Te traigo algo?

—No, estoy bien, gracias. —Le sonrió para relajar el ambiente.

Wanda salió corriendo del vestidor y fue directa a subir el aire acondicionado. Apenas lo usaban en pleno verano, ahora que estaban en otoño menos. Pero de pronto le había entrado mucho calor, así que lo puso en marcha y fue a buscar la ropa.

Cogió un par de trajes y camisas, pero en el almacén tenían ya la nueva temporada de otoño y, mejor aún, unas muestras de lo que vendría en invierno, así que fue a mirar si las tallas coincidían. Si le valía alguno de aquellos, que eran los que solían poner en los escaparates, le podría hacer mucho mejor precio. Ya pediría más llegado el momento, no sería la primera vez que hacían aquel truco con clientes especiales, así que...

Con el perchero lleno, regresó empujándolo hasta el vestidor, donde se encontró con que Garrett no estaba solo: Portia se había sentado con él en uno de los bancos y le había llevado un botellín de agua.

—He quitado el aire —informó, al verla llegar.

—Acababa de ponerlo.

—Ya, y no querrás que el pobrecito se congele cuando se quite la ropa para probarse lo que le has traído, ¿no?

—¿No tienes nada que hacer?

—Pues la verdad es que…

Wanda la cogió del brazo y la ayudó a levantarse.

—He visto un montón de cajas todavía por clasificar —comentó—. Será mejor que te pongas con ellas antes de que se acumulen.

Portia parecía estar pensando alguna excusa más, pero Wanda consiguió por fin sacarla del vestidor y regresó junto a Garrett con una sonrisa.

—¿Siempre sois tan pesadas? —preguntó, dejando la botella a un lado—. Perdón, tan solícitas.

Wanda no se molestó en aclarar que la pesadez era directamente proporcional al atractivo del tío en cuestión. En teoría, las estilistas no podían entrar en los vestidores de sus compañeras cuando estaban con algún cliente, algo que Portia y Greta se saltaban con alegría. Si le explicaba eso, le dejaría claro que cualquiera de las dos estaría feliz de revolcarse con él, y de eso nada. Aquello era como una piscina llena de tiburones: o protegías tu interés o se lo zampaba la de al lado.

—Cuando es colección limitada o de las exclusivas, servimos hasta champán. Si quieres te traigo.

—Me vale el agua, gracias. Ya te estoy molestando bastante.

—Por eso no te preocupes. Mira, entra ahí y quítate… ejem… quítate la ropa.

Cogió un traje y una camisa y se los dejó colgados en una de las perchas.

—Pruébate este a ver qué tal.

Cerró las cortinas tras ella y, mientras lo escuchaba moverse dentro, cambió de orden varias veces la ropa escogida para mantenerse ocupada y así no girarse a mirar por la rendija que permanecía abierta, a la que el pequeño demonio señalaba de forma continua.

El angelito estaba allí, negando con la cabeza, así que por una vez le hizo caso: ser profesional, ante todo.

Entonces Garrett abrió la cortina y Wanda casi pudo escuchar al pobre angelito caer al suelo de cabeza. El policía se había puesto el traje, sí, pero sin terminar: solo el pantalón estaba abrochado, la camisa la llevaba con algunos botones atados por abajo y la chaqueta en la mano.

La madre que lo parió.

—Me está un poco justa —dijo, moviendo los brazos.

—Ya, sí, ya veo. ¿Y la chaqueta?

Garrett se la puso y abrochó un botón, aunque también le estaba estrecha. Se dio la vuelta para que viera el pantalón por detrás.

—Y esto también, no sé si podría sentarme. Se ve que engaño, ¿no?

Wanda parpadeó. Pues no, lo tenía tan ajustado que, si se sentaba, las costuras cederían. Le hacían un buen culo, eso sí, aunque esa información no creía que le interesara mucho a Garrett.

—Vale, dame un segundo.

Volvió al perchero mientras pensaba en que de buena gana pondría de nuevo el aire acondicionado. Buscó otra opción de patrón más ancho y se la dejó en la percha; él ya se estaba quitando la chaqueta y la camisa y alargaba la mano para entregárselas.

Bien, el pobre diablillo también se había caído al suelo. Menudo par de sugestionables, ni que fuera el primer tío que veía sin camisa. Aunque claro, hacía mucho de eso, desde Jasper. Y Garrett no desprendía solo feromonas de sabiduría, en aquel momento le parecía estar recibiendo de todo tipo.

Vaya por Dios, ¿por qué se estaba complicando? ¿No eran amigos? Debería portarse como tal, no revolucionarse de esa manera. Con Dominic no le había ocurrido jamás: solo le despertaba sentimientos diferentes a los de amistad cuando se cabreaba con él, como con la fiesta de April. Y aquello no era para nada sexy, más bien al contrario. No, con Garrett era diferente. Pero, o estaba desentrenada, o no le parecía que al policía le ocurriera lo mismo en absoluto. No había recibido ninguna señal por su parte, aparte de sus sarcasmos habituales. Nada que indicara que, por ejemplo, le hiciera falta que pusiera el aire acondicionado.

Cerró la cortina con fuerza, asegurándose de que no quedaba la más mínima rendija por la que pudiera colarse alguna imagen. Volvió a ordenar la ropa mientras esperaba; para su tranquilidad mental, cuando Garrett corrió la cortina esa vez, estaba perfectamente vestido.

—Este es cómodo —dijo él, moviendo los brazos—. Nunca lo hubiera dicho de un traje, no me siento muy encorsetado.

—Es la colección de invierno, son nuevos tejidos. —Le sacudió un par de motas invisibles de los hombros y retrocedió para mirarle, aunque no había duda alguna al respecto—. Si quieres puedes probarte alguno más, aunque yo voto por este.

Él estiró la corbata, irritado.

—Yo antes sabía atarme estas cosas.

—Déjame a mí.

Wanda se acercó para ponérsela un poco por inercia, olvidando todos los pensamientos anteriores sobre la amistad y el no complicarse. La mayor parte de los hombres que iban a comprarse un traje no tenían la menor idea de ponerse bien la corbata, así que era parte de su trabajo, un trabajo al que estaba acostumbrada. No solía demorarse demasiado porque tanta proximidad era incómoda, detalle que recordó cuando ya no tenía remedio.

—En realidad es muy fácil —murmuró.

—Ah, ¿sí? ¿Y por qué parece tan complicado?

—Bueno —dijo ella, tan concentrada en sus ojos azules que ni sabía cómo estaba haciendo el nudo—, no sé. Torpeza, poca práctica...

—Ya. Lo mejor de las corbatas es quitárselas de un tirón, ¿no?

Wanda no sabía si estaban hablando de corbatas o de otra cosa, pero decidió salir de su estado de hipnosis y apretó el nudo de golpe, haciéndolo retroceder.

—¿Quieres matarme? Normalmente estos intentos de asesinato suelen ser al año de conocerme, no tan pronto.

—Está perfecta, mira. —Y le hizo girarse hacia el espejo para ver el resultado final.

Que era...

Garrett miró las mangas, sin encontrar la etiqueta con el precio.

—¿Y cuánto sale la broma? —preguntó.

—Oh, nada. Bueno, nada en comparación con uno normal.

Cogió la calculadora y metió el precio de origen, el descuento por exposición más su propio porcentaje y le enseñó la pantalla. Seguía siendo más de lo que valdría un traje en un centro comercial corriente, así que Garrett afirmó con la cabeza. Mucho descuento había aplicado la chica, esperaba que no tuviera problemas por ello... de todos modos no tenía pensado comprarse otro en un futuro próximo, así que se aseguraría de amortizarlo en cualquier reunión familiar y/o boda que surgiera. Además, ir a Versace para renegar de los precios no tenía sentido. Estaba allí porque buscaba algo decente, ¿no? ¿O a lo mejor iba a una de las tiendas más caras que existían solo porque Wanda estaba allí?

—Ahora podemos tomarnos ese café si quieres —dijo Wanda, mirando su reloj.

—Perfecto, me cambio y vamos.

Y ya estaba desabrochándose la camisa, a lo que ella se apresuró a cerrar la cortina. Preparó el paquete y fue a buscar el terminal de pago. Al verla, Portia se acercó con la sonrisa puesta, y Wanda le señaló hacia la tienda.

—Por aquí ya hemos terminado —comentó, elevando una ceja—. Así que puedes volver a lo tuyo, voy a salir a tomarme un café.

—Vaya, ¿seguro que no quiere probarse nada más? Podría traerle algún pantalón informal que…

—No, no, ya hemos acabado.

Portia puso morritos, un gesto que tanto ella como Greta tenían bien estudiado porque Wanda se lo había visto hacer más de una vez con el señor Donovan.

—Últimamente soy la última en tener alguna diversión —protestó—. Primero lo de Greta y ahora esto.

—¿A qué te refieres?

—A Steven, ahora ella es su favorita. —Se encogió de hombros—. Aunque va cambiando cada semana, así que seguro que la viene me hará más caso a mí.

Lanzó una última mirada de pena a las cortinas y se marchó al fin, aunque Wanda se había quedado algo preocupada por aquel último comentario.

Garrett abrió la cortina y frunció el ceño al ver el gesto de su cara. Había oído que hablaba con alguien, pero no había podido escuchar bien la conversación.

—¿Algún problema? —preguntó.

—No, nada. —Sonrió, entregándole la bolsa—. Aquí tienes.

Garrett sacó su tarjeta, efectuó el pago y salieron juntos para ir la cafetería cercana a la tienda donde tomaban el café.

—Ese traje te queda perfecto y además es de los que aún no se han visto, serás de los primeros que lo luzcan. Tu madre se desmayará de la impresión.

—Para conseguir eso tendría que aparecer con una prometida, proyecto de casa y trabajo nuevo, así que… complicado.

—No te veo con muchas ganas de ir.

—Ninguna. Pero llevo meses sin verlos y lo he prometido, así que voy a cumplir, aunque será una noche aburrida, amarga y llena de reproches. Cuando estamos en familia nunca se cortan en decirme todo lo que hago mal.

Ella removió su café, pensativa, pensando en cómo podría ayudarlo.

—¿Quieres que vaya contigo? —preguntó, sorprendiéndole tanto a él como a sí misma—. Como amiga —se apresuró a añadir, por si acaso.

Garrett se tomó un par de segundos para contestar. No porque no quisiera que lo acompañara, sino por lo que la oferta le había hecho sentir. Pues claro que le encantaría que fuera con él, y no solo para aliviar parte de la presión familiar. Le gustaba estar con Wanda, eso lo sabía desde hacía tiempo, y en más de una ocasión se preguntaba si aquello de estar en la *friendzone* era lo que quería. Parecía que ella sí, por el tema ese de los consejos que no terminaba de explicarse... solo que, cuando la miraba, a veces se le olvidaba. Porque era raro el día que no estaba guapa, aunque al final nunca se lo decía, como en su cumpleaños. Aquel *look pin up* que casi lo había hecho caer de espaldas.

También se divertía con ella, no era solo que se preguntara de vez en cuando cómo de suaves serían sus labios o el tacto de su piel... sin embargo, le frenaba la buena relación que tenían. Si algo no estaba roto, ¿para qué estropearlo? Un refrán con el que no estaban de acuerdo sus queridos compañeros, que solo pensaban en recibir donuts gratis y no hacían otra cosa que preguntar cuando pensaba llevarla de nuevo a comisaria.

Se dio cuenta de que Wanda estaba mirándolo y que aún no había dicho nada, así que sonrió.

—La noche ganará muchos puntos si te vienes conmigo, sin duda —contestó—. ¿No le importará a tu familia?

—No, estaré con ellos en Navidad, como siempre.

Otros años siempre pasaba Nochevieja con Dominic y April, aunque tal y como estaba el tema entre ellos... hablaría con April porque tampoco quería dejarla sola, pero sentía que le debía aquel favor a Garrett. Seguro que su amiga lo entendería.

Dominic dejó la última caja en la entrada con un resoplido; no sabía qué demonios tenía dentro, pero pesaba como un saco de piedras. Se pasó el antebrazo por la frente, agotado después de tres horas descargando sin parar, y cerró la puerta tras él. Bueno, al menos esperaba que Greta le dejara usar su nueva y flamante ducha: el apartamento nuevo era increíble. No solo estaba en Nob Hill, al norte de la ciudad y en una de las siete colinas originales de San Francisco, sino que estaría rodeada de un montón de familias de clase alta. Y muy cerca de donde trabajaba, sin olvidar las espectaculares vistas.

Dominic desconocía cómo podía permitirse pagar aquello, desde luego debía ser la chica más ahorradora de la historia, porque vivir allí costaba un pastizal.

Encontró a Greta en la cocina, examinando los electrodomésticos como si fuera una niña abriendo regalos el día de su cumpleaños. No era para menos, ya que todos eran de un diseño moderno, minimalista, y de gama alta.

—¡Es todo tan bonito! —exclamó maravillada, acercándose hasta la ventana—. Fíjate qué vistas, esta cocina tiene muchísima luz.

—Es precioso, ¿cuántos dormitorios tiene?

—Dos —respondió ella—. El principal y uno para invitados.

—Debe costar un dineral, ¿te han ascendido o algo así?

—Algo así. —Greta le dedicó una sonrisa.

Dominic se relajó al ver aquello. Las dos últimas semanas notaba a Greta distraída y menos pendiente de él, prácticamente desde que le había comentado que se iba a mudar. Cierto era que tras el incidente en el yate había estado enfadado unos días, pero después habían tenido una charla sobre el tema para arreglarlo y eso había quedado atrás. Greta pensaba que era un exagerado y lo sabía. Sin embargo, ella no parecía tener amigos íntimos, o sea que no podía saber el feo tan grande que había hecho a su amiga. Amiga que no le dirigía la palabra desde entonces, por cierto.

Ninguna de las dos le hablaba, y aunque las veces que se cruzaban en el piso eran contadas, cuando sucedía ambas actuaban como si fuera invisible. Se sentía fatal, por más que trataba de disculparse era como si hablara con la pared.

En su interior entendía que lo merecía, los últimos tres meses había sido un compañero y amigo horrible. Pero, ¿lo veía en ese momento, justo cuando notaba la distancia entre Greta y él? ¿Tan cegado había estado por la chica?

—Enhorabuena —le dijo.

—Gracias. Oye, ¿quieres un chupito?

—Son las once...

Greta caminó hasta el salón, con aquellos enormes ventanales que le permitían disfrutar de una de las vistas más increíbles que Dominic había visto jamás. Quedaban días para la entrada del otoño y por las tardes debía ser precioso, una mesa con velas quedaría increíble allí... ¿y si preparaban una cena romántica?

—Ven, siéntate —pidió la chica, dando unas palmaditas al sofá.

Dominic se dio cuenta de su distracción al ver que Greta lo aguardaba. Los sofás eran de piel, por supuesto, como no podía ser de otro modo. La sofisticación del piso iba a juego con la dueña, no cabía duda, y allí sentada, elegante con su traje y estirada como si perteneciera a la realeza, se veía a años luz de él.

—Gracias. —Dominic cogió la copa y se bebió el chupito de un trago—. ¡Por tu nuevo apartamento!

—¡Por mi nueva vida! —sonrió ella, imitándole. Después, depositó la copa con cuidado sobre el posavasos y le lanzó una mirada de reojo—. Nos hemos divertido estos últimos meses, pero creo que ha llegado el momento de que sigamos caminos separados.

Dominic terminó de tragar el alcohol y carraspeó.

—¿Qué? —logró preguntar, tras aclararse la garganta.

—Lo que has oído, tú por tu lado y yo por el mío.

—Pero… —La miró, atónito—. ¿Por qué? ¿He hecho algo mal?

—No, en absoluto, has sido absolutamente encantador y nos lo hemos pasado bien juntos.

—¿Entonces?

—Dominic, esto nunca fue nada serio, solo era diversión para ambos —explicó Greta, como una madre tratando de hacer entrar en razón a su hijo—. Creía que lo tenías claro.

—Yo pensaba que salíamos juntos.

—Sí, como amigos con derecho, ya está. Mira, estaba pasando por un momento delicado en mi vida personal y tu compañía ha sido un bálsamo, en serio.

Dominic la miraba sin reaccionar. ¿Amigos con derecho? ¿Diversión?

Le vinieron a la cabeza las palabras de Wanda el día que la había interrogado acerca de Greta, y cómo ella le explicó que era buena tía siempre que tuviera claro que solo buscaba divertirse. Solo que en aquel momento no le había dado importancia, o su cerebro lo había borrado al mismo tiempo que el oxígeno se concentraba entre sus piernas, daba igual.

¿Cómo no lo había visto venir antes? Claro, por eso Greta parecía distante, ¡porque lo estaba de verdad! Seguramente, pensando en la manera de darle puerta con el menor esfuerzo posible.

—¿Entonces ya no quieres verme más? —espetó, enfadado.

—No te lo tomes así, casi todos los hombres estarían encantados de ser un «entre».

—¿Un qué?

—Un «entre», una persona de transición con la que pasárselo bien.

—O sea, que solo he sido un entretenimiento para ti.

—Por favor, no seas tan dramático. —Ella se levantó del sofá y recogió las copas para llevarlas hasta la cocina—. A veces olvido que te portas como un crío.

Dominic se levantó del sofá con los labios apretados. Quería gritar y decirle todo lo que pensaba de ella, que se sentía utilizado y que no era justo jugar sin saber todas las reglas, pero lo cierto era que Greta nunca le había prometido nada. Siempre lo presentaba como un amigo, jamás como su pareja o novio, y tampoco habían tenido charlas sobre el rumbo de su relación. Solo se habían dedicado a divertirse, salir de juerga, a bailar, a fiestas elegantes y cosas por el estilo, disfrutando sin pensar en el futuro.

Y, por lo visto, Greta había decidido que seguiría divirtiéndose con otro. Y la muy zorra se lo soltaba después de haberlo tenido cargando cajas durante horas.

—Sí, seguro que aquí el crío soy yo —masculló, agarrando su cazadora.

—Venga, no te enfurruñes, ¡como si fueras a tardar diez segundos en olvidarme!

—¿Y tú qué sabes?

—Sé que días después de romper con tu antigua novia estabas en la cama conmigo, así que está claro que tu corazón se recupera rápido —dijo Greta, cruzándose de brazos.

Ahí tenía razón, aunque no había comparación posible entre Greta y Marion. No pensaba darle explicaciones al respecto, de cualquier manera.

—Pues nada, disfruta de tu piso con el nuevo gilipollas que escojas para divertirte —gruñó, cruzando el salón en dirección a la entrada.

—Vamos, Dominic, no te despidas así…

Pero él no quería seguir escuchando sandeces, tenía su orgullo y no iba a permitir que ella se lo pisoteara todavía más. Cerró la puerta evitando la tentación de dar el portazo que deseaba y salió del bloque cabreado.

¡Un «entre»! ¿Qué puñetas era eso? Según avanzaba hacia el tranvía, más se enfadaba, tanto con ella como consigo mismo. ¿Cómo no había visto las señales, encima con las advertencias de Wanda? Había estado tan cegado porque alguien como Greta se hubiera fijado en él sin el menor esfuerzo… Ahora veía que solo había perdido el tiempo. Sí, se lo había pasado muy bien con ella, pero si ponía en una balanza todo, las cuentas no le salían: semanas de su vida invertidas en alguien que no pensaba ni por asomo como él, todas las cosas que se había perdido por estar con Greta: innumerables cenas y comidas con sus amigas, la noche de karaoke, ¡el cumpleaños de April! Sentía que había dado todo en aquella relación para nada, ¿por qué Greta no se había involucrado de la misma forma? Y él pensando que llevaba una buena racha… pues no, primero se liaba con una chalada y después ni eso, no se le podía llamar ni noviazgo.

Pasó todo el trayecto hasta su calle rumiando aquello, pensando en que debía tener más cuidado la siguiente vez… si es que la había. Apenas si había creído en su golpe de suerte con Marion, mucho menos en el de Greta, una chica tan guapa y popular. ¿Sería todo un espejismo? De forma inconsciente, se pasó la mano por el pelo. Se sentía tan seguro de su cambio que quizá se había pasado, a ver cómo se recuperaba del golpe de la ruptura porque ya no tenía claro qué estrategia seguir.

Según subía la cuesta hacia el apartamento, despacio para no dejar los pulmones, el enfado iba dando paso a la tristeza. Demasiados cambios desde su cumpleaños, sobre todo en el tema laboral, pero en lo personal seguía igual o peor, porque encima sus amigas no le hablaban.

Tenía que pedir perdón a April, eso para empezar. Se paró y deshizo el camino para ir al WaFFle CoFFee de la esquina: si llevaba algo azucarado como ofrenda de paz, quizá tuviera más posibilidades.

Armado con un par de cupcakes de lo que suponía eran mil colores, aunque para él era todo igual, regresó a la cuesta y siguió con el proceso de escalada, pensando en preparar también café como a April le gustaba y buscar alguna película para ver por la noche. Como no había hablado con ellas en los últimos días, ni siquiera no sabía si tenían planes. No tenía muchas esperanzas después de cómo se había portado y su ánimo, cada vez más decaído, no ayudaba, pero al menos tenía que intentarlo.

La cuesta se le hizo más larga de lo habitual, aunque eso también podía ser por haberla subido hasta la mitad antes de tener la idea de los cupcakes. Ahí también veía que había perdido facultades, si algo habían aprendido los tres en la primera semana tras mudarse a aquel apartamento, era a optimizar los viajes y no bajar y subir veinte veces en el día porque se les hubiera olvidado meter el pan en el cesto de la compra.

Por fin llegó a la ansiada meta. Sacó las llaves recuperando el aliento a duras penas y entró en la casa. No estaba vacía como había esperado: había luz en la cocina y ruido de platos. Se asomó casi con miedo, y allí estaba April, fregando un vaso.

—Hola —saludó, aunque sin levantar mucho la voz.

La pelirroja lo miró, frunció el ceño y cogió un trapo para secar el vaso sin decir nada.

—Pensaba que no habría nadie —siguió él.

—He venido a casa a comer y vuelvo en una hora a la peluquería —replicó ella, metiendo el vaso en su lugar del armario—. Ya sabes, como suelo hacer. Ah, espera, que hace tanto que no estás en casa que quizá se te haya olvidado. —Se cruzó de brazos—. Y tú, ¿qué? ¿Has perdido a tu sombra por ahí?

—¿Mi sombra?

—No os despegáis ni con espátula, así que… —Ladeó la cabeza para intentar ver tras él—. ¿O por una vez la has convencido de subir hasta aquí?

—No, no, es que… —Bajó la voz aún más—. Me ha dejado.

April no se esperaba aquello ni de lejos, ¡si estaban todo el día juntos y estupendamente! O eso parecía. Como le ocurriera con lo de Marion, no pudo evitar alegrarse, más no lo mostró al ver que Dominic parecía bastante deprimido. Lo cual era de esperar, con lo ilusionado que estaba que lo dejaran no debía haber sido agradable.

Con un suspiro, se acercó a él y le puso una mano en un hombro.

—Que conste que sigo cabreada contigo —le dijo, señalándole con el índice—, pero creo que ahora necesitas un abrazo.

Dominic no se negó a eso: apartó el que tenía ocupado para no aplastar los *cupcakes* y con el libre le rodeó la cintura. Apoyó la cabeza en el hueco de su hombro, como siempre que la abrazaba, y solo pudo pensar en lo cómodo que estaba allí y lo mucho que había echado de menos su contacto.

—¿Nos sentamos en el sofá y me lo cuentas? —sugirió ella, dándole unas palmaditas.

—Vale. —Se separaron, y Dominic le enseñó el paquete que llevaba—. Te he traído esto.

Ella lo cogió, sorprendida al reconocer el logo del WaFFle CoFFee, y abrió para mirar en su interior.

—Anda, ¿y esto? ¿Venías con plan de peloteo?

—Algo así.

—No sabías si iba a estar en casa.

—No, pensaba dártelo luego, cuando acabaras el turno.

—Bueno, tengo un rato todavía así que nos los comemos mientras hablamos. El azúcar siempre anima, ¿no?

Él afirmó con la cabeza mientras iban hasta el sofá y se sentaban. No tan juntos como solían hacer, pero al menos estaban en el mismo.

April sacó los *cupcakes*, dejó la bolsa en el suelo y le entregó uno a Dominic. Mientras quitaba el papel del suyo, lo miró de reojo, estudiando su expresión. Si por ella fuera, daría carpetazo al asunto de Greta en un mini segundo, aunque para el chico la cosa no debía ser nada fácil.

—¿Cómo ha sido? —preguntó.

—Esta mañana la he ayudado a mudarse, y cuando he terminado de ser su esclavo subiendo cajas, me lo ha soltado.

—¿En serio?

—Sí. ¿Sabes lo que me ha dicho? Que soy un «entre».

—Ah, ya.

—¿Cómo, ya? De eso no me hablasteis en vuestras clases, Makovsky. —Suspiró—. «Los diccionarios no incluían traductor de mujer a hombre, cosa que nuestro héroe pensaba aprovechar para registrarlo como invento y hacerse millonario.»

Antes de contestar, April sonrió ante su tono tráiler y dio un par de mordiscos a su *cupcake*, saboreándolo.

—Esto está buenísimo. —Dominic levantó una ceja—. Vale, es fácil: un «entre» es el tío que te tiras entre el que acabas de dejar o te ha dejado y el siguiente serio.

—¿Y por qué no podía ser yo considerado el siguiente serio, como tú dices?

—Bueno, eso se lo tendrías que preguntar a ella, supongo que tendrá a otro en su objetivo. Por lo que Wanda cuenta de Greta, de todas formas, tampoco debería sorprenderte tanto.

Dominic iba a replicar, y al final se lo pensó mejor porque sabía que tenía razón, de modo que suspiró y movió la cabeza.

—No siento que me haya roto el corazón ni nada de eso, ¿sabes? Lo que pasa es que como fue ella la que me dijo de salir, y estábamos tan bien, pues me había hecho ilusiones.

—Me imagino. —Otro par de mordiscos—. Si no estabas enamorado, se te pasará pronto. Como con Marion.

—Sí, supongo.

April siguió con su *cupcake*, ocultando así su sonrisa. Genial, no lo negaba, así que no había llegado a enamorarse. Eso era bueno: aunque doliera lo superaría rápido.

—Come un poco, te animará —insistió, al fijarse que ni siquiera había quitado el papel.

Dominic miró el dulce, olvidado en su mano, aunque en lugar de darle un mordisco lo dejó sobre la mesa y alargó una mano para coger la que April tenía libre.

—Lo siento —murmuró.

Ella tragó saliva, sosteniendo lo que quedaba del *cupcake* con la otra mano y dudando entre seguir comiendo o mirarlo a los ojos. Porque ambas cosas eran igual de atrayentes. Al final se decidió por acabar el *cupcake*: era la opción más segura.

—¿Podrás perdonarme? —siguió Dominic.

—¿El qué, en concreto?

La pelirroja cerró la boca al instante. Solo faltaba ponerse a hablar con los carrillos llenos y estropear lo que parecía una disculpa en toda regla.

—Todo. Perderme tu cumpleaños, principalmente. Faltar a la noche de karaoke. —Movió la cabeza—. Y portarme como un idiota el día del parque, que ahora que lo pienso, no os hice mucho caso.

—Y te marchaste.

—Sí, eso también.

April se hubiera cruzado de brazos, pero el chico seguía sosteniendo su mano, así que no podía. Por otro lado, también se había terminado el *cupcake*, por lo que no tenía excusa con la que distraerse. Así que se arriesgó y lo miró.

Error.

Porras, ¿por qué tenía ese «algo» que la volvía medio tonta? Estaba pensando qué decir, cuando Dominic le pasó el pulgar por la comisura del labio. Al separarlo, April vio que lo tenía manchado del *frosting* multicolor. Genial. El chico disculpándose y ella con la cara llena de crema de colores, qué bonito todo… y para empeorar las cosas, Dominic se llevó el dedo a la boca y se lo chupó.

Joder, ¿en qué momento se le ocurría hacer eso? Dios, solo podía pensar en que, si de por sí besarlo tenía que estar bien, si encima sabía a arcoíris sería la bomba.

—Tienes un poco más aquí… —siguió Dominic, acercándose.

Ah, que no era solo un poco… vaya por Dios, debía parecer un oso amoroso, ¿quién le mandaba comer las cosas a bocados y no a mordisquitos, como las pijas que veía en el WaFFle CoFFee? Se quedó inmóvil, mientras lo veía cada vez más cerca. Mejor se estaba callada, no fuera a soltar alguna burrada.

Dominic pasó el dedo por el otro lado de la boca de April, preguntándose a la vez qué demonios estaba haciendo.

Podía haberle dado una servilleta.

Podía haberle dicho sin más dónde tenía la crema.

No, su impulso había sido quitárselo y de paso rozar su labio inferior. Y después probarlo, que ni siquiera sabía por qué lo había hecho. Ni por qué se estaba acercando tanto… Si ella dijera algo al menos, quizá saldría de esa especie de neblina extraña en la que estaba, porque solo veía a April delante suyo. Sus labios, húmedos y entreabiertos, y solo podía pensar en si estarían tan dulces como se imaginaba. Dudó un segundo, pero la pelirroja seguía quieta, así que se dejó llevar por el impulso y la besó.

Primero muy despacio, por si April lo apartaba o si él mismo se daba cuenta de que aquello era algo fuera de lo normal. En cambio, ella movió los labios bajo los suyos, por lo que su cerebro dejó de deliberar y le rodeó el cuello con las manos, acariciando sus mejillas con los pulgares mientras profundizaba el beso.

April no había pensado muchas veces como sería ser besada por Dominic, porque nunca imaginó que llegara a ocurrir y no le iba sufrir en vano. Y por pocas que hubieran sido, la realidad las superaba con creces. Era suave, dulce, con notas de pasión según le iba correspondiendo. No tardó en abrazarlo, preguntándose a qué venía aquello, sin decir nada para no estropear el momento. Poco a poco, se fue inclinando hacia atrás, con Dominic cada vez más encima suyo. Sin darse cuenta, se encontró con que estaba tumbada sobre el sofá y que él había bajado las manos hasta sus caderas para evitar que cayera.

Ni corta ni perezosa, le cogió la camiseta y se la subió de un tirón. Dominic tuvo que apartarse para poder sacarla y la miró. Sus ojos se encontraron un par de segundos y, para mitigar posibles dudas, April lo cogió de la nuca y le bajó para que la besara de nuevo. Notó entonces que metía las manos por dentro de su camisa, acariciándola por encima del sujetador y como él movía sus dedos detrás para pelearse el cierre hasta conseguir abrirlo. Con la respiración entrecortada, April se movió para facilitarle la tarea y que le quitara la ropa. A su vez, le desabrochó el cinturón y el pantalón. Metió las manos por detrás para bajárselo, mientras Dominic hacía lo propio con el de ella.

La ropa voló por el salón hasta que ambos estuvieron totalmente desnudos, besándose sin cesar. Dominic estaba tumbado sobre ella, con sus piernas alrededor, y April se arqueó hacia él para indicarle que quería más; el chico no se hizo de rogar, y pronto estaba dentro de ella. Apenas podía pensar, aunque el cerebro de Dominic sí que recibió alguna señal de que aquello quizá no estaba bien del todo, porque se quedó quieto y la miró.

Era April, su amiga. Pero era algo más, era tan preciosa, le hacía sentir tan bien… no, aquello no podía estar mal. Así que siguió moviéndose, acariciándola al mismo tiempo mientras la oía gemir junto a su oído.

La besó de nuevo, notando cómo se iba tensando poco a poco, y cómo perdía el control de su respiración hasta que se estremeció con fuerza bajo él y entonces se dejó llevar también.

El salón se quedó en completo silencio, solo roto por sus respiraciones agitadas. Dominic había apoyado la cabeza en el pecho de April y ella le acariciaba el pelo, sin poder creer lo que acababa de pasar. ¿De verdad lo habían hecho? ¿En el sofá de su casa? Se mordió el labio, evitando decir nada, porque no se le ocurría el qué.

Y entonces sonó su móvil, rompiendo aquel momento de paz. Dominic se movió un poco y lo vio sobre el sillón contiguo, así que se lo alcanzó.

—¡Joder! —exclamó April, levantándose a toda prisa.

Oyó un golpe seco y vio que, al hacerlo, había tirado a Dominic al suelo. El chico se frotó la cara, mientras ella notaba una corriente de aire frío... o más bien, que estaba tan desnuda como él y ya no la protegía su cuerpo caliente. Hizo ademán de acercarse, y entonces recordó que su móvil seguía sonando de forma insistente.

—Tengo que coger —le dijo—. Es la peluquería.

—Claro, coge.

Carraspeó mientras buscaba su ropa con la mirada. April cogió la primera manta que vio para taparse con ella mientras le daba al botón de contestar.

—¡Llegas dos minutos tarde! —le gritó Diana, desde el otro lado.

—Sí, lo sé, verás... —¿Qué le iba a decir? Porque la excusa real de haberse acostado con su mejor amigo, como que no—. Me he dormido después de comer. Llego en quince minutos.

Colgó para perderse el resto de los gritos. Total, sabía que le esperaba una tarde de bronca continua, así que...

Vio que su pantalón estaba en un sillón y lo cogió, mientras Dominic recuperaba sus bragas de una lámpara y se las acercaba. Genial, ahora no la encendería nunca sin pensar en ese momento. Por no hablar del sofá, ¡con lo que le gustaba! Tendría que sentarse en otro, ahí ya no, desde luego.

Al menos Dominic se había puesto parte de su ropa, lo cual debería ayudarla a pensar mejor, aunque no fue así. No, su mente todavía no podía asimilar lo que acababa de ocurrir y el hecho de no solo haberle visto sin camiseta, sino haberle tocado el pecho. Y otras cosas.

—Tengo que volver al trabajo —dijo.

—Ah.

Dominic le pasó la camiseta y retrocedió, metiéndose las manos en los bolsillos. Le habría gustado seguir abrazado a ella un rato más, y no estar separados, así parecía que la distancia entre ellos no era solo la física, sino algo más. No tenía muy claro qué había pasado y le hubiera gustado analizarlo, pero… April se iba a trabajar, sin decir nada en absoluto, así que probablemente no sentía tanta confusión como él.

—Yo me quedo en casa —informó, como si no fuera obvio.

—Vale. —Carraspeó, terminando de vestirse—. Quizá… oye, esto… —Tragó saliva, esperando alguna señal por su parte mientras Dominic seguía quieto, sin mover ni siquiera las manos de sus bolsillos—. No sé si te apetece… ¿hablarlo luego?

—No sé. Si tú no quieres, no.

April parpadeó. ¿Ella? Pues casi mejor que no, porque si iba a escuchar alguna tontería de sexo de rebote o de consolación, no tenía ninguna gana.

—Wanda vendrá después —contestó, en cambio.

—¿Quieres que se lo contemos?

¿En plan que, confesiones entre tres? No, eso le apetecía aún menos. Bastante tenía con asimilarlo y dejarlo a un lado, que no olvidarlo, como para encima hacer alguna especie de terapia. Que iba a terminar pareciendo un programa de esos con gente chalada contando sus problemas.

—Casi mejor que no, ¿te parece?

Él afirmó, inclinando la cabeza con indecisión.

—Entonces, esto ha sido… —empezó.

—¿Un escarceo?

Por supuesto que para April no, pero tampoco quería declararse y quedar como idiota, así que mejor quitarle hierro al asunto. Por la cara de Dominic, era la respuesta que esperaba, porque volvió a afirmar.

—Sí, vale —murmuró—. Entonces, ¿amigos?

—Claro, eso siempre.

Y se marchó, con sus propias palabras retumbando en su mente.

Amigos.

Siempre.

Parecía una condena, visto así…

CAPITULO 17

Aprovechando su descanso para la comida, Dominic se acercó hasta su anterior empresa. Llevaba unas semanas postergando aquel momento, y desde Recursos Humanos lo habían vuelto a llamar aquella mañana para insistirle, así que decidió que ya era hora de dejarlo definitivamente atrás. Solo tenía que ir y firmar todo el papeleo del finiquito y la baja voluntaria que había presentado, nada complicado. Pese a que había dejado el trabajo alegremente y en el nuevo estaba muy contento, le daba cierto reparo dejar su firma en aquellos papeles. No era solo una renuncia a un trabajo, representaba dejar atrás toda una forma de vida, unos compañeros (a algunos no los echaría de menos, eso lo tenía claro, pero con otros tenía cierta amistad). Estar con Greta le había infundido un valor que ni siquiera sabía que tenía a la hora de afrontar riesgos, pero ahora que lo había dejado y lo veía todo con la mente más clara, temía haberse precipitado. ¿Y si en el nuevo puesto no pasaba el período de prueba, por ejemplo? ¿O no valía para ello? Al menos para la contabilidad, sabía que sí. Pero ya le habían dicho que su antiguo puesto estaba ocupado, así que suponía que esa puerta estaba cerrada. Para mal o para bien, tenía que ser consecuente con las decisiones tomadas.

Empujó la puerta giratoria como tantas veces durante años, aunque en esa ocasión, lo pararon en recepción y tuvo que esperar a que avisaran y le dieran una acreditación para poder entrar.

«Ya no estamos en casa, Totó» pensó. «¿O era en Kansas?»

—Puede subir, señor Clark —lo avisó la chica, señalando los ascensores.

Vaya, pues sí que habían cambiado las cosas. Vale que la chica era nueva, pero no le habían llamado «señor Clark» entre aquellas paredes en su vida.

—Conozco el camino, gracias.

Se metió en el ascensor y subió hasta la planta de Recursos Humanos. Una vez allí, le enviaron a una sala de reuniones, donde estaba la directora con uno de los abogados de la empresa, como era costumbre. Siempre estaba presente, tanto para despidos como para renuncias o contrataciones, por si había algún problema legal y no perder el tiempo en ir a buscarlo.

Saludó a ambos estrechándoles la mano y la directora le sonrió, mirándolo mientras movía la cabeza.

—Vaya, Dominic, menudo cambio —le dijo—. Casi no te reconozco.

—Ah, esto. —Se tocó el pelo—. Me lo corté hace meses, todavía estaba aquí.

—Sí, pero no habíamos coincidido. Y también has cambiado tu estilo de ropa, parece que en el nuevo sitio te han transformado.

—Algo así.

El abogado le entregó unos cuantos papeles, a los cuales Dominic casi no prestó atención. Demasiada jerga legal, claro, y además su mente estaba distraída con otros temas. Lo del pelo le había hecho pensar en April, a pesar de que últimamente no necesitaba muchas excusas para eso. En casa las cosas estaban menos tensas, aunque a Wanda no le habían dado detalles excepto que se habían reconciliado, por lo que existía una paz relativa. Pero claro, estaba el bendito sofá… en el cual intentaba no sentarse y April igual, lo cual ya era extraño de por sí. Tampoco compartían espacio como antes, y Dominic temía la llegada del invierno. ¿Querría compartir manta con él? ¿Se pondrían en otro sofá? Lo peor era que no sabía qué opción prefería, porque solo de pensar en tener sus pies, por muy fríos que estuvieran, debajo de su cuerpo… aquella intimidad lo asustaba porque no sabía cómo reaccionaría. Intentaba no pensar en lo ocurrido y, desde luego, ella no había hecho la más mínima mención al respecto. También estaba seguro de que no se lo había contado a Wanda, porque la morena se comportaba con ambos como siempre. Si supiera lo que había pasado… en fin, habrían tenido una conversación a tres seguro.

Una pluma de oro apareció bajo sus ojos de pronto, sacándolo de sus pensamientos.

—Si está de acuerdo, firme donde está marcado —le dijo el abogado.

Dominic carraspeó y la cogió para ir firmando en todos los cuadraditos marcados con pósits en forma de flecha amarilla. A la vez, le estaba diciendo cuándo le ingresarían el dinero y los plazos de reclamación. Como todo estaba por escrito, se dijo que ya estudiaría su copia con más tranquilidad en casa, cuando no estuviera tan distraído.

—Tus cosas están en una caja en la sala de descanso —le informó la directora—. ¿Quieres que te acompañe a por ellas?

—No, gracias, puedo solo. Así aprovecho para despedirme.

—Claro. —Se levantó de la silla, por lo que Dominic dedujo que la reunión había terminado y la imitó—. Ha sido un placer tenerte con nosotros.

—Igualmente.

Estrechó de nuevo las manos de ambos, cogió la carpetita que le habían preparado con sus papeles y salió de la sala. Bajó hasta su antigua planta y se dirigió a la sala de descanso, donde había varios de sus ya excompañeros tomando café. Genial, así no tendría que pasearse por toda la oficina.

O no tan genial, pensó al ver a Billy justo allí. La persona que más había querido evitar, y se lo encontraba de frente.

—Vaya, el traidor —dijo el chico, acercándose para darle una palmada en el hombro que le hizo tambalearse.

—Sí, yo también estoy encantado de verte —replicó—. No veas cómo te he echado de menos.

—Me lo puedo imaginar, ¡no puedes vivir sin mí!

«La nula capacidad de su excompañero para reconocer el sarcasmo seguía sorprendiéndole», pensó.

—Algo así.

—¿Entonces vuelves?

—¿Volver?

—Claro, por esto estás aquí, ¿no? No te preocupes, tengo preparado todo lo pendiente bien ordenado para que…

—No, no vuelvo. Tendrás que apañarte con el nuevo.

—Pero si yo… creía que era temporal.

—No, estoy trabajando en otra empresa.

—¿Por esa estupidez del curso de publicidad? —Hizo un gesto de desaprobación—. Dominic, esto es mucho más serio, hombre. Tienes que volver.

Dominic se cruzó de brazos, pensando en sus palabras y en por qué notaba cierto tono de desesperación en su voz. Claro, quedaba poco para final de año, estaban en el último trimestre. Él llevaba fuera tantas semanas que, si Billy no había hecho nada, las cuentas estarían para echar cohetes. Y le excusa de la boda no le valía porque todavía no se había casado.

Con una sonrisa, Dominic, le palmeó el hombro con la misma fuerza (o casi, que sus bíceps seguían teniendo el tamaño de siempre) que Billy a él.

—Aprecio tus palabras, Billy, dejan claro la huella que he dejado en la empresa y lo mucho que me necesitáis... aunque nadie es imprescindible. Seguro que sobreviviréis.

Billy boqueó, sin contestar, y Dominic hubiera jurado que hasta su piel bronceada de solárium artificial había palidecido un par de tonos.

Un par de personas que estaban en el café se acercaron a despedirse. Allí sí que Dominic encontró buenas palabras y pronto, se dio cuenta de que había corrido la voz porque la sala se llenó de gente. Entre ellos, vio entrar a Sonja. Estaba tan guapa como siempre y, cuando le sonrió, notó una pequeña sensación en el pecho. No como solía ocurrirle antes, claro, hacía mucho que no la veía y, además... estaba el tema de April. Y de Marion y Greta, que también habían ayudado a no pensar en su amor de oficina, para qué engañarse.

—No pensaba que volvería a verte por aquí —comentó ella, dándole un pequeño abrazo.

—He venido a firmar y recoger mis cosas.

—Ah, te lo guardé todo en uno de los armarios.

—Genial, muchas gracias.

—Si quieres te ayudo a bajarlas y charlamos un poco.

Aquello lo pilló desprevenido. ¿Sonja, queriendo hablar con él a solas? Porque no se le ocurría otro motivo para que lo ayudara, tampoco tenía tantas cosas. Y allí podía decirle lo que quisiera perfectamente, aunque hubiera gente delante.

—Claro —le contestó—. Me despido de la gente y nos vamos.

Perdió la cuenta de manos que estrechó y de abrazos que recibió, lo que le hizo ver que aquel trabajo, aunque horrible, al menos tenía algo bueno, y eran sus compañeros. Quitando a Billy, que estaba enfurruñado en una esquina y parecía que iba a romper la taza en la que sostenía su café, de la tensión que desprendía.

Cuando acabó la ronda, Sonja le señaló uno de los armarios y lo abrió: dentro había solo un par de cajas y que no parecían muy pesadas. Cogió una y ella la otra; efectivamente, solo contenían alguna foto, papeles, su taza de café y poco más. No era de los que acumulaban, así que...

—«Y toda su vida laboral se vio resumida en dos cajas de cartón...» —murmuró, con cierta nostalgia.

—¿Has venido en coche? —preguntó ella.

—No, pero en el tranvía me apaño con todo, no te preocupes.

Fueron juntos hasta el ascensor y bajaron a la entrada. Allí Dominic revisó el contenido de las cajas y lo juntó en una, para poder transportarla mejor.

—Muchas gracias por ayudarme —le dijo.

—No ha sido nada. ¿Qué tal en el nuevo trabajo?

—Bastante bien, la verdad. No tiene nada que ver con esto.

—A Billy le va a dar un ataque, seguía diciendo que volverías, que eras su mano derecha.

Emitió una risa, y Dominic se unió. Que se jodiera, qué bien sentaba, por Dios.

—Creo que el fin de año va a ser duro —comentó.

—Se va a pasar trabajando hasta el viaje de novios —corroboró ella—. En fin, me alegro mucho de verte.

Le pasó la mano por el brazo, y Dominic le miró la mano y luego a ella, sorprendido. La chica seguía sonriéndole, y a su mente vinieron recuerdos de todos aquellos años en los que había estado observándola en la distancia, sin atreverse a hablar con ella.

—¿Quieres que quedemos algún día a tomar algo? —preguntó Sonja, de pronto.

Dominic se quedó mudo. ¿Le estaba invitando a salir? ¿En serio?

—¿Tomar algo? —repitió, como un loro.

No, no, no, otra vez así no. ¿Por qué no le salían las palabras? Se dio cuenta de que no era solo por el hecho de estar hablando con ella, sino porque la imagen de April había aparecido de nuevo. Salir con otra, de pronto, le parecía algo incorrecto. No habían pasado tanto desde… y no, no era como cuando se enrolló con Greta después de romper con Marion. No le parecía bien, era como si necesitara un tiempo para adaptarse. No tenía nada que ver.

—Es que acabo de salir de una relación… —soltó, sin saber qué decir.

—Lo entiendo. —Sonja se mordió el labio—. ¿Definitivamente?

—Sí, sí, no hay reconciliación posible.

Pensaba en Greta, claro, porque con April no existía ruptura. Joder, si ni siquiera había habido relación, ¡no sabía ni cómo definirlo!

—Mira, no tiene que ser mañana mismo, puede ser un café otro día, o… ¿qué tal en Nochevieja?

—¿Nochevieja?

—Ya sé que falta bastante, pero si no tienes planes… Me encantaría que fueras mi cita de esa noche. —Le guiñó un ojo—. Ya sabes, las campanadas, el champán, luces de colores… esas cosas.

—Ah, sí, claro. Nochevieja.

—Tienes mi número. Piénsatelo.

Le dio un beso en la mejilla que terminó de descolocarlo y se dio la vuelta para regresar a su oficina.

—¡Sonja! —la llamó y ella se giró—. Sí, me encantará ser tu cita.

Ella sonrió y se despidió con la mano. Aún aturdido, Dominic acomodó la caja en sus brazos y regresó a su nuevo trabajo, aunque la tarde no le cundió mucho, distraído con todo lo que había pasado.

Cuando llegó al apartamento con la caja a cuestas, April estaba allí preparando la cena, y lo miró extrañada al ver el objeto.

—¿Vienes de un mercadillo? —preguntó.

—Algo así, he pasado a recoger mis cosas de la oficina y firmar los papeles.

—Ah, por fin.

—Sí, por fin, ya me tenían en la lista negra.

—¿Y qué tal?

—Billy un capullo, como siempre, se pensaba que iba a volver.

—Se va a tener que comer todos los marrones.

—Efectivamente. Voy a guardar esto.

Salió de la cocina, pero volvió a asomarse.

—Ah, y Sonja me ha invitado a salir.

La patata que April estaba pelando se escapó entre sus dedos y salió por los aires, aunque pudo recuperarla antes de que golpeara algo. Intentando parecer indiferente, permaneció quieta con una sonrisa estática.

—Qué bien, ¿no?

—Sí, me ha pedido que sea su cita en Nochevieja. —Sacudió la cabeza—. No me lo esperaba, tanto tiempo detrás de ella y de pronto… No pierdo nada por intentarlo, ¿no?

—No, claro.

—Sabía que lo entenderías.

Se alejó sin ver la cara que ponía April, que tuvo que sujetar la patata para no tirársela a la cabeza. La madre que lo parió… Ella sin poder olvidar el tema del sofá, y él feliz porque iba a salir con otra.

Estupendo, sí. ¡Si es que no podía ser más idiota! Aunque a veces se preguntaba quién de ellos dos lo era más. Cuanto más se mosqueaba, más rápido y fuerte le daba al pelador, hasta que la patata se le escapó de nuevo y cayó al fregadero. Pero cuando fue a cogerla, se dio cuenta de que de patata le quedaba poco más que el nombre: había quitado toda la piel, y apenas si podía hacer una patata frita con los restos.

Metió todo en la trituradora maldiciendo y le dio al botón, disfrutando del sonido de las cuchillas machacando los restos. Vaya, la futura cita de Dominic le había provocado hasta instinto asesino, por lo que parecía.

Sin pensárselo dos veces, salió de la cocina y abrió la puerta de la calle, sin cerrar después tras ella porque pensaba volver rápido. Se dirigió al piso de Tobías a grandes zancadas y aporreó la puerta hasta que él abrió.

—¡El timbre está para algo! —gritó, callándose al instante al verla—. Ah, hola, April, hola.

—Escúchame. —Levantó la mano para apuntarle con el dedo, todavía con el pelador en la mano—. Tú y yo salimos a cenar mañana.

—¿Qué? —Miró a ambos lados del pasillo, por si era una broma de cámara oculta, pero no había nadie—. ¿Es en serio?

—Sí, recógeme a las ocho. —Volvió a agitar el pelador—. Y espero algo original y entretenido, ¿de acuerdo?

Él afirmó, aturdido por aquella invitación y por el amenazante pelador, que estaba pasando peligrosamente cerca de su nariz.

Satisfecha, April regresó a su piso y cerró de un portazo al entrar. Dominic se asomó desde su cuarto y la miró, extrañado.

—¿Eras tú la que gritaba en la escalera? —preguntó—. He oído voces.

—Sí. Mañana salgo con Tobías.

Dominic parpadeó varias veces, sin saber qué decir, mientras la pelirroja pasaba a su lado y se metía en la cocina.

—¡Suerte! —le deseó, a falta de encontrar algo mejor.

—¡Gracias! —gritó ella, a su vez.

April cogió otra patata e inspiró antes de comenzar a pelarla para tranquilizarse y no hacerla desaparecer, que tampoco estaba su economía como para andar desperdiciando comida así.

En fin, la duda quedaba resuelta: ella era la más idiota de los dos.

—Me encanta la ropa de invierno —comentó Louella, mientras recorría cada maniquí con la vista sin perder detalle—. Te habrás pegado una buena paliza para preparar todo esto.

Louella tenía razón. Wanda llevaba tres días seguidos sin parar para poder tener lista la colección de invierno y que la mujer el alcalde pudiera verla la primera. Si aguardaba a que llegara el frío de verdad las prendas volarían, por eso había sacado todos los maniquís que tenía.

Al tener también a sus clientes habituales, el tema se había alargado más de lo necesario, cierto. De cualquier modo, Wanda estaba satisfecha. No le molestaba trabajar a tope unos días si con eso la mujer del alcalde permanecía contenta.

—¿Te he dicho alguna vez que tengo contactos en el mundo de la moda, cariño? —preguntó Louella, pensativa.

—¿Qué?

—Lo digo por si alguna vez quieres pasar de vestir a crear. Porque las combinaciones que haces son muy, muy buenas.

—Gracias. No, nunca lo había pensado, me gusta esto. Seguro que suena a tontería, pero no hay nada como ver la cara de la gente cuando se pone algo que le queda perfecto.

—Dímelo a mí, que con esto… —se puso las manos en las caderas—, tengo una cruz…

—No seas exagerada. —Wanda se cruzó de brazos—. Entonces, ¿reservamos algo? En menos de un mes estará en tiendas, tienes tiempo para pensártelo si quieres.

Louella consultó la hora, lo que hizo que Wanda la imitara. Apenas quedaban unos minutos para que su turno acabara, aunque cuando estaba con alguien como Louella, eso pasaba a segundo plano.

La mujer alzó la mirada de nuevo, estudió los diez maniquís expuestos, y sacudió la cabeza.

—Muy bien, me llevo todo —dijo.

Wanda se quedó sin reaccionar mientras veía cómo ella se ponía la chaqueta.

—¿Qué?

—Volveré porque de cara a las fiestas navideñas tendré un montón de eventos, así que cuando empieces a recibir vestidos de noche me avisas.

La morena pasó los ojos de Louella a los maniquís, sin terminar de creérselo, ¡allí había un dineral en ropa! Diez maniquís, diez conjuntos con cada una de sus piezas correspondientes que incluían zapatos, pañuelos, bolsos… de hecho, era incapaz de calcular de cuánto dinero estaban hablando. Algo que no parecía preocupar a Louella, por descontado, más intranquila por la idea de quedarse sin trajes de noche que de que su tarjeta de crédito explotara.

—Envíalo a casa, cariño —pidió la mujer—. Has dicho que los zapatos rojos eran exclusivos, ¿verdad?

Wanda solo atinó a asentir.

—Estupendo. Siempre me gusta llevar algo que nadie más puede tener. —Sonrió—. Voy a la caja a pagar, ¿seguimos en contacto?

—Sí, sí, por supuesto. Te aviso con cualquier novedad de la colección de Navidad.

—Y si hay algo exclusivo ya sabes, lo apartas y no se lo enseñes a nadie antes que a mí —le pidió, sonriendo con afecto—. Pasa una buena semana, cariño. Últimamente tienes mucho mejor aspecto.

Louella cerró la puerta al salir y Wanda tuvo que apoyarse en el escritorio unos segundos para procesar lo que acababa de ocurrir. ¡Jamás había hecho una venta de aquella magnitud! En Versace, vender un conjunto era humilde, vender tres estaba bien, ¡pero diez! ¿Qué locura era esa? Aquello iba a suponerle una prima grande, muy grande, no recordaba ninguna así antes.

Una vez digerida la buena noticia, se levantó para ir guardando los maniquís. Al día siguiente se dedicaría a desvestirlos entre cliente y cliente para ir preparando la ropa, pues no deseaba hacer esperar a Louella. Sin dejar de sonreír, cogió los zapatos y decidió guardarlos a buen recaudo. No sería la primera vez que alguna compañera entraba a coger algo sin preguntar… Estaba agachada recogiéndolos cuando escuchó golpes en la puerta.

—¡Adelante! —exclamó.

Puede que fuera Greta, pese a que desde la ruptura con Dominic hablaban poco… pero no, solo con escuchar el carraspeo supo que se trataba del señor Donovan. Se incorporó al momento, sorprendida de que aún estuviera allí a esas horas.

—Wanda —dijo él, con un gesto de cabeza.

—Ah, hola, señor Donovan.

Él se aproximó hasta su altura, echando un vistazo a la colección de maniquís que tenía delante.

—Carol me acaba de llamar —comentó—. Parece que has hecho una venta de las buenas.

—Sí, estoy tan sorprendida como usted.

—Quería pasar antes de irme para felicitarte, no todos los días se hace una suma de tal cantidad —siguió el señor Donovan.

Wanda se hizo a un lado cuando él se inclinó hacia ella, prácticamente invadiendo todo su espacio personal.

—¿Se ha llevado todo? —preguntó, y ella se sobresaltó al escuchar su voz tan cerca.

—Sí, todo.

—¿Y los zapatos? —Ella afirmó—. Son prohibitivos. Buen trabajo, Wanda.

La morena murmuró un «gracias». Estaba deseando tomar distancia, pero si lo hacía, el señor Donovan podía tomarlo a mal y no se atrevía. ¿Por qué tenía esa manía de acercarse tanto a la gente para hablar, casi como fuera a susurrar en su oído? ¿Es que no había recibido la explicación magistral de *Dirty dancing*? A ver si tenía que llevar a April para que se lo contara…

—He estado pensando —dijo él, sacándola de sus pensamientos—. Ya lo tenía en mente, pero después de esta venta… en fin, creo que deberíamos tener una reunión tú y yo.

La forma en que pronunció «tú y yo» puso en alerta a Wanda al momento. El señor Donovan alargó la mano para darle una palmadita que terminó siendo más bien una caricia prolongada desde el hombro hasta el antebrazo. A ella le dio un escalofrío y se quedó de piedra… ¿iba a propasarse?

Porque no podía obviar que estaban solos, y que ya había pasado la hora de cerrar. Las dependientas de la tienda externa se habrían marchado, Carol estaría cerrando las cajas y pensando en sus cosas. Tampoco oía ruido fuera que indicara que el resto de las estilistas estuvieran por allí, recogiendo y cerrando sus vestuarios privados.

No, casi seguro que estaban solos, y ser consciente de ello la puso tensa y nerviosa. No quería estar allí, y desde luego tampoco que volviera a tocarla.

—¿Una reunión sobre qué? —preguntó.

—Para hablar de tu futuro, de los planes que tengo para nosotros —añadió el señor Donovan, y la miró de arriba abajo sin el menor pudor.

No era la primera vez que le ocurría aquello, pero sí la primera que era consciente de que la situación podía ponerse fea.

Carraspeó y se apartó del señor Donovan para recoger los zapatos y meterlos en la caja.

—Perdón, será mejor que guarde esto antes de que alguien me los birle —se excusó, nerviosa.

—Mañana a las nueve te espero en mi despacho.

Y sin añadir nada más, salió de su vestuario. Wanda lanzó un suspiro de alivio al escuchar la puerta cerrarse y se frotó la cara, preocupada.

Joder, joder, joder. ¿Qué coño significaba esa reunión? Imaginaba que el motivo no sería solo celebrar su buen hacer en la tienda, claro.

Metió la caja de zapatos dentro del armario con una etiqueta de reservado y fue a buscar su chaqueta, sin dejar de dar vueltas al tema. Puede que hasta ese momento hubiera pensado que eran imaginaciones suyas, pero… el toqueteo era del todo innecesario, y también la mirada al hacerlo. Conocía esas miradas de sobra, las que parecían hacer que la ropa se cayera de lo intensas que eran. Qué asco, joder, menudo panorama.

Abrió el bolso y sacó su móvil, lleno de mensajes sin leer. Tenía tres de April donde proponía un par de opciones para una cena barata porque, le recordaba, estaban a finales de septiembre y su cuenta corriente, tiesa. No tenía ninguno de Garrett porque habían quedado en tomar un café al día siguiente, y...

Sin pensarlo, pulsó sobre su número y esperó, rezando para que contestara. Estaba a punto de desistir cuando él descolgó.

—¿Diga?

—Soy yo, ¿podemos vernos?

—¡Qué directa! ¿No habíamos quedado mañana?

—Lo sé, sé que es tarde, pero necesito contarte una cosa.

—¿Va todo bien, Wanda? ¿Dónde estás?

—En la tienda... ¿y tú? ¿No estarás en el trabajo?

—No, tenía el día libre y acabo de llegar a casa —respondió Garrett—. ¿Necesitas que vaya a recogerte o algo así?

Era obvio que Garrett había notado el nerviosismo en su voz, así que Wanda decidió no molestarse en simular que todo estaba bien cuando no era así.

—¿Nos vemos en Sushi Land?

—Vale, está bien. Lo que tarde en llegar con el coche.

Wanda colgó, cogió su bolso y la chaqueta, y salió del trabajo tras apagar las luces y cerrar. Carol aún seguía haciendo el arqueo de la caja y la saludó al salir.

—Enhorabuena por esa venta, Wanda —dijo—. Vas a poder darte un buen capricho. ¿Tienes la tarjeta de fichar?

—Sí, aquí. —Se la enseñó—. Y gracias.

Pasó la tarjeta y la guardó en el bolso antes de salir. El bar de *sushi* estaba cerca de su trabajo y del sitio donde había dejado el coche, así que le tocaría esperar a Garrett. También podía haber buscado un lugar a medio camino de ambos y no hacerle ir hasta allí, aunque era lo único que se le había ocurrido en ese momento.

Le sorprendía que Garrett no hubiera empezado a esquivar sus llamadas, la verdad. Debía estar harto de escuchar sus mierdas, pero teniendo en cuenta que era policía, ¿quién mejor para ayudarla en esa situación?

—Hola, Wanda, ¿qué tal? —saludó la camarera, con cara extrañada—. Qué raro verte a estas horas. ¿Lo de siempre?

Wanda asintió sin pensar mucho en el tema. Siempre que iban allí pedían lo mismo, y como iban bastante, la camarera se lo sabía de memoria. Mientras esperaba a Garrett, aprovecho para enviar a April un mensaje donde le explicaba que no iría a cenar.

Garrett llegó unos veinte minutos después, y la buscó con la mirada hasta que la localizó en la mesa donde solían sentarse. El local no estaba tan lleno de gente como al mediodía y Wanda lo prefería, así podía pensar con más claridad.

—Gracias por venir tan pronto —dijo, al verlo sentarse en frente.

—¿Qué pasa? —Garrett tenía cara de preocupación.

—He pedido por los dos, ¿te parece bien?

—Somos tan predecibles que eso no supone el menor riesgo.

Wanda sonrió, pero en realidad por dentro quería morirse. No sabía cómo sacar el tema, le asustaba haber malinterpretado la situación y ser una exagerada, pero más aún que fuera verdad y su trabajo estuviera en peligro. Le gustaba, hacerse con una cartera de clientes era el esfuerzo de años y la idea de perderlo porque su jefe no supiera mantener las manos quietas…

—¿No tienes hambre? —preguntó él, al ver cómo jugueteaba con la comida en el plato sin cesar.

—Es que… estoy preocupada, Garrett —murmuró, abandonando el tenedor y, con él, los intentos de meterse algo en el estómago—. Por eso te he preguntado si querías venir a cenar. Ya sé que nunca quedamos a estas horas, pero necesitaba hablar.

Garrett alzó la ceja, pensando durante unos instantes si otra vez iban a volver al tema de Jasper. Porque sería un mazazo si ese fuera el motivo de la preocupación de la chica: pensaba que lo tenía superado, al menos un poco. Después de ofrecerse a ir con él a la fiesta de Nochevieja en casa de sus padres había pensado que era buena oportunidad de acercamiento, ahora tenía dudas.

—Vale, te escucho —contestó, dejando también la comida a un lado.

—Justo antes de salir, mi jefe ha venido a verme.

Garrett se incorporó en la silla, viendo que el tema iba por unos derroteros que no le gustaban nada. Ese jefe que toqueteaba a sus empleadas y se las llevaba a beber Martinis a la hora de comer nunca le había dado buena espina. Si algunas compañeras comulgaban con su rollo no había nada que decir, si pretendía propasarse con Wanda el tema cambiaba.

—¿Te ha dicho algo inapropiado?

—No lo sé. Es decir… —Ella suspiró—. A ver, quiere tener una reunión conmigo mañana por la mañana, a las nueve. Los dos solos, según él para hablar de varios proyectos que tiene en mente. Le he preguntado sobre qué van y no ha querido decirme nada.

Él se recostó en la silla, acariciándose la barbilla.

—¿Alguna vez se ha insinuado? —preguntó.

—No estoy segura —contestó Wanda—. A veces me invita a comer o a tomar algo, lo hace con muchas chicas de la tienda, o sea que es algo habitual. Y ellas nunca me han contado nada raro, así que estoy un poco… no sé. En algunas ocasiones me parece que se me acerca demasiado, pero nunca ha intentado nada, así que pensé que era cosa mía.

—¿Te ha tocado alguna vez?

—No de forma determinante.

—¿Y eso qué significa exactamente?

—Me ha tocado en el brazo y cosas por el estilo, aunque de un modo… no sé explicarlo.

Garrett se quedó en silencio, tanto tiempo que al final Wanda se vio obligada a seguir hablando.

—Esto es muy difícil —confesó—. El señor Donovan siempre se ha portado bien conmigo, sobre todo cuando empecé aquí, y además está casado. Nunca he querido ver ni creer nada raro sobre él… Ahora tengo mis dudas.

El policía asintió, tratando de mantener una expresión imperturbable. Como si no hubiera infinidad de acosadores que actuaran de esa manera: portarse de manera fraternal al principio, como un apoyo hasta que llegaba un momento en que la persona se sentía culpable por sospechar siquiera de unas intenciones poco legales.

Cuando llegaba la ostia, llegaba sin avisar, eso lo tenía claro, los tipos que iban de frente actuaban de forma diferente. Los había así, y después estaban los que manipulaban todo hasta que parecía una historia completamente diferente. Por lo visto, el jefe de Wanda era de los que iban en silencio.

—Y esa reunión de mañana sobre los «planes» que tiene para «nosotros»… porque lo ha dicho así, ¿sabes? —Wanda se mordió el labio con gesto preocupado—. No sé qué me va a pedir… creo que no me va a gustar. No quiero ir a esa reunión y tampoco negarme.

—Ya —dijo él, sin añadir nada más.

Se quedaron en silencio unos minutos, minutos que parecieron interminables a ojos de Wanda. No sabía bien qué esperaba que dijera Garrett, pero aquel silencio… ¿la estaría juzgando?

Como si no conociera bien a la policía. No pensaba que Garrett tuviera que ser así solo por el hecho de ser un agente de la ley, aunque sabía que tendían al escepticismo, la duda y, sobre todo, a culpabilizar a la mujer. ¿Llevabas la ropa muy ajustada? ¿Por qué decidiste ir a una reunión a solas con él? ¿Te gustaba que te dijera cumplidos de vez en cuando? ¿Salías a menudo de copas con él? ¿Te subiste a su coche de manera voluntaria?

¿Era eso lo que estaba pensando? Porque, en ese momento, su rostro era indescifrable. No tenía la menor idea de lo que le pasaba por la mente, y tampoco se lo veía muy dispuesto a compartirlo. Se revolvió en el asiento, inquieta, pensando si no se habría equivocado al hablar con él de ese tema.

—¿Qué puedo hacer? ¿Crees que, en fin, debería denunciarlo? —preguntó.

Vio cómo Garrett negaba con la cabeza y aquello no ayudó a mejorar su ánimo. ¿Ni siquiera tenía esa opción?

—Es un proceso muy largo e insatisfactorio, Wanda, te lo aseguro —comentó el chico—. ¿Tienes alguna prueba de lo que dices?

Ella negó con la cabeza.

—Entonces no merece la pena.

—Supongo que no.

Wanda hizo un esfuerzo por reprimir las lágrimas. Porque era la primera vez que Garrett se estaba comportando como lo que era, un policía, y no lo había esperado. Eran amigos, joder, o algo parecido, ¿qué tal un poco de consuelo y un «tranquila, tú no has hecho nada malo»? Y no esa mirada inquisitiva en la que parecía valorar si se estaba imaginando cosas.

Normal que nadie quisiera denunciar nada, ni ir a la policía; si ese era el apoyo que iban a recibir por su parte, esperaba mucho más por el lado de la amistad.

En fin, a veces venía bien un baño de realidad para saber con exactitud dónde se encontraba cada uno. Era obvio que ella consideraba a Garrett como alguien más importante que al revés, a lo mejor hasta se había imaginado el pequeño tonteo en el vestidor.

Ahora que lo sabía no podía echarse a llorar, debía tratar de mantenerse fuerte. Y salir del paso sola, también.

—Ya veré cómo salgo de esta —dijo al final—. Gracias por escucharme de todos modos.

—No tienes que darlas, somos amigos.

—Voy un momento al lavabo y nos marchamos, ¿vale?

Garrett afirmó. Una vez Wanda hubo desaparecido de su vista, agarró su bolso sin el menor miramiento y rebuscó dentro hasta dar con el cuadradito de plástico que necesitaba. Lo guardó en el bolsillo de su cazadora y volvió a dejar el bolso en su sitio. Vale, eso que acababa de hacer no estaba bien, pero de alguna manera debía solucionar aquella papeleta que le había caído a Wanda. Y aunque odiaba dejarla ir a su casa con esa expresión dolida por su ausencia de respuesta, prefería que no tuviera la menor idea de nada.

Tampoco podía decirle las cosas que se le habían pasado por la cabeza mientras escuchaba su problema. La opción que más le gustaba era ponerle la cara del revés al tipo en cuestión, pero era policía y la gente no se tomaba demasiado bien el abuso de poder, así que aquello quedaba descartado. Tendría que ser más sutil.

CAPITULO 18

Wanda apenas se reconoció en el espejo al levantarse por la mañana. Había pasado una noche infernal, solo conciliando el sueño a intervalos mientras su cabeza daba vueltas sin parar al tema del señor Donovan. Imaginó diversos escenarios para lo que le venía encima, pero todos se le antojaban absurdos. Sin embargo, sabía que algo pasaba y necesitaba estar preparada para batallar con ello, aunque el cómo se le escapaba.

Se duchó para despejarse, e hizo una de las cafeteras más cargadas de toda su vida. April salió de su cuarto bostezando cuando acababa de terminarse su taza.

—¿Te vas ya?

—Me falta maquillarme, en veinte minutos.

—Vale. —La pelirroja se sirvió una taza y sus ojos se detuvieron en la encimera—. ¿Cuándo piensas abrir el regalo de Garrett? Me muero de la intriga.

El paquete llevaba desde su cumpleaños dando vueltas por la casa. Primero ocupó un lugar en su habitación, pero a April le intrigaba tanto que tomó la decisión de colocarlo en el salón para jugar a adivinar el contenido. Finalmente, y sin saber bien cómo, el regalo del policía terminó en la cocina. En ese momento era la menor de sus preocupaciones, así que se encogió de hombros.

—Mira que eres rara. —April bebió un sorbo de café y poco le faltó para escupirlo—. ¡Dios! ¿Pero qué coño…? ¡Esto no hay quien se lo beba!

—Necesitaba cafeína.

—¿Por qué? ¿Quieres que te explote la cabeza o algo?

—No he pegado ojo y necesito estar espabilada hoy. Tengo una reunión con el jefe y no sé lo que va a pasar.

—¿Mal agüero?

—No lo sé. No pinta muy bien, la verdad.

—¿Quieres hablar de ello?

—Luego, que al final voy a llegar tarde.

April le dio unas palmaditas de ánimo y tiró el café por el fregadero en cuanto su amiga salió de la cocina. Tendría que preparar otra cafetera, ese brebaje era imposible de tragar. Por lo menos se había librado de contarle su cita de aquella noche con el hombre-ceniza, aunque tendría que hacerlo cuando volviera de trabajar y la viera preparándose, claro. Aunque siempre podía anularla si Wanda le necesitaba, desde luego, su amiga estaba antes que una cita provocada por un extraño arrebato. Cogió un filtro nuevo y echó café, preguntándose qué saldría de aquella noche.

Wanda se echó encima un par de capas de maquillaje para tapar su rostro cansado, se arregló el pelo y cogió el coche para ir al trabajo. Una vez en la tienda, se desesperó buscando su tarjeta de fichar, tanto que terminó volcando el bolso en el mostrador bajo la atenta mirada de Carol.

—¿Otra vez?

—¡Pero si ayer la tenía! —protestó Wanda—. ¡En serio! ¿No recuerdas que me lo preguntaste y te dije que la llevaba aquí?

—Pues vaya cosa. Como si fuera imposible perderla entre el trabajo y tu casa… ¿no se te habrá caído en el coche?

Gruñendo entre dientes, la chica deshizo el camino hasta su vehículo para echar un vistazo por si acaso Carol estaba en lo cierto. No tuvo suerte y, al consultar el reloj, se dio cuenta de que ya eran las nueve y diez, o sea que además llegaba tarde a la reunión con el jefe.

Desde luego, había días que era mejor no levantarse de la cama.

Regresó a toda prisa a la tienda y prometió a Carol buscar la tarjeta después si ella corregía el dato del fichaje. Después se apresuró a ir hasta el despacho del señor Donovan, al que le dio paso su secretaria, Holly.

—Te está esperando —informó.

Wanda empujó la puerta y asomó la cabeza.

—Lamento mucho llegar tarde —se excusó ella—. No encontraba mi tarjeta de fichar, como de costumbre.

—Tranquila, no importa. Cinco minutos no van a ninguna parte —comentó el señor Donovan, indicándole con un gesto que se sentara frente a él—. ¿Quieres un café, un té, agua? No tienes muy buena cara.

Ella no lo dudaba, con la nochecita que había pasado… lo raro era que no se hubiera estampado con el coche.

—No, gracias, estoy bien.

Al momento, la joven ocultó las manos en su regazo y comenzó a estrujar la tela de su chaqueta, nerviosa. Solo podía pensar en cosas como «Por favor, que sea un cambio de horarios o una regañina por algún cliente insatisfecho». No le importaba recibir una bronca, lo que fuera para eliminar esa sensación persistente de que se avecinaba algo desagradable.

—Bien, Wanda, hablemos de tu futuro —dijo el señor Donovan, adoptando un tono formal—. Ya llevas unos años con nosotros, así que creo que es un buen momento.

—Muy bien —aceptó ella.

—Todavía recuerdo el día que empezaste —sonrió el hombre— Doblabas la ropa como ninguna. El resto de las chicas odia esa tarea, pero tú… sonreías todo el tiempo, como si disfrutaras. Y eso es algo bueno, porque de algún modo eras capaz de apreciar las magníficas piezas de ropa que tenías entre manos.

—Me gustaba el trabajo —comentó Wanda, sin saber aún hacia donde iba la charla.

—¿Y ahora? ¿Te gusta?

¿La iba a despedir? ¿De eso iba la reunión y aquella pantomima? ¿No estaba satisfecho con su trabajo y quería prescindir de ella?

La idea la pilló por sorpresa, porque el señor Donovan jamás había hecho comentarios sobre su trabajo o productividad. Sus valoraciones siempre eran buenas, algunas incluso excelentes, de modo que la idea de quedarse en la calle no se le había pasado por la cabeza en ningún momento.

—Por supuesto que me gusta, señor Donovan. Estoy muy contenta con el trabajo y mi cartera de clientes, si en algún momento no he dado esa impresión yo…

Él alzó la mano para interrumpirla.

—No me refería a eso, Wanda, sino al siguiente paso.

—¿Siguiente paso?

—Sí, me refiero a un ascenso.

Wanda parpadeó, confundida. Eso sí que no lo esperaba, ¡un ascenso! Por Dios, era una noticia estupenda, ¡por fin! No era que hubiera volcado sus esfuerzos en esa dirección, pero a todo el mundo le gustaba que le reconocieran sus méritos. Aunque no sabía bien de qué trataba el tal ascenso, pues no había más que un jefe por tienda… y el señor Donovan era ese jefe de tienda, y no tenía pinta de ir a jubilarse por el momento.

Controló los nervios y tragó saliva, esperando a que siguiera.

—Bien, sé que conoces el género de sobra, no tengo dudas. En cuanto a la gestión, hasta ahora siempre me has parecido competente, aunque no sé qué tal te manejas con los números.

—Puedo hacerlo —soltó ella, sin vacilar.

—Sé que puedes, Wanda, por eso estás aquí. Van a abrir otra tienda de Versace en el distrito Marina, es una zona inmejorable y ha crecido tanto que es una apuesta segura —explicó el señor Donovan—. Bueno, lógicamente soy yo quien debe decidir quién sería la mejor jefa para esa tienda y he pensado en ti.

—¿Yo? ¿Jefa de la tienda? —preguntó la morena, sin terminar de creérselo.

El distrito Marina estaba, en efecto, en plena expansión. La zona era bastante cara, pero tenía el mar cerca y a los turistas les encantaba, así que abrir una tienda allí era una muy buena idea. ¿Y llevarla ella? ¡Era increíble! ¡Su propia tienda!

—Podrías contratar a todo el personal y llevar la gestión a tu manera. Nada de estar metida en los vestidores con los clientes, tendrías tu propio despacho, el sueldo de jefa y las primas. Vamos, todo el lote completo.

Wanda lo miró, aún impresionada.

—No puedo creer que haya pensado en mí, señor Donovan, ¡muchas gracias!

—Tú no vives cerca, ¿no?

—No, la verdad, pero no importa. Para eso tengo el coche.

—¿Y qué te parecería tener un apartamento justo al lado?

La joven se quedó boquiabierta. Ojalá pudiera vivir allí, con vistas al mar, pero era del todo imposible, por muy buen sueldo que ganara. Aquella zona era prohibitiva, incluso en ese mismo momento no podía vivir tampoco en Union Square. Además, ¿marcharse del apartamento? No sabía si estaba lista para eso.

—Es demasiado caro.

—¿Y si no tuvieras que pagar nada? ¿Si tuvieras el apartamento gratis?

—¿Cómo? —preguntó ella, sin entender.

—Yo me ocuparía de eso.

—No sabía que Versace pagaba ese tipo de gastos a los empleados.

—No he dicho que lo hiciera Versace, Wanda, sino que lo haría yo —matizó él.

Wanda tardó unos segundos en asimilar la frase y notó como si una corriente de aire frío la recorriera por completo. ¿Qué trataba de decirle?

—No entiendo —murmuró—. ¿Por qué iba a pagarlo usted?

—Yo me haría cargo de todos los gastos y podría ir a verte un par de veces a la semana, por ejemplo. No días concretos, solo tendrías que estar disponible cuando te lo pidiera. —La observó con calma—. Ninguna perversión rara tampoco. ¿Qué me dices?

La joven permaneció muda y sin saber qué decir. Imaginaba lo que incluirían esas «visitas», aunque por lo visto aclarar la ausencia de perversiones parecía ir destinado a tranquilizarla. Se preguntó que más sorpresas le aguardaban. Al fin y al cabo, su jefe se había portado de forma correcta casi siempre, pero lo que estaba haciendo no lo era en absoluto.

Y si no aceptaba, ¿qué? ¿La despediría? Parecía probable. Sí, estaba contento con su trabajo, solo que no sabía si hasta el punto de mantenerla entre el personal si no accedía a lo otro.

—¡Por Dios, no pongas esa cara! —exclamó el señor Donovan—. ¿Quién te crees que paga el piso de Greta en la mejor zona de la ciudad? ¿O el nivel de vida nocturna de Portia? A las dos les gustan las cosas caras, y yo puedo costearlas. ¿No te gustaría estar al mismo nivel que ellas?

Wanda lo miró, sin encontrar las palabras adecuadas.

—Puedes considerarlo un intercambio, Wanda. Tú consigues lo que quieres y yo también, todos salimos ganando, ¿no? Tampoco es que estés casada y con hijos, no haces daño a nadie.

Ella no estaba de acuerdo con esa frase. Durante toda su vida había tenido claro que sexo por dinero o regalos tenía un nombre, punto. Tener marido e hijos solo añadía la infidelidad a la ecuación.

—Bueno, ¿qué me dices? Tienda nueva, sueldo de jefa, piso en una de las mejores zonas… ¿de verdad tienes que pensarlo?

No, Wanda no tenía que pensarlo. Esa respuesta sabía que era «no», pero su cerebro trabajaba a toda velocidad, buscando la manera de salir de la situación sin perder su puesto de trabajo.

El señor Donovan empezaba a impacientarse ante su silencio cuando unos golpes en la puerta le hicieron alzar la mirada.

—¿Sí? —preguntó, molesto.

Su secretaria asomó la cabeza.

—Perdone, señor Donovan, es que…

—¿No te dije que no quería interrupciones, Holly?

—Lo sé, pero hay aquí un policía que…

El hombre pareció sorprendido, aunque no tanto como Wanda cuando vio entrar a Garrett, vestido con su uniforme y todo, que siempre daba más respeto que cuando llevaba vaqueros y cazadora.

Se reclinó en el asiento sin comprender por qué estaba allí. Después de su charla, era la última persona a la que esperaba ver.

Garrett entró en el despacho sin hacer el menor caso de la secretaria y lanzó una mirada al señor Donovan.

—Hola. Lamento la interrupción —dijo, con tono de no sentirlo en absoluto—. No podía esperar, llego tarde al trabajo.

El señor Donovan lo miraba, sin terminar de comprender qué hacía allí. Al igual que la chica, que solo atinaba a mirar a uno y otro, en espera de ver qué ocurría.

Entonces Garrett sonrió como si aquella situación no fuera de lo más extraña y le tendió algo a Wanda, que lo cogió sin fijarse en lo que era.

—Te has dejado la tarjeta de fichar en la mesilla de noche otra vez —comentó—. No quería que tuvieras problemas, así que la he traído antes de irme a trabajar.

Acto seguido, se giró hacia el señor Donovan.

—Por cierto, soy Garrett. —Le tendió la mano.

—Ah… yo…

—Hace poco que salimos, pero Wanda me ha hablado mucho de usted —aclaró, sin especificar si bien o mal—. En fin, me voy que llego tarde. De nuevo siento haber entrado así, los modales no son lo mío, ¿verdad, cariño?

Sonrió como si de verdad fuera el novio más tonto del planeta y la besó en la mejilla antes de salir ante la sorprendida cara del señor Donovan y la secretaria. La mujer meneó la cabeza y le dio unas palmaditas a Wanda en el brazo.

—Vaya, no sabía que tenías otro novio —dijo con una risita nerviosa—. Mucho mejor este que el anterior, dónde va a parar. Ya sabes lo que opino de los chicos de uniforme.

Cerró la puerta sin añadir más, tampoco hacía ninguna falta. El señor Donovan tenía cara de estar pensando a toda velocidad la manera de arreglar la situación y salir airoso de ella, aunque nada de lo que dijera borraría la charla que había tenido lugar allí.

—Bueno —murmuró él—. A ver, no sabía que salías con alguien.

—Sí, yo… en fin, es reciente.

—No te habría hecho esa oferta de haberlo sabido, claro. ¿Y es policía?

¿Y esa pregunta estúpida? ¿Acaso no había visto su ropa? Al momento fue consciente de que el señor Donovan se preguntaba si le habría contado algo a su supuesto novio policía, si debía preocuparse de que lo detuvieran por acoso sexual o de acabar con los dientes en la mano. Ya entendía por qué Garrett se había presentado con el uniforme, el mensaje que lanzaba era cristalino. Y sin tener que pasar por los trámites de una denuncia que, seguro, no iba a terminar bien para nadie.

—Es policía —confirmó, aliviada al darse cuenta de que sus problemas acababan de desaparecer a la misma velocidad que Garrett había salido por la puerta.

Y la había besado en la mejilla… qué pena estar tan alucinada como para no prestar atención a ese momento. ¡No era justo!

—Ah, vaya. Conque es policía —repitió el señor Donovan.

—Es policía —repitió ella por segunda vez.

—¿Qué te parece si olvidamos esta reunión?

—Bueno, eso dígamelo usted. Sigo teniendo mi trabajo, ¿verdad?

—Sí, sí, por supuesto que sí. Mi opinión sobre ti respecto al trabajo sigue siendo la misma. Es más, el puesto puede ser tuyo si lo quieres. Sé que serías una estupenda jefa de tienda.

—Sí, bueno… creo que me quedaré donde estoy, si no le importa. Me gusta ser estilista, y también mi apartamento.

El señor Donovan captó el mensaje y asintió con lentitud. Empezó a revolver los papeles de encima del escritorio para dejar claro que estaba muy ocupado y la morena se levantó de la silla.

—Debería irme, tengo un cliente en veinte minutos.

—Sí, sí, claro, Wanda. Y trata de no perder más la tarjeta…

La morena cerró la puerta y se apoyó en ella con un suspiro tan prolongado que llamó la atención de Holly. Esta dejó de teclear para observarla con curiosidad.

—¿Bronca? —quiso saber.

—No, todo bien.

Wanda sentía cómo si se hubiera quitado diez kilos de encima. Se marchó a su vestidor, sacando el móvil con intención de enviarle un mensaje a Garrett para agradecerle su ayuda, pero se detuvo a medio camino porque no sabía bien qué escribir.

Bueno, en realidad si sabía lo que quería, y era abrazarle tan fuerte como le permitiera su complexión… cosa que no podía hacer porque se había marchado casi tan deprisa como había aparecido. Lo que más la aliviaba era el hecho de saber que no la había dejado en la estacada, menudo disgusto la noche anterior. ¿Por qué no contarle lo que pensaba hacer?

En fin, no importaba, ¿cómo podía agradecérselo? Estaban en una especie de bucle interminable de favores que parecía no tener fin, y aunque le gustaba, no podían seguir así eternamente.

Menos mal que iría con él a la fiesta de sus padres en Nochevieja. Se aseguraría de tener un comportamiento ejemplar para agradecerle lo que hacía por ella: estaría mona, educada, encantadora, sonriente, y lo que fuera necesario.

Aun así, le escribió un mensaje dándole las gracias por su ayuda. Esperó unos segundos por si respondía, después se dio cuenta de que parecía una adolescente y terminó por ir corriendo al trabajo, antes de que llegara su cliente. Aquello la entretuvo un buen rato, pero cuando se quedó sola de nuevo no tardó en ir a revisar su móvil. Garrett le había contestado con un «de nada» y un emoticono de guiño, lo cual no era mucho, aunque suficiente para animarla. El señor Donovan se pasó por la tienda para ir a buscar a Portia a la hora de comer y, después, al terminar la jornada, recogió a Greta, aunque a diferencia de otras veces, no se acercó a su vestidor, por lo que dedujo que ya no tendría que preocuparse tampoco por aquellas invitaciones fuera de horas.

Recogió todo de mejor humor y se fue a casa, pensando en que le gustaría salir a tomar unas copas con Dominic y April, hacía mucho que no lo hacían y ahora que las aguas estaban volviendo a su cauce…

Cuando llegó al apartamento, dejó las llaves y el abrigo y se asomó al salón, que estaba vacío.

—¡Estoy en casa! —dijo en voz alta.

—¡Y yo en mi cuarto! —le contestó April.

Wanda se asomó al de Dominic por si acaso, y se encontró con no había nadie dentro.

—¿Y Dominic? —preguntó, mientras iba hacia la habitación de April.

—No sé, creo que tomando algo con unos amigos de la nueva empresa.

Wanda iba a contestar, y entonces se quedó parada en la puerta al ver el estado de la habitación: armario abierto de par en par, ropa por todas partes y la cama llena de vestidos. April estaba en albornoz, con un vestido en la mano que acabó en el montón de los descartados.

—¿Estás haciendo limpieza de armario? —preguntó.

—No, me tengo que vestir, tengo una cita. ¿Qué tal con tu jefe?

—Bien, pero espera, ¿una cita?

—Ahora te cuento, dime tú primero.

Wanda le contó la reunión con el señor Donovan y la divina intervención de Garrett, mientras iba a apartando zapatos y botas que había desperdigados por el suelo. Cuando terminó, April la miró con una sonrisa pícara.

—Vaya, vaya, así que tu «novio» —le dijo.

—Sí, bueno, parece que ese era el plan, hacerse pasar por él.

—Qué majo, ¿no?

—Sí, esta vez sí que le debo un gran favor. Esto empieza a volverse una costumbre. —Suspiró—. Bueno, te toca. ¿Con quién es la cita?

—Con Tobías.

—¿Qué Tobías? —April la miró, levantando una ceja—. ¿Tobías-Tobías? —April afirmó—. ¿El hombre-ceniza? —De nuevo, movimiento de cabeza positivo—. No puedes hablar en serio.

Había apartado un par de vestidos de la cama y se sentó en el espacio libre, impresionada. Tenía que ser una broma, ¿no? ¿De verdad iba a salir con él? ¿Había funcionado el tema de la comida? A ver si le había metido algo…

—Pues sí. —Se encogió de hombros—. Mira, ayer estaba pelando patatas y tuve una revelación.

—Pelando patatas.

—Sí, ¿qué pasa? Algunos ven a Jesucristo en una tostada, pues yo pienso cuando cocino y me vienen ideas. Total, que estaba ahí pelando y dándole vueltas. Tú has estado un año con Jasper, Dominic ha tenido parejas estos meses y resulta que Sonja lo ha invitado en Nochevieja…

—¿En serio? Qué bien por él.

—Sí, pero no te distraigas, que estamos hablando de mí. A lo que voy, es que llevo siglos sin tener una cita. No conozco tipos nuevos, en la peluquería solo van mujeres y tampoco en el tranvía hay nada decente. Quiero decir, para tener un encuentro de esos de «oh, te veo todos los días y he pensado que me gustaría conocerte». Cuando salimos por ahí, que tampoco es a menudo, tres cuartos de lo mismo. Porque la noche de karaoke ni uno había salvable en toda la sala, ¿a que no? —Wanda negó con la cabeza, sin decir nada—. Y entonces me puse a pensar en las opciones disponibles. ¿Compañeros de Dominic? Los antiguos, ninguno disponible, y tampoco eran para tirar cohetes. Los nuevos no los conocemos, así que ni idea. ¿Qué me queda? ¿El conductor del tranvía? Pues no, Tobías, que encima se ha estado esforzando y oye, quién sabe, puede que me sorprenda. ¿No crees que merece una oportunidad? Así que fui a su casa y le dije que hoy cenábamos juntos.

—Todo esto lo has discurrido pelando una patata.

—¿Quieres no distraerte con el cómo sino centrarte en la consecuencia? Viene en menos de una hora a buscarme y no sé qué ponerme.

Se cruzó de brazos y la miró, esperando algún consejo. Wanda tenía mil objeciones en mente, más no verbalizó ninguna: April parecía muy decidida a tener aquella cita y quizá, aunque la deducción no tuviera mucha lógica, la idea no fuera tan disparatada. ¿Y si habían estado juzgando mal al pobre hombre todos aquellos años?

—¿Dónde vais a ir? —preguntó.

—Ni idea, le dije que algo original y entretenido.

—Pues seguro que se esfuerza, con el tiempo que lleva esperando. —Se tocó el labio, pensativa—. Hay mil restaurantes buenos a los que podría llevarte.

—Lo sé, estaba buscando algún vestido especial y no encuentro nada que me convenza.

—¿Cómo quieres ir? Aparte de elegante.

—No muy tapada, tampoco sexy a tope.

—Voy a mirar, espera un segundo.

Se fue a su armario y rebuscó hasta encontrar un par de opciones. Fue con los vestidos de nuevo a la habitación de April y se los enseñó:

—Opción uno: corto y poco escote; opción dos: largo y mucho escote.

April se acercó y señaló el primero.

—Prefiero enseñar pierna.

—Genial, este te irá perfecto con los zapatos rojos de taconazo que solo te has puesto dos veces.

April se quitó el albornoz, se puso el vestido y localizó los zapatos, que no eran lo más cómodo del mundo, aunque le alargaban las piernas de forma espectacular. El vestido no le quedaba como a Wanda, claro, ella tenía más de todo… por lo que estaba más corto de lo que había pensado. Dio un par de vueltas delante del espejo, preguntándose si no sería demasiado.

—¿No te convence? —preguntó Wanda—. Quizá es un poco corto, si…

—No, es perfecto. Total, no tendré que andar mucho así que no hay problema de que se me suba.

No había nada que le molestara tanto que tener que estar estirando la parte de debajo de un vestido mientras andaba, le parecía lo más incómodo del mundo.

Wanda la ayudó a maquillarse y, para el pelo, April decidió dejar su rizo suelto tras secárselo ligeramente con el secador.

A las ocho en punto, sonó el timbre de la puerta. La pelirroja cogió un bolso y una chaqueta y Wanda la acompañó a la entrada.

—Pásatelo bien —le deseó.

—Eso pienso hacer.

Abrió y sonrió a Tobías, que la recorrió con la mirada, sorprendido.

—Vaya… —dijo—. Qué guapa estás.

—Gracias.

Él, en cambio, estaba bastante informal: una camisa de cuadros que haría daño a la vista a cualquiera (excepto a Dominic, que la encontraría estupenda si nadie lo avisaba) y unos vaqueros que parecían haber vivido mejores años. A ver si se había excedido con la preparación…

—¿Dónde vamos? —preguntó, por si acaso le daba tiempo a cambiarse.

—Es una sorpresa.

Se hizo a un lado y April salió, ignorando la forma en que ponía el brazo, como si esperara que lo cogiera. Cuando llegaron a la calle se replanteó la cita, al tener que bajar la cuesta a ritmo de tortuga para no caer rodando con aquellos tacones. Demasiado tarde, se dio cuenta también de que había olvidado meter unas parisinas en el bolso, por si los tacones la mataban y necesitaba cambiarse más adelante.

Por fin, llegaron al final de la cuesta, y April miró a ambos lados.

—¿Y el taxi? —preguntó.

—Vamos en tranvía, que la parada queda cerca.

April hubiera preferido mil veces ir en coche, preguntándose si quizá tenía tantos problemas económicos como ella y prefería ahorrar. Ahora que se paraba a pensarlo, no tenía ni idea de dónde trabajaba ni de cuánto ganaba.

Lo siguió hasta la parada, donde no había ningún asiento libre, y cruzó los dedos para que el tranvía llegara pronto. No fue hasta cinco minutos después que llegó el transporte, aunque a ella le parecieron muchos más. Subieron con el resto de gente de la parada, encontrándose con que iba lleno y tuvieron que quedarse de pie.

Qué ganas de llegar tenía, había subestimado los tacones: estaban hechos para estar sentada y quedar bien, nada más. Aguantó el trayecto sin protestar entre empujones, gente que subía y bajaba, y poca distancia personal, hasta que por fin Tobías le informó de que habían llegado a su parada. Al bajarse, April vio que estaban en el puerto, y sonrió satisfecha. Bien, allí había un montón de sitios bonitos que le gustaban, incluso notó que tenía hambre al pensarlo. Pero según giró a la izquierda para dirigirse al malecón, Tobías le tocó el brazo para señalar la derecha.

—No, vamos por ahí —le indicó.

—¿Al embarcadero?

—Sí, vamos a coger un barco.

Vaya, ¡mejor todavía! Ya era de noche y había luna llena, así que un paseo en barco con cena incluida era muy buena idea. Quizá tenía que haber cogido una chaqueta más gorda, ya que el aire era bastante fresco, pero no importaba, pediría mesa interior y arreglado.

La sonrisa se le borró en el momento en que vio que pasaban de largo todas las paradas de barcos de recreo y llegaban a las turísticas.

—¡Tachán! —exclamó Tobías, señalando la cola.

April miró el cartel, luego a la gente y después a él, para repetir el proceso. No, no podía ser en serio.

—¿Alcatraz? —preguntó, atónita.

—¡Claro! He hecho lo que me pediste: original.

—Sí, no conozco a nadie que venga aquí en una primera cita.

—¡Exacto!

¡Por algo era! ¿Ese hombre era tonto o qué? No, ella, por esperar otra cosa.

—Y entretenido —siguió Tobías—. He cogido las entradas del tour especial, así que nos enteraremos de todos los detalles ocultos. ¿A que estás sorprendida?

—Entre otras cosas, sí.

«Optimismo, April, optimismo ante todo», pensó para darse ánimos. «Seguro que luego el restaurante es de los buenos y la visita no puede durar mucho».

Sin embargo, no podía estar más equivocada. Ya en el trayecto en barco se dio cuenta de que estaban en un grupo apartado, de unas treinta personas, y cuando llegaron a la isla le quedó claro a qué se refería Tobías con lo de «tour especial»:

—Bienvenidos a la isla, señoras y señores —saludó el guía que había ido a recibirlos—. Vamos a realizar el *tour Behind the scenes*, el más largo y completo de todos los que hay sobre Alcatraz. Visitaremos zonas generalmente cerradas al público, les contaré las historias menos conocidas de la isla y sus alrededores y... —April levantó la mano—. ¿Sí, señorita?

—¿Cuánto dura?

—Algo más de dos horas. —Dio una palmada—. Bien, vamos a empezar. Sobre todo, tengan cuidado con el suelo irregular y las zonas más empinadas.

Las ganas de asesinar del día anterior con la patata no eran nada con lo que April estaba sintiendo en aquel momento. Porque en cualquier otra cita desagradable, se hubiera marchado sin ninguna contemplación, sin embargo, allí estaba atrapada. En una puñetera isla, con tacones mortales, un vestido que se le subía cada cinco pasos, un frío horrible y una tortura de historias que, en otras circunstancias le habrían interesado, aunque en aquel momento le importaban un pimiento.

Estupendo. No volvería a escuchar a una patata en su vida.

Lo único bueno de todo aquello era que no tenía que mantener una conversación, con el guía parloteando todo el rato y la gente haciéndole preguntas. Incluido Tobías, que estaba entusiasmado con la visita y de vez en cuando la miraba con una sonrisa de oreja a oreja. April se limitaba a mover la cabeza con una sonrisa estática, pensando que, según avanzaba la noche, su vecino se iba pareciendo más y más al Joker.

El tiempo en la isla era relativo, según averiguó, porque cuando por fin terminó la tortura, habían pasado tres horas. Le dieron ganas de correr al barco por si lo perdían, aunque los zapatos, que sentía fusionados con sus pies, le quitaron esa idea de la cabeza.

Por fin, llegaron de nuevo a puerto. April resistió la tentación de besar el suelo y se abrazó para calentarse los brazos, las piernas hacía tiempo que había dejado de sentirlas.

—¿El sitio para cenar está cerca? —preguntó, esperanzada.

—No lo sé.

—¿Cómo que no lo sabes?

—No he reservado nada, con tan poco tiempo…

—Pues bien que el barquito has podido reservar.

—Tengo un amigo que nos ha colado.

—Vaya, qué suerte. ¿Y cuál es tu plan?

—Pues en cualquier sitio, vamos a la plaza.

En el puerto había una zona de pequeños restaurantes que compartían mesas en una plaza. April buscó alguna silla sobre la que tirarse como si fuera una tabla de salvación en el océano, y se encontró con que estaba todo lleno.

—Aquí mismo, ¿no?

Tobías se había parado delante de un puesto de pasteles de cangrejo. No eran sus favoritos, pero April tenía tanta hambre que le daba igual. Devoró tres seguidos junto con unos aros de cebolla, aunque las patatas fritas que Tobías había pedido las dejó sin tocar. Hasta les hizo una cruz mental, por si acaso.

—¿Quieres ir a bailar ahora? —preguntó él, con la boca llena y las comisuras manchadas de salsa.

—No, a casa.

—¿Ya? —Tragó—. Es pronto.

—Lo breve, si bueno, dos veces bueno, ¿no? —Se metió otro pastel de cangrejo y se limpió las manos—. Así que hale, nos vamos.

Él se apresuró a terminar su ración y, de nuevo, la llevó hasta el tranvía.

«Maldito servicio nocturno», pensó April.

De nuevo, iba a tope, aunque ya le daba igual todo. Probablemente tendría que quitarse los zapatos a machetazos o vivir con ellos para siempre, solo quería llegar a casa y tirarse en la cama.

Tobías se pasó el viaje parloteando sobre la visita y lo mucho que había aprendido. En eso April estaba de acuerdo: había aprendido a no pedir citas a lo loco, y menos a vecinos que siempre le habían dado repelús. ¿Para qué estaba el instinto, si no se le escuchaba?

La cuesta casi le pareció hasta liviana, después de la nochecita que llevaba. En el portal, vio que Tobías iba tras ella, y se detuvo.

—No hace falta que me acompañes a casa —le dijo.

—¿Seguro?

—Sí, sé encontrar el camino.

—¿Quieres que quedemos la semana que viene?

—No. —Él abrió la boca, sorprendido—. La experiencia ha sido inolvidable, ¿para qué estropearla con otra cita? Mejor que se quede ésta en el recuerdo.

—Ah… bueno, gracias… Supongo.

A April casi le dio pena, por la cara que tenía de desilusión. Casi, porque sus pies atrapados y sus piernas sin sensibilidad por el frío, no le dejaban espacio para sentir nada más.

En cuanto entró en el apartamento, se sentó en medio del pasillo para quitarse los zapatos. Por fin sin ellos, movió los dedos suspirando, y así se la encontró Wanda cuando se asomó desde el salón.

—¿Estás bien? —preguntó.

—No preguntes. ¿Qué haces levantada?

—Te estaba esperando.

April puso los ojos en blanco.

—Gracias, mamá.

—¿Qué esperabas? No me has enviado ni un mensaje, tía, estaba preocupada.

—Ha sido la peor cita de la historia. —Señaló los zapatos—. Y no quiero volver a ponerme esos en la vida.

Wanda se acercó a ella y la ayudó a levantarse, mirándola con compasión.

—Pobre. ¿Tan malo era el restaurante?

—¿Qué restaurante? —Entraron en la sala, y vio que Dominic estaba allí en un sofá… lo que solo dejaba «el» otro para ella y Wanda—. Ah, hola.

—Le he dicho a Wanda que no se preocupara, pero ya sabes, no puede evitarlo. —Levantó una ceja al ver la ropa que llevaba puesta—. ¿Y ese vestido?

—Me lo ha prestado Wanda.

Tiró hacia abajo, aunque al sentarse en el sofá se le subió de nuevo hasta medio muslo. Dominic apartó la vista a toda velocidad; de por sí, evitaba mirar, tocar y/o acercarse a esa pieza de mobiliario, encima con ella sentada con aquel vestido que le quedaba como una segunda piel… Miró a la televisión, aunque ni recordaba lo que estaban viendo.

—¿La cita bien? —preguntó.

Wanda se sentó al lado de April y le cogió las piernas para frotárselas al notar el frío que desprendía.

—Vaya, estás helada.

—Sí, hemos ido y vuelto en tranvía.

—Qué ostentoso —comentó Dominic.

—O romántico —sugirió Wanda, intentando dar un punto de vista positivo—. Por la noche el tranvía es…

April le dio un par de palmaditas para detenerla. Agradecía el gesto, pero… lo de aquella noche era insalvable.

—Deja, Wanda, que lo del tranvía no es lo peor. Me ha llevado a un *tour* a Alcatraz, al más largo e intenso que hay, para ser exactos.

—Mira, como en el colegio. —Dominic se echó a reír—. Te ha llevado de excursión.

—Joder… —Wanda no sabía ni qué decir—. ¿Y la cena?

—En la plaza del malecón, el puesto de pasteles de cangrejo.

Dominic se estaba doblando de la risa, sin poder evitarlo.

—¡Pero si odias el cangrejo!

—Pues me comí cuatro, listo.

—Si es que no entiendo por qué has salido con el hombre-ceniza. —Dominic se arriesgó a mirarla, el tema de la cita le había distraído del otro y no podía evitar chincharla—. ¡Años diciendo que te daba repelús! «De nuevo, la mente femenina se volvía un misterio indescifrable y…»

—Bueno, a veces hay que arriesgarse —le interrumpió ella, mosqueada.

—Si quieres te presento a alguno de mi oficina nueva. ¿Lo buscas igual de raro? Te puedo conseguir uno al que le vayan las visitas guiadas al Golden Gate o al invernadero.

Wanda le lanzó un cojín, que no pudo esquivar y le dio en plena cara, aunque más que daño, le hizo gracia y siguió riéndose.

—No seas malo —le dijo, frunciendo el ceño—. Ni que tú hubieras tenido citas perfectas.

—Bueno, últimamente no me quejo. —Apartó el cojín y se levantó, ahogando un bostezo—. Os dejo, que veo peligrar mi integridad.

Salió del salón, para al poco volver a asomarse.

—¿Pido mañana pasteles de cangrejo a domicilio?

Esta vez fue April la que le lanzó el cojín, aunque golpeó la pared y rebotó al suelo.

—Recuérdame que no vuelva a pensar con una patata en la mano —dijo, refunfuñando.

Wanda no tenía nada claro que la patata tuviera la culpa, aunque bastante mal lo había pasado April como para seguir con aquel tema. En fin, al menos podían decir que sus instintos no les habían fallado y que mantener las distancias con el hombre-ceniza había sido una buena idea desde el principio.

CAPITULO 19

La mañana de Nochebuena, April se levantó con una sensación extraña. Por norma general, la última semana de Navidad solía dedicarla a pensar en el año transcurrido y si lo que hacía en ese momento la acercaba a donde quería estar en el futuro.

No era así, y no podía obviar que el año había sido una auténtica mierda. El cumpleaños de Dominic, el plan que había salido al revés, darse cuenta de los sentimientos que tenía por su amigo y que no eran correspondidos en absoluto, y ningún avance en el ámbito laboral.

Por Dios, ¡qué ganas de que terminara ese maldito año y comenzara otro!

Al recordar que sería el primero que estaría sola sin sus amigos, sintió una punzada de tristeza. Comprendía a Wanda, que iba a echar una mano a Garrett con su familia, pero que Dominic prefiriera salir con su compañera de oficina antes de pasar la noche de fin de año con ella… no, eso no lo entendía.

No obstante, no existía nada que pudiera hacer. Y como las revistas de moda decían, «si tienes que pedirle que pase tiempo contigo, no es para ti».

Estaba claro que Dominic no era para ella y se lo había dejado claro de tres formas: Marion, Greta y Sonja. Lo del sofá, un pequeño desliz. Cuanto antes lo aceptara y mirara al futuro con claridad, mejor.

El olor del café despertó a Wanda, que se asomó a la cocina.

Como siempre, su amiga tenía suerte. Además de un trabajo donde rara vez se despeinaba, nunca le tocaba trabajar en Nochebuena. La tienda abría, pero las estilistas no ofrecían servicios, ni tampoco en fin de año, así que Wanda podía dedicar la mañana y parte de la tarde a descansar, ponerse mascarillas relajantes o prepararse con esmero.

No como ella, con tanta gente invitada a cenas o fiestas no se libraba de la peluquería hasta las tres del mediodía. Solo se le ocurría otro gremio peor que el suyo: los supermercados.

Detestaba pasar por uno a las siete de la tarde y comprobar que la gente trataba de colarse, ¿es que no se daban cuenta de que era Navidad para todos, demonios?

—Has madrugado —comentó Wanda.

—La pregunta es por qué lo haces tú. —April se terminó el café de un trago.

—Me faltan regalos y algunas cosas más. Ya sabes que nunca voy a casa de mis padres con las manos vacías. —La morena bostezó.

—¿Vas a ver a Garrett?

—No tengo tiempo… necesito la mañana, y él está de guardia.

—¿Le toca currar hoy? Qué putada.

Vale, había otro gremio que también merecía su compasión: los policías que pasaban la noche en sus comisarias.

April miró su taza de café y comparó la mañana que le esperaba a ella con la que iba a pasar Wanda. Quería morirse allí mismo: solo podía pensar en que dieran las tres para poder poner distancia y relajarse unas horas sin pensar en sus rollos.

—Entonces —comentó Wanda—, te recojo a las tres y cuarto, cuando salgas. Paramos a comer en cualquier sitio y luego vamos derechas hasta casa de mis padres. ¿Te parece bien?

—No veo el momento.

—¿Necesitas alguna cosa? ¿Una compra de última hora? Puedo ocuparme yo.

—¿Qué tal si nos cambiamos? Tú vas a la peluquería a peinar a señoras pedorras y yo me paso la mañana de tiendas con un modelito monísimo.

Wanda meneó la cabeza con una sonrisa. Sabía que bromeaba, pero no le pasaba desapercibido el amargor de sus palabras. Y no era solo porque le tocara trabajar ese día, algo que no era ninguna novedad. April llevaba tiempo malhumorada y deprimida, y no sabía el motivo. Todavía esperaba que su amiga le confesara algo respecto a la noche de su cumpleaños, aunque no había tenido mucho éxito en eso. A Wanda no le gustaban los interrogatorios, prefería que los demás se expresaran con libertad y cuando desearan hacerlo. April no parecía decidirse, y de no ser porque veía que no estaba en su mejor época, la habría dejado en paz.

—Intenta salir puntual —recomendó.

—No te preocupes, a las tres cerramos y lo tendré todo recogido para entonces —prometió April, terminándose el café de un trago—. Donuts.

—¿Qué? ¿Quieres donuts? —Wanda la miró sin comprender.

—Para mí no, para tus fans del distrito siete. —Vio que la morena parecía extrañada—. Seguro que les hace ilusión, ¿no? Ya que no vas a poder verlo hasta después de Navidad…

Wanda frunció los labios, pensando en la sugerencia de April. No era mala idea, aunque de pronto escuchó la vocecilla del angelito sobre su hombro diciendo que aquello era un detalle más propio de una novia que de una amiga.

Lo cierto era que llevaba tres semanas sin ver a Garrett. Diciembre era un mes terrible en cuanto a ventas navideñas y sus horarios estaban descontrolados. Por otro lado, Garrett no hacía sino encadenar noche tras noche desde que uno de sus compañeros del turno contrario había tenido un accidente en una pequeña persecución con robo incluido. Hasta que mandaran a alguien o se reincorporara, su equipo debía cubrirlo y lo hacían con muchas horas y falta de sueño.

Se enviaban mensajes el uno a otro para saber si seguían vivos, de vez en cuando hablaban por teléfono, pero… a Wanda se le empezaba a hacer cuesta arriba.

Ni siquiera había podido agradecerle la ayuda con el señor Donovan en condiciones, así que a lo mejor la idea de April no era tan descabellada. Al menos sería un detalle hasta que pudieran reunirse en fin de año.

—¿Tienes tu bolsa preparada? —preguntó, al darse cuenta de la atención con que April la observaba.

—Encima de la cama.

—Vale, perfecto. —Wanda se acercó para coger la cafetera y una taza—. Pues luego la meto en el maletero y una cosa menos.

—Será mejor que vaya saliendo —suspiró la pelirroja—. Diviértete, anda. No se me ocurre nada mejor que unas compras de última hora por algún centro comercial decorado, parando a tomar un chocolate si es necesario…

—Eso se hace acompañada de tu mejor amiga, no sola. Al menos pasaremos la Nochebuena y el día de Navidad juntas, y ya sabes que mis padres preparan una cena digna de reyes.

—Tus padres son maravillosos —murmuró April.

Wanda le dio unas palmaditas de ánimo porque sabía que la chica se ponía nostálgica por esas fechas. No le afectaba tanto como para agriar su humor, a pesar de todo debía resultar complicado lidiar con esos sentimientos.

April se puso las botas en la entrada, cogió su bolso y bajó la cuesta con todo el cuidado del mundo. Cogió el tranvía porque no quería dejar su coche en el trabajo y, como siempre, llegó la primera al local.

Había decorado la peluquería para darle un ambiente navideño pese a las directrices de la franquicia, que decían que con una ristra de luces sobre el letrero de la puerta bastaba. A April le gustaba la decoración navideña más que la Navidad en sí, era algo que no podía evitar. Tantas comidas y cenas resultaban un compromiso, sin embargo, las luces de colores en los escaparates, los árboles en las calles, las caras de felicidad e ilusión de los niños… todo eso le encantaba. Así que había puesto su toque en el trabajo, pese a las quejas de las trillizas.

A pesar de sus reticencias a la hora de trabajar ese día, los villancicos que sonaban por el hilo musical y la alegría festiva que desprendía la gente mejoró un poco su humor. Las clientas de ese día buscaban peinados más elaborados porque iban a cenas en casas ajenas o tenían alguna fiesta, y aunque de normal las trillizas hubieran acaparado el trabajo, ese día estaban más preocupadas por organizar la comida o comprar regalos para sus tropecientos familiares, cosa que permitió a April dedicarse a los peinados.

Esa parte del trabajo sí la hacía feliz, ojalá le dejaran hacerlo más a menudo en lugar de permanecer condenada la mayor parte del tiempo a lavar cabezas. Ahí sentía que podía dar alas a su creatividad, hacía sugerencias a las clientas…

La mañana transcurrió rápido entre charlas y secadores. A las tres menos cuarto, April cobró a la última clienta y cerró la puerta con un resoplido.

Se había preocupado de ir barriendo y limpiando para no tener demasiada faena a última hora, aunque de todos modos cogió la escoba para dar una pasada antes de cerrar. Diana salió del cuarto interior, deshaciéndose de la casaca.

—¿Qué haces? —preguntó, al verla—. Deja, no limpies.

¿Qué? ¿Pensaba hacerlo ella, acaso? Eso sí que sería increíble, que por una vez tuviera la decencia de limpiar y recoger su negocio y no dejárselo al último mono.

Paula apareció tras su hermana, abrochándose la chaqueta.

—Juanita y los niños están de camino a casa de mamá —comentó.

—Sí, me acaba de mandar un mensaje para que no olvidemos recoger la tarta —añadió Sofía.

—Entonces, ¿no quieres que termine de limpiar? —preguntó April, todavía sorprendida de que las trillizas no hubieran comenzado sus maniobras de evasión.

Diana sacudió la cabeza con energía.

—¡Pues claro que no! Es Navidad —repuso, y la miró—. Además, tienes una clienta a las cuatro y media, así que no tiene sentido.

April la miró, procesando sus palabras.

—¿Qué?

—Ya me has oído, tienes una clienta a las cuatro y media.

—Cerramos a las tres.

—Lo sé, pero es una amiga nuestra y no podía venir antes porque tenía una invitación a un almuerzo temprano de esos. Sabes lo que digo, ¿no? Tiene un nombre, ¿cómo era?

—Brunch —ayudó Paula—. ¿Voy a por el coche?

Hizo ademán de acercarse a la puerta y April se interpuso en su camino, aún perpleja.

—Un momento —dijo—. Si es un favor a una amiga vuestra, lo suyo sería que lo hiciera alguna de vosotras y no yo, ¿no crees?

Las hermanas intercambiaron una mirada entre sí y empezaron a reírse al mismo tiempo.

—¡Qué tontería! —exclamó Diana—. ¡Es Nochebuena!

—Tenemos que ir a casa de la familia.

—Ya sabes cómo somos los latinos para estas cosas, April. Mucha comida, más bebida… Hay que preparar todo, estar con los niños —comentó Sofía—. Si atendemos a la clienta, hasta las cinco y media mínimo no saldríamos.

—Además creo que quiere un recogido… —apuntó Paula, y Diana le dio un codazo.

—A ver, imposible —dijo April—. A mí me recogen a las tres y cuarto. Resulta que yo también voy a una cena en casa de mi mejor amiga. Además, ¿por qué nadie me ha informado de esa cita?

Diana se puso las manos en la cintura, exasperada.

—Porque es cosa de última hora —explicó—. Mujer, no seas así. Es una emergencia.

—Una emergencia capilar, sí —bufó April, sin poder contenerse.

¿Qué se creían, que era un muñeco al que podían manejar a su antojo? ¿Admitían a una clienta tan tarde, sin tener al menos la decencia de decírselo primero? Podía haberse planteado peinarla de haberlo sabido, con hablarlo con Wanda para salir más tarde arreglado. No así, de esa manera, calladas durante toda la mañana para darle el golpe de gracia a diez minutos de salir.

Notó una ira creciente subir por su garganta, ¡estaba harta!

Harta de que la gente la ninguneara como si no fuera nadie. Harta de que la relegaran a lavar cabezas, barrer suelos y tener que agachar la mirada, además.

Harta de que Dominic no terminara de enamorarse de ella, de tener que tragarse a todas sus novias de pega, de que no se hubiera interesado en ningún momento por sus sentimientos.

Harta de tener los padres que tenía, tan intransigentes que debía pasar todas las fiestas en casa de su mejor amiga, cuyos padres si la recibían como si fuera su hija.

HARTA.

Tiró la escoba con rabia al suelo y las trillizas pegaron un bote al verla, sorprendidas.

—¡Se acabó!

Las hermanas se miraron, todas ellas con los ojos abiertos como platos. Sus caras eran dignas de una postal, dado que April solía ser servicial y amable y jamás la habían visto con esa expresión furiosa, ni alzando la voz.

—¡No pienso peinar a nadie! —exclamó la pelirroja, desatándose la casaca—. Yo también tengo planes: tengo una cena, tengo amigos y no me voy a quedar aquí a cumplir con vuestros compromisos. La peináis vosotras, si os apetece.

Dejó la prenda encima del mostrador y lo rodeó para coger su bolso y la cazadora. Las trillizas la siguieron con la mirada hasta que al fin Diana reaccionó.

—Nosotras no podemos quedarnos —explicó.

—Pues tenéis un problema, porque yo tampoco.

—Aquí hay una escalera de jefatura. Primero voy yo, después Paula, luego Sofía, y por último estás tú. ¿Sabes lo que significa eso?

—Significa que me marcho —respondió April, saliendo del mostrador.

—No, ¡es tu trabajo hacer estas cosas! Todas hemos comenzado así y nos ha tocado tragarnos jornadas interminables o citas a última hora, y…

April dio un paso hacia ella, haciendo que retrocediera de golpe.

—¿Sabes qué te digo? Que le den a las escaleras de jefatura, a tus amigas y sus recogidos, a tu familia con tropecientos miembros y a tu peluquería de mierda. Eres una inútil, tú y tus dos hermanas, que no sabéis ni hacer un corte en condiciones.

Las tres enrojecieron al mismo tiempo, una mezcla de rabia y vergüenza.

—¿Qué? —balbuceó Paula.

—Os tocáis las narices a dos manos, llegáis tarde, os pasáis el día ahí metidas tomando café y ni un solo día os he visto quedaros a cerrar o barrer el local. Me he callado hasta hoy, pero no pienso desperdiciar mi tiempo y talento ni un minuto más, aquí no tengo el menor futuro porque estoy rodeada de perdedoras. ¿Lo has entendido? —Miró a Diana—. Per-de-do-ra.

Diana parecía estar a punto de explotar, de lo roja que estaba.

—Tú… —comenzó.

—Que te den —repitió April, con parsimonia.

Dicho aquello, fue directa a la puerta y salió a la calle.

¡Dios, qué liberación! Se sentía bien, muy bien, tan bien… solo pensar en la cara que tendrían las malditas trillizas le daban ganas de romper a reír hasta que se le saltaran las lágrimas.

No podía seguir perdiendo su vida allí metida. Al señor Mathews no había vuelto a verlo desde su último encuentro y el dosier estaba cada vez más enterrado en el montón de papeles, o sea que por ahí no iba a encontrar la oportunidad que merecía.

Joder, el dosier, había olvidado cogerlo. Bueno, ya lo haría después de la Navidad, ni por todo el oro del mundo pensaba volver a entrar con aquellas malas pécoras, ¡jamás!

Oyó un claxon y vio el coche de Wanda parar a su lado.

—¿Llego tarde? —preguntó esta, extrañada de que estuviera en la calle tan pronto.

—Es la hora perfecta —contestó April.

Rodeó el coche dando saltitos hasta llegar al asiento del copiloto ante la mirada confusa de Wanda. Se metió dentro y comprobó con satisfacción que su amiga tenía aquellos pequeños rituales que tanto adoraba: un café gigante del WaFFle CoFFee la esperaba, intacto.

—¡Café! —exclamó, feliz.

—He imaginado que no habrías salido a desayunar…

—Gracias por acordarte de mí.

Wanda parpadeó, sin quitar su expresión estupefacta. Ni que fuera la primera vez que le compraba un café, joder.

—Venga, arranca ya. Estoy deseando perder de vista este sitio de una vez —urgió April.

—Está bien —accedió la morena—. ¿Quieres explicarme qué te pasa? Pareces…

—¿Feliz? ¿Aliviada? ¿Increíblemente libre?

—Sí, sí y sí. ¿Te ha tocado la lotería?

—Me he despedido del trabajo —contestó April.

—¿Qué?

—Lo que oyes. ¿Sabes que habían cogido una cita para las cuatro y media y pensaban dejarme ahí mientras ellas se largaban tan felices?

Lo siento, no. He perdido años allí metida, se han aprovechado de mí todo lo posible, y ya no aguantaba más.

Dejó de hablar para dar un sorbo al café, que estaba delicioso. Wanda la miró de reojo, preocupada. Lo del trabajo podía comprenderlo, ella misma siempre había pensado que las trillizas abusaban en exceso de su amiga, pero… ¿dejarlo sin más y de forma voluntaria?

April no tenía ahorros, y al haberse marchado por propia voluntad tampoco tendría derecho a finiquito. No dudaba de su talento y de que encontraría otro trabajo pronto, aun así, no podía evitar preocuparse por ella. Sin embargo, no tenía la menor intención de verbalizar esos pensamientos.

April llevaba tiempo triste, con un trabajo que no la satisfacía, y tenía todo el derecho del mundo a buscar algo para mejorar. La apoyaría en su camino, por descontado, y si tenía que hacerle un préstamo o algo para que así fuera, lo haría sin dudar.

—¿Lo celebramos parando a comer? —propuso, con una sonrisa.

—¡Sí! Bueno, estoy pobre así que nada ostentoso, aunque me muero de hambre.

—No te preocupes. Es una ocasión especial, invito yo —dijo Wanda—. Además, he recibido una prima extra por una venta, así que es lo menos que puedo hacer.

April dio unas palmaditas de felicidad, como una niña a la que hubieran comprado una piruleta, la más enorme de la feria.

—¿Has hecho tus compras? —preguntó.

—Sí, la tarta está detrás, mira a ver si puedes sujetarla durante el camino. Y tengo que parar en la comisaria también.

—¿Los donuts? —sonrió la pelirroja, y Wanda afirmó—. Quieres que se acuerde de ti esta noche, ¿eh?

Wanda se ruborizó ligeramente e hizo un gesto para quitarle importancia. En ocasiones como aquella se alegraba mucho de tener el pelo largo, ayudaba a esconder su cara de momentos incómodos.

—Ya que tienen que trabajar, al menos que lo hagan con algún incentivo.

April soltó una risita, sin insistir en el tema. Estaba demasiado feliz y solo deseaba disfrutar de esa sensación, de modo que subió la música y pasó la mayor parte del trayecto intentando bailar sobre el asiento, algo complicado puesto que llevaba la tarta sobre las rodillas.

Los padres de Wanda vivían en Petaluma, a cincuenta y cinco minutos en coche por la carretera ciento uno. La ciudad estaba en el condado de Sonoma y era un lugar tranquilo donde abundaban los parques estatales y los lagos, precisamente lo que buscaban los padres de la morena, hartos y estresados de vivir en la ciudad.

Unos años atrás, habían comprado un terreno para construir la casa en la que pensaban envejecer, y allí celebraban todas las fiestas anuales, como acción de gracias o el cuatro de julio. Wanda tenía familia de sobra para compensar las carencias de April, y como llevaban siendo amigas tantos años, la pelirroja era considerada una más.

Por norma general, cuando Wanda aparcaba delante de la casa de sus padres, April sentía un vacío que duraba unos breves segundos. Pensaba en sus propios padres y en por qué las cosas debían ser así. Luego, el matrimonio Ashby aparecía en la puerta como por arte de magia, con una enorme sonrisa, y solo atinaba a pensar que era afortunada.

David y Nicola parecían sacados de una revista hogareña. Los dos rondaban los cincuenta y pocos, vestían en color beige claro, poseían sendas sonrisas blancas y juntos representaban una perfección de película. Un poco como Wanda, pero acordes a su edad.

Como April los conocía y sabía que eran unas buenísimas personas no le producían resquemor alguno, a pesar de aquella imagen de matrimonio modelo americano.

—¡Chicas! —exclamó David, acercándose al coche—. ¡Llegáis justo a tiempo, acaban de llegar nuestros primos de San Antonio!

—Anda, ¿los padres de las gemelas? —preguntó April, y Wanda asintió—. ¡Oh, esas niñitas son un auténtico encanto!

Salió del coche con la tarta en las manos mientras los padres de Wanda llegaban hasta ellas y las abrazaban.

—¡Bienvenidas! —dijo Nicola—. David, ayuda con las bolsas, ¿quieres? Yo llevaré la tarta dentro para que no se estropee. ¿Qué tal el viaje?

—Muy musical —comentó Wanda.

—¡Tengo el cuerpo marchoso! —April agarró su bolsa con una sonrisa.

—Así me gusta, que vengáis de buen humor.

Una vez entraron en la casa y dejaron las bolsas, fueron abducidas por completo. A April siempre le parecía estar contemplando una película navideña donde la familia se sentaba en los sofás a beber ponche mientras los niños correteaban por el salón tratando de averiguar por dónde aparecería Papá Noel. La película continuaba con todos llevando platos y copas al salón para colocarlos sobre una mesa bellamente decorada con manteles plateados y piñas del mismo color de adorno. Hasta las servilletas festivas aparecían dobladas en forma de reno. Los niños robaban trocitos de queso y aceitunas, los adultos bebían sorbos de vino blanco a escondidas, y los villancicos amenizaban el ambiente sin resultar pesados.

De repente, sin saber cómo, llegaba la hora de la cena y todos se apretujaban los unos contra los otros para caber en la mesa mientras se intercambiaban fuentes con diferentes comidas.

April no se explicaba como hacía Nicola para preparar aquella fantástica cena y estar tan radiante y descansada. No parecía que se hubiera pasado el día cocinando, desde luego, y estaba claro que Wanda lo había heredado de ella. Eran ese tipo de personas que hacían que todo pareciera fácil, como si April no supiera lo que era sudar ante un asado rebelde en el horno.

Hubo risas, anécdotas y champán, y a las diez mandaron a los niños a la cama para poder preparar con calma el árbol, los calcetines, las galletas y la leche. April disfrutaba de todos y cada uno de aquellos preparativos, quizá porque de niña jamás lo había vivido.

Ordenó los paquetes bajo el árbol, colocando con cariño los suyos propios. No podía permitirse gastar mucho dinero, pero siempre tenía un detalle para todos.

—Aquí tengo las chucherías. —Wanda se arrodilló a su lado, con una bolsa enorme entre los brazos.

—Yo lo hago. —April la cogió al momento, dispuesta a repartirlas entre los calcetines.

Wanda la miró con cariño, cediéndole la bolsa. Sabía que a su amiga le hacía ilusión y no sería ella la que se la estropeara.

Cuando todo estuvo listo eran cerca de las doce. Los bostezos comenzaron por un lado de la mesa y se extendieron cual plaga hasta abarcar el salón, así que las sillas chirriaron mientras todos se despedían para ir a dormir.

April también notaba el cansancio del día, un día repleto de emociones. Siguió a Wanda hasta su habitación para ayudarla a abrir la cama nido, ya que en fiestas y con tanta familia siempre dormían juntas. Wanda cerró tras de sí y sacó una botella de debajo de su ropa con una sonrisa.

—¡Mira!

—Hey, ¿cómo hacías para tenerla ahí sin que se notara lo más mínimo?

—Ya sé que emborracharse la noche de Navidad no es lo más responsable del mundo, pero qué demonios. —Wanda subió a su cama y cruzó las piernas—. No todos los días celebramos que mi mejor amiga ha dejado su mierda de curro.

—Sí. Ay, Dios. —April se frotó la frente—. Me he largado, ¿verdad?

—Eso me has contado antes, sí. —Wanda parpadeó, sorprendida—. ¿Qué pasa, ahora te arrepientes?

—No, en absoluto. Esas tres arpías me estaban machacando, era cuestión de tiempo… aunque quizá no debería hacerlo hecho tan a lo loco, no sé.

—Por lo menos esta vez no has seguido los consejos inspirados por una patata.

April le sacó la lengua, aunque la broma tenía su gracia, desde luego.

Wanda quitó el tapón de la botella, que salió disparado hacia el techo, donde rebotó para caer sobre las dos. La morena dio un trago para evitar derramar el líquido sobre la cama, trago que se alargó durante más minutos de lo normal.

—Te vas a ahogar. —April le arrebató la botella con una carcajada—. ¡Comparte!

—Chist, que nos pueden oír mis padres.

—Míranos, dos mujeres hechas y derechas de veintinueve años y todavía te preocupa que tu madre nos riña por estar bebiendo.

—Las madres son madres a jornada completa, no lo olvides.

—Firmaría por tener una así, con riña incluida —comentó April—. Las fiestas en mi casa eran una puta pesadilla., así que esto es un sueño para mí.

La pelirroja dio un largo trago al champán, que sumado al ponche y al vino blanco consumido durante la cena, empezaba a hacer su efecto. Se sentía relajada y un poco borracha, así que se estiró en la cama todo lo larga que era y puso los brazos bajo la cabeza.

—¿Quieres hablar de algo en particular? —preguntó Wanda, al ver su expresión soñadora.

La veía tan tranquila y a gusto que esperaba que le hablara de Dominic. Porque estaba cansada de hacerse la tonta y la ciega: no era solo lo que April había confesado en su cumpleaños, sino lo raro que se portaban los dos las últimas semanas. El ambiente no era para nada el normal en el piso, en absoluto, y aunque trataba de hacer la vista gorda, era obvio hasta para una despistada como ella.

—Pues ya que lo dices, sí…

Perfecto. Wanda observó expectante cómo April se giraba en su dirección hasta apoyar el brazo en la almohada.

—¿Qué pasa con Garrett?

¿Cómo? No, eso no era de lo que se suponía que debían hablar, ¿por qué le sacaba a Garrett a colación? Negó con la cabeza para desterrar cuanto antes esa charla que, además, la había pillado por sorpresa.

—¿No, qué? —inquirió April—. ¿No pasa nada o no quieres hablar?

—No pasa nada, ¿por qué sacas ese tema ahora?

—Es un momento tan bueno como cualquier otro. —April bebió otro trago de champán—. Y es que me intriga, no te lo voy a negar, eso de la amistad no me termina de cuadrar.

La morena se quedó perpleja y sin saber qué responder.

—¿No te cuadra qué?

—Wanda, tienes todos los síntomas.

—¿De qué?

—Pues de que estás enamorada…

—¿Qué coño dices? —protestó ella, indignada—. ¿Yo, enamorada?

—No te enfades tanto, mujer, si no es nada malo.

—Trae el champán, has bebido demasiado.

April sintió cómo su amiga le quitaba la botella de entre las manos. Percibía su enfado y que el tema no le hacía la menor gracia, y a su pesar no pudo evitar las risitas. Ojalá pudiera verse a sí misma, ruborizada e indignada como si la hubieran pillado robando algo en una tienda.

—Estás diciendo tonterías —refunfuñó Wanda—. ¿Cómo voy a estar enamorada, si no hemos tenido ni una sola cita? Ni siquiera un beso, ¡es imposible!

—Vaya que si se puede…

No existía mejor ejemplo que ella, ¿verdad?

—Somos amigos —insistió Wanda.

—Joder con el rollo de los amigos, ¿me estás diciendo que no te enrollarías con él ahora mismo si tuvieras la oportunidad? —La vio dudar—. ¿Ves? ¡Platónico lo que yo te diga!

Wanda abrió la boca para protestar, y terminó por cerrarla, contrariada. Tampoco tenía mucho sentido discutir con April algo que era obvio, aunque no estaba de acuerdo para nada con lo del enamoramiento. Para ella resultaba imposible enamorarse de alguien sin haber tenido el menor contacto, ¡con lo que le había costado con Jasper!

—Bueno, a lo mejor me gusta un poco.

—Lo que es poco para ti es mucho para mí y viceversa.

—¿Qué? —Wanda no entendía nada.

—Da igual, ¿por qué no estáis juntos?

—Porque él… —empezó la morena, dudosa—, no sé, creo que solo me ve como amiga.

April procesó sus palabras y frunció el ceño. El alcohol mermaba sus capaces ligeramente y estuvo tentada de pedirle que repitiera lo que acababa de decir, pero en lugar de eso, suspiró.

—¿Crees que no le gustas?

—Nunca me ha dicho nada.

—¡Por amor de Dios, Wanda! —Extendió la mano para empezar a enumerar con los dedos—. Te quita la multa cuando conduces histérica, te da su teléfono y te deja que lo llames para darle la paliza con tu exnovio, te aconseja cada vez que lo necesitas, te saca del marrón con tu jefe y ha ido dos veces a comprar a Versace, ¡no sé qué otras pruebas necesitas!

—Eso son cosas de amigo. No sé, no veo señales como otras veces, ¿sabes?

—¿Porque no babea detrás de ti? —Wanda se encogió de hombros—. No le veo de esos, es un tío más de acciones que de gestos románticos, ¿no te parece?

—¡Y yo qué sé!

—¿Y no sería mejor ser sincera y así sales de dudas?

Al escuchar eso, Wanda decidió que era un buen momento para darle la vuelta a la tortilla. Bebió otro sorbo de champán y se cruzó de brazos, con la botella en el regazo.

—Pues ya que hablamos de sinceridad, ¿qué tal si predicas con el ejemplo y me cuentas lo que está pasando entre Dominic y tú?

April estuvo a punto de caerse de la cama al escucharla. Recuperó el equilibrio y con él, la sobriedad, todo de golpe.

—Bueno, ya le he perdonado por lo de mi cumpleaños —musitó, esperando que aquello bastara para explicar su comportamiento de las últimas semanas.

—Mira, April, me hablaste sobre Dominic esa noche. ¿Recuerdas algo?

—Lo último es cantar *Trouble* en el suelo del salón… y despertarme al día siguiente en la cama, contigo durmiendo al lado.

—Bien, pues estabas muy habladora.

La pelirroja se frotó la frente, ¡¡joder! ¿Qué puñetas había dicho? La resaca del día después le dejaba claro lo épico de la borrachera, pero su cerebro permanecía en blanco. Tenía alguna imagen de Wanda y quizá una frase inconexa, aunque pensaba que todo había sido parte de un sueño. Tenía miedo de preguntar, y también de dejar el tema en el aire. Por lo menos había sido antes de que se acostaran juntos, así que Wanda no tenía toda la información.

—¿Qué dije? —preguntó, preparándose para lo peor.

—Me dejaste claro que sientes algo por Dominic. Incluso sacaste no sé qué de una vez que nos viste juntos y creías que nos habíamos enrollado. Lo cierto es que no lo entendí muy bien porque hablabas raro...

Wanda observó cómo April se tapaba la cabeza con la almohada. Pataleó al mismo tiempo, al parecer furiosa consigo mismo por aquel momento de debilidad y le llegó su voz, amortiguada, desde debajo del almohadón.

—No entiendo nada —le dijo, sonriendo a medias.

—Cuando hicimos el plan, yo de verdad quería que saliera bien —explicó April, quitándose la almohada de la cara—. ¿Sabes? En serio deseaba que él fuera feliz. Lo que pasa es que entonces me di cuenta de que... en fin, que yo... Ay, Wanda, es que esto viene de lejos.

—¿Por qué me entero ahora?

—Siempre pensé que él sentía algo por ti, además de amistad.

—Lo sé, eso me lo dijiste aquella noche. ¿Por qué?

April le hizo un relato pausado de aquella vez en sus años universitarios, y dibujó un cuadro tan exacto que Wanda no dudó en ningún momento de la huella que esa escena había dejado en su amiga. Le encontró más sentido que en la noche del cumpleaños, claro, pese a que ni siquiera se acordaba, o más bien, recordaba muchos momentos similares. Todos sin importancia ni trascendencia alguna.

—Dominic solo me estaba consolando —explicó.

—Muy cerca. Más cerca del baremo *Dirty dancing*.

—Somos amigos, April. Es como cuando te sientes mal y me pides que duerma contigo, para mí es exactamente lo mismo. Cuando me llevaba un chasco amoroso, necesitaba cariño y apoyo.

—¿Y por qué no venías a mí?

—¿Quizá porque me decías «te lo dije» en lugar de darme un abrazo?

April agachó los hombros al oírla. Cierto, nunca había el tipo de amiga que hacía ruiditos tranquilizadores y secaba lágrimas, era de las que recomendaban pasar página lo antes posible. Solo que no todos pasaban página al mismo ritmo, y lo estaba comprendiendo en ese mismo momento, diez años después.

—Soy un desastre de amiga.

—No, claro que no, tú tienes un montón de cosas buenas. Y cuando necesitaba ese tipo de apoyo, recurría a Dominic, eso es todo. Jamás ha habido nada entre nosotros.

—¿Ni un beso?

—Ni un beso, April.

April no dudó de las palabras de Wanda. No había mentido jamás, primero porque no era su estilo, y segundo… no se le daba nada bien.

—¿Y a raíz de eso decidiste no confesarle a Dominic lo que sentías por él?

—Algo así. Luego decidí que estaríamos bien como amigos, y durante años he sentido que era lo correcto, que estábamos bien, pero cuando empezó el plan… No sé, la parte en que debía salir con chicas me molestaba.

Wanda recordaba todas las pegas de la pelirroja, cómo había elegido al grupo que estaba de despedida de soltera a pesar de recomendarle lo contrario. Claro, por eso terminó decantándose por ellas, seguro que Marion había sido una desagradable e inesperada sorpresa.

—¿Dominic sabe algo de esto?

—No, nunca le he dicho lo que sentía por él. Ni hace años ni ahora.

—¿Y no crees que deberías hacerlo?

—No es tan sencillo. —April carraspeó, pensando en si debía revelarle todo, pero como ni ella entendía lo sucedido, no dijo nada—. Mírale cómo ha cambiado. Cómo salió con Marion y después con Greta, y… joder, ¡no vino a mi cumpleaños!

—Pero lo habéis solucionado, ¿no?

—Claro, porque Greta lo dejó y nos… y hablamos. Lo que pasa es que no veo por su parte nada de interés aparte del amistoso, porque de lo contrario, yo también habría sido una opción para salir. Ese momento en que, ejem, hablamos, podría haber sido, y no. Encima fue ir a su antigua oficina y conseguir una cita con Sonja, así como si nada. Para rematar, me lo contó super feliz, así que…

—¿Por eso la cita horrible con el hombre-ceniza?

—Exacto. Estaba enfadada y necesitaba dejar claro que yo también puedo conseguir citas.

Contempló a Wanda y su cara mientras asimilaba todas aquellas noticias. No debía ser sencillo para ella asumir que le había ocultado la verdad durante tantos años y temía que se enfadara, porque si la situación hubiera sido al revés, estaba segura de que ella también lo habría tomado a mal.

Finalmente, su amiga le tendió la botella de champán.

—¿Y qué vas a hacer? —preguntó.

—No tener más citas con gente rara. —La pelirroja bebió un trago—. No ponerme tacones mortales, ni ir con minifalda en invierno.

—Qué idiota eres. —Recuperó la botella—. ¿No se te ha ocurrido que a lo mejor Dominic también pueda sentir lo mismo que tú y lo que pasa es que no lo sabe todavía?

—¿Por eso en Nochevieja se larga a una fiesta con la chica perfecta y me deja plantada en casa, sabiendo además que estaré sola?

Se arrepintió al instante al ver el rostro culpable de Wanda, sobre todo porque la crítica no iba dirigida hacia ella en absoluto.

—Si quieres que lo cancele…

—Ni hablar, Wanda, no se trata de eso. Si sintiera algo por mí querría quedarse conmigo, hacer planes, ¡yo que sé! Dime que no tengo razón.

La morena no podía, porque pensaba exactamente igual. Lo cierto era que se había sorprendido al saber que Dominic no tenía intención de hacer planes con April para pasar la Nochevieja juntos, y después de conocer los sentimientos de la chica, lo comprendía bastante mejor. Dominic estaba siendo un capullo, no se podía negar. Joder, qué difícil era todo, deseaba animar a April, pero el asunto no pintaba bien.

—Tranquila, estoy bien —se apresuró a decir la pelirroja—. Se me pasará, con Sonja seguro que va en serio, a la tercera va la vencida, ¿no? Así que una vez que asimile eso lo superaré, como lo hice la primera vez en la universidad.

No añadió que el sexo de la segunda vez complicaba esa idea, solo esperaba que la seguridad de sus palabras se convirtiera en realidad. Era cuestión de tiempo y de no pensar más en él. Había dejado su trabajo, así que tenía la excusa perfecta: evitar la bancarrota encontrando uno nuevo. Eso tenía que ser suficiente, seguro. Como Wanda no parecía muy convencida, decidió que lo mejor sería dejar el tema por esa noche.

—Oye, ¡es Nochebuena! —dijo, alzando la botella—. Ya está bien de hablar de tíos, ¿por qué no me cuentas qué regalo me voy a encontrar debajo del árbol mañana?

Wanda no terminaba de creerse esa alegría repentina, le seguía pareciendo que la felicidad no le tocaba los ojos, pero si la chica no quería seguir hablando del tema lo respetaría. No quería meterse en sus decisiones, solo brindarle apoyo si hacía falta.

Cogió la botella que April le ofrecía y bebió un sorbo. Sí, podían dejar la charla, ya pensaría en el tema una vez decidieran dormirse. Se giró hacia ella para decírselo, y descubrió que la chica se había acurrucado contra la almohada y emitía unos resoplidos que dejaban claro que estaba en brazos de Morfeo.

Wanda le colocó el edredón por encima, con la sensación de que todo era muy diferente al año anterior. La relación con Dominic había cambiado de manera drástica, al menos entre ellos, y sabía que ese detalle iba a terminar afectando al resto. Por otro lado, era lógico: se acercaban al momento de cruzar los treinta y no era disparatado creer que la madurez asomaba la patita y les recordaba que no podían jugar a los compañeros de piso para siempre.

Tras asegurarse de que April dormía, Wanda rebuscó en su bolso hasta encontrar el móvil. Hubiera querido mirarlo antes de que la reunión familiar absorbiera todo su tiempo, y con la charla pendiente con su amiga había resultado imposible. Bueno, April roncaba, ya en el limbo de los sueños, o sea que era buen momento.

Garrett le había mandado una foto del envase vacío y un mensaje: «Gracias por acordarte de nosotros. La caja no venía así, ¿verdad?»

A ella le entraron ganas de reírse, casi podía imaginar su rostro escéptico al decirlo. El wasap continuaba más abajo.

«Ben ha comido tantos donuts que está amarillo y todo, todavía terminamos la noche con un lavado de estómago. Aun así, dice que te quiere y te manda recuerdos, seguro que es para que le traigas más azúcar una vez se le haya pasado el empacho de hoy… Feliz noche, no he querido llamar para no interrumpir la cena, mañana si quieres nos coordinamos y me cuentas qué tal ha ido todo.»

Wanda miró el reloj y comprobó que era demasiado tarde para telefonear. Garrett estaría despierto, para eso estaba de guardia, pero decidió no tentar a la suerte. A ver si iba a pecar de ansiosa o algo parecido, no creía conveniente darle demasiadas pistas… hablarían al día siguiente y listo, podía esperar.

Y para dejar claro que podía esperar, guardó el teléfono y agarró de nuevo la botella que permanecía en su rezago para darle un sorbo: si no podía frenar las mariposas del estómago, al menos, las ahogaría durante unas horas con un champán excepcional.

CAPITULO 20

Garrett aparcó el coche en la entrada una vez se cerró la verja a sus espaldas. Salió y Wanda lo imitó por el lado del copiloto mientras echaba un vistazo.

—Te haré un recorrido rápido antes de dejar las bolsas y pasar la inspección familiar —comentó él, una vez hubo cerrado el maletero—. ¿Puedes con eso?

—Sí, sí, desde luego. No llevo mucha cosa.

Wanda cogió su bolsa de viaje, donde llevaba la ropa para dormir y el neceser. La madre de Garrett había dado especificaciones muy concretas respecto a la ropa a lucir en la fiesta y cómo enviarla un par de días antes para que no se arrugara, así que su vestido ya debía estar sano y salvo en algún armario de la casa. O eso esperaba.

Miró a su alrededor y soltó un silbido.

—No puedo creer que abandonaras este lugar.

—Soy el rebelde de la familia.

La joven lo siguió sin terminar de reaccionar. Era como si hubiera puesto el pie en una dimensión paralela: la casa era del estilo a las que salían en los programas que veían ella y April: no era muy grande, bastante bonita y con una decoración informal que nada tenía de ostentosa. A su lado, una piscina de tamaño respetable con su juego de tumbonas, todo cubierto por la época del año en que se encontraban.

—Qué chula —comentó.

—Es la casa de la piscina —aclaró él—. Entre los dieciocho y los veintitrés estuve viviendo aquí, cuando me marché fue para ir a la academia de policía.

Vale, conque aquella era la «chabola» típica de las familias con pasta. Se sintió tonta por no haberse dado cuenta, ¡ella qué sabía! No estaba acostumbrada a manejarse en ambientes como aquel.

—¿Y por qué vivías aquí? —preguntó, curioseando a través de las ventanas.

Desde fuera no se podía ver mucho, solo el salón y la entrada principal, y no dudaba de que el personal se ocupaba de tenerlo limpio y arreglado. No había una sola mota de polvo o trastos viejo, todo estaba impoluto.

—Mis padres no me soportaban. Ni yo a ellos. —Oyó decir a Garrett—. Imagina: ellos querían presentarme en sociedad y yo iba por ahí con la moto, el pelo largo y la cazadora de cuero. Todo un espectáculo nuestra relación.

Ella sonrió, pensando que lo único que había cambiado era el medio de transporte. Bueno, y tal vez un poco el pelo, pero el resto seguía igual.

—¿Y qué fue de la moto?

—Que me hice mayor, supongo.

—Oh, sí. Seguro que fue eso.

—Me encantaba este sitio —comentó Garrett—. Mi madre, la pobre, se ponía de los nervios. No había un solo día que no le estropeara las flores, pero es que las tenía por todas partes.

Señaló toda la zona ajardinada que cerraba la zona de forma sutil. Garrett no había exagerado al venderle a la madre como una loca de las flores, porque posaras donde posaras la vista, una petunia te devolvía la mirada.

—Dios, sí que tiene petunias, sí —murmuró Wanda, y se fijó en la piscina de nuevo—. Creo que solo he visto este lujo en televisión.

—No te dejes impresionar, aquí no está la verdadera felicidad.

—Gracias, profesor filósofo. Seguro que está en un apartamento horrible de tres habitaciones y un solo baño, ubicado al final de la peor cuesta del mundo.

—Da igual donde estés, mientras puedas hacer tu vida sin restricciones. Creo que eso lo sabemos todos. —Garrett señaló hacia delante, más allá de la piscina—. Allí está la casa de verdad.

Dejaron atrás el agua y las petunias, retomando el camino de piedras que surgía en medio de los jardines. Estos estaban decorados con una belleza de lo más exclusiva, compuesta de renos encendidos, guirnaldas y puntos de luz que se iban haciendo más numerosos a cada paso que avanzaban. No caía en el exceso de la mayor parte de las casas decoradas que tan acostumbrados estaban a ver, aunque tampoco se quedaba atrás.

—Eran buenos organizando fiestas —comentó Garrett.

—Qué raro que tu vida haya acabado siendo tan distinta —dijo ella—. Normalmente, la gente no rechaza una vida de lujo así como así.

—Era el precio de la libertad. Mira mi hermano: le dieron todo, y a cambio no pudo elegir ni la carrera, ni la mujer, ni nada.

Wanda lo miró, sorprendida.

—¿Hablas en serio?

—Y tanto que sí. Hicieron una fiesta cuando cumplió veintiuno y allí le presentaron a la chica que tenía todos los boletos para convertirse en su mujer. Así funciona esto.

—Qué horrible.

—Bueno, no digo que no le gustara o que no la quiera, solo que… no la escogió él. Vamos, hace mucho frío aquí fuera.

La morena lo siguió hasta el final del camino de piedra, y, a cada paso que se aproximaban, más enorme le parecía el edificio. Por su trabajo, Wanda conocía a muchas personas adineradas con mansiones semejantes, aunque nunca había estado en una.

A través de los ventanales se podía ver el salón, que ocupaba toda la planta baja, y atisbos de una decoración elegante. Los camareros se deslizaban entre las mesas, colocando canapés y cócteles, copas y cubiertos, y todo brillaba: los adornos navideños colocados con sutilidad por todas partes, las velas de LED que daban intimidad a cada mesa, y hasta el vino de algunas botellas, lleno de purpurina comestible. Wanda hizo ademán de acercarse a la puerta cuando Garrett la detuvo.

—No, espera. Vamos a dejar esto primero y así ves la casa por dentro. ¿Quieres?

—¿No se molestarán tus padres?

—Mis padres se molestan por todo, no te preocupes. Desde el momento en que bajemos serás abducida sin remedio, así que puede que sea tu única oportunidad.

—Tú mandas.

Garrett giró hacia la izquierda y ella fue detrás. Rodearon la casa hasta llegar a la parte trasera, donde también había una inusitada actividad: la de la zona de servicio.

Un par de furgonetas permanecían aparcadas y con los motores en marcha. El personal sacaba cajas para introducirlas por las puertas traseras, donde eran recogidas por gente que portaba diversos uniformes. Wanda alzó una ceja, preguntándose quiénes serían.

—Cocineros —informó Garrett, al verla—, camareras de salón. Y esas, de habitaciones.

—¿Y el mayordomo?

—Se estará poniendo el traje de gala —se burló Garrett y ella meneó la cabeza— Tranquila, sé que parece todo muy esnob, pero al menos los jardineros tienen el fin de semana libre.

Se metieron por la puerta trasera y, pese a que recibieron miradas confusas, nadie osó hacer el menor comentario para detenerlos.

No se enteró en absoluto del recorrido, ya que Garrett la metió por un pasillo para después hacerla girar en dos direcciones diferentes hasta que llegaron a las escaleras.

—Hemos esquivado el salón —comentó el policía—. Vamos a ver en qué cuartos nos quedamos.

—¿Eso no debería decirlo tu madre?

—Tranquila, que no es como si me estuviera colando en una casa desconocida. No nos van a expulsar ni nada por el estilo.

Wanda no parecía muy convencida. Ella era de las que siempre seguía las normas escrupulosamente, y vaya, por lo visto el policía que la acompañaba no lo hacía siempre.

—Hazme caso —insistió él—. Si dejas que decida mi madre, nos meterá en la misma habitación y tendrías que acabar compartiendo cama conmigo, ¿es eso lo que quieres?

La morena no reaccionó ante el comentario, sin saber si era una broma o hablaba en serio.

—Sabe que somos amigos, ¿no?

—Qué va. Nunca le doy demasiadas explicaciones cuando traigo a alguien, me divierte ver hasta dónde es capaz de arrastrarse por organizarme una boda.

Wanda se detuvo en el acto. Garrett se dio cuenta de su expresión y regresó hasta su altura con una sonrisa socarrona.

—No quiero mentir a tus padres —dijo ella.

—No tienes que hacerlo. Y lo de la cama era broma, mujer, no pongas esa cara de susto…

La joven lo siguió con una mueca. Joder, ¡qué estirada era a veces! Cada vez que Garrett le hacía una broma de naturaleza sexual, en lugar de aprovechar para seguirle el juego, reaccionaba como si le hubiera propuesto salir a incendiar contenedores.

—Cuarto de invitados, cuarto de invitados, y… ah, cuarto de invitados.

Wanda perdió la cuenta de las habitaciones que había, y frenó en seco cuando oyeron un carraspeo a sus espaldas. Ambos se giraron al mismo tiempo, Wanda como si acabaran de pillarlos en pleno saqueo.

Un hombre alto y uniformado los observaba fijamente. Wanda casi esperaba escuchar una regañina, y entonces oyó a Garrett.

—Hola, Robert.

—Señor Harvey.

La chica miró por encima de su hombro para ver quién era ese señor Harvey hasta que cayó en la cuenta de que se refería a Garrett. ¡Señor Harvey! Se concentró en no soltar una carcajada ante aquel mayordomo tan ceremonioso.

—Si lo que busca es la habitación que sus padres han dispuesto para ustedes, puedo decirle cuál es.

—Genial —se limitó a contestar Garrett.

El mayordomo cruzó entre ambos y continuó pasillo adelante. Ellos se miraron unos segundos antes de seguirlo, Wanda todavía intentando no reír en voz alta, y recorrieron parte del pasillo hasta que Robert se detuvo ante una puerta.

—¿He oído dos habitaciones? —preguntó.

—Aún tienes buen oído, sí —comentó Garrett.

—Muy bien. Su madre les había preparado una, pero tenemos de sobra. —Señaló con la cabeza a las dos puertas que tenían delante—. Contiguas, para que no se pierdan.

La morena le lanzó a Garrett una mirada que venía a decir «¿En serio?», y él le devolvió una burlona al tiempo que se encogía de hombros.

—Deme un minuto para recoger la ropa del señor Harvey, por favor —pidió el mayordomo, con una inclinación de cabeza dirigida a Wanda.

Ella se apartó para cederle el paso a la habitación, de la que Robert salió con una funda entre las manos. Se inició en ese instante un breve y confuso forcejeo entre el mayordomo y Garrett mientras el segundo trataba de recoger el traje y el primero de evitarlo.

—A ver, Robert, ¡puedo meterlo yo mismo!

—Ese es mi trabajo, señor Harvey.

—¡Qué manía con lo de señor Harvey!

—Por favor. —El mayordomo hizo un gesto contundente para frenar aquella charla y se sacó algo del bolsillo interior, que alargó a ambos—. El programa de esta noche. El cóctel empieza a las ocho y media, la cena a las diez, las campanadas a las doce y justo después, los fuegos artificiales en el jardín delantero. Luego la fiesta habitual de siempre. Puntualidad, por favor, que ya conoce a su madre.

—Sí, sí —dijo Garrett—. Entendido.

Robert inclinó la cabeza y se marchó por donde había venido de manera silenciosa. Wanda continuaba sin habla y se giró hacia él.

—Vale, señor Harvey, ¿de qué va esto? ¿Nos pasaremos la noche siendo ceremoniosos?

—Es probable, sí —sonrió él—. No hagas mucho caso a Robert, es un mayordomo de la vieja escuela, muy inglés. No tiene sentimientos, es todo deber.

Ella meneó la cabeza, aún anonadada, y se asomó al cuarto, ya abierto.

—Fácil de recordar, al fondo de las escaleras —informó Garrett, al verla—. Todos tienen baño propio.

Wanda no dudaba de que estuviera perfecto por dentro y no se equivocó: una cama enorme, ventanales de lado a lado, armarios empotrados que casi parecían un vestidor, una televisión de plasma inmensa frente a la cama…

—Muy bonita —comentó.

—Estoy en la de al lado, te vendrá bien por si te pierdes o algo así —explicó Garrett, con expresión divertida.

—Algo muy probable, por otro lado, sobre todo con unas copas de más. Seré buena durante la cena, pero después de las campanadas cuidadito conmigo.

—Son las siete —comentó él, tras comprobar el reloj—. ¿Nos vemos aquí mismo dentro de una hora?

—Como mandes, señor Harvey —se burló Wanda.

Garrett la obsequió con una mueca de fastidio y se metió en la habitación de al lado. Wanda entró en la suya y cerró la puerta, ligeramente cohibida por lo que la rodeaba. La casa que más que casa era mansión, esos jardines, piscina, personal, mayordomos estirados… joder, tenían todo el lote completo y ella no pintaba nada allí. En fin, ya que estaba, intentaría disfrutarlo.

Dejó su bolsa de mano encima de la cama y sacó el estuche de maquillaje para ponerlo en el cuarto de baño. Después abrió el armario y comprobó que su vestido y zapatos se encontraban dentro, solo por si acaso. Sí, allí estaba, lanzando breves brillos desde su envoltura.

Aquel vestido y ella tenían cierto recorrido juntas, pese a que estaba sin estrenar.

Al llegar a la adolescencia, los padres de Wanda se habían dado cuenta de que su hija era guapa de forma empírica, no solo para ellos. Era obvio la cantidad de miradas que recibía, y eso a los trece. Preocupados porque aquello se le subiera a la cabeza, la habían educado para no presumir ni utilizar su atractivo para ninguna cosa que no pudiera conseguir con esfuerzo o inteligencia.

Como resultado, Wanda rara vez explotaba su físico al cien por cien. Le gustaba el maquillaje y la ropa bonita, pero no solía vestirse para impresionar a nadie, y casi nunca para que la desearan.

Aquel vestido en su funda se lo recordaba: cada año, según se aproximaba la noche de fin de año, April, Dominic y ella barajaban la opción de ir a un cotillón o fiesta privada. La idea de estar en un ambiente elegante, con música bonita, camareros, champán y formalidades varias les parecía de ensueño.

Wanda usó los ahorros de ocho meses para comprarse un vestido a la altura: de buen corte y mejor calidad, y al mismo tiempo, algo que no se pondría nunca excepto en una ocasión como esa. Algo que pegara en una noche atrevida como la de fin de año sin perder el estilo.

Cuando se enteraron de los precios de aquellas fiestas, los tres recibieron un baño de realidad. No estaban preparados para la clase media-alta, de forma que volvieron al típico recorrido por los bares y *pubs* de la zona. Sufrían el frío, las aglomeraciones, la gente borracha que no salía el resto del año, la música horrible y los altos precios de las copas. El vestido se quedó en su funda, a la espera de algo mejor.

Con los años, tanto ella como Dominic mejoraron su economía al ascender en sus respectivos trabajos, dándoles la oportunidad de permitirse asistir a la soñada fiesta elegante. April no, y ninguno se planteaba dejar a su amiga sola en esa noche mágica

Cada año volvían a las botas, vaqueros y abrigos, a la ronda de *pubs* abarrotados de gente, a esa salida horrible pero necesaria porque había que dar la bienvenida al año. Cada año, Wanda pensaba que nunca tendría la oportunidad de ponerse ese vestido que tanto le había costado pagar.

Ese año no iba a un cotillón normal, no, aunque sí a una fiesta que se le parecía mucho. Y tenía el vestido adecuado en el armario, inmaculado dentro de su funda, y que todavía le quedaba perfecto porque no había engordado ni un gramo desde que lo comprara. Además, sabía seguro que no coincidiría con otra, ya que ese modelo era de una colección antigua.

Lo sacó, temiendo que no fuera tan bonito como recordaba, algo que no era la primera vez que le pasaba cuando hacía limpieza de armario. A veces cogía prendas que se había puesto hasta la extenuación y pensaba: «¿Por qué, joder?»

Como estilista sabía que un vestido negro siempre era una apuesta segura. Corto, porque ella no era muy alta y estéticamente se veía mejor que con uno largo, y con ese estilo que había amado desde joven: un escote considerable sin llegar a ser excesivo, entallado en la cintura, y una falda con vuelo salpicada de brillos discretos. Pues sí: seguía siendo el vestido perfecto que recordaba, de modo que lo colgó junto al espejo frontal. Era esa noche o nunca, y si de paso le daba a

Garrett el empujón que necesitaba, mejor. Porque llevaba tiempo pensando que, con la excusa del año nuevo y la costumbre de besarse para celebrarlo, a lo mejor podía dar el primer paso ella. Era una manera de ver si tenía posibilidades sin arriesgar demasiado, porque, ¿qué importaba? Todo el mundo se besaba en ese momento, ¿no? Si él no respondía de la manera que quería tampoco era como comerse un rechazo habitual. De hecho, besarse era prácticamente una obligación, no hacerlo resultaría raro e incómodo. Quizá ella sí se sentía rara e incómoda, nunca había dado el primer paso con nadie; por norma general, no tenía que hacer el menor esfuerzo.

Fuera como fuera, sabría a qué atenerse. Si no veía respuesta positiva, al menos sería el primer paso para olvidar ese encaprichamiento.

En fin, mejor se metía en la ducha, a ese paso la hora se le iba a quedar corta…

Echó de menos a April a la hora de arreglarse el pelo: su amiga jamás la hubiera dejado salir llevándolo suelto como pensaba hacer, pero Wanda no tenía gracia en ese campo y era mejor no arriesgarse a hacer el ridículo. Buscó el móvil para mandarle un mensaje, se sentía culpable por no estar esa noche con ella.

April respondió casi al momento, diciéndole que aprovechara para divertirse y que le enviara una foto de los dos juntos para ver lo guapos que estaban. Aquello no ayudó a que la morena se sintiera mejor al respecto… bueno, no había mucho que pudiera hacer, April había insistido en que estaría bien, de modo que más le valía tratar de divertirse.

Agarró el minúsculo bolsito de fiesta que no tenía nada dentro, excepto el móvil, la llave del cuarto y un brillo de labios para retoques, y salió para esperar a Garrett.

Se había adelantado y él aún no estaba, pero escuchó música y ruido provenientes del salón, así que se aproximó hasta la barandilla para ver si alcanzaba a ver algo. Los camareros iban y venían sin cesar, con las bandejas en la mano: estaba claro que ya había invitados.

—Hola. —Garrett apareció a su lado por sorpresa, haciendo que se sobresaltara—. Estás guapísima, ¿llevas mucho rato aquí?

Un momento, ¿qué? ¿Ya estaba, eso era todo? ¿Garrett salía de su cuarto sin hacer el menor ruido y ella se perdía su expresión al verla tan arreglada? ¿Por qué había tenido que ponerse a mirar escaleras abajo? No estaba atenta, joder, y si podía haber leído algo en su rostro, ya era tarde.

Vale, había dicho que estaba guapa, pero ella había imaginado algo más… bueno, no tenía remedio, ese momento se le había pasado.

—Y yo, ¿paso el examen? —preguntó el chico—. Mírame como si fueras mi madre.

¿QUÉ?

Dios mío, ¡así era imposible crear algún momento romántico entre ellos! ¿Cómo se le ocurría soltar algo semejante?

—Bueno, me refiero en el estilo, claro —aclaró Garrett, al ver su cara—. Para el resto no lo hagas, gracias. —Y soltó una risita que relajó un poco a la morena.

Dios, ese traje le quedaba como un guante. No lo había visto tan guapo desde que lo conocía, y mejor cerraba la boca, que aquella escena debería haber sido al revés.

—Yo te veo bien —murmuró—. Aunque el pelo… o sea, sabes que vas despeinado, ¿no?

—Eh, que hacerme esto me ha costado diez minutos.

—¿Nos hacemos una foto? April quiere una —cortó Wanda, deseando olvidar toda la escena desde que había decidido salir del cuarto antes de hora.

Le enviaron la foto a April, que mandó varios emoticonos de admiración como respuesta.

—Según ella, estamos de diez —dijo, mostrándole el móvil.

—No hubiera sido lo mismo sin la aprobación de April —contestó Garrett, con un guiño.

Wanda apartó la pantalla justo en el momento en que entraba otro mensaje de la pelirroja, uno que decía: «Cómete ese bombón YA».

Abochornada, metió el móvil a toda prisa en el bolso y siguió a Garrett en el descenso a la zona principal de la fiesta. Desde luego, las cosas no estaban saliendo como ella quería, no. Según sus cálculos, Garrett tenía parte de culpa por no haber estado esperando fuera como sucedía en las películas. Ella también era responsable, por acabar pronto y ponerse a merodear en lugar de quedarse quieta como una estatua.

Total, que esa posible pista la daba por perdida. Tendría que estar atenta el resto de la noche y concentrar sus esfuerzos en los segundos tras las campanadas.

Cuando llegaron al salón, Wanda descubrió que había mucha gente. Por lo visto, lo de llegar tarde a una fiesta no se estilaba en Nochevieja… todo el mundo charlaba, reía, bailaba o cogía copas de champán con purpurina cuando los camareros paseaban entre los invitados.

Era como la fiesta que tantas veces habían imaginado los tres, y otra vez la punzada porque sus amigos no estaban con ella.

—¿Qué te parece? —susurró Garrett, al verla tan callada.

—Increíble.

—El esnobismo en todo su esplendor, exactamente. Ahí están los míos —comentó, señalando la esquina norte del enorme salón—. Venga, vamos a hablar con la caballería.

—No te pongas a la defensiva.

—Tranquila, si esto es como una vieja coreografía. La he visto tantas veces que me la sé de memoria —explicó él—. Tres actos: hablaremos de mi trabajo, mi soltería y mi inteligencia desperdiciada. No te relajes por si acaso.

Wanda lo siguió, sin evitar distraerse por el camino. La decoración era perfecta, nada exagerada, y la música también. Todos y cada uno de los detalles de aquel salón evidenciaban clase y buen gusto, no comprendía por qué Garrett renegaba tanto de ello.

Los padres los vieron acercarse e interrumpieron la charla que mantenían con una pareja joven para hacer gestos a su hijo.

—¡Garrett, has venido! Me alegro de que hayas podido hacernos un hueco.

Él bajó la voz hacia Wanda.

—Mi madre se llama Amanda, mi padre Herbert. El flacucho es mi hermano Jerry, y la que está a lado Gina, su mujer.

—Entendido.

Mientras la madre abrazaba a Garrett con unos cuantos aspavientos, Wanda aprovechó para echarles un ojo con disimulo. Sí, la madre era muy aristocrática: erguida, de cabello castaño y ojos azules, robusta y muy guapa. El padre también era alto y bien parecido, con cara afable. Jerry era bajito y delgado, con los mismos ojos oscuros que su padre, y ningún rasgo visible que lo vinculara a Garrett.

—¡Lo que cuesta verte! —comentó Amanda, y se apartó unos segundos para mirarlo mejor—. Llevas un traje precioso, hijo, me alegra ver que tu gusto ha mejorado. Aunque deberías haberte peinado un poco.

Garrett miró a Wanda y le guiñó un ojo, divertido.

—¿Qué haces tú con un traje de Versace? —preguntó Jerry, poniendo los ojos en blanco.

—Ella es la responsable—explicó Garrett, dándole un pequeño empujón a Wanda.

—¿Y esta belleza quién es? —ese fue Herbert.

Estiró la mano hacia Wanda con una sonrisa agradable y ella respondió al gesto de inmediato, agradecida porque odiaba presentarse sola.

—Es Wanda —aclaró Garrett—. Mi madre, mi padre, Jerry y Gina, su mujer.

—Hola, Garrett —saludó la última, con una especie de palmadita en el brazo—. ¿Cuánto ha pasado desde la última vez, seis meses?

—Nueve —intervino Jerry—. Cumpleaños de Becky.

—¿Dónde están los niños, por cierto? —quiso saber Garrett.

—Tienen su propia fiesta, claro —explicó Gina, como si aquella pregunta fuera una idiotez—. Ahora están con la cena, luego podrás decirles hola si quieres.

Wanda parpadeó ante su tono, intimidada. Qué mujer tan idiota. Tampoco el tal Jerry parecía mucho mejor, y Wanda se preguntó por qué miraba a su hermano de esa manera, con la barbilla apuntando hacia arriba con gesto de superioridad cuando era obvio que todos los genes buenos habían ido a caer en Garrett y no en él.

—Es un placer conocerte, Wanda. —Amanda le estrechó la mano con una sonrisa—. Hacía mucho tiempo que no conocíamos a una novia de Garrett y es una noticia estupenda.

Garrett vio que ella lo miraba. Abrió la boca para aclararlo, pero la chica sonrió a su madre y le respondió que la encantada era ella, sin confirmar ni desmentir la suposición. Por lo visto, se le había olvidado que no quería mentir a sus padres.

Desde luego, Wanda sabía comportarse. Y si así se evitaba la parte donde lo machacaban por seguir soltero a sus treinta y tres, mejor. Aunque no lo tenía muy claro, sabía de sobra que Wanda les iba a gustar, y era posible que terminaran hablando de boda.

Dios, qué pesados eran sus padres. Tenían totalmente monopolizada a la chica y no dejaban de hacerle preguntas y estudiarla. Claro, no se parecía a ninguna que hubiera llevado antes, y sabía que compartía ese punto aristocrático con su madre, solo que en Wanda era involuntario. Y vaya, si encima se ponía ese vestido no había quien apartara la mirada… ¡hasta Jerry la contemplaba sin el menor disimulo! Gina, su esposa, tenía cierto encanto, pero al lado de la morena quedaba deslucida. No era que se alegrara… ¡qué coño! Si se alegraba. No iba a engañarse a sí mismo: a su hermano le jodía que llevara una acompañante tan deslumbrante, pues él estaba ahí para disfrutarlo.

—¿Cuánto hace que os conocéis? —preguntó Amanda, toda sonrisas.

—Casi un año —contestó ella.

—¡Y la tenías escondida! —protestó Herbert, y meneó la cabeza hacia ella—. Wanda, esperamos verte más a menudo. Garrett tiene un poco de alergia a su familia, estoy seguro de que tú lo harás entrar en razón.

Garrett asistía a aquella representación con una mueca escéptica en el rostro. ¿Qué les pasaba a los padres, que llegada cierta edad todo su interés consistía en verlo a uno casado y con niños? Y además los suyos, que siempre habían puesto pegas a cualquier chica que se le hubiera ocurrido presentar. Ninguna estaba a la altura: o no era de buena familia, o era una ordinaria, o no comulgaba con sus ideas...

Garrett iba preparado para defender a la morena de los puñales tan habituales en su familia, pero entonces se dio cuenta de que parecían encantados con la chica.

Encantados de verdad, no de manera falsa, que esa modalidad también la conocía bien. No, les gustaba, y a buen seguro veían en ella lo mismo que él.

Escuchó a Gina decir algo e hizo un esfuerzo por regresar a la conversación.

—¿Qué?

—Que si lleváis mucho juntos —repitió la mujer, con expresión de estar harta.

—Bueno, eso... casi un año —comentó Wanda, sin comprometerse.

—Y nosotros sin saberlo... —Amanda puso cara de pena.

—Un año es tiempo de sobra para ir pensándose cosas —comentó Herbert.

—¿Y qué tal llevas sus turnos de trabajo, Wanda? —preguntó Jerry—. Porque entre fines de semana, noches y fiestas, por aquí lo vemos poco.

Gina cogió una copa de champán y se la bebió de un trago.

—No empieces —murmuró.

—¿Por qué no? Es la verdad—se quejó Jerry— Cualquiera diría que está salvando el mundo o creando la vacuna contra el cáncer, si trabaja más horas que yo, joder, que soy médico.

Antes de que nadie abriera la boca, Herbert alargó el brazo hacia Wanda.

—Quiero conocer mejor a esta muchachita, ¿querrías bailar conmigo? Será rápido, casi es la hora de la cena.

—Sí, desde luego, si a su mujer no le molesta.

—Querida, después de cuarenta años de casados no me molesta en absoluto —respondió la mujer, con una carcajada.

Wanda se dejó llevar por el padre de Garrett hacia la pista.

—Es demasiado guapa para ti —comentó Jerry a su hermano, en tono inflexible.

—Vaya, gracias, ¿es una opinión profesional?

—¿Queréis dejarlo? —Amanda se cruzó de brazos—. ¿Es que no podéis ser como los hermanos normales y llevaros bien?

Gina se bebió otra copa de champán. Jerry mantenía la expresión enfurruñada, como si fuera un niño al que le hubieran robado los juguetes, pero no se disculpó.

—Por favor, no quiero que le deis la tabarra a Wanda —dijo Garrett, mirando a su madre—. Ya podréis espantarla más adelante, aún es pronto.

—Qué cosas dices, hijo. No tenemos ninguna intención, si parece una chica encantadora.

—Sí, Gina también lo era y mírala ahora.

La susodicha se tragó su tercera copa en cuestión de minutos, pero no corrigió la observación.

—Iré a ver cómo van en cocina —decidió Amanda, con los labios fruncidos—. Enseguida vuelvo.

—Y yo a tomar el aire —repuso Jerry.

Gina se cruzó de brazos, colocándose junto a Garrett.

—Va a fumar —resopló—. ¡Como si no lo supiera! Valiente imbécil.

Miró por la mesa hasta que encontró un cóctel entero y ese corrió el mismo destino que las tres copas anteriores. No era la primera vez que Garrett la veía beber así, pero dado que fin de año era la noche más indicada para emborracharse sin remordimientos, no sería él quien le dijera nada.

—Haces bien en huir —refunfuñó ella—. Una vez en la rueda, ya no puedes marcharte. Ni siquiera puedo decidir a qué colegio llevar a mis hijos. Es un asco, pero ¿qué importa? Vacaciones en Hawái, Navidades en Aspen y esas cosas. Todo tiene un precio, ¿no?

Sacudió los hombros y lo dejó solo, seguramente en busca de su quinto trago antes de la cena. No era un secreto lo que le gustaba beber a Gina, aunque daba la impresión de que su problema se había agravado un poco desde la última vez.

La cena fue tan ostentosa como había imaginado. No podía evitar estar tenso, cosa que Wanda notaba, porque de vez en cuando le ponía la mano en el brazo como para transmitirle ánimos. Cuando les llevaron el postre, después de una hora y media interminable, Jerry comenzó una larga historia relacionada con uno de sus pacientes en el hospital.

—Y me dijo: «Caray, doctor Harvey, ¡debería ser usted cirujano!» —repuso.

—¿Tú, cirujano, con ese pulso? —se burló Gina, quien a ojos de Wanda había bebido más de lo que cualquier cuerpo humano pudiera tolerar, aunque todavía se mantenía en pie.

—A ver, ¿por qué no? Tengo treinta años, aún estoy a tiempo si quiero de hacerlo, ¿no? Además, los cirujanos privados ganan mucho dinero.

—Ya tienes mucho dinero.

—Eso es verdad, pero este nivel de vida es lo que tiene, querida mía —soltó él, en tono avinagrado mientras la miraba—. Si no te gusta, haberte buscado un marido más proletario.

—Quizá debería hacerlo —masculló ella—. Yo también tengo treinta años, aún estoy a tiempo, igual que tú.

—Mira a mi hermano. —Jerry incrementó la acidez en tu tono—. Se deja la piel en el trabajo y ni siquiera puede comprarse una casa: tiene que vivir en un apartamento. No creo que eso te hiciera tampoco feliz, ¿verdad, querida?

—¿Y a mí por qué me mencionas? —comentó Garrett—. Si quieres pelearte con tu mujer, salís de aquí y lo hacéis en privado tan a gusto, ¿no?

—Solo era un ejemplo.

—Garrett, tu hermano no pretendía atacarte —intervino Amanda—. Ya sabes lo que pensamos de tu trabajo, creemos que vales mucho para perder el tiempo allí.

Gina balbuceaba entre dientes algo sobre «oro» y «barrotes» que nadie comprendió.

—Es una basura de trabajo —siguió Jerry, ignorando a su mujer—. Muchas horas, mal pagado, demasiado riesgo. Eras muy inteligente, podías haber aspirado a algo más.

Garrett miró al techo. Bien, ya habían llegado al primer acto: policía mal, médico bien. O abogado, ingeniero, arquitecto, cualquier cosa que le reportara un sueldo de un montón de cifras. ¿Tan complicado resultaba comprender que no todo el mundo tenía las mismas necesidades?

Dios, por eso odiaba ir a su casa. Era imposible charlar sin más de sus cosas, siempre tenían que salir los reproches porque no había vivido su vida conforme a lo que ellos deseaban.

Y si no cortaba esa diatriba ya, se alargaría por horas. Pero antes de que pudiera decir nada, escuchó la voz de Wanda.

—¿Una basura de trabajo?

La miró, al mismo tiempo que el resto de la familia. Wanda había permanecido en un discreto segundo plano durante la cena, sin quitar la sonrisa en ningún momento y sin articular frases de más de tres palabras. Su intervención sorprendió a todos.

—Exacto.

Jerry parecía contento de poder extender su opinión, pero en realidad no pudo continuar, porque la chica de nuevo lo cortó.

—Espera, espera. Es policía.

—Sí, exacto.

—Y además… oye, corrígeme si me equivoco, pero ¿no fue ese trabajo basura el que te pagó los dos primeros años de carrera para que así pudieras ser médico?

Se hizo un silencio denso en la mesa. Wanda tenía expresión inocente, como si en realidad no supiera muy bien lo que había dicho. Jerry se puso rojo desde los dedos de los pies hasta la raíz del pelo mientras los padres miraban a uno y otro alternativamente.

Gina empezó a soltar risitas.

—¿A qué se refiere? —preguntó Amanda, mirando a su hijo pequeño.

—Es una tontería de nada —dijo este—. Errores que se cometen cuando eres crío, ya está.

—No entiendo por qué dice que te pagó los dos primeros años de carrera —intervino Herbert—. Nosotros te dimos el dinero para los estudios, el piso, la comida y el ocio en tus ratos libres, y lo hicimos porque sabes lo importante que es aprender a autogestionarse. ¿No se suponía que lo hiciste bien?

—Sí, pero bueno… a ver, ¡tenía dieciocho años! ¿Qué esperabais? ¡Estaba en la universidad!

—Esperábamos autogestión, para eso habíamos hablado largo y tendido al respecto.

—¿Te gastaste todo el dinero? —Amanda lo miraba, incrédula.

Jerry agachó la cabeza, la viva imagen del arrepentimiento. Gina tenía una sonrisa enorme en el rostro.

—¿Y recurriste a tu hermano? —insistió Herbert.

—Bueno, sí. Sabía que vosotros me echaríais la bronca y a lo mejor no me dabais el dinero de nuevo —confesó.

—¿En sus primeros años como policía? ¿Cómo se te ocurre ponerle en semejante situación?

Garrett permanecía recostado en su silla, de brazos cruzados. Escuchaba a unos y otros sin intervenir, como si la charla no fuera con él. Miró a Wanda y ella le sonrió, con cara de estar disfrutando de la escena. Él también, para que mentir. Nunca se lo hubiera dicho a sus padres, pero ya que había salido solo…

Bueno, solo no, con ayuda de la morena. Fuera como fuera, no dejaba de ser satisfactorio ver cómo Jerry se caía de morros del pedestal en el que llevaba años subido.

Amanda se giró hacia él, con una expresión difícil de definir. Estaba menos aristocrática, eso desde luego.

—Recuerdo cuando empezaste, con el sueldo que tenías, y que no quisiste nuestra ayuda en ningún momento… no me explico cómo… —Se frotó la frente y después volvió a mirarlo, sorprendida—. Nunca nos lo contaste.

—No vi la necesidad.

—¿Cómo que no viste la necesidad? —Herbet estaba a punto de echar humo—. Queríamos que supiera administrarse, ¡los dos! Y no supo hacerlo, de haberlo sabido…

—Bah, no hagamos un drama de esto —repuso Garrett, temiendo que aquello terminara en una escena de culebrón—. Si no pasa nada. Teníais todas las expectativas del mundo puestas en él y yo no quería estropearos la ilusión. ¿Qué importa si hizo el idiota los primeros meses? Luego se puso las pilas y llegó hasta donde debía.

Amanda asintió, pero casi al momento fulminó a Jerry con la mirada.

—¿Le devolviste el dinero, al menos? —Él negó—. ¿No? ¿Con todo lo que ganas y nunca se te ha ocurrido pensar en devolvérselo?

Herbert y ella empezaron a hablar a la vez hacia Jerry, que se hundió más en su silla. Gina le cogió su copa de vino con disimulo y la alzó hacia Wanda.

—Gracias por este bello momento —farfulló, pues estaba más que borracha.

Wanda enrojeció un poco, porque prefería seguir pareciendo la chica ingenua que había hecho un comentario sin más, pero hasta la mujer del hermano era consciente de sus intenciones. Ese Jerry era un gilipollas y no pensaba permitir que hablara mal de Garrett, y tampoco de su trabajo.

—Oye. —Le dio en el brazo—. ¿Me dices por dónde se va al lavabo?

—Claro. Os dejamos un segundo para que arregléis este pequeño drama familiar —comentó Garrett, levantándose al momento.

Una vez la distancia fue segura, él se detuvo.

—¿Me he pasado? —preguntó la chica.

—¿Por qué?

—No sé, porque nunca habías dicho nada, y me lo contaste en confianza, así que entendería que estuvieras enfadado por soltarlo.

—Qué dices, ¡si has amenizado la cena! Normalmente se me meten conmigo, hoy ha recibido Jerry… ha sido divertido.

—Bueno, es que tu hermano…

—Es gilipollas, sí. Lo sé, no me pilla de sorpresa.

—Pero tus padres no son tan horribles —objetó Wanda.

—Aún queda noche por delante, dales tiempo. Falta que mi padre te pille en algún momento y te pregunte si eres una chica seria, si piensas en casarte, si seguirás trabajando… esas cosas.

—Bueno, más vale que me tengas distraída bailando para sobrellevarlo. Si es que sabes bailar, claro.

—Mira dónde me he criado, ¡claro que sé! Voy a aprovechar para saludar a los niños, que ya habrán terminado de cenar. Te veo enseguida.

Garrett la dejó en los lavabos y fue al comedor que habían habilitado para los niños, que no era más que el mismo salón con una especie de separación mediante biombos. Tenían un jolgorio más divertido y natural que en la fiesta adulta, y se entretuvo unos quince minutos con sus sobrinos. Los niños siempre se alegraban de verlo, aunque estuvieran heredando algunas manías de Jerry, y no iba a morirse por estar un rato con ellos.

Al regresar, vio que Herbert había interceptado a Wanda al salir esta del lavabo. Se acercó hasta donde estaban sin salir de la zona de niños y escuchó a su padre con total claridad.

—Eres una chica agradable, Wanda. Si vas en serio con Garrett, estaremos encantados de darte la bienvenida a la familia.

Increíble. Garrett alzó la ceja, sorprendido.

—Es muy amable —respondió la chica.

—¿Habéis pensado en boda? Esto se pone precioso en primavera.

—Pues…

—¿Y niños? Porque os saldrían preciosos.

—Yo…

—Y no tendrías necesidad de trabajar. Si os unís a la familia, hay muchas casas por esta zona donde podríais vivir, tenemos cierta influencia.

Garrett empezaba a ponerse tenso. ¿Cómo se le ocurría a su padre hacer algo así? Vamos, si hubieran estado saliendo de verdad, la chica perfectamente podía haber salido huyendo ante semejante charla.

—Garrett puede ser un poco difícil, lo sabemos bien—siguió Herbert—. Es la oveja negra de la familia y siempre ha sido así, pero también tiene cosas buenas.

«Vaya, qué detalle, papá. Muchas gracias», pensó él, frunciendo el ceño.

—En realidad, Garrett es lo mejor que me ha pasado en mucho tiempo —soltó Wanda—. Tal vez debería alegrarse más por el tipo de persona que es su hijo, y menos por las cosas que no ha hecho para complacerle.

Herbert se quedó sin habla, a tenor del silencio que sobrevino después. Y no era el único, Garrett estaba igual. Vaya, eso sí que no lo esperaba… Y más aún que Wanda tuviera los huevos de soltárselo a su padre en pleno discurso fraternal.

Al final había sido un acierto llevarla con él: había encandilado a sus padres, saboteado la cena y, con ella, el sermón habitual enfocado en las cosas que hacía mal, además de dejar a su padre (y sus planes de boda) con un palmo de narices.

Y esa última frase que acababa de escuchar, ¿sería la señal que estaba esperando, al fin? De ser así, estaba dispuesto a arriesgarse con las campanadas.

CAPITULO 21

La fiesta trascurría según lo previsto, sin desviarse del horario establecido, y los invitados ya estaban reunidos en el salón de baile; Wanda no terminaba de asimilar que alguien tuviera una estancia de la casa destinada solo para eso, pero era otra muestra más del nivel económico de la familia de Garrett. En uno de los extremos del susodicho salón, un enorme reloj de pared con péndulo marcaba la hora, cada vez más cerca de la medianoche. Aunque no había preguntado, Wanda suponía que, dado lo antiguo que era, habría que darle cuerda (¿o en los de péndulo no se hacía? Tendría que buscarlo en Google) y ajustar la hora si se retrasaba o cuando llegaba la fecha de cambiarla. Ya se imaginaba a alguno de los empleados de la casa haciéndolo todos los días, con sus guantes blancos.

«¿En qué trabajas?»

«Cuido a un reloj.»

Sí, tenía que ser un trabajo de lo más emocionante. Mientras cambiaba su copa de champán vacía por otra nueva que cogió de la bandeja de un camarero, pensó lo fácil que podría acostumbrarse uno a vivir así… aunque después de la cena familiar tan entretenida que habían tenido, también veía ese lado no tan bueno del que Garrett había huido. Si el precio a pagar por no tener que subir una cuesta infernal era perder su libertad, prefería ejercitar sus piernas mil veces.

—¿Una diadema?

Wanda se giró hacia la voz. Otro de los camareros estaba a su lado, y en lugar de bebidas, llevaba diademas y gafas de colores brillantes, con la frase «Feliz año nuevo» o simplemente con estrellitas de colores emulando fuegos artificiales. Escogió una diadema plateada con purpurina y al tocarla pudo comprobar lo que ya sospechaba con solo mirarlas: aquello no era plástico cutre ni eran las típicas cosas que uno compraba para Nochevieja y duraban justo esa noche; no, eso le duraría mínimo hasta el siguiente. Ni siquiera se había manchado los dedos de brillantina, aquello estaba bien hecho, sí, señor.

Se la colocó con cuidado y entonces vio que la manecilla de los minutos estaba peligrosamente cerca de las doce.

Ay, Dios, tenía que encontrar a Garrett o perdería el momento que llevaba esperando toda la noche. Mientras se movía entre la gente, pensó que aquello era tipo Cenicienta, pero sin zapato y al revés, con ella buscando al príncipe azul… o policía azul, qué cosas, ahora que lo pensaba, el uniforme de Garrett era de ese color.

—¿Buscas la salida? —preguntó Gina, al mismo tiempo que Wanda intentaba esquivarla—. Yo también, pero ahora mismo veo dos puertas donde se supone que debería haber una, así que…

—No, a Garrett.

—Estaba por allí. —Señaló a un lado con la mano en la que tenía una copa, cuyo líquido ambarino se movió peligrosamente cercano al borde—. O allí, no recuerdo. —Dio un trago, frunciendo el ceño al ver que ya no le quedaba champán—. O quizá no era él.

—Gracias… —Wanda miró en ambas direcciones, aunque sin éxito—. Supongo.

—De nada. Te quedas con lo mejorcito de la familia, por si no lo sabías.

Cerró los ojos de tal forma que Wanda supuso que pretendía hacer un guiño, para a continuación coger a un camarero que pasaba por allí y cambiar su copa por otra. Suspirando, Wanda volvió a recorrer el salón con la vista.

Vale que había fallado su plan de deslumbrarle a primera vista.

Vale que seguía sin ver una señal clara.

Por Dios, ¡que era fin de año! Darse un beso era lo típico, si ya eso fallaba, entonces el karma la odiaba con todas sus fuerzas, ¡no había plan más fácil! Justo entonces, como si por fin el karma fuera consciente de que le estaba haciendo la puñeta sin venir a cuento, vio que Garrett entraba al salón a la vez que sonaba la primera campanada y la gente comenzaba a gritar la cuenta atrás. Intentó avanzar hacia él, pero era complicado con tantas personas, y agitó la mano a ver si la veía y hacía lo mismo, aunque no lo consiguió. La cuenta atrás terminó y, de pronto, se vio abrazada por alguien a quien ni siquiera llegó a ver, besada en la mejilla por una señora y casi en los labios por un desconocido. A duras penas conseguía avanzar, le daba la sensación de estar atravesando un pantanal de arenas movedizas lleno de algas pegajosas, hasta que por fin alcanzó su objetivo. Garrett estaba de espaldas a ella y le tocó en un hombro para llamar su atención, sintiendo que su corazón se aceleraba por la expectación.

Él se dio la vuelta y, al verla, su expresión se relajó. A juzgar por las marcas de carmín en sus mejillas y, algunas peligrosamente cerca de los labios, Wanda dedujo que no había sido la única que lo había tenido en mente.

—Feliz año nuevo —dijo Garrett.

Wanda sintió como el demonio de su hombro cogía aire para infundirle valor.

—Año nuevo, vida nueva —contestó.

Se puso de puntillas para acercarse, pero no llegó a besarlo porque Garrett se movió con tanta rapidez que estuvo a punto de perder el equilibrio al encontrarse con el aire en lugar de con su boca.

¿Qué? ¿Acababa de hacerle la cobra? Vaya, aquella variable de la ecuación sí que no la había esperado. Jamás le había ocurrido nada parecido, como el angelito de su hombro se molestó en recordarle en tono amable. ¿Quién te manda salir de tu zona de confort, guapa?

Garrett la miró, arrepentido por su reacción al ver la expresión dolida en su bonita cara. Joder, no era eso lo que pretendía, ¡si llevaba toda la noche esperando que llegara ese momento para besarla! Solo que sus palabras… Se pasó una mano por el pelo, agobiado, porque no sabía ni cómo explicar lo que había pasado por su mente: Jasper. Al soltar aquella frase, su primer pensamiento era que Wanda seguía con su ex en la cabeza, y que esa era su forma de pasar página, utilizando aquel ritual como forma de cierre emocional o a saber qué. Quería que lo besara, por supuesto, pero no por otro motivo que no fuera un interés por él.

Dio un paso hacia la morena, el mismo que ella retrocedió.

—Oye…

—Voy a tomar un poco el aire, a ver si me despejo.

Y con esa respuesta tan poco sutil, Wanda le dio la espalda en dirección a la salida. Que iba desencaminada, aunque no era el momento de usar uno de sus múltiples sarcasmos para comentarlo.

Corrió a alcanzarla antes de perderla de vista y la cogió del brazo, sorprendiéndola. Aprovechó esa confusión para tirar de ella en dirección contraria.

—¿Qué haces? —preguntó Wanda, que solo quería desaparecer—. ¿Dónde vamos?

—Fuera, necesito aire y un sitio donde podamos hablar.

Wanda suspiró, sin ninguna gana de tener una conversación tipo «me gustas como amiga» o alguna gilipollez similar. Lo malo era que no tenía muchas opciones de huida, aunque la casa fuera enorme, Garrett la conocía y podía encontrarla con facilidad. En fin, escucharía lo que tuviera que decir y después iría a llamar a April para regodearse en su tristeza.

Pensando en todo aquello, no se dio cuenta de a dónde la llevaba Garrett, hasta que se vio rodeada del aroma de las petunias en algún lugar sin determinar del jardín, poco iluminado y muy oculto a la vista.

—Aquí estamos bien —dijo él.

—¿Para qué? ¿Para asesinarme y que no encuentren nunca mi cuerpo, que será abono para las petunias?

—Wanda…

—Mira, no sé de qué quieres hablar exactamente, Garrett. Solo quería un beso, no robarte la energía como un vampiro. Normalmente agradezco tus consejos, aunque ahora mismo no quiero ninguno de …

La frase se quedó a medias porque de pronto, Garrett cogió su rostro con sus manos y la besó de una forma que hizo que le temblaran las rodillas. Suave y dulce, y a la vez firme y voraz, como si quisiera saborearla y devorarla a la vez, que era como se sentía él en aquel momento. Quería borrar la expresión de su cara cuando la había esquivado y, por una vez, no estaba seguro de que las palabras bastaran para explicar lo que ocurría, así que pensó que los hechos valían más y decidió pasar a la acción. Si Wanda solo buscaba un beso de año nuevo, seguro que lo apartaría y tema zanjado. Pero ella, lejos de alejarse, le había cogido los cuellos de la camisa para profundizar el beso.

Wanda suspiró contra su boca. Sí, no había duda de la química, si aquello fuera un experimento estaba segura de que explotarían. ¿Qué iría a decirle? Bueno, daba igual. Tenía su beso de fin de año, y desde luego superaba sus expectativas, así que… le rodeó el cuello con los brazos, enredando las manos en su pelo y entreabriendo los labios para tocar su lengua. Todo su cuerpo se estremeció, notó como si el mundo se moviera a su alrededor y se dio cuenta de que estaban inclinándose sobre un matorral de petunias. Ignoró las flores que los rodeaban mientras le sacaba la camisa del pantalón y pasaba los dedos por su estómago firme y plano. Estaba tan duro como había imaginado, y bajó la mano hacia el cinturón. Él no se quedó atrás, ya tenía una mano por dentro del vestido y había subido hasta la ropa interior. Wanda gimió al notar el roce de sus dedos, buscando los puntos más sensibles. Y vaya si los encontró… la chica cerró los ojos, estremeciéndose mientras las caricias continuaban, y sin pensar en el penetrante olor de las flores…todo su cuerpo se centraba en lo que él le estaba provocando.

Entonces notó una explosión de color a través de sus ojos cerrados.

Los abrió, sorprendida, porque primero, ni siquiera la había tocado tanto como para llegar al orgasmo, y segundo, porque los colores vinieron acompañados de un estruendo.

—Los fuegos artificiales —explicó él, siguiendo la dirección de su mirada.

El cielo oscuro se había iluminado de mil colores y podían oír a lo lejos las exclamaciones de admiración de los invitados a la fiesta ante semejante despliegue.

Garrett se incorporó y Wanda pensó que debería estar prohibido ser tan sexy: despeinado, la camisa por fuera y el pantalón medio abrochado… y aquella mirada capaz de derretir los polos. Vio que extendía la mano hacia ella con una sonrisa.

—¿Vamos a un lugar más íntimo? —preguntó.

Wanda afirmó, tragando saliva mientras su cuerpo protestaba por la distancia que él había puesto. Joder, que la había dejado a medias y… cogió su mano para poder levantarse. Miró hacia la casa, pero Garrett señaló con la cabeza en la dirección opuesta.

—Allí no, nos verán pasar. Vamos a la casa de la piscina.

—¿Llevas la llave encima? —preguntó ella, sorprendida.

—No, hay una escondida bajo una piedra falsa. —Se encogió de hombros—. Sí, es tan típico que hasta me da vergüenza, pero como hay seguridad fuera …

Tiró de ella y, alumbrados por los colores de los fuegos interminables, atravesaron los jardines llevándose por delante alguna que otra mata de petunias para así atajar y llegar a la casa de la piscina. Garrett la empujó contra la puerta para besarla de nuevo, dejándola sin aliento antes de separarse para coger la llave de debajo de una de las piedras.

Otro beso antes de abrir y después la metió dentro, cerrando tras ellos con la misma llave.

—No suele venir nadie por aquí, pero por si acaso. —Le quitó la diadema con cuidado y le pasó el pulgar por el labio inferior.

Wanda ya le estaba desabrochando los botones de la camisa. Se la bajó por los brazos, palpando los músculos que iba descubriendo y dejándole un reguero de besos de un hombro a otro. Tiró de la cremallera del pantalón hacia abajo y metió la mano, a lo que él cogió aire de forma brusca.

—Vas a acabar conmigo —susurró.

La cogió en brazos sin aparente esfuerzo y avanzó por la casa hasta llegar a una habitación, con la cama más grande que Wanda había visto en su vida. Y cómoda, pensó cuando la tumbó sobre la colcha de seda.

Garrett le bajó un tirante del vestido mientras saboreaba un hombro, y sus ojos se oscurecieron al ver que el escote se abría del todo y que no llevaba nada debajo. Continuó con su lengua por la piel recién descubierta, mientras con la mano le bajaba el otro tirante y la acariciaba. Wanda se movió bajo él impaciente, por mucho que estuviera disfrutando de aquello, quería más. Mucho más.

Con algo de dificultad, Garrett localizó la cremallera del vestido y en cuestión de segundos se deshizo de la prenda. Wanda la vio volar por encima de su cabeza con cierta pena por si se estropeaba con la sacudida, aunque pronto lo olvidó cuando notó que Garrett la cubría con su cuerpo.

A la porra el vestido, ya había cumplido su función, ¿no?

Bajó las manos y lo ayudó a quitarse el resto de la ropa con urgencia, solo quería sentirle más cerca todavía, y Garrett no tardó en cumplir su deseo. Sin dejar de besarla, hizo que lo rodeara con las piernas, y tras torturarla unos segundos más con unas cuantas caricias, se deslizó en su interior. Wanda se movió contra él, gimiendo, mientras notaba en su cuerpo una serie de explosiones que esa vez no eran fuegos artificiales, sino chispazos reales. Era como si cada centímetro de su piel reaccionara al contacto de Garrett, como si todas sus terminaciones nerviosas hubieran estado mucho tiempo dormidas y por fin despertaran.

Lo abrazó con fuerza, empujándole para que giraran y poder ponerse encima. Garrett se dejó hacer, aunque la sujetó por la cintura de forma que no solo ella pudiera marcar el ritmo, sino que él también pudiera imponerse de vez en cuando. Llegó un punto en que sintió que no iba a poder aguantar más, y giró de nuevo para colocarse sobre la morena. Entrelazó sus dedos con los suyos, aumentando el ritmo hasta que Wanda se retorció bajó él sin ningún control y Garrett se dejó llevar también.

Permanecieron así, unidos unos cuantos minutos mientras sus respiraciones se calmaban y ambos asimilaban lo que acababa de ocurrir. Wanda le acariciaba la espalda de forma distraída, tocando con las yemas algunas zonas que vagamente recordaba haber arañado. De pronto, notó que él se movía de forma extraña, y le costó unos segundos darse cuenta de que se estaba riendo.

Se quedó quieta, preguntándose qué pasaba. ¿Había dicho o hecho algo gracioso? No recordaba bien qué había pasado en ciertos momentos, pero tanto como para hacer gracia…

Le empujó un hombro para que la mirara, y Garrett se apartó un poco. Tenía una sonrisa divertida y, al ver su cara extrañada, la besó en la punta de la nariz.

—No me río de esto —dijo, acariciándole una mejilla—. O bueno, un poco sí.

—¿Qué tiene de gracioso?

—Estaba pensando en cierta conversación que tuvimos. —Le apartó un mechón de pelo de forma distraída, pero ella seguía sin entender—. ¿No recuerdas? Aquella de «no volveré a tocar un pene en mi vida». Pues no se te ha dado mal la cosa…

Wanda enrojeció desde la raíz del pelo hasta las puntas de los dedos del pie. Joder, ¡pues sí que tenía memoria! Y vale, ejem, lo había tocado por todas partes. Ni que fuera la primera vez que decía una tontería… como cuando se juraba no volver a comer un pastel de nata y caía uno, que no era de piedra.

Al ver que seguía el cachondeo, le dio un pequeño golpe en el hombro y lo señaló con el dedo.

—No te rías tanto, a ver si lo voy a cumplir de verdad —amenazó.

No sonó muy convincente porque sus malditas risitas eran contagiosas y le resultaba imposible ocultar la sonrisa en su cara.

—Bueno, entonces tendré que aprovechar antes de que empieces otra vez con esa cantinela —comentó el policía, cogiéndola para que no se escapara.

Sin dejar de sonreír, Wanda se acurrucó contra él y suspiró al notar sus caricias.

En su interior, le dio las gracias al karma por hacer bien su trabajo por una vez en la vida…aunque, pensándolo mejor, deberían tener una reunión con el demonio y el angelito, y que así entre todos decidieran cómo hacer para que Garrett no se le escapara. Porque ella seguía siendo Wanda, la chica con imán para capullos, y entre esas sábanas nada se había hablado de relación…

El angelito apareció para darle unas palmaditas llamando a la calma, así que la chica decidió hacerle caso. Se quedaría calladita y sin forzar la situación, al menos hasta que pudiera hablar con April y escuchar su opinión.

Dominic salió de su habitación, después de mirarse en el espejo desde todos los ángulos posibles. Al ser su primera fiesta de fin de año decente, quería ir elegante para así no decepcionar a Sonja. Durante el día, había sentido un malestar intermitente ante la idea de dejar a April sola en esa noche en teoría especial.

Al menos Wanda se había largado por la mañana, perdiéndose de ese modo como el rostro de April se iba poniendo mustio según se aproximaba la hora de marchar. Había permanecido en silencio la mayor parte de la tarde hasta que lo vio salir, vestido con su mejor traje.

—¿Ya te marchas? —La pelirroja apartó la mirada del televisor y miró por encima de su hombro con gesto de desinterés.

—Sí, ¿qué tal estoy? —preguntó él, cruzando el salón para ponerse frente a ella.

April lo miró de arriba abajo, tratando de mostrarse indiferente. Porque vaya, estaba guapo, muy guapo, increíblemente guapo. Recordaba ese traje elegido por Wanda y le sentaba de maravilla, y lo peor de todo era que lo llevara puesto para salir con otra chica.

—Bien. —Ella se encogió de hombros.

—¿Solo bien? Pues menudo éxito…

—Es un traje elegante, eso es todo. Te queda bien.

April volvió la mirada de nuevo a la televisión. Era consciente de que su voz sonaba amargada, de que se portaba como una capulla, pero no podía evitarlo.

—¿Ni siquiera vas a cenar con nadie?

—¿Con quién?

—No sé, con alguna otra amiga.

—No, todas tienen planes.

April no se molestó en aclarar que tampoco tenía tantas. Conocidas sí, a puñados, y era cierto que podría llamar a alguna para salir… lo que no le apetecía. A ella le hubiera gustado estar con sus amigos de verdad, no tirando de contactos a los que veía de cuando en cuando. Para eso, mejor se quedaba en casa.

—¿Tienes cena? Podemos pedir algo. —Dominic intentó ser amable.

—Si quiero algo ya lo pediré yo, no te preocupes.

Alzó una ceja, molesta. ¿Ahora pretendía darle una limosna en forma de comida, o qué?

—Era por echarte una mano, como has dejado el trabajo supongo que no estarás para malgastar el dinero —aclaró él.

—No te preocupes, tengo por ahí unos fideos instantáneos de esos, me apaño.

Con cada frase que salía de la boca de la chica, Dominic se sentía aún peor. ¿Por qué había aceptado salir con Sonja esa noche? Al invitarlo desconocía que Wanda no estaría, de haberlo sabido jamás habría hecho planes dejando a April sola. Era tarde para darle plantón a Sonja y arreglar la situación, de forma que se encogió de hombros.

—Vale —dijo, sin saber qué decir para animarla—. Pues… me voy.

—Diviértete —contestó ella, sin apartar la vista.

De ese modo, Dominic se había marchado del piso para coger un taxi y así ir a buscar a Sonja, que estaba tan guapa como había esperado.

La fiesta estaba muy bien, no se podía negar. Se celebraba en un hotel que había abierto sus puertas unos meses atrás y Sonja conocía a los dueños, por eso tenía invitación. El ambiente era festivo, además de tener una estética moderna y una música más que aceptable, todos factores dignos de apreciar para tratarse de Nochevieja. Dominic aún recordaba cómo lo habían celebrado hasta ese año, yendo de *pub* en *pub* muertos de frío y soportando aglomeraciones mientras pensaban en fiestas elegantes, y ahora se encontraba en una. Y Wanda en otra, si no recordaba mal.

Por enésima vez durante esa noche, pensó en April. Estaría sola en casa viendo programas de fin de año uno tras otro, o a saber qué. Se sentía culpable cada vez que lo pensaba, y pese a que trataba de olvidarlo, terminaba regresando a su cabeza.

Había barajado la opción de invitarla a la fiesta, pero finalmente desechó la idea. Sería demasiado raro y seguro que a Sonja no le hacía la menor gracia, de modo que no dijo nada.

La cena fue genial porque sus amigos eran muy accesibles y pronto lo incluyeron en la conversación, sin embargo, Dominic no podía dejar de pensar en April. En estar a su lado, aunque estuviera enfadada y su relación se hubiera enrarecido tanto desde el incidente en el sofá.

Respondía a la conversación de Sonja de forma automática, sin elaborar nada ni tratar de impresionarla con una charla divertida e interesante.

—… odio el invierno —escuchó que decía—. ¿A ti no te agobia?

Dominic la miró, preguntándose de qué habían estado hablando. Por lo visto del tiempo, lo cual decía mucho de lo interesante que le resultaba todo.

—Sí y no —contestó.

—¿A qué te refieres?

—Odio que llueve todo el tiempo, eso sí, pero me gusta tumbarme en el sofá con una manta y estar ahí, calentito y con un café en la mano.

Omitió que, si era con April, mejor, porque seguro que no era algo que ella querría oír.

—Huy, yo odio eso. Prefiero subir la calefacción en casa. De todas formas, soy muy calurosa, ¡si ni siquiera me pongo zapatillas!

—¿No se te enfrían los pies?

—Qué va. A mí me gusta estar en mi sofá, bien estirada y sin mantas. Y prefiero el café en la cocina, no sé, es que no me gusta estar pendiente de que se caiga y manche algo.

—Entonces no lo compartes.

—¿El café? Vivo sola, ¿cómo lo voy a compartir? Y si vienen visitas, hago una jarra entera.

Lo miraba sin entender a qué se refería, y a Dominic no le extrañaba que estuviera confusa. Él mismo se daba cuenta de que aquellas preguntas sonaban absurdas, y… le parecían importantes.

Le gustaba que April tuviera los pies fríos y se calentaran con su cuerpo, le encantaba compartir manta y sofá con ella y beber de la misma taza. Eran pequeños detalles, sí, pero determinantes.

En ese momento, tuvo claro que solo quería brindar por el año nuevo con una persona: April. ¿Qué hacía allí perdiendo el tiempo?

Aunque… ¿cómo iba a largarse así, sin más? No podía hacerle semejante feo a Sonja, que siempre había sido tan amable con él y además lo había invitado a salir.

Dominic empezó a batallar en su interior entre lo que tenía que hacer y lo que de verdad deseaba hacer, que era llamar a un taxi y regresar al piso con su amiga. O lo que fuera, porque ya no la veía como una amiga, por descontado.

Escuchó las campanadas como si de un sueño se tratara, y cuando llegó el momento de intercambiar besos, fue como sentir una revelación. Vio que la chica se acercaba directa a sus labios y la detuvo de manera suave.

—Feliz año nuevo —susurró, y al ver su gesto sorprendido, añadió—. No puedo.

—¿El qué, besarme? Pero…

—Lo siento, mucho, no eres tú, soy yo.

—¿En serio vas a decirme eso? —Sonja parpadeó.

—Perdóname. Tú eres fantástica, y yo… estoy enamorado de otra persona.

Sonja retrocedió, asombrada. No tanto como él, que al decirlo en voz alta fue consciente de pronto de que esa era la realidad. Le había costado verla, cierto, y ya no podía negarla: todas esas cosas que amaba compartir con ella, pensar continuamente en sus labios, en sus curvas, en enredar las manos en su cabello, en sentir sus pies helados bajo el cuerpo… todo ese sentimiento no podía ser otro que amor, pese a que le resultaba difícil reconocerlo. Ni con Marion ni con Greta se había sentido así, nunca. La ruptura con la segunda sí resultó dura, aunque sin la opresión que sentía en ese instante al pensar en April.

Tenía que marcharse cuanto antes: aún estaba a tiempo de arreglar la noche. April seguro que estaría despierta, podían beber un poco de champán y en algún momento sincerarse con ella.

—¿De tu amiga? ¿La pelirroja? —preguntó Sonja.

—¿Cómo lo sabes?

—Será intuición femenina, ya sabes —La joven sacudió la cabeza—. Vete, anda. No deberías estar aquí, si de verdad estás enamorado de ella.

—¿En serio? —Dominic no podía creerlo—. Eres una tía genial.

—Pues claro, lo sé bien. —Sonja le guiñó el ojo, empujándole hacia atrás—. Anda, llama a un taxi, que en breve estarán todos ocupados. Feliz año y suerte con tu chica.

Dominic le dio un beso en la mejilla y se encaminó hacia la puerta al mismo tiempo que sacaba el móvil para coger un Uber. Mierda, la aplicación estaba bloqueada, seguro que estaba todo San Francisco utilizándola. No pasaba nada, telefonearía a la compañía de taxis. Pero la línea comunicaba, y a pesar de estar diez minutos en la entrada insistiendo, no daba la impresión de que fueran a responder en breve, así que decidió empezar a andar. Llamaría a intervalos de tres o cuatro minutos y que lo recogieran sobre la marcha, aunque no iba a quedarse quieto. No, debía llegar a casa lo antes posible.

«Aunque los elementos se pusieran en su contra, él llegaría a lomos de su corcel… bueno, corriendo como pudiera».

Un jarro de agua fría detuvo sus pensamientos. La lluvia, tan común en esa época, había hecho acto de aparición en forma de aguacero. No llevaba paraguas, claro, y tampoco quería detenerse… al cuerno. Si llegaba empapado, en las películas se veía muy sexy, ¿no? En los anuncios de colonia también. Recordaba momentos memorables de cine con protagonistas mojados por completo plantándose delante del amor de su vida y cómo ellas caían a sus pies. Seguro que hasta quedaba bien.

No dejó de intentar conseguir el taxi, sin éxito. Comprendía que la gente salía de fiesta, pero joder, ¡llovía a mares! Una cosa era llegar goteando un poco y otra eso…

Media hora después, estaba frente a la cuesta que llegaba a su piso. No se le ocurría peor día y temporal para subirla, pero no quedaba otro remedio, así que se puso a ello. Entre el agua y la suela de los zapatos se resbalaba continuamente, y empezó a pensar que no lograría nunca llegar hasta casa. Cuando le quedaba un veinticinco por ciento de camino, patinó en un charco y cayó al suelo lleno de barro.

—¡Joder! —exclamó, irritado, tratando de recuperar el equilibrio para no terminar rodando cuesta abajo y así tener que empezar de nuevo.

Se levantó como pudo, con cuidado de no caer otra vez, y observó su traje nuevo arruinado por el agua, el barro y las piedrecitas del suelo. Estupendo, ¡qué romántico! A ese paso, April tendría que recogerlo con pinzas.

Al fin llegó hasta el portal y sacó las llaves, sacudiéndose el agua como un perro. Se miró en el espejo del vestíbulo, observando que estaba hecho un desastre y muy lejos de dar una imagen sexy, ya que tenía barro en la cara y cuello, y además estaba poniendo el suelo perdido. Estupendo, pasaría el primer día del año limpiando barro. Bueno, no pasaba nada, todo lo compensaría cuando hablara con April.

Entró en la cocina para dejar la chaqueta en el fregadero y así eliminar una de las prendas más mojadas que llevaba encima. Vio un envase vacío de fideos, con la cuchara aún en su interior, y dos corchos de botella al lado.

—¿April? —llamó, aprovechando para escurrirse el pelo allí mismo.

No recibió respuesta, así que entró al salón. La tele seguía encendida y April estaba en el sofá. Dormía profundamente, con la mano estirada hasta la mesa sujetando una segunda botella de champán casi vacía y el gorrito plateado sobre los ojos.

Dominic se quedó sin saber qué hacer. ¿La despertaba para explicarle la revelación? Aunque si se había tomado dos botellas de champán dudaba de que fuera a enterarse de nada, joder. Si solo hubiera conseguido un maldito medio de transporte, todo hubiera salido perfecto. Pero no, tener que regresar andando y con ese temporal lo había retrasado tanto que casi era la una, y aunque esperaba encontrarla despierta, comprendía que no lo estuviera.

Cogió el mando a distancia para apagar el televisor, le quitó la botella con suavidad y luego le echó una manta por encima, mirándola con cariño. Ya hablarían al día siguiente… o al otro, porque si la chica estaba resacosa, seguro que se despertaría tarde y no estaría muy receptiva. En fin, ahora que tenía claro sus sentimientos, solo era cuestión de encontrar el momento adecuado. Cuando sería, no tenía ni idea. Y seguro que ella estaría enfadada o molesta con él por dejarla tirada, o por su cumpleaños, o por lo que pasó después y que dejaron en el aire… Tenía muchos frentes abiertos, a ver cómo lo arreglaba.

Se inclinó para besarla en la frente, pensando en ir a darse una buena ducha.

«Solo de imaginar el amor en sus ojos, nuestro querido héroe decidió ponerse presentable y dejar su declaración para el día siguiente», pensó.

—Feliz año nuevo —susurró.

April murmuró algo y se movió, entreabriendo los ojos. ¡Bien, si se despertaba todavía había esperanza de salvar la noche! ¡Su gran gesto romántico no habría sido en vano!

—¿Dominic? —preguntó ella, con voz pastosa.

—Sí, he venido a…

La chica se inclinó por el borde del sofá haciendo un ruido extraño y, antes de que Dominic pudiera apartarse, le vomitó en los zapatos.

—¡Joder!

El chico dio un salto atrás, pero era demasiado tarde: si el barro no había estropeado sus zapatos, aquello los había arruinado por completo.

April emitió un gemido y hundió la cara en un cojín, quedándose dormida de nuevo.

—Genial, ya ha echado todo y ahora feliz de la vida.

Frunció el ceño por si la chica había perdido el conocimiento en lugar de quedarse frita, pero su respiración sonaba a ronquido, lo que le hizo tranquilizarse. Con cuidado, salió del salón y fue hasta la cocina para coger el cubo y la fregona. Limpió todo el desaguisado, comprobó que April seguía como un tronco y, por si acaso, le dejó una pequeña palangana a mano. Después fue al baño para quitarse toda la ropa y darse una ducha caliente, frotándose bien con jabón por todas partes. Qué desastre…

Cuando fue a su habitación a dormir, se sentía frustrado y culpable, y lo peor de todo, no tenía la menor idea de cómo iba a arreglarlo.

CAPITULO 22

Delante de la peluquería, April dudaba sobre si entrar o no en su antiguo trabajo. Sin embargo, no le quedaba otro remedio: pese a su salida triunfal el día antes de Navidad, lo cierto era que se había dejado allí las pocas pertenencias que tenía. Le repateaba tener que volver a ver las caras de aquellas arpías, cierto, pero necesitaba recuperar sus cosas. Tenían más valor sentimental que económico, pero no dejaban de ser suyas.

Cogió aire para tratar de mantener la paciencia y empujó la puerta. Como de costumbre, no había nadie fuera para recibir a los posibles clientes. Desde luego, si pensaba que alguna iba a ocupar su lugar en ese menester, no podía estar más equivocada.

Diana asomó la cabeza por entre la cortina que separaba el salón de su zona privada para el café y los chismorreos, y frunció el ceño al verla.

—Vaya, mira quién se ha dignado a aparecer por aquí —comentó—. Si vienes a suplicar que te contratemos de nuevo, ni te molestes.

—¡Eso! —apoyó Sofía, apareciendo a su lado de pronto con gesto furioso—. ¡Después de la faena que nos hiciste dejándonos tiradas! Tuve que quedarme yo para peinar a la mujer.

—Qué pena —dijo April con ironía—. Así ya sabes lo que se siente al estar en mi lugar y tener que tragarme toda la mierda de las jefas.

Sofía parpadeó al escuchar aquello, e intercambió una mirada confusa con su hermana.

—Si esa es tu idea de pedir disculpas...

—¿Quién dice que he venido a disculparme? —la cortó April al momento—. No volvería aquí ni loca, vamos, este sitio es un infierno.

—¿Y a qué has venido? —preguntó Paula, asomando la cabeza entre sus dos hermanas.

—A recoger mis cosas.

Las tres suspiraron, como si les molestara su simple presencia.

—Veo que tenéis mucho trabajo —comentó April, siguiendo con el tono de ironía y haciendo referencia a lo vacía que estaba la peluquería pese a ser un jueves por la mañana—. Tranquilas, no os preocupéis por mí. Tardo cinco minutos y podréis seguir con la pócima.

Diana soltó un improperio en su lengua natal que April no llegó a captar, y tampoco le importaba demasiado.

—Pusimos tu taza y demás en la caja bajo el mostrador —indicó—. Haznos un favor y lárgate lo antes posible.

—Será un placer.

Las cabezas desaparecieron tras la cortina y April rodeó el mostrador. Una vez allí, observó el teléfono, notando una breve sensación de nostalgia. No echaba de menos en absoluto a las tres marías, pero otra cosa era su trabajo. Suponía que no tardaría en encontrar uno similar, siempre había puestos para esclavos dispuestos a trabajar jornadas maratonianas por un sueldo miserable, estaba claro. Lo que le dolía era la cantidad de tiempo que había invertido en imaginar todas las mejoras que nunca iba a ver cumplidas.

Nada más pensarlo, recordó su dosier. Bueno, se lo llevaría, nunca se sabía… podía aplicar o reorganizar varias de las ideas en otro lugar, ¿no?

Puso la caja de cartón sobre la encimera, junto a la agenda del día, y no pudo evitar echar un vistazo por encima: solo dos citas durante la mañana, una de ellas la propia madre de las trillizas. ¡Menudo exitazo! Además, April imaginaba que la cifra aún bajaría más, dado que aquellas tres eran un maldito desastre de organización.

En fin, ya no era su problema. Revisó que en la caja estuvieran sus dos tazas de café, la agenda propia, los bolígrafos y un montón de tonterías que había ido acumulando con los años. Después, se agachó para buscar el dosier mientras pensaba en la manera de adaptarlo a otro local. Si tuviera dinero para su propia peluquería…

¿Qué tonterías estaba pensando? Ni con el sueldo que ganaba allí llegaba a fin de mes, ¿quién iba a financiarla? Nadie, nadie en absoluto. No tenía más opción que preparar su currículo de nuevo, apuntarse en las agencias y volver a patear sitio tras sitio hasta dar con alguien a quien le cayera en gracia. La historia de siempre.

Sonó el timbre de la puerta y April salió de debajo del mostrador para encontrarse con el mismísimo Eric Mathews. Impecable, con su traje inmaculado y el pelo bien arreglado, el hombre se frotó las manos casi azules por el frío y la miró.

—Ah, hola —saludó—. ¡Menudo frío hace fuera! Te llamabas April, ¿verdad?

La joven se sorprendió de que recordara su nombre, ¡si apenas había podido decirle «buenos días» antes de que las trillizas aparecieran de golpe para monopolizarlo! Y de paso, frustrar su intento de poder comentarle las ideas que tenía.

—Pues sí, soy April —contestó, sin mostrarse impresionada.

¿Para qué? Ya no trabajaba allí, no debía rendir pleitesía a nadie, de modo que no se veía en la obligación de ser amable.

El señor Mathews se aproximó hasta el mostrador y sus ojos pasearon por allí en un breve recorrido. Miró la agenda del día y después, la caja de cartón.

—¡Si es mamá, dile que se espere un poco! —vociferó Diana, desde dentro—. ¡Estamos tomando café!

Eric se giró en dirección a las cortinas con la ceja arqueada, pero casi al momento regresó su atención hacia April.

—Parece que es un día tranquilo —comentó, y empezó a hojear la agenda—. Ya se sabe que la primera semana de enero es dura, aunque no pensaba que tanto.

April lo miró con suspicacia, ¡a saber qué le habrían contado las trillizas!

—Sí, bueno, no lo sé. Ya no trabajo aquí.

—Ah, ¿no?

—No, solo he pasado para recoger mis cosas —explicó ella, malhumorada—. Me despedí el día de Nochebuena.

—Vaya, no lo sabía. Me apena escuchar eso, los directivos damos importancia a que todo nuestro personal esté contento en los salones.

—Sí, ya. —April no pudo evitar soltar una exclamación burlona.

El hombre pareció confuso por su sonido y la miró de forma interrogante.

—¿Cuáles son los motivos de tu dimisión, si no te molesta que te lo pregunte? ¿Horarios, sueldo, políticas de empresa? ¿O solo quieres probar otro sitio nuevo porque la cadena no te gusta?

—¿Que la cadena no me gusta? —refunfuñó ella, saltando como si la hubieran pinchado con un alfiler—. ¡Pues claro que me gusta! Me encantaba, desde el concepto al estilo. Fíjese si me gustaba que hasta pasé meses trabajando en un dosier para poder mejorar este sitio y adaptarnos a las nuevas tendencias.

—¿Un dosier? —El señor Mathews no entendía nada.

—No estamos muy al día, jefe, si no le importa que se lo diga. Hay un montón de técnicas de coloración nueva que aquí no se trabajan, y si a alguien se le ocurre pedirlas, esas tres culebras que manejan el local ya se encargan de quitarle la idea, no se preocupe.

Él permanecía callado, con gesto preocupado en el rostro.

—Y así con todo… Coloración vegetal, cero. Trabajar cabellos rizados, cero. Tratamientos de grosor, coloraciones especiales, cabellos de sirena, ¡nada! Estas tres solo saben poner rulos y alisar pelos, y bastante mal, añado.

April sacudió la cabeza. Estaba hablando demasiado y le daba absolutamente igual. Tanto tiempo deseando poner en conocimiento del jefazo todos sus sueños y cuando al fin podía, no tenía ninguna opción, así que… ¿qué importaba?

—Entonces, ¿las condiciones…?

—¿Cuáles? ¿Se refiere a trabajar todo el día con una hora para comer y que en cuanto me descuide se hayan largado las tres dejándome el salón para que lo limpie y recoja sola? ¿O a que me pongan una cita a las seis de la tarde el día de Nochebuena sin avisar? ¿O a que me traten como una esclava y encima se permitan el lujo de humillarme día sí, día también? Pues valientes condiciones, sí. Son cojonudas, oye, a ver dónde encuentro otro trabajo en el que la jefecilla se pase el día tomando café y chismorreando mientras alguna palurda se come todo lo demás. Ni siquiera me dejan entrar ahí dentro, ¿sabe?

La pelirroja se encogió de hombros, como si toda aquella charla fuera innecesaria. Bien sabía ella que los jefes nunca escuchaban a los empleados, jamás, y la prueba era que cada vez que el señor Mathews se pasaba, con el peloteo de Diana quedaba eclipsado todo lo demás.

—No sabía nada de esto —repuso él.

—Bueno, tal vez si de vez en cuando preguntara a sus empleados en lugar de dejarse adorar por las trepas de turno… Por no hablar de los libros de cuentas, ¿es que no los mira? ¿Se fía de lo que le cuentan sin comprobarlo? Este sitio podría dar mucho dinero con solo mejorarlo un poco y darle un aire nuevo.

El hombre puso mala cara y April se dio cuenta de que había cruzado la línea… un momento, ¿qué línea? ¡No había ninguna! A su cerebro parecía que le costaba aceptar que ya no trabajaba allí, que ese señor trajeado que tenía delante no era nadie.

—Mira, podías haberme comentado tus ideas… —empezó el señor Mathews.

—Lo intenté. La última vez que vino le dije que quería enseñarle algo, pero no me hizo el menor caso.

Él puso cara de estar haciendo memoria, momento que April decidió que no tenía ganas de seguir con una charla que no llevaba a ninguna parte. Era tarde, todo eso deberían haberlo hablado antes y ya no tenía sentido seguir dando vueltas. Al igual que conservar el dichoso dosier, sabía bien que ese trabajo no podría aplicarse a otro salón. Estaba diseñado y hecho al milímetro para el suyo que ya no era suyo.

Como siempre, había puesto demasiados esfuerzos en algo sin resultado, lo mismo que con Dominic. Y era hora de librarse de sueños absurdos y de la frustración que acompañaba al hecho de que estos nunca se realizaran, al menos para ella.

Cogió el dosier con rabia y se lo lanzó al señor Mathews, que lo atrapó estupefacto.

—¿Por qué no lo tira a la basura? Yo no sería capaz.

Dicho aquello, April agarró la caja de cartón con sus cosas y se encaminó hacia la puerta, justo en el instante en que escuchaba la voz chillona de Diana.

—¡Eric! ¡Qué sorpresa! Nos parecía oír voces, pero pensábamos que era esa chiflada ex peluquera nuestra. Pasa, pasa, te serviré un café.

La pelirroja cerró la puerta tras de sí con un resoplido. Menos mal que no era una chiflada de verdad, porque le daban ganas de incendiarle el local.

Se regodeó en esa supuesta ficción durante los minutos que tardó en llegar al coche y acomodar la caja en el asiento trasero. Una pena, tantos años de trabajo metidos en ese pequeño cuadrado de cartón que se veía insignificante, al igual que ella.

Se puso al volante con un suspiro y comprobó el depósito de gasolina. Iba justa, y eso no era lo peor, sino no saber cuándo podría volver a llenarlo… no quería ni pensar en cosas como alquiler, luz, agua, comida y otros gastos inevitables.

Se alegraba mucho de haber escapado de la peluquería, pero estaba muy preocupada por cómo iba a sufragar todos aquellos gastos básicos. La verdad, el año anterior había sido muy mediocre, y el nuevo tampoco tenía pinta de ser para tirar cohetes… En fin, tendría que tomar medidas para mejorar el año, aunque no sabía cuáles y por el momento le bastaba con conseguir llegar a casa y aparcar sin quedarse tirada por el camino. Tendría que recurrir al tranvía y al medio de transporte más antiguo del mundo: sus pies.

Encontró un sitio cerca de su bloque, por suerte, aunque la cuesta mortal no se la quitaba nadie. Con la caja encima, intentó ser optimista y agradecer haberse librado del peso extra que habría supuesto el dosier en ella. Suspiró al pensarlo, con una punzada de tristeza por todo el tiempo y las ilusiones perdidas; no, todavía era pronto para ver algo positivo en eso.

Entró en el apartamento y dejó la caja en la entrada, para ir a continuación ir a la cocina a prepararse un café y regodearse en su mala suerte con alguna triste música acorde, pero entonces escuchó el ruido de la puerta. Genial, lo que le faltaba. Creía que Dominic estaba trabajando, aunque igual tenía el día libre… pues como se le ocurriera contarle algo sobre Sonja y la maravillosa fiesta de fin de año, ¡le rompería la taza en la cabeza!

El día anterior lo había pasado prácticamente entero en la cama, con la peor resaca de toda su vida, así que apenas si lo había visto unos segundos en los que había salido a por alguna provisión para no morir de inanición, por lo que no habían intercambiado palabra.

—¡Estoy en casa! —escuchó que decía, para su alegría, Wanda—. ¿Hay alguien?

—¡En la cocina! —contestó ella.

Se asomó y vio a su amiga que entraba con su maleta. Al ver su cara radiante y sonriente, no le hizo falta preguntar qué tal le había ido: estaba muy claro que bien. Habían intercambiado algún mensaje en el que Wanda le había contado que todo iba genial y que ya le daría detalles; su resaca le había impedido indagar más en el tema, y ahora que la tenía allí, preveía una conversación de lo más interesante.

—¿Café? —ofreció.

—Sí, gracias. —Le tiró un beso—. Me cambio y vamos al sofá, que tengo cosas que contarte.

Se metió en su habitación y April terminó de preparar el café. Cogió las tazas y las llevó al salón, donde apareció su amiga poco después con ropa cómoda.

Wanda cogió una de las tazas y se sentó en un extremo del sofá imitando la postura de la pelirroja: con la espalda en el apoyabrazos y las piernas cruzadas.

—Vaya cara que tienes… —comentó, perdiendo parte de su sonrisa.

—Bebí demasiado en Nochevieja.

—Ah, por eso estabas poco habladora en el móvil. ¿Al final fuiste a alguna fiesta?

—No, yo solita aquí con dos botellas. Me lo pasé genial, no discutí con nadie ni nada.

—Oh, April… —Se inclinó para frotarle una pierna—. Tenía que haberme quedado contigo.

—No, qué va, de verdad, no pasa nada. Ayer un poco… o más bien, mucha resaca, y ya está.

—¿Muchos viajes al baño?

—Alguno que otro. —Frunció el ceño—. Fíjate que hasta he soñado que vomitaba en el sofá, pero cuando me levanté miré por si acaso y estaba todo limpio. —Se encogió de hombros—. Ni siquiera recuerdo haberme acostado.

—Una buena borrachera en toda regla, sí.

—Y la cara es también porque he ido a la peluquería a recoger mis cosas. ¿Te puedes creer que pensaban que iba a pedir disculpas?

—No se las merecen.

—Por supuesto que no. Y lo mejor ha sido que ha aparecido el señor Mathews y he hablado con él. ¡Hoy! No hace dos meses, ni seis, no, ¡hoy!

—¿Y qué le has dicho?

—Todo. Lo cabronas que son las trillizas, lo mal que va el negocio por su culpa y hasta le he dado el dosier para que se lo coma con patatas. —Sacudió la cabeza, fastidiada por su suerte—. Pero bueno, da igual. ¿Por qué no dejamos mi maravilloso fin de año y comienzo del nuevo y me cuentas qué tal tú?

Y de nuevo la sonrisa volvió al rostro de Wanda. April tomó un sorbo de su café, suspirando porque conocía esa expresión soñadora en su cara: la tenía siempre que empezaba con alguien, la ilusión y esos ojos brillantes...

—¿Le besaste con las campanadas? —preguntó.

—No, no lo conseguí. Bueno, es que me hizo la cobra.

April parpadeó. Aquello sí que era inesperado.

—Estás de broma —le dijo.

—No sé qué se le pasó por la cabeza, porque después salimos al jardín y allí sí, me besó, y mucho más. No veas lo útiles que son las petunias para ocultarte de la gente, eso y tener una casa de invitados a mano.

—O sea, que te «empetunió».

—¿Me qué?

—«Empetunió». A falta de empotrarte en un armario, buenas son unas petunias, ¿no?

Le guiñó un ojo y Wanda le dio un golpecito con el pie, aunque sonreía el recordar el momento.

—Vale, fue algo así, sí.

—¿Y después qué?

Wanda frunció el ceño, tomando un poco de café mientras meditaba aquella pregunta. Más que nada, porque ella misma se la había estado haciendo durante el día anterior. El pequeño demonio le decía que ese «qué» era relevante, pero el angelito le susurraba de forma insistente que no tenía que darle mil vueltas ni emparanoiarse como solía hacer.

—¿Qué te ha dicho? —insistió April.

—Bueno, nos quedamos dormidos en la casa y me despertó con un beso.

April puso los ojos en blanco. Vale, todo muy bonito y romántico.

—¿Y después? —insistió.

—¿Qué quieres, detalles?

—No, saber si sois novios, pareja, amigos con derecho a roce o qué.

Wanda volvió a utilizar el café para no contestar. Cuando se habían despertado, Garrett le había dicho que quedaba una hora para el desayuno y que deberían volver a la casa principal a cambiarse, para que no hubiera sospechas. Más que nada, porque si sus padres o alguien de su familia los veía y sospechaba algo, empezarían de nuevo con las insinuaciones de boda. O más bien, se imaginaba a su madre preparando las invitaciones. Ante eso, Wanda no había discutido ni le había parecido mal, todo lo contrario: todo era demasiado reciente como para verse sometidos al escrutinio de la familia Harvey. Así que se habían ido cada uno a su habitación sin encontrarse con nadie y después se habían reunido para desayunar, sin levantar sospechas. Y de esa forma habían pasado el día y la noche, aunque durante esta Garrett se había metido en su habitación por la puerta que les comunicaba y bueno… no habían hablado mucho tampoco, no. Por suerte, ella no trabajaba al día siguiente, y Garrett no entraba hasta el mediodía, así que podían permitirse regresar con tranquilidad el día dos.

—Me ha traído a casa —contestó, a lo que April elevó una ceja—. No hemos hablado mucho de concretar el tipo de relación que tenemos, vale, pero tampoco ha habido tiempo.

—¿Cómo que no? ¡Si habéis estado dos días juntos!

—April, hemos quedado esta semana para cenar, así que imagino que estamos saliendo.

—¿Imaginas? —Movió la cabeza—. No suenas muy convencida.

—Mira, no lo sé exactamente... yo qué sé, a ver por dónde va esto.

Sacudió la cabeza para acallar al demonio, aunque casi podía sentir los pinchacitos de su tridente en la nuca. Pero qué pesado se ponía a veces... No, tenía que hacer caso a sus propias palabras: año nuevo, vida nueva. No iba a darle tantas vueltas a las cosas y punto.

—Bueno, tú sabrás. Garrett no parece como los otros, como siempre has atraído tipos que no te convenían... No has tenido mucha suerte, la verdad, y luego te quedas hecha un trapo.

Vaya, pues qué bien, ¿quién necesitaba un demonio si tenía a una amiga como April? Porque estaba expresando todos sus miedos: no saber qué había con exactitud entre ellos, la mala suerte que había tenido con todos sus ex, lo mal que lo pasaba cuando esas relaciones se rompían … Hasta el angelito estaba mosqueado, tenía que trabajar doble para que no se bajara de la nube. Que ya no era blanca y flotaba feliz, sino algo gris… quizá lo mejor sería cambiar de tema.

—¿Y Dominic? —preguntó.

—Trabajando.

—¿No lo viste ayer?

—No.

Respuestas cortas, expresión seria y tono seco: April estaba cabreada con él, sí.

—¿Sigues enfadada por Nochevieja? —preguntó.

—No, sigo enfadada con él por ¡todo! —Wanda se sobresaltó al ver que subía el tono de voz—. De verdad, Wanda, estoy muy harta. Primero Marion, luego Greta y ahora Sonja. Seguro que se lo pasó de miedo en la fiesta y ahora son una parejita feliz, pero ni quiero saberlo ni me interesa. Lo que tengo que hacer es olvidarme de él, porque bastante mal año he pasado como para que este se repita, ¿no te parece? —Wanda abrió la boca, pero April continuó hablando—. Así que no sé cómo lo voy a hacer, pero tengo que olvidarlo. Y encontrar un trabajo nuevo, aunque quizá no en ese orden, que sin dinero no puedo vivir y sin Dominic… bueno, sí puedo. Llevo años haciéndolo, ¿no?

—Sí, ejem, supongo. Pero April… compartimos apartamento con él.

—Lo sé, gracias, ya sé que ese es un detalle importante.

—¿Y si trae a Sonja a casa?

—Me pondré tapones en los oídos, ¡qué remedio!

Wanda se mordió un labio, porque debajo de todo aquel tono enfadado, podía percibir la tristeza que emanaba su amiga y no sabía cómo consolarla.

—Y… bueno, tenemos que preparar su fiesta de cumpleaños… —añadió—. Puedo hacerlo yo sola, sin problema. Aún quedan tres semanas.

Lo último que April necesitaría sería pensar en eso, sobre todo porque ahí sí que tendría que estar Sonja y aunque su amiga se hubiera propuesto olvidarle, no iba a ser fácil.

—¡Pues es perfecto! —exclamó April, sobresaltándola de nuevo.

—¿Perfecto? —Wanda no entendía nada.

—Claro, utilizaré la fiesta para olvidarlo.

—April, me he perdido.

—Será el momento perfecto, como… la fecha clave, ¿sabes? Y la forma de hacerlo es organizándole una *roast[1] party*.

Wanda se atragantó con el café. Tosió mientras conseguía que el líquido bajara por el sitio correcto, pensando que había entendido mal o que era una broma, pero April estaba muy seria y la miraba expectante.

—No puedes hablar en serio —consiguió decir la morena.

—Claro que sí. Con el año que lleva, creo que se merece que se le digan unas cuantas verdades a la cara. ¿O ya se te ha olvidado que no apareció en mi cumpleaños? ¿O que pasó de ti y de tus consejos como estilista cuando estaba con Greta?

Wanda ladeó la cabeza, recordando aquellas situaciones. Sí, Dominic se había pasado, en algunos momentos apenas había reconocido a su amigo en la persona con la que vivían. Y aunque se había disculpado y parecía de nuevo el mismo… también había dejado sola a April en Nochevieja y entendía que, aunque su amiga hubiera dicho que no importaba, en realidad no era verdad.

—Bueno, supongo que en eso tienes algo de razón…

—La tengo. Así que mira, enviamos las invitaciones indicando que es una *roast party* de cumpleaños para Dominic y a ver cuántos nos contestan, seguro que la gente estará encantada de venir a una fiesta original.

—Las últimas aquí no han sido aburridas tampoco, precisamente.

—Ja, ja, ja, qué graciosa. —Dejó la taza ya vacía sobre la mesa y cogió un cuaderno y un bolígrafo—. Venga, ¿hacemos la lista de invitados?

—¿Y no deberíamos decírselo a él?

—¿Para que diga que no?

—Es que así, sin avisar… No sé, mejor que esté un poco preparado.

—De eso se trata. Mira, si quieres se lo decimos, pero si dice que no, me da igual, es lo que pienso preparar y punto.

Empezó a escribir nombres y a preparar la lista de cosas que necesitarían. Wanda la dejó hacer, aunque en su fuero interno esperaba que cuando se lo comentaran a Dominic, les dijera que no y April se echara atrás. Seguro que había otras formas de olvidarse de él, si April

---

[1] *Roast*: literalmente, asar. *Roast party*: fiesta en la que los invitados le dicen al homenajeado todo lo que piensan de él a la cara, de uno en uno. Lo que vendría a ser «ponerlo a caldo».

encontraba pronto un trabajo estaría distraída y entusiasmada, quizá debería hablar con alguna de sus clientas por si tenían contactos en esa área también.

Dejó a April con el cuaderno y fue a pedir algo para comer. Garrett le había enviado un mensaje para decirle que entraba a trabajar, así que le contestó con una sonrisa. Que le escribiera era bueno, y si encima contestaba otra vez para reconfirmar su cita de aquella semana… mejor todavía, pese a que se le iba a hacer largo, ya lo echaba de menos.

Tendría que dar un repaso a su ropa, sobre todo a la interior, que llevaba meses sin hacerle caso. Podía comprar algún conjunto nuevo y estrenarlo con él. Aquello la animó e hizo que el tridente dejara de molestar. No quería pensar que Garrett solo estuviera de jugueteo, tampoco le daba sensación de que fuera ese tipo de tío.

April dejó el tema de la fiesta durante la comida y mientras veían una película, aunque después la vio coger de nuevo la libreta y continuar con sus notas. Así que cuando Dominic llegó de trabajar, las encontró en el salón, ella con una revista de moda y April anotando.

—Feliz año nuevo, Wanda —le dijo el chico, acercándose para darle un beso en la mejilla.

—Igualmente.

April los miró por encima de la libreta, con expresión molesta, y él dudó unos segundos pensando en si debía acercarse y saludarla de la misma manera.

—Ayer no sé si te dije… —empezó.

—Supongo que sí, pero me dolía mucho la cabeza como para contestarte.

El chico parpadeó ante su tono y no contestó. Pues nada, la conversación pendiente con ella tendría que esperar.

—¿Qué tal con Garrett? —preguntó, volviendo su atención a la morena.

—Oh, genial. Su familia es un poco especial… bueno, más bien mucho, pero lo nuestro no puede ir mejor.

Casi le pareció hasta escuchar cómo April ponía los ojos en blanco. De ser bolas de billar dentro de un bol, estarían chirriando.

—Tampoco es que sepa si hay algo o no —intervino la pelirroja—. No me lo ha sabido definir.

—Si te he contado que…

—Que haya habido sexo no quiere decir que sea algo más. Aunque vayáis luego a cenar y todo lo que tú quieras. —Wanda la fulminó con la mirada—. Vale, ya me callo. Yo solo digo que si cuentas las cosas, que sean concretas.

—Bebiste mucho en Nochevieja —dijo Dominic—. Quizá todavía estés resacosa y por eso no te parezca que…

—¿Y tú qué sabes cuánto bebí, si no estabas aquí para verlo?

Huy, vaya, April tenía munición preparada para todos. Casi le daban ganas de retroceder despacito, sin hacer ruido y hacer como que no había llegado, en cambio se sentó en uno de los sillones e intercambió una mirada con Wanda, que se encogió de hombros. Bueno, al menos la morena parecía tan perdida como él. Y por su expresión, no le hacía ninguna gracia que April estuviera dinamitando su incipiente felicidad.

—Bueno… es que llegué después de medianoche —contestó, dudando, porque parecía que ella no se acordaba—. Estabas en el sofá.

Ella frunció el ceño. ¿De qué estaba hablando? ¡Si se había despertado en su cama!

—Intenté hablar contigo y… —continuó él—. Bueno, me vomitaste en los zapatos.

—Anda, no fue un sueño —dijo Wanda.

April ni siquiera se avergonzó. Aquello aclaraba cómo había llegado a la cama y lo que recordaba de vomitar en el salón, si Dominic se había visto afectado… pues mala suerte, a ella le daba igual. Volvió su atención a sus notas tras un leve encogimiento de hombros como respuesta al comentario.

—He visto en la entrada una caja con todas tus cosas de la peluquería —comentó Dominic, al ver que April no decía nada y buscando otro tema de conversación.

Al momento se dio cuenta de que aquel no había sido su mejor comentario, porque de nuevo la pelirroja lo fulminó con la mirada.

—Sí, he ido a recogerlas. Menos el dosier, que se lo he dado al señor Mathews para que encienda su chimenea con él.

Dominic carraspeó. No, no era el mejor tema de conversación. Se fijó en el cuaderno que tenía en la mano, y lo señaló, casi temiendo la respuesta.

—¿Qué estás anotando?

—Estoy preparando tu fiesta de cumpleaños.

Él abrió mucho los ojos, sorprendido y sin entender nada. Podía ver que estaba enfadada con él, era muy obvio. Además, si había pasado por la peluquería, la experiencia la había puesto de peor humor. ¿Preparar su fiesta sería una forma de evadirse?

—Muchas gracias —murmuró.

—No sé si deberías dárselas —empezó Wanda.

—Va a ser una fiesta especial —la interrumpió April—. He pensado que te mereces una *roast party*.

Las dos lo miraron, esperando su reacción. Dominic pasó la mirada de una a otra, preguntándose a qué se debía tanta expectación.

—Genial —dijo—. Esas fiestas me encantan. Voy a darme una ducha, el primer día de vuelta al trabajo ha sido bastante agotador.

Salió del salón y Wanda se apresuró a seguirlo, alcanzándolo en la puerta del baño. Le cogió del brazo y lo metió dentro, mientras bajaba la voz para asegurarse de que April no los oía.

—¿Estás seguro? —le preguntó.

—Claro que sí. Quiero que April deje de estar enfadada conmigo, así que cualquier fiesta que me organice será bienvenida.

—Pero…

—Además, creo que será el momento perfecto para dar un discurso y hasta entonces tengo tiempo de prepararlo.

—¿Un discurso? —¿De qué estaba hablando?—. ¿En tu cumpleaños? Si odias hablar en público.

—Sí, pero va a ser algo especial, ya lo verás. —Levantó un dedo, con gesto convencido—. «El último año había cambiado para él, que se veía capaz de hablar en público y dar un discurso espectacular que dejaría a todos boquiabiertos, sobre todo a sus queridas compañeras de piso, que bastante le habían soportado».

Le guiñó un ojo y se giró, así que Wanda volvió a cogerle del brazo.

—Si le dices que quieres otro tipo de fiesta seguro que lo cambia.

Por mucho que April sonara convencida, Wanda estaba segura de que no se resistiría a Dominic cuando le ponía ojitos. Sin embargo, él seguía negando con la cabeza.

—Le he fallado muchas veces a April este año —dijo—. Así que, si quiere hacerme una *roast party*, que así sea. —Frunció el ceño—. Aunque no sé dónde haremos la barbacoa.

Y con esas palabras, la sacó del baño y cerró la puerta dejándola fuera. Wanda se quedó mirando la madera unos segundos, preguntándose a qué venía aquello de la barbacoa. ¿En pleno enero, en San Francisco y en un piso? ¿De dónde se había sacado la idea de que harían algo así?

CAPITULO 23

Dominic salió de su cuarto, preparado para su fiesta de cumpleaños. Resultaba increíble que hubiera pasado un año desde la última, si hacía recuento estaba claro que algo había mejorado su vida, aunque no tanto como esperaba. Por lo menos, el cambio de trabajo sí había sido un soplo de aire fresco… sus relaciones sentimentales, no tanto.

Se miró en el espejo del pasillo, contento del resultado: camisa de cuadros y vaqueros, perfecto para «su fiesta del asado». La verdad, era un tema un poco extraño para una celebración, pero como le había dicho a Wanda, si April quería hacer eso, no sería él quien protestara. Además, le encantaba el pollo y cualquier carne a la brasa, aunque aún no comprendía bien cómo iban a hacer para preparar ese tipo de comida. La cocina no estaba preparada, no tenían barbacoa ni terraza donde colocarla y, además, no estaba seguro de que ninguna de las chicas dominara las barbacoas.

En fin, no iba a cuestionar nada: si ellas se habían encargado, bien estaría. Su trabajo consistía en vestirse acorde al tema y disfrutar lo posible hasta que el micrófono llegara a sus manos. Los nervios recorrían su cuerpo de arriba abajo al pensar en lo que iba a hacer, más con tanta gente delante. Bueno, le echaría valor.

Se acercó a Wanda, que se encontraba en el salón terminando de poner la comida sobre la mesa, además de un montón de servilletas y vasos. Echó un vistazo por encima, buscando mazorcas, guisantes, lonchas de jamón, muslos de pollo o cualquier otra cosa que tuviera relación con el tema, pero solo vio comida normal, la típica de las fiestas: canapés, queso, patatas, nachos con crema agria, y aquella asquerosidad de hummus con verduras que Wanda se empeñaba en comer.

—Hola —saludó—. Esto no es muy *roast*, ¿no?

Ella lo miró con cierta suspicacia, como si pensara que le tomaba el pelo.

—¿Ya quieres llegar a esa parte, impaciente?

—Bueno, no sé, como es el tema de la fiesta esperaba que hubiera algo.

—Claro que habrá, seguro. Un poco más adelante, cuando el ambiente esté caldeado.

—Ah, qué bien, entonces esto es solo el aperitivo. —Dominic sonrió—. Os habéis tomado demasiadas molestias, ¡menudo banquete! No creo que sea el mejor momento para que April se gaste tanto, ¿no?

Vio que Wanda ponía cara extrañada. ¿Qué pasaba, es que hablaba en chino? Se preocupaba por su amiga, cuyas finanzas estaban en un momento crítico. Quizá la idea de gastar dinero en un montón de carne para tantos invitados no era la mejor, ¿tan extraño era que lo comentara?

—El presupuesto es el de siempre —comentó Wanda.

—Vaya, veo que habéis encontrado algún chollo —sonrió Dominic—. Me alegro de oírlo. ¿Va a venir Garrett?

«Eso espero», se dijo ella. Necesitaba algún testigo de las cosas raras que soltaba su amigo.

O estaba empanada, o no entendía por qué Dominic hablaba de comida o presupuestos, ¿qué le hacía pensar que habían gastado mucho más de lo habitual? Lo mismo que al intentar apresurar el concepto de la fiesta. Todo el mundo sabía que una *roast party* empezaba de forma normal, y que más o menos a mitad de la fiesta, empezaba el momento clave. Esa era la gracia: que el cumpleañero no sabía con exactitud cuándo.

—Tu ropa no tiene mucho que ver con el tema de la fiesta, por cierto —comentó él.

Wanda se miró, otra vez con cara de póquer. Llevaba un vestido azul y unos buenos tacones, precisamente porque no hacía falta vestirse de ningún modo en particular. ¿Cómo se vestía uno para decir cosas molestas a otro?

—¿Qué quieres decir? —preguntó.

—Pues como yo. —Dominic se señaló a sí mismo.

—¿Con una camisa de cuadros y unos vaqueros?

—Claro, es el conjunto perfecto, ¿no?

April entró en ese instante en el comedor, lo que hizo a Wanda soltar un suspiro de alivio por acabar con aquella charla tan absurda. Como asesora de moda, ¿quizá debería saber que el atuendo adecuado para insultar a alguien consistía en cuadros y vaqueros?

—¡Venga, chicos, a beber unos chupitos antes de que llegue la gente! —exclamó April, agitando la botella de tequila que llevaba en la mano.

—Fuerte empezamos… —murmuró Wanda.

Ambos la miraron como si fuera una aguafiestas, de modo que la morena se calló. Acercó el plato lleno de rodajitas de limón y el salero, y extendió la mano hacia April mientras Dominic hacía lo propio.

—Por ti, «mejor amigo» —dijo April, tras llenar los vasitos.

Dominic alzó la ceja. Le había parecido detectar cierto sarcasmo en aquello de «mejor amigo», pero como ella sonrió justo después decidió dejarlo pasar.

Los tres se bebieron los tequilas a la vez y se apresuraron a mordisquear los trozos de limón. Wanda ni siquiera se había sacado el suyo de la boca cuando vio que April llenaba los vasos por segunda vez.

—Llevo tacones —advirtió.

—¿Y qué? —Le alargó el vaso—. Tú caminarías recta hasta borracha como una cuba.

En vista de que su pequeño intento de protesta no había servido de nada, Wanda se tragó el segundo tequila.

—Joder, se me ha olvidado la sal —masculló, agarrando un nuevo limón.

—¿Otro?

—No, gracias. Me gustaría poder mantener alguna charla con los invitados antes de desmayarme. —Wanda se retiró hacia el otro lado de la mesa.

—¿Y tú? —April miró a Dominic.

—Wanda tiene razón, mejor ir despacio o estaremos borrachos antes de que suene el timbre.

La pelirroja murmuró algo relacionado con gente aburrida que no sabía divertirse y se tomó el tercero sin limón ni sal. Por suerte, el timbre sonó en aquel momento, lo que le dio a Wanda la excusa perfecta para desaparecer… el ambiente entre sus dos amigos estaba tan enrarecido que no sabía si serían capaz de superarlo.

Al principio estaba convencida, pero habían pasado dos semanas desde año nuevo y nada había cambiado. April se pasaba los días en la calle repartiendo currículos, y el tiempo que estaba en casa aparecía malhumorada y poco comunicativa, incluso con la propia Wanda.

No recordaba ese comportamiento antes, ni siquiera en la universidad, una época muy dada a los dramas adolescentes, y le preocupaba que April pudiera caer en una depresión.

Cuando abrió la puerta, su cuerpo se relajó al ver a Garrett al otro lado.

—Traigo hielo —dijo él, tendiéndole la bolsa—. Y un regalo para el raro del cumpleaños.

Ella soltó una risita y le dio un golpe en el hombro.

—¡No es raro!

—¿Cómo que no? Es de museo…

El beso que le dio hizo que Wanda tuviera ganas de desaparecer de esa fiesta, y se lo devolvió hasta que un carraspeo malhumorado los interrumpió antes de tiempo. April estaba cruzada de brazos y con el ceño fruncido.

—Perdón, lamento el corte —dijo, aunque por su cara no parecía sentirlo en absoluto—. Los regalos al sofá, y te necesito un segundo, Wanda.

—Sí, ya voy.

—Veo que sigue repartiendo alegría y felicidad allá por donde pasa —comentó Garrett.

—Es una mala racha…

—… que ya dura tiempo, sí.

—Voy a ayudarla a terminar con la comida, tu guarda el hielo en el congelador y oye, ¿te importa darle un poco de conversación a Dominic hasta que empiecen a llegar invitados?

—Pero si no tenemos nada en común.

—Mírale, el pobre está ahí solo y aburrido.

Garrett miró al chico, que estaba frente al espejo comprobando su aspecto. Después se giró hacia Wanda con una mirada que dejaba claro que hacía un esfuerzo, y terminó por asentir.

—Vale, vale, me debes una.

Wanda fue junto a la pelirroja para terminar de preparar todo, de forma que Garrett guardó el hielo como le había pedido la chica, y después se acercó hasta Dominic. Este dejó de contemplarse al verlo llegar y enseguida extendió la mano para saludar.

Había hablado muy poco con Garrett, pero le caía bien. Le parecía un tío legal, y Wanda se veía contenta, así que él también lo estaba.

—Feliz cumpleaños. —Garrett le dio unas palmaditas—. Te he traído una tontería, está en el sofá.

—Muchas gracias —contestó Dominic—. Treinta y uno ya, ¡qué viejo!

Garrett arqueó una ceja.

—No me refería a… —se apresuró a rectificar Dominic—. O sea, lo decía por mí, no te estaba llamando viejo.

El policía meneó la cabeza. Desde luego, si esa era su táctica para hablar con desconocidas, comprendía que hubieran tenido que ayudarlo sus amigas.

—Bueno, ¿y qué? ¿Cómo llevas el tema de la fiesta?

Nunca entendería que alguien se prestara de forma voluntaria a que un grupo de amigos, familiares o conocidos vomitaran todo lo que no les gustaba de tu persona, y aquello demostraba que Dominic era tan raro como le había dicho a Wanda minutos antes.

—Ah, genial —contestó este—. Me encanta el pollo asado.

Garrett se quedó pasmado al escuchar aquello, tratando de relacionar su pregunta con la respuesta que acababa de recibir.

—¿Qué te he preguntado? —dijo, estupefacto, por si acaso habían salido de su boca otras palabras distintas a las ordenadas por su cerebro.

—Eso sí, no sé bien cómo lo van a hacer, la verdad. El salón es demasiado pequeño y ni siquiera sé si podrán participar todos, mira la mesa.

Garrett se volvió a quedar perplejo y estudió la mesa, sin comprender qué relación tenía con la *roast party*.

—No sabía que hiciera falta una mesa —comentó.

Dominic arqueó una ceja. ¿Cómo no iba a hacer falta una mesa para comer? De ese modo solo podías picotear patatas y canapés, una barbacoa en condiciones requería sentarse y usar las manos.

—Hombre, sin una mesa ya me explicarás tú. Hay que ponerse en ella, como podrás imaginar.

—Bueno, nunca he estado en una *roast party* antes, pero no termino de ver lo de la mesa.

Dominic le devolvió una mirada confusa.

—Mesa y sillas, sí. Y luego el pollo, el maíz…

Garrett echó un vistazo a su alrededor, por si acaso le estaban tomando el pelo o algo parecido. A ver si es que iban a usarlo en plan piñata y la cosa iba de tirarle comida, si no, no terminaba de entender ninguna de las palabras de Dominic.

—Y aquí ni siquiera cabe una barbacoa —añadió este, con cara de pena.

—¿Barbacoa?

—Hombre, es indispensable para este tipo de fiesta, ¿no?

—¿Para qué parte en concreto? ¿Te van a asar después del momento clave o qué?

Dominic soltó una risita.

—¡Qué gracia!

Garrett localizó a Wanda en la entrada y decidió que era un momento estupendo para acabar con aquella charla de besugos. Volvió a darle unas palmaditas y fue a buscar a la morena.

—¿Qué tal? ¿Habéis hablado? —quiso saber ella.

—Más de pollo que de cualquier otra cosa, sí.

—¿Qué?

—¡Yo qué sé! Espero que le hayáis comprado pollo y mazorcas, porque no ha parado de comentarlo. Y no sé qué le pasa con la mesa, parece ser que cree que los invitados tienen que subirse encima para la parte estrella.

—¿Qué?

Wanda era consciente de que debía tener cara de imbécil, de que estaba repitiendo «¿qué?» cual loro, pero es que no entendía nada. Miró a Dominic y, por primera vez, se le pasó por la cabeza que quizá no sabía en qué tipo de fiesta estaba. O al menos se comportaba como tal, pero ¿quién no sabía hoy en día qué era una *roast party*?

Miró a Garrett preocupada, y antes de que pudiera comentar algo al respecto, el timbre sonó y tuvo que abrir.

Un montón de gente colorada y sin aliento invadió su piso, y entre April y ella comenzaron el desfile de abrigos y chaquetas al cuarto de turno.

Wanda tuvo la sensación de que llevaba horas recibiendo gente, parecía como si la pelirroja hubiera cogido la guía telefónica para invitar a todo el mundo. Era la fiesta de Dominic, y allí había gente que no le sonaba de nada… estaban hasta los compañeros del antiguo trabajo del chico, y eso que April sabía de sobra que no tendría ninguna gana de ver al tal Billy, o a su prometida. Incluso Sonja apareció en la puerta, con un regalo y una sonrisa, y Wanda se hizo a un lado para dejarla pasar.

El apartamento se llenó tanto que la chica pensó en si tendrían suficiente bebida y comida para todos ellos. Se abrió camino entre unos y otros hasta que localizó a April, que seguía bebiendo chupitos con un grupo de personas desconocidas.

—¡Hola, amiga del alma! —exclamó la pelirroja al verla—. Ven, toma un trago, estás muy seria.

Todo lo seria que no estaba ella, que por su tono de voz ya debía ir por el décimo chupito. Últimamente April encadenaba borrachera tras borrachera, que no era que Wanda fuera a sermonearla por ello, pero tampoco le parecía normal. Sí, tenía problemas, cierto. Problemas de corazón, económicos, laborales, aunque… ¿desde cuándo agarrarse la cogorza padre había funcionado frente a esos problemas?

—Oye, ¿quién es toda esta gente? —susurró a su amiga—. ¿Conocen a Dominic?

—Pues claro… es gente del curro viejo, del nuevo, del tuyo…

—¿Del mío? ¿Has invitado a gente de mi trabajo?

—Claro, a esas tres que vinieron a tu cumpleaños, incluida la maravillosa Greta. Seguro que le hace mucha ilusión verla, ¿no?

—April —la miró, sin poder creer sus palabras—, ¿por qué la has invitado? Sabes que se portó fatal con él, igual que ese Billy. No creo que le haga ninguna ilusión que estén aquí.

—Esto es una *roast party*, ¿recuerdas? —replicó April con una mueca—. ¿Dónde está la gracia, si no invitas a gente que tenga algo malo que decir?

Se llevo el chupito a la boca y Wanda la detuvo, cogiéndola por la muñeca.

—¿No crees que deberías aflojar el ritmo?

—¡Es una fiesta! —April se quedó pensativa—. Dios, hablo como la Marion esa.

—¿También la has invitado? —Wanda pareció horrorizada.

—No, qué va. Pero solo porque pensé que nos dejaría sin alcohol —aclaró April entre risitas—. Venga, no estés tan rancia, ¡bebe un poco!

Wanda cogió el vaso y se tomó el chupito que le ofrecía April. No quería terminar borracha perdida, aunque cualquiera le decía a su amiga que no… podía ser tan insistente que era más sencillo aceptar a discutir con ella.

—Voy a bailar —dijo April, poniéndose seria—. Y me llevo la botella.

—Vale.

—Vale.

Y echó a andar hasta el salón, donde subió la música hasta que estuvo segura de que se escuchaba a Madonna en toda la manzana. Bailaba sin control alguno mientras gran parte de los invitados la miraban regocijados, y no soltaba la botella, de la que iba dando tragos pequeños.

Wanda la observaba, cada vez más preocupada porque sabía que no estaba bien. Y no le gustaba nada lo que había hecho con la lista de invitados, la verdad, ese comportamiento no era propio de April… ¿se estaría perdiendo algo? En cualquier caso, no podía hablar con ella con toda la gente delante: tendría que esperar al final de la fiesta.

—¿Hay más gente de lo normal o me lo parece a mí? —preguntó Garrett, apareciendo a su lado.

—Sí, hay más. April se encargó de la lista y creo que no se ha dejado a nadie de la guía. —Movió la cabeza—. Estoy un poco preocupada, la veo descontrolada.

—Bueno, vuestras fiestas son así: nunca se sabe lo que va a pasar. No creo que sea peor que la tuya con la chalada aquella.

Le dio un beso en la frente rodeándole los hombros con el brazo y Wanda apoyó la cabeza en su cuerpo, reconfortada. Le encantaba cómo la apoyaba, cómo sabía tranquilizarla y cómo estaba en todo, ¡si hasta había llevado hielo sin que se lo pidiera! Qué pena que hubiera tanta gente, porque de buena gana se hubiera escabullido con él a darle unos cuantos achuchones. Otra vez sonó el timbre, así que tuvo que ir a abrir, ya que April ni siquiera parecía haberlo escuchado.

Tras dejar pasar a otro par de personas que no conocía, regresó al salón, donde ya no encontró a Garrett, y tampoco pudo buscarlo porque de pronto, April bajó la música y comenzó a dar palmas.

—¡Hora de la *roast*! —gritó, lo que originó unos cuantos aplausos y silbidos mientras Dominic se veía empujado hasta el centro del salón—. Ven, ven, ponte aquí.

El chico no entendía nada de lo que estaba pasando, y miró a su alrededor con cierto pánico. Odiaba ser el centro de atención, eso April lo sabía de sobra, y aunque había mejorado desde el año anterior, estar en el medio de un montón de gente concentrada en él no le hacía ninguna gracia. Esperaba que fuera todo por algún regalo sorpresa y que acabara pronto.

—¿Qué está pasando? —preguntó en voz baja, cuando ella se acercó a su lado.

—Ya verás qué divertido —contestó la pelirroja, y emitió una risita—. Bueno, a lo mejor para ti no tanto. —Dio un par de palmadas—. Venga, ¿quién quiere empezar?

Al momento, Billy levantó la mano y dio un paso al frente.

—Eres un egoísta —soltó, ante el total y absoluto asombro de Dominic—. Te fuiste de la empresa sin hacer solape, sin terminar temas pendientes y sin preocuparte por el trabajo que nos dejabas a los demás.

—¿Es una broma? —preguntó él, atónito.

—Chist, tienes que dejar que hablen —susurró April, dándole un pequeño codazo.

Dominic iba a protestar, pero Billy no había terminado.

—Además, tenías que ayudar a preparar mi despedida de soltero y ¡todavía estoy esperando!

Retrocedió con gesto satisfecho, mientras se oían algunos aplausos y silbidos. Dominic estaba tan asombrado que no podía ni reaccionar, y entonces Greta avanzó.

—Vives en el mundo de la gominola —le dijo—. Y eres un dramático.

—¿Qu… qué?

—Ni siquiera salíamos en serio, todavía me alucina que tuviera que explicarte todo y cómo te lo tomaste.

—Pero…

—¡Bajas la basura a deshoras! —exclamó Tobías, apareciendo entre la gente con una chica de la mano.

—¡Dejas las propinas justas y a veces ni eso! —exclamó esa chica que iba con él.

A Dominic le costó unos segundos reconocerla, hasta que se dio cuenta de que era una de las camareras del WaFFle CoFFee donde siempre compraban los dulces.

—¡Nunca te he visto reponer el papel en la impresora cuando se acaba! —añadió un chico, que debía ser de su nueva oficina porque Wanda no lo conocía—. ¡Ni cambias el tóner!

—Es que no los distingo —intentó explicarse Dominic—. No sé cuál es cuál.

—¿Eres miope o qué? —preguntó otro, entre risas.

—No, daltónico.

El salón se llenó de murmullos. El chico que había hablado se cortó un poco, pero el primero sacudió la cabeza.

—Vale, te perdonamos lo del tóner, ¡no los folios!

Dominic no sabía ni dónde mirar, uno tras otro, todos los invitados iban avanzando y le soltaban alguna frase, ninguna agradable: que si se quedaba con bolígrafos, que si entraba tarde a reuniones o que era el último en poner bote cuando salían en grupo. Era demasiado para asimilar de golpe y no veía ningún hueco por donde escapar.

De pronto, April se colocó delante de él, y respiró aliviado. ¡Por fin alguien iba a parar aquello! Aunque estaba atónito, tenía preparado el discurso donde se le declaraba, y estaba decidido a hacerlo. Después pensaría qué demonios había sido aquella «intervención» o lo que fuera, y entonces…

—¡Me toca! —exclamó April, dando un trago al vaso que llevaba en la mano. Miró a Dominic y cogió aire—. Me has hecho daño, una y otra vez. ¡Siempre estoy la última! Te he querido en silencio durante años y, ¿cómo me lo has pagado? Primero, te gustaba Wanda, porque os vi una vez en su habitación y la estabas consolando muy bien.

—¿De qué estás…?

—Y después, cuando te ayudo, ¿qué haces? ¡Liarte con cualquiera menos conmigo! Ah, no, espera, que sí lo hicimos. —La gente contuvo el aliento, asombrada—. En ese sofá. —Lo señaló y todos miraron allí, incluida Wanda, que se había quedado muda de la sorpresa—. Pero dio igual, ¿verdad? ¿Verdad? —Dominic no sabía ni dónde mirar, deseando que un agujero se lo tragara—. No, te fuiste con otra. Joder, ¡no viniste a mi cumpleaños! ¡Me dejaste tirada en Nochevieja! ¡Ni siquiera puedo considerarte mi amigo, porque nadie le haría eso a una persona que le importara! Wanda y yo te hemos ayudado y tú has pasado de nosotras, en cuanto ligaste nos dejaste a un lado. ¡Acuérdate de la noche de karaoke! Algo sagrado que olvidaste bien prontito. Se te subió muy rápido a la cabeza, y en cuanto caíste otra vez, ¡mira cómo nos lo pagaste! Sobre todo a mí, ni un gracias ni un perdón, no, solo un polvo y un plantón. Anda, qué bien rimo, qué cosas.

Se terminó la bebida y lo miró, como desafiándole a que dijera algo. Dominic permanecía en silencio, sin saber qué decir. Su voz de tráiler se había quedado también muda, nada en su cerebro parecía funcionar mientras intentaba procesar todo aquello. Cuando ella buscó otra botella con la mirada, aprovechó ese momento de distracción para abrirse paso entre la gente y salir del salón hasta su habitación, donde se metió dando un fuerte portazo tras él.

La gente se quedó en silencio unos segundos, hasta que alguien subió la música de nuevo y el salón se llenó de murmullos.

Wanda estaba sin habla, no terminaba de creerse lo ocurrido. April llevaba una tajada de concurso, cierto… pero soltar todo aquello por la boca, y en público nada menos, no le parecía bien. No entendía la necesidad de humillar a Dominic ante la gente. Vale que él se había portado de forma estúpida un tiempo, y que las había dejado de lado con el consiguiente enfado de ambas. No obstante, veía más lógico haberlo solucionado los tres y de manera privada, no usar su cumpleaños y un apartamento abarrotado para airear los trapos sucios, eso le parecía muy mezquino.

Además, April tampoco se había sincerado, porque acababa de echarle en cara a Dominic cierto revolcón del que no tenía noticia. Ella contándole todas sus cosas, y su amiga guardándose detalles que podrían haber hecho que entendiera mejor su frustración.

De cualquier forma, la frustración no justificaba el follón que había montado, ni mucho menos. Decidió que lo mejor era tratar de llevársela a su cuarto hasta que se le pasara la borrachera, pero cuando iba a dar un paso en su dirección, sintió que alguien la cogía del brazo.

—¿Wanda?

Esa voz...

Wanda se dio la vuelta para encontrarse cara a cara con Jasper. Parpadeó un par de veces por si era su imaginación, antes de tener claro que él estaba ahí. Con el pelo más corto, un traje muy de su estilo y una sonrisa cálida, esa sonrisa que tan bien conocía.

La morena se quedó bloqueada y sin saber qué decir. Lógicamente, Jasper no estaba en la lista de invitados, y dudaba horrores de que April lo hubiera invitado, con lo cual no estaba ni preparada ni mentalizada para encontrárselo allí.

—Hola —insistió él, al ver que se quedaba callada.

—¿Qué haces aquí? —preguntó la chica, en cuanto recuperó el habla.

—Llegué ayer, tengo unos días libres y he venido a visitar a la familia. Me acordé del cumpleaños de Dominic y de que siempre le hacéis una fiesta, así que me he acercado a verte.

¿A verla a ella? ¿A santo de qué? La dejaba tirada de forma ruin, no le mandaba un miserable mensaje en un año, ¿y de repente decidía ir a verla? ¿Pero qué coño...?

—¿Podemos hablar? —preguntó Jasper.

—¿De qué?

—Aquí hay demasiada gente, mejor nos alejamos un poco.

Tiró de su brazo y Wanda se dejó llevar por inercia, sin pensar. Aún le duraba el *shock*, porque... ¡era Jasper! El tío por el que había estado meses llorando, comiéndose la cabeza con los motivos de que hubiera roto con ella, sufriendo por la ausencia de noticias, de preocupación por su estado. Ahora estaba allí, justo allí, y pedía hablar en privado. ¿Qué diablos querría?

Antes de darse cuenta, Wanda se encontraba metida con su exnovio en el mismo baño en el que un año antes la había abandonado. El *déjà vu* fue tan fuerte que sintió ganas de salir corriendo, aun así apretó los puños y guardó la compostura.

—No sé de qué tenemos que hablar —soltó, recuperando la cordura.

¿Qué hacía allí dentro con él cuando debería haberle mandado a la mierda e ir a buscar a Garrett? Sería mejor largarse lo antes posible y...

—Venga, Wanda, no seas así —respondió el chico, acercándose a ella—. Hace un año que no nos vemos.

—¿Por culpa de quién?

—Ha sido un año muy difícil. —Jasper suspiró—. El ritmo es frenético, apenas si tengo horas para dormir.

—Vaya, pues tu madre me enseñó unas fotos donde se te veía muy relajado —replicó Wanda, sin ocultar el sarcasmo en tu voz.

—Eso fue cuando vinieron ellos, el resto del tiempo…

—Me da igual —lo interrumpió la morena—. Di lo que sea que quieras decir y terminemos esta conversación cuanto antes.

—Bueno, veo que estás enfadada. Pensaba que estabas de acuerdo con la ruptura.

Ella lo miró, asombrada.

—¿De qué vas, Jasper? ¿Vienes de vacaciones y no se te ocurre otra cosa que aparecer por aquí para soltar eso? Fue decisión tuya y de nadie más, ya habías pensado aceptar el trabajo y punto, así que no hables como si te doliera esa decisión.

—Claro que me dolió, ¿acaso lo dudas?

—Oh, sí, seguro. Por eso me llamabas tanto, ¿no? Porque estabas muy preocupado por mí y no había nada que te consolara.

Jasper parpadeó ante su tono. En su cara se leía la sorpresa de no encontrar la misma novia que había dejado, estaba claro. Ya no parecía esa chica preciosa que podía llevar a su lado sin temor a que le soltara cualquier comentario desagradable o brusco.

—Escúchame, por favor —pidió, alzando las manos en un gesto de paz—. Vale, es cierto, he sido un capullo y entiendo que estés furiosa conmigo. No debí dejarte así.

—En lo de capullo te aplaudo, lo otro no seas tan presumido.

—Los últimos meses lo he estado pensando mucho —siguió él, ignorando su comentario—. Y bueno, me gustaría tenerte a mi lado.

—¿Qué?

—Eso, que si quieres venirte conmigo a Dubái. Wanda, aquello te encantaría, créeme… Hace un tiempo espléndido, vivo en una zona de lujo y podrías tener cualquier cosa que quisieras. Me pagan muy bien, no tendrías que trabajar ni nada.

Wanda quedó en *shock* por segunda vez. ¿Jasper quería que volvieran a salir? Y que se fuera con él a Dubái, joder.

—Estábamos bien juntos, ¿no? Te echo de menos, y sé que cometí un error, pero podríamos superarlo.

Jasper cambiaba el peso de un pie a otro mientras observaba cómo la chica asimilaba lo que le acababa de soltar.

—¿Por qué piensas que quiero a irme a ninguna parte?

—Yo…

—¿Crees que soy tan idiota como para aceptar esto cuando has estado un año desaparecido y en ningún momento te has interesado por saber qué tal estaba? ¿Por qué piensas que tengo algún interés en volver contigo?

—Porque nosotros éramos…

—Tú lo has dicho: éramos. Hace un año que no somos.

—Siempre queda algo, ¿no es cierto?

—Sí, mira por dónde, me quedan ganas para decirte que eres un impresentable, mira. Y que no me iría contigo ni a la vuelta de la esquina. —Wanda frunció el ceño—. Que te den.

Él la miraba cada vez más alucinado. ¿Tanto podía cambiar la gente en un año?

—Wanda, no te reconozco… —dijo, sin saber cómo hablar con aquella «nueva Wanda»—. Tú no eres así… ¡hasta me eliminaste de las redes sociales! ¿No habrás estado con malas influencias estos meses?

Alargó la mano hacia ella, pero Wanda lo esquivó.

—No, Jasper, de eso nada. Más bien, lo que he hecho ha sido abrir los ojos. Además, estoy enamorada de otra persona.

Nada más decirlo, se dio un susto de muerte. Y al ver la expresión de Jasper, comprobó que él también. Por primera vez, el diablo y el angelito le dieron una palmadita en cada hombro al mismo tiempo, no sabía si en una especie de consuelo o de felicitación.

—¿Estás enamorada de otro? ¿Quién es?

—Eso no es asunto tuyo —lo cortó Wanda a toda velocidad. Ni de coña pensaba permitir que Jasper se acercara a Garrett, ni siquiera que lo mirara desde lejos—. Creo que deberías marcharte.

El rubio suspiró, fastidiado. Abrió la boca para añadir algo, pero al ver la expresión resuelta de la chica entendió que no tenía sentido insistir más. Hizo un gesto de cabeza que pretendía ser una despedida y salió del baño, cerrando tras de sí.

Wanda lanzó un suspiro y se miró en el espejo. Se sentía increíblemente bien después de mandar a paseo a su ex, ¡aquello era justicia poética en toda regla! Lo que soñaban todas las chicas abandonadas alguna vez por un novio: que regresara arrastrándose para poder darse el gusto de decirle que no.

Solo le faltaba hablar con Garrett y decirle de una vez por todas que quería que lo suyo fuera en serio, que estaba enamorada de él o lo que se le ocurriera en el momento, dejárselo claro. Y a la vez saber si sentía algo parecido hacia ella.

Bien, por lo visto esa era la noche: ya que todo el mundo optaba por decir la verdad, ella no iba a ser menos.

Salió del lavabo y regresó al salón buscándolo con la mirada, pero a primera vista no lo encontró. Aunque parte de la gente parecía haberse marchado, aún quedaba una cantidad respetable como para no encontrar a alguien, de modo que se aproximó hasta April, ya que Dominic no estaba tampoco a la vista.

La pelirroja se encontraba en la mesa de las bebidas, e incluso siendo obvio que mantenía el equilibrio con dificultad, valoraba si escoger una botella u otra.

—¿Has visto a Garrett? —preguntó, sin mencionar lo ocurrido con Dominic.

Ya hablarían de ello largo y tendido después.

—Se ha ido —comentó April, sin apartar la mirada de las bebidas—. ¿Qué bebo, ginebra o vodka? Nunca me ha gustado demasiado la ginebra, pero…

—Has bebido para todo el mes. —Wanda apartó las botellas para que la mirara—. ¿Cómo que se ha ido? ¿Así, sin más?

—No, hombre, sin más no. Se ha ido cuando te has marchado con tu ex.

—¿Qué?

—Pues eso, se ha ido. —April trató de robar una de las botellas, pero gruñó al ver que la morena se lo impedía poniéndose en medio—. Que tenía que trabajar, ha dicho, ¿vale?

—¿Estabas aquí con él?

—Justo al lado, sí. Como se ha empezado a ir gente y Dominic se ha largado a su habitación, he venido a servirme algo junto a una cara conocida.

—April, ¿por qué no has impedido que se marchara? —preguntó Wanda.

April trató de enfocar la vista en su amiga. ¿Por qué parecía estar dolida? ¡Si apenas se tenía en pie! No se veía con fuerzas ni de articular una frase completa, menos de detener a un tío solo porque a Wanda le había dado por jugar a dos bandas.

—¿Y qué iba a decirle? ¿«Oye, espera un poco a que vuelva que no será nada»? Si te largas con tu ex pues… no sé, lo que parece es que querías estar a solas con él.

—¿Eso es lo que piensas? Vaya, gracias por la ayuda y la confianza.

—Chica, perdona por no ser adivina. A lo mejor si no te montaras jueguecitos con dos tíos no te pasarían estas cosas…

April se calló al ver la mirada de Wanda. Hasta borracha fue consciente de que había hablado de más. Quiso rectificar al momento, explicar que estaba tan furiosa por su situación que no controlaba lo que decía. Además, el alcohol no ayudaba.

No logró expresar nada de eso, era como si a su cerebro le costara enviar la orden hasta las cuerdas vocales. Algo comprensible dado que todos estarían nadando en una mezcla de tequila y alcoholes varios.

Wanda observó a la pelirroja unos segundos. No sabía si era el alcohol el que hablaba por ella, o su mala racha… fuera lo que fuera, no se podía creer la basura que había soltado esa noche, y no solo respecto a Dominic.

—Espero que hayas disfrutado de tu fiesta —murmuró, antes de marcharse y dejarla sola.

Pensó en ir a ver cómo estaba Dominic, muy bien seguro que no, pero antes tenía que aclarar las cosas con Garrett. Eran más de las diez y sabía que estaría en el trabajo, igualmente no pensaba esperar hasta el día siguiente: era urgente que le explicara todo para que lo suyo no se fuera a la mierda por una tontería. Cogió el abrigo y se cambió los zapatos de tacón por unas zapatillas. No era el *look* ideal, aunque sí el mejor para no matarse cuesta abajo y poder correr. Por una vez, primaba la necesidad sobre la imagen y, de haber tenido más tiempo, hasta se hubiera puesto un chándal... que no estaba muy segura de tener.

Por suerte, no llovía, lo cual facilitó su carrera y, mientras descendía, sacó el teléfono para conseguir un Uber y así llegar más rápido.

Diez minutos después, Wanda entraba en la comisaría de policía. Buscó a Garrett con la mirada, sin verlo por ninguna parte. Al otro lado del mostrador de recepción, Stacy se levantó con una sonrisa el verla entrar, para acto seguido hacer un mohín al comprobar que llevaba las manos vacías.

—¿Está Garrett? —preguntó Wanda, acercándose.

—Buenas noches, Wanda —saludó Ben, que se había aproximado al mostrador, buscando también alguna de aquellas cajas maravillosas que les llevaba la morena de vez en cuando.

Wanda se dio cuenta de que debía haber entrado como un elefante en una cacharrería y cogió aire para tranquilizarse. La educación, ante todo.

—Buenas noches, Ben, Stacy —saludó—. ¿Qué tal estáis?

—Bien. Muchas gracias por la caja que nos trajiste en Nochebuena, por cierto —dijo Stacy.

—Me alegro de que os gustara. —Se dio cuenta de que ambos la miraban de una forma extraña, y pensó que así debían sentirse los *muffins* en un escaparate. Si es que los había acostumbrado mal, seguro que esperaban una caja de dulces en cada visita—. Otro día os traeré más.

—No hace falta, mujer —se apresuró a decir Ben, intercambiando una mirada con Stacy—. Claro que siempre son bienvenidos, no te vamos a mentir. Y como Garrett tiene que mantenerse en forma, no nos queda más remedio que comer por él, ¿verdad?

—Claro, claro. —Stacy afirmó con la cabeza.

—Y hablando de Garrett —dijo Wanda—. ¿Le podéis avisar?

—Está poniéndose el uniforme, saldrá enseguida —contestó Ben—. Tiene turno ahora.

—Sí, sí, lo sé. Estaba en una fiesta conmigo, pero es que se ha ido y… bueno, tengo que hablar con él. Es importante.

—Espero que no hayáis discutido —dijo Stacy—. Sois una pareja perfecta.

—Ah, no, bueno… —Enrojeció, preguntándose cuánto les habría contado Garrett aparte de lo que ellos habían podido presenciar—. Gracias por eso. Es que ha habido un malentendido, creo.

—¿Podemos ayudar? —Ben la miraba también preocupado, y Wanda suspiró—. No es que tema perder las cajas sorpresa, que también. Le tenemos cariño al muchacho y si necesitas que le demos un empujón, pues se lo damos.

A su lado, Stacy afirmaba con la cabeza con energía y Wanda sonrió, conmovida. Bueno, la familia real de Garrett daba asco, pero la que tenía allí en su trabajo la superaba con creces. Tenía suerte, como ella con April y Dominic… a excepción de la que se había montado con la *roast party* de las narices, tema del que se preocuparía después. Lo primero era Garrett, que ya estaba tardando en salir. ¿Cuánto tardaba en ponerse el uniforme?

Entonces lo vio aparecer por una puerta que, suponía, daba a los vestuarios, y se puso nerviosa sin poder evitarlo. Joder, si hubiera hecho caso a April y al demonio de las narices, ahora no tendría todas aquellas dudas. El angelito estaba bien callado en aquel momento, seguro que avergonzado el muy…

—¿Wanda?

Garrett la miró, sorprendido. Bueno, al menos no parecía enfadado, lo cual era positivo.

—¿Podemos hablar un momento? —preguntó ella.

Entonces sí, el policía frunció el ceño. Si ver a Jasper en la fiesta no le había gustado nada en absoluto, que Wanda apareciera allí para hablar con él aún menos. Mierda. No quería ser agorero, aunque todas las dudas que habían surgido en Nochevieja, volvieron de pronto multiplicadas por mil. No había sacado el tema en ningún momento, demasiado ocupado disfrutando con ella del tiempo que pasaban juntos, y ahora se preguntaba si no debería haberlo hecho aquella misma noche, tras las campanadas.

Miró de reojo a Ben y Stacy, que no se perdían detalle, y se acercó a Wanda para señalar una sala que había al lado.

—Hablemos ahí —indicó.

No podía alejarse de la comisaría así como así, por lo que aquel sitio, aunque no ideal, era la mejor opción para hablar. Cerró la puerta tras ellos y la miró.

—¿Vienes a hablarme de Jasper? —preguntó, sin andarse por las ramas.

—Sí, es que…

—¿Te ha pedido que vuelvas con él?

La joven abrió muchos los ojos, sorprendida. Vaya, sí que era bueno adivinando cosas. Lo cual ya sabía, visto los estupendos consejos que daba siempre.

—¿Cómo lo has…?

—Es lo típico. Se va, te deja plantada mientras hace lo que a él le conviene y cuando se le ha acabado el contrato o lo que sea, piensa en volver a su vida anterior. —La señaló—. Que te incluye a ti, por supuesto.

—Algo parecido, aunque con un billete a Dubái nada menos.

—¿Y?

—Y le he mandado a la mierda. Le he dicho: «que te den, Jasper».

—¿En serio?

—Claro, me he sentido de maravilla. Si te soy sincera, no sé qué vi en él… —Frunció el ceño—. Entonces, ¿he hecho bien en venir a hablar contigo? Pensaba que quizá era otra de mis paranoias, que no te habrías mosqueado por verlo ahí, pero…

—¿Cómo no iba a mosquearme, Wanda? —Sacudió la cabeza—. No soy de piedra. Aunque parte de la culpa es mía, por no haber hablado contigo sobre esto desde que empezamos a salir.

Bien, al menos ahí se aclaraba alguna de sus pequeñas dudas: Garrett consideraba que estaban saliendo, así que tanto el demonio como April se habían equivocado. Chocó la manita del ángel mentalmente, ya que el pobre había tenido razón.

—¿Recuerdas Nochevieja? —preguntó él.

Wanda parpadeó, volviendo su atención a la conversación. ¿Que si la recordaba? ¡Como para no! Cada detalle estaba grabado a fuego en su mente.

—Cuando te hice la cobra —especificó el policía.

—Claro, eso es inolvidable. Aunque no entiendo…

—Yo quería besarte también. —Le cogió los brazos y pasó las manos por ellos, arriba y abajo—. Pero es que al decir aquello…tuve dudas, yo que sé.

—¿Qué dije? —Wanda no entendía nada. ¿Garrett, dudando? ¿Qué mundo al revés era aquel? Hizo memoria, hasta que las palabras regresaron a su mente—. ¿Te refieres a lo de «año nuevo, vida nueva»?

—Exacto.

—Me refería a dejar atrás el pasado.

—Por eso mismo. Pensé en… bueno, que te referías a Jasper. Y no quería que nuestro primer beso se viera influenciado porque estuvieras pensando en ese tío.

Ay, qué mono con lo del primer beso… si no fuera porque había sacado a Jasper a colación, justo como ella había temido, Wanda ya estaría colgada de su cuello. Primero tendría que aclarar aquello, se colgaría después.

—No estaba pensando en Jasper en absoluto —le dijo, con total convicción.

—¿No?

—Llevaba meses sin pensar en él, Garrett. Es cosa del pasado, no me hacía falta llegar a Nochevieja para dejarlo atrás. Quería decir todo lo que había pasado durante el año… que bueno, Jasper es parte de eso, sí, pero me refería más bien a empezar algo nuevo contigo. —Movió la cabeza—. Me explico fatal, ya lo sé.

—Y cuando apareció hoy en la fiesta, ¿no sentiste nada?

Y dale. Bueno, si era justa, le había dado mucho la matraca con él cuando se habían conocido. ¿Cuántas veces lo había telefoneado o la había visto llorar por él? Visto en retrospectiva, Jasper no se había merecido tantas lágrimas, eso estaba claro. A veces hasta se preguntaba qué había visto en ese chico, sobre todo en momentos como aquel, cuando estaba con Garrett y veía lo diferentes que eran. El policía le provocaba mil sensaciones más que él.

—No, Garrett, solo pienso en ti. Quería besarte con las campanadas para comprobar si había química, si tú sentías lo mismo que yo y… —Movió la cabeza—. Cuando lo he visto, solo he sentido indiferencia. Ni siquiera estoy enfadada porque me dejara, por suerte el karma hizo que me encontrara contigo.

Garrett la besó, sintiendo que se había quitado un peso de encima. Irse de la fiesta con Jasper allí lo había dejado intranquilo; a pesar de estar seguro de que Wanda nunca le mentiría y de lo bien que habían estado juntos aquellas semanas, el tema del ex era como una sombra sobre su cabeza, al fin y al cabo y, como bien había dicho ella, se habían conocido por su culpa. O quizá sería mejor «gracias a él», porque de lo contrario, no estaría allí besando a la chica de sus sueños. Qué, por cierto, ahora que lo pensaba, eso no se lo había dicho…

Se separó un poco y la miró, acariciándole el cuello.

—No te he dicho todavía que te quiero, ¿verdad?

Wanda le dio un manotazo en el hombro.

—Pues no, ¡seguro que me acordaría! —Un segundo después, le estaba rodeando el cuello con los brazos, con una sonrisa de oreja a oreja—. Y alguna pista habría agradecido.

—Pensaba que quizá mi regalo de cumpleaños te serviría como señal, dudé bastante cuando lo compré.

Wanda se quedó callada, hacía semanas que había perdido de vista el paquete y no tenía ni idea de qué había dentro. Pues nada, se quedaría con la duda, porque no era plan de confesarlo… Mejor no sacar el tema.

—Ya sé que me explico mal —le dijo, en cambio—, pero te he dejado claro que estoy enamorada de ti, ¿no?

Garrett afirmó, dándose cuenta entonces de que la notaba algo más bajita de lo normal. Miró hacia abajo, y sonrió al ver el calzado. Ella puso los ojos en blanco al darse cuenta.

—A ver, estilista…

—He tenido que salir corriendo, así que no me digas nada.

Que no se hubiera parado a pensar en conjuntarse era la señal definitiva. Garrett se inclinó para besarla de nuevo, pero dejó de hacerlo al escuchar unos aplausos. Sin soltarla, ambos miraron hacia el cristal que los separaba de la comisaría… donde Ben y Stacy aplaudían, el primero incluso se frotaba los ojos emocionado.

—Debería haber buscado una sala insonorizada —comentó Garrett, con una sonrisa.

—¿Unos donuts para celebrarlo? —Escucharon que decía Ben, con los pulgares levantados y una sonrisa enorme—. ¡Ahora mismo traigo un par de cajas!

Wanda sonrió al verlo salir con cara de entusiasmo y miró a Garrett antes de besarlo de nuevo. Sobre sus hombros, el demonio y el angelito estaban abrazados, dándose palmaditas en la espalda como si el mérito fuera de ellos.

CAPITULO 24

April despertó con un dolor de cabeza del tamaño de Texas y las familiares nauseas que solían acompañar a una noche movidita. No le apetecía comenzar el día con una visita al lavabo para vomitar el alcohol ingerido la noche anterior, de manera que permaneció tumbada en la cama hasta que el mundo dejó de moverse a su alrededor.

Mientras eso ocurría, rememoró todo lo sucedido y se tapó la cara con el edredón.

Dios mío. La fiesta se le había ido de las manos, no podía negarlo. Tampoco es que recordara con exactitud cada frase pronunciada, la verdad, aunque si de que Dominic se había marchado pegando un señor portazo, y de la cara de Wanda al final de la fiesta.

Cuando consiguió calmar su estómago se puso en pie, se cepilló los dientes, se metió en la ducha y se vistió para ir a Versace. Necesitaba hablar con Wanda para arreglar las meteduras de pata de la noche anterior, no podía dejarlo.

Nada más entrar se encontró con Greta, que la saludó con una sonrisa.

—¡Menuda fiesta! —exclamó la chica—. Mira que me pensé si ir o no, porque esa cuesta vuestra es brutal…

—Me alegro de que te lo pasaras bien.

—No se te olvide avisarme si hacéis otra, ¿vale?

—Sí, sí, seguro. ¿Está Wanda?

—En su sitio, esperando a una clienta.

April le dio las gracias y se dirigió hacia allí. Se asomó con cuidado y vio a Wanda preparando unas perchas con ropa.

—¿Puedo pasar? —preguntó.

Su amiga la miró con sorpresa y cierto mosqueo en la cara, aunque no parecía tan enfadada como había esperado.

—Tengo una clienta en cinco minutos.

—Lo sé, lo sé. Solo… venía a disculparme.

La intención de Wanda era estar enfadada con ella una buena temporada. Pero claro, lo de Garrett la había ablandado bastante, por no hablar de que aquella mirada de cachorrito perdido de April estaba causando que sus defensas cayeran. Había estado pensando en las palabras de su amiga y, aunque todavía le mosqueaba que no le hubiera contado lo del revolcón, también podía entender el porqué de aquella fiesta «maravillosa» para Dominic. Se cruzó de brazos y meneó la cabeza.

—Te pasaste tres pueblos con Dominic —comentó.

—Bueno, supongo, no me acuerdo muy bien. —Suspiró—. Él no me preocupa… o sí, pero es algo que no tiene solución, así que lo que voy a hacer es pasar página y centrarme en otras cosas.

Wanda la miró con tristeza.

—Oh, April. Lo siento mucho. ¿Por qué no me contaste lo que había pasado? —April se encogió de hombros—. ¿No confiabas en mí?

—¡Claro que sí! Es que… yo qué sé, Wanda. Me sentía un poco estúpida, ¿sabes? Acostarme con él para nada.

—¿Tan malo fue? Ya solo faltaba eso, aunque sería de las pocas cosas que no le gritaste como una posesa ayer.

April se sentó en uno de los taburetes que había en el vestidor, con cara apesadumbrada. Wanda se acercó para agacharse frente a ella, frotándole un brazo.

—No, si no fue malo —musitó April.

—Me imagino, o lo habrías dicho también. ¿Habéis hablado?

—No, todavía no, es que sigo enfadada con él. O con la situación, no lo sé. Ahora mismo me preocupa más arreglarlo contigo. Siento no haber impedido que Garrett se fuera, ¿conseguiste hablar con él?

—Sí, no te preocupes. Fui a la comisaría y hablamos, no hay problema.

—¿Seguro?

—Seguro. Y ninguna duda, porque no solo estamos saliendo, que lo sepas. También me dijo que me quería.

—Wanda, me alegro un montón por ti. —La abrazó—. Menos mal que a una de las dos le va bien en el amor.

—Verás que a ti también, tarde o temprano…

—Da igual. —Se separó y la miró, sonriendo—. Voy a resetearme de este año horrible y mi vida va a mejorar mucho, espera y verás.

Un nuevo abrazo, ambas se sentían mejor y con el enfado olvidado. Aunque no pudieron regodearse un poco más, porque la clienta de Wanda llegó y tuvieron que despedirse.

April regresó al apartamento más ligera que cuando había salido, aunque el tema de Dominic le seguía fastidiando. Imaginaba que

estaría enfadado, ni siquiera la había llamado o dejado una nota para
que hablaran, así que quizá también podía ser que no le importaba
tanto. Ni ella, ni lo sucedido. Aquello volvió a oscurecer su ánimo y,
para cuando escuchó la puerta de entrada que avisaba de su llegada,
ya estaba de nuevo cabreada.

Cuando el chico apareció en el salón, April tenía el ceño tan fruncido que daba la sensación de que se iba a quedar así para siempre. Se
cruzó de brazos y de piernas sobre el sofá, mientras observaba cómo
Dominic se colocaba de pie frente a ella. Había decidido que ese día
marcaba un nuevo comienzo, así que lo último que quería era que
Dominic se lo estropeara.

—Genial, estás en casa —dijo él.

—¿Qué es lo que quieres? —preguntó.

—Tenemos que hablar y necesito que me escuches.

—¿Me vas a hacer una intervención? —Se inclinó para mirar tras
él, por si acaso, y no, no había carteles—. Porque si es así, paso.

—No lo llamaría así, aunque vale, es algo parecido. Llevo tiempo
queriendo decirte una cosa y la intención era hacerlo en Nochevieja…

—… que pasaste con Sonja.

Dominic resopló, fastidiado.

—Vine y estabas hecha un trapo en el sofá, ya te lo conté. Pero
bueno, da igual, pensé que en mi fiesta de cumpleaños sería el momento perfecto, y resulta que me montaste una trampa.

—De trampa nada, te avisamos de lo que iba a pasar.

—¡Yo pensaba que era una barbacoa!

April se echó a reír. Aunque seguía enfadada, ahora entendía alguno de sus comentarios y la cara de estupefacción constante, aunque
esa casi no la recordaba de todo el tequila ingerido. Dominic se cruzó
de brazos, elevando una ceja.

—Sí, muy gracioso todo. No había oído nunca lo de *roast party*, así
que… —Movió la cabeza—. Yo pensando en un asado y resulta que
era para ponerme a caldo.

—Bueno, todo entra dentro de términos culinarios.

—Joder, April, ¿por qué no hablaste conmigo antes? Si hubiera
sabido todo lo que pensabas, lo que sentías por mí, yo…

—Tú, ¿qué? —April dejó de reírse al momento, poniéndose seria
de nuevo—. Jamás te has fijado en mí, así que, ¿cuál hubiera sido la
diferencia? Me habrías dado una palmadita, o un «me gustas como
amiga» y santas pascuas.

—Eso no…

—Venga, Dominic, si nos acostamos y te dio exactamente igual.

—Perdona, que a ti también, no me diste ni una pista.

Ella puso los ojos en blanco. Lo de Dominic no era daltonismo, no, directamente era ceguera.

—¿Esto va para largo? —preguntó—. Ayer dije todo lo que tenía que decir… creo, hay partes que no recuerdo bien, así que ya está.

—No, no está.

—Vale, mira, me disculpo por haber invitado a Billy. Y a Greta, y a todos los demás, se me fue un poco la mano. Entiendo que estés enfadado.

—¡Pues claro que me mosqueé! Pero no desvíes del tema.

—¡Si el que me ha sentado aquí eres tú!

—Dios, esto parece una conversación de besugos, ayer tuve una parecida con Garrett y… —Se dio un manotazo en la frente, dándose cuenta de lo que había pasado—. Joder, debe pensar que estoy chiflado. ¡No hice más que hablar de pollos! Tendré que aclararlo… —La miró—. ¿Debería llamarlo o se pensará que estoy más loco todavía?

—¡Y yo qué sé! Hazle una intervención, si quieres, yo me voy.

Hizo ademán de levantarse, de modo que Dominic se acercó con rapidez y se puso delante para que no lo hiciera.

—Espera, que todavía no te he dicho nada.

April se frotó la frente, intentando armarse de paciencia.

—Dominic, no hace falta, sé lo que piensas.

—Te quiero.

Ella miró al techo, moviendo la cabeza, lo cual no era justo la reacción que él había esperado. Que se lanzara a sus brazos, que se emocionara, ¡algo! No aquella expresión que no revelaba nada.

—Pues muy bien —contestó April.

—¿Eso es todo lo que tienes que decir? ¿Después de todo lo de ayer? Pensaba que…

—Dominic, sé que me quieres. Igual que quieres a Wanda, como amiga y compañera de piso, como si fuéramos tu familia. Así que no hace falta que me lo digas.

—Ah, no, no, es que no te quiero así. Te quiero-quiero. Como tú a mí.

Eso sí captó su atención, pero April seguía sin moverse ni mostrar ninguna reacción clara. Le miró de arriba abajo, como si así pudiera adivinar si mentía o no.

—Muy bonito —dijo, al fin—. Aunque tarde.

—¿Perdona? ¿Cómo, tarde? Ayer estabas perdidamente enamorada de mí, eso no se te puede haber olvidado de la noche a la mañana.

—Ya, no es eso. Es que no te creo.

Él abrió y cerró la boca, como un pez fuera del agua. ¿Que no le creía? De todas las respuestas posibles, aquella nunca se la hubiera imaginado. Después de su gran momento en Nochevieja pasado por agua y el desastre de la fiesta, ya debería tener claro que lo que veía en las películas románticas era pura ficción. Eso de que el chico dijera las palabras mágicas y la chica cayera rendida a sus pies no funcionaba en la vida real.

—Mira, Dominic —siguió ella—. Si me lo hubieras dicho después de acostarnos, o si no hubieras salido con Sonja y hubieras pasado la Nochevieja conmigo…

—Y dale, ¡que vine corriendo bajo la lluvia y lo único que conseguí fue que me vomitaras en los zapatos!

—Bien merecido lo tenías, por dejarme plantada. A lo que voy es que no me valen las palabras. Las cosas se demuestran con hechos, y desde luego tú no me has dado muestras en ningún momento de sentir por mí un amor romántico. Solo fraternal, y durante este año, a veces ni eso. ¿O te recuerdo que no fuiste a mi fiesta de cumpleaños tampoco?

—No hace falta, ya me hiciste un buen repaso ayer.

—Entonces está todo claro.

Hizo un segundo intento de levantarse y, por segunda vez Dominic lo impidió colocándose de forma que no podía salir del sofá. La pelirroja volvió a suspirar, cansada. Aquella conversación no iba a ninguna parte, ¿por qué se empeñaba Dominic en seguir con ella?

—¿No me vas a dejar irme? —preguntó.

—No hasta que me creas.

—¿Sabes lo que te pasa? Que estás confuso. Este año ha sido muy… digamos raro y nuevo para ti. Has cambiado de forma de vestir, de pelo, de trabajo, y has salido con chicas. Es más, has enlazado una con otra. Y ahora no quieres estar solo. Con Sonja, por lo que sea, no te ha salido bien tampoco.

—No ha salido bien porque no es tú, Makovsky. ¡Si ni siquiera se le enfrían los pies!

—Huy, sí, esa frase puede ganar el premio a la declaración del año. Siempre he querido que me hablaran sobre mis pies fríos.

—¿Por qué no quieres entenderlo?

—No es que no quiera, es que es sencillo. Cuando Greta te dejó yo estuve ahí, así que has pensado «anda, y encima está enamorada de mí, ¿qué mejor oportunidad para no estar solo que April»? Pues,

¿sabes qué? Que April se ha cansado de ser la tonta del barrio, así que te buscas a otra en tu nueva oficina o donde sea.

—Acabas de decirlo otra vez, estás enamorada de mí.

—Eso no te da carta blanca para romperme el corazón, Dominic. Ya lo has hecho sin saber lo que sentía por ti, así que no pienso salir ni acostarme contigo porque creas que tú también sientes algo. Quizá solo es un reflejo de lo mío.

Dominic no daba crédito a lo que estaba oyendo, aunque no podía más que darle la razón. Al menos en parte, porque visto desde fuera entendía que diera esa impresión. El problema era que no era así y no se le ocurría cómo se lo podía hacer entender. Joder, si solo hubiera estado despierta en Nochevieja… si hubiera conseguido algún medio de transporte tendría claro que no era algo que se le hubiera ocurrido en ese momento. La observó unos segundos, reconociendo esa mirada determinada en su rostro: nada de lo que dijera la podría convencer. Tenía que hacer algo, demostrarle con hechos lo que sentía, tal y como había señalado. Las palabras se las llevaba el viento, eso era cierto.

—Te quiero, Makovsky, ¡y voy a demostrártelo! —dijo, con tanta convicción que la pelirroja pareció sobresaltada por el tono—. No te muevas.

April lo siguió con la mirada, preguntándose qué demonios pensaría hacer. Obviamente, en su fuero interno deseaba creerle, se moría por lanzarse a sus brazos y que todo fuera verdad. Estaba necesitando toda su fuerza de voluntad para no hacerlo, pero eso era preferible a vivir un sueño unas semanas y después pegarse el gran batacazo cuando Dominic se diera cuenta de que no la quería. Mejor seguir como amigos, compartiendo piso como siempre, y dejar la *roast party* y sus sentimientos atrás. Ahora que lo había sacado todo de su interior, estaba segura de que le sería más fácil empezar de cero.

Todo su hilo de pensamiento convencido se perdió en el momento en el que Dominic dejó su móvil encima de la mesa y, de él, comenzaron a sonar las notas de *You can leave your hat on*, de Joe Cocker. Miró el móvil y luego a Dominic, que se había puesto de espaldas con los brazos en alto y estaba moviendo las caderas. Durante un segundo se distrajo con su culo, porque la verdad era que aquellos vaqueros le sentaban muy bien, aunque la forma en que se sacudía… ejem, un pato tenía más ritmo, para qué engañarse. Dominic se giró y April vio que estaba desabrochándose la camisa. Se dio cuenta de que su boca se había abierto, asombrada, y la cerró.

—¿Qué estás haciendo? —preguntó.

—¿No está claro? ¿No has visto *Nueve semanas y media*? —Perdió el poco ritmo que tenía por culpa de un botón rebelde, el cual acabó saliendo disparado e impactando al lado de April, en el sofá—. Querías hechos, ¿no?

Ella entendió entonces a qué se refería. Se dio cuenta de que las mejillas del chico estaban ligeramente ruborizadas, lo cual evidenciaba lo mal que lo debía estar pasando, con lo vergonzoso que era. Parpadeó, asimilando aquello: Dominic le estaba haciendo un striptease. Él, que para que se quitara la camiseta delante de ellas, necesitaba cuarenta grados y estar en la playa. Lo vio bajarse la camisa, que se le quedó enganchada en las muñecas, y apretó los labios para no reírse mientras el pobre hombre luchaba por liberarse de ella. Cuando lo consiguió, se la lanzó y April notó el impacto de uno de los botones cerca de uno de sus ojos. Sin embargo, le dio igual porque Dominic le estaba demostrando que sí que la quería de verdad haciendo lo que más apuro le daba en el mundo. Lo agradecía, desde luego, y si solo tuviera algo más de ritmo, hubiera disfrutado más de aquello, pero en el momento en que el chico se desató el pantalón y se le escurrió, para a continuación enredarse en sus tobillos, no pudo aguantar y se echó a reír. Ocultó la cara en la camisa para que no la viera. Dominic estaba intentando mantener el equilibrio y, al escuchar las risitas, perdió la concentración y acabó en el suelo.

Él frunció el ceño al escuchar las carcajadas de April y la vio partiéndose de risa en el sofá. Fastidiado, consiguió quitarse las zapatillas y los pantalones y lo tiró todo a un lado del salón. Genial, su plan había conseguido hacerla reír en lugar de lanzarla a sus brazos. Decidido: no más películas románticas jamás, pensaba vetarlas de por vida.

—A ver si te vas a ahogar —le dijo, poniéndose de pie y cruzándose de brazos.

Menuda imagen debía estar dando, allí en calzoncillos y con el amor de su vida muerta de la risa en el sofá. No se le ocurría una escena más romántica, efectivamente. Vio que April le hacía gestos entre carcajada y carcajada, y se acercó pensando que le iba a devolver su camisa. Cuando estuvo a su altura, la chica le cogió de un brazo y tiró de él, haciéndole perder el equilibrio de forma que acabó medio tumbado encima.

—No le veo la gracia —gruñó.

Aunque no se movió, porque ella lo estaba cogiendo por los hombros y ya reía menos. Además, estaba muy bien ahí, para qué mentir.

—Bailar y desnudarse a la vez no es lo tuyo —consiguió decir April, que tenía hasta los ojos llorosos de la risa—. Ay, Dominic, no lo hagas nunca más, por favor.

—Vaya, pues muchas gracias.

April lo besó. Sorprendido, Dominic le correspondió unos segundos, sin entender nada de lo que estaba pasando. Se separó un poco para mirarla a los ojos, confuso.

—¿Qué está pasando? —preguntó.

—Que te creo. Ha sido el peor *striptease* de la historia, eso no voy a negarlo. —Le acarició el pelo—. Aunque como prueba de amor, sí, ha sido la mejor.

Entonces fue él quien la besó. Le daba igual si no había salido exactamente como quería, lo importante era que por fin le creía y estaba donde tenía que estar: besándola. Qué tonto había sido, ella tenía razón: demasiado había tardado en darse cuenta, tendría que recuperar el tiempo perdido.

Cuando Wanda regresó del trabajo y entró en el apartamento, los encontró sentados en el sofá, muy juntos y cubiertos con la manta. Al ver sus rostros, felices y sonrojados, la morena no tuvo la menor duda de que habían conseguido solucionar sus diferencias.

—Vaya, hacía tiempo que no veía esta estampa —comentó, dejando el bolso para sentarse en la butaca de en frente—. ¿Os queréis de manera oficial?

—Exacto —asintió Dominic—. «Arrebujados entre las mantas, la pareja de tortolitos había pedido perdices para cenar».

—Un segundo, ¿las tórtolas no son pájaros? Eso sería canibalismo… —dijo April, aunque le miró y sonrió antes de darle un beso—. Da igual, me encanta cuando pones tu voz de tráiler.

Wanda movió la cabeza ante la imagen, intentando permanecer seria pero feliz por dentro por ellos.

—¿Y a partir de ahora vais a hacer cosas moñas de pareja las veinticuatro horas del día? —April le lanzó un cojín y ella se echó a reír—. Peor, os pondréis ambos contra mí cuando haya que votar entre comida japonesa o *pizza* grasienta.

Los dos se miraron con una sonrisa cómplice. Wanda decidió ignorarlos y consultó su móvil al escuchar cómo vibraba, encontrándose con que Garrett le había enviado una foto. La amplió para intentar descubrir que era, y entonces leyó el mensaje escrito justo debajo.

«Mi hermano me ha enviado un cheque. Es increíblemente inquietante el poder que tiene mi madre sobre él, ¿no? ¿Nos vamos de vacaciones a su costa en cuánto podamos?»

—Mira esa cara de lerda —se burló April y recibió una mueca de su amiga como respuesta al comentario—. ¡Y luego nos dice a nosotros!

La pelirroja iba a añadir algo cuando el sonido de su móvil interrumpió su intento. Se dio cuenta de que no conocía el número y meneó la cabeza con un suspiro.

—Publicidad, seguro. —Cogió—. ¿Sí?

—¿April Makovsky?

—No compro nada ni quiero cambiarme de compañía telefónica.

Colgó y lo dejó a un lado, pero el móvil no tardó ni dos segundos en sonar de nuevo. Miró la pantalla con los ojos en blanco, ¡cómo odiaba a esos teleoperadores pesados que no sabían cuándo parar!

—¿Qué, no he sido clara hace un segundo? —preguntó.

—April, soy el señor Mathews, ¿me recuerdas? Me gustaría hablar contigo sobre tu dosier.

Como si la impulsara un resorte, April se puso derecha en el sofá ante las miradas sorprendidas de Wanda y Dominic.

—Sí, hola, perdón, estaba… perdón. Dígame.

—Quería decirte que tenías razón en todo lo que me dijiste el día que nos vimos en la peluquería.

—Ah… gracias.

—La franquicia está a prueba durante un tiempo y, si no mejora, reemplazaré al personal. De todas maneras no te llamaba por eso, sino por un local nuevo que quiero abrir.

—Ah.

—El tamaño y disposición es similar, así que me gustaría aplicarle las reformas que indicas en tu dosier y ponerte al cargo. ¿Qué te parece?

—Ah. —Tragó saliva, moviendo la cabeza para espabilar porque se dio cuenta de que debía estar pareciendo idiota—. Perdón, ¿qué? Yo, ¿al cargo?

—Sí. Por supuesto, tenemos que hablar de las condiciones y por eso te llamaba, para ver si puedes venir mañana a reunirte conmigo y cerrarlo.

Ella se pellizcó, por si acaso, pero tuvo que ahogar una exclamación de dolor porque sí, estaba despierta y no soñando. Dominic y Wanda seguían mirándola sin entender, expectantes.

—¿April?

—¡Sí! —carraspeó—. Sí, claro, mañana puedo.

—Bien, pues te espero en las oficinas centrales a las diez.

—Genial.

Colgó el teléfono y lo miró unos segundos, antes de ponerse a saltar sobre el sofá como una loca: ¡iba a llevar una franquicia! ¡Por fin había llegado su oportunidad, no se lo podía creer!

Miró a Wanda y después a Dominic, frenando las ganas que tenía de ponerse a llorar. ¿Cómo era posible que en un día se hubieran arreglado todos sus problemas?

—Era el señor Mathews, el jefe de Love Is In The Hair —explicó, emocionada.

—¿Y? —preguntó Wanda, emocionada también al ver su expresión.

—Quiere que me haga cargo de una franquicia… ha leído mi dosier y…

No pudo terminar la frase, porque de repente los dos la estaban abrazando al mismo tiempo que la felicitaban. Dejó que esas palabras la envolvieran con calidez, aquel era el momento que llevaba años esperando y quería disfrutarlo.

Cuando al fin se separaron, notó que se le había escapado una lagrimita.

—Bueno —dijo Dominic, frotándose las manos—, esto se merece una super comida de celebración, ¿qué os parece si tiro la casa por la ventana y voy a buscar un banquete de dulces calóricos al WaF-Fle CoFFee?

Cogió las llaves y Wanda lo miró.

—¿Vas a ir así? —preguntó, al ver su indumentaria con el pantalón mal abrochado y la camisa por fuera.

—Con esta percha me lo puedo permitir —bromeó el, con un guiño.

Una vez Dominic hubo salido del piso, Wanda miró la cabeza.

—Hemos creado un monstruo. Lo sabes, ¿no?

—Sí —sonrió April, recostándose en el sofá con una sonrisa de satisfacción—. Pero qué quieres que te diga, Wanda… alguien tenía que hacerlo.

SOBRE LAS AUTORAS

Eva M. Soler, nacida en Cruces, Vizcaya, un 7 de junio de 1976, empezó a escribir desde muy pequeña, tras desarrollar un fuerte interés por la lectura alimentado por una extensa imaginación.

Idoia Amo, nacida en 1976 en Santurzi, durante toda su vida ha escrito relatos, pero siempre de forma personal y para su círculo más cercano.

Ambas autoras se conocieron a los catorce años, volviéndose amigas y lectoras de sus propios escritos, pero hace unos años decidieron que sus estilos podían complementarse bien, lo cual ha dado como resultado un total de diecisiete libros publicados. Uno de ellos, "Maldita Sarah", consiguió el sello *Best Selling Books* de Amazon.

Han recibido el premio Hemendik que otorga el periódico Deia por su labor como difusión de la literatura romántica.

Para más información, www.idoiaevaautoras.com

En el departamento de bomberos de Pensacola (Florida) llevan dieciséis años sin que una sola mujer ingrese en el cuerpo. Un dato de lo más interesante para Abby, una periodista harta de malgastar su talento en una revista de cotilleos y que aspira a escribir artículos serios.

¿Por qué no presentarse a las pruebas y preparar un reportaje acerca de las trabas que encuentran las mujeres en ese campo? Como muestra, además de la propia experiencia, tendrá a sus dos únicas compañeras entre una treintena de aspirantes: Talisa, para quien ser bombero es un sueño desde niña y que está decidida a lograrlo a pesar de los obstáculos; y Camilla, una joven cansada de la monotonía que desea dar un punto de emoción a su vida. El día a día en la academia es duro e intenso, pero estos chicos son material inflamable y hasta encontrarán tiempo para el amor.

¿Cuántos conseguirán llegar hasta el final y quiénes se quedarán por el camino?

¡La segunda parte de la bilogía "Inflamable"!

¿Qué futuro aguarda a nuestros aspirantes una vez han abandonado la academia?

Abby pretende continuar con su artículo secreto y en la estación a la que ha sido destinada tiene un montón de material con el que hacerse famosa, empezando por el irascible capitán Pearson, ¿podrá seguir adelante hasta el final?

A Talisa tampoco se le presentan bien las cosas, pues en su nuevo destino encuentra una sorpresa que, lejos de facilitarle la existencia, le impide disfrutar del trabajo de sus sueños.

Y Camilla quizá esté a punto de descubrir que la amistad no siempre es lo que parece.

La vida real es muy complicada, más allá de aulas y simulacros, como todos ellos están a punto de comprobar...

«Esta es la lección más importante y que parece que tanto os cuesta entender: los bomberos son una unidad.»

En todo grupo de amigas existe esa que se alegra de que las cosas te salgan mal. Esa incapaz de disimular su sonrisa cuando apareces con unos kilos de más. Esa que se regocija cuando te despiden de tu último trabajo. Esa que sonríe cuando tu corte de pelo se descontrola y acabas pareciendo un crestado chino. Esa cuyos piropos son, en realidad, insultos. «Me encanta tu maquillaje, disimula tu enorme nariz».

Una invitación de boda pone patas arriba el mundo de Audrey y Briana, dos chicas adineradas acostumbradas a tenerlo todo. Audrey tiene una cuenta pendiente con el novio y no dudará en planear la manera de estropear la celebración con la ayuda de Briana, aunque arrastren al resto de sus amigas durante el proceso.

Érase una vez un plan maquiavélico y una venganza salpicada de romance. Una historia donde, ni los buenos son tan buenos, ni las villanas tan villanas...

Alexander Green es un joven cirujano plástico que vive en Los Ángeles, entre fiestas y surf, hasta que es testigo de un crimen que lo obliga a entrar en protección de testigos. Para su asombro, es enviado a Sutton, un pequeño pueblo de Alaska, todo lo contrario a lo que está acostumbrado. Un lugar tan lejano como el corazón de la jefa de policía local, Rylee Scott, una treintañera que ha renunciado al amor, y que pronto despertará el interés de Alex.

Romance, comedia y nieve, juntos en una sola historia...

Alexandra es la oveja negra de la familia. Profesora de instituto, divorciada y de aspecto común, nunca ha conseguido estar a la altura de lo que su madre esperaba de ella. Y tampoco va a lograrlo en esta ocasión... ¡todo lo contrario!

En la boda de su estúpida perfecta hermana menor con el guapísimo senador Ethan Lewis, a quien Alex ama en secreto, se monta tal follón que el enlace acaba por no celebrarse. Y Alex decide que es un buen momento para aprovechar ese viaje de novios a la Riviera Maya que tiene pinta de quedar relegado al cajón de «cosas para devolver».

Ni corta ni perezosa, se embarca en un vuelo con su mejor amiga Skye, dispuesta a desconectar y divertirse durante cuatro maravillosas semanas. Quieren playa, sol, excursiones y margaritas, pero cuando llegan allí les espera una gran sorpresa: el senador, su jefe de campaña y una sola suite que compartir...

¡La esperada continuación de "Luna sin miel"!

Skye no está en el mejor momento de su vida. Un año después de las vacaciones en México con Alex, su carrera como fotógrafa se ha estancado, tiene ciertos problemas económicos y su vida sentimental es un desierto desde que abandonó a Owen sin darle ninguna explicación.

Alex le pone en bandeja de plata la oportunidad de dar una vuelta de tuerca a eso con una oferta muy tentadora: el puesto de fotógrafa oficial en la gira de campaña a la presidencia de Ethan, su ahora prometido. para Skye significa recuperar el amor por su trabajo y olvidarse del dinero durante un tiempo, pero también está la parte difícil: lidiar con Owen y los sentimientos que aún tiene por él.

Owen es un adicto al trabajo, Skye es un espíritu libre.

Entre kilómetros y gasolina, ciudades de Estados Unidos y discursos de campaña, equipos revoltosos y tabletas de chocolate, ¿podrán dos personas tan diferentes reencontrarse en el punto donde lo dejaron un año atrás?

Cosas que haces cuando tu novia te deja:

1) Odiar a su nuevo novio, como corresponde.
2) Evitar coincidir con ella.
3) Refugiarte en tu familia y tus amigos.
4) Pensar que de buena te has librado.
5) Plantearte si quieres seguir trabajando para su padre.
6) Tragar bilis cuando se dedica a restregarte a ese puñetero musculitos.
7) Buscar a una chica que te deba un favor y hacerla pasar por tu pareja, aunque tengas que refinarla antes.
8) Espera… borra eso…

En los planes de Liam no entra que su novia actual, Sarah, le abandone tras enamorarse de otro durante sus vacaciones en Australia. Tampoco que peligre su posible ascenso en el bufete donde trabaja, que su hermana se ponga a salir con un guaperas que a todas luces le partirá el corazón, y mucho menos que su atractiva, aunque plebeya vecina, Summer, le destroce el coche durante un accidente en el aparcamiento.

Harto de que Sarah se dedique a amargarle la vida paseando a su nuevo ligue ante sus ojos, este abogado estirado decide seguir un consejo poco sensato: convencer a Summer de que se haga pasar por su novia ante ciertos eventos del bufete. Para que todo salga bien solo necesita refinarla un poco, pero lo que en principio parecía algo sencillo acaba derivando en un giro inesperado…

Bienvenidos a Kiltarlity. Un pequeño pueblo escocés donde no faltan los hombres rudos, los dialectos imposibles, la tradición de los clanes milenarios y, por supuesto, la persistente lluvia.

A sus treinta y dos años, Leslie Ferguson ha logrado alcanzar el éxito en el trabajo y posee un alto nivel económico, pese a que su carácter avinagrado no despierta demasiadas simpatías en sus relaciones sociales. Cuando es enviada a un pequeño pueblo de Escocia por motivos laborales, la estirada joven no tiene más remedio que viajar hasta allí acompañada por su ayudante personal, Shane. Pronto, Leslie descubrirá que su refinado estilo de vida no es compatible con este lugar: sus empleadas no la respetan, no tiene centros comerciales donde satisfacer su vena consumista, y el encargado de ayudarla en su proyecto es un atractivo *highlander* que no para de burlarse de ella.

Pero lo que parecía ser una pesadilla compuesta por niebla, humedad y gente tosca, no solo pondrá a prueba su paciencia durante un año, sino que cambiará su vida de forma radical...

Hay parejas que se casan porque la llama del amor es tan fuerte que solo quieren pasar el resto de su vida juntos. Otras, porque desean formar una familia llena de cariño y respeto.

Y luego están Callum y Alissa.

Callum y Alissa trabajan juntos, pero no se llevan bien.

Callum y Alissa no tienen nada en común, y nada es nada.

Callum pasa de Alissa porque es seria, controladora y mandona. Alissa desprecia a Callum porque es vago, mujeriego y cuentista.

Callum y Alissa cometen el error de beber más de la cuenta durante la fiesta de fin de año del trabajo. Lo que podía haber quedado como una terrorífica anécdota pronto se complica al darse cuenta de que durante la borrachera se han casado.

Sí, exacto, has leído bien: casado.

Por circunstancias que no vamos a revelar aquí, ambos van a tener que aprender a convivir el uno con el otro, una tarea ardua y difícil porque son polos opuestos. Y ya sabemos lo que sucede con los polos opuestos...

A veces, el destino se ríe de ti en tu propia cara.

Aisha, psicóloga del departamento de policía en Las Vegas, se dedica día tras día a unir los pedazos rotos de sus compañeros de profesión, además de asesorar a víctimas de todo tipo de violencia. En este entorno, se presenta ante ella un nuevo y difícil reto: tratar a Jackson, un sargento que ha sido degradado y trasladado tras ciertos comportamientos agresivos en el trabajo.

Pese a su carácter hosco, la doctora no puede evitar sentir una fuerte atracción por este hombre tan complicado, lo que la lleva a investigar su pasado. Convencida de que tiene que haber una experiencia traumática que le haga comportarse así, no duda en localizar a una persona que arroje cierta luz sobre él, algo que complicará todavía más las cosas.

¡Sumérgete en esta saga de novelas *New adult* que exploran la vida de un grupo de universitarios en un exclusivo internado de Montreal!

En lo alto de una montaña de Montreal se encuentra el lujoso internado Sharidan. Un lugar selecto y elitista donde las familias adineradas envían a sus hijos para que cursen sus carreras universitarias. No es solo el dinero lo que le da su buena reputación, sino el alto rendimiento de la universidad y la vigilancia a la que someten a los polluelos de los millonarios.

En ese marco nevado tenemos a nuestros protagonistas: JD, un americano de clase media que ha conseguido una beca para estudiar audiovisuales y Syd, una británica cuya posición social es tan alta como fría es su relación con su progenitor. Ambos simpatizarán desde el primer momento, desarrollando una amistad que poco a poco se irá transformando en algo más, mientras son secundados por otros personajes. Como Dennis, líder del grupo musical Black Legend, o los mellizos Gauthier, los chicos más populares de la universidad. Sin olvidar al equipo de profesores, cuya tarea va más allá de la simple enseñanza.

Todos ellos se darán cita en un ambiente diferente lleno de líos amorosos, mucha música, hockey sobre hielo, clases, profesores, carreras y las siempre difíciles relaciones entre padres e hijos.

Little Falls es un pequeño y tranquilo pueblo de Minnesota donde nunca sucede nada.

Los habitantes de este idílico lugar desconocen los turbios asuntos que se gestan en Camp Ripley, la base militar afincada a unos kilómetros, donde se están llevando a cabo una serie de peligrosas pruebas virales.

La desaparición de una joven del lugar pone sobre aviso a la jefa de policía Emma Jefferson, quien no tarda en descubrir que se ha propagado un virus, resultado de un proyecto llamado Anxious: un virus que produce infectados rabiosos y que pronto se convertirá en pandemia con consecuencias catastróficas.

Drama, supervivencia, miedo... ¿estás preparado para que tu mundo cambie por completo?

Me dirijo a todos los supervivientes del desastre que está asolando nuestra querida nación para darles un mensaje de esperanza. Me he visto obligado a declarar el estado de excepción, pero el ejército está ahí para ayudarles. Si se encuentran con algún soldado, no huyan: identifíquense y serán evacuados a un lugar seguro.

No todo está perdido.

Nuestro país se encuentra inmerso en una lucha por la supervivencia y pasarán años antes de que sea habitable de nuevo. Nuestro ejército y científicos se están encargando de ello. Hasta entonces, estamos organizando varios lugares donde poder reinstaurar nuestra sociedad y modo de vida americano.

Aquellos que se encuentren en la costa Oeste, diríjanse a los puertos de Seattle, San Francisco y San Diego.

En la Costa Este, a los puertos de Jacksonville, Nueva York, Boston y Portland.

La frontera con México se encuentra cerrada y Canadá está en la misma situación que nosotros, por lo que las únicas salidas son por mar.

Unidos, lo lograremos.

Buena suerte.

Imagina un concurso televisivo dispuesto a todo con tal de subir la audiencia.

Imagina que alguien desaparece sin dejar rastro en un área de servicio.

Imagina que tu deseo más preciado se cumple, y debes pagar el precio.

Imagina que un reflejo hace aflorar tu lado más perverso.

Imagina que el mundo llegara a su fin, y solo tuvieras un último día.

Imagina un túnel de terror en vivo, cuyo macabro recorrido se convertirá en una experiencia aterradora.

Imagina…

Adolescentes sin escrúpulos, lugares de pesadilla, desapariciones misteriosas, padres perversos, demonios internos, rituales de iniciación, una pizca de amor, y sangre… mucha sangre.

«He trazado un círculo, hecho con sangre. Un círculo que delimita Salvación de principio a fin. Nadie puede salir de aquí, y el que lo intente, morirá. Vais a pagar... un sacrificio cada doce meses. Uno por año, como ofrenda por mi sufrimiento.»

Si te gustan nuestros libros, te pedimos que apoyes nuestra carrera de forma legal y rechaces el pirateo. Es la forma de que podáis seguir disfrutando de cómo escribimos, ya que sin ventas es muy difícil seguir publicando, tanto en Amazon como en editorial.

Apoya a tus escritores de la manera correcta.

¡Gracias!

www.ingramcontent.com/pod-product-compliance
Lightning Source LLC
Chambersburg PA
CBHW031244160726
47993CB00001B/12